KB101150

페르세포네×하데스

1

어둠의 손길

페르세포네×하데스

1

어둠의 손길

a Touch of Darkness

스칼릿 세인트클레어 장편소설 | 최현지 옮김

해냄

애슐리 엘리자베스 스틸,

그리고 몰리 케틀린 맥쿨에게 바칩니다.

날 사랑해줘서 고마워.

우리 우정 영원하길.

차례

일러두기

옮긴이 주는 괄호 안에 '옮긴이'를 함께 넣어 표기하였습니다.

페르세포네는 햇빛 아래 앉아 있었다.

커피하우스의 야외 테이블 자리였는데 거리는 여느 때와 다름없이 길을 걷는 사람들로 붐비고 있었다. 인도에는 그늘을 드리운 나무들과 보라색 과꽃, 분홍색과 흰색 스윗알리섬이 가득 핀 화단이 줄지어 늘어서 있었다. 가벼운 바람에 봄 향기가 실려왔고, 온화한 공기에선 꿀 내음이 풍겼다.

완벽한 날이었다. 페르세포네가 여기에 온 건 공부하기 위해서였지만, 테이블 위에 놓인 수선화 다발에 자꾸만 시선이 향하는 바람에 집중하기가 어려웠다. 가느다란 꽃대가 두세 개뿐이라 꽃다발은 성겼고, 바스락거리는 갈색 꽃잎은 마치 시체의 손가락처럼 말려 있었다.

수선화는 죽은 자들의 신, 하데스를 상징하는 꽃이다. 테이블이 아닌 관을 장식하는 꽃. 그런데 커피하우스 테이블 위에 놓여 있는 것을 보면 아마 주인장이 누군가를 애도하고 있다는 뜻이리라. 사실상 인간들이 지하 세계의 신에게 기도하는 건 죽음을 애도할 때

뿐이었다.

페르세포네는 하데스가 그 점에 대해 어떻게 느낄지, 신경이나 쓸지 항상 궁금했다. 어쨌든 그는 지하 세계의 왕을 뛰어넘는 존재니까. 모든 신 중에서 가장 부자인 그에겐 '부유한 자'라는 별칭이 붙었고, 이곳 뉴 그리스의 가장 인기 있는 클럽들에 상당한 돈을 투자했는데 사실은 단순한 클럽이 아니라 엘리트 도박꾼들의 소굴이었다. 하데스는 이기는 내기를 좋아하며, 인간의 영혼을 걸지 않는 내기는 좀처럼 받아들이지 않는다는 소문이 돌았다.

페르세포네는 대학에 다니는 동안 여러 사람, 특히 어머니에게서 그 클럽들 얘기를 숱하게 들어왔다. 특히 그녀의 어머니는 하데스에 대한 반감을 자주 표했고, 그가 벌이는 사업에 반기를 들었다.

"자기가 무슨 꼭두각시 부리는 존재처럼 굴어." 데메테르는 이렇게 비난했다. "모이라이(인간의 운명을 결정하는 운명의 여신들-옮긴이)라도 된 것처럼 인간의 운명을 결정한다고. 부끄러운 줄 알아야지."

페르세포네는 하데스의 클럽에 한 번도 가본 적이 없었지만, 호기심이 솟는 건 어쩔 수 없었다. 거기 가는 사람들이며, 그곳을 소유한 신에 대해서도 말이다. 사람들은 대체 무슨 이유로 자신의 영혼을 흥정하는 걸까? 돈이나 사랑, 부에 대한 욕망 때문일까?

또 하데스는 어떤가? 세상의 모든 부를 다 가졌으면서도 사람들을 돕기는커녕 자신의 영역을 확장하는 데 급급한 자 아니던가?

하지만 지금은 그런 질문을 하고 있을 때가 아니다.

페르세포네는 할 일이 있었다.

그녀는 수선화에서 시선을 거두고 노트북 화면을 들여다보았다. 오늘은 목요일, 한 시간 전 학교를 나선 참이었다. 늘 마시던 바닐라 라테를 주문했으며, 뉴 아테네 최고의 언론사인 뉴 아테네 뉴스에서의 인턴십에 집중하기 위해 기말 보고서를 얼른 마무리해야 했다. 인턴십은 내일부터 시작이었다. 만약 일이 잘 풀린다면 6개월 뒤 대학을 졸업하면서 정식으로 취직할 수도 있을 것이다.

페르세포네는 스스로를 증명하고 싶었다.

인턴십을 하게 될 곳은 아크로폴리스의 60층이었다. 이 도시에서 가장 높은 101층짜리 빌딩이자 랜드마크였다. 페르세포네가 뉴 아테네로 이사했을 때 가장 먼저 한 일은 그 빌딩 엘리베이터를 타고 꼭대기 층 전망대로 올라가보는 것이었다. 그곳에서는 도시 전체가 내려다보였다. 모든 것이 그녀가 예상한 대로였다. 아름답고, 광대하며, 황홀한 광경. 4년이 지난 지금, 이 빌딩에 거의 매일 출근한다는 사실이 믿기지 않았다.

바로 그때, 테이블 위에 놓인 휴대폰이 진동을 울렸다. 가장 친한 친구인 렉사 시더리스가 메시지를 보낸 것이다. 렉사는 뉴 아테네에 이사 온 뒤로 사귄 첫 친구였다. 그녀가 어느 수업 시간에 페르세포네에게 연구실 짝이 되어달라고 말한 뒤로 그들은 둘도 없는 절친한 친구가 되었다. 페르세포네는 렉사의 세련된 모습이 좋았다. 근사한 타투에, 한밤처럼 새까만 머리카락에, 마법의 여신 헤카테를 사랑하는 렉사.

어디야?

페르세포네는 답장을 썼다. 커피하우스.

왜? 우리 축하해야지!

페르세포네는 미소를 지었다. 2주 전 인턴십에 합격했다고 말한 뒤로 렉사는 끊임없이 술 한잔하자고 이야기했다. 가까스로 약속을 미뤘지만 이제 핑곗거리도 동났고 렉사도 그걸 알고 있었다.

나 축하하고 있는데. 페르세포네는 문자를 보냈다. 바닐라 라테 마시면서.

커피론 안 돼. 술잔을 들어야지. 오늘 밤에!

답장을 쓰려던 찰나, 웨이트리스가 쟁반 위에 김이 모락모락 나는 라테를 들고 나타났다. 페르세포네는 이곳에 자주 왔기에 저 웨이트리스가 수선화만큼이나 생소한 존재임을 알아차렸다. 여자는 머리를 두 갈래로 땋았고 짙은 눈동자 위에는 굵은 속눈썹이 자리했다.

여자는 미소 지으며 물었다. "바닐라 라테 주문하셨죠?"

"네." 페르세포네가 말했다.

웨이트리스는 머그잔을 내려놓은 뒤 쟁반을 팔 아래에 끼우며 말했다. "더 필요하신 게 있나요?"

페르세포네는 여자와 눈을 맞추며 입을 열었다. "하데스 경에게 유머 감각이 있다고 생각하시나요?"

진지한 질문은 아니었다. 페르세포네는 그 질문이 정말 웃기다고 생각했지만, 여자의 눈동자가 커지더니 이런 답이 나왔다.

"무슨 말씀이신지 모르겠네요."

웨이트리스는 확실히 불편해 보였다. 아마 하데스의 이름을 들어서일 것이다. 대부분의 사람은 그의 이름을 말하길 꺼렸다. 아예 이름을 부르지 않거나, 그의 주의를 끌지 않기 위해 아이도네우스(하데스라는 이름은 '보이지 않는 자'를 뜻하는 아이도네우스에서 유래했다고도 알려져 있다-옮긴이)라고 불렀다. 하지만 페르세포네는 두렵지 않았다. 어쩌면 자신이 여신이기 때문인지도 몰랐다.

"저는 그에게 유머 감각이 있다고 봐요. 수선화는 봄과 부활을 상징하잖아요." 그녀의 손가락이 시든 꽃잎 위를 맴돌았다. 이 꽃은 그가 아니라 그녀의 상징이어야 했다. "그가 이 꽃을 자신의 상징으로 삼은 데 어떤 다른 이유가 있겠어요?"

페르세포네가 바라보자 여자의 뺨이 붉어졌다.

"호, 혹시 필요한 게 있으면 말씀해주세요." 여자는 고개를 푹 숙이곤 다른 곳으로 가버렸다.

페르세포네는 머그잔 사진을 찍어 렉사에게 보내곤 라테를 한 모금 마셨다. 그리고 이어폰을 꽂은 뒤 다이어리를 살펴보았다. 페르세포네는 다이어리에 꼼꼼히 정리해두는 걸 좋아했지만 그 일 자체보다 바쁜 게 좋았다. 일주일이 일정으로 꽉꽉 차 있었다. 월요일, 수요일, 목요일에는 학교 수업, 그리고 매일 최대 세 시간씩 인턴십. 더 많은 것을 할수록 고향인 올림피아에 있는 어머니를 보러 가지 않을 이유가 늘었다. 다음 주에는 역사학 시험이 있고, 같은 수업에 과제도 제출해야 했다. 하지만 걱정은 되지 않았다. 역사학은 가장 좋아하는 과목 중 하나였으니까. 수업에선 신들이 지구에 처음 온 날을 일컫는 '위대한 강림'이나 피비린내 나는 끔찍한 전투인 '대전쟁'을 다루는 중이었다.

자료를 찾고 글을 쓰는 데 집중하기까지는 그리 오래 걸리지 않았다. 페르세포네는 대전쟁의 마지막 전투에서 하데스가 제우스와 아테나의 영웅들을 부활시킨 것이 결정적인 변수로 작용했다고 주장하는 학자의 글을 읽고 있었다. 바로 그때, 매니큐어를 멋지게 바른 손가락들이 나타나 페르세포네의 노트북을 쾅 닫아버렸다. 화들짝 놀라 고개를 들었을 때 근사한 푸른색 눈동자 한 쌍과 마주쳤다. 풍성한 검은색 머리카락에 계란형 얼굴이 눈에 들어왔다.

"나야."

페르세포네는 이어폰을 뺐다. "렉사, 어쩐 일이야?"

"수업 마치고 집 가는 길에 들렀어서 너한테 좋은 소식을 전해야겠다 싶어서!"

렉사는 발 앞꿈치를 앞뒤로 튕겼고, 그때마다 푸른빛의 검은 머리카락이 흔들렸다.

"무슨 소식인데?" 페르세포네가 물었다.

"네버나이트 입장권을 얻었어!" 렉사의 목소리가 떨렸다.

유명한 클럽 이름이 언급되자 몇몇 사람이 고개를 돌려 쳐다봤다.

"쉿!" 페르세포네가 주의를 주었다. "우리 둘 다 죽게 만들 셈이야?"

"웃기는 소리 하지 마." 렉사는 말은 그렇게 했지만 즉시 목소리를 낮추었다.

네버나이트는 입장이 거의 불가능한 클럽이었다. 대기자 명단에 이름을 올리면 족히 3개월은 기다려야 했는데, 페르세포네는 그 이유를 알고 있었다.

네버나이트는 하데스가 소유한 곳이었다.

신들이 소유한 사업체는 대부분 폭발적인 인기를 누렸다. 디오니소스가 출시한 와인은 몇 초 만에 품절되었는데, 암브로시아(신들이 먹는 음식으로, 이것을 먹으면 불멸의 능력을 가지게 된다고 알려져 있다─옮긴이)가 포함되어 있다는 루머가 돌았다. 인간들은 종종 술을 너무 많이 마시는 바람에 어느 순간 지하 세계에 있는 자기 자신을 발견하기도 했다.

아프로디테의 쿠튀르 가운은 많은 이들이 탐을 냈는데, 불과 몇 달 전에는 한 소녀가 가운을 위해 목숨을 던지기도 했다. 이에 관런 재판이 벌어졌고 한바탕 소동이 일었다. 네버나이트도 마찬가지였다.

"대체 어떻게 이름을 올린 거야?" 페르세포네가 물었다.

"나 인턴십 하는 데서 같이 일하는 남자애가 못 가게 됐대. 그 앤 명단에 2년이나 이름을 올려뒀거든. 얼마나 운이 좋은지 알겠지? 너랑 나랑, 네버나이트를, 오늘 밤에 갈 수 있다고!"

"난 못 가."

렉사의 어깨가 축 처졌다. "제발, 페르세포네. 우리 네버나이트에 입장할 수 있게 됐다니까! 난 혼자서는 안 가고 싶단 말이야."

"아이리스 데려가."

"나는 너를 데려가고 싶다고. 우리 축배를 들어야 하잖아. 게다가 이건 네 대학 생활의 중대한 사건이라고!"

페르세포네는 데메테르가 그 생각에 반대할 거라고 확신했다. 대학 입학을 위해 뉴 아테네로 오기 전 어머니에게 몇 가지를 약속해야 했는데, 그중에는 신들을 멀리하는 것도 있었다. 물론 약속을 많이 지킨 것은 아니었다. 우선 첫 학기 중에 전공을 식물학에서 신문방송학으로 바꾸었다. 그 사실을 알게 되었을 때 어머니가 보인 딱딱한 미소, 그리고 이를 악문 채 "잘도 했구나"라고 말하던 목소리를 잊을 수 없을 것이다. 페르세포네가 전투에서 이겼음에도 데메테르는 전쟁을 선포했다. 그날 이후로 그녀가 가는 곳이면 어디든 데메테르의 님프들 중 한 명이 몰래 동행했다.

그래도 식물학 전공은 신들을 멀리하는 일보다 중요하진 않았다. 신들은 페르세포네가 존재하는 줄도 모르고 있어서였다. 당연히 데메테르에게 딸이 있다는 사실은 알려져 있었지만, 페르세포네가 올림포스의 신이라고 정식으로 소개된 적은 한 번도 없었다. 그러니 그녀가 인간으로 가장하고 있다는 사실을 아는 신은 아무도 없었다. 신들이 그녀를 발견하면 어떤 반응을 보일지 알 수 없었지만 전 세계가 어떻게 반응할지는 짐작할 수 있었고, 분명 좋지 않을 것이다. 사람들이 학습하고 조사해야 할 새로운 신이 나타난 셈이니까. 그렇게 되면 그녀는 마음 놓고 지낼 수 없을 것이다. 간신히 쟁취한 자유를 잃어버리게 될 것이 뻔했고, 전혀 그러고 싶지 않았다.

페르세포네는 어머니의 의견에 종종 반기를 들었지만, 평범한 필멸자 같은 삶을 사는 게 최선이라는 건 스스로도 알고 있었다. 그녀는 다른 신들과는 달랐으니까.

"나 진짜로 공부하고 보고서 써야 돼, 렉사. 그리고 인턴십이 내일부터 시작이란 말이야."

그녀는 직장에 좋은 인상을 남기고 싶었는데, 첫날부터 숙취에 절어 출근하거나 수면 부족으로 병든 닭같이 구는 건 좋은 인상과는 거리가 멀었다.

"너 공부 다 했잖아!"

렉사는 노트북과 테이블 위에 올려진 필기 노트 더미를 가리켰다. 하지만 사실 페르세포네가 지금껏 한 일은 수선화를 뚫어져라 바라보며 죽음의 신에 대해 생각하는 것이었다.

"그리고 네가 이미 보고서를 썼다는 건 우리 둘 다 알고 있지. 넌 그냥 완벽주의자일 뿐이야."

페르세포네의 볼이 발갛게 달아올랐다. 그게 사실이면 어쩌지? 그녀가 잘하는 최초이자 유일한 일이 학교 공부라면?

"제발, 페르세포네! 푹 쉴 수 있게 일찍 나오면 되잖아."

"네버나이트에서 뭘 하는 건데, 렉사?"

"술을 마시고, 춤추지! 또 키스도 하고! 어쩌면 약간의 도박까지? 나도 모르지만, 무슨 일이 일어날지 모른다는 그 사실이 재미있는 거 아니겠어?"

페르세포네는 다시 얼굴을 붉힌 후 고개를 돌렸다. 수선화가 자신을 노려보며 그간의 모든 실패를 되비추는 것 같았다. 그녀는 남자와 키스해본 적이 없었다. 대학에 오기 전까지 주변에 남자라곤 없었고, 심지어 남자와 마주하는 일이 일어나더라도 어머니가 불현듯 나타나 해코지할까 봐 그들과 거리를 두었다.

과장이 아니었다. 데메테르는 딸이 어렸을 때부터 항상 남자에 대해 경고하곤 했다.

"넌 신들에게 둘 중 하나일 뿐이야. 권력 놀잇감이거나 장난감이거나."

"엄마가 틀렸어요. 신들도 사랑을 해요. 결혼한 신들도 있잖아요."

데메테르는 소리 내어 웃었다. "신들은 권력 때문에 결혼하는 거란다, 나의 꽃."

그리고 페르세포네는 나이가 들어감에 따라 어머니의 말이 사실임을 깨닫게 되었다. 결혼한 신들 중에서 서로를 정말로 사랑하는 이들은 없었고, 대신 대부분의 시간을 바람피우거나 배신에 대한 복수를 하는 데 보냈다. 그건 페르세포네가 평생 처녀로 살게 될 것임을 의미했다. 데메테르는 인간 또한 선택지가 아니라는 점을 분명히 했기 때문이었다.

"인간은, 늙잖니." 그녀는 역겨움을 담아 말했다.

페르세포네는 진정으로 사랑한다면 나이가 중요하지 않다는 점을 주장하지 않기로 결심했다. 어머니가 사랑을 믿지 않는다는 것을 깨닫게 되었으니까.

글쎄, 적어도 로맨틱한 사랑은 믿지 않았다.

"나, 입을 게 없는데." 페르세포네는 힘없이 말했다.

"내 옷장에 있는 옷 아무거나 입어도 돼. 머리 손질이랑 화장도 내가 해줄게. 제발, 페르세포네."

그녀는 입술을 오므리곤 고민을 시작했다.

렉사와 함께 사는 집에서 어머니가 심어둔 님프들을 피해 몰래 빠져나와야 할 테고 글래머(신이 자신의 신적인 형상을 감추고 싶을 때, 혹은 감추어야 할 때 인간의 모습으로 변신하는 마법이다-옮긴이)도 강화해야 할 텐데 그건 분명 문제를 일으킬 것이다. 데메테르는 왜 페르세포네가 갑자기 더 많은 마법이 필요한지 알아내려 할 테니까. 만약 그렇게 되면 인턴십을 위해 추가로 스스로를 가려야 한다는 핑계를 대야겠지.

글래머가 없으면 페르세포네의 존재가 드러나버릴 것이다. 모든 신을 신성한 존재로 식별하는 한 가지 분명한 특징이 있었으니, 그것은 바로 그들의 뿔이었다. 페르세포네의 뿔은 흰색으로, 아프리카산 영양의 뿔처럼 나선형으로 공중을 향해 솟아 있었는데, 평소에 쓰는 글래머로도 인간들 사이에선 정체가 드러날 일이 없었지만 하데스처럼 강력한 신에게도 통할지는 자신이 없었다.

그녀가 마침내 말을 꺼냈다. "하데스는 정말 만나고 싶지 않아."

거짓말이었기에 혀에서 쌉쌀한 맛이 나는 것 같았다. 사실대로 말하자면 그녀는 그에게, 그리고 그의 세계에 호기심이 일었다. 그가 종잡을 수 없는 비밀스러운 존재이며, 인간들을 상대로 끔찍한 내기를 건다는 사실이 흥미롭게 느껴졌다. 죽음의 신은 그녀가 아닌 모든 것을 대변했다. 어둡고 매혹적인 무언가.

그는 미스터리한 존재였기에 매혹적이었고, 미스터리는 모험을 뜻했다. 페르세포네가 진정으로 갈망하는 것은 바로 모험이었다. 어쩌면 그녀의 기자다운 면모일지도 모르지만, 어쨌든 그에게 몇 가지 질문을 해보고 싶었다.

"어차피 하데스는 거기 없을 거야." 렉사가 말했다. "신들은 직접 사업체를 운영하지 않잖아!"

그건 사실이었다. 하데스의 경우도 마찬가지일 것이다. 그가 지하 세계의 어두운 음울함을 더 좋아한다는 사실은 널리 알려져 있다. 렉사는 한참 동안 페르세포네를 바라보다가 테이블 앞으로 몸을 슬쩍 기울였다.

"엄마 때문에 그래?" 그녀가 작은 목소리로 물었다.

페르세포네는 놀라서 잠시 친구를 바라보았다. 어머니에 대해 이야기를 한 적이 없었다. 말을 아낄수록 질문을 덜 받게 될 거라고, 거짓말을 덜 해도 될 거라고 여겨왔기 때문이었다.

"어떻게 알았어?" 페르세포네가 할 수 있는 말은 그것뿐이었다.

렉사는 어깨를 으쓱했다. "글쎄, 네가 한 번도 엄마 이야기를 안 해서. 그리고 몇 주 전에 네가 수업 들으러 간 사이에 너희 엄마가 집에 찾아오셨었거든."

"뭐라고?" 페르세포네의 입이 떡 벌어졌다. 어머니가 왔었다는 이야기는 지금 처음 들었다. "엄마가 뭐라고 했어? 나한테 왜 말 안 한 거야?"

렉사가 두 손을 들며 말했다. "알았어. 우선, 좀 무서우시더라고. 그러니까 너처럼 굉장히 아름다운 분이긴 했는데." 그러곤 잠시 말을 멈추고 몸을 부르르 떨었다. "뭐랄까, 좀 차가웠어. 둘째로는 너한 테 말하지 말라고 하셨고."

"그래서 시키는 대로 한 거야?"

"음, 그렇지. 너한테 직접 얘기하실 거라고 어렴풋이 생각했던 것 같아. 깜짝 놀래켜주려고 했는데 네가 집에 없어서 그냥 전화하겠다 고 하셨어."

데메테르는 전화를 하지 않았다. 어머니가 집에 온 것은 분명 뭔 가를 찾기 위해서일 것이다.

"엄마가 집 안에 들어왔어?"

"네 방을 봐도 되냐고 물어보셨어."

"젠장."

페르세포네는 거울을 확인해야겠다고 생각했다. 딸을 감시하기 위해 거울에 마법을 걸었을 수도 있으니까.

"어쨌든, 널 좀 과잉보호하신다는 느낌을 받긴 했어."

그 말은 올해 들은 말 중에 제일 과장되지 않은 말이었다. 데메테 르의 과잉보호는 실제로 더 심했다. 페르세포네는 열여덟 살이 될 때까지 외부 세계와 전혀 접촉할 수 없었으니까.

"맞아. 미친 여자야."

렉사는 눈썹을 치켜뜨더니 얼버무렸다. "난 그 말은 안 했다. 그럼 엄마 얘기 좀 나눠볼까?"

"아니." 얘기한다고 해서 마음이 나아지지는 않을 것이다. 하지만 네버나이트에 가는 건 달랐다. 페르세포네는 미소를 지었다. "하지 만 오늘은 너랑 같이 갈게."

내일이 오면 아마도 이 결정을 후회하게 될 것이다. 특히나 어머니가 알아낸다면 말이다. 하지만 지금 이 순간 그녀는 반항심을 느꼈다. 어머니가 제일 싫어하는 신의 클럽에 가는 것보다 더 좋은 반항이 있을까?

"진짜?" 렉사가 손뼉을 치며 벌떡 일어났다. "정말 재미있을 거야, 페르세포네! 지금 당장 준비를 해야 해!"

"아직 3시밖에 안 됐어."

렉사가 긴 검은색 머리칼을 쓸어내리며 말했다. "이 머리 별로야. 게다가 스타일링하는데도 되게 오래 걸리는데, 이제는 네 머리카락 손질과 화장까지 해야 하잖아. 지금부터 시작해야 한다고!"

페르세포네는 일어나려는 기색을 조금도 비추지 않았다.

"잠시만 있다가 너 있는 데로 갈게. 약속해."

렉사가 미소 지었다. "고마워, 진짜 좋을 거야. 두고 봐."

렉사는 그녀와 포옹한 뒤 거리로 춤추듯 걸어갔다.

페르세포네는 렉사의 뒷모습을 바라보며 미소 지었다. 바로 그 순간, 아까 전의 그 웨이트리스가 돌아와 페르세포네의 머그잔을 치우려 했다. 페르세포네는 재빨리 손을 뻗어 여자의 손목을 꽉 쥐었다.

"내가 말하는 것 이외에 다른 무언가를 엄마한테 보고하기만 해봐. 죽여버릴 테니까."

귀엽게 땋은 머리에 검은 눈동자는 아까 전과 다를 바 없었지만, 젊은 인간의 글래머 밑으로 님프의 외양이 확연히 드러났다. 작은 코에 형형히 빛나는 눈, 각진 이목구비까지. 페르세포네는 좀 전에 음료를 받을 때부터 눈치챘지만 여자를 불러낼 생각은 없었다. 데메테르가 님프에게 지시한 일, 즉 스파이 활동을 하고 있었을 뿐이니까. 그러나 렉사와의 대화 이후, 페르세포네는 혹시나 있을지 모를 불상사를 막기로 결심했다.

여자는 목을 가다듬으며 시선을 내리깔았다. "제가 거짓말했다는 걸 그분께서 아시면 저는 죽게 될 거예요."

"네가 제일 두려워해야 하는 게 누굴까?" 페르세포네는 자신의 가장 강력한 무기가 언어임을 일찍이 배운 터였다.

그녀는 님프를 꽉 쥐었던 손에서 힘을 풀었다. 님프는 재빨리 자리를 정돈하더니 도망쳤다. 페르세포네는 방금 자신이 누군가를 협박했다는 것이 마음에 걸렸지만 계속 감시당하는 것도, 누군가 계속 자신을 지켜본다는 사실도 끔찍하게 싫었다. 님프들은 데메테르의 손톱 같은 존재였다. 페르세포네의 피부 속을 찌르는.

죽어가는 수선화 쪽으로 눈길이 향했다. 그녀는 손가락 끝으로 시든 꽃잎을 쓰다듬었다. 데메테르의 손길이 닿으면 생명이 뻗어났겠지만, 그녀의 손길에는 그저 휘어지고 바스러질 따름이었다.

페르세포네는 데메테르의 딸이자 봄의 여신이었을지는 몰라도, 단 하나의 빌어먹을 생명조차 틔울 수 없었다.

2장
네버나이트

네버나이트는 매끄러운 흑요석으로 만든 피라미드형 건물이었다. 창문이 하나도 없었고 주변의 밝은색 건물들보다 높았는데, 멀리서 보면 도시의 경관을 해치는 것처럼 보였다. 뉴 아테네의 어디에서든 우뚝 솟은 타워가 보였으니까. 하데스가 인간들에게 삶의 유한성을 상기시키기 위해 그토록 높은 건물을 지은 것이라고 데메테르는 말하곤 했다.

페르세포네는 하데스의 클럽이 드리운 그늘 아래에서 기다리며 점점 불안해지기 시작했다. 렉사는 학교 친구들 두어 명을 만나 이야기를 나누러 갔고, 페르세포네는 혼자 낯선 사람들 사이에 남겨졌다. 몸매가 드러나는 드레스를 입고 신의 영역에 들어가려는 자신이 물에서 나온 물고기같이 느껴졌다. 가슴이 훤히 파인 옷을 감출지 말지 결정하지 못한 채 자꾸만 팔짱을 꼈다 풀었다 했다. 그녀보다 통통한 렉사에게서 빌린, 반짝이는 분홍색 드레스였다. 머리카락에는 살짝 컬을 넣었고, 렉사는 페르세포네의 타고난 미모가 더 부각될 수 있도록 옅은 화장을 해주었다.

만일 어머니가 지금 그녀의 모습을 본다면 당장 온실, 혹은 페르세포네가 부르는 대로 '유리 감옥'에 처넣을 것이다. 그 생각을 하자 속이 배배 꼬이는 듯했다. 그녀는 주위를 둘러보며 혹시나 데메테르의 스파이들이 있는지 살펴보았다. 커피하우스에서 웨이트리스에게 가했던 협박이 그녀와 렉사의 계획을 함구할 만큼 충분했던 걸까? 가장 친한 친구에게 오늘 밤 함께하겠다고 말한 뒤로, 만약 들켰을 때 데메테르가 가할 온갖 처벌 방식을 상상하느라 머릿속이 복잡했다. 데메테르는 딸을 과잉보호하는 양육자이자 복수심에 불타는 처벌자였다. 사실, 데메테르의 온실은 처벌을 위한 공간이었다고 해도 과언이 아니었다. 그곳에서 자라는 모든 꽃은 님프거나 왕이거나 여하튼 그녀의 노여움을 산 누군가였다. 바로 그 노여움 때문에 페르세포네는 귀가하자마자 강박증에 걸린 것처럼 집 안 모든 거울을 샅샅이 확인했던 것이다.

"오, 신들이여!" 새빨간 드레스를 입은 렉사가 주위를 한껏 둘러보더니 페르세포네를 바라보았다. "너무 멋지지 않아?"

페르세포네는 소리 내어 웃을 뻔했다. 신들의 위엄에 그다지 감명받지 않아서였다. 신들이 부와 불멸과 권력을 과시할 만큼 대단한 존재들이라면 적어도 인류에게 자비를 베풀어야 했다. 그런데 정작 신들은 인간들끼리 싸움을 붙이고, 오직 재미를 위해 세상을 파괴하고 재건하는 데 시간을 쏠 뿐이었다.

페르세포네는 높다란 타워를 올려다보며 인상을 찌푸렸다. "난 검은색이 참 별로야."

"하데스를 보고 나면 말이 달라질걸." 렉사가 말했다.

페르세포네는 룸메이트를 노려보았다. "하데스는 여기 없다면서!"

렉사는 페르세포네의 어깨에 손을 얹고 지그시 눈을 맞춘 후 말했다. "페르세포네, 오해는 하지 마. 물론 넌 정말 섹시하고 아름답지만…… 네가 하데스의 관심을 끌 확률이 현실적으로 얼마나 되겠어? 여긴 이렇게 사람이 많은데."

렉사의 말에도 일리가 있었다. 그래도, 만약 글래머가 사라진다면? 하데스는 그녀의 뿔을 바로 알아볼 것이다. 그가 자신의 영역에서 다른 신, 게다가 단 한 번도 만난 적 없는 신과 마주할 기회를 놓칠 리 없었다.

속이 울렁거렸다. 페르세포네는 머리카락을 만지작거린 뒤 드레스 매무새를 가다듬었다. 렉사가 자신을 바라보고 있는 줄도 몰랐던 그녀는 이 말에 화들짝 놀랐다.

"그냥 솔직하게 하데스를 만나고 싶다고 인정하면 안 돼?"

페르세포네는 불안한 웃음을 터뜨렸다. "만나고 싶지 않아."

관심 있다고 말하는 게 왜 이렇게 어려울까? 알 수 없었다. 하지만 그 신을 만나고 싶다는 것을 인정할 수밖에 없었다.

렉사는 이미 다 알고 있다는 눈빛을 보냈는데, 미처 다른 말을 꺼내기도 전에 앞줄에서 누군가 외치는 소리가 들려왔다. 페르세포네는 무슨 일이 일어나고 있는지 살펴보려 주위를 둘러보았다.

한 남자가 클럽 입구를 지키고 있는 거대한 오거에게 주먹을 휘두르려는 참이었다. 오거는 하데스가 자신의 요새를 지키기 위해 고용한, 무자비하고 잔혹하다고 악명이 높은 생물들이었다. 그러니 오거를 한 대 치려는 건 어리석은 생각이었다. 오거는 남자의 손목을 꽉 잡아 쥐면서도 눈 하나 깜빡하지 않았다. 어둠 속에서 검은 옷을 입은 덩치 큰 오거 두 마리가 더 나타났다.

남자는 오거들에게 붙잡혀 질질 끌려가면서 울부짖었다. "안 돼요, 잠시만요! 제발! 저는 그냥, 그냥 그녀를 돌려주기만 바랄 뿐이라고요!"

그의 목소리가 들리지 않게 되기까지는 꽤 오랜 시간이 걸렸다.

옆에서 렉사가 한숨을 쉬었다. "저런 사람이 꼭 있다니까."

페르세포네는 못 믿겠다는 눈빛을 보냈다.

렉사가 어깨를 으쓱했다. 《델피 디바인》에는 사랑하는 사람들을 구하려고 지하 세계에 들어가려는 인간 얘기가 항상 나온다고."

《델피 디바인》은 렉사가 가장 좋아하는 가십 전문 잡지였다. 신들에 대한 렉사의 집착에 비견할 만한 건 아마도 패션뿐, 다른 건 없었다.

"하지만 그건 불가능하잖아." 페르세포네가 따졌다.

하데스가 자신의 영토를 철저하게 관리하는 것으로 유명하다는 건 모두가 알고 있는 사실이었다. 어떠한 영혼도 그에게 들키지 않고 나가거나 들어갈 수 없었다. 페르세포네는 그의 클럽도 지하 세계와 마찬가지라는 느낌을 받았다. 그 생각에 등골이 오싹해졌다.

"그래도 시도하는 사람들이 있지." 렉사가 말했다.

오거의 시야에 들어올 만큼 입구에 가까워졌을 때, 페르세포네는 왠지 들킨 기분이 들었다. 괴물의 말똥거리는 눈과 마주치자 전부 관두고 싶어졌지만, 대신 가슴 위로 팔짱을 낀 채 괴물의 기괴한 얼굴을 너무 오래 쳐다보지 않으려 애썼다. 그 얼굴은 종기로 뒤덮여 있었고 울퉁불퉁한 앞니는 죄다 날카로웠다. 어머니의 마법은 오거의 능력을 능가하니 괴물은 그녀의 글래머를 알아볼 수 없겠지만, 페르세포네는 어머니가 뉴 아테네에 스파이들을 여럿 심어두었다는 것을 알고 있었다. 최대한 조심해야 한다.

렉사가 자신의 이름을 말하자, 오거는 재킷 옷깃에 고정된 마이크에 대고 말하려다 멈칫했다. 잠시 후, 그는 손을 뻗어 네버나이트의 문을 당겨 열었다. 안으로 들어서니 공간이 작고 어둑한 데다 고요해서 놀랐는데, 좀 전의 오거 두 마리가 돌아와서 그 공간에 서 있었다.

괴물들은 렉사와 페르세포네를 번갈아 본 뒤 물었다. "가방?"

오거들이 휴대폰과 카메라 등 금지된 물품을 확인할 수 있도록 둘은 클러치를 열었다. 네버나이트의 첫 번째 규칙은 사진 촬영 금지였다. 사실, 하데스가 참석하는 모든 행사에는 이 규칙이 적용되었다. 렉사가 이 규칙을 설명해주었을 때 페르세포네는 이렇게 물었다.

"어떤 호기심 많은 인간이 사진을 찍을지 하데스는 대체 어떻게 아는 걸까?"

"어떻게 아는지는 나도 전혀 모르겠어." 렉사가 말했다. "그냥 그가 안다는 것만 알아. 또 그 대가가 끔찍하다는 것도."

"어떤데?"

"휴대폰이 고장 나고, 네버나이트에 입장이 금지되는 데다, 가십 잡지에 이야기가 실리지."

페르세포네는 흠칫했다. 하데스는 진지하니 그 얘기도 일리가 있었다. 죽음의 신은 비밀스럽기로 유명하다. 심지어 스캔들이 난 적이 단 한 번도 없었다. 페르세포네는 하데스가 아르테미스나 아테나처럼 순결의 서약을 한 건지 궁금했지만, 그가 대중의 시선에서 철저히 벗어나 있다는 건 분명했다. 그녀는 그의 그런 면에 남몰래 감탄했다.

가방 안을 모두 확인한 뒤, 오거들은 또 다른 문을 열어젖혔다. 렉사가 페르세포네의 손을 잡아 이끌었다. 한순간 서늘한 공기가 피부에 닿았고, 동시에 영혼들의 냄새와 땀 냄새, 쌉쌀한 오렌지 같은 냄새가 훅 끼쳐왔다.

수선화. 페르세포네는 냄새의 정체를 알아차렸다.

어느 순간 봄의 여신은 클럽 바닥이 내려다보이는 발코니에 서 있었다. 어디에나 사람들이 있었다. 테이블 앞에 둘러앉아 카드 게임을 하고, 어깨를 맞대다시피 한 채 바에 앉아 술을 마시는 이들의 실루엣이 붉은색 백라이트에 비쳤다. 플러시 천이 드리운 칸막이 자리가 몇 개 있었고 그 역시 사람들로 가득 차 있었지만, 페르세포네의 눈길을 끈 것은 클럽 한가운데였다. 움푹 파인 댄스 플로어에서 춤추는 사람들은 마치 대야에 담긴 물 같았다. 사람들은 붉은 빛줄기 아래서 황홀한 리듬으로 서로를 향해 몸을 움직였다. 천장에는 크리스털 유리와 연철로 만든 샹들리에가 줄지어 달려 있었다.

"이리 와!"

렉사가 1층으로 내려가는 계단 쪽으로 페르세포네를 이끌었다. 그녀는 군중 속에서 렉사를 잃을까 두려워 손을 꼭 잡았다.

렉사가 향하는 방향을 파악하는 데 잠시 시간이 걸렸지만, 곧 그들은 바에 도착했다. 한 사람이 앉을 만한 공간에 두 명의 몸을 구겨 넣었다.

"맨해튼 두 잔요." 렉사가 주문했다.

그런데 클러치를 열려는 순간, 팔 하나가 슬쩍 둘 사이를 비집고 들어와 달러 몇 장을 던지듯 내려놓았다.

뒤이어 목소리가 들려왔다. "제가 사겠습니다."

렉사와 페르세포네가 뒤를 돌아봤을 때, 한 남자가 서 있었다. 다이아몬드처럼 날카로운 턱선에, 눈동자 색만큼 짙은 색의 머리카락이 풍성하게 곱슬거렸고, 피부는 아름답게 윤이 나는 갈색이었다. 그는 페르세포네가 지금까지 본 가장 잘생긴 남자에 속했다.

"고마워요." 렉사의 목소리가 떨렸다.

"뭘요." 그가 씩 웃으며 말하자, 가지런한 흰 치아가 반짝였다. 오거의 소름 끼치는 뻐드렁니와는 완전히 상극이었다. "네버나이트에 처음 오셨나 봐요?"

렉사가 빠르게 답했다. "네, 그쪽은요?"

"아…… 저는 여기 단골이에요." 그가 말했다.

페르세포네는 렉사를 바라보았고, 렉사는 그녀의 생각을 읽어내곤 바로 물었다. "어떻게요?"

"그냥 운이 좋은 것 같네요." 남자는 사람 좋게 웃으며 손을 뻗었다. "아도니스입니다."

그는 렉사와, 이어서 페르세포네와 악수를 나누었고 서로의 이름을 말했다.

"제 테이블에 합석하실래요?"

"좋죠." 그들은 동시에 답한 뒤 키득거렸다.

각자의 술잔을 손에 든 채, 페르세포네와 렉사는 아도니스를 따라 아까 발코니에서 보았던 칸막이 자리 중 하나로 갔다. 자리마다 두 개의 초승달 모양 벨벳 소파가 자리해 있었고, 그 사이에 테이블이 놓여 있었다. 이미 남자 여섯 명과 여자 다섯 명이 앉아 있었는데, 그들은 렉사와 페르세포네도 함께 앉을 수 있도록 자리를 비켜주었다.

"여러분, 이쪽은 렉사, 그리고 페르세포네입니다." 아도니스가 그의 친구들을 가리키고 이름을 하나씩 말해주었지만, 페르세포네는 그녀와 가장 가까이 앉은 이들만 알아챘다. 아로와 크세르크세스, 둘은 쌍둥이로 똑같이 연한 적갈색 머리카락에 주근깨가 나 있었고 예쁘장한 푸른색 눈동자를 지녔으며 버드나무처럼 늘씬했다. 시빌은 금발 머리에 아름다운 여자로, 긴 다리가 소박한 흰색 드레스 밑으로 드러나 있었다. 그녀는 쌍둥이 사이에 앉아 있었는데 페르세포네와 렉사에게 말을 걸기 위해 아로 쪽으로 몸을 기울였다.

"둘은 어디서 왔어?" 시빌이 물었다.

"이오니아." 렉사가 말했다.

"올림피아." 페르세포네가 말했다.

시빌의 눈동자가 커졌다. "올림피아에 살았어? 정말 좋았겠다!"

사실 페르세포네는 도시 중심지에서 아주 멀리 떨어진 어머니의 유리 온실에 살았기에 올림피아가 어떤 곳인지 잘 몰랐다. 올림피아는 뉴 그리스 신화에서 가장 유명한 관광지 중 하나로, 신들이 의회를 열고 거대한 영지를 관리하는 곳이다. 신들이 자리를 비울 때면 많은 저택과 정원은 관광객에게 개방되었다.

"아름다운 곳이었어." 페르세포네가 동의했다. "하지만 뉴 아테네도 아름다워. 나는…… 사실 올림피아에 살 때 별로 자유롭지 않았거든."

시빌은 동감한다는 의미를 담아 미소 지었다. "부모님 때문에?"

페르세포네는 고개를 끄덕였다.

"우린 모두 뉴 델피에서 왔어. 4년 전에 대학에 입학하려고 말이야." 아로가 그의 쌍둥이 형제와 시빌을 손짓하며 말했다.

"우리도 이곳의 자유가 좋아." 크세르크세스가 우스갯소리를 했다.

"전공은 뭐야?" 페르세포네가 물었다.

"건축." 쌍둥이가 동시에 답했다. "헤스티아대학교에 다녀."

"난 신학교에 다녀." 시빌이 말했다.

"시빌은 오라클이야." 아로가 엄지손가락을 치켜 올리며 말했다.

시빌은 얼굴을 붉히며 눈을 피했다.

"그러면 넌 신을 섬기게 되겠네!" 렉사가 입을 떡 벌렸다.

오라클은 인간들이 갈망하는 직책이었다. 신들의 전달자 역할을 하는 오라클이 되려면 특별한 예언의 재능을 타고나야 했다. 고대에는 신전에서 사제로 지내는 것을 뜻했지만, 이제는 언론 담당자 역할을 맡는다는 의미로 변화했다. 오라클은 성명을 발표하고 기자 간담회를 꾸리는 일을 했는데, 특히 신이 인간에게 전달할 예언이 있는 경우 그랬다.

"아폴론이 얘한테 눈독 들이고 있어." 크세르크세스가 말했다.

시빌은 눈동자를 굴리며 말했다. "듣는 것만큼 그렇게 멋진 일이 아니야. 가족들은 별로 좋아하지 않았거든."

페르세포네는 시빌의 말을 바로 이해할 수 있었다. 시빌의 부모님은 신을 믿는 이들과 신을 두려워하는 이들이 '불경한 자'라고 부르는 부류였던 것이다.

'불경한 자'는 신들이 처음 지구에 왔을 때부터 신을 거부한 인간들이었다. 그들은 이미 신들에게 버림받았다고 느꼈기에 순종하려 하지 않았다. 반란이 일어났고, 두 세력이 탄생했다. 심지어 '불경한 자'를 지지한 신들조차 인간을 꼭두각시처럼 부려 전쟁터로 내몰았고, 1년 동안 파괴와 혼돈, 전투가 계속되었다. 마침내 전쟁이 끝났을 때, 신들은 새로운 삶, 엘리시움보다 더 나은 삶을 약속했으며(확실히 하데스는 이것을 그다지 좋아하지 않았던 것으로 보인다) 이번에는 그 약속을 지켰다. 대륙을 연결하고 엮어 거대하고 빛나는 도시들을 건설한 후 뉴 그리스라는 이름을 붙인 것이다.

"글쎄, 내 부모님이라면 열광했을 거야." 렉사가 말했다.

페르세포네는 렉사와 눈을 맞춘 후 말했다. "부모님이 좋아하지 않으셨다니 속상했겠다."

그녀가 어깨를 으쓱했다. "그래도 이제는 여기에서 지내니까 훨씬 나아."

페르세포네는 자신과 시빌이 부모에 관해선 공통점이 많으리라는 것을 직감했다.

술잔이 몇 번 더 도는 동안, 대화는 세 사람의 우정에 관한 재미있는 일화들로 이어졌고, 페르세포네는 주변 환경에 정신이 산란해졌다. 머리 위에는 마치 어둠 속 별 같은 작은 조명들이 빛을 비추었고, 한 줄기 수선화가 자리마다 놓여 있었다. 그러다 어느 순간 2층 발코니의 연철 난간 쪽으로 누군가 어렴풋이 모습을 드러냈다. 주위를 두리번거리던 페르세포네의 시선이 바로 그 지점에서 멎었다. 그러곤 한 쌍의 어둠 속 눈동자와 눈이 마주쳤다.

방금까지 살면서 보았던 가장 잘생긴 남자가 아도니스라고 생각했던가?

아니, 틀렸다.

남자는 이제 페르세포네를 빤히 바라보고 있었다.

그의 눈 색깔을 알 수는 없었지만, 그 눈동자에 피부가 타오르는 느낌을 받았다. 마치 그가 그녀의 정체를 알고 있는 것 같았다. 도톰한 입술이 거친 미소를 띠자 검은색 수염으로 덮인 단단한 턱이 눈에 들어왔다. 2미터가 훌쩍 넘는 키에, 새까만 머리카락부터 검은색 양복에 이르기까지 온통 어둠을 몸에 휘감은 듯했다.

목구멍이 바싹 마르며 마음이 불편해졌다. 그녀는 안절부절못하며 다리를 꼬았는데 바로 후회했다. 남자의 시선이 바로 그녀의 다리에 꽂혔다가 천천히 상체 쪽으로 훑어 올라오며 몸의 곡선을 낱낱이 잡아챘기 때문이었다. 속에서 불이 화르륵 타오르는 것 같았다. 그 시선이 그녀가 얼마나 공허함을 느끼는지, 빈 곳을 얼마나 채우고 싶어 하는지를 상기시켰다.

대체 저 남자는 누구지? 어떻게 낯선 사람한테 이런 느낌을 받을 수 있는 걸까? 둘 사이에 발생한 숨 막히는 에너지의 흐름을 끊어내야 했다. 그 순간 가녀린 두 손이 뒤쪽에서 남자의 허리를 감았다. 그것으로 충분했다. 페르세포네는 그 여자가 누군지 살펴보지 않았다. 곧장 렉사 쪽으로 고개를 돌리곤 목을 가다듬었다.

이제 일행들은 펜타트론 경기에 대해 이야기를 나누고 있었다. 멀리뛰기, 창던지기, 원반던지기, 레슬링, 그리고 단거리 경주 등 총 다섯 개 종목이 펼쳐지는 연례 운동 경기였다. 펜타트론은 경쟁이 치열한 뉴 그리스의 몇몇 도시에서 엄청난 인기를 끌었는데, 페르세포네는 딱히 팬은 아니었지만 펜타트론의 스포츠 정신은 마음에 들었고 뉴 아테네를 응원하는 게 즐겁기도 했다. 그녀는 대화에 귀를 기울이려 했지만 몸이 거부했고, 마음은 다른 데 가 있었다. 발코니의 저 남자에게 몸을 내주면 느낌이 어떨까? 그러면 이 공허함을 채워줄 수 있을 텐데. 몸속 가득히 차오르는 불같은 감각을 잠재우고, 고통을 끝내줄 텐데.

그러나 그에겐 이미 애인이 있었다. 애인은 아니더라도 어떤 식으로든 얽힌 다른 여자가.

그가 아직 발코니에 서 있는지 보고 싶다는 마음을 최대한 억눌러봤지만 결국 호기심이 이겼다. 하지만 고개를 돌려 바라보니 발코니는 텅 비어 있었다. 그녀는 실망감에 인상을 찌푸리곤 목을 쭉 빼서 군중 사이를 두리번거렸다.

"하데스 찾아?" 아도니스가 농담을 던졌다.

페르세포네가 당황하며 고개를 휙 돌리곤 그와 눈을 맞추었다. "아, 아니야……."

렉사가 끼어들었다. "오늘 밤엔 여기 왔다더라."

아도니스가 하하 웃으며 말했다. "맞아. 주로 위층에 있지."

"위층에는 뭐가 있는데?" 페르세포네가 물었다.

"라운지. 조용해, 더 내밀하고. 조건을 협상할 때 평온한 상태이길 바라나 보지."

"조건?" 페르세포네가 되물었다.

"응, 계약 말이야. 인간들은 그와 거래를 하려고 여기에 찾아와. 돈이건 사랑이건 뭐건 간에. 진짜 개판인 게 뭐냐면, 인간이 지면 하데스가 조건을 택할 수 있다는 점이야. 보통 그는 불가능한 일을 하라고 시키거든."

"그게 무슨 말이야?"

"그가 사람들의 약점을 꿰뚫어 볼 수 있다는 게 확실해. 그러니까 알코올 중독자에게 술에 취하지 말라고 요구하고, 섹스 중독자에게 순결을 유지하라고 요구하지. 조건에 부응하면 그들은 살 수 있게 돼. 만약 실패하면, 그는 그들의 영혼을 가져가. 그들이 지길 바란다고 봐야지."

속이 울렁거렸다. 페르세포네는 하데스의 도박이 어느 정도 수준 인지 몰랐다. 그녀가 가장 많이 들었던 말은 하데스가 인간의 영혼 을 요구한다는 것이었는데, 이건 더 심했다. 생각보다 더 나빴다. 이 건…… 일종의 착취였다.

하데스는 어떻게 인간들의 약점을 아는 걸까? 운명의 여신들과 상의하는 건가? 아니면 애초에 그런 힘을 가진 걸까?

"위층에 올라갈 수 있는 방법이 있어?" 페르세포네가 물었다.

"암호를 안다면 갈 수 있지." 아도니스가 말했다.

"암호는 어떻게 알 수 있는데?" 렉사가 물었다.

아도니스는 어깨를 으쓱했다. "내가 알면 지옥에 가겠지. 내가 여 기 오는 건 죽음의 신과 거래하기 위해서가 아니거든."

그녀 역시 하데스와 거래하고 싶은 생각은 없었지만, 어떻게 사람 들이 암호를 알게 되는지 궁금했다. 하데스는 내기를 어떻게 받아 들일까? 인간들이 자신의 사연을 말하면 내기할 만한 것을 선택하 는 걸까?

렉사가 일어서며 말했다. "페르세포네, 화장실 가자."

그녀는 페르세포네의 손을 잡고 사람들로 가득한 복도를 가로질 러 화장실로 향했다. 긴 줄 끝에 서서 기다리는 동안, 렉사는 페르 세포네에게 기대어 함박웃음을 지어 보였다.

"쟤보다 더 매력적인 남자 봤어?" 그녀가 속삭였다.

페르세포네가 눈살을 찌푸렸다. "아도니스 말이야?"

"당연히 아도니스지! 또 누가 있겠어?"

페르세포네는 렉사가 아도니스에게 눈길을 주는 사이에 그 표현에 딱 걸맞은 다른 남자를 봤다고 말해주고 싶었지만, 대신 이렇게 말했다. "너 완전 반했구나."

"난 사랑에 빠졌어."

"사랑에 빠졌다니. 방금 만났으면서!"

"그래, 어쩌면 사랑은 아니겠지. 하지만 그가 나더러 아기를 낳자고 한다면 난 동의하겠어."

"완전히 미쳤네."

"솔직한 거지." 그녀가 씩 웃더니 갑자기 진지한 얼굴로 말했다. "약해져도 괜찮아, 알지?"

"무슨 말이야?" 페르세포네는 자신의 어조가 날카롭게 들려 스스로도 놀랐다.

렉사는 어깨를 으쓱하며 말했다. "아무것도 아니야."

페르세포네는 더 자세히 말해달라고 하고 싶었지만, 미처 말을 꺼내기 전에 화장실 문이 열렸고 렉사는 안으로 들어갔다. 페르세포네는 기다리면서 렉사가 한 말이 대체 무슨 뜻인지 머릿속으로 생각을 정리했다. 그 순간 다른 화장실 문이 열렸다.

화장실에서 나왔지만, 렉사의 모습은 북적이는 사람들 틈에 보이지 않았다. 하데스가 거래하는 곳으로 추정되는 발코니를 올려다보았다. 어쩌면 렉사는 위층으로 올라간 걸까?

바로 그때, 페르세포네의 시선이 바다색 눈동자 한 쌍과 마주쳤다. 한 여자가 계단 끄트머리의 기둥에 기대어 서 있었다. 페르세포네는 왠지 낯익다고 생각했지만 누구인지는 기억나지 않았다. 여자의 머리카락은 황금색 비단결 같았고 헬리오스의 태양처럼 빛났으며, 피부는 부드러운 크림색에다 눈동자 색과 꼭 어울리는 현대식

페플로스(고대 그리스의 여성들이 입었던 긴 겉옷-옮긴이)를 입고 있었다.

"누구를 찾고 계신가요?" 여자가 물었다.

"제 친구요." 페르세포네가 말했다. "빨간색 옷을 입고 있어요."

"그분은 올라가셨어요." 여자는 계단 쪽으로 고개를 살짝 기울였다. "저기 가보셨나요?"

"아, 아뇨. 안 가봤어요." 페르세포네가 말했다.

"암호를 알려드릴 수 있어요."

"당신은 어떻게 암호를 아는 거예요?"

"어쩌다가요." 여자는 어깨를 으쓱하고는 잠시 말을 멈췄다가 다시 물었다. "그럼?"

페르세포네는 호기심이 이는 것을 부정할 수 없었다. 이것이 바로 그녀가 찾던 스릴감, 그녀가 갈망했던 모험이었다.

"알려주세요."

여자는 피식 웃었다. 그녀의 눈동자가 번쩍 빛났는데 페르세포네는 이상하게 경계심이 들었다.

"비극."

비극. 페르세포네는 그 단어가 끔찍하리만치 불길하게 느껴졌다.

"가…… 감사합니다."

그녀는 나선형 계단을 올라 2층으로 향했다. 마지막 계단을 올랐을 때, 금과 고르곤(머리카락이 뱀으로 되어 있는 세 자매로, 이들을 보는 자는 누구나 돌로 변했다고 한다-옮긴이)으로 장식된 어두운 문과 마주했다. 고르곤의 얼굴에는 심한 흉터가 있었는데, 흰색 가리개가 눈을 덮고 있었음에도 선명히 보였다. 다른 동족과 마찬가지로 고르곤은 한때 머리카락 자리에 뱀을 지녔다. 지금은 흰색 망토가 그녀의 머리와 몸을 뒤덮고 있었다.

가까이 다가가 살펴보니 벽이 거울처럼 반사되는 재질이었다. 벽에 반사된 그녀의 뺨은 발그레했고 눈동자는 빛나고 있었다. 이곳에 오고 나서부터 글래머는 조금씩 옅어지고 있었다. 누군가 눈치라도 챘다면 그녀는 흥분과 술 탓으로 돌릴 것이다. 왜 이렇게 긴장되는 건지 모를 일이었다. 어쩌면 저 문 너머에 무엇이 있을지 알 수 없어서일지도 모른다. 고르곤은 고개를 들었지만 아무 말도 하지 않았다. 잠시 동안 침묵이 흘렀고, 다음 순간 고르곤이 숨을 크게 들이쉬었다.

"신이시여." 고르곤이 속삭였다.

"뭐라고요?" 페르세포네가 물었다.

"여신이시여."

"잘못 보셨어요."

고르곤이 웃음을 터뜨렸다. "저에게 눈은 없을지라도, 냄새는 맡을 수 있지요. 무슨 희망을 안고 여기에 들어오려 하십니까?"

"여신과 대화한다는 사실을 아는 생물치고 대담하구나."

고르곤은 미소 지었다. "당신을 섬길 때에만 여신으로 변하시는 겁니까?"

"비극!" 페르세포네가 황급히 소리쳤다.

그 순간 문이 열렸고, 고르곤은 여전히 미소를 띠고 있었지만 더 이상의 질문은 없었다.

"즐거운 시간 보내십시오, 여신님."

페르세포네는 괴물을 한 번 노려본 뒤, 더 작고 연기가 자욱한 방으로 들어섰다. 클럽의 본관과 달리 이곳은 아늑하고 고요했다. 머리 위에는 커다란 샹들리에 하나가 달려 있었지만 주변은 어둠에 잠겨 있었다. 몇몇 무리가 카드 게임을 하고 있었는데 누구도 그녀를 알아채지 못한 것 같았다.

뒤에서 문이 닫히자, 그녀는 렉사를 찾기 위해 발걸음을 옮기기 시작했다. 하지만 주변의 게임하는 사람들에게 계속 정신을 빼앗겼다. 우아한 손을 가진 여자가 카드를 나눠주는 모습이 보였고, 테이블에 둘러앉은 사람들이 이런저런 농담을 주고받는 소리가 들려왔다. 그러던 중 그녀는 게임을 마친 사람들이 자리를 뜨는 테이블 앞에 당도했다. 무엇이 자신을 이끌었는지는 알 수 없었지만, 자리에 앉기로 마음먹었다.

딜러가 고개를 까닥였다. "안녕하십니까, 손님."

"게임을 할 겁니까?" 그녀 뒤에서 남자의 목소리가 들려왔다.

페르세포네의 가슴속 깊은 곳까지 울리는 낮은 목소리였다.

고개를 돌리자 한없이 깊은 눈동자 한 쌍과 정면으로 마주쳤다. 발코니에서 봤던 바로 그 남자가 어둠 속에 서 있었다. 갑자기 몸속의 피가 참을 수 없을 정도로 끓어오르는 게 느껴졌고, 얼굴이 달아올랐다. 그녀는 그의 시선을 피하려 다리를 꼬았고, 손에 힘을 주었다.

이 정도 가까운 거리에서 다시 보니 그의 외모에서 남은 부분들이 채워지는 듯했다. 그는 아주 어둠과 가깝게, 그러니까 비탄을 머금은 것처럼 아름다웠다. 눈동자는 흑요석 빛을 띠었고 속눈썹은 풍성했으며, 머리카락은 뒤쪽으로 가지런히 묶여 있었다. 키가 클 것이라는 추측은 맞았다. 그와 시선을 맞추기 위해서는 고개를 뒤로 젖혀야만 했으니까.

가슴이 아려오기 시작했을 때에야 페르세포네는 남자가 다가온 뒤로 줄곧 숨을 참고 있었다는 사실을 깨달았다. 그녀는 천천히 공기를 들이마셨고, 그러자 남자에게서 나는 향기를 맡을 수 있었다. 연기와 향신료와 겨울 공기를 닮은 향. 그 향이 그녀 안의 모든 빈 공간 구석구석을 가득 채웠다.

그녀가 시선을 거두지 않자, 그는 술잔을 들어 한 모금 마신 뒤 입술을 깨끗이 핥았다. 죄의 화신이 있다면 바로 저 모습일 것이다. 자신의 몸이 남자에게 반응하는 것을 느끼며 그것을 직감했다. 그가 이 감각을 모르길 바랐다.

그래서 미소를 지은 뒤 말했다. "저를 가르쳐주실 수 있다면요."

남자는 입술을 움찔거리며 검은 눈썹을 치켜떴다. 그는 한 모금 더 마신 뒤, 테이블 쪽으로 걸어와서 그녀 옆자리에 앉았다.

"게임 규칙도 모르면서 테이블 앞에 앉다니 용감하군요."

그녀는 남자와 눈을 맞추었다. "안 그럼 어떻게 배우겠어요?"

"흠." 그는 잠시 고민하는 듯했다. "똑똑하군."

남자는 그녀를 눕히려는 것처럼 바라보았고, 그 시선에 페르세포네는 몸을 떨었다.

"당신을 한 번도 본 적이 없는 것 같습니다."

"오늘 처음 왔거든요. ……여기 자주 오시나 봐요."

그의 입술이 다시 움찔거렸다. "그렇습니다."

"왜요?" 그녀가 물었다.

페르세포네는 자신이 그 질문을 소리 내어 말했다는 사실에 놀랐다. 그 또한 마찬가지였는지 눈썹을 치켜떴다.

그녀는 어떻게든 만회해보려고 했다. "그러니까…… 대답 안 하셔도 돼요."

"대답하겠습니다. 당신도 제 질문에 대답한다면."

그녀는 잠시 그를 쳐다본 뒤 고개를 끄덕였다. "좋아요."

"제가 여기 오는 이유는…… 즐겁기 때문입니다." 하지만 그는 말하면서도 그 의미가 무엇인지 자신도 모르는 것 같았다. "그러면 당신은…… 오늘 밤 왜 여기 왔습니까?"

"제 친구 렉사가 예약 대기 명단에 이름을 올렸어요."

"그건 다른 질문에 대한 답입니다. 오늘 밤 왜 여기에 왔습니까?"

그녀는 그의 질문에 잠시 고민한 뒤 답했다. "아까는 반항이라고 생각했어요."

"그럼 지금은 확신이 없습니까?"

"반항인 건 확실해요." 페르세포네는 테이블 위를 손가락으로 쓸었다. "그냥 제가 내일 어떤 마음이 될지 모르겠어요."

"무엇에 반항하고 있습니까?"

그녀는 그를 바라본 뒤 미소를 지었다. "질문 하나라고 했잖아요."

그도 미소를 지었다. 그러자 가슴이 더욱 세차게 뛰었다.

"그랬습니다."

한없이 깊은 눈을 들여다보자, 그녀는 그가 자신을 꿰뚫어 본다고 느꼈다. 글래머나 심지어 피부와 뼈가 아니라, 그녀의 본질을. 그러자 몸이 떨렸다.

"춥습니까?" 그가 물었다.

"네?"

"자리에 앉은 이후부터 계속 떨고 있습니다."

그녀는 얼굴이 달아오르는 것을 느꼈다. "당신이랑 함께 있던 그 여자는 누구죠?"

그의 얼굴에 당혹감이 드리웠다가 이내 걷혔다. "아, 민테 말인가요. 항상 손을 엉뚱한 데 올려놓곤 하지요."

페르세포네는 창백해졌다. 왠지 그 여자가 정부라는 말처럼 들렸고, 만약 그게 맞다면 그녀는 관심을 끌 것이다.

"저…… 저 이제 가봐야 할 것 같아요."

바로 그때, 그가 그녀의 손 위에 손을 포갰다. 그의 짜릿한 손길에 몸 안팎이 죄다 뜨끈해지는 것 같았다. 그녀는 재빨리 손을 빼냈다.

"아니."

그는 거의 명령하듯 말했고, 페르세포네는 그를 노려보았다.

"뭐라고요?"

"제 말은, 아직 당신에게 게임을 가르쳐주지 않았다는 겁니다." 그의 목소리가 매혹적인 속삭임으로 바뀌었다. "하게 해주십시오."

그와 눈을 맞춘 건 실수였다. 그 눈을 바라보고 나자 거절할 수가 없었다. 그녀는 침을 꿀꺽 삼키고 긴장을 풀기 위해 애썼다.

"그럼, 가르쳐주세요."

그는 그녀를 빨아들일 듯 강렬하게 바라본 뒤 카드로 시선을 옮겼다. 카드를 섞으며 그가 설명했다. "이건 포커입니다."

그녀는 카드를 섞는 그의 손가락이 우아하다고 생각했다. 피아노를 치는 걸까?

"파이브 카드 드로(다섯 장의 카드로 플레이하며 카드를 전혀 공개하지 않는 포커 게임-옮긴이)를 한 뒤 내기를 시작하겠습니다."

페르세포네는 자신의 손을 내려다보았다. 클러치를 가지고 오지 않았다.

하지만 남자는 재빨리 말했다. "그럼 내기 말고 질문에 답하기로 하지요. 제가 이기면 제 질문에 당신이 답해야 합니다. 당신이 이기면 제가 당신 질문에 답하겠습니다."

페르세포네는 얼굴을 찌푸렸다. 그가 던질 질문이 뭔지 알고 있었지만, 질문에 답하는 건 모든 돈을 잃고 영혼까지 빼앗기는 것보다는 나을 것이다.

"좋아요."

그의 관능적인 입술 위에 미소가 피어올랐다. 그러자 얼굴선이 더욱 진해지며 그가 한층 더 매력적으로 보였다. 이 남자 대체 누구지? 이름을 물어볼까 싶었지만, 네버나이트에서 친구를 사귀고 싶지는 않았다.

두 사람 몫의 카드 다섯 장을 나누어주면서, 남자는 설명했다. 포커에서는 열 개의 순위를 매기며 제일 낮은 것이 하이 카드, 제일 높은 것이 로열 플러시이고, 목표는 상대보다 높은 순위에 오르는 것이라고. 체킹, 폴딩, 블러핑 같은 개념들도 설명해주었다.

"블러핑요?" 페르세포네가 되물었다.

"때때로, 포커는 그저 속이는 게임일 뿐입니다…… 특히나 당신이 지고 있을 때는."

페르세포네는 손을 들여다보곤 그가 말해준 순위들을 곱씹어보았다. 그녀는 카드가 위를 향하도록 펼쳐놓았고 남자도 똑같이 했다.

"퀸이 두 개군요. 나는 풀하우스입니다."

"그럼…… 당신이 이겼네요." 그녀가 말했다.

"네." 그가 재빨리 승자의 요구를 했다. "당신이 반항하는 대상은 누구입니까?"

그녀는 쓴웃음을 지었다. "엄마예요."

그가 눈썹을 치켜떴다. "어째서입니까?"

"한 판 더 이기시면 답해드리죠."

그는 한 번 더 게임을 했고 또 이겼다. 이번에 그는 질문을 하지 않고 기대에 찬 눈빛으로 바라보기만 했다.

그녀는 한숨을 내쉬었다. "왜냐하면…… 엄마 때문에 미쳐버릴 것 같아서예요."

그는 다른 말이 나오길 기다리며 빤히 바라보았다.

그녀는 미소 지었다. "답이 상세해야 한다고 말한 적은 없잖아요."

그가 맞받아치듯 미소 지었다. "확신컨대, 미래를 위해 남겨놓겠습니다."

"미래요?"

"이번이 우리가 포커를 치는 마지막 날이 아니길 바랍니다."

그녀는 긴장감으로 온몸이 터질 듯했다. 오늘이 네버나이트에 오는 처음이자 마지막 날이라고 말해야 했다. 그러나 아무 말도 나오지 않았다.

그는 다시 한번 게임을 했고 또 이겼다. 페르세포네는 자꾸 지는 것도, 남자의 질문에 답하는 것도 싫었다. 그나저나 그는 왜 자신에게 이토록 관심을 보이는 걸까? 좀 전에 함께 있던 그 여자는 어디 있는 거지?

"왜 어머니에게 그렇게 화가 났습니까?"

"……엄마는 나에게 내가 아닌 무언가가 되라고 강요해요." 페르세포네는 카드로 시선을 떨구었다. "사람들이 왜 이걸 하는지 이해가 안 가네요."

그가 고개를 기울였다. "게임이 재미없습니까?"

"재미는 있어요. 하지만…… 사람들이 왜 하데스랑 내기를 하는지 이해가 안 돼요. 왜 자신들의 영혼을 그에게 팔려는 걸까요?"

"영혼을 팔기 위해 게임을 하는 건 아닙니다. 자신들이 이길 수 있다고 생각해서 하는 거지요."

"그런가요? 그들이 이기기도 하나요?"

"가끔은."

"그게 그를 화나게 할까요? 당신 생각엔 어떤가요?"

이 질문 역시 머릿속에서만 생각하려 했는데 입술 바깥으로 새어 나가버렸다. 그는 씩 웃었다. 그 미소에 현기증이 날 것 같았다.

"달링, 나는 어떻게든 이깁니다."

그녀의 눈이 휘둥그레지더니, 벌떡 일어섰다. 그의 이름이 마치 저주처럼 입술 사이로 흘러나왔다.

"하데스."

그녀가 이름을 입에 올리자 그는 움찔했는데, 좋은 것인지 나쁜 것인지는 알 수 없었다. 그의 눈동자는 더욱 짙어졌고, 미소 짓던 입꼬리는 도무지 읽어낼 수 없는 표정으로 바뀌었다.

"가야겠어요."

그녀는 휙 뒤돌아 작은 방을 뛰쳐나갔다.

이번에는 그가 막아설 틈을 주지 않았다. 페르세포네는 나선형 계단을 빠르게 내려가 플로어의 군중 틈바구니 속으로 뛰어들었다. 그러는 내내, 하데스의 손가락이 닿았던 손목 부위를 기민하게 느꼈다. 화상을 입은 것 같다고 표현하면 과장일까?

출구를 찾는 데는 시간이 걸렸으나, 마침내 찾아내고는 힘껏 문을 밀었다. 밖으로 나온 후 숨을 몇 번 고르고 나서 택시를 잡았다. 몸을 구겨 택시에 타면서, 그녀는 렉사에게 먼저 가겠다는 내용의 짧은 문자 메시지를 보냈다. 마음은 불편했지만, 자신이 저 타워에 1분도 더 머물 수 없다는 이유로 렉사마저 일찍 떠나게 만드는 건 불공평하니까.

대체 무슨 짓을 한 거지?

지하 세계의 신 하데스가 그녀를 가르치고, 만지고, 게임 상대로 만들고, 질문에 답하도록 내버려두었다.

그리고 그가 이겼다.

하지만 최악은 따로 있었다. 오늘 밤이 오기 전까지는 존재하는 줄도 몰랐던 그녀 안의 뭔가가 다시 저곳으로 돌아가 그를 찾아내고, 그의 몸을 탐구하게 해달라고 외치고 싶다는 사실이었다.

3장
뉴 아테네 뉴스

아침은 빨리 왔다.

페르세포네는 거울을 들여다보며 글래머가 제자리에 있는지 살펴보았다. 어머니에게 빌린 거라 약한 마법이긴 했지만, 뿔을 숨기고 진녹색 눈동자를 이끼 색으로 만들기에는 충분했다.

그녀는 눈 주변 글래머를 좀 더 짙게 만들기 위해 손을 뻗었다. 그 부위에 마법을 적용하는 게 제일 어려웠는데, 눈동자의 형형한, 인간답지 않은 빛을 흐리게 만드는 데 가장 강력한 마법이 필요했기 때문이었다. 손목으로 시선이 향하자 그녀는 마법을 쓰려던 동작을 멈췄다.

손목에 뭔가 어두운 것이 자리하고 있었다. 좀 더 자세히 들여다보자 피부 위로 검은색 점 몇 개가 솟아 있었다. 몇 개는 작았고 몇 개는 컸다. 마치 단순하고도 우아한 문신이 새겨진 것 같았다.

그리고 뭔가 잘못됐다.

페르세포네는 수도꼭지를 틀고 피부가 발갛게 일어날 때까지 세게 문질러보았지만 검은색 점들은 사라지지도, 옅어지지도 않았다.

오히려 더욱 진해지는 것 같았다.

그러자 어젯밤 일이 기억났다. 그녀가 떠나려 하자 하데스의 손이 자신의 손 위로 포개지던 순간을. 그의 손에 담긴 온기가 전해졌지만, 이후에 허둥지둥 클럽을 나설 때 그 온기는 타는 듯한 감각으로 변했고, 어젯밤 잠자리에 들 때쯤 더욱 심해졌다. 몇 번이나 불을 켜서 손목을 살펴봤지만 아무것도 없었다.

오늘 아침이 될 때까지.

다시 거울을 향해 고개를 들자, 그녀의 글래머는 분노로 흐트러져 있었다. 더 있으라는 그의 요구에 왜 응했던 거지? 왜 나서서 죽은 자들의 신에게 카드 게임을 가르쳐달라고 제안했을까?

사실 그녀는 알고 있었다. 그의 아름다움에 홀렸던 것이다. 하데스가 그토록 매력적인 남자라고, 숨이 멎을 것 같은 미소와 심장을 멎게 하는 눈빛의 소유자라고 왜 아무도 경고해주지 않았던 거야?

손목 위의 이 표식은 무엇을 뜻하는 걸까?

하나는 확실했다. 하데스는 이걸 답해줘야 한다.

오늘.

하지만, 먼저 인턴십부터 하러 가야 했다. 어머니가 준 어여쁜 장식 상자로 눈길이 향했다. 상자는 화장대 구석에 장신구들을 품은 채 얌전히 놓여 있었지만, 그녀가 열두 살이었던 때에는 그 안에 황금 씨앗 다섯 개가 담겨 있었다. 마법을 통해 만들어낸 그 씨앗들은 봄의 여신인 그녀를 위한 백금색 장미로 피어날 거라고 데메테르는 말해주었다.

페르세포네는 그 씨앗들을 심은 뒤 최선을 다해 가꾸었지만, 봉오리가 움트는 대신 죄다 검게 시들고 말았다. 시든 장미를 바라보던 어머니의 얼굴을 결코 잊지 못할 것이다. 충격과 실망이 담긴, 그리고 자신의 딸이 키운 꽃들이 마치 지하 세계에서 튀어나온 것 같은 모양새가 되었다는 사실을 도무지 믿을 수 없다는 표정.

데메테르가 손을 뻗어 매만지자마자 꽃들은 생명을 얻어 활짝 피어났다. 페르세포네는 다시는 꽃들에게 가까이 다가가지 않았다. 온실 안에서 그 주변은 피해 다녔다.

상자를 바라보는 동안 피부에 난 자국은 그녀의 수치심만큼이나 뜨거워졌다. 어머니가 절대로 알아채서는 안 된다. 페르세포네는 상자를 뒤져 표식을 덮을 만큼 두꺼운 팔찌를 찾아냈다. 하데스가 이 자국을 없앨 때까지는 팔찌를 차고 있으면 될 것이다.

그 순간 어머니가 눈앞에 나타났다. 페르세포네는 깜짝 놀라 펄쩍 뛰었다. 심장이 몸 밖으로 튀어나올 뻔했다.

"신들이시여! 엄마, 제발 평범한 부모님들처럼 문으로 들어오면 안 돼요? 노크도 하고요!"

보통 때라면 이렇게 화를 내지 않았을 테지만 지금은 신경이 날카로웠다. 절대로 데메테르가 네버나이트에 대해 알아선 안 된다. 그녀는 지난밤 입었던 옷을 미리 처리해두었다. 드레스는 렉사의 방에, 구두는 자신의 옷장 안에 넣었고 장신구는 가방에 넣어 문고리에 걸어두었다.

수확의 여신은 여느 때처럼 아름다웠고, 일곱 갈래로 뻗은 우아한 뿔을 글래머로 가릴 생각이 없었다. 머리카락은 페르세포네와 마찬가지로 금발이었지만 긴 생머리였다. 피부에선 광이 났고, 높이 솟은 광대뼈는 입술만큼이나 자연스러운 장밋빛을 띠었다. 데메테르는 뾰족한 턱을 높이 들고 눈을 가늘게 뜬 채 페르세포네를 살폈다. 그동안 그녀의 눈동자 색은 갈색에서 녹색으로, 다시 금색으로 변했다.

"헛소리하지 말거라." 그녀가 페르세포네의 뺨을 엄지와 검지로 붙잡은 채 더 강한 마법을 걸며 말했다.

페르세포네는 어머니가 무슨 짓을 하고 있는지 거울을 보지 않고도 알 수 있었다. 주근깨를 감추고, 뺨의 색을 더 밝게 만들고, 구불구불한 머리카락을 곧게 펴는 일. 데메테르는 페르세포네가 자신을 닮았다고 여겨질 때 만족스러워했기에, 페르세포네는 최대한 어머니를 덜 닮기 위해 노력했다.

"네가 인간 행세를 하고 있긴 하지만, 그래도 신처럼 보여야지."

페르세포네는 외모조차 어머니를 실망시켰다.

"됐다." 데메테르는 턱을 쥔 손을 풀며 말했다. "이제 아름답구나."

페르세포네는 거울을 들여다보았다. 예상대로였다. 데메테르는 페르세포네가 좋아하는 외모의 면면을 전부 덮어버렸다.

그럼에도 그녀는 가까스로 입을 뗐다. "고마워요, 엄마."

"아무것도 아니란다, 나의 꽃." 데메테르가 그녀의 뺨을 쓰다듬었다. "자, 이제 그 일에 대해 얘기해주렴."

'일'이라는 단어가 마치 저주처럼 들렸다. 페르세포네는 이를 악물었다. 속에서 분노가 얼마나 빠르고 격렬하게 일어나는지 스스로도 놀라울 지경이었다.

"인턴십이에요, 엄마. 제가 잘하면 졸업한 뒤에 직업을 갖게 될지도 몰라요."

데메테르는 잔뜩 인상을 찌푸렸다. "얘야, 넌 일할 필요 없다는 거 알잖니."

"그건 엄마 생각이고요." 그녀는 낮은 목소리로 뇌까렸다.

"지금 뭐라고 했니?"

페르세포네는 어머니 쪽으로 몸을 돌리곤 더 큰 소리로 말했다. "제가 하고 싶은 일이에요. 전 이 일을 잘한다고요."

"넌 잘하는 게 많잖니, 코레."

"그렇게 부르지 마세요!" 페르세포네가 외쳤다.

그러자 어머니의 눈이 번뜩였다. 페르세포네를 눈앞에서 놓쳤다는 이유로 자신의 님프 중 한 명을 세게 때리기 직전에 보였던 눈빛이었다.

페르세포네는 화를 내선 안 되었으나 제어가 되지 않았다. 그 애칭이 끔찍이도 싫기 때문이었다. 어린 시절 애칭이었던 '코레'는 정확히 처녀라는 뜻이었다. 단어 자체도 감옥 같았지만, 그보다 더 끔찍한 건 그 단어엔 선을 너무 멀리 벗어나면 감옥 쇠창살이 더욱 단단해질 거라는 의미가 담겨 있다는 사실이었다. 그녀는 마법을 쓸 수 없는 올림포스 신의 딸이었다. 게다가 어머니의 마법을 빌려 써야 했는데, 그 사슬 때문에 더욱더 어머니에게 복종하는 게 중요했다. 데메테르의 글래머가 없다면 페르세포네는 인간 세계에서 익명의 존재로 살아갈 수 없었다.

"죄송해요, 엄마." 그녀는 간신히 내뱉었다.

하지만 그 말을 꺼내며 여신과 눈을 맞추진 않았다. 부끄러워서가 아니라, 진심으로 하는 사과가 아니기 때문이었다.

"오, 나의 꽃. 네 탓이 아니란다." 데메테르는 딸의 어깨에 두 손을 얹었다. "이 인간 세계 때문이야. 그게 우리 둘 사이를 갈라놓고 있으니."

"엄마, 이상한 말 하지 마세요."

페르세포네는 데메테르의 양쪽 뺨에 두 손을 대고는 한숨을 내쉬었다. 다음 순간 그녀가 꺼낸 말은 전부 진심이었다.

"저한테는 엄마밖에 없어요."

데메테르는 딸의 손목을 붙잡은 채 미소를 지었다. 하데스의 표식이 불타는 듯 뜨거웠다. 그녀는 페르세포네의 뺨에 키스하려는 듯 몸을 살짝 기울였다. 하지만 그녀는 키스 대신 이렇게 말했다.

"바로 그 사실을 꼭 기억하렴."

그런 다음 사라졌다.

페르세포네는 참았던 숨을 내쉬었다. 몸은 축 늘어졌다. 아무것도 숨길 게 없는 때에도 어머니를 상대하는 건 지치는 일이었다. 이 다음에 받아들일 수 없는 일은 또 뭘까 추측하며 끝없이 신경을 곤두세워야 했으니까. 페르세포네는 시간이 지나며 어머니의 불쾌한 말들에 자신이 제법 단단해졌다고 생각했지만 그럼에도 어떤 말들은 여전히 날카롭게 찌르곤 했다.

그녀는 오늘 입을 옷을 골라보며 주의를 돌려보자고 결심했다. 러플 소매가 달린 예쁜 연분홍색 드레스, 흰색 웨지 슈즈, 그리고 흰색 핸드백. 집을 나서는 길에 거울에 비친 자신의 모습을 바라보며 머리카락과 얼굴에 덧입힌 글래머를 걷어내고 다시 곱슬머리와 주근깨를 되살려냈다. 그런 뒤 다시금 자기 자신이 된 모습에 미소 지었다.

집을 나서서 아침 햇살 속으로 발을 내딛자 기분이 나아졌다. 페르세포네에겐 차가 없었고 다른 신들처럼 순간 이동 능력도 없었기에 뉴 아테네를 돌아다닐 때 걷거나 버스를 타곤 했다. 오늘은 날이 따스하니 걷기로 결심했다.

페르세포네가 이 도시를 사랑하는 이유는 나고 자란 곳과는 완전히 딴판이기 때문이었다. 이곳에는 헬리오스의 따사로운 햇살 아래 반짝이는 거울 같은 고층 빌딩들이 있었다. 방대한 역사를 품은 박물관들과 예술 작품 같은 건물들이 즐비했고, 대부분의 골목마다 조각상과 분수가 있었다. 그 모든 돌과 유리와 금속으로 된 것들 사이로는 드넓은 공원들과 울창한 정원들이 자리했는데, 페르세포네는 저녁나절 그곳을 자주 산책하곤 했다. 신선한 공기는 그녀가 자유롭다는 사실을 일러주었다.

지금 이 순간에도 그녀는 불안을 달래기 위해 공기를 들이마셨다. 하지만 불안은 잠재워지지 않은 채 울렁이는 배 속으로 옮겨갔고, 손목 위 자국에 채워진 팔찌 때문에 더 악화되었다. 데메테르가 보기 전에 이것을 없애버려야 했다. 그러지 않으면 가까스로 얻어낸 몇 년간의 자유가 유리 상자 속으로 영영 사라질 것이다.

바로 그 불안이 페르세포네를 조심스럽게 만들었다.

하지만 어젯밤은 예외였다. 어젯밤 그녀는 반항심을 느꼈고, 피부 위에 생겨난 기묘한 표식에도, 네버나이트와 그곳의 소유자가 그간 자신이 원했던 모든 것임을 깨달았다.

그리고 그 느낌이 착각이길, 하데스가 역겹다는 생각이 들기를 간절히 바랐다. 그가 검은 눈으로 그녀의 몸을 훑던 순간을, 머리를 뒤로 한껏 젖혀 그와 시선을 맞추던 순간을, 그의 우아한 손가락이 카드를 섞던 순간을 어젯밤 내내 떠올리지 말았어야 했다.

그 기다란 손가락이 살결에 닿으면 어떤 느낌이 들까? 그 단단한 팔에 들려 넋을 잃으면 어떻게 될까?

어젯밤 이후로 그녀는 이전에는 단 한 번도 원하지 않았던 것들을 원하게 되었다. 이제 자신 안의 불안감은 타들어갈 듯 몹시 낯설고 강렬한 열망으로 바뀌었다.

신들이시여, 대체 왜 이런 생각을 하고 있는 거지?

죽은 자들의 신이 매력적이라고 느끼는 것과 그를 갈망하는 것은 달랐다. 그들 사이에 무슨 일이 일어날 리 없었다. 어머니는 하데스를 끔찍이 싫어했고, 그들의 관계가 금지되어 있다는 사실은 굳이 묻지 않아도 알 수 있었다. 또한 그녀는 내면에서 활활 타오르는 마음의 불을 끄는 것보다 어머니의 마법이 더 필요하다는 것도 알고 있었다.

어느새 아크로폴리스에 다다랐다. 찬란한 거울 벽면에 눈이 부셨다. 페르세포네는 금색 유리문을 향해 짧은 계단을 올랐다. 로비 층에는 회전식 문과 경비원들이 줄지어 있었다. 고층에 자리한 기업들, 그중에서도 제우스의 마케팅 회사인 오크 앤 이글 크리에이티브를 위해 필요한 인력이었다. 제우스의 추종자들은 천둥의 신을 잠시라도 보겠다는 일념으로 아크로폴리스 바깥에서 사람들 틈에 섞여 기다리는 것으로 유명했다. 한번은 그를 만나겠다며 폭도들이 건물을 습격하려 한 적도 있었는데, 사실 제우스는 대부분의 시간을 올림피아에서 보낸다는 점을 떠올리면 아이러니한 일이었다.

경비가 필요한 건 제우스의 사업체뿐만이 아니었다. 뉴 아테네 뉴스에서 발행하는 복잡한 기사들은 신과 인간 모두를 화나게 했다. 누군가 보복했다는 이야기는 들어보지 못했지만, 복수를 위해 이 건물의 60층을 분노에 차서 습격하는 신을 인간 경비원들로는 결코 막아낼 수 없을 거라고 페르세포네는 생각했다.

보안 검색대를 지나자 그녀를 언론사 층으로 태워다줄 엘리베이터들이 줄지어 늘어서 있었다. 문이 열리자 위쪽에 '뉴 아테네 뉴스'라고 내걸린 문구와 함께 널따란 리셉션 구역이 펼쳐졌다. 그 밑으로는 굽이굽이 휘어진 모양의 유리 책상이 놓여 있었고, 긴 곱슬머리를 지닌 아름다운 여자가 미소로 맞이했다. 그녀의 이름은 밸러리로, 페르세포네는 면접 날 만났던 것을 기억했다.

"페르세포네." 그녀가 책상을 빙 둘러 다가오며 말했다. "다시 뵙게 되어 반가워요. 이쪽으로. 디미트리가 기다리고 계신답니다."

밸러리는 유리 칸막이 너머 뉴스룸으로 페르세포네를 안내했다. 거기에는 금속과 유리로 된 책상 몇 개가 완벽한 직선으로 줄지어 놓여 있었다. 여기저기 분주한 이들의 모습이 보였다. 기자들과 편집자들이 글을 쓰면서 키보드를 타닥타닥 두드리는 소리 너머로 전화벨 소리, 종이가 부스럭대는 소리가 들려왔다. 사무실에는 커피 향이 진하게 감돌았다. 마치 공간 전체가 카페인과 잉크로 구성된 것처럼. 페르세포네는 그 모든 광경에 들떠서 심장이 쿵쾅거렸다.

"뉴아테네대학교에 다닌다고 했죠?" 밸러리가 물었다. "졸업은 언제인가요?"

"6개월 뒤예요."

페르세포네는 학위를 받기 위해 웅장한 졸업식 연단 위로 걸어가는 순간을 줄곧 꿈꿔왔다. 인간 세계에서 보낸 모든 시간 중에서 최고의 순간이 될 것이다.

"기대되겠어요."

"맞아요." 페르세포네는 밸러리를 바라보았다. "당신은요? 언제 졸업해요?"

"2년 정도 남았어요." 밸러리가 말했다.

"그럼 여기 오신 지는 얼마나 된 거예요?"

"1년쯤요." 그녀가 미소를 띠며 말했다.

"졸업한 뒤에도 계속 여기 있을 생각인가요?"

"네, 이 건물에서 계속 일하고 싶어요. 몇 층 위에 있는 오크 앤 이글 크리에이티브에서요." 밸러리가 활짝 웃었다.

아, 제우스의 마케팅 회사가 스카우트했나 보구나.

밸러리는 사무실 가장 안쪽에 놓인 방 앞에서 열린 문을 두드렸다. "디미트리, 페르세포네가 왔습니다."

"고마워요, 밸러리." 안에서 디미트리가 말했다.

밸러리는 페르세포네 쪽으로 몸을 돌려 미소를 지은 후 자리를 떴다. 안으로 들어서자 그녀의 새로운 상사, 디미트리 에이토스가 앉아 있었다. 나이는 중년으로 보였지만 한창때는 많은 이의 가슴을 울렸을 게 분명했다. 옆쪽은 짧고 위쪽이 더 긴 헤어스타일에 회색 머리칼이 몇 가닥 보였다. 검은 테 안경을 쓴 터라 지적인 분위기를 풍겼다. 그는 페르세포네가 우아하다고 여기는 특징들, 그러니까 얇은 입술과 작은 코를 지녔다. 늘씬한 큰 키에 푸른색 버튼업 셔츠, 카키색 슬랙스, 물방울무늬 넥타이 차림이었다.

"페르세포네." 그가 책상을 둘러 다가와 손을 뻗으며 말했다. "다시 만나게 되어 반갑습니다. 당신과 함께 일할 수 있어 기쁩니다."

"저도 일할 수 있게 되어 기뻐요, 에이토스 씨." 그녀는 그가 내민 손을 맞잡았다.

"디미트리라고 불러주세요."

"알겠습니다…… 디미트리." 그녀는 연신 미소를 지었다.

"자, 편하게 앉으시죠!" 디미트리는 의자를 가리킨 후, 주머니에 두 손을 넣고는 책상 뒤로 몸을 기댔다. "그럼 당신에 대해 이야기해보세요."

처음 뉴 아테네에 이사 왔을 때, 페르세포네는 그 질문이 너무 싫었다. 말할 수 있는 것이 두려움뿐이던 시절이어서였다. 밀폐된 공간, 갇혀 있다는 느낌, 에스컬레이터들. 하지만 시간이 흘러 다양한 경험이 쌓이면서, 이제는 자신이 좋아하는 것들로 스스로를 정의하는 게 이전보다 쉬워졌다.

"음, 저는 뉴아테네대학교 학생입니다. 신문방송학을 전공했고, 5월에 졸업을……."

디미트리가 손을 내저었다. "이력서에 기재한 내용 말고요."

그 순간 서로의 눈이 마주쳤고, 그녀는 그가 푸른 눈동자를 가졌다는 것을 깨달았다.

그가 미소를 지었다. "당신에 대한 거요. 취미나 관심사."

"아." 그녀는 얼굴을 붉혔고 잠시 생각에 잠겼다. "저는 베이킹을 좋아해요. 긴장을 풀어주거든요."

"오, 좀 더 얘기해주세요. 주로 어떤 베이킹을 하나요?"

"정말 아무거나 해요. 요즘은 슈거쿠키 아트에 도전하고 있어요."

그가 흥미롭다는 듯 눈썹을 들어올렸다. 미소는 그대로였다. "슈거쿠키 아트라, 그런 게 있어요?"

"네, 보여드릴게요."

그녀는 휴대폰을 꺼내서 사진 몇 장을 골랐다. 물론 제일 잘 만든 쿠키 사진으로만. 디미트리는 휴대폰을 가져가서 사진을 하나씩 넘기며 훑어보았다.

"와, 좋은데요. 정말 멋지네요, 페르세포네." 그가 휴대폰을 돌려주며 그녀와 눈을 맞추었다.

"감사합니다." 페르세포네는 그 말에 곧바로 번져가는 자신의 엉성한 미소가 싫었지만, 렉사를 제외하면 그 누구도 그녀에게 그렇게 말해준 적이 없었다.

"그럼 베이킹을 좋아하고, 다른 건요?"

"글쓰기도 좋아해요. 이야기요."

"이야기? 소설 같은 거요?"

"네."

"로맨스?"

대부분의 사람들이 그렇게 생각했다. 페르세포네의 붉어진 뺨은 이 상황에서 도움이 되지 않았다.

"아뇨. 사실 저는 미스터리를 좋아해요."

디미트리의 눈썹이 다시 올라갔는데 이번에는 앞머리에 거의 닿을 것 같았다.

"의외네요. 맘에 드는군요. 이 인턴십을 통해 무엇을 얻어가길 바라나요?"

"모험요." 그 말이 불쑥 튀어나왔다.

그녀도 모르게 내뱉은 단어였지만 디미트리는 충분히 만족스러운 듯했다.

"모험이라." 그가 뒤로 몸을 쭉 뺐다. "만약 당신이 원하는 게 모험이라면, 뉴 아테네 뉴스는 그걸 드릴 수 있을 겁니다. 이 일은 당신이 원하는 대로 빚어질 거예요. 만들어가고 관리하는 건 당신의 몫이죠. 취재를 하고 싶으면 취재를 하면 됩니다. 편집을 하고 싶다면 편집을 하면 되고요. 커피를 마시고 싶다면 커피를 마시면 됩니다."

페르세포네는 커피를 싸갖고 다닐 생각이었지만 그 말은 꺼내지 않았다. 이보다 더 가슴이 뛰고 신이 날 순 없다고 생각했지만, 디미트리의 말을 듣고 있자니 이 인턴십이 자신의 삶을 바꿀 거라는 꽝장한 느낌이 들었다.

"우리가 언론에 자주 등장한다는 건 알고 계실 겁니다." 그가 쓴 웃음을 지었다. "아이러니하죠. 우리가 바로 언론사인데."

뉴 아테네 뉴스는 소송을 치르는 것으로 유명했다. 명예 훼손과 비방, 사생활 침해 등에 관한 문제 제기가 끊이지 않아서였다. 믿거나 말거나, 그보다 더 심각한 소송도 있었다.

"트라이어드 회원이라는 이유로 아폴론이 여길 고소했다니 믿을 수 없어요." 페르세포네가 말했다.

트라이어드는 신에 대항하려는 '불경한 자'가 나서서 만든 조직으로, 공정성과 자유 의지, 자유를 지지하는 집단이었다. 제우스는 이들을 테러 조직으로 선언하고, 이들의 선전 활동이 발각되면 누구든 죽이겠다고 위협한 바 있었다.

"오, 맞아요." 디미트리가 눈썹을 치켜올리고는 목 뒤를 문지르며 말했다. "물론 몹시 우스꽝스러운 일이지만, 사람들이 믿긴 하더라고요."

제우스의 선언 여파로 생겨난 듯한 '신실한 자'는 광신적 종교 집단으로 변화해 자신들만의 사냥을 감행했다. 트라이어드의 일원인지 아닌지 따져보지도 않고 공식적으로 '불경한 자'라고 선언한 이들을 죽였던 것이다. 끔찍한 시절이었다. 제우스가 광신 집단을 제재하는 발표를 내기까지는 너무 오랜 시간이 걸렸다. 뉴 아테네 뉴스도 그렇게 보도했다.

"우리는 진실을 추구합니다, 페르세포네. 진실에는 힘이 있죠. 힘을 얻고 싶습니까?"

디미트리는 자신이 여신에게 말하고 있다는 사실을 꿈에도 모르리라.

"네, 힘을 원합니다."

이번에는 디미트리가 치아를 드러내며 환하게 웃었다. "그렇다면 여기서 잘 해낼 겁니다."

디미트리는 자신의 사무실 바깥에 놓인 책상으로 페르세포네를 데려갔다. 그녀는 자리에 앉아 서랍을 열어보고 어떤 사무 용품이 필요한지 살핀 다음 가방을 그 안에 넣어두었다. 유리 책상 위에는 새 노트북이 놓여 있었다. 촉감이 근사한 노트북을 열어본 순간, 검은 화면 위에 비친 그녀의 얼굴 뒤로 웬 남자의 얼굴이 비쳤다. 의자를 홱 돌려 뒤를 돌아보자 놀라서 커다래진 눈동자 한 쌍이 있었다.

"아도니스!" 그녀가 말했다.

"페르세포네?" 그는 어젯밤과 똑같이 잘생겼다. 연보라색 버튼업 셔츠를 입고 한 손에는 커피 잔을 쥐고 있으니 한층 더 전문적으로 보였다. "새로 온 인턴이 너일 줄은 전혀 몰랐네."

"네가 여기서 일하는 줄 전혀 몰랐어." 그녀가 말했다.

"난 선임 기자야. 주로 엔터테인먼트 기사를 쓰지." 그가 의기양양하게 말했다. "어제 네가 일찍 가서 아쉬웠어."

"맞아. 미안해. 첫 출근을 잘 준비하고 싶었거든."

"그런 이유라면 탓하지 않을게. 어쨌든, 환영해."

"아도니스." 디미트리가 자신의 사무실로 들어가려다 말고 그를 불렀다. "페르세포네에게 우리 사무실 좀 안내해줄래요?"

"물론이죠." 그가 그녀를 향해 미소 지었다. "준비됐어?"

페르세포네는 아도니스를 따라나섰다. 모든 것이 분주하게 돌아가는 새 사무실의 이곳저곳을 둘러보고 싶었다. 낯익은 얼굴을 마주쳐서 기쁘기도 했다. 어젯밤 처음 본 사람이라 해도 그 덕에 이곳을 좀 더 편안하게 느낄 수 있었다.

"우리는 이곳을 워크룸이라고 불러. 모두가 리드를 쓰고 취재를 하는 곳이지." 그가 말했다.

그녀가 지나가자 사람들이 책상에서 고개를 들어 손을 흔들거나 미소를 지었다. 아도니스는 유리 벽으로 된 방을 가리켰다.

"이곳은 인터뷰와 회의를 위한 곳이야. 여긴 휴게실, 여기는 라운지고." 그는 조도가 낮은 조명과 다채롭고 편안해 보이는 의자들이 놓인 커다란 방을 가리켰다. 아늑한 곳이었다. 몇몇 사람들이 이미 자리를 차지하고 있었다. "기회가 되면 책상보다 여기서 글 쓰는 걸 좋아하게 될 거야."

아도니스는 비품 수납장을 보여주었고, 그녀는 펜과 포스트잇, 공책들을 쓸어 담았다.

물품을 함께 들어주던 그가 물었다. "그건 그렇고 넌 어떤 기사에 관심 있어?"

"나는 탐사보도에 끌리더라." 그녀가 말했다.

"오, 탐정이구나."

"파고드는 게 좋아."

"특별히 관심 있는 주제가 있어?" 그가 물었다.

하데스.

예고도 없이 머릿속에 그의 이름이 떠올랐다. 손목에 있는 표식 때문이었다. 네버나이트에 가서 이 표식이 무엇인지 물어보고 싶어 마음이 달았다.

"아니, 그냥…… 수수께끼 푸는 걸 좋아해." 그녀가 답했다.

"음, 그렇다면 휴게실 냉장고에서 누가 도시락을 훔쳤는지 알아내 는 걸 도와줘."

페르세포네는 소리 내어 웃었다.

이곳을 좋아하게 될 거라는 예감이 들었다.

4장
거래

아크로폴리스를 나선 지 한 시간도 채 되지 않은 시각, 페르세포네는 네버나이트 앞에 서서 매끈한 검은 문을 두드리고 있었다. 버스를 타고 이곳에 오는 내내 미쳐버리는 줄 알았다. 도무지 가만히 앉아 있을 수 없었다. 그 표식이 무엇을 의미하는 건지, 마음속에서 온갖 두려움과 불안이 샘솟았다. 이 팔찌는 어쩌면⋯⋯ 일종의 요구인 걸까? 그녀의 영혼을 지하 세계에 묶어두려는 걸까? 아니면 그의 그 끔찍한 거래 중 하나일까?

표식이 대체 무엇을 뜻하는지, 누구라도 이 망할 문을 열어주면 알아낼 수 있을 텐데!

"이봐요!" 그녀가 소리쳤다. "누구 없어요?"

그녀는 팔이 아파올 때까지 계속 문을 두드렸다. 포기해야겠다고 생각한 순간 문이 벌컥 열리고, 어젯밤 문을 지키던 오거가 나타나 눈을 부라렸다. 대낮의 햇살 아래서 그의 외양은 더욱 소름 끼쳤다. 두꺼운 피부가 목 주변으로 축 늘어져 있었고, 사팔눈이라 어디를 쳐다보는지 알 수 없었다.

"원하는 게 뭐냐?"

그는 으르렁댔고, 페르세포네는 저 괴물이 손 하나로도 그녀의 머리통을 부술 수 있다는 사실을 상기했다.

"하데스와 얘기하고 싶어요."

오거는 그녀를 빤히 노려보더니 그대로 문을 쾅 닫아버렸다. 페르세포네는 이제 머리끝까지 화가 났다. 다시 문을 쾅쾅 두드렸다.

"이 망할 자식아! 들여보내달라고!"

이곳에 오거가 항상 있다는 건 알고 있었고, 그들의 약점에 대해서도 대학 내 아르테미스 도서관에서 빌린 몇 권의 책을 통해 배웠었다. 그중 하나는, 오거가 비속어를 싫어한다는 것.

오거가 다시 문을 홱 열어젖히더니 그녀를 향해 으르렁거렸다. 그러자 악취가 가득한 입김이 훅 끼쳐왔다. 다른 이들에게는 분명 이 방법이 통했기 때문에 썩은 냄새를 풍기면 도망갈 거라 생각했을 테지만 페르세포네에겐 어림도 없었다. 손목 위의 표식은 그만큼 중요했다. 자유를 잃어버릴 위기에 처했으니까.

"들여보내달라고 내가 명령한다!" 그녀는 두 손에 주먹을 꽉 쥐며 말했다.

문 사이 틈이 어느 정도인지 가늠해보았다. 과연 저 거대한 괴물을 지나쳐갈 수 있을까? 만약 최대한 빠르게 움직인다면 오거는 휘청대다 그녀를 놓칠지도 모른다.

"필멸의 인간아, 너는 누구이기에 죽은 자들의 신에게 감히 대화를 청하느냐?" 오거가 물었다.

"네 주인이 내게 표식을 선사하였으니 그에 대해 할 말이 있다."

괴물은 재미있다는 듯 새까만 눈을 번뜩이며 웃음을 터뜨렸다.

"네가 그분과 할 말이 있다고?"

"그렇다, 내가. 그러니 들여보내라!"

점점 더 분노가 증폭되고 있었다.

"운영 시간이 아니다." 생물체가 답했다. "다음에 다시 오거라."

"아니, 지금 당장 나를 들여보내야 한다, 이 덩치 큰 괴물 녀석아!"

페르세포네는 그 말을 내뱉자마자 실수했음을 깨달았다. 오거의 표정이 바뀌더니, 그녀의 목을 홱 잡아채 공중으로 들어 올렸다.

"대체 넌 누구냐? 교활한 꼬마 님프냐?"

그녀는 손톱으로 오거의 강철 피부를 할퀴어보았지만 오히려 두툼한 손가락에 짓눌렸다. 숨을 쉴 수 없었고, 눈가에는 눈물이 맺혔다. 이제 할 수 있는 유일한 일은 글래머를 벗어던지는 것이었다.

뿔이 모습을 드러내자, 괴물은 마치 화상을 입기라도 한 것처럼 황급히 그녀를 놓아주었다. 페르세포네는 비틀거리며 숨을 거칠게 들이쉬었다. 부드러운 목을 손으로 부여잡고, 그녀는 여신의 면모를 드러낸 채 가까스로 두 발을 지탱하고는 오거를 노려보았다. 오거는 그녀의 형형히 밝고도 묘한 눈동자를 바라보지도 못한 채 시선을 내리깔았다.

"나는 봄의 여신 페르세포네다. 네 하찮은 목숨을 보전하고 싶다면 나에게 복종하라."

목소리가 떨렸다. 오거의 거친 손길에 온몸이 여전히 후들거렸다. 방금 전의 말은 어머니를 따라한 것이었다. 어머니는 언젠가 페르세포네가 사라졌을 때, 딸을 찾으라는 명령에 복종하지 않는 사이렌에게 이렇게 말하며 위협했다. 당시 페르세포네는 불과 몇 미터 떨어진 수풀 속에 숨어 있었는데, 어머니의 노골적인 협박의 말들을 듣자마자 기억해두었다. 신의 권능을 갖지 못한 그녀에게는 언어가 유일한 무기임을 알았기에.

뒤에서 문이 열리자 오거는 옆으로 물러나 저만치서 성큼성큼 다가오는 하데스를 향해 무릎을 꿇었다.

페르세포네는 숨이 멎는 것 같았다. 온종일 그의 외모를, 우아하고도 어두운 그의 면면을 복기했지만 기억은 실제에 비하면 아무것도 아니었다. 그녀는 그가 어젯밤 입었던 양복을 그대로 입고 있다고 확신했지만, 넥타이는 느슨했고 셔츠의 단추는 목 부근까지 풀려 있어 가슴이 드러났다. 마치 옷을 벗던 도중에 방해받은 것 같은 모양새였다.

그 순간 페르세포네의 머릿속에는 그의 허리에 팔을 두르던 여자, 민테가 떠올랐다. 어쩌면 페르세포네가 그 둘의 좋은 시간을 방해한 건지도 몰랐다. 자신이 신경 쓸 일이 아니라는 것을 알고 있었지만 그 생각만으로도 굉장히 뿌듯했다.

"페르세포네 여신이여."

중저음에 매혹적인 그의 목소리가 들리자 그녀는 전율했다.

가까스로 그와 눈높이를 맞추었다. 그들은 신으로서 동등했고, 그녀는 그가 그 사실을 알길 바랐다. 이제부터 그에게 요구할 것이 있어서였다. 그가 고개를 살짝 기울이고 그녀를 찬찬히 뜯어보는 시선이 느껴졌다. 진정한 모습을 드러낸 채 그의 시선을 받고 있자니 기묘하게도 내밀한 느낌이 들었고, 하마터면 글래머를 다시 소환할 뻔했다. 이건 실수였다. 너무 화가 나고 절박한 나머지 스스로의 모습을 드러내고 말았다니.

"하데스 신이여." 그녀는 퉁명스럽게 고개를 끄덕였다.

목소리가 떨리지 않는다는 사실에 뿌듯했다. 물론 마음은 몹시 떨리고 있었지만.

"군주님." 오거가 고개를 푹 숙였다. "이분이 여신이신지 몰랐습니다. 제 처신에 대한 죄로 어떠한 처벌도 받들겠습니다."

"처벌?" 페르세포네가 바로 되물었다.

대낮에 클럽 바깥에서 이런 모습으로 있다는 게 점점 불안해졌다. 하데스가 페르세포네를 향한 지긋한 시선을 거두어 오거를 쳐다보기까지는 잠시 시간이 걸렸다.

"저는 여신님께 손을 댔습니다." 괴물이 말했다.

"여신이기 전에 여성이지." 하데스가 불만스럽다는 듯 덧붙였다. "너는 이후에 처리하겠다. 자, 들어오시지요. 페르세포네 여신님."

그는 옆으로 물러나며 그녀를 네버나이트로 들어서게 했다.

등 뒤에서 문이 닫히자, 페르세포네는 어둠 속에 서 있게 되었다. 배 속 깊은 곳까지 가득 채우는 강렬한 감각, 그리고 그에게서 풍기는 농밀한 향으로 공기는 무거웠다. 그녀는 그 공기를 한껏 들이마셔 폐 속에 가득 채우고 싶었지만, 대신 숨을 참았다.

바로 다음 순간, 그는 그녀의 귓속에 대고 속삭였다. 그의 입술이 가벼운 깃털처럼 살갗을 스쳤다.

"달링, 깜짝 선물을 많이 주는군요."

그녀는 깜짝 놀라 숨을 들이쉬고는 고개를 홱 틀었지만 그는 이미 그곳에 없었다. 저만치에서 문을 잡고 그녀가 클럽에 들어서기를 기다리고 있었다.

"여신님, 먼저 들어가십시오."

조롱하는 게 아닌, 호기심이 가득한 어조였다.

그녀는 하데스를 지나, 지금은 텅 빈 플로어가 내려다보이는 발코니로 올라섰다. 클럽은 티끌 하나 없이 깨끗했고, 바닥은 전부 광택나게 닦여 있었으며 테이블에서는 윤이 났다. 어젯밤에 사람들로 꽉 차 있었던 곳이라는 게 믿기지 않았다.

하데스는 뒤에서 기다리고 있었다. 둘의 눈이 마주치는 순간 계단을 내려가는 그의 뒤를 따라갔다. 그는 바닥을 가로질러 나선형계단과 2층 쪽으로 향했다.

그녀는 멈칫하며 물었다. "어디로 가는 건가요?"

그는 걸음을 멈추고 그녀를 향해 몸을 돌렸다. "내 사무실입니다. 당신이 무슨 말을 하든 기밀이 보장되어야 하지 않겠습니까?"

그녀는 텅 빈 클럽을 돌아보며 잠시 입을 벌렸다 다물었다. "이미 충분히 보장되고 있는 것 같은데요."

"아니, 그렇지 않습니다." 그가 말했다.

하데스는 더 말하지 않고 계단을 올랐고, 페르세포네는 그 뒤를 따랐다.

계단 끝에 이르자, 그는 어젯밤 그녀와 함께 있던 곳과는 반대 방향인 오른쪽으로 몸을 돌렸다. 그곳에는 금으로 정교하게 장식된 검은색 벽이 서 있었다. 어젯밤엔 왜 저런 벽이 있는 줄 몰랐지? 믿을 수가 없었다. 두 개의 거대한 문에는 금색으로 솟은 하데스의 두 갈래 창 부조를 포도나무와 꽃들이 휘감고 있는 그림이 그려져 있었다. 나머지 부분에는 금박으로 수놓인 꽃문양이 자리했다.

죽은 자들의 신이긴 해도 문을 꽃으로 장식했다는 사실에 크게 놀랄 필요는 없었다. 그의 상징 중 하나는 수선화니까.

도금된 문을 여는 하데스에게로 그녀의 시선이 향했다. 그와 단

둘이 밀폐된 공간에 있고 싶지는 않았다. 그녀는 자신의 상상이든 몸이든 신뢰할 수 없었다.

이번에는 그가 그녀를 불렀다. "모퉁이를 돌 때마다 매번 망설이시겠습니까, 페르세포네 여신님?"

그녀는 눈을 흘겼다. "실내 장식에 경탄하고 있었을 뿐이에요, 하데스 신이여. 어젯밤에는 눈치채지 못했으니까요."

"내 사무실 문들은 업무 시간에는 보통 베일에 가려져 있습니다." 그러고는 열린 문을 가리켰다. "들어가시겠습니까?"

다시 한번 그녀는 용기를 내어 문으로 다가갔다. 열린 문 사이의 공간이 충분하지 않아 그녀가 들어설 때 그의 몸이 살짝 스쳤다.

그녀는 이제 하데스의 사무실 안에 있었다. 처음 눈에 띈 것은 클럽 플로어가 내려다보이는 창문들이었다. 밖으로 나 있는 창문은 없었지만 따스한 조명 덕분에 묘하게 검은색 대리석 바닥도 아늑한 느낌이 들었다. 어쩌면 한쪽 벽을 채운 벽난로 때문인지도 몰랐다. 소파 한 개와 의자 두 개가 놓인 휴식 공간은 사랑스러웠고, 모피 재질의 러그가 편안함을 더해주었다. 방의 한쪽 끝에는 커다란 흑요석 판이 왕좌처럼 높이 솟아 있었는데 그것이 하데스의 책상이었다. 그녀가 보기엔 그 위에 아무것도 놓여 있지 않았다. 서류도, 하물며 사진 액자조차. 그가 실제로 책상을 사용하긴 하는지, 아니면 전시용일 뿐인지 궁금했다. 바로 앞 테이블 위에는 핏빛 붉은 꽃이 가득 꽂힌 꽃병이 놓여 있었는데, 꽃꽂이 모양새에 시선이 갔다.

그 순간 하데스가 문을 닫았고, 그녀는 온몸이 얼어붙었다. 이건 위험해. 더 공간이 넓은 아래층에서 그를 마주했어야 했다. 거기선 그의 향기를 이렇게까지 깊이 들이마시지 않으면서 더 또렷하게 생각하고 숨 쉴 수 있었을 텐데. 그가 한 걸음씩 가까이 다가오자 그의 부츠가 또각또각 소리를 냈고, 그녀의 몸은 팽팽하게 긴장했다.

하데스가 바로 코앞에 멈춰 섰다. 그의 시선은 그녀의 얼굴을 훑어보다가 입술 위에서 잠시 멈추더니 목 쪽으로 내려갔다. 그가 자신을 향해 손을 뻗었을 때, 페르세포네는 손을 들어 그의 팔을 꽉 쥐었다. 그의 존재 자체보다 그의 손길에 그녀가 어떻게 반응하게 될지가 더 두려웠다.

두 쌍의 눈동자가 마주쳤다.

"다쳤습니까?" 그가 물었다.

"아뇨."

그러자 그가 고개를 끄덕이며 조심스럽게 그녀의 손아귀에서 자신의 팔을 빼냈다. 그는 방을 가로질러 걸어갔고, 페르세포네는 그와 물리적 거리를 두자고 결심했다.

바로 그 순간, 그녀는 여태껏 신의 모습을 유지하고 있었다는 것을 깨달았고, 주섬주섬 글래머를 다시 소환하려 했다.

"단정한 모습이 되기엔 좀 늦었다고 생각하지 않습니까?" 하데스가 아름다운 검은 눈으로 그녀를 꿰뚫듯 쳐다보며 말했다.

그가 넥타이를 풀어 헤쳤다. 그녀는 넥타이가 그의 목에서 흘러내리는 모습을 지켜보다가 시선을 들어 그와 눈을 마주쳤다. 하지만 그녀의 예상과 달리 그의 눈은 웃고 있지 않았다. 그는…… 금방이라도 폭발할 듯한 격정을 품은 듯했다. 마치 먹잇감을 마침내 궁지로 몰아넣은 굶주린 동물처럼.

그녀는 침을 꿀꺽 삼켰다. "제가 뭔가 방해한 건가요?"

질문을 하면서도 답을 듣고 싶은 건지 아닌지 헷갈렸다.

그의 입꼬리가 미세하게 올라갔다. "막 잠자리에 들려는 찰나에 당신이 내 클럽에 들여보내달라고 요구하는 소리를 들었습니다."

잠자리에? 지금은 정오도 훌쩍 넘은 시간인데.

"어젯밤 내 공간에서 여신을 발견했을 때 내가 얼마나 놀랐을지 상상해보십시오."

"고르곤이 말해줬나요?"

그녀는 그를 노려보며 방 안쪽으로 한 걸음 다가섰다. 하데스의 입술이 기이하게 꿈틀댔다. 재미있다는 듯.

"에우리알레(메두사의 자매로, 세 명의 고르곤 중 하나-옮긴이)가 말한 건 아닙니다. 당신에게서 데메테르의 마법을 느꼈지만 당신은 데메테르가 아니니까." 그는 다시 고개를 살짝 기울였다. "당신이 떠났을 때, 나는 몇 가지 문서를 들여다보았습니다. 데메테르에게 딸이 있다는 사실을 내가 잊고 있었더군요. 당신이 페르세포네일 거라고 짐작했습니다. 내 질문은, 왜 당신만의 마법을 사용하지 않는 겁니까?"

"그래서 나한테 이런 짓을 한 거예요?" 표식을 가리기 위해 찼던 팔찌를 빼낸 후 그에게 팔을 들어 보이며 그녀가 외쳤다.

하데스는 코웃음을 쳤다. 말 그대로 비웃었다.

페르세포네는 그를 힘껏 갈기고 싶었다. 방을 가로지르고 싶은 충동을 억누르기 위해 양손에 주먹을 꽉 쥐었다.

"그 표식은 나에게 졌다는 의미로 생겨난 겁니다."

"당신은 나한테 게임을 가르쳐주고 있었잖아요." 그녀가 언성을 높였다.

"의미론적으로는 그렇지요." 그가 어깨를 으쓱했다. "네버나이트의 규칙은 아주 명확합니다, 여신이여."

"명확함과는 거리가 아주 먼데요. 당신은 재수 없는 놈이야!"

하데스의 눈동자 색이 어두워졌다. 그 역시 오거처럼 욕을 싫어하는 게 분명했다. 그는 책상 뒤쪽으로 몸을 쭉 빼고 자리에서 일어나 그녀를 향해 성큼성큼 걸어왔고, 페르세포네는 한 발 물러섰다.

"욕은 삼가십시오, 페르세포네." 그런 다음 그녀의 손목을 향해 손을 뻗었다. 그가 팔찌를 이리저리 매만지자 몸이 떨렸다. "나를 테이블로 불렀을 때 당신은 이미 계약에 들어선 겁니다. 만약 당신이 이겼다면 아무런 요구 사항 없이 네버나이트를 떠날 수 있었겠지만 당신은 졌고, 이제 우리는 계약을 맺은 겁니다."

그녀는 침을 꼴깍 삼켰다. 하데스의 계약들과 모든 불가능한 계약 조건들에 대해 들었던 끔찍한 이야기들이 떠올랐다. 그가 그녀의 깊은 안쪽에서 이끌어낼 어둠은 대체 무엇일까?

"그럼 그게 무슨 뜻이에요?" 그녀의 목소리는 여전히 앙칼졌다.

"내가 조건을 선택할 수 있다는 뜻입니다."

"나는 당신과 계약을 맺고 싶지 않아요." 그녀는 이를 악물고 말했다. "없애줘요!"

"못합니다."

"당신이 이걸 만들었으니 없앨 수도 있을 거 아니에요."

그의 입술이 꿈틀거렸다.

"이게 웃겨요?"

"오, 달링, 아무것도 모르는군요."

달링이라는 단어가 그녀의 피부를 훑고 지나는 것 같았고, 그러자 온몸이 다시 떨렸다. 그의 미소가 조금 더 짙어진 걸 보니 그도 눈치챈 듯했다.

"나는 여신이에요." 그녀는 다시 한번 주장했다. "우리는 대등하다고요."

"우리의 출신이 당신이 기꺼이 나와 계약을 맺었다는 사실을 바꿔놓을 거라고 생각합니까? 이것이 법입니다, 페르세포네."

그녀는 그를 노려보았다.

"계약이 이행되면 이 표식은 사라질 겁니다." 그는 위로가 될 거라는 듯 그 말을 꺼냈다.

"그럼 당신이 원하는 조건은 뭔데요?" 동의가 아니라 그냥 물어보는 것이었다.

하데스가 뭔가를 참는 듯 입을 다물었다. 어쩌면 누가 이래라저 래라하는 것에 익숙하지 않은 건지도 몰랐다. 그가 페르세포네를 내려다보았을 때, 그녀는 자신이 곤경에 빠졌음을 깨달았다.

그가 마침내 말했다. "지하 세계에 생명을 불어넣어주십시오."

"뭐라고요?"

그녀는 전혀 준비되어 있지 않았다. 여신이라면 준비되어 있어야 할지도 모르지만 그녀는 아니었다. 그녀의 최대 약점이 신의 마법을 쓸 수 없다는 것 아니었던가? 여신임에도 신적 능력이 없다니, 아이러니했다.

"지하 세계에 생명을 불어넣어주십시오." 그가 다시 말했다. "6개월을 주겠습니다. 만약 실패하거나 거절한다면 당신은 내 영토에서 영원히 살게 될 겁니다."

"당신 영토에 정원을 가꾸라는 건가요?" 그녀가 따졌다.

그는 다시 어깨를 으쓱했다. "그 역시 생명을 불어넣는 하나의 방법일 테지요."

그녀는 그를 노려보았다. "당신이 만약 나를 지하 세계로 납치해 간다면 엄마의 노여움을 살 거예요."

"오, 그건 알고 있습니다." 그는 담담하게 말했다. "당신이 그토록 무모하게 행한 일을 데메테르가 알게 되었을 때 당신이 그녀의 노여움을 사는 것과 마찬가지겠지요."

페르세포네의 볼이 발갛게 달아올랐다. 그의 말이 맞았다. 둘의 차이가 있다면 하데스는 이 위협에 전혀 동요하지 않는 것 같다는 점이었다. 그가 위협을 느낄 이유가 있을 리 없었다. 그는 현존하는 가장 강력한 세 신 중 하나인 것을. 데메테르의 위협은 그에게 던져진 작은 조약돌에 지나지 않을 것이다.

그녀는 자세를 바로잡고 턱을 들어 올려 그의 시선을 정면으로 마주했다.

"알겠어요." 그녀는 족쇄처럼 짓누르고 있는 하데스의 손에서 자신의 손목을 빼냈다. "언제 시작하면 되나요?"

하데스의 눈이 반짝였다. "내일 다시 여기에 오면 지하 세계로 가는 법을 알려드리겠습니다."

"수업을 마치고 와야 해요." 그녀가 말했다.

"수업?"

"나는 뉴아테네대학교 학생이에요."

하데스는 그녀를 신기한 듯 바라보며 고개를 끄덕였다. "수업……
끝나고. 알겠습니다."

둘은 한참 동안 서로를 바라보았다. 지금 이 순간 그녀는 그가 죽도록 미웠지만, 그의 아름다운 외모를 바라보는 일을 즐기지 않을 도리가 없었다.

"당신 경비원은 어쩔 건가요?"

"무엇을 말입니까?"

"그가 나를 이 모습으로 기억하지 않았으면 좋겠어요."

그녀는 자신의 뿔에 손을 뻗고는 글래머를 소환했다. 인간의 모습이 되자 좀 더 편안해졌다.

하데스는 마치 고대 조각품을 감상하듯 그 변화를 지켜보았다. "그의 기억을 지우겠습니다……. 당신을 잘못 대한 것에 대한 합당한 처벌을 받고 나서 말입니다."

페르세포네는 몸이 떨렸다. "내가 여신이라는 걸 몰랐을 뿐이잖아요."

"하지만 당신이 여성임에도 함부로 분노를 뿜어내고 말았습니다. 그러니 처벌받아야 마땅합니다."

하데스는 덤덤히 말했고, 논쟁의 여지가 없다는 것을 그녀도 알고 있었다.

"나한테는 어떤 대가가 따르죠?" 그녀는 물었다.

그녀가 대하고 있는 상대가 누구인지 알고 있어서였다. 게다가 그녀는 방금 전 죽은 자들의 신에게 부탁을 한 셈이었으니까.

그의 입술이 꿈틀거렸다. "똑똑하군요, 달링. 어떻게 일이 이뤄지는지 알고 있으니. 처벌에는 아무 대가도 따르지 않습니다. 다만 그의 기억을 지우는 건 호의이니 대가가 따르죠."

"달링이라고 부르지 마세요." 그녀가 퉁명스럽게 말했다. "어떤 대가인데요?"

"내가 원하는 것이면 무엇이든 미래에 쓰도록 하겠습니다."

하데스가 원하는 게 뭘까? 그리고 나는 과연 그에게 무엇을 줄 수 있을까? 그런 생각이 들자 그녀는 동의하기로 마음먹었다. 혹은 자신의 진정한 모습을 누군가에게 보였다는 사실을 어머니가 알게 될 것이 두려워서였는지도 모른다.

"그렇게 하죠."

하데스가 미소를 지었다. "내 운전기사가 당신 집까지 데려다주도록 조치하겠습니다."

"그럴 필요 없어요."

"아니, 있습니다."

그녀는 입술을 깨문 후 투덜대듯 내뱉었다. "알겠어요."

다시 버스를 타고 싶지는 않았지만, 그녀가 어디 사는지 하데스가 알게 된다는 사실에 불안해졌다.

바로 그때, 그가 그녀의 어깨를 꽉 붙잡고는 앞으로 몸을 기울여 입술을 이마에 댔다. 그 몸짓이 너무도 급작스러워 그녀는 균형을 잃고 비틀거렸다. 넘어지지 않으려 그의 셔츠를 손으로 붙들었고, 어느새 손가락은 그의 가슴 언저리에 닿아 있었다. 그의 몸은 몹시 단단하고도 따스했고, 이마에 닿은 그의 입술은 너무나 부드러웠다. 그가 몸을 떼자 화를 내야 했음에도 몸을 가누기조차 힘들어 그러지 못했다.

"방금 뭐한 거예요?" 그녀의 목소리는 속삭임에 가까웠다.

하데스는 그녀가 혼미하다는 걸 알고 있는 것처럼 화를 돋우는 예의 그 미소를 짓더니, 뜨거워진 뺨을 손가락으로 쓸었다.

"당신을 위한 특혜입니다. 앞으로 여기 오면 문이 스스로 열릴 겁니다. 그런데 던컨을 화나게 하지 않는 게 좋을 겁니다. 그가 다시 당신을 다치게 한다면 나는 그를 죽여야 할 텐데, 괜찮은 오거를 찾는 건 쉬운 일이 아니니까요."

페르세포네는 그 상상만으로 아득해졌다.

"하데스 님, 타나토스가 주인님을 찾고 있……. 아."

책상 뒤에 숨겨진 문으로 한 여자가 들어섰다. 아름다운 여자였다. 불꽃처럼 붉은 머리카락은 5 대 5 가르마를 타고 가지런히 뻗어 있었고, 날카로운 눈동자에 아치형 눈썹, 도톰한 입술은 근사한 진홍색이었다. 그 모든 요소가 뾰족하고 각져 있었다. 그녀는 님프였고, 페르세포네를 바라보는 눈길에는 증오가 담겨 있었다.

그제야 페르세포네는 자신이 하데스와 몸을 밀착한 채 서 있다는 것을, 자신의 두 손이 그의 셔츠 안에서 뒤얽혀 있다는 것을 깨달았다. 얼른 몸을 떼려 하자 그의 손이 그녀를 꽉 붙들었다.

"일행이 있으신 줄 몰랐습니다." 민테가 황급히 덧붙였다.

하데스의 눈길은 오로지 페르세포네를 향해 있었다. "잠시만, 민테."

페르세포네의 머릿속에 떠오른 첫 번째 생각은 이것이었다. 이 여자가 민테구나. 그녀는 페르세포네와는 전혀 다른 방식으로, 유혹과 죄를 한껏 머금은 느낌으로 아름다웠다. 페르세포네는 민테에게 질투를 느끼는 자신이 싫었다.

두 번째 생각은 이거였다. 하데스에게 시간이 더 필요한 이유가 뭐지? 더 할 말이 있는 건가?

페르세포네는 민테가 자리를 뜨는 걸 보지 못했다. 하데스에게서 시선을 떼지 못하고 있었기에.

"내 질문에 아직 답하지 않았습니다." 하데스가 말했다. "왜 어머니의 마법을 쓰는 겁니까?"

이제 그녀가 미소 지을 차례였다.

"하데스 님." 그녀가 손가락으로 그의 가슴을 훑어 내리며 말했다. 무엇이 그런 행동을 하게 만들었는지 알 수 없었지만, 그녀는 스스로가 대담하다고 느끼고 있었다. "내게서 답을 들을 수 있는 유일한 방법은 내가 당신과 또 다른 도박을 하겠다고 마음먹을 때일 거예요. 지금으로선 아니네요."

그녀는 그의 재킷의 옷깃을 붙잡고 몸을 곧게 폈다. 정장 재킷에 꽂혀 있는 새빨간 폴리안서스 꽃에 시선이 향했다.

그녀는 그를 올려다보고 속삭였다. "이걸 후회하게 될 거예요, 하데스."

그녀가 꽃에 손을 가져다 대자 하데스의 눈길이 그리로 향했다. 그녀의 손가락이 꽃잎을 쓰다듬자, 꽃은 단숨에 시들어버렸다.

5장
난입

하데스의 운전사는 키클로페스였다.

네버나이트 앞에 주차된 검은색 렉서스 앞에 그 생물이 서 있는 것을 보았을 때 그녀는 지나치게 놀란 것처럼 보이지 않으려고 애썼다. 그는 역사책에서 묘사된 키클로페스 같지 않았다. 역사책 속 그들은 산처럼 거대하고, 바위처럼 단단한 근육을 지녔으며 엄니가 있는 짐승 같은 존재였다. 그런데 이 남자는 하데스보다 키가 컸고 네발로 섰으며 어깨가 넓고 마른 체형이었다. 그의 눈은 반쯤 감겨 있었지만 따스했고, 페르세포네를 보고는 미소를 지었다.

하데스는 페르세포네를 바깥까지 데려다주겠다고 고집했다. 그녀는 공개적인 곳에 신과 함께 모습을 드러내고 싶지 않았지만 하데스가 그 생각을 읽었을지 확신이 없었다. 아마 그는 그녀를 최대한 빨리 자신의 영토에서 벗어나게 함으로써 휴식을 취하고 싶었거나, 아니면…… 그녀가 그를 방해하기 전에 하려던 짓을 하고 싶었을지도 모른다.

"페르세포네 여신님, 이쪽은 안토니입니다." 하데스가 말했다. "이

친구가 댁까지 무사히 모셔다드릴 겁니다."

페르세포네는 지하 세계의 신을 향해 의아하다는 표정을 지었다. "내가 위험에 처한 건가요, 하데스 님?"

"만일의 경우에 대비하는 겁니다. 당신 어머니가 이유도 없이 내 영토의 문을 두드려대는 건 싫으니까."

이제는 이유가 있지 않은가. 그녀의 마음에 분노가 일자 손목의 표식으로부터 진동이 전해지며 온몸에 전율이 일었다. 그녀는 그와 눈을 맞추고 노려보며 화났다는 말을 꺼내려 했지만, 그 모든 것을 생각하는 일 자체가 힘들었다. 죽은 자들을 관장하는 신의 눈은 우주 같았다. 형형하고, 생동감 넘치며, 깊고도 깊은. 그녀는 그 눈동자 안에서 완전히 길을 잃었다.

그래서 안토니가 말을 걸었을 때 그녀는 위험한 상상들에서 주의를 돌릴 수 있어 감사했다. 하데스를 매력적으로 여겨봤자 좋을 게 없을 것이다. 그리고 이미 그것을 알고 있지 않은가?

"여신님." 안토니가 차 뒷문을 열며 말했다.

"안녕하세요." 그녀는 하데스한테서 몸을 돌리고 검은색 가죽으로 덮인 차 내부로 들어서면서 그를 향해 고개를 끄덕였다.

안토니는 조심스럽게 문을 닫아준 뒤 몸을 구부리고 운전석에 앉았다. 그들은 어느새 도로 위에 있었고, 그녀는 절대 뒤돌아보지 않기 위해 자신이 가진 모든 마법을 동원해야 했다. 하데스가 타워로 들어가기 전 얼마나 오래 서 있었을지 궁금했다. 그녀의 무모함과 좌절을 비웃으면서.

그녀는 검은색 표식을 가린 화려한 금색 팔찌를 내려다보았다. 차 내 조명 아래에서 천박한 싸구려처럼 보여 얼른 팔찌를 풀어버리고 피부 위 표식을 자세히 살펴보았다. 이 순간 그녀가 생각할 수 있는 유일하게 감사한 일은 표식이 작다는 것, 그리고 쉽게 숨길 수 있는 위치에 생겨났다는 점이었다.

지하 세계에 생명을 불어넣어주십시오.

지하 세계에 생명이라는 게 있기나 한가? 페르세포네는 하데스의 영토에 대해서는 아는 게 없었고, 여태껏 읽은 책들에서도 죽은 자들의 땅에 대한 묘사는 전혀 찾지 못했다. 지형 관련 세부 사항들만 나와 있었는데 그마저 책마다 일치하지 않았다. 내일이 되면 알게 되겠지만 네버나이트로 다시 들어가 지하 세계로 내려가야 한다는 생각에 불안이 차올랐다.

그녀는 끙, 신음 소리를 냈다. 모든 게 다 잘될 것 같은 이 시점에 하필.

"하데스 님을 만나러 다시 오실 겁니까?" 안토니가 룸미러로 그녀를 바라보며 물었다. 키클로페스의 목소리는 따스하고 매력적이었다.

"네, 유감스럽게도 그래야 할 것 같아요." 페르세포네는 멍하니 말했다.

"그분이 마음에 드셨으면 좋겠습니다. 저희 주인님은 항상 혼자 계시곤 하거든요."

이상하게 들리는 말이었다. 특히나 질투심 많은 민테를 떠올렸을 때는 더욱.

"제가 볼 때는 그다지 혼자 있는 것 같지 않던데요."

"신들은 대개 그렇게 보이지만, 제 생각에 그분은 굉장히 소수만 믿으실 겁니다. 제 생각에 그분께는 아내가 필요하답니다."

페르세포네의 얼굴이 붉어졌다. "하데스 경은 그런 안정적인 삶에는 관심이 없는 것 같던데요."

"죽은 자들의 신이 무엇에 관심이 있는지 알면 놀라실 겁니다." 안토니가 대답했다.

페르세포네는 하데스의 관심사가 무엇인지 알고 싶지 않았다. 이미 너무 많은 것을 알고 있다고 느꼈고, 그중에 좋은 건 하나도 없었다.

페르세포네는 키클로페스를 바라보며 물었다. "하데스를 모신 지 얼마나 되었나요?"

"크로노스가 우리를 타르타로스(그리스 신화에 나오는 지하 세계의 심연, 또는 그것을 상징하는 태초의 신으로, 여기에서는 죄 지은 영혼들을 고문하고 가두는 감옥 같은 장소를 나타낸다-옮긴이)에 가두었을 때 3대 주신이 우리 종족을 해방시켜주었습니다. 그래서 우리는 제우스, 포세이돈, 그리고 하데스를 섬기며 그 은혜를 갚아오고 있습니다."

"운전수로서요?" 말투에 혐오감을 담으려는 의도는 없었지만, 그녀에게 그것은 하찮은 일처럼 보였다.

안토니는 웃음을 터뜨렸다. "네. 하지만 우리 종족은 근사한 건축가들이자 대장장이랍니다. 우리는 3대 주신을 위한 선물을 만들었고, 앞으로도 그럴 겁니다."

"하지만 그건 아주 오래전 일이잖아요. 이미 충분히 은혜를 갚은 것 아닌가요?" 페르세포네가 물었다.

"죽은 자들의 신께서 생명을 주신다는 것은 평생 갚아도 충분하지 않을 은혜죠."

페르세포네는 인상을 찌푸렸다. "이해가 안 되는데요."

"타르타로스에 가보신 적이 없으니 이해가 안 될 법도 합니다." 그는 잠시 침묵하다가 덧붙여 말했다. "오해하지는 말아주십시오. 하데스 님을 섬기는 것은 제 선택이고, 다른 신들이 아닌 그분을 섬길 수 있어 저는 행복합니다. 그분은 다른 신들과는 다르시거든요."

지금까지 들어온 얘기로 하데스는 최악의 신이었는데, 페르세포네는 그 말이 무슨 뜻인지 진심으로 알고 싶었다.

안토니는 그녀의 집 앞에 차를 세우고는 문을 열어주기 위해 운전석에서 몸을 일으켰다.

"아, 그러시지 않아도 돼요. 저도 문을 열 수 있어요."

그는 미소를 지었다. "제 기쁨입니다, 여신님."

그녀는 그렇게 부르지 말아달라고 부탁하려 했지만, 그 순간 그녀가 여신이라는 걸 그가 알고 있다는 사실에 정신이 퍼뜩 들었다. 글래머를 덮고 있었음에도.

"어떻게……."

"주인님께서 여신님이라고 부르시더라고요. 그러니 저도 그렇게 부르고 싶습니다."

"아뇨…… 그럴 필요 없어요."

그가 더욱 환하게 미소 지었다. "익숙해지시는 게 좋을 것 같습니다, 여신님. 특히나 저희를 자주 찾아오시게 될 거라면 더욱요. 저는 여신님께서 자주 오시길 바랍니다."

그는 차 문을 닫으며 고개를 숙였다. 페르세포네는 집으로 걸어가며 망연하게 안토니가 차를 돌려 떠나는 모습을 바라보았다. 그놈의 죽은 자들의 신 덕분에 정말 길고도 기묘한 하루였다.

그런 생각도 잠시, 페르세포네가 집에 들어서자마자 주방에 서 있던 렉사가 달려들며 물었다.

"집 앞에 널 내려준 렉서스, 누구 차야?"

페르세포네는 회사에서 누군가가 자신을 내려준 거라고 둘러대고 싶었지만, 렉사가 믿지 않을 걸 알고 있었다. 그녀는 이미 두 시간 전에 집에 도착했어야 했고, 가장 친한 친구는 그녀가 운전기사의 호위를 받는 모습을 막 목격한 참이었으니까.

"음, 네가 절대 믿지 않겠지만…… 하데스야."

그건 털어놓을 수 있었지만, 계약이라던가 손목의 표식에 대해서는 아직 렉사에게 말할 수 없었다.

렉사는 들고 있던 머그잔을 떨어뜨렸다. 잔이 바닥에 부딪히며 깨지자 페르세포네는 움찔했다.

"지금 장난해?"

페르세포네는 고개를 젓고는 빗자루를 가져오려고 발을 뗐고 렉사가 바로 따라왔다.

"그러니까…… 그 하데스? 죽음의 신 하데스? 네버나이트의 소유자 하데스?"

"그래, 렉사. 다른 누가 있겠어?"

"어쩌다?" 그녀가 허둥지둥 물었다. "왜?"

페르세포네는 깨진 세라믹 조각들을 쓸어 담으며 말했다. "일 때문이었어."

엄밀히 말하면 거짓말은 아니었다. 그녀는 이 일을 자료 조사라고 부르기로 마음먹었으니까.

"일 때문에 하데스를 만났다는 거야? 그러니까, 진짜 그를 실제로 봤다는 말이지?"

페르세포네는 하데스의 엄청난 외모를 떠올리며 움찔했다.

"그렇다니까."

그녀는 렉사에게서 등을 돌리고 얼른 쓰레받기를 움켜쥐었다. 빨갛게 물든 뺨을 숨기려고 애쓰면서.

"어떻게 생겼어? 구체적으로 말해봐. 전부 다!"

페르세포네는 렉사에게 쓰레받기를 건네주었고, 렉사는 페르세포네가 나머지 깨진 조각들을 쓸어 담는 동안 그대로 쥐고 있었다.

"어…… 어디서부터 말해야 할지 모르겠네."

렉사는 미소를 지었다. "눈동자부터 말해봐."

페르세포네는 한숨을 내쉬었다. 하데스를 묘사하는 건 내밀한 일처럼 느껴졌고, 마음 한구석에선 그의 모든 것을 혼자서만 간직하고 싶었다. 아직 그를 신의 형상으로는 본 적이 없으니 톤 다운된 묘사를 하고 있다는 것을 잘 알고 있음에도.

그 생각이 들자 이상한 기대감이 솟았다. 신의 모습을 한 그를 보고 싶었다. 뿔은 그의 눈동자나 머리 색처럼 검은색일까? 숫양의 뿔처럼 머리 양쪽으로 말려 있을까? 아니면 하늘을 향해 쭉 뻗어 그의 키를 더욱 커 보이게 만들까?

"잘생겼어." 비록 그 단어조차 걸맞지 않았지만 말이다. 게다가 외모뿐만 아니라 존재감까지 말해야 했다. "그는…… 강력해."

"누군가 사랑에 빠졌나 본데."

렉사의 얼굴에 능글맞은 웃음이 떠오르자 페르세포네는 신의 행동이 아니라 외모를 설명하는 데에만 몰입했다는 생각이 들었다.

"뭐? 아냐. 내 말은, 하데스가 잘생겼다고. 눈이 있으니까 볼 순 있지. 하지만 그의 행동은 용납할 수 없어."

"그게 무슨 말이야?"

"계약 말이야, 렉사!" 페르세포네는 네버나이트에서 아도니스가 그들에게 말해줬던 것을 다시 언급했다. "절박한 인간들을 먹잇감으로 삼잖아."

그녀는 어깨를 으쓱했다. "글쎄, 하데스한테 한번 물어봐."

"우린 친구 사이가 아니야, 렉사."

그들은 결코 친구가 될 수 없을 것이다.

그러자 렉사가 펄쩍 뛰었다. "오! 그에 대한 기사를 써보는 건 어때? 그렇게 되면 그와 인간의 거래에 대해 파고들 수 있잖아! 얼마나 어마어마한 스캔들이겠어!"

스캔들이 맞았다. 내용 때문만이 아니라, 신들의 무시무시한 보복이 두려워 신에 대한 기사를 쓰는 사람은 극소수에 불과했으니까.

하지만 페르세포네는 보복이 두렵지 않았다. 하데스가 신이라는 사실도 개의치 않았다.

"하데스를 찾아갈 또 다른 이유가 생긴 것 같네." 렉사가 말했다.

페르세포네는 환하게 웃었다.

하데스는 그녀에게 문을 활짝 열어주었다. 그가 그녀의 이마에 입술을 댔을 때, 그는 그것이 특혜라고 했다. 다시는 네버나이트의 문을 두드릴 필요가 없다면서.

지하 세계의 신은 봄의 여신을 만난 걸 반드시 후회하게 될 것이다. 그녀는 그날을 고대하고 있었다. 그녀 역시 신이었다. 비록 신의 권능은 없었지만 글을 쓸 수 있었고, 어쩌면 그 점은 그의 실체를 폭로하기에 완벽한 조건인지도 몰랐다. 어쨌든 그녀에게 무슨 일이 생긴다면 하데스는 데메테르의 노여움을 사게 될 것이다.

✳

 학교로 수업을 들으러 가는 길, 페르세포네는 팔찌 여러 개를 구매하려고 상점에 들렀다. 계약을 이행할 때까지는 그의 표식을 지녀야 할 테니 의상에 걸맞게 액세서리를 착용하고 싶었다. 오늘 그녀는 밝은 핑크색 치마와 흰색 버튼업 셔츠를 돋보이게 해줄 고전적인 분위기의 진주 팔찌를 여러 개 샀다.

 발뒤꿈치가 콘크리트 보도에 또각또각 부딪히는 동안 그녀는 어느새 모퉁이를 돌아 캠퍼스로 들어서고 있었다. 모든 발걸음마다 시간이 흐르고 있다는 것이 느껴졌고, 그건 네버나이트로 돌아가기까지 한 시간, 1분, 1초씩 가까워지고 있다는 뜻이었다.

 하데스는 오늘 그녀를 지하 세계로 데려갈 것이다. 지난밤 그녀는 어떻게 계약을 이행할지 궁리하며 밤을 지새운 터였다. 그에게 정원을 가꾸라는 거냐고 물었을 때, 그는 어깨를 으쓱했다. 말 그대로 어깨를 으쓱했다. 그 역시 하나의 방법일 테지요. 그는 그렇게 말했다.

 그 말은 대체 무슨 뜻일까? 또 그녀가 생명을 불어넣을 다른 방법은 뭐가 있을까? 혹시 그가 이런 요구를 한 까닭은 그녀에게 그 과제를 수행할 수 있는 힘이 없어서가 아닐까?

 하데스가 자신의 황폐한 왕국에 아름다운 정원을 원할 것 같지는 않았다. 그는 처벌하고 싶어 하는 것뿐이고, 그녀가 듣고 또 직접 목격한 바에 따르면 그는 지하 세계를 평화로운, 아름다운 꽃들이 가득한 곳으로 만들 의도가 없었다.

 자기 자신과 하데스 모두에게 머리끝까지 화가 났음에도 모순되는 마음이 공존했다. 그의 영토로 내려가는 것은 흥미롭기도 하고 긴장되기도 했다.

하지만 가장 크게는, 두려웠다.

실패하면 어쩌지?

아니야. 그 생각이 들자 눈을 질끈 감았다. 실패할 수 없다. 실패하지 않을 것이다. 오늘 밤 지하 세계를 살펴본 다음 계획을 세울 것이다. 마법으로 땅에서 꽃을 피워낼 수 없다고 해서 다른 방법을 쓸수 없는 것은 아니었다. 인간적인 방법이 있으니까. 조심하기만 하면될 것이다. 필요한 건 장갑이었다. 그렇지 않으면 손에 닿는 식물을 모조리 죽이고 말 테니까. 정원이 조성되는 동안, 계약을 이행할 다른 방법을 찾아볼 것이다.

혹은 파기하거나.

어머니나 다른 인간들이 그에 대해 믿고 있는 것 외에는 그녀 역시 하데스에 대해 많이 알지 못했다. 그는 비밀이 많았고 침입을 좋아하지 않았으며 언론에 호의적이지도 않았다.

그는 결코 그녀의 계획을 좋아하지 않을 것이다. 그러자 퍼뜩 이런 생각이 들었다. 이 계약에서 풀어줄 만큼 하데스를 화나게 할 수도 있으려나?

페르세포네는 뾰족한 돌로 장식된 여섯 개의 기둥으로 이루어진 뉴아테네대학교 입구를 지나 안뜰로 들어섰다. 아르테미스 도서관이 그녀 앞에서 자태를 뽐내고 있었다. 판테온처럼 생긴 건물로, 1학년 시절 구석구석 탐방했던 곳이었다. 캠퍼스는 일곱 개의 모서리를 지닌 별 모양으로 단순한 구조를 지녔다. 도서관은 그 모서리 중 하나였다.

페르세포네는 언제나 별의 중앙, 즉 '신들의 정원'을 가로질러 걸어가곤 했다. 올림포스 신들이 선호하는 꽃들과 대리석 조각상으로 가득한 약 4,000제곱미터의 땅. 수업을 들으러 갈 때면 이곳을 수없이 많이 가로질렀지만 오늘은 뭔가 느낌이 달랐다. 정원은 폭군 같았고 꽃들은 적들처럼 느껴졌다. 인동덩굴의 진한 향과 장미의 달콤한 향이 허공에 뒤섞여 온갖 감각을 자극했다.

하데스는 그녀가 이렇게까지 장대한 광경을 만들어낼 거라고 기대하는 걸까? 6개월 안에 그 요구를 이행하지 않으면 그는 정말로 그녀를 영영 지하 세계에 가둬버릴까?

사실 답은 알고 있었다. 하데스는 엄격한 신이었다. 그는 규칙과 경계를 중시했고, 불과 어제도 데메테르의 노여움에 대한 위협조차 두려워하지 않고 규칙을 설정하지 않았던가.

페르세포네는 포세이돈의 연못과 그 위로 우뚝 솟아 있는, 나체로 머리에는 투구를, 손에는 방패를 든 아레스의 동상을 지나쳤다. 정원에는 그것 말고도 벌거벗은 신의 조각상이 많았다. 평소였다면 별생각 없었을 텐데, 오늘 그녀의 시선은 아레스 머리 위로 뻗은 커다란 뿔 위에 머물렀다. 그리고 스스로가 장착하고 있는 글래머를 떠올리자 마음이 무거워졌다. 뉴 아테네로 막 이사 왔을 때, 그녀는 바로 저 뿔이 신들의 힘의 원천이라는 소문을 들었다.

페르세포네는 그 소문이 사실이기를 바랐다. 이제는 힘을 가지고 말고의 문제도 아니었다. 자유로울 수 있는가만이 중요했다.

"나의 꽃, 운명의 여신들이 너에겐 다른 길을 마련해준 거란다." 페르세포네가 전혀 마법을 쓰지 못하자 데메테르는 이렇게 말했다.

"어떤 길인데요?" 페르세포네는 물었다. "길은 없고 오직 엄마의 유리 감옥 벽들뿐이잖아요! 제가 부끄러워서 저를 숨겨놓는 거예요?"

"너에겐 힘이 없기에 널 안전하게 지켜주는 거란다, 나의 꽃. 그 둘은 다른 거지."

운명의 여신들이 어떤 길을 마련해줬다는 것인지 페르세포네는 여전히 알 수 없었다. 하지만 이제는 감옥에 갇히지 않더라도 안전할 수 있다는 사실을 알고 있었다. 또 언젠가부터 데메테르 역시 그에 동의했다고 생각했다. 페르세포네가 떠날 수 있게 해주었으니까. 비록 긴 줄로 묶어두기는 했어도.

그 순간, 어머니의 마법이 풍기는 냄새를 맡은 그녀는 몸이 굳었다. 뙜은 향과 꽃향기가 어우러진 냄새. 데메테르가 가까이 있었다.

"엄마."

데메테르는 인간의 글래머를 쓰고 있었는데, 이례적인 일이었다. 인간을 싫어해서가 아니라 (그녀는 자신의 추종자들을 과하게 감싸는 편이었다) 단지 신이라는 자신의 지위를 알고 있기 때문이었다. 데메테르의 인간적인 형상은 신으로서의 본모습과 크게 다르지 않았다. 매끄러운 머리카락도, 밝은 녹색 눈동자도, 광택 있는 피부도 모두 그대로였다. 하지만 뿔은 가려져 있었다. 그녀는 몸에 꼭 붙는 에메랄드색 드레스와 금색 힐을 신고 있었다. 구경꾼의 눈에는 어느 모로 보나 유능한 사업가로 보일 것이다.

"여기서 뭐하시는 거예요?" 페르세포네가 물었다.

"어제 어디 갔었니?" 데메테르의 목소리는 차가웠다.

"이미 답을 알고 계신 것 같은데 그냥 말씀하시는 게 어떨까요?"

"비꼬지 말렴, 내 딸아. 이건 아주 심각한 문제야. 왜 네버나이트에 간 거니?"

페르세포네는 쿵쿵 뛰는 심장을 진정시키려고 노력했다. 어떤 님프가 그녀를 목격한 걸까?

"제가 네버나이트에 갔다는 걸 어떻게 아세요?"

"내가 어떻게 아는지는 중요하지 않아. 나는 너한테 왜 간 거냐고 물었어."

"일하러 간 거예요, 엄마. 오늘도 거기 가봐야 해요."

"절대로 안 된다." 데메테르가 말했다. "여기서 지내는 조건을 다시 상기시켜줘야겠니? 신들을 멀리하는 거였다. 특히 하데스."

그녀가 그의 이름을 마치 저주처럼 내뱉었고 페르세포네는 흠칫했다.

"엄마, 해야 해요. 이게 제 일이에요."

"그럼 그만둬라."

"싫어요."

데메테르의 눈동자가 커졌고 입이 떡 벌어졌다.

지난 24년의 세월 동안 어머니에게 단 한 번도 싫다는 말을 한 적이 없었는데.

"너 지금 뭐라고 했니?"

"이렇게 일하며 사는 게 좋아요, 엄마. 여기까지 오려고 정말 열심히 노력했어요."

"페르세포네, 넌 인간의 삶을 살 필요가 없어. 그렇게 살다가 네가…… 변하는 것 같구나."

"그게 제가 바라는 거예요. 저는 저 자신이 되고 싶어요. 그게 무엇이든요. 엄마도 받아들이셔야 할 거예요."

데메테르의 얼굴에 핏기가 싹 가셨다. 페르세포네는 어머니가 무슨 생각을 하는지 알았다. 나는 내가 원하는 것 외에는 아무것도 받아들일 필요가 없다.

"저는 신들, 특히 하데스에 대해 엄마가 하신 경고를 명심하고 그에 따랐어요. 뭐가 두려우신 거예요? 그가 저를 유혹하도록 제가 놔둘까 봐서요? 좀 더 저를 믿어주세요."

데메테르는 창백해진 얼굴로 목소리를 낮춰 말했다. "이건 심각한 문제다, 페르세포네."

"저도 심각하게 말하는 거예요, 엄마." 그녀는 손목시계를 확인했다. "가봐야 해요. 수업에 늦겠어요."

페르세포네는 어머니를 피해 정원을 떠났다. 뒤통수에 끈질기게 따라붙는 데메테르의 눈초리를 느낄 수 있었다. 분명 어머니에게 맞선 것을 후회하게 될 것이다. 문제는 이거였다. 수확의 여신이 내릴 형벌이 대체 무엇일까?

�֎

수업 시간은 격렬한 필기와 웅웅대는 목소리가 오가는 강의로 이어졌다. 평소라면 집중했을 텐데 오늘 페르세포네의 머릿속은 복잡했다. 어머니와의 대화가 마음을 갉아먹고 있었던 것이다.

자신의 생각을 당당히 밝힌 건 뿌듯했지만, 데메테르가 손가락을 한 번 튕기기라도 하면 그녀를 유리 온실로 보내버릴 수 있다는 사실을 알고 있었다. 렉사와의 대화도, 기사 작성을 위한 자료 조사를 어떻게 시작할 수 있을지도 계속 머릿속을 맴돌았다. 인터뷰가 필수라는 건 알고 있었지만 하데스와 밀폐된 공간에 단둘이 있고 싶지는 않았다.

점심 식사 때도 마음은 내내 딴 데 가 있었다.

렉사도 그걸 알아차렸다. "고민 있어?"

페르세포네는 어머니가 자신을 감시하고 있다는 말을 친구에게 어떻게 전해야 할지 잠시 고민했다. 하지만 결국 털어놓기로 마음먹었다. "실은 엄마가 나를 뒷조사해왔다는 걸 알게 됐어. 엄마가…… 네버나이트에 대해 알아냈거든."

렉사는 눈을 동그랗게 떴다. "어머니가 네가 성인이라는 걸 모르시는 건 아니지?"

"엄마는 단 한 번도 내가 성인이라고 생각한 적이 없는 것 같아."

앞으로도 그럴 일은 없을 것이다. 아직도 코레라는 별칭으로 부르는 것을 보면 확실했다.

"페르세포네, 어머니 때문에 너를 즐겁게 하는 것들을 포기해서는 안 돼. 무엇보다 네가 하고 싶은 것을 어머니가 막도록 두지 마."

하지만 문제는 그보다 복잡했다. 데메테르에게 복종해야만 인간 세계에 계속 머물 수 있었고, 유쾌하진 않지만 바로 그것이 페르세포네가 원하는 일이었으니까.

점심 식사 후 렉사는 아크로폴리스까지 페르세포네를 데려다주었다. 어디서 일하는지 보겠다는 게 이유였지만, 아도니스가 보고 싶어서 함께 온 건 아닌가 하는 생각이 들었다. 그 짐작이 맞았다면 렉사는 성공했다. 그들이 안내 데스크를 지나갈 때 때마침 그를 마주쳤기 때문이었다.

"안녕." 그가 미소 지었다. "렉사 맞지? 다시 만나니 반갑다."

신들이여. 하지만 아도니스에게 홀딱 빠져버린 렉사를 나무랄 수는 없었다. 그는 매력적인 데다 눈에 확 띌 만큼 잘생겼으니까.

렉사가 환하게 웃었다. "페르세포네가 너랑 함께 일한다고 했을 때 믿을 수 없었는데, 놀라운 우연이다!"

그는 페르세포네를 바라보았다. "정말이지 반가운 깜짝 선물이었지. 사람들 말처럼 참 세상이 좁아, 그렇지?"

"아도니스, 잠깐 볼까요?" 디미트리가 사무실 문간에 서서 소리쳐 불렀다. 모두의 시선이 그에게 향했다.

"갑니다!" 아도니스는 렉사를 돌아보았다. "보니까 좋네. 조만간 또 만나자."

"조심해. 그 말이 씨가 되게 할 테니까." 그녀가 비장하게 말했다.

"꼭 그래줘."

아도니스는 디미트리의 사무실 쪽으로 서둘러 걸어갔고, 렉사는 페르세포네 쪽으로 고개를 돌렸다.

"말해봐. 쟤가 하데스만큼 잘생겼어?"

페르세포네는 비웃고 싶진 않았지만 둘은 비교도 안 됐다. 그렇게까지 큰 소리로 말하려던 건 아니었는데 그러고 말았다.

"아니!"

렉사는 눈을 크게 뜨고 싱긋 웃더니 몸을 기울여 페르세포네의 뺨에 가볍게 입 맞추었다. "이따 밤에 만나. 아, 아도니스의 말 잊지 말고. 그의 말이 맞아. 같이 만나서 놀아야 돼."

렉사가 떠난 뒤, 페르세포네는 가방과 소지품을 책상 위에 올려놓고 커피를 내리러 갔다. 점심 식사 이후 왠지 피곤했고, 이제부터는 할 일에 모든 에너지를 쏟아야 했다.

그녀가 책상 앞으로 돌아왔을 때, 때마침 아도니스가 디미트리의 사무실을 나서고 있었다. "그, 이번 주말 말이야."

"이번 주말?" 그녀가 되물었다.

"트라이얼에 가도 좋을 것 같아서." 그가 말했다. "렉사와 함께 말이야. 아로와 크세르크세스, 시빌도 부를게."

트라이얼은 다가오는 펜타트론을 위해 지역별 대표 선수를 선발하는 경기였다. 페르세포네는 한 번도 가지는 못했지만 이전에 보도된 기사들을 읽은 적이 있었다.

"아…… 글쎄, 사실은, 그 얘기를 나누기 전에 우선 나를 좀 도와달라고 물어보려고 했어."

아도니스의 얼굴이 환해졌다. "당연하지. 뭔데?"

"혹시 이전에 여기서 죽은 자들의 신에 대해 기사를 쓴 적 있어?"

아도니스는 소리 내어 웃다가 이내 멈췄다. "진심이야?"

"엄청."

"그게, 좀 어려운 거라서."

"왜?"

"하데스가 인간들에게 도박을 강요하는 게 아니거든. 인간들이 자발적으로 도박에 뛰어들고 그 결과를 감수하는 거야."

"그렇다고 해서 그 결과랄 게 옳다거나 심지어 공정한 건 아니잖아." 페르세포네가 응수했다.

"그렇지. 하지만 그 누구도 타르타로스에 가고 싶어 하진 않아, 페르세포네."

그건 디미트리가 그녀의 근무 첫날에 했던 말, 그러니까 뉴 아테네 뉴스는 항상 진실을 추구한다는 말과 상충되는 것 같았다. 실망했다는 표현으로는 부족했다. 아도니스도 눈치챈 모양이었다.

"저기…… 네가 정말 진지하다면, 내가 가지고 있는 하데스 관련 자료들을 보내줄게."

"정말?" 그녀가 물었다.

"물론이지." 그가 씩 웃었다. "단, 조건이 하나 있어. 네가 쓴 기사를 내가 읽게 해줘야 해."

아도니스에게 그녀의 기사를 보여주는 건 아무렇지도 않았다. 피드백을 받는 것도 환영이었다. "좋아."

아도니스가 자신의 자리로 돌아간 지 얼마 지나지 않아 그녀는 하데스가 수많은 인간들과 맺은 계약을 상세히 적은 메모와 녹음 기록들이 담긴 메일을 받았다. 메모를 남기거나 전화를 건 이들 모두가 하데스의 피해자인 건 아니었다. 몇몇은 거래에 졌다는 이유로 일찍 목숨을 잃은 피해자들의 가족들이었다.

그녀는 총 77개의 사례를 정리했다. 기록을 읽고 녹음된 목소리를 들어보니 모든 인터뷰에 하나의 공통점이 있었다. 하데스에게 도움을 청하러 간 모든 인간은 절박하게 무언가를 바라고 있었다. 돈이든, 건강이든, 사랑이든. 하데스는 그가 고른 게임에서 인간이 이길 경우 그들이 요구하는 무엇이든 줄 것이었다. 하지만 만약 진다면, 그들은 하데스의 손아귀에서 결코 벗어날 수 없었다. 게다가 하데스는 불가능한 도전을 제시하면서 기뻐하는 것 같았다.

한 시간 뒤, 아도니스가 확인차 그녀의 책상에 들렀다. "뭐 쓸 만한 거 있어?"

"하데스를 인터뷰하고 싶어. 가능하면 오늘."

그녀는 마음이 조급해졌다. 기사를 최대한 빨리 내고 싶었다.

아도니스는 창백해졌다. "뭘…… 하고 싶다고?"

"인터뷰 말야. 하데스 입장에서 얘기할 수 있는 기회를 주고 싶어서." 그녀가 설명했다.

아도니스가 보유한 자료들은 인간들의 일방적인 입장만 담고 있었기에 신의 입장에선 거래와 인간, 그들의 악덕을 어떻게 바라보는지 궁금했다.

"그러니까, 기사를 쓰기 전에 말이야."

아도니스는 몇 번 눈을 끔뻑이더니 마침내 입을 뗐다. "그건 안 돼, 페르세포네. 무턱대고 신의 사업장에 찾아가서 나오라고 요구할 순 없는 거야. 내 말은…… 규칙이 있다고."

그녀는 눈썹을 치켜들고 가슴 위로 팔짱을 꼈다. "규칙?"

"그래, 규칙. PR 담당자에게 협조 공문을 보내야 해."

"그 공문은 거부될 게 분명하겠지?"

아도니스는 주변을 둘러보고 무게중심을 한 발에서 다른 발로 옮겨 섰다. 마치 페르세포네의 끈질긴 질문이 불편하다는 듯이.

"저기, 우리가 거기에 가면 최소한 그에게 코멘트를 요청한 거고 그가 거절한 셈이 되잖아. 그 시도도 해보지 않고 이 기사를 쓸 순 없어. 그리고 나는 기다리고 싶지 않아."

내가 네버나이트에 마음대로 들어갈 수 없는 입장이었다면 말이지. 그녀가 그의 호의에 어떻게 대응하는지 알게 된다면 하데스는 그녀에게 키스해준 걸 후회하게 될 것이다.

잠시 침묵이 흐른 뒤, 아도니스는 한숨을 내쉬었다. "알았어. 그럼 디미트리에게 보고할게."

페르세포네는 그를 불러 세웠다. "너…… 디미트리한테 이 건에 대해 말한 거 아니지?"

"네가 이 기사를 쓸 거라는 계획은 말 안 했지."

"비밀로 해줄 수 있어? 일단은 말이야."

아도니스는 미소를 지었다. "그래. 물론이야. 네가 원하는 대로 해, 페르세포네."

✲

아도니스는 네버나이트 앞 갓길에 주차했다. 그의 붉은색 렉서스가 하데스의 흑요석 타워 앞에서 환하게 빛났다. 페르세포네는 이 인터뷰를 끝까지 진행하겠다고 결심하긴 했지만, 순간적으로 의심이 들었다. 하데스의 호의를 이렇게 사용해도 된다고 감히 생각하다니, 지나치게 대담하게 굴고 있는 건 아닐까?

아도니스가 그녀 옆에 와서 섰다. "낮에 보니까 다르지?"

"그러게." 그녀는 멍하니 말했다.

타워는 정말 다르게 보이긴 했다. 이 반짝이는 도시 속 뾰족뾰족한 조각이 더 엄혹해 보였달까.

아도니스는 문을 열려고 시도했지만 문은 굳게 잠겨 있었고, 그는 노크를 몇 번 해보더니 안에서 누군가 답할 시간도 주지 않고 곧장 돌아섰다.

"아무도 없는 것 같은데."

확실히 그는 여기에 있고 싶지 않은 것이 분명해 보였다. 페르세포네는 그가 밤에는 뻔질나게 드나들면서 왜 이곳을 관장하는 신은 대면하길 주저하는지 의구심이 들었다.

아도니스가 뒤로 물러났고 페르세포네가 문으로 다가서자 문은 바로 열렸다.

"그렇지!" 그녀는 혼잣말로 읊조렸다.

아도니스는 어안이 벙벙한 얼굴로 돌아보았다. "어떻게…… 분명 잠겨 있었다고!"

그녀는 어깨를 으쓱했다. "네가 살살 잡아당겼나 보지 뭐. 어서 가자."

그녀가 네버나이트 안쪽으로 들어서자 뒤에서 아도니스가 외치는 소리가 들려왔다. "맹세컨대 잠겨 있었어."

그녀는 어느덧 친숙해진 클럽의 계단을 내려갔다. 구두 뒤축이 광택 나는 검은 대리석 바닥에 탁탁 부딪히는 소리가 났다. 그녀는 고개를 들어 높은 천장의 어둠을 바라보았다. 하데스의 집무실에서 이 플로어를 내려다볼 수 있다는 사실이 떠올랐다.

"여보세요? 누구 없어요?" 아도니스가 외쳤다.

페르세포네는 흠칫하곤 아도니스에게 조용히 하라고 하려다가 간신히 그 말을 집어삼켰다. 집무실이 자리한 위층으로 올라가서 방심한 하데스를 붙잡으면 어떨까 싶었지만 그다지 좋은 계획 같지는 않았다. 어제 그가 옷을 풀어 헤친 채 문 앞의 방문자에게 들어오라고 했을 때 이미 들었던 생각이었다.

만약 그를 놀라게 한다면 적어도 그와 민테 사이의 관계가 무엇인지 알게 될 터였다. 마치 그녀의 생각에 소환되기라도 한 듯, 붉은 머리 님프가 어둠 속에서 나타났다. 몸에 딱 붙는 검은색 드레스와 구두 차림이었다. 페르세포네가 기억하는 대로 아름다웠다. 봄의 여신으로서 그녀는 숱한 님프들을 만났고 그들과 친구가 되었지만 민테만큼 강렬한 외모의 소유자는 한 명도 없었다. 어쩌면 지하 세계의 신을 섬겨서가 아닐까, 그녀는 추측했다.

"무엇을 도와드릴까요?" 민테는 허스키한 목소리로 환대하듯 말했지만 날카로운 어조는 숨겨지지 않았다.

"안녕, 민테."

아도니스가 페르세포네를 스치듯 지나쳤다. 갑자기 자신감을 되찾은 그는 손을 내밀었다. 민테가 그 손을 잡고 미소를 짓자, 페르세포네는 놀라면서도 약간 화가 났다.

"여기서 일해?" 그가 물었다.

"난 하데스 님의 비서야." 그녀가 답했다.

페르세포네는 고개를 딴 데로 돌렸다. 비서라니, 다분히 함의가 많은 단어처럼 들렸다.

"정말?" 아도니스는 진심으로 놀란 것 같았다. "그런데 당신 정말 아름답다."

아도니스를 비난할 순 없었다. 님프들은 모두에게 그런 매력을 풍기고 다녔으니까. 하지만 페르세포네는 지금 임무를 수행하는 중이었고 점점 조급해지고 있었다.

아도니스는 민테의 손을 유난히 오랫동안 잡고 있다가 페르세포네가 헛기침을 하자 그제야 뗐다.

"음, 이쪽은 페르세포네야." 그가 그녀를 향해 손짓했다. 민테는 아무 말도 하지 않았다. 심지어는 고개를 끄덕이지도 않았다. "뉴 아테네 뉴스에서 나왔어."

"그럼 당신 기자야?"

그녀의 눈이 번뜩였고, 아도니스는 그 말을 아마도 그의 직업에 대한 관심이라고 해석했을 테지만 페르세포네의 생각은 달랐다.

"사실 우리는 하데스와 인터뷰를 하기 위해 왔습니다. 지금 여기

계시나요?"

민테의 눈동자가 그녀를 향해 이글거렸다. "하데스 님과 약속을 하고 오신 건가요?"

"아뇨."

"그럼 만나실 수 없습니다."

"아, 안타깝네. 그럼 약속 잡고 다음에 다시 올게." 아도니스가 말했다. "페르세포네?"

그녀는 아도니스를 무시하고 민테를 노려봤다. "페르세포네가 여기에 왔고 대화를 나눴으면 한다고 당신 주인님께 보고하세요."

그것은 명령이었지만 민테는 눈 하나 꿈쩍하지 않고 미소를 짓더니 아도니스를 바라보았다.

"당신 동료가 신입이라 일이 돌아가는 방식을 전혀 모르는 것 같네. 이봐요, 하데스 님께선 인터뷰를 하지 않으십니다."

"맞는 말이야." 아도니스가 페르세포네의 손목을 쥐었다. "가자, 페르세포네. 말했잖아. 따라야 할 규칙이 있다고."

페르세포네는 그녀의 손목을 휘감은 아도니스의 손가락을 내려다보곤 다시 고개를 들어 그와 눈을 맞추었다. 그를 어떻게 바라봐야 할지 알 수 없었지만 그녀의 눈동자는 어느새 분노로 타오르고 있었다. 분노의 피가 끓어오르는 듯했다.

"손. 떼."

그의 눈이 휘둥그레지더니 손목을 놔주었다. 그녀는 민테를 향해 고개를 돌렸다.

"일이 돌아가는 방식을 모르지 않아." 페르세포네가 말했다. "하데스와의 대화를 요구한다."

"요구?" 민테가 가슴 위로 팔짱을 끼고 눈썹을 한껏 위로 올리며 사악한 미소를 지었다. "알겠어요. 주인님께 당신이 만나 뵙길 요구한다고 전하겠습니다. 당신을 돌려보내라는 말을 듣는 크나큰 기쁨을 누리기 위해서 말이죠."

그녀는 몸을 홱 돌려 어둠 속으로 녹아들듯 사라졌다. 페르세포네는 그녀가 정말로 하데스에게 보고할지, 아니면 오거를 불러 그들을 내쫓으라고 할지 잠시 미심쩍었다.

"하데스가 어떻게 네 이름을 알아?" 아도니스가 물었다.

그녀는 그를 바라보지 않고 답했다. "내가 널 처음 만난 날 그도 만났거든."

둘 사이의 허공에 질문들이 쌓이는 것을 느낄 수 있었다. 그가 입 밖으로 꺼내지 않기만을 바랐다.

민테는 짜증이 난 표정으로 돌아왔고, 페르세포네는 그 모습을 보자 기쁨이 차올랐다. 특히나 저 님프는 하데스가 그들을 돌려보낼 거라고 확신했으니까.

그녀는 턱을 쳐들고 단호하게 말했다. "따라오세요."

페르세포네는 안내자가 필요 없다는 말을 할까 생각했지만 아도니스도 함께 있었던 터라, 그리고 그가 의아해하고 있는 걸 알았으므로 관두었다. 어제도 그녀가 여기에 왔었다는 것을 그가 알길 바라지 않았다. 죽은 자들의 신과 맺은 계약에 대해서도.

페르세포네는 아도니스를 흘끗 돌아보곤 민테를 따라 어제 하데스와 함께 걸었던 나선형 계단을 올라 집무실 앞 금색과 검은색으로 장식된 문 앞에 이르렀다.

오늘 페르세포네의 시선은 꽃무늬보다 금색 장식에 머물렀다. 그녀는 그 장식을 보며 금색이 하데스와 잘 어울린다고 생각했다. 그는 귀금속의 신이기도 했으니까.

민테는 노크도 없이 하데스의 집무실에 들어섰고 엉덩이를 흔들며 성큼성큼 걸어 들어갔다. 어쩌면 하데스의 시선을 끌기 위해서인지도 몰랐다. 하지만 페르세포네는 방에 들어서자마자 그의 시선이 자신에게 바로 꽂히는 것을 느꼈다. 그는 창가에 서서 그녀의 온몸을 사냥감 바라보듯 살살이 훑었는데, 그들이 아래층에 있을 때부터 그가 내내 바라보고 있었을지 궁금했다.

그가 얼마나 경직되어 보였던지, 그녀는 그가 그 자리에 꽤 오랫동안 서 있었으리라 추측했다.

그녀가 네버나이트에 들어가게 해달라고 요구하던 어제와는 달리, 하데스의 옷차림은 멀끔했다. 그는 깊은 어둠 속에서 우아한 존재감을 뿜어내고 있었는데, 만약 그에게 그토록 화가 나 있지 않았더라면 그녀는 두려움을 느꼈을지도 모른다.

"페르세포네입니다, 주인님." 민테의 목소리는 다시 관능적인 톤으로 변했다.

페르세포네는 그녀가 남자들을 유혹할 때마다 그 목소리를 낼 거라고 예상했다. 어쩌면 그녀는 하데스가 신이라는 사실을 잊었는지도 모른다. 민테는 하데스 바로 뒤에 서서 몸을 돌려 페르세포네를 다시 바라보았다.

"그리고…… 그녀의 친구도 함께 왔습니다. 아도니스입니다."

아도니스의 이름이 언급되자 비로소 그의 시선이 페르세포네를 떠났고, 그러자 그녀는 마법에서 풀린 듯한 느낌이 들었다. 하데스의 시선이 아도니스에게 미끄러지듯 옮겨가더니 눈동자 색이 짙어졌다.

그는 민테에게 고개를 끄덕였다. "이제 그만 가봐도 된다, 민테. 고맙다."

민테가 사라지자 하데스는 크리스털 디캔터에서 호박색 액체를 유리잔에 따랐다. 그들에게 앉으라거나 무엇이 필요한지 묻는 일 따위 하지 않았다. 좋은 신호가 아니었다. 이 만남을 최대한 짧게 가지려는 의도이리라.

"내가 이…… 난입을 어떻게 해석해야 하지?"

그 단어를 듣자 페르세포네는 눈이 가늘어졌다. 그에게 같은 질문을 하고 싶었다. 그 역시 자신의 삶에 난입했으니까.

"하데스 님." 페르세포네는 핸드백에서 공책을 꺼냈다. 거기에 하데스 관련 문제를 언론사에 제보한 모든 피해자의 이름을 적어둔 터였다. "아도니스와 저는 뉴 아테네 뉴스에서 왔습니다. 당신에 대한 불만 사항이 여럿 접수되어 조사하던 중이고, 당신이 그에 대해 할 이야기가 있는지 확인하려고 합니다."

그는 유리잔을 입술로 가져가 한 모금 마셨지만 한마디도 하지 않았다. 옆에서 아도니스는 긴장한 듯 하하 웃었다.

"페르세포네가 조사 중인 거고요. 저는 그냥…… 심리적 지원을 하려고 온 것뿐입니다."

그녀는 그를 노려보았다. 겁쟁이 같으니라고.

"거기 적힌 게 내 죄목 리스트입니까?"

그의 눈동자는 한층 어두웠고 아무런 감정이 담겨 있지 않았다. 자신의 세계로 들어온 영혼들을 저런 태도로 맞이하는 건지 그녀는 궁금했다.

그녀는 그 질문을 무시한 채 리스트에 쓰인 이름 몇 개를 읊고 나서 고개를 들었다. "이 사람들을 기억하십니까?"

그는 다시 술을 한 모금 천천히 마셨다. "나는 모든 영혼을 기억합니다."

"모든 거래도요?"

하데스의 눈이 가늘어지더니 페르세포네 쪽을 향해 잠시 머물렀다. "페르세포네, 요점을 말하십시오. 지금까지 당신은 아무런 문제도 느끼지 못했는데, 왜 하필 이제 와서 이러는 겁니까?"

그녀를 바라보는 아도니스의 시선이 느껴졌다. 페르세포네는 화가 나서 얼굴을 붉힌 채 하데스를 노려보았다. 그는 마치 그들이 지난 이틀보다 더 오랫동안 알고 지낸 것처럼 말을 뱉었다.

"당신은 인간들과 도박을 벌인 뒤 이기면 그들이 원하는 것을 무엇이든 해주겠다고 했습니다."

"모든 인간에 대해, 또 모든 욕망에 대해 그런 것은 아닙니다."

"아, 제가 잘못 말했네요. 당신은 목숨을 골라서 파괴하죠."

그의 얼굴이 굳어졌다. "나는 생명을 파괴하지 않습니다."

"당신이 승리하고 나서야 조건을 말하잖아요! 그건 기만이에요."

"조건은 명확합니다. 세부 사항은 내가 결정하는 거고요. 그건 당신이 말한 기만이 아닙니다, 도박일 뿐."

"당신은 그들의 악덕을 가지고 시험에 들게 하잖아요. 그들의 가장 어두운 비밀들을 다 드러내고……."

"그들의 삶을 파괴하는 것들을 시험에 들게 하는 겁니다. 넘어서거나 굴복하는 것은 그들의 선택입니다."

그녀는 그를 노려보았다. 그는 마치 이러한 대화를 수천 번이라도 한 것처럼 사무적인 어조로 말하고 있었다.

"그럼 그들의 악덕은 어떻게 알죠?"

바로 이 질문은 그녀가 가장 고대하던 것이었다. 질문을 듣자마자 하데스의 얼굴에 사악한 미소가 번졌다. 그러자 그의 인상이 변했는데, 마치 인간의 형상 밑에 도사린 신의 형상이 비치는 듯했다.

"나는 영혼을 들여다봅니다. 무엇이 영혼에 짐을 지우는지, 무엇이 영혼을 타락시키는지, 무엇이 영혼을 파괴하는지…… 바로 그것을 시험에 들게 하는 겁니다."

그럼 저를 볼 땐 뭐가 보이나요?

그가 그녀의 비밀들을 알고 있는데, 그녀는 그에 대해 아무것도 모른다는 생각은 하기 싫었다.

그녀는 순간적으로 쏘아붙였다. "당신은 최악의 신이야!"

하데스는 움찔했지만 이내 평정심을 되찾았다. 그의 눈에 분노가 일렁였다.

"페르세포네……."

아도니스가 경고하듯 입을 뗐지만 하데스의 다정한 바리톤 목소리에 묻혀버렸다.

"나는 인간들을 위해 일하고 있습니다."

"어떻게요? 절대 이행할 수 없는 불가능한 거래를 제시해서? 중독에서 빠져나오지 못한다면 목숨을 잃게 해서? 정말 가소롭네요, 하데스."

"성공한 적도 있습니다." 그가 톡 쏘듯 말했다.

"그래요? 당신의 성공이란 게 뭔데요? 어느 쪽이든 결국 당신이 이기는 거니까 상관없지 않나요? 모든 인간의 영혼은 언제가 되었든 결국 당신에게 갈 테니까요."

그의 시선이 냉랭해졌다. 그는 둘 사이의 거리를 좁히려고 발을 떼려 했지만 움직이기도 전에 아도니스가 둘 사이에 끼어들었다. 하데스의 눈이 분노로 이글거렸고, 바로 다음 순간 그가 손목을 튕기자마자 아도니스가 휘청대더니 바닥에 쓰러졌다.

"무슨 짓을 한 거예요?"

페르세포네는 아도니스에게 손을 뻗으려 했지만 하데스가 그녀의 손목을 붙잡아 일으킨 다음 그의 품속으로 끌어당겼다. 그녀는 가까워지고 싶지 않은 마음에 숨을 참았다. 이렇게, 그의 온기를 느끼고 향기를 맡을 수 있는 거리로는. 그가 말을 하는 동안 그의 숨결이 그녀의 입술 위로 끼쳐왔다.

"내가 지금 당신에게 할 말을 저 인간이 듣지 않기를 바랄 겁니다. 걱정하지 마십시오. 기억을 지운 다음 그에게 뭔가를 요구하지는 않을 테니까."

"정말이지 친절한 분이시네요." 그녀는 그와 눈을 맞추려 고개를 빳빳이 들고는 비꼬는 말을 뱉었다.

그가 그녀를 향해 몸을 기울이곤 그녀가 뒤로 넘어지지 않도록 손목을 강하게 붙들었다.

"당신은 내 호의로 어떤 자유를 누리고 있습니까, 페르세포네여."

그의 목소리는 낮았다. 이런 대화를 하기에는 지나치게 낮았다. 따스하고 열정적인…… 연인의 목소리.

"당신의 호의를 내가 어떻게 사용해야 할지 구체적으로 말한 적은 없잖아요."

그가 눈을 살짝 가늘게 떴다. "그렇긴 하지만 이 인간을 내 영토로 끌고 들어오지 말아야 한다는 것 정도는 당신이 알 거라고 생각했는데."

이제 그녀의 눈이 가늘어질 차례였다. "저 사람 알아요?"

하데스는 그 질문을 무시했다. "나에 대한 기사를 쓸 생각입니까? 페르세포네 여신이여, 나와의 경험을 구체적으로 쓸 겁니까? 당신이 얼마나 무모하게 나를 당신 테이블로 불러들였는지, 카드를 가르쳐달라고 애원했는지……."

"애원 안 했거든요!"

"당신이 나를 마주할 때 머리에서부터 발끝까지 온몸이 얼마나 붉어지는지도 쓸 겁니까? 또 내가 당신의 숨을 어떻게 멎게 하는지도."

"닥쳐요!"

그는 말하면서 더욱 가까이 몸을 기울였다. "내가 당신한테 베푼 호의에 대해서도 말할 겁니까? 말하기엔 너무 부끄럽습니까?"

"그만해!"

그녀가 밀쳐내자 그는 붙잡았던 손목을 놓아주었지만 거기서 끝나지 않았다.

"당신의 선택에 대해 나를 탓할 순 있겠지만 그렇다고 해서 바뀌는 건 없습니다. 당신은 6개월 동안 내 것입니다. 그 말은, 당신이 나에 대해 글을 쓴다면 그에 따르는 결과가 있을 거라는 뜻입니다."

그녀는 소유욕이 뚝뚝 묻어나는 말에 떨지 않으려 애썼다. 시종일관 침착하게 말을 뱉는 그의 모습에 페르세포네는 오히려 더 불안해졌다. 그의 몸은 결코 침착하지 않다는 것을 또렷이 알아차렸기 때문이었다.

"사람들이 당신에 대해 말하는 게 사실이네요." 그녀가 가쁜 숨을 몰아쉬며 말했다. "당신은 사람들의 기도를 들어주지 않아. 자비를 베풀지도 않고."

하데스의 얼굴은 여전히 덤덤해 보였다. "여신이여, 아무도 죽은 자들의 신에게 기도하지 않습니다. 그들이 기도할 때가 되면 이미 너무 늦었으니까."

하데스가 손을 슥 흔들자 아도니스가 헉, 하고 숨을 들이쉬며 깨어났다. 그는 황급히 몸을 일으켜 주위를 둘러보았다. 그의 눈길이 하데스에게 닿은 순간, 그는 벌떡 일어섰다.

"죄…… 죄송합니다." 아도니스는 하데스와 눈을 맞추지 않고 바닥만 바라보았다.

"너의 질문에는 더 이상 대답하지 않겠다. 민테가 밖으로 데려다줄 것이다."

하데스가 등을 돌리자 민테가 바로 나타났다. 그녀의 머리카락과 눈동자 모두 타오르듯 붉었으며 시선은 페르세포네를 또렷이 향하고 있었다. 그 순간 페르세포네는 그녀와 하데스가 꽤나 치명적인 한 쌍으로 어울린다는 생각이 들었고, 그 생각이 싫었다.

"페르세포네." 그녀와 아도니스가 자리를 뜨려고 몸을 돌렸을 때 하데스의 목소리가 들려왔다. 그녀는 문간에 멈춰서 뒤를 돌아보았다. "오늘 저녁 손님 명단에 당신 이름을 추가하겠습니다."

여전히 오늘 밤 그녀가 올 거라고 생각하는 걸까? 심장이 쿵 내려앉는 것 같았다. 그녀의 무분별한 행동에 대해 그는 어떤 처벌을 추가할까? 계약을 맺은 데다 이미 그에게 호의를 하나 빌린 상황인데.

그녀는 잠시 그를 노려보았다. 그러자 그를 둘러싼 어둠이 전부 흐릿해지는 것 같았다. 단 하나, 깊은 밤의 불처럼 타오르는 눈을 빼고는. 아도니스의 충격받은 표정을 무시한 채, 그녀는 집무실에서 걸어 나갔다.

"음, 인상적이네." 둘이 네버나이트 밖으로 나섰을 때 아도니스는 중얼거렸다.

페르세포네는 듣고 있지 않았다. 하데스의 사무실에서 일어난 일에 정신이 온통 팔려 있었다. 그의 권력 남용, 그리고 그가 인간들을 위한다는 저열한 믿음에 소름이 돋았다.

"하데스를 한 번밖에 만난 적 없다고 했지?" 차에 타면서 아도니스가 물었다.

"응?"

"하데스 말이야. 전에도 만난 적 있어?"

그녀는 잠시 그를 쳐다보았다. 하데스는 아도니스의 기억을 지우겠다고 말했지만, 그 질문을 듣자 그 마법이 통한 게 맞는지 의심스러웠다.

"응." 그녀는 머뭇거리며 인정했다. "왜?"

그는 어깨를 으쓱하며 말했다. "둘 사이에 긴장감이 굉장해서. 뭐랄까…… 역사가 있는 것 같았어."

어떻게 둘 사이에 단 몇 시간의 역사라는 게 평생처럼 느껴지는 걸까? 왜 그녀는 하데스를 테이블로 초대한 걸까? 그 결정을 남은 생 내내 후회하게 될 것이다. 이러한 거래에는 발톱이 있어서 생채기 없이 빠져나갈 방법은 없었다. 너무 많은 것이 위태로웠고, 또 너무 많은 것이 금지되어 있었다.

페르세포네의 자유가 여기에 달려 있었다. 그리고 위협은 사방에서 닥쳐왔다.

"페르세포네?" 아도니스가 이름을 불렀다.

그녀는 숨을 깊이 들이마신 후 말했다. "아니, 우리 사이에 역사 따위는 없어."

6장
스틱스 강

지하 세계에 갈 때는 뭘 입어야 할까?

이것이 바로 페르세포네가 좀 전에 하데스의 집무실을 빠져나온 뒤부터 계속해서 고민하던 문제였다. 더 많은 것을 물어봤어야 했는데. 산을 오르게 될까? 지하의 날씨는 어떨까? 그녀는 단지 그의 반응이 궁금해서 요가 팬츠를 입을지 잠시 고민했지만, 먼저 드레스 코드가 있는 네버나이트를 지나가야 한다는 것을 기억해냈다.

결국 목둘레선이 깊이 파인 은색 드레스를 입고 굽이 반짝이는 구두를 신었다. 하데스의 클럽 앞 정류장에 내려서 입구로 걸어가는 내내, 끝도 없이 길게 늘어선 사람들의 질투 어린 시선을 그녀는 애써 무시했다. 오늘 입구를 지키는 건 던컨이 아니라 다른 오거였다. 페르세포네는 무례한 대응을 했던 그 괴물에게 하데스가 어떤 벌을 내렸을지 궁금했다. 그 순간 죽은 자들의 신에게 놀랐다는 것을 인정할 수밖에 없었다. 그는 그녀가 여신이라서가 아니라 여성이라서 보호했다. 그토록 많은 결점에도 그 점만은 높이 사야 마땅했다.

"나는……." 그녀가 입을 열었다.

"소개하지 않으셔도 됩니다, 여신님." 오거가 말했다.

페르세포네는 얼굴이 붉어졌고, 가까이에 줄을 서 있는 그 누구도 오거의 말을 듣지 못했길 바랐다. 오거는 문을 열어주며 정중히 고개를 숙였다. 어떻게 이 괴물이 그녀를 아는 걸까? 이것도 하데스가 베푼 호의일까? 어떤 식으로든 여신이라는 게 티가 나는 걸까?

그녀는 오거와 눈을 맞추었다. "이름이 뭔가요?"

그는 놀란 것처럼 보였다. "메코넌입니다, 여신님."

"메코넌." 그녀가 미소 지으며 말했다. "페르세포네라고 불러주세요, 부디."

그러자 생물의 눈이 휘둥그레졌다. "여신님…… 그럴 순 없습니다. 하데스 주인님께서……."

"제가 하데스에게 이야기해둘게요." 그녀는 오거의 팔에 손을 얹었다. "페르세포네라고 불러주세요."

메코넌은 울퉁불퉁한 이빨로 미소를 짓고는 드라마틱한 동작으로 손을 뻗어 허리에 얹으며 고개를 깊이 숙였다. "페르세포네."

그녀는 소리 내어 웃고는 고개를 절레절레 저었다. 그런 인사법에 대해선 나중에 그에게 말할 테지만 우선 지금으로서는 '여신님'이라고 부르지 않는 것만으로도 만족했다.

그녀는 클럽에 들어서자마자 플로어로 향했지만, 계단참에 막 이르렀을 때 한 사티로스(남자의 얼굴과 몸 그리고 염소 다리와 뿔을 가진 숲의 신-옮긴이)가 다가왔다. 검은색 버튼업 셔츠 차림에 덥수룩한 머리카락, 염소수염, 그리고 머리에서부터 말리듯 솟아난 짙은색 뿔들을 지닌 잘생긴 존재였다.

"페르세포네 여신님?" 그가 물었다.

"그냥 페르세포네예요. 그렇게 불러주세요."

"죄송합니다, 페르세포네 여신님. 저는 하데스 님께서 명하신 대로 부르겠습니다."

앞으로 만나게 될 모두와 이런 대화를 나눠야 하는 거야?

"하데스에게는 제 호칭에 대해 왈가왈부할 권한이 없어요." 그녀가 미소 지었다. "페르세포네라고 부르세요."

그의 입꼬리가 말려 올라갔다. "벌써부터 여신님이 좋아집니다. 저는 일리아스입니다. 하데스 님께서 당신을 대신해 사과를 전하라고 하셨습니다. 당신께서는 다른 일정이 있으셔서 제게 집무실로 안내하라고 말씀하셨습니다. 금방 돌아오실 거라고 약속하셨고요."

무슨 일정이 있는 거지. 어쩌면 인간과 또 하나의 끔찍한 거래를 하고 있거나, 아니면…… 민테와 함께 있을 것이다.

"그냥 바에서 기다릴게요."

"죄송하지만 그건 어렵습니다."

"이것도 명령인가요?" 그녀가 물었다.

일리아스는 송구스럽다는 미소를 지었다. "이건 따라주셔야 할 것 같습니다, 페르세포네."

그 말에 불쑥 짜증이 솟았지만, 일리아스의 잘못은 아니었다. 그녀는 사티로스를 향해 미소 지었다.

"당신을 위해서라면 그러겠어요. 안내해주세요."

그녀는 빽빽한 군중 사이를 뚫고 하데스의 친숙한 집무실로 향하는 사티로스의 뒤를 따랐다. 그는 몇 시간 전 하데스가 술을 따라 마시던 바 쪽으로 걸어갔는데, 그가 따라 들어오자 깜짝 놀랐다.

"뭐 좀 드릴까요? 와인 괜찮으신가요?"

"네, 카베르네 한 잔요. 있다면요."

지하 세계에서 하데스와 함께 저녁을 보내야 할 테니 취하고 싶지 않았다.

"지금 바로 준비해드리겠습니다!" 사티로스가 쾌활하게 말했다.

그녀는 그가 하데스 밑에서 일한다는 게 믿기지 않았다. 그러고 보면 안토니도 그 신을 존경하는 것 같았다. 일리아스 역시 같은 생각일지 궁금했다.

페르세포네는 그가 와인 한 병을 골라 코르크 마개를 따는 모습을 지켜보았다.

잠시 후 그녀가 물었다. "하데스를 섬기는 이유가 뭔가요?"

"저는 하데스 님을 섬기지 않습니다. 그분을 위해 일하는 거지요. 그건 다른 겁니다."

나쁘지 않군. "그럼 왜 그를 위해 일하는 거예요?"

"하데스 님께선 굉장히 관대하신 분입니다." 사티로스가 설명했다. "그분에 관한 소문들을 모두 믿지 마십시오. 그중 대부분은 사실이 아니니까요."

이 말이 그녀의 호기심을 건드렸다. "사실이 아닌 것 중에서 아무거나 하나만 말해보세요."

사티로스는 그녀에게 와인을 따라주며 빙긋 웃고는 테이블을 가로질러 잔을 슥 밀어 건넸다.

"감사해요."

"천만의 말씀입니다." 그는 살짝 고개를 숙이며 손을 가슴께에 얹었다. 그가 다시 올려다보았을 때, 그녀는 그의 얼굴에 깃든 진중함에 놀랐다. "일각에선 하데스 님께서 당신 영토를 노출하길 원하지 않는다고 하는데, 그 말은 맞지만 그 이유가 권능 때문은 아닙니다. 그분은 당신 백성을 아끼고 보호하시며 누군가 다치기라도 하면 진심으로 화를 내십니다. 여신님께서 그분과 함께하시게 된다면, 그분은 세계를 무너뜨려서라도 당신을 구하실 겁니다."

그녀는 몸을 떨었다. "하지만 저는 그와 함께하지 않는걸요."

"아뇨, 함께하십니다. 그렇지 않으셨더라면 제가 그분 집무실에서 당신께 와인을 내어드리지는 않았을 겁니다." 일리아스는 미소를 짓고는 다시 고개를 숙였다. "필요한 게 있으시면, 제 이름을 부르시기만 하면 됩니다."

바로 다음 순간 일리아스는 사라졌고, 페르세포네는 침묵 속에 홀로 남았다. 하데스의 집무실은 고요했다. 벽난로조차 타닥거리는 소리를 내지 않았다. 그녀는 이런 침묵이 타르타로스의 형벌 중 하나일지 궁금했다. 만약 그렇다면 미쳐버렸을 것이다.

잠시 후, 그녀는 창가 쪽으로 걸어가 클럽의 메인 플로어를 내려다보았다. 언젠가 올림포스의 신들이 구름 속에 살며 지구를 내려다볼 때 이렇게 느꼈을 것 같아 기분이 이상했다.

그녀는 아래의 인간들을 유심히 바라보았다. 단번에 친구들과 연인들의 무리가 눈에 들어왔다. 손에 술잔을 든 채 모든 근심 걱정을 잊은 듯한 얼굴들. 그들에게는 즐거움과 행복감으로 가득한 밤일 것이다. 그녀가 여기에 처음 왔던 날 느꼈던 것과 크게 다를 바 없이. 하지만 또 다른 이들에게는 네버나이트로 오는 것이 유일한 희망일지도 몰랐다.

그녀는 수많은 사람 가운데서도 그런 이들을 골라낼 수 있었다. 그들은 2층과 이어지는 나선형 계단을 갈망하는 시선으로 바라보며 자신만의 세계에 빠져 있었다. 긴장한 이들에게선 축 처진 어깨가, 불안한 이들에게선 이마에 맺힌 땀이, 절박한 이들에게선 경직된 자세가 보였다. 그 광경은 그녀를 슬프게 했지만, 그들은 곧 하데스의 게임에 포로가 되지 않도록 조언을 받을 것이다. 반드시 그렇게 될 것이다.

그녀는 창가에서 몸을 돌려 하데스의 책상으로 다가갔다. 거대한 흑요석 조각은 마치 땅을 가르고 꺼내어 정련한 것처럼 보였다. 지하 세계에서 가져온 걸까. 그녀는 매끄러운 표면을 손가락으로 쓸어보았다. 포스트잇과 사진들을 잔뜩 붙여두어 개성을 뽐내는 그녀의 책상과는 달리, 그의 책상은 전혀 어수선하지 않았다. 그녀는 왠지 실망스러워 얼굴을 찌푸렸다. 책상 위 물건들을 통해 유용한 무언가를 얻어내고 싶었지만, 이 책상에는 흔한 서랍조차 없었다.

그녀는 한숨을 쉰 다음 뒤를 돌았다. 책상 뒤쪽 통로에서 민테가 나타났다는 것이 기억났다. 그 벽을 다시 보니 문이 있다는 표시가 전혀 없었다. 그녀는 앞으로 몸을 기울여 좀 더 가까이 다가가 벽을 살펴보았다. 아무것도 없이 매끄러웠다.

어쩌면 그 문은 하데스의 마법에 반응하는 것인지도 몰랐다. 그러니 그녀가 호의의 징표로 얻은 표식에도 반응하는 게 맞을 것이다. 그녀는 매끄러운 표면 위에 손을 대고 천천히 움직여보았다. 그러다 문득, 손이 벽 안으로 쑥 들어갔다. 그녀는 깜짝 놀라 손을 재빨리 뗐다. 심장이 쿵쿵 빠르게 뛰고 있었다. 손을 앞뒤로 유심히 살펴보았지만 상처 난 곳은 없었다.

그 순간 호기심이 물밀듯이 밀려왔다. 어깨 너머로 주변을 살펴본 뒤 다시 시도했다. 이번엔 벽의 더 안쪽까지 손을 밀어 넣었다. 손은 마치 물속처럼 부드럽게 빨려 들어갔고, 그녀가 벽을 향해 한 발을 내딛자 일순간 크리스털 샹들리에가 줄지어 늘어선 복도가 나타났다. 불빛 아래서 그녀의 발은 어둠 속에 잠겼고, 한 발을 더 내디딘 순간 고꾸라져 뾰족한 뭔가에 쾅 부딪혔다.

아찔한 충격에 숨이 멎는 듯했다. 겁에 질린 채, 그녀는 가쁜 숨이 잦아들 때까지 숨을 몰아쉬었다. 그제야 그녀는 자신이 계단 위에 주저앉아 있다는 것을 깨달았다. 머리 위의 빛은 계단의 윤곽을 아주 희미하게 비추고 있었다.

페르세포네는 옆구리에 심한 통증을 느끼며 가까스로 일어섰다. 펌프스를 벗어서 계단참에 놔둔 뒤, 가파르게 경사진 계단을 하나씩 내려갔다. 한 번 더 넘어졌다간 갈비뼈가 부러질 것 같아 한 손은 옆구리에, 다른 한 손은 벽에 댄 채로.

마침내 평평한 땅에 내려섰을 때는 옆구리뿐만 아니라 다리에도 통증이 느껴졌다. 눈앞에는 눈부시게 환한, 그러나 흐릿한 빛이 동굴 같은 구멍 안쪽에서 새어 나오고 있었다. 그녀는 절뚝이며 그 구멍을 향해 걸어갔고, 그러자 흰 꽃이 만발한 푸른 벌판이 나타났다. 저 멀리에는 하늘을 향해 높게 뻗은 흑요석 궁전이 마치 번개와 천둥으로 가득한 구름들처럼 아름다우면서도 불길한 자태를 뽐내고 있었다. 뒤를 돌아보았을 때, 그녀는 자신이 거대한 검은 산을 내려왔다는 것을 깨달았다.

여기가 지하 세계구나. 너무 멀쩡해 보였다. 무엇보다, 몹시 아름다웠다. 이 세계 위에 자리한 지상 세계만큼이나. 이곳의 하늘은 광대하고 빛났지만 태양은 보이지 않았고, 공기는 덥지도 춥지도 않으며, 다만 너른 풀밭과 머리카락을 흔드는 바람에 몸이 떨릴 뿐이었다. 바람에는 달콤한 꽃향기, 향신료와 재의 냄새가 실려왔다. 하데스에게서 나는 향기였다. 그녀는 그 냄새를 들이마시고 싶었지만, 얕은 숨만 들이마셔도 다친 부위에 통증이 일었다.

그녀는 산어귀에서 멀어지며 계속 걸었다. 손에 닿기만 하면 시들어버릴까 봐 두려운 마음에 연약한 흰 꽃들을 만지지 않으려 팔짱을 낀 채였다. 걸으면 걸을수록 하데스에게 더욱더 화가 났다.

주변이 온통 초목으로 무성했다. 마음 한구석에선 지하 세계가 재와 연기와 불로 가득할 거라고 예상했는데, 그녀가 이곳에서 발견한 것은…… 생명이었다.

하데스는 이미 생명을 창조하는 능력이 탁월한데도 대체 왜 그런 요구를 한 걸까?

그녀는 오직 궁전을 향해 계속 걸었다. 널따란 벌판 너머로 유일하게 보이는 것이 궁전이었다. 아직 그녀를 쫓아오는 이가 아무도 없다는 것이 놀라웠다. 하데스의 세 마리 개가 지하 세계의 입구를 지키고 있다는 말을 들은 적이 있었기 때문이다. 아무도 모르게 그의 영토에 들어설 수 있었던 건 그의 호의 덕분이었을까, 그녀는 잠시 생각했다.

하지만 이제는 누구라도 좀 와줬으면 싶었다. 걸을수록, 숨이 가빠질수록 옆구리 통증이 더욱 심해지고 있었으니까.

이윽고 막다른 강가에 다다랐다. 불길하게 출렁이는 어두운 강물의 너비가 너무도 넓어서 반대편의 잎사귀가 희미하게 보일 뿐이었다.

여기가 스틱스 강이겠구나. 지하 세계를 경계 짓는 바로 이 강은 카론이라는 나루지기 정령이 지키는 것으로 알려져 있었다. 카론은 영혼들을 배에 태우고 지하 세계로 인도한다던데, 페르세포네에게는 지금 정령도, 배도 보이지 않았다. 강가에는 수선화들이 흐드러지게 피어 있을 따름이었다.

여길 어떻게 건너야 하지? 그녀는 산을 돌아보았다. 다시 돌아가기엔 너무 먼 길을 왔다. 그녀는 수영을 잘했지만, 지금은 옆구리 통증 때문에 속도가 느려질 것이다. 너비를 제외하면 강물은 험해 보이진 않았다. 그저 어둡고 깊은 물일 뿐.

페르세포네는 강둑으로 몇 걸음 더 가까이 다가섰다. 강물은 축축하고 미끄럽고 또 깊었다. 경사면을 따라 만발한 꽃들은 흰 바다를 이루고 있는 듯했는데, 기름 같은 강물과는 묘한 대조를 이루었다. 그녀는 발을 먼저 담가본 다음 강물로 완전히 뛰어들었다. 물은 차가웠다. 호흡이 가빠지면서 옆구리 통증이 더욱 심해졌다.

적당한 페이스를 찾은 순간, 무언가가 그녀의 발목을 잡아 물속으로 끌어당겼다. 비명을 지르기도 전에 물속으로 급속하게 빨려 들어갔다. 페르세포네는 발을 차고 굴러도 보았지만 저항할수록 발목을 붙잡고 당기는 힘은 더욱 세졌고, 그녀는 강 속으로 더욱 깊이 끌려 들어갔다.

그녀를 납치하려는 게 대체 누구인가 싶어 몸을 비틀어봤지만 발작적인 통증에 비명이 새어나왔고, 그러자 입과 목구멍으로 물이 쏟아져 들어왔다.

바로 그때, 누군가 그녀의 손목을 세게 움켜쥐고는 거칠게 흔들었다. 그러자 발목을 붙잡던 힘이 사라졌다. 손목을 붙잡은 게 누구인지 확인하고 그녀는 비명을 지르려 했지만 벌린 입으론 물이 들어올 뿐이었다.

시체였다. 공허한 눈동자 두 개가 그녀를 빤히 바라보았고, 뼈만 남은 얼굴에 붙은 몇 개의 피부 조각이 달랑거렸다. 그 둘이 위아래로 끌어당기는 바람에 그녀는 몸이 찢어지는 듯했다. 잠시 후 시체 둘이 더 다가와 그녀의 남은 팔다리를 붙들었다. 폐가 타들어갈 듯했고 가슴께가 욱신거렸다. 눈 뒤로 몰리는 압력이 느껴졌다.

지하 세계에서 죽겠구나.

바로 그때, 시체 중 하나가 그녀를 놓아주곤 다른 시체들을 공격하기 시작했고, 더 많은 시체들이 공격에 가담했다. 페르세포네는 그때를 틈타 최대한 빠르게 헤엄쳤다. 그녀는 힘이 빠졌고 몹시 피로했지만, 저만치 수면 위에서 빛나는 하데스의 기묘한 하늘을 향해 공기를 들이마실 수 있다는 희망 하나로 계속해서 헤엄쳐갔다.

물 밖으로 고개를 내밀었을 때, 시체 하나가 다시 그녀를 붙잡았다. 날카로운 무언가가 그녀의 어깨를 물었고 다시 밑으로 끌어당기려 했다. 그런데 이번에는 강가에 있던 누군가가 그녀를 구해주었다. 그는 그녀의 손목을 붙잡고 물 밖으로 끌어냈고, 복수심에 가득 찬 시체는 떨어져나갔다. 시체가 내지른 비명이 그녀의 몸속을 꿰뚫는 듯 지나가자 갑자기 숨을 쉴 수가 없었다.

이윽고 몸 아래 단단한 땅이 느껴졌다. 음악을 닮은 목소리가 그녀에게 숨 쉬라고 말을 건넸지만 그럴 수 없었다. 통증이 너무 심하고 지쳤기 때문이었다. 바로 그때, 그녀의 입술에 누군가의 입술이 닿았다. 그 숨결은 그녀의 폐 안으로 공기를 불어넣었다. 바로 다음 순간, 그녀는 옆으로 굴러 몸을 들썩이며 잔디밭 위에 물을 토해냈고, 다 토해낸 뒤에는 등을 대고 풀썩 쓰러졌다.

그녀의 얼굴 위로 한 남자의 얼굴이 슥 나타났다. 황금색 곱슬머리와 구릿빛 피부는 햇살을 연상시켰지만, 그의 얼굴에서 가장 마음에

드는 것은 눈이었다. 황금색 눈동자 속에 호기심이 너울거렸다.

"당신은 신이군요." 그녀가 놀라서 말했다.

그는 미소를 지었다. 그러자 양쪽 볼에 보조개가 패었다. "맞아요."

"당신은 하데스가 아니잖아요."

"아니죠." 그는 즐거워 보였다. "나는 헤르메스입니다."

"아아." 그녀는 고개를 젖혀 다시 누웠다.

"아아?"

"네, 아아."

그가 씩 웃었다. "그럼, 나에 대해 들어본 적이 있다는 건가요?"

"속임수와 도둑의 신이잖아요."

"잘 모르시나 본데, 무역과 상업과 상인과 도로와 스포츠와 여행자와 운동선수들과 문장학의 신이기도⋯⋯."

"문장학의 신이라는 것을 제가 어떻게 잊어버렸겠어요?" 그녀는 멍하게 말하곤 흐릿한 하늘을 올려다보며 몸을 부르르 떨었다.

"추워요?" 그가 물었다.

"방금 전에 강물에서 건져 올려졌거든요."

그는 외투를 벗어 그녀를 덮어주었다. 옷감이 피부에 닿은 순간, 그녀는 네버나이트에서부터 줄곧 짧은 은색 드레스를 입고 있었다는 사실을 기억해냈다.

그녀는 얼굴을 붉혔다. "감사해요."

"천만에요." 그가 여전히 그녀를 살펴보며 말했다. "당신이 누구인지 내가 맞혀볼까요?"

"그럼요. 마음대로 하세요." 그녀가 말했다.

헤르메스는 잠시 진지한 표정을 짓더니 손가락으로 앙다문 도톰한 입술을 톡톡 쳤다. "흠, 성적 욕구 불만의 여신 같은데요."

페르세포네는 와하하 웃음을 터뜨렸다. "그건 아프로디테잖아요."

"제가 당신이 성적 욕구 불만이라고 말했던가요? 하데스의 성적 욕구 불만을 일으키는 여신이라고 말하려고 한 건데."

그 말이 헤르메스의 입에서 튀어나오자마자 폭발적인 날것의 힘이 그를 휙 덮쳤다. 그가 공중으로 떠올랐다 쿵 떨어질 때 땅이 흔들리며 흙과 돌들이 튀어 올랐다.

페르세포네가 통증에도 일어나 앉아 고개를 돌렸을 때, 앞에는 잘 빠진 검은 양복 차림의 하데스가 우뚝 서 있었다. 그의 눈동자는 어둡게 빛났고 코는 벌렁거렸다.

"방금 그게 뭐예요?" 그녀가 따졌다.

"여신이여, 당신은 내 인내심과 내 호의마저도 시험하는군요." 하데스가 말했다.

"그럼 당신은 정말 여신이군요!" 헤르메스가 돌무더기에서 다친 데 없이 훌훌 털고 일어서며 의기양양하게 말했다.

그녀는 하데스를 쏘아보았다.

"헤르메스가 당신의 비밀을 지키지 않는다면 그를 타르타로스에 던져버리겠습니다."

헤르메스는 팔과 가슴에 묻은 흙과 돌을 털어내며 말했다. "있잖아, 하데스. 모든 것을 협박으로 처리할 필요는 없다고. 가끔은 그냥 요청하는 태도를 보여봐. 방금 전에도 나를 지하 세계의 저 끝으로 던져버리는 게 아니라 당신의 여신에게서 물러서달라고 요청할 수도 있는 거잖아."

"나는 저이의 여신이 아니에요! 그리고 당신……." 페르세포네는 하데스를 바라보았다.

그녀가 간신히 두 발을 딛고 일어서자 헤르메스의 눈썹은 호기심으로 치켜 올라갔는데, 방금 전까지는 그녀가 누운 채로 둘을 노려보았기 때문이었다.

"헤르메스에게 더 친절하게 대해줄 수도 있잖아요. 그가 나를 강물에서 구해준 건 사실이라고요!"

하지만 두 발로 서자마자 통증이 밀려와 그녀는 일어선 것을 바로 후회했다. 현기증이 나고 메스꺼움이 느껴졌다.

"당신이 가만히 날 기다리고 있었다면 강물에서 구조될 필요도 없었던 거잖습니까!"

"맞아요. 당신에겐 다른 일정이 있었으니까. 그 의미가 뭔지 아주 궁금하네요."

"사전이 필요합니까?"

헤르메스가 웃음을 터뜨렸고, 하데스는 그를 돌아보았다. "왜 아직도 여기 있는 건가?"

바로 그때, 페르세포네가 몸에 힘을 잃고 쓰러지자, 하데스는 돌진해 그녀가 땅에 부딪히기 직전에 붙잡아 끌어안았다. 그 충격으로 옆구리에 통증이 일었고, 그녀는 신음 소리를 냈다.

"왜 그럽니까?" 그가 따지듯 물었다.

"계단에서 굴렀어요. 아무래도……." 그녀는 숨을 한 번 들이쉬고는 움찔했다. "갈비뼈를 다친 것 같아요."

둘의 시선이 마주쳤을 때, 그의 얼굴에 근심이 가득 서려 있는 것을 보고 깜짝 놀랐다. 몇 시간 전 일리아스의 말이 떠올랐다. 누군가 다치기라도 하면 진심으로 화를 내십니다.

"괜찮아요." 그녀가 속삭였다. "저는 괜찮아요."

그러자 헤르메스가 말했다. "어깨에도 꽤 심각한 상처가 났던데."

그 말에 그의 얼굴에 서렸던 걱정은 스러지고 분노가 활활 타올랐다. 그는 입술을 앙다물고 페르세포네가 다치지 않도록 조심하며 두 팔로 그녀를 안아 들었다.

"어디로 가는 거예요?"

"내 궁전으로."

하데스는 순간 이동했고, 헤르메스는 강둑에 홀로 남겨졌다.

7장
호의의 손길

"좀 괜찮습니까?" 하데스가 물었다.

페르세포네는 순간 이동하는 동안 눈을 꼭 감았는데, 그때마다 어지러워서였다. 지금 그녀는 눈을 뜨고 고개를 들어 그와 눈을 맞춘 다음 고개를 끄덕였다.

하데스는 그녀를 검은 비단 시트를 덮은 침대 가장자리에 앉혔다. 주위를 둘러보자 그녀는 그가 자신을 침실로 데려왔음을 깨달았다. 그 방은 네버나이트를 연상시켰다. 광택 나는 흑요석 벽과 바닥 등 검은색 천지임에도 왠지 아늑하던 공간. 아마도 침대 맞은편의 타닥타닥 소리를 내는 난로, 발밑에 깔린 모피 깔개, 아니면 짙은 초록색 나무들로 가득한 숲이 내려다보이는 발코니로 이어지는 유리문 덕분인지도 모른다.

하데스는 그녀 곁의 바닥에 무릎을 꿇었고, 그 모습에 그녀는 화들짝 놀라 손이 떨렸다.

"뭐하시는 거예요?"

그는 아무 말도 하지 않고 헤르메스의 외투를 집어 들었다. 그녀는 이런 상황에 전혀 대비하지 못했다. 대비했더라면 뭐라고 따졌을 것이다. 대신 그녀는 하데스의 시선에 노출된 채 가만히 누워 있었다. 그는 다시 일어서더니 그녀의 몸, 드레스를 입은 모든 몸 구석구석을 눈으로 훑었다. 그중에서도 그의 시선이 가장 오래 머문 곳은 찢기고 상처 난 어깨 위였다. 하데스가 다시 무릎을 꿇고 그녀의 양팔에 자신의 손을 올리자 그녀는 가슴 위로 한쪽 팔을 끌어당겨 조심스러운 태도를 갖추려 했다. 이 각도에서는 그의 얼굴이 그녀와 같은 높이였다. 그가 입을 열자 위스키 향이 묻은 숨결이 그녀의 입술 위로 훅 끼쳐왔다.

"어느 쪽입니까?" 그가 물었다.

그녀는 그와 잠시 눈을 맞추고 그의 한쪽 손을 가져가 자신의 옆구리에 댔다. 스스로의 대담함에 놀랐지만 곧 따스하게 치유하는 그의 손길을 느꼈다. 그녀는 신음을 내며 그를 향해 머리를 기댔다. 만약 바로 이 순간 누군가 침실에 들어선다면, 그가 무릎 꿇은 위치 때문에 그가 그녀의 심장 소리를 듣고 있다고 여길 것이다. 실제로 그는 그녀의 다리 사이에서 고개를 모로 두고 있었다.

몇 번 깊은숨을 내쉬고 나자 다친 옆구리에 더 이상 통증이 느껴지지 않았다. 잠시 후, 그는 그녀를 향해 돌아섰지만 아직 손은 그녀의 몸에 댄 상태였다.

"좀 나아졌습니까?"

그의 목소리는 낮고 허스키한 속삭임이 되어 그녀의 살갗을 타고 미끄러졌다. 그녀는 몸을 떨지 않으려고 노력했다.

"네."

"다음은 어깨입니다." 그는 일어서며 말했다.

그녀는 상처를 보기 위해 고개를 돌리려 했지만 하데스가 그녀의 뺨에 손을 대며 저지했다.

"아뇨, 안 보는 게 좋을 겁니다."

그는 그녀에게서 몸을 돌리곤 옆방으로 들어갔고, 곧이어 물 흐르는 소리가 들려왔다. 그가 돌아오길 기다리면서 그녀는 피로한 두 눈을 감고 옆으로 누워 잠시 쉬었다.

"일어나시지요, 달링."

하데스의 목소리는 그의 손길, 따스하고도 매혹적인 손길을 닮아 있었다. 그는 다시 그녀 앞에 무릎을 꿇고 있었다. 흐릿하던 그의 얼굴이 점차 또렷해졌다.

"미안해요." 그녀가 속삭였다.

"사과하지 마십시오."

그는 그녀의 상처 난 어깨에서 피를 닦아냈다.

"나도 할 수 있어요."

그녀가 몸을 일으키려 했지만 하데스는 그녀를 눕힌 뒤 눈을 맞추었다.

"내가 하게 해주십시오."

그렇게 말하는 그의 목소리가 너무도 날것의, 본능적인 뭔가를 담고 있어서 저지할 수가 없었다. 그녀는 그저 고개를 끄덕였다. 그의 손길은 부드러웠고, 그녀는 다시 눈을 감았다. 잠들지 않았다는 것을 알리기 위해 그녀는 그에게 질문을 했다.

"왜 시체들이 당신의 강물 속에 있는 건가요?"

"동전과 함께 묻히지 못한 영혼들이 있습니다."

그녀는 한쪽 눈을 떴다. "아직도 그걸 한다고요?"

그는 작게 웃었다. 그녀는 그의 웃음이 마음에 든다고 생각하기로 했다.

"아뇨, 그렇게 죽은 이들은 고대인들입니다."

"그럼 그들은 뭘 하는 거예요? 살아 있는 이들을 익사시키는 것 빼고요."

"그게 그들이 하는 일의 전부입니다." 그는 덤덤히 말했다.

이내 창백해진 그녀는 바로 그것이 그들의 존재 이유임을 깨달았다. 어느 영혼도 함부로 들어설 수 없고, 어느 영혼도 함부로 빠져나갈 수 없다. 하데스 모르게 몰래 지하 세계에 들어서는 이들은 스틱스 강을 건너야 했는데, 그들이 살아남을 확률은 희박했다.

그 이후 그녀는 잠잠해졌다. 하데스는 상처를 다 치료했고, 그녀는 다시 한번 치유의 온기가 몸 안에 가득 퍼지는 것을 느꼈다. 옆구리보다 어깨 치료가 훨씬 오래 걸렸기에 상처가 얼마나 깊었던 것일지 궁금해졌다.

치료를 마친 뒤, 그는 턱 아래에 손가락을 댔다. "이제 옷을 갈아입으십시오."

"저……는 갈아입을 옷이 없어요."

"나에게 있습니다."

그는 그녀를 부축한 다음 칸막이 뒤로 안내했고, 짧은 검은색 새틴 가운을 건네주었다. 그녀는 가운을 내려다본 다음 다시 그를 바라보았다.

"이건 당신 옷이 아닌 것 같은데요?"

"지하 세계는 모든 손님을 위해 채비를 해두고 있습니다."

"고마워요." 그녀는 짐짓 퉁명스럽게 말했다. "하지만 당신 연인

중 한 명이 입었던 옷을 입고 싶지는 않네요."

그녀는 그가 연인 따위는 지금껏 없었다고 말해주길 바랐지만, 대신 그는 미간을 찌푸린 후 말했다. "이걸 입던가, 아니면 아무것도 입지 않던가, 둘 중 하나입니다. 페르세포네."

"설마."

"뭐가요? 당신 옷을 벗기는 것 말입니까? 나는 아주 기쁘게, 그리고 당신이 생각하는 것보다 더욱 열정적으로 그 일을 할 수 있습니다, 여신이여."

그녀는 잠시 그를 노려보곤 어깨를 축 늘어뜨렸다. 너무 지쳤고 화가 났고 저 신을 도발하고 싶지 않았다. 그녀는 그에게서 가운을 받아들었다.

"알았어요."

그녀가 옷을 갈아입는 동안 그는 프라이버시를 지켜주었다. 칸막이 뒤에서 가운을 입은 그녀가 나타나자마자 코앞에 하데스가 서 있었다. 그는 그녀를 하염없이 바라보다가 헛기침을 한 다음, 그녀가 입고 왔던 젖은 드레스를 가져가 칸막이 위에 걸어놓았다.

"이제 어떡하죠?" 그녀가 물었다.

"당신은 좀 더 쉬십시오."

하데스는 두 팔로 그녀를 안아 들었다. 그녀는 저항하고 싶었지만 (그가 치료해준 덕에 몹시 피로했음에도 걸을 수는 있었다) 그의 품에 안겨 있으니 얼굴이 붉어지고 부끄러운 느낌이 들어서 어떤 말도 하지 못한 채 잠자코 있었다. 그녀를 침대에 눕히고 몸에 이불을 덮어주는 순간까지도 그는 그녀에게서 눈을 떼지 않았다.

잠이 오기 시작해 눈꺼풀이 무거워졌다.

"고마워요." 그렇게 속삭이자마자 그의 얼굴이 굳어져 있는 게 보였다. 미간을 찌푸리며 그녀는 말했다. "당신 화났군요."

그녀는 그의 찡그린 눈썹을 부드럽게 펴주며 이마에서 뺨으로, 그다음 그의 입술 언저리를 손가락으로 쓰다듬었다. 그는 그녀의 손길에도 굳은 인상을 펴지 않았고, 그래서 그녀는 재빨리 손을 거둔 다음 눈을 감았다. 그의 의기소침한 얼굴을 바라보고 싶지 않았다.

"페르세포네."

"뭐라고요?"

"페르세포네라고 불러주세요. 여신님 말고요."

"쉬십시오." 그가 말했다. "당신이 일어나면 난 여기에 있겠습니다."

그녀는 쏟아지는 잠에 순순히 굴복했다.

❋

페르세포네가 눈을 떴을 때, 눈꺼풀이 사포처럼 느껴졌다. 잠시 동안 집 침대 위에 누워 있구나 싶었지만, 지하 세계의 강에서 익사할 뻔했다는 사실이 퍼뜩 떠올랐다. 하데스가 그녀를 그의 궁전으로 데려왔고, 지금 누워 있는 곳은 그의 침대다.

현기증이 일어 눈을 감은 채 허둥지둥 몸을 일으켜 세웠다. 어지러움이 가시고 눈을 다시 떴을 때, 의자에 앉아 그녀를 바라보는 모습이 눈에 들어왔다. 한 손에는 그가 가장 좋아하는 술이 분명한 위스키 잔이 들려 있었다. 그는 양복 재킷을 벗고 소매가 말려 올라간 검은색 셔츠를 입고 있었는데 단추는 반쯤 풀려 있었다. 표정이 잘 보이지 않았지만 화가 나 있다는 것은 느낄 수 있었다.

하데스는 위스키를 한 모금 마셨다. 그의 뒤에 놓인 난로에서는 불길이 탁탁 소리를 내며 그들 사이에 놓인 침묵을 깨뜨렸다. 그 고요 속에서 그녀는 자신의 몸이 그에게 반응하고 있음을 하나하나 오롯이 느꼈다. 그는 아무런 행동을 하고 있지 않았지만 이만큼 가까운 거리에서는 그의 향기를 맡을 수 있었으며, 그 감각이 몸속에 불을 댕기는 것 같았다.

그가 무슨 말이라도 해주길 바랐다. 뭐라도 말해서 내가 당신에게 다시 화를 내게 해줘. 하지만 그가 그 바람에 응하지 않자 결국 먼저 입을 뗐다.

"나, 얼마나 잠들어 있었어요?" 그녀가 물었다.

"몇 시간." 그가 답했다.

그녀의 눈이 휘둥그레졌다. "지금 몇 시예요?"

그는 어깨를 으쓱했다. "늦은 시각입니다."

"가야 해요." 그녀는 말은 그렇게 했지만 움직이지는 않았다.

"여기까지 오셨지 않습니까. 내 영토를 당신에게 보여드릴 수 있게 허락해주십시오."

하데스가 자리에서 일어나자 그의 존재감이 온 방을 뒤덮는 듯했다. 그는 남은 위스키를 마신 뒤 그녀가 앉아 있는 침대 밑으로 다가와 이불을 그러쥐고선 밀쳐냈다. 그러자 그가 아까 건네주었던 가운이 느슨해지면서 그녀의 가슴 사이 뽀얀 피부가 드러났다. 그녀는 황급히 가슴을 가리며 뺨을 붉혔다.

하데스는 가슴골을 보지 못한 척 손을 내밀었다. 그녀는 그 손을 잡고서 침대 밑으로 내려설 동안 그가 옆으로 비켜서기를 기다렸지만, 그는 손을 잡은 채 가만히 서 있었다. 마침내 눈을 들어 그를 보왔을 때, 그는 그녀를 내려다보고 있었다.

"괜찮습니까?" 낮고 굵은 목소리가 그녀의 안에 울려 퍼졌다.

그녀는 고개를 끄덕였다. "좀 나아졌어요."

그는 그녀의 뺨에 손가락을 대고 따스하게 어루만졌다. "당신이 내 영토에서 다쳤다는 사실에 내가 깊이 절망했음을 알아주십시오."

그녀는 침을 삼키곤 간신히 말했다. "나, 괜찮아요."

그의 다정한 눈동자에 단호한 빛이 돌았다. "그런 일이 다시는 없을 겁니다. 이리로 오십시오."

그는 방과 연결된 발코니로 그녀를 안내했다. 그곳에 서자 숨이 막힐 정도로 황홀한 풍경이 펼쳐졌다. 지하 세계는 만물의 채도가 낮았지만 여전히 아름다웠다. 잿빛 하늘 저편에는 짙은 녹색 나무들로 빽빽한 숲, 그리고 그 숲과 어우러진 검은 산이 보였다. 오른쪽으로는 나무들이 점차 얇아졌고, 스틱스 강의 검은 물은 키 큰 풀들 사이로 뱀처럼 넘실거렸다.

"마음에 드십니까?" 그가 물었다.

"정말로 아름다워요." 그녀가 답했다. 하데스는 그 말에 기뻐하는 것 같았다. "이 모든 걸 다 만든 거예요?"

그는 고개를 한 번만 끄덕이며 말했다. "지하 세계 역시 지상 세계처럼 진화합니다."

그녀의 손가락은 여전히 그의 손에 깍지 낀 채였다. 그는 발코니에 선 그녀를 살짝 끌어당겨 여태껏 한 번도 본 적 없는 가장 아름다운 정원 쪽으로 향하는 계단으로 이끌었다. 짙은 색 돌길 위로 라벤더 등나무가 덮개를 만들고, 보라색과 붉은색 꽃들이 길 양쪽으로 흐드러지게 피어 있었다. 정원을 바라보며 감탄하던 그녀는 문득 화가 나서 하데스를 향해 휙 돌아서서 손을 빼냈다.

"개자식!"

"욕은 삼가십시오, 페르세포네." 그가 경고하듯 말했다.

"그렇게 말할 자격 없어요. 여긴…… 여긴 너무 아름답잖아요!"

가슴이 아릴 정도의 광경이었다. 그녀가 정말 창조하고 싶던 풍경이기도 했다. 그녀는 정원을 좀 더 바라보며 새로운 꽃들을 찾아냈다. 잉크빛이 감도는 남색 장미들, 분홍 작약, 버드나무들, 짙은 보라색 잎사귀를 지닌 나무들.

"아름답지요." 그가 수긍했다.

"왜 나한테 여기서 생명을 창조하라고 한 거예요?"

그녀는 자신의 목소리가 낙담한 것처럼 들리지 않도록 애쓰며 말을 꺼냈지만, 사실은 꿈에 그리던 광경이 눈앞에 펼쳐져 있고 자신이 그 한가운데에 서 있다는 사실을 참을 수가 없었다.

그는 잠시 그녀를 바라보았고, 바로 다음 순간 그가 허공에 손을 휘젓자 장미들과 작약들과 버드나무들, 그 모든 것이 전부 사라졌다. 그들이 서 있는 곳에는 황폐한 땅뿐이었다. 까마득한 폐허를 바라보며 그녀는 입이 다물어지지 않았다.

"환상입니다. 당신이 만들어내고자 했던 정원이 이것이라면, 그 정원은 이곳의 유일한 생명이 될 겁니다."

그녀는 반쯤은 경외심을, 반쯤은 염오감을 안고 그들 앞에 놓인 땅을 바라보았다. 그렇다면 그 모든 아름다운 것이 하데스의 마법이란 말인가? 그는 노력 하나 기울이지 않고도 그 광경을 유지할 수 있는 건가? 정말이지 그는 강력한 신이었다.

그는 환상을 다시 불러냈다. 둘은 다시 정원을 거닐기 시작했다.

하데스를 따라 걷는 동안 그녀는 온갖 향기에 휩싸였다. 달콤한 장미, 회양목의 사향 냄새, 제라늄의 알싸한 향 등등 무궁무진했다. 진한 잎사귀 냄새를 맡으며 어머니의 꽃들이 너무나 쉽게 피던 유리 온실에서 보냈던 시간을 떠올렸다. 다시는 돌아가지 않겠다고 결심했던 바로 그곳. 이제 계약을 완수하지 못하면 하나의 감옥에서 다른 감옥으로 공간이 바뀔 뿐이라는 사실을 깨달았다.

마침내 그들은 황폐한 땅 위에 놓인 낮은 돌담 앞에 이르렀다. 발밑의 흙은 잿빛이었다.

"여기서 작업하면 됩니다."

"아직도 이해가 안 돼요." 페르세포네의 말에 하데스가 돌아보았다. "환상이든 아니든 이 모든 아름다움을 가지고 있잖아요. 왜 나한테 그 일을 하라는 거예요?"

"계약 조건을 이행하고 싶지 않다면 그렇게 말하면 됩니다, 페르세포네 여신이여. 한 시간 내로 특별실을 내어드릴 수도 있습니다."

"우린 한집에서 함께 살기엔 잘 맞지 않아요, 하데스." 그 말에 그가 눈썹을 치켜떴고, 그녀는 턱을 꼿꼿이 들었다. "여기에 얼마나 자주 와서 일하면 되나요?"

"원하는 만큼 자주, 언제든지. 당신이 맡은 일을 완수해낼 열정을 지녔다는 것을 잘 알고 있습니다."

그녀는 고개를 돌리고 몸을 굽혀 모래 한 줌을 폈다. 고운 모래는 손가락 사이로 물처럼 빠져나갔다. 이런 곳에서 어떻게 정원을 조성해야 할지 고민이 되었다. 어머니였다면 아무것도 필요 없이 씨앗을 만들고 싹을 틔웠겠지만, 페르세포네의 손길에 닿는 식물은 족족 시들었다. 어쩌면 데메테르를 설득해 묘목 몇 개를 달라고 부탁할 수 있을지도 모른다. 인간이 만들어낼 수 있는 그 어떤 것보다 신의 마법이 이 땅에서는 더욱 빛을 발할 것이다.

그녀는 계획을 꼼꼼히 세워보았다. 다시 몸을 일으켰을 때, 하데스는 그녀를 바라보고 있었다. 그의 시선에 조금씩 익숙해졌지만 뭔가를 들킨 것 같다는 기분을 지울 순 없었다. 그녀가 입고 있는 건 오직 그의 검은색 가운이었기에 더더욱.

"그럼…… 어떻게 지하 세계로 들어오면 되나요?" 그녀가 물었다. "제가 왔던 길로 다시 오는 걸 당신이 바라진 않을 것 같은데."

"흐음." 그는 생각에 잠긴 채 고개를 옆으로 살짝 기울였다.

그를 알게 된 지 이제 고작 사흘째였지만 그가 흥미를 느낄 때 이 행동을 한다는 것을 알고 있었다. 이미 스스로 어떻게 행동할지 알고 있는 상황에서 취하는 몸짓이었다. 그걸 알고 있음에도, 그가 그녀의 어깨 위에 손을 얹고 확 끌어당기자 깜짝 놀랐다. 그녀가 두 팔을 뻗자 그의 양쪽 가슴에 꼭 알맞게 닿았고, 그의 입술이 그녀의 입술에 닿자 현실감이 완전히 사라져버렸다. 다리에 힘이 풀리자 하데스가 두 팔로 더욱 세게 끌어안았다. 그의 뜨거운 입술은 그녀를 완전히 사로잡았다. 그는 입술로, 치아로, 혀로 그녀에게 키스를 퍼부었고 그녀는 꼭 그만큼 열렬히 화답했다. 그의 열정을 돋우어선 안 된다는 것을 머리로는 알고 있었지만 몸은 전혀 다르게 반응하고 있었다.

그녀의 손이 그의 가슴을 따라 올라가 목을 휘감았을 때, 하데스는 목 깊은 곳에서 신음 같은 소리를 냈고 그것은 그녀를 두려우면서도 전율하게 했다. 다음 순간, 그들은 움직이고 있었고, 그녀는 등 뒤에 돌담이 닿는 게 느껴졌다. 그가 그녀를 들어 올리자 그녀는 그의 허리에 두 다리를 휘감았다. 그는 그녀보다 한참 더 컸고, 이 자세로는 그녀의 턱을 따라 키스하고, 귀를 깨물고, 더 내려와 그녀의 목에 입을 맞출 수 있었다. 그 황홀한 감각에 신음이 흘러나왔고, 그녀는 어느새 그에게 몸을 더욱 기울여 머리카락 깊숙이 손가락으로 움켜쥐다가 검은 셔츠에 매인 넥타이를 느슨하게 풀었다. 그의 손이 가운 밑으로 들어와 부드럽고도 민감한 살갗을 만지기 시작하자, 그녀는 작은 비명을 내지르며 그의 머리카락을 강하게 움켜쥐었다.

바로 그 순간, 하데스가 입술을 뗐다. 그의 두 눈은 그녀의 몸속 깊은 곳에서 솟구치는 욕구로 형형히 빛나고 있었고, 둘은 각자 숨을 몰아쉬었다. 아주 오랫동안 그들은 가만히 있었다. 하데스의 손은 여전히 가운 밑에서 그녀의 허벅지를 움켜쥐고 있었다. 그가 계속 애무하더라도 그녀는 막지 않았을 것이다. 그의 손가락은 그녀의 은밀한 부위에 위험할 정도로 가까이 있었고, 그가 한껏 뜨거워진 그곳을 느낄 수 있다고 확신했다. 그럼에도 이 욕망에 굴복한다면 이후에 어떻게 여기게 될지 알 수 없었고, 왠지 하데스에 관해서는 후회를 남기고 싶지 않았다.

어쩌면 그 역시 그 생각을 눈치챘는지도 몰랐다. 손가락으로 피부를 파고들면서 그녀를 땅 위에 눕혔기 때문이었다. 어깨 길이를 훌쩍 넘는 그의 검은색 머리카락이 파도처럼 쓸려 내려오면서 얼굴 주위에 검은색 후광을 만들어냈다.

"앞으로는 당신이 네버나이트에 들어갈 때마다 손가락을 한 번 튕기면 바로 이곳으로 올 수 있을 겁니다."

그녀의 얼굴은 창백해졌다. 잠시 숨이 멎는 듯했다. 그럼 그렇지, 그는 호의를 베풀고 있을 뿐이다. 키스의 여파로 페르세포네는 수치심을 느꼈다. 왜 입맞춤을 허락한 걸까? 왜 그토록 격렬해지도록 놔두었던 걸까? 지하 세계의 신을, 그의 열정조차 믿어선 안 된다는 것을 알고 있었는데.

그녀는 그를 밀어내려 했지만 그는 꿈쩍도 하지 않았다.

"호의를 다른 방식으로 줄 순 없는 건가요?" 그녀가 퉁명스럽게 말했다.

그는 즐거워 보였다. "개의치 않는 것 같아 보이던데요."

그녀는 얼굴을 붉히며 떨리는 손가락으로 얼얼한 입술을 매만졌다. 하데스의 눈빛이 번뜩였고, 일순간 그녀는 그가 다시 자신을 침실로 데려가지 않을까 생각했다.

하지만 그런 일이 일어나선 안 되었다.

"가야겠어요."

하데스는 고개를 한 번 끄덕이곤 그녀의 허리에 팔을 둘렀다.

"뭐하는 거예요?" 그녀가 쏘아붙였다.

하데스가 손가락을 한 번 튕겼다. 그러자 세상이 획획 돌았고, 바로 다음 순간 그들은 그녀의 집 방 안에 있었다. 그녀는 현기증을 느끼며 하데스의 팔을 붙잡았다. 여전히 밖은 어두웠지만 침대 맡의 시계는 새벽 5시를 가리키고 있었다. 일어나서 회사에 갈 채비를 하기까지 한 시간밖에 남아 있지 않았다.

"페르세포네." 하데스의 목소리는 진동에 가까울 정도로 낮았다. 그녀는 그와 눈을 맞추었다. "다시는 내 영토에 인간을 데려오지 마십시오. 특히 아도니스는 더더욱. 그를 조심해야 합니다."

그녀는 눈을 가늘게 떴다. "아도니스를 어떻게 알아요?"

"그건 적절한 질문이 아닙니다."

그녀는 그에게서 떨어지려 했지만 그는 그녀를 품 안에 그대로 꽉 붙들고 있었다.

"그는 내 직장 동료예요, 하데스. 게다가 당신은 나에게 명령을 내릴 수 없어요."

"당신에게 명령을 내리는 게 아닙니다. 요청하는 겁니다."

"요청은 선택지가 있음을 뜻하죠."

어떻게 가능한 건지 알 수 없었지만, 하데스는 그녀를 더욱 끌어안았다. 그의 얼굴은 이제 그녀와 고작 몇 센티미터 거리였고, 자꾸만 시선이 그의 입술로 향하는 바람에 그를 똑바로 바라보기가 어려웠다. 정원에서 나눈 키스의 기억은 입술 위를 유령처럼 맴돌았다. 그녀는 그 기억을 떨치려 눈을 질끈 감았다.

"당신에게는 선택권이 있습니다. 하지만 당신이 그를 선택한다면 나는 당신을 데리러 갈 것이고, 당신이 지하 세계를 떠날 수 없게 만들지도 모릅니다."

그녀는 충격을 받아 눈을 크게 뜨고선 그를 노려보았다.

"그럴 순 없어요." 그녀가 이를 악물고 말했다.

하데스는 낮게 웃음을 터뜨리며 그녀에게 몸을 기울였고, 그러자 그의 숨결이 그녀의 입술을 애무하듯 어루만졌다.

"오, 달링. 당신은 내가 뭘 할 수 있는지 모르고 있군요."

그런 다음 그는 사라졌다.

8장
지하 세계의 정원

렉사는 '노란 수선화' 테라스에서 페르세포네 맞은편에 앉아 있었다. 둘은 각자의 하루를 시작하기 전에 이 식당에 들러 아침 식사를 하기로 했다. 페르세포네는 아르테미스 도서관으로, 렉사는 아도니스와 그의 친구들을 만나서 트라이얼 경기가 열리는 탈라리아 스타디움으로 갈 예정이었다.

그를 조심해야 합니다. 하데스의 목소리가 마치 귓가에 입술을 댄 것처럼 가까이에서 메아리치자 페르세포네는 몸서리쳤다. 그가 경고했어도 아도니스와 동행하겠다고 마음먹긴 했지만, 기사를 위한 자료 조사를 해야 할뿐더러 정원도 가꿔야 했고 이행해야 하는 거래까지 있었다. 그럼에도 왜 하데스가 아도니스에게 반감을 표했는지 궁금했다. 지하 세계의 신은 그 경고가 오히려 그녀의 호기심을 부추겼다는 것을 알고 있을까?

"입술에 멍이 들었네." 렉사는 그녀의 얼굴을 곰곰이 뜯어보며 말했다.

페르세포네는 손가락으로 입을 가렸다. 파운데이션과 립스틱으로 멍든 입술을 가리려고 노력했지만 소용없었다.

"누구랑 키스한 거야?"

"내가 왜 누군가에게 키스했다고 생각하는 거야?" 페르세포네가 물었다.

"네가 누군가에게 키스한 건 모르겠지만, 누군가가 너에게 키스한 건지도 모르지."

페르세포네의 얼굴이 발개졌다. 누군가가 그녀에게 키스한 건 맞지만, 렉사가 상상하는 이유 때문은 아니었다. 그저 호의를 베푸는 행위였을 뿐이야. 페르세포네는 스스로에게 되뇌었다. 그는 누구든 자신을 다시는 방해하지 못하도록 무슨 짓이든 할 거라고. 거기엔 그가 다스리는 영토로 향하는 지름길을 일러주는 일도 포함됐다.

그녀는 죽은 자들의 신을 낭만적으로 보지 않을 것이다.

하데스는 적이다. 그는 나의 적이다. 그는 나를 속여 계약을 맺었고 내게 없는 힘을 이용하라고 요구했다. 내가 지하 세계에서 생명을 창조하지 못한다면 그는 나를 가둘 것이다.

"그냥 추측해보는 거야. 네가 어젯밤 10시에 나가서 오늘 새벽 5시까지 들어오지 않았으니 말이지."

"어…… 어떻게 알았어?"

렉사는 빙긋 미소를 지었지만, 페르세포네는 자신의 비밀스러운 행동에 친구가 약간 상처받았다는 것을 느낄 수 있었다.

"우리 둘 다 비밀이 있는 것 같네. 나도 아도니스랑 전화하느라 깨어 있었거든. 그래서 네가 들어오는 소리를 들었지."

렉사가 들은 것은 페르세포네가 집에 들어오는 소리가 아니라 하데스가 침실로 순간 이동 시켜준 후 물을 마시려고 살금살금 주방으로 들어가던 소리였다. 하지만 그녀는 정정하지 않았다. 대신 렉사의 답에서 언급된 새로운 소식에 집중하기로 했다.

"오! 너랑 아도니스가 통화를 한다고?"

이제 렉사의 볼이 발개질 차례였다. 페르세포네는 일단 대화의 흐름을 바꿔놓을 수 있어 기뻤다. 여전히 자신의 직장 동료와 그녀의 가장 친한 친구가 데이트하는 것에 대해선 어떻게 여겨야 할지 몰랐지만. 게다가 그녀는 하데스가 그를 싫어하는 이유를 아직 알 수 없었다. 단지 그녀가 그를 네버나이트로 데려갔기 때문일까? 아니면 더 많은 게 있을까?

"별건 아냐." 렉사가 말했다.

페르세포네는 친구가 그저 기대를 안 하려고 노력하고 있다는 것을 알아챘다. 첫 번째 연애 상대였던 대학 시절 남자친구를 깊이 좋아한 이후로 렉사가 누군가에게 호감을 느낀 건 오랜만이었다. 그는 알렉이라는 이름의 레슬링 선수였는데 믿을 수 없을 만큼 잘생기고 매력적인 남자였다. 그런 사람이 아니라는 사실이 판명나기 전까지는 말이다. 연애 초기에 렉사가 보호심이라고 여겼던 태도는 점차 통제로 바뀌었다. 갈수록 상황이 심각해지던 어느 날, 페르세포네와 함께 외출했다는 이유로 그는 렉사에게 소리를 질렀고 바람을 피운 거라며 비난했다. 그 순간 그녀는 이별을 결심했다.

알렉이야말로 전혀 충실하지 않았다는 것을 렉사가 알게 된 건 연애가 끝난 이후였다. 그녀는 그 모든 일에 깊은 상처를 받았다. 한동안 페르세포네는 렉사가 영영 회복하지 못할 거라고 생각하기도 했었다.

"오늘 어떻게 할지 계획도 세우고…… 그냥 계속 이야기했어. 엄청 흥미로운 사람이야."

"흥미롭다고?" 페르세포네는 소리 내어 웃었다. "흥미로운 건 너지, 렉사. 패셔니스타에, 근사한 타투에 마녀까지 좋아하잖아. 남자들이 뭘 더 바라겠어?"

렉사는 눈을 동그랗게 뜨곤 그녀의 칭찬을 바로 무시했다.

"아도니스가 입양되었던 거 알고 있었어? 그래서 기자가 된 거래. 친부모를 찾고 싶나 봐."

페르세포네는 고개를 저었다. 뉴 아테네 뉴스에서 일한다는 사실과 네버나이트에 정기적으로 방문한다는 것을 제외하면 아도니스에 대해선 아무것도 몰랐다. 하데스는 진심으로 그를 싫어하는 것 같았기에 네버나이트 단골손님이라는 게 모순적이긴 했다.

"어떤 마음일지 상상도 안 돼." 렉사가 멍하니 말했다. "스스로가 누구인지도 모르는 상태로 이 세상을 살아간다는 것 말이야."

그 말은 페르세포네에게도 너무나 고통스러웠다. 하데스가 강요한 거래로 인해 그녀 역시 스스로가 얼마나 신들의 세계에 속하지 않는지 상기해야 했으니까.

렉사가 트라이얼 경기를 보러 떠난 다음, 페르세포네는 커피를 한 잔 테이크아웃해 아르테미스 도서관으로, 그녀의 안식처이자 아홉 명의 그리스 뮤즈 이름을 딴 아름다운 열람실로 향했다. 모든 열람실이 좋았지만 그녀는 특히나 멜포메네 열람실을 아꼈고 오늘도 그곳으로 들어선 참이었다. 타원형의 방 중앙에 여신상이 자리한다는 점을 제외하면 왜 이 방이 비극의 뮤즈 이름을 따서 명명되었는지 알 수 없었다. 유리 천장을 통해 빛이 쏟아져 들어와 여러 개의 긴 테이블과 열람실 공간을 환하게 비추고 있었다.

이곳에 온 건 책 한 권을 찾기 위해서였기에, 그녀는 여기저기 기웃거리면서 가죽 표지들과 황금색 글자 위를 손가락으로 훑었다. 마침내 그 책을 찾았다. 그녀는 『신성한 신들: 힘과 상징』을 테이블로 가져가 자리에 앉아 펼쳐 들었다. 한 장씩 넘겨보다 그녀가 찾던 이름이 굵은 글자로 쓰여 있는 페이지를 발견했다.

하데스, 지하 세계의 신.

그의 이름을 보는 것만으로도 가슴이 쿵쿵 뛰었다. 도입부에는 신의 얼굴이 그려져 있었는데 페르세포네는 손가락 끝으로 그 그림을 쓸어보았다. 그림은 너무 어두워서 누구도 그를 실물로 보면 알아보지 못할 것 같았지만, 그녀에게는 익숙해진 요소들이 보였다. 그의 콧날, 턱선, 어깨를 넘긴 긴 머리카락.

그림 밑에는 하데스가 지하 세계의 신이 된 이유를 구체적으로 설명하는 글이 쓰여 있었다. 타이탄이 패배한 뒤, 그와 두 형제들은 제비뽑기를 했다. 하데스가 지하 세계를, 포세이돈이 바다를, 제우스가 하늘을 각각 뽑았고, 세 명의 신은 지구를 동등하게 셋으로 나누어 지배하기로 했다.

그녀는 세 명의 신이 동등한 지배력을 가졌다는 사실을 종종 잊어버리곤 했다. 주된 이유 중 하나는 하데스와 포세이돈이 자신들의 영역 밖으로 좀처럼 나서지 않았기 때문이었다. 제우스가 인간들의 세계로 내려온 사실이 그것을 상기시켰고, 하데스와 포세이돈은 셋 모두가 동등한 권한을 지닌 세계를 자신들의 형제가 장악하도록 놔두지 않을 것이었다. 그 이야기를 알고 있음에도 페르세포네는 하데스의 힘에 관해선 여태껏 생각해보지 못했다. 어머니가 폭풍과 기근을 불러일으킬 수 있는 능력을 지녔듯 하데스도 그런 힘을 가지고 있는 걸까?

계속 읽다 보니 하데스가 지닌 힘의 목록이 나열된 페이지에 다다랐다. 하나씩 읽으며 그녀의 눈은 휘둥그레졌다. 그를 두려워하는 마음이 더 큰지, 경외하는 마음이 더 큰지 알 수 없었다.

하데스는 많은 힘을 지녔지만, 가장 핵심적이고도 강력한 능력은 환생과 부활, 윤회, 죽음을 감지하는 능력, 영혼을 거두는 능력을 포함한 강령술이다. 또한 지상 세계에 소유권이 있으므로 땅의 성분을 조작할 수 있고 귀금속과 보석을 만들 수 있는 능력도 가지고 있다.

정말이지, 부유한 자가 맞았다.

추가적인 능력으로는 매력을 꼽을 수 있다. 인간을 비롯해 그보다 약한 신들을 자신의 뜻에 복종하게 하는 능력이다. 투명해지는 힘 또한 그의 능력이다.

투명해지는 힘? 그 단어에 페르세포네는 몹시 불안해졌다. 몸이 투명해지는 그 힘을 절대 그녀에게는 사용하지 않겠다는 약속을 받아내야겠다고 결심했다. 페이지를 더 넘기자 하데스의 상징들과 지하 세계에 관한 설명이 나왔다.

수선화는 죽은 자들의 신이 신성시하는 꽃으로, 주로 흰색, 노란색, 주황색을 띠고 짧은 컵 모양의 부관을 지녔으며 지하 세계에서 풍부하게 자생한다. 수선화는 부활을 상징한다. 하데스가 영혼들에게 환생에 대한 희망을 주기 위해 이 꽃을 상징으로 택했다고 알려져 있다.

페르세포네는 의자 뒤로 기대앉았다. 며칠 전 만난 신과는 다른 존재처럼 여겨졌다. 그녀가 만났던 신은 인간들 앞에서 희망을 제물처럼 쥐고 흔드는 신이었다. 고통을 게임으로 삼는 신. 그런데 이 문단에 서술된 신은 동정심이 많고 친절했다. 하데스가 자신의 상징을 택한 이후 대체 무슨 일이 있었던 것인가.

성공한 적도 있습니다. 그는 이렇게 말했다. 대체 무슨 뜻이지?

하데스에게 물어볼 것이 더욱 많아졌다. 지하 세계에 관한 문단까지 읽은 뒤, 그녀는 글에서 언급된 꽃들의 목록을 작성했다. 아스포델(백합과의 꽃으로, 그리스 신화에서는 낙원에 피며 지지 않는 꽃으로 알려져 있다-옮긴이), 바꽃, 폴리안서스, 수선화. 그런 다음 다양한 식물에 관한 책을 찾아내 각각의 꽃과 나무를 관리하는 방법을 꼼꼼히 메모했다.

식물에게 직사광선이 필요하다는 부분에서는 인상을 찌푸렸다. 하데스의 하늘은 잿빛인데 괜찮을까? 어머니였다면 아무런 문제도 되지 않았을 것이다. 데메테르였다면 눈보라 속에서도 장미를 피워낼 수 있으니까. 그녀가 만약 어머니였다면 지하 세계에는 이미 정원이 쑥쑥 자라나고 있을 것이다.

독서를 마친 뒤 페르세포네는 목록을 가지고 꽃집으로 가서 씨앗을 달라고 했다. 헝클어진 머리에 길고 흰 수염을 기른 노인 점원이 목록을 읽던 중 수선화를 발견하자 고개를 들었다.

"여기선 그의 상징물을 팔지 않습니다."

"왜요?" 그녀가 물었다. 무엇보다도 궁금해서다.

"아가씨, 죽은 자들의 왕을 부르는 사람은 거의 없다오. 누군가 이름을 부르기라도 하면 다들 고개를 돌리지요."

"지하 세계에서 행복하게 지내고 싶은 마음은 없다는 말씀으로 들리네요." 그녀가 말했다.

그러자 점원의 얼굴이 창백해졌다. 페르세포네는 여분의 꽃 몇 송이와 장갑 한 켤레, 물뿌리개, 작은 삽까지 사서 가게를 나섰다. 씨앗을 땅에 묻기도 전에 죽이지 않도록 장갑이 도움이 되길 마음속으로 바랐다.

꽃집을 나선 다음에는 네버나이트로 바로 향했다. 오늘로써 사흘 연속이었다. 클럽에 들어가기 위해 밖에 줄 서서 기다리는 사람이 한 명도 없을 만큼 이른 시간이었다. 문 앞으로 다가가자 문은 저절로 열렸다. 그녀는 안으로 들어서며 깊이 심호흡을 하고, 하데스가 보여준 것처럼 손가락을 튕겼다. 그러자 온 세계가 자신을 둘러싸고 빙글빙글 돌았다. 바로 다음 순간, 지하 세계에 당도해 있었다. 하데스가 그녀에게 키스했던 바로 그곳에.

몇 초 동안 머리가 어지러웠다. 늘 마법을 빌려 썼기에 혼자서는 한 번도 순간 이동을 해본 적이 없었다. 이번에는 어머니가 아닌 하데스의 마법이 살갗에 달라붙었다. 낯설지만 불쾌하지는 않은 그의 마법이 그녀의 혀 위에, 그의 키스만큼이나 부드럽고도 진한 감각으로 남아 있었다. 그 기억이 떠오르자 얼굴이 붉어졌다. 페르세포네는 발밑의 황폐한 땅으로 황급히 주의를 돌렸다.

벽 근처에서부터 보라색으로 피는 가장 키가 큰 꽃인 바꽃을 먼저 심기로 결정했다. 그런 다음 하얗게 피어날 아스포델을 심는다. 붉은색으로 덩어리져 피는 폴리안서스가 그다음이다. 계획을 세운 뒤, 그녀는 무릎을 꿇고 앉아 땅을 파기 시작했다. 첫 번째 씨앗을 땅에 심고 그 위에 흙을 얇게 덮었다.

하나 끝. 아직 여러 개가 더 남았다.

페르세포네는 팔과 무릎이 아파올 때까지 씨앗을 심었다. 손등으로 이마 위에 흐르는 땀을 닦아냈다. 다 마치고 나서는 등을 대고 앉아 자신이 한 일을 돌아보았다. 회색빛이 감도는 저 흙을 바라보며 드는 이 감정이 무엇인지 스스로도 설명하기가 어려웠다. 말로 표현할 수 없는 어떤 어둡고 불편한 무언가가 머릿속을 파고들었다.

만약 해내지 못하면 어떡하지? 계약 조건을 충족하지 못하면 어떻게 되는 걸까? 정말로 이 지하 세계에 평생 갇혀 있게 될까? 그녀가 무슨 짓을 했는지 알게 된다면, 너무나 마땅하게도 강력한 여신인 어머니는 그녀의 자유를 위해 싸워줄까?

일단 이런 생각들을 옆으로 치워두었다. 해낼 수 있을 거야. 마법을 통해 정원을 일궈내진 못하더라도, 인간적인 방법을 동원해 시도해보는 그녀를 누구도 막을 수 없을 것이다…… 모든 것을 죽여버리는 그녀의 손길을 제외하면. 장갑의 효과가 있는지 알아보기 위해선 몇 주를 기다려야 할 터였다.

그녀는 물뿌리개를 들고 물을 채울 곳을 찾기 위해 주변을 둘러보았다. 시선은 정원을 둘러싼 벽에서 멈췄다. 저 위에 올라가 살펴보면 분수나 강을 쉽게 찾을 수 있을지도 모른다.

그녀는 갓 뿌린 씨앗들이 다치지 않게 조심조심 벽을 기어올랐다. 하데스가 소유한 다른 모든 것과 마찬가지로 흑요석으로 된 그 벽은 흡사 포악하게 폭발한 화산처럼 보였다. 뾰족한 모서리들 사이를 조심스럽게 지나다 삐끗해 떨어질 뻔했고, 가까스로 중심을 잡으려다 손을 베었다. 그녀는 고통의 신음을 내며 주먹을 쥐어 끈적끈적한 피가 묻은 손바닥을 감싼 채 마침내 벽 꼭대기에 다다랐다.

"와."

어제 잠시 지하 세계를 엿보았을 뿐이지만, 눈앞의 광경에 다시금 탄식이 흘러나왔다. 벽 너머에는 키 큰 풀밭이 몇 킬로미터나 드넓게 펼쳐져 있었고, 그 끝은 울창한 사이프러스 숲으로 이어졌다. 길게 뻗은 풀 사이로는 드넓은 강물이 세차게 흐르고 있었다. 이 거리에선 물의 빛깔이 잘 분간되지 않았지만, 스틱스 강처럼 검은색은 아니라는 것을 그녀는 알고 있었다. 지하 세계에는 여러 강이 흘렀음에도 이곳의 지리에 너무도 무지해서 저 벌판 너머의 강이 어떤 강인지 짐작조차 할 수 없었다.

하지만 물은 물일 뿐, 별로 중요하지 않았다.

페르세포네는 벽에서 다시 내려와 물뿌리개를 들고 벌판을 가로질러 걸어가기 시작했다. 웃자란 풀이 그녀의 맨팔과 맨다리에 스쳤다. 풀 사이에는 기묘한 주황색 꽃이 드문드문 피어나 있었는데 한번도 본 적 없는 꽃이었다. 이따금 바람이 공기를 휘젓고 지나갔다. 바람은 불의 내음을 풍겼고, 불쾌하지는 않았지만 그 내음은 온갖 아름다움에 둘러싸여 있음에도 여기가 지하 세계임을 상기시켜주었다.

풀밭을 걷던 중, 그녀는 웬 빛나는 빨간 공을 발견했다.

이상하네. 일반적인 공보다 더 큰, 거의 머리만 한 크기였는데 그녀가 몸을 굽혀 집어 들려는 순간 어디선가 낮게 으르렁대는 소리가 들려왔다. 고개를 들자 한 쌍의 검은색 눈동자가 웃자란 큰 풀 사이로 노려보고 있었다.

그녀는 공을 든 채로 비명을 지르며 넘어졌다. 하나…… 아니, 세 마리의 힘센 검은색 도베르만이 눈앞에 서 있었다. 매끈한 털에선

윤기가 흘렀고 접힌 귀는 까딱거렸다. 그제야 개들의 시선이 손에
든 빨간 공에 꽂혀 있음을 알아차렸다. 으르렁대는 소리는 점차 낑
낑대는 소리로 변했다.

"아." 그녀는 공을 내려다보았다. "가져오기 놀이 하고 싶구나?"

세 마리 개는 혀를 입 밖으로 축 늘어뜨린 채 가만히 있었다. 페
르세포네가 공을 던지자 세 마리는 순식간에 달려갔다. 공을 독차
지하려다 개들이 서로 부딪쳐 넘어지는 모습을 바라보며 페르세포
네는 웃음이 났다. 개들은 곧 돌아왔고, 공은 가운데에 선 녀석의
턱 사이에 끼어 있었다. 개는 그녀 발치에 공을 떨어뜨리고는 엉덩
이를 대고 순하게 앉아 다시 던져주기를 기다렸다. 누가 개들을 훈
련시켰을지 궁금했다.

공 던지기를 반복하다 보니 어느새 강가에 이르렀다. 스틱스 강과
는 달리 이곳의 물은 맑았고, 월장석처럼 보이는 바위들 위로 힘차
게 흐르고 있었다. 근사한 광경이었다. 그런데 물을 뜨려고 다가선
순간, 어깨 위에 손 하나가 얹어지더니 그녀를 뒤로 끌어당겼다.

"안 돼요!" 털썩 쓰러진 페르세포네가 위를 올려다보자 한 여신이
내려다보고 있었다. "레테 강에서 물을 길으면 안 됩니다."

명령조와 달리 목소리는 다정했다. 어깨를 넘어 허리까지 덮는 여
신의 긴 머리카락은 반묶음으로 묶여 있었다. 진홍색 페플로스와
검은색 망토를 걸친 전통 옷차림이 눈에 들어왔다. 관자놀이에는 짧
은 검은색 뿔 한 쌍이 돋아 있었고, 황금 왕관을 쓰고 있었다. 이목
구비는 아름다우면서도 단호한 인상을 주었다. 각진 얼굴과 아치형
눈썹 덕에 아몬드 모양 눈동자가 도드라져 보였다.

그녀 뒤에선 도베르만 세 마리가 앉아서 꼬리를 흔들고 있었다.

"당신은 여신이군요." 페르세포네가 자리에서 일어나며 말했다.

"헤카테입니다." 그녀는 미소 지으며 고개를 숙였다.

렉사 덕에 페르세포네는 헤카테에 대해 많이 알고 있었다. 주술과 마법의 여신. 헤카테는 데메테르가 진심으로 존경하는 몇 안 되는 여신 중 하나였다. 어쩌면 그녀가 올림포스 출신이 아니라는 것도 한몫했을 것이다. 어쨌든 헤카테는 여성들과 억압받는 자들의 수호신이었다. 연대를 선호하긴 했으나 자기 나름의 방식으로 돌봄을 실천하는 존재.

"저는……."

"페르세포네죠." 그녀가 미소를 띠며 말했다. "당신과 만나는 순간을 기다렸습니다."

"정말요?"

"그럼요." 소리 내어 웃는 헤카테의 얼굴은 반짝반짝 빛나는 것 같았다. "당신이 스틱스 강에 빠진 뒤로 하데스 님이 한바탕 난리를 피우셨으니까요."

페르세포네는 얼굴을 붉혔다.

"놀라게 해서 죄송해요. 하지만 겪어보셨다시피 지하 세계의 강은 위험합니다. 심지어 여신에게도요." 헤카테가 설명했다. "레테 강은 당신의 기억을 훔쳐갈 거예요. 하데스 님이 당신께 말씀해주셨어야 하는데, 나중에 제가 혼쭐을 내주겠습니다."

헤카테가 하데스를 혼내는 상상을 하자 웃음이 나왔다. "그 광경을 제가 지켜봐도 될까요?"

"아, 반드시 당신이 보는 앞에서 그를 혼내줄 생각이에요."

그들은 서로에게 빙긋 미소를 지어 보였다.

"음, 그런데 물을 어디서 구할 수 있는지 아시나요? 정원을 만들어야 해서요." 페르세포네가 말했다.

"따라오세요." 헤카테는 뒤를 돌더니 빨간 공을 주워서 저만치 던졌다. 개들은 풀밭 사이를 헤치고 달려 나갔다. "하데스 님의 개들을 만나셨네요."

"정말 그가 키우는 개들이에요?"

"그럼요. 동물을 무척 사랑하시거든요. 케르베로스, 티폰, 오르트로스라는 이름의 개 세 마리와 오르프나이오스, 아이톤, 닉테우스, 알라스토르라는 이름의 말 네 마리를 키우신답니다."

헤카테는 하데스의 정원 깊숙이 자리한 분수대로 페르세포네를 안내했다.

페르세포네는 물뿌리개 통을 채우며 물었다. "여기에 사세요?"

"저는 많은 곳에 살지요." 헤카테가 답했다. "하지만 이곳을 가장 사랑한답니다."

"정말로요?"

"네." 헤카테는 미소를 지어 보이곤 주변에 펼쳐진 풍경을 바라보았다. "여기가 좋아요. 저는 영혼들과 길 잃은 이들을 아껴요. 게다가 하데스는 친절하게도 저에게 오두막을 선사해주었죠."

"정말 이곳은 제가 예상한 것보다 훨씬 더 아름다워요." 페르세포네도 인정했다.

"이곳에 오는 모든 이를 위한 풍경이지요." 헤카테가 미소 지었다. "당신의 정원에 물을 주러 가볼까요?"

헤카테와 페르세포네는 정원으로 되돌아와 씨앗에 물을 주었다. 헤카테는 페르세포네가 무엇을 어디에 심었는지 기억하기 위해 표시해둔 표지판들을 가리켰다.

"말해주세요. 이 식물들은 무엇인가요?"

"그건 아네모네예요." 페르세포네는 얼굴이 발개지는 것을 느꼈다. "하데스를 처음 만난 날 그의 양복에 달려 있던 꽃이에요."

페르세포네는 도구들을 정리했고, 헤카테는 궁전 근처의 작은 방에 그것들을 보관하면 된다고 일러주었다. 그런 뒤 둘은 함께 주변을 둘러보며 걸었다. 하데스의 흑요석 궁전을 지나갈 때, 이전에는 몰랐던 것들이 그녀의 눈에 들어왔다. 궁전 옆에 석조 안뜰이 자리했고 마구간도 있었다.

키 큰 풀 사이의 슬레이트 길을 따라 그들은 계속 걸었다.

"아스포델! 제가 너무 좋아하는 꽃이에요!" 풀밭 사이로 고개를 내민 흰 꽃잎과 긴 꽃대를 알아본 페르세포네가 외쳤다.

더 멀리 걸어갈수록 더 많은 꽃이 나타났다.

"네, 우리는 아스포델 근처에 있지요."

헤카테는 손을 내밀어 페르세포네가 더 이상 나아가지 못하도록 막았다. 발밑을 내려다본 그녀는 가파른 협곡 가장자리에 서 있다는 것을 깨달았다. 아스포델이 경사면의 가장자리까지 무성하게 자라난 나머지 가까이 다가갈 때까지도 절벽의 끄트머리가 보이지 않았던 것이다.

페르세포네는 아스포델을 보고 무엇을 상상했는지 확신할 수는 없었지만, 늘 죽음을 일종의 목적 없는 것이라고 여겨왔다. 영혼들이 공간은 차지하고 있으나 목적은 부재한 상태. 그러나 이 협곡의 밑바닥에는 놀랍게도 생명이 있었다.

수킬로미터에 걸쳐 너르게 펼쳐진 녹색 들판 너머에는 저 멀리 경사진 언덕들이 자리했다. 작은 집 몇 채가 에메랄드빛 평원 위에 점점이 흩어져 있었는데 제각기 개성이 있었다. 일부는 나무로, 다른 일부는 흑요석 벽돌로 만들어진 집들이었다. 몇몇 굴뚝에서 연기가 피어올랐고, 창가 곳곳에는 꽃들이 피어 있었으며 따스한 빛이 창문을 비추고 있었다. 벌판 중앙을 가로지르는 넓은 길은 영혼들로 북적였고 오색 빛깔 텐트들이 가득했다.

"혹시 저들이…… 뭔가를 축하하고 있는 건가요?"

헤카테가 미소 지었다. "오늘은 장이 서는 날이에요. 한번 돌아볼까요?"

"네, 좋아요." 페르세포네가 말했다.

헤카테는 그녀의 손을 잡고 순간 이동해 협곡 안쪽 땅에 착지했다. 페르세포네가 고개를 들자 잿빛 하늘을 향해 높이 솟은 하데스의 궁전이 보였다. 지상 세계에서 네버나이트가 인간들 머리 위로 높이 솟아 있는 모습과 비슷했다. 아름답고도 불길한 형상. 페르세포네는 이 영혼들에겐 제왕의 타워가 어떠한 감정을 불러일으킬지 궁금했다. 아스포델을 지나는 길가에는 등불이 줄지어 달려 있었다. 영혼들은 마치 살아 있는 인간처럼 형체를 지닌 채 이리저리 돌아다녔다. 땅 위에서 영혼들의 눈높이로 바라보고 나서야 그녀는 색색깔 천막들이 사과, 오렌지, 무화과, 석류 등 다양한 것으로 가득 차 있다는 것을 발견했다. 어떤 천막에는 어여쁘게 수놓은 스카프와 직접 짠 담요들이 걸려 있었다.

"어리둥절해 보이시네요." 헤카테가 말했다.

"그냥…… 이 모든 게 다 어디서 오는 거예요?"

"영혼들이 만드는 것이랍니다."

"왜요?" 페르세포네가 물었다. "왜 죽은 자들이 이런 것들을 필요로 하나요?"

"죽는다는 게 어떤 의미인지 오해하고 계시는 것 같네요. 영혼들은 여전히 감정과 인식을 지니고 있습니다. 살아 있을 때와 비슷한, 익숙한 존재로 지내고 싶어 하지요."

"헤카테 여신님!" 누군가 반갑게 소리쳤다.

한 영혼이 여신을 알아보자 다른 이들도 함께 돌아보았고, 이내 많은 영혼이 다가와 고개를 숙여 인사하거나 그녀의 손을 잡았다. 헤카테는 미소를 띠고 모든 영혼을 어루만져주면서 페르세포네를 봄의 여신이라고 소개했다. 그 소개에 영혼들은 혼란스러워 보였다.

"저희는 봄의 여신이 계신 줄 몰랐습니다."

물론 몰랐을 것이다. 그 누구도 몰랐을 테니까.

지금까지는.

"수확의 여신의 따님이십니다." 헤카테가 설명했다. "이분은 이곳 지하 세계에서 우리와 함께 시간을 보내시게 될 거예요."

페르세포네는 얼굴을 붉혔다. 뭔가 설명해야 한다고 느꼈지만 뭐라고 말해야 할까? 당신들의 신과 게임을 하게 됐는데 바로 그가 계약을 이행해야 한다며 나를 옭아맸다고? 잠자코 있는 게 최선이라는 결심이 섰다.

페르세포네와 헤카테는 꽤 오랜 시간 장터를 돌아보며 함께 거닐었다. 영혼들은 고급 비단과 보석들, 신선한 빵과 초콜릿 등 이것저것을 둘에게 선물했다. 그러던 중 한 어린 소녀가 페르세포네에게 달려와 창백한 손에 쥔 작은 흰색 꽃 한 송이를 내밀며 환한 눈으로 바라보았는데, 정말이지 생생히 살아 있는 것 같았다. 기묘한 광경이었다. 페르세포네의 마음은 무거워졌다.

시선이 꽃으로 향하자, 그녀는 머뭇거렸다. 꽃잎을 만지는 순간 시들어버릴 것 같아서였다. 대신 몸을 굽혀 소녀가 꽃을 머리에 꽂을 수 있게 도와주었다. 그러자 남녀노소 불문하고 다른 영혼들 여럿이 꽃을 주려고 다가왔다.

그녀와 헤카테가 아스포델을 떠날 때쯤 되자, 페르세포네의 머리에는 꽃으로 장식된 왕관이 씌워져 있었고 너무 많이 웃은 탓에 얼굴 근육이 욱신거릴 지경이었다.

"왕관이 잘 어울리시네요." 헤카테가 말했다.

"그냥 꽃들인걸요." 페르세포네가 답했다.

"영혼들에게서 꽃을 받는 건 의미가 남다르답니다."

그들은 궁전을 향해 계속 걸었다. 언덕을 오르는 도중 페르세포네는 불현듯 멈춰 섰다. 공터에 서 있는 하데스를 발견해서였다. 셔츠를 입지 않은 그의 상반신은 구릿빛 조각으로 깎아놓은 듯 아름다웠으며 단단한 등과 팔뚝 위로는 땀이 흘러내려 반짝거렸다. 아까 그녀가 던져줬던 빨간 공을 세 마리 도베르만을 향해 던지기 위해 그의 팔은 등 뒤로 향해 있었다.

잠시 동안 그녀는 마치 의도치 않은 광경을 보게 된 것처럼, 혹은 뭔가를 방해하기라도 한 것처럼 당황했다. 너무나도 인간적인 한때를 보내고 있는 그의 자유로운 한순간을 목격한 셈이니까. 그 광경은 그녀의 내면에 은은한 불꽃을 일으켰고 그 온기가 가슴께까지 퍼져갔다.

하데스가 던진 공은 말도 안 될 정도로 멀리 날아갔고, 그를 통해 그의 힘과 권능이 또렷이 드러났다. 개들은 공을 뒤쫓아 냅다 달려갔고 하데스는 그들을 바라보며 소리 내어 웃었다. 깊은 울림을 지닌 커다란 웃음소리는 그의 살갗만큼이나 따스했고 페르세포네의 가슴속에서 둥둥 메아리쳤다.

바로 그때, 신이 뒤를 돌아보았다. 그의 시선은 마치 이끌리는 자석처럼 그녀에게 꽂혔다. 드넓은 어깨에서 깊은 복근까지, 그의 몸을 눈에 담으며 그녀는 경탄을 금할 수 없었다. 아름다웠다. 섬세하게 조각된 예술 작품처럼. 시선이 다시 그의 얼굴로 향했을 때, 그의 입꼬리가 올라가 있는 것을 발견하고는 재빨리 고개를 돌렸다.

헤카테는 하데스의 예술적인 몸에는 동요한 적 없다는 듯 성큼성큼 앞으로 나아가며 말했다. "당신이 개들을 잘못 길들여서 제 지시에는 전혀 따르지 않는다는 걸 아시지요."

"당신이 돌보면 개들은 나태해지지 않습니까, 헤카테." 하데스가 씩 웃고는 시선을 페르세포네를 향해 미끄러지듯 옮겨갔다. "봄의 여신님을 만나셨군요."

"네, 만났기에 천만다행이지요. 이분께 왜 레테 강가에 가까이 가지 말라고 말씀을 안 하신 겁니까!"

하데스의 눈이 동그래졌고, 페르세포네는 헤카테의 어조에 웃음을 터뜨리지 않으려고 노력했다.

"당신께 사과해야 할 것 같습니다, 페르세포네 여신님."

페르세포네는 그가 더 많은 빚을 졌다고 말하고 싶었지만 입 밖으론 꺼내지 않았다. 게다가 그녀를 바라보는 그의 시선에 숨이 멎을 것 같았다. 그녀는 애써 침을 꿀꺽 삼켰고, 멀리서 뿔피리 소리가 들려오자 안심했다.

헤카테와 하데스는 소리가 난 방향을 향해 고개를 돌렸다.

"제가 소환되었네요."

"소환이라고요?" 페르세포네가 되물었다.

헤카테가 미소를 지었다. "심판관들에게 내 조언이 필요한 것 같아요."

페르세포네는 그 말뜻을 이해하지 못했지만 헤카테는 더 이상 설명하지 않았다.

"다음번에 지하 세계에 오시면 저를 부르세요." 그녀는 떠나면서 말했다. "아스포델에 다시 함께 갑시다."

"네, 좋아요." 페르세포네가 말했다.

헤카테가 사라지자 그녀는 하데스와 단둘이 남았다.

"심판관들이 왜 헤카테의 조언을 필요로 하는 건가요?" 페르세포네가 물었다.

하데스는 진실을 말해야 하나 고민하는 듯 고개를 옆으로 기울였다. "헤카테는 타르타로스의 여신입니다. 악인에게 내릴 형벌을 결정하는 데 탁월한 분이기도 하지요."

페르세포네는 움찔했다. "타르타로스는 어디에 있는데요?"

"만약 당신이 위치를 알고도 가지 않을 거라는 걸 내가 확신하게 되면 말씀드리겠습니다."

"내가 당신의 고문실에 가고 싶어 할 것 같아요?"

"호기심이 일고 있는 것 같아 보이는데요." 그는 몸을 기울여 검은색 눈동자를 그녀에게 단단히 고정했다. "나를 향한 세간의 시선을 입증하고 싶어 하는 것 같아 보이고요. 내가 두려워해야 마땅한 신이라는, 바로 그 시선."

"내가 본 것에 대해 글을 쓸까 봐 당신은 두려운 거예요."

그는 웃음을 나지막이 터뜨렸다. "두려움은 적절한 단어가 아닙니다, 달링."

"물론이죠. 당신은 아무것도 두려워하지 않으니까."

하데스는 대답 대신 그녀의 머리카락에 꽂혀 있는 꽃을 향해 손을 내밀었다. "아스포델에선 즐거우셨습니까?"

"그래요." 그녀는 미소를 지을 수밖에 없었다. 모두가 다정하게 대해주었다. "당신의 영혼들······ 그들은 정말 행복해 보였어요."

"그래서 놀랐습니까?"

"뭐랄까, 당신은 딱히 친절한 신으로 알려져 있지는 않으니까요." 페르세포네는 말을 뱉자마자 너무 가혹한 말을 한 게 아닐까 후회했다.

하데스가 어금니를 악물었다. "나는 인간에게 친절한 신으로 알려져 있지는 않은 겁니다. 둘 사이엔 차이가 있지요."

"그래서 그들의 목숨을 걸고 게임을 하는 건가요?"

그의 눈가가 가늘어졌고, 뒤숭숭한 스틱스 강물처럼 그들 사이에 긴장감이 고조되는 것이 느껴졌다.

"당신 질문에는 더 이상 답하지 않겠다고 했던 게 기억나는군요."

페르세포네의 입이 떡 벌어졌다. "진심으로 하는 말 아니죠?"

그가 바로 답했다. "죽은 자들만큼이나 진심입니다."

"하지만······ 그러면 내가 당신을 어떻게 알 수 있어요?"

맥 못 추게 만드는 미소가 다시 그의 얼굴에 떠올랐다. "나를 알고 싶습니까?"

그녀는 시선을 피하며 미간을 찌푸렸다. "난 여기서 억지로 시간을 보낼 수밖에 없잖아요. 내가 갇힌 감옥을 더 잘 알아야 하지 않겠어요?"

"극단적이군요." 그러곤 뭔가를 고민하는 듯 잠시 침묵에 잠겼다.

"아, 안 돼." 페르세포네가 말했다.

하데스는 눈썹을 치켜 올렸다. "무엇이 말입니까?"

"그 표정 알아요."

그는 흥미롭다는 듯 눈썹을 더욱 치켜떴다. "무슨 표정인가요?"

"지금 그…… 표정요. 당신이 원하는 걸 알고 있을 때 짓는 표정이잖아요."

그 말을 입 밖으로 내뱉다니 스스로가 한심했다.

그의 눈동자 색이 더욱 어두워지고 목소리는 한층 낮아졌다. "그렇습니까? ……내가 뭘 원하는지 맞혀보겠습니까?"

"나는 독심술사가 아니에요!"

"아쉽군요. 질문을 하고 싶다면 게임을 하자고 제안하겠습니다."

"싫어요. 다시는 당신 계략에 빠져들지 않을 거예요."

"계약을 걸지 않겠습니다. 어떤 호의도 빚지지 않고, 그저 질문에 답하는 겁니다. 당신이 원하는 대로."

그녀가 턱을 살짝 들고 눈을 가늘게 떴다. "좋아요. 하지만 게임은 내가 정하겠어요."

확실히 그는 그 지점은 예상하지 못한 듯했다. 얼굴에 놀란 표정이 서렸으니까. 그런 다음엔 미소가 떠올랐다.

"좋습니다, 여신님."

"이 게임은 지독하지 않습니까." 하데스는 서재 한가운데 서서 불평을 내뱉었다.

서재는 천장에서부터 바닥까지 이어지는 커다란 창문에 대형 흑요석 벽난로가 자리한 아름다운 방이었다. 궁전으로 돌아온 뒤 그는 셔츠를 챙겨 입었고, 그의 벗은 몸이 게임에 방해만 될 게 분명했으니 페르세포네 입장에선 오히려 다행이었다.

"이 게임을 해본 적이 없으니 싫은 거겠죠."

"꽤 단순해 보이긴 합니다. 바위가 가위를 이기고, 가위가 보를 이기고, 보가 바위를 이기는 건 알겠습니다. 그런데 보가 정확히 어떻게 바위를 이기는 겁니까?"

"보는 바위를 덮잖아요." 페르세포네의 설명에 하데스는 얼굴을 찡그렸지만 그녀는 그저 어깨를 으쓱해 보였다. "왜 에이스가 만능패인가요?"

"그게 규칙이니까요."

"마찬가지예요. 보가 바위를 덮는 것도 규칙이죠. 준비됐나요?"

둘은 허공에 손을 들었는데, 페르세포네는 그 모습에 웃음이 났다. 죽은 자들의 신이 가위바위보를 하는 광경이라니, 이걸 지켜보는 일은 모든 인간의 버킷리스트에 들어 있어야 해.

"시이작, 가위, 바위, 보!" 둘은 함께 외쳤다.

"야호!" 페르세포네가 소리를 질렀다. "바위가 가위를 이겼네요!"

그녀는 하데스의 가위를 주먹으로 부수는 시늉을 냈다. 그는 그저 눈을 끔뻑거렸다.

"제길, 당신이 보를 선택할 줄 알았는데."

"왜요?"

"방금 전 보에 찬사를 보냈으니까."

"왜 보가 바위를 이기는지 물어봤으니 설명해준 거죠. 하데스, 이건 포커가 아니에요. 속임수가 아니라고요."

그는 타오르는 눈길로 그녀와 눈을 맞추었다. "아닙니까?"

페르세포네는 숨이 멎을 것 같아 잠시 시선을 피했다가 간신히 숨을 들이쉬곤 이긴 대가로 질문을 했다. "거래를 통해 성공을 거둔 적이 있다고 말했죠. 그에 대해 이야기해주세요."

하데스는 방 맞은편에 놓인 바 캐비닛으로 걸어가 늘 그렇듯 그가 가장 사랑하는 술, 위스키를 잔에 따르곤 검은 가죽 소파에 앉았다.

"이야기할 게 뭐가 있습니까? 나는 수많은 세월 동안 많은 인간들에게 같은 계약을 제안했습니다. 돈이나 명예, 사랑에 대한 대가로 그들은 악덕을 포기해야 했지요. 어떤 인간들은 다른 인간보다 강인하여 그 습관을 물리쳤습니다."

"병을 이겨내는 건 강해서가 아니에요, 하데스."

"병을 말하는 것이 아닙니다."

"중독도 병이지요. 그건 치료할 수 있는 게 아니에요. 관리해야 하는 것이죠."

"관리합니다." 그가 주장했다.

"어떻게요? 더 많은 계약으로요?"

"그건 또 다른 질문입니다."

둘은 다시 가위바위보를 했다. 그녀가 바위를 내고 그가 가위를 내자, 그녀는 환호하는 대신 바로 질문을 했다.

"어떻게요, 하데스?"

"나는 그들에게 한번에 모든 것을 포기하라고 요구하지 않습니다. 느린 과정에 가깝지요."

그들은 다시 한번 가위바위보를 했고, 이번에는 하데스가 이겼다.

"뭘 하실 겁니까?"

그녀는 어리둥절해했다. "무슨 소리예요?"

"당신이라면 뭘 하실 겁니까? 그들을 위해서 말입니다."

그 질문에 그녀의 입술이 살짝 벌어졌다. "우선, 나는 인간들이 자신의 영혼을 걸고 도박하지 않게끔 만들 거예요. 두 번째로는, 만약 거래를 요청하고 싶다면, 중독인인 경우 재활센터에 가게 해서 스스로 조금씩 치유하게끔 한 다음 그 비용을 지불할 거예요. 내게 당신만큼 많은 돈이 있다면 그 돈으로 사람들을 지원하겠어요."

그는 잠시 그녀를 지그시 바라보았다. "만약 중독이 다시 도진다면 어떻게 합니까?"

"그럼 어쩌겠어요?" 그녀는 되물었다. "인간의 세상살이는 생각보다 힘들어요, 하데스. 그러니 가끔은 삶을 계속 살아가는 것만으로

도 충분히 고된 거예요. 인간에게는 처벌하겠다는 위협이 아니라 희
망이 필요해요."

그들 사이에 침묵이 가로놓였다. 다음 순간, 하데스가 손을 들었
다. 다시 가위바위보 한판 승부가 벌어졌고, 이번엔 하데스가 이겼
다. 그는 그녀의 손목을 붙잡아 자신 쪽으로 끌어당겼다. 그녀의 손
바닥이 위로 향하도록 한 다음 헤카테가 묶어준 붕대 쪽을 손가락
으로 쓸었다.

"무슨 일이 있었던 겁니까?"

그녀의 웃음소리가 숨소리에 희미하게 섞였다. "갈비뼈 타박상에
비하면 이건 아무것도 아니에요."

하데스의 얼굴이 굳어졌고, 한동안 침묵했다. 잠시 후 그는 그녀
의 손바닥에 키스를 했다. 그의 입술에서 전해지는 치유의 온기가
피부를 부드럽게 감싸는 것이 느껴졌다. 너무 순식간에 벌어진 일이
라 물러설 시간도 없었다.

"이게 왜 그렇게 마음에 쓰여요?"

그녀는 이 말을 왜 속삭이고 있는지 스스로도 알지 못했다. 어쩌
면 모든 게 친밀하게 느껴졌기 때문인지 모른다. 둘이 그렇게 소파
에 나란히 앉아서 서로를 바라보고 있고, 그 거리는 키스할 수 있을
정도로 가깝다는 게.

대답 대신 그는 그녀의 뺨 한쪽에 손을 댔고, 페르세포네는 침을
삼켰다. 만약 지금 그가 키스한다면, 그다음에 무슨 일이 벌어질지
는 내 몫이 아닐 거야.

바로 그때, 서재 문이 벌컥 열리고 민테가 방으로 들어왔다. 강청
색 드레스는 몸에 찰싹 달라붙어 모든 곡선을 드러내고 있었다. 페

르세포네는 그녀를 보자마자 몸을 관통하는 강렬한 질투심에 깜짝 놀랐다. 만약 그녀가 지하 세계의 안주인이 된다면 민테에게 항상 터틀넥을 입으라고 시키고, 방에 들어서기 전에는 노크를 하라고 명령할 것이다.

불타는 듯한 새빨간 머리카락을 흩날리던 님프는 페르세포네가 하데스 곁에 앉아 있는 모습을 보고 그 자리에 우뚝 멈춰 섰다. 민테의 분노가 선명하게 느껴졌다. 민테 역시 질투할지도 모른다는 생각에 페르세포네의 입꼬리는 살짝 올라갔다.

하데스는 그녀의 얼굴에서 손을 뗀 다음 짜증 섞인 목소리로 물었다. "무슨 일인가, 민테?"

"주인님, 카론이 알현실에서 뵙자고 청합니다."

"이유도 이야기하던가?"

"침입자를 잡았다고 합니다."

페르세포네는 하데스를 바라보았다. "침입자? 어떻게요? 침입한 이들은 스틱스 강에 빠져 목숨을 잃지 않나요?"

"카론이 침입자를 잡았다면, 그의 나룻배에 몰래 탄 자일 확률이 높습니다." 하데스는 자리에서 일어나 손을 내밀었다. "이리 오십시오. 저와 함께 가시지요."

페르세포네는 그 손을 잡았다. 민테는 분노로 이글거리는 눈으로 그 모습을 바라보다 몸을 홱 돌려 그들보다 앞서 서재를 떠났다. 둘은 민테의 뒤를 따라 복도를 가로질러 하데스의 알현실로 들어섰다. 천장이 높고 동굴을 닮은 공간이었는데, 둥근 유리로 된 창문들 사이로 채도 낮은 햇살이 스며들고 있었다. 황금색 수선화 그림이 새겨진 검은 깃발들이 왕좌가 놓인 절벽 양쪽을 따라 줄지어 걸려 있었다. 하데스 자신과 마찬가지로 왕좌 역시 수천 개의 부서진, 날카로운 흑요석 조각들을 한데 모아놓은 듯한 형상이었다.

암갈색 피부를 지닌 한 남자가 흰 옷을 입고 금관을 쓴 채 절벽 근처에 서 있었다. 그의 어깨 위에는 두 갈래로 땋은 긴 머리카락이 금색 집게로 틀어 올려 있었다. 어두운색 눈동자 한 쌍이 하데스를 향하더니 곧이어 그녀를 향했다.

페르세포네는 하데스가 쥔 손에 슬쩍 힘을 빼보았지만 그럴수록 하데스는 더욱 강하게 그녀를 붙잡은 채 나루지기를 지나 계단을 올라 왕좌 앞에 이르렀다. 하데스가 허공에 손을 한 번 휘젓자 작은 왕관이 그의 곁에 나타났다. 페르세포네는 흠칫했다.

"당신은 여신입니다. 그러니 왕좌에 앉으실 겁니다."

그는 그녀를 왕좌에 앉히고 나서야 비로소 붙잡은 손을 놓아주었다. 그가 자신의 왕좌에 앉자 페르세포네는 그가 글래머를 벗어 던질 수도 있겠다고 생각했지만 그의 모습은 변함이 없었다.

"카론, 무슨 일로 나를 방해했는가?"

"당신이 카론인가요?" 페르세포네는 흰 옷을 입은 남자를 향해 물었다.

남자는 그녀가 늘 고대 그리스 관련 책에서 접했던 대로 노인이거나 해골, 검은색 망토를 뒤집어쓴 인물일 거라고 생각했는데 전혀 딴판이었다. 오히려 신을 닮은 아름답고 매력적인 외모였다.

카론이 씩 웃으며 말했다. "맞습니다, 여신님."

"페르세포네라고 불러주세요."

"여신님이라고 부르라." 하데스가 즉시 날카롭게 내뱉었다. "내 인내심을 시험하지 마라, 카론."

나루지기는 고개를 숙였다. 페르세포네가 보기에 카론은 하데스의 기분 나쁜 상태를 즐기고 있는 것 같았다.

"주인님, 오르페우스라는 자가 제 나룻배에 몰래 탔다가 잡혔습니다. 주인님을 직접 뵙고 싶다고 합니다."

"그를 당장 들이거라. 페르세포네 여신님과 나누던 대화를 얼른 이어가고자 한다."

카론이 손가락을 한 번 튕기자 한 남자가 나타났다. 두 손이 등 뒤로 묶인 채 왕좌 앞에 무릎을 꿇은 자세였다. 페르세포네는 그의 죄수 같은 모습에 놀라 숨을 들이쉬었다. 남자의 곱슬머리는 이마에 눌러 붙었고, 여전히 스틱스 강의 물이 뚝뚝 떨어지고 있었다. 패배자의 형상이었다.

"위험한 인물인가요?" 페르세포네가 물었다.

카론이 하데스를 바라보자 페르세포네도 고개를 돌렸다.

"당신은 영혼을 들여다볼 수 있잖아요. 저 사람 위험한 인물이냐고요." 그녀가 재차 물었다.

하데스의 목에 핏줄이 일어선 모습으로 보아 그가 이를 악물고 있다는 것을 알 수 있었다.

마침내 그가 말했다. "아닙니다."

"그럼 결박을 풀어주세요."

하데스의 시선이 그녀에게 내리꽂혔다. 이윽고 그는 남자에게 고개를 돌린 다음 손을 허공에 흔들었다. 그러자 밧줄이 사라졌고, 남자는 앞으로 고꾸라져 바닥에 몸을 쿵 찧었다. 그는 가까스로 몸을 추스르고 페르세포네를 바라보았다.

"감사드립니다, 여신님."

"지하 세계에는 왜 왔는가?" 하데스가 물었다.

인간 남자는 하데스의 눈을 똑바로 바라보았는데 그 눈동자 속에는 두려움이 보이지 않았다.

"아내를 찾으러 왔습니다. ……거, 거래를 제안하고 싶습니다. 제 영혼을 그녀의 영혼과 교환하는 것입니다."

"나는 영혼들을 가지고 거래하지 않는다, 인간."

"신이시여, 제발……."

하데스는 손을 들어 보였고, 남자는 페르세포네에게 고개를 돌려 애원했다.

"이분에게 도움을 청하려 하지 말라, 인간이여. 이분은 널 도와줄 수 없다."

페르세포네는 그 말을 도전으로 받아들였다.

"아내에 대해 말해보세요." 그녀는 하데스의 시선을 무시한 채 오르페우스를 바라보았다. "아내의 이름은 무엇인가요?"

"에우리디케입니다. 그녀는 우리가 결혼한 다음 날 목숨을 잃었습니다."

"정말 안됐군요. 어떻게 죽었나요?"

"그저 잠들어서는 다시는 깨어나지 않았습니다." 그의 목소리가 갈라졌다.

"너무 갑작스럽게 아내를 잃었네요."

페르세포네는 가슴이 아팠다. 목구멍이 조여오는 듯했다. 그들 앞에서 마음이 다 부서진 채로 서 있는 남자가 가여웠다.

"운명의 여신들이 그녀의 명주실을 끊어버린 것이다." 하데스가 말했다. "내가 그녀를 다시 살려낼 수는 없다. 또한 나는 영혼을 되돌리는 거래를 하지 않는다."

페르세포네는 주먹을 꽉 쥐었다. 당장 신에게 따져 묻고 싶었다. 민테와 카론과 이 인간이 보는 앞에서. 대전쟁 중에 그가 했던 짓이 바로 그 일 아니던가? 신들과 거래해서 영웅들을 되살려내는 것?

"하데스 신이시여, 제발……." 오르페우스는 잠긴 목소리로 울먹였다. "저는 그녀를 사랑합니다."

하데스가 그 말에 하, 하고 잔혹한 웃음을 터뜨리자 페르세포네의 마음속에서 무언가 단단하고 차가운 것이 쿵 내려앉았다.

"인간이여, 넌 그녀를 사랑했을지 모르지만 넌 그녀를 위해 여기에 온 게 아니다. 너 자신을 위해 온 것이지." 하데스는 왕좌에 등을 깊이 기댔다. "네 요구를 들어주지 않겠다. 자, 카론."

카론의 이름을 부른다는 건 곧 명령을 뜻했고, 나루지기가 손목을 튕기자마자 그와 오르페우스는 사라졌다.

페르세포네는 분노로 속이 끓어올라 하데스 쪽을 바라보지 않았다. 오히려 침묵을 깨뜨린 쪽은 하데스였다.

"나더러 예외를 적용하라고 말하고 싶겠지요."

"그리고 당신은 그게 왜 불가능한지 말하고 싶을 테고요." 그녀가 쏘아붙였다.

그의 입꼬리가 씰룩였다. "한 사람을 위해 예외를 만들 순 없습니다, 페르세포네. 지하 세계에서 영혼을 되돌려달라는 청원을 얼마나 자주 받는지 당신은 아십니까?"

그런 일이 자주 있을 것 같기는 했다, 하지만 그래도.

"말할 시간을 거의 주지도 않았잖아요. 두 사람은 결혼한 지 겨우 하루밖에 안 되었다고요, 하데스."

"비극적이군요." 그가 말했다.

그녀는 그를 노려보았다. "그렇게나 감정이랄 게 없나요?"

"슬픈 사랑 이야기를 지닌 건 저들이 최초가 아닙니다, 페르세포네. 짐작컨대 마지막도 아니고요."

"다른 인간들은 더한 요구를 해도 받아들여줬잖아요."

하데스는 그녀를 바라보았다. "죽은 자를 되살리려는 요청에 있어 사랑은 이기적인 핑계입니다."

"전쟁은 안 그렇고요?"

하데스의 눈동자가 어두워졌다. "지금 당신은 모르는 것에 대해 함부로 말하고 있습니다, 여신님."

"어떻게 편을 만들었는지 이야기해보세요, 하데스."

"나는 편을 만들지 않았습니다."

"오르페우스에게 다른 선택지를 주지 않은 것과 마찬가지로 말이죠. 지하 세계에서 안전하고 행복하게 지내고 있는 아내의 모습을 잠시 동안이라도 보게 해주는 게 당신이 지닌 힘으론 그렇게나 어려운 일이던가요?"

"어찌 감히 하데스 님께 그런 말을……."

민테가 입을 열었으나 페르세포네가 노려보자 머뭇거렸다. 민테를 식물로 만들어버릴 힘이 그녀에게 있기를 절실히 바랐다.

"그만해라." 하데스가 자리에서 일어났고 페르세포네도 따라 일어섰다. "여기까지만 합시다."

"페르세포네를 데리고 나갈까요?" 민테가 물었다.

"페르세포네 여신님이라고 불러라." 하데스가 말했다. "그리고 아니, 우리 대화는 아직 끝나지 않았다."

민테는 자리를 비키라는 명령을 받아들이고 싶지 않은 눈치였지만 어쨌든 대리석 바닥 위에 또각또각 발소리를 내면서 떠났다. 페르세포네는 그녀가 떠나는 뒷모습을 바라보고 있었다. 하데스의 손가락이 그녀의 턱에 닿기 전까지. 그는 그녀의 얼굴을 들어 올려 눈을 맞추었다.

"내가 내 영토를 다스리는 방법에 대해 하고 싶은 말이 많아 보입니다."

"그에게 일말의 자비도 베풀지 않았잖아요." 그는 잠시 동안 그녀를 빤히 바라보며 아무 말도 하지 않았는데, 그녀는 그가 무슨 생각을 하고 있는지 궁금했다. "더 나쁜 건, 당신은 그가 아내에게 품고 있는 사랑을 비웃었어요."

"그의 사랑에 의문을 제기한 겁니다. 비웃지 않았습니다."

"당신이 사랑에 의문을 제기할 자격이 있나요?"

"신이라는 자격이 있습니다, 페르세포네."

그녀는 그를 맹렬히 노려보았다. "그 모든 힘을 지니고도 당신은 상처를 주는 것밖에 하지 않았군요." 그는 그 말에 움찔했지만, 그녀는 계속 말을 이었다. "어떻게 그리도 열정적이면서 사랑을 믿지 않을 수 있는 거죠?"

하데스는 웃음기 없는 헛웃음을 지었다. "열정에는 사랑이 없어도 되니까요, 달링."

페르세포네 역시 그들의 열정을 부채질하는 게 성욕이라는 사실은 잘 알고 있었다. 그럼에도 그의 반응에 놀라고 또 화가 났다. 어째서일까? 그는 그녀에게 자비를 베풀 필요가 없었다. 그녀 역시 여신이기도 했으니까. 어쩌면 자신이 그랬던 것처럼 그 역시 오르페우스의 간청에 마음이 동하길 바랐던 건지도 모른다. 그 순간 그의 다른 모습을 보고 싶었던 건지도 모른다. 그녀의 추측이 틀렸다는 것을 증명해줄 모습을.

그러나 추측은 틀리지 않았다.

"당신은 무자비하기 이를 데 없는 신이에요."

그녀는 손가락을 튕겼다. 알현실에 하데스를 홀로 남겨두고, 그녀는 사라졌다.

월요일 아침, 페르세포네는 아크로폴리스에 일찍 도착했다. 얼른 기사를 작성하고 싶었다. 지하 세계에 있는 동안 하데스는 쓸거리를 충분히 많이 던져준 참이었다. 오르페우스를 대하던 그의 태도에 그녀는 여전히 화가 나 있었다. 죽은 아내를 향한 사랑을 표현하던 그 불쌍한 남자의 면전에 대고 그가 냈던 비정한 웃음소리가 귓가에 들려오는 것 같았다. 그 생각에 치가 떨렸다. 적어도 그는 자신의 본모습을 보여준 셈이었다. 그가 양심 있는 존재라는 생각이 들기 시작한 바로 그 순간에.

운명의 여신들은 내 편이야.

언론사 층에서 엘리베이터 문이 열렸을 때, 그녀는 밸러리의 책상 앞에 기대어 수다를 떨고 있는 아도니스를 발견했다. 그녀를 보자마자 둘은 대화를 뚝 멈추었는데, 페르세포네는 친밀한 순간을 방해한 것 같다고 느꼈다.

"페르세포네, 일찍 왔네." 아도니스가 목을 가다듬으며 몸을 일으켜 세웠다.

"빨리 시작할수록 좋으니까. 할 일이 많거든." 그녀는 둘을 지나쳐서 자신의 책상 쪽으로 향했다.

아도니스가 뒤를 따라오며 물었다. "네버나이트에선 어땠어?"

그녀는 잠시 멈칫했다. "그게 무슨 말이야?"

"우리가 떠나기 전에 하데스가 널 네버나이트에 초대했잖아. 어떻게 됐나 해서."

아, 그랬지. 넌 너무 피해망상에 사로잡혀 있어, 페르세포네.

"괜찮았어." 그녀는 가방을 서랍장에 집어넣고 노트북을 꺼냈다.

"그가 자기에 대해서 기사를 쓰지 말라고 널 설득할 줄 알았는데."

페르세포네는 자리에 앉아 인상을 찌푸렸다. 지하 세계를 둘러볼 수 있도록 초대한 의도가 그에 대한 글을 쓰지 말라는 전략일 거라고는 생각해보지 못했다.

"지금으로선 내가 그에 대해 글을 쓰는 걸 막을 수 있는 이는 아무도 없어. 하데스조차도."

특히 하데스. 그가 입을 열 때마다 그를 싫어할 이유가 하나씩 늘고 있다. 바로 그 입이 그녀를 흥분시킨다고 하더라도.

그녀의 위험한 생각들을 알 리 없는 아도니스는 미소를 지었다.

"넌 정말 훌륭한 기자가 될 거야, 페르세포네." 그는 한 걸음 물러나 그녀를 가리키며 말했다. "나한테 그 기사 보내주는 거 잊지 마. 그러니까, 다 쓰고 나면 말이야."

"알았어." 그녀가 말했다.

혼자가 되자, 그녀는 죽은 자들의 신에 관한 생각을 찬찬히 정리하기 시작했다. 지금까지는 양면을 본 것처럼 느껴졌다. 하나는 세상을 조종하는 강력한 신으로 지상 세계를 오래 떠나 있었기에 인간을 이해하지 못하는 면모. 그 신은 그녀를 치유해주었던 바로 그 손으로 그녀를 계약에 묶어두었다. 키스하기 전까지는 몹시 조심스럽고 부드럽다가, 키스가 시작된 직후로는 열정을 제어하지 못하던 그였다. 마치 그녀에게 굶주린 것처럼.

하지만 그건 사실일 리 없었다. 그는 신이었고 수세기 동안 살았으니 수세기 동안의 경험을 누렸을 것이며, 그녀는 단지 그 모든 것을 겪지 못했기에 그에 집착하는 것일 뿐이다.

그녀는 스스로에게 화가 나서 손으로 머리를 싸맸다. 하데스가 인간을 돕는다는 명목으로 그토록 오만하게 권력을 남용한다는 사실을 인정하던 그 순간 그녀가 느꼈던 분노를 되살려야 했다.

인터뷰 이후에 적어두었던 메모로 시선이 향했다. 너무 급하게 적어둔 터라 글자를 알아보기 쉽지 않았지만, 몇 번 주의 깊게 읽어보니 뜻을 짐작해낼 수 있었다.

만약 정말로 도움을 주고 싶은 거라면, 하데스는 중독자들에게 재활 센터로 가라고 요구해야 한다. 왜 한발 더 나아가서 그 대가를 치르려고 하지 않는가?

그녀는 자세를 바로 세우고 앉아 노트북에 그 문장을 타이핑했다. 쓰면서 다시 분노가 뜨겁게 타오르는 걸 느꼈다. 그 분노는 촉진 제로 쓰이는 불꽃이 되어 이내 그녀의 손가락은 키보드 위를 분주하게 오가며 분노의 단어들을 써내려가기 시작했다.

나는 영혼을 들여다봅니다. 무엇이 영혼에 짐을 지우는지, 무엇이 영혼을 타락시키는지, 무엇이 영혼을 파괴하는지…… 바로 그것을 시험에 들게 하는 겁니다.

그 말들이 꽂혀들어 좀 전의 분노와는 전혀 다른 물음을 낳았다.

지하 세계의 신으로 존재한다는 건 어떤 걸까? 다른 이들의 고군분투와 고통과 악덕만을 본다는 건? 비참할 것 같다.

그는 비참할 것이다. 그렇게 여기기로 했다. 죽은 자들의 신으로 존재하는 데 지친 그는 유희를 위해 인간들의 목숨을 건 운명 속으로 자신을 밀어 넣었다. 그런 그가 잃을 게 있나?

아무것도 없다.

그녀는 타이핑을 멈추고 의자에 몸을 기대어 깊이 숨을 들이쉬었다. 이전까지는 한 존재에 대해 그토록 많은 감정을 느껴본 적이 없었다. 그녀는 그에게 화가 났고, 그가 궁금했고, 그가 창조해낸 것들과 그가 말한 것들 사이에서 경탄과 역겨움을 동시에 느꼈다. 그 모든 혼란 속에서, 그와 단둘이 있을 때면 극단적인 매혹을 느꼈다.

어째서 그를 원하게 되는 걸까? 그는 그녀가 평생 동안 꿈꿔온 모든 것의 정반대를 보여주었는데도. 그녀가 원한 건 단지 자유였을 뿐인데 그는 그녀를 자신의 감옥에 가두려 하지 않는가.

하지만 단 한 가지, 그로 인해 그녀가 얻은 자유가 있었다. 오랫동안 억압되어왔으며 단 한 번도 탐구되지 못한 것. 열정, 성욕, 욕망. 아마도 짐을 진 영혼에게서 하데스가 꿰뚫어 볼 모든 것.

그녀는 키보드 위에 손가락을 올려놓은 뒤, 혈관을 타고 흐르는 이 활활 타오르는 분노를 품은 채 그와 키스하면 어떤 기분일지 상상해보았다.

그만해! 그녀는 애써 스스로에게 명령하며 입술을 세게 깨물었다. 이건 말도 안 돼. 하데스는 적이야. 하데스는 바로 너의 적이라고.

그가 그녀에게 키스한 건 단지 귀찮을 일을 만들지 않으려고 호의를 베풀기 위해서가 아니던가. 그녀가 지하 세계에서 죽을 뻔한 이후로 그는 이전까지 자신에게 중요했던 것들로부터 멀어졌을 가능성이 높다.

예컨대 민테.

그녀는 노트북 화면에 집중하려 노력했다. 방금 전에 타이핑한 문장을 읽어보았다.

바로 이것이 살아 있는 우리 눈앞에 존재하는 신이라면, 죽은 뒤엔 어떤 신을 만나게 될 것인가? 행복한 내세에 대해 어떤 희망을 품을 수 있겠는가?

문장들에 마음이 따끔거렸다. 스스로가 부당하게 굴고 있다는 것을 알고 있었다. 지하 세계의 일부를 둘러보았을 때, 하데스가 자신의 영토며 그 안에 사는 이들을 아낀다는 사실은 명백히 알 수 있어서였다. 그렇지 않다면 왜 그토록 광활한 땅 위에 거대한 환상을 만들어 유지하고 있겠는가?

왜냐하면 그건 자신을 위한 거니까. 그녀는 스스로에게 상기시켰다. 그가 예쁜 것들을 좋아하는 건 분명하다고, 페르세포네. 영토를 예쁘게 가꾸지 않을 이유가 없잖아?

그때 책상 위에 놓여 있던 전화기가 울렸다. 그녀는 너무 깜짝 놀라 소스라치고는 더듬더듬 손을 뻗어 수화기를 집어 들었다.

"페르세포네입니다." 심장은 여전히 쿵쿵 뛰고 있었고, 놀란 마음을 가라앉히기 위해 심호흡을 해야 했다.

"페르세포네, 밸러리예요. 어머니가 오신 것 같은데요?"

쿵쾅대던 심장이 저 밑으로 쿵 가라앉았다. 데메테르가 여기에 대체 왜 온 거야?

순간적으로 입술이 걱정됐다. 주말 동안 지하 세계에 다녀온 걸

혹시 데메테르가 알아낸 걸까? 신들의 정원에서 나누었던 대화가 떠올랐다. 여기서 지내는 조건을 다시 상기시켜줘야겠니? 신들을 멀리하는 거였다. 특히 하데스. 그녀가 네버나이트에 갔다는 것을 어머니가 어떻게 알아챈 건지 아직 알아내지 못했지만, 아마도 수확의 여신이 하데스의 클럽에 스파이를 심어두었을 것이다.

"금방 가요." 페르세포네는 애써 침착하게 말했다.

데메테르를 찾는 건 쉬웠다. 태양빛을 듬뿍 받은 윤나는 피부에 밝은색 눈동자를 그대로 유지하며, 최대한 신적인 형상에 가까운 모습을 하고 있었으니까. 오늘은 밝은 분홍색 여름용 원피스에 흰색 힐을 신었는데, 언론사의 칙칙한 벽과 선연한 대조를 이루었다.

"나의 꽃!" 데메테르가 다가오며 두 팔을 벌려 페르세포네를 끌어안았다.

"엄마." 페르세포네는 몸을 밀어냈다. "여기서 뭐하시는 거예요?"

데메테르는 고개를 옆으로 기울였다. "오늘 월요일이잖니."

그 말이 무슨 뜻인지 이해하는 데 몇 초가 걸렸다.

안 돼. 페르세포네의 얼굴이 새하얗게 질렸다.

어떻게 잊을 수 있지? 매주 월요일마다 어머니와 점심 식사를 함께해왔다는 것을. 하지만 지난 며칠 동안 벌어진 일들 때문에 완전히 잊어버리고 말았다.

"오는 길에 사랑스런 카페가 있던데." 데메테르의 말에서 페르세포네는 압박감을 느꼈다. 페르세포네가 약속을 잊었다는 걸 알아차렸고, 그래서 기분이 좋지 않은 것이다. "오늘 거기 가봐도 좋겠다 싶었단다. 어떠니?"

페르세포네는 어머니와 단둘이 있고 싶지 않았다. 하데스에 관한 기사를 쓸 수 있는 순간을 이제야 막 얻은 참이었다. 만약 지금 멈춘다면 끝마칠 수 없을지도 모른다.

"엄마…… 정말 죄송해요." 그 말이 그녀의 입에서 유리 조각처럼 삐져나왔다. 물론 거짓말이었다. 앞으로 내뱉을 말에도 죄책감이 들지 않았다. "오늘은 너무 바빠서요. 다른 날 식사해도 될까요?"

데메테르가 눈을 깜빡였다. "다른 날?"

그녀는 그 단어를 평생 한 번도 들어본 적 없다는 듯이 반복했다. 어머니는 자기 식대로 상황이 흘러가지 않는 것을 몹시 싫어했고, 페르세포네는 일정을 조정해달라는 부탁을 여태껏 단 한 번도 한 적이 없었다. 어머니의 모든 규칙을 기억하고 있듯, 어머니와 함께 식사하는 날도 언제나 기억하고 있었다. 물론 지난주에는 규칙 중 두 개를 어겼지만.

딸이 대들었던 행적의 목록을 어머니가 만들고 있다는 것을 페르세포네는 알고 있었다. 그 대가를 치르는 건 시간문제라는 것도.

"정말 죄송해요, 엄마." 페르세포네는 재차 말했다.

마침내 그녀와 눈을 맞춘 수확의 여신은 앙다문 입술을 열어 완벽할 만큼 단조로운 어투로 말했다. "그래, 다음에 하자."

데메테르는 고개를 휙 돌리고는 인사도 없이 사무실을 나갔다. 그제야 페르세포네는 그때까지 참았던 숨을 후우 내쉬었다.

긴장했던 마음이 가라앉자 피로감이 몰려왔다.

"와, 어머니 정말 아름다우시네요." 밸러리의 말에 페르세포네는 고개를 돌렸다. 그녀는 꿈결 같다는 표정을 짓고 있었다. "점심을 같이 못 하신다니 아쉽겠어요."

"그러게요." 페르세포네가 말했다.

천천히 자리로 돌아가는 페르세포네의 마음속에는 죄책감이 먹구름처럼 스멀스멀 차올랐다. 의자 뒤에 서서 노트북 화면을 바라보고 있는 아도니스를 발견할 때까지.

"아도니스!" 그녀는 황급히 책상으로 달려가 노트북을 쾅 닫았다. "뭐하는 거야?"

"안녕, 페르세포네." 그가 미소 지으며 말했다. "그냥 네 기사 읽고 있었어."

"아직 다 안 썼어."

그녀는 애써 침착한 척했지만 내밀한 것을 침범당했다는 생각에 좀처럼 진정이 되지 않았다.

"좋은 것 같은데. 이미 잘 썼네."

"고마워. 하지만 내 컴퓨터는 들여다보지 말아줬으면 좋겠어, 아도니스."

그는 웃음소리 비슷한 것을 냈다. "네 글 훔치지 않아. 그게 걱정되는 거라면 말이지."

"내가 다 쓴 다음에 보여주겠다고 했잖아!"

그는 두 손을 들고 그녀의 책상에서 한 발짝 뒤로 물러섰다. "워워, 진정해."

"나한테 진정하라고 말하지 마." 그녀는 이를 악물고 말했다.

그녀는 진정하라는 말을 듣는 게 끔찍하게 싫었다. 그렇게 얕보는 말에 더 화가 솟구칠 뿐이었다.

"다른 뜻으로 말한 건 아니야."

"네가 무슨 뜻으로 말했든 내가 상관할 바 아니야."

결국 아도니스는 입을 닫았다. 이번만큼은 매력을 흘려서 상황을 모면할 수 없다는 걸 깨달은 것이리라.

"거기, 괜찮은가요?" 디미트리가 그의 사무실에서 고개를 내밀자 페르세포네는 아도니스를 노려보았다.

"네, 다 괜찮아요." 아도니스가 말했다.

"페르세포네도?" 디미트리는 답을 기대하듯 바라보았다.

아뇨, 라고 말했어야 했다. 사실이 그랬다. 모든 게 다 괜찮지 않았다. 지하 세계의 신과 실현 불가능한 거래를 맺었다는 것도, 그 사실을 어머니에게 숨기고 있다는 것도. 특히나 어머니가 알게 된다면 뉴 아테네의 빛나는 고층 빌딩들을 다시는 볼 수 없을 것이다. 하지만 무엇보다 눈앞의 저 인간은 그녀의 내밀한 생각들을 감히 읽어도 된다고 여기는 것 같았다. 그녀가 쓰려고 하는 기사의 초안이 바로 그 생각들이었으므로.

바로 그것 때문에 이렇게나 화가 난 것이리라. 그녀가 쓴 단어들은 거칠고, 격분해 있고, 열성적이었으니까. 그 단어들은 그녀를 예민하게 만들었고, 만약 지금 아도니스에게 반하는 말을 뱉는다면 어떤 단어들이 튀어나올지 알 수 없었다.

그녀는 한 번 크게 심호흡한 뒤 간신히 말했다. "네, 다 괜찮아요."

그 순간, 아도니스의 얼굴에 떠오른 우쭐한 표정을 보았을 때, 그녀는 거짓말을 후회하게 되리라는 걸 직감했다.

며칠 뒤, 페르세포네는 네버나이트에 늦게 도착했다. 스터디가 예정보다 늦게 끝나서 피곤했지만 정원을 확인하러 가봐야 했다. 지하 세계의 흙이 머금은 습기는 사막과도 같아서 정원을 살려내기 위해 선 죽기 살기로 매일 물을 줘야 했다.

버스에서 내리자마자 하데스의 클럽 앞으로 무한히 길게 늘어선 대기 줄이 보였다. 늘어선 이들은 마치 발톱이나 날개라도 달렸다 는 듯이 죄다 그녀를 쳐다보았다. 자신이 어떤 모습인지는 스스로 도 잘 알고 있었다. 요가 팬츠와 탱크톱 차림에, 긴 머리카락은 스터 디 시작부터 느슨하게 번 모양으로 틀어 올렸다. 오늘은 거울을 들 여다볼 여유조차 없었고, 정원에 물 주러 갈 뿐인데 굳이 집에 들러 옷을 갈아입느라 시간을 허비하고 싶지 않았다. 이 시간에 드레스 에 몸을 구겨 넣고 힐을 신는다는 생각만으로도 소름이 돋았다. 하 데스와 이 클럽쟁이들은 알아서들 하겠지.

누구에게든 잘 보이려고 여기 온 게 아니잖아. 저기 들어가서 최대한 빠르게 지하 세계로 가는 거야.

그녀는 무거운 백팩의 끈을 조여 맨 뒤 인상을 찡그리며 문 앞으로 성큼성큼 걸어갔다.

불쑥, 어둠 속에서 메코넌이 나타났다. 내내 무표정이던 그는 그 녀가 누군지 알아본 순간 누런 이를 드러내며 사랑스러운 미소를 띠우곤 문으로 손을 뻗었다.

"여신님…… 아, 그러니까, 페르세포네."

"좋은 저녁이에요, 메코넌." 그녀는 클럽 안으로 들어가며 오거를 향해 싱긋 웃어 보였다.

페르세포네는 어둑한 로비에서 문득 멈춰 섰다. 이번엔 클럽을 통 하는 정식 경로를 이용하고 싶지 않아 순간 이동을 하기로 결심했 다. 어느새 익숙해진 소용돌이가 온몸을 휘감길 예상하며 손가락을 튕겼다.

하지만 아무 일도 일어나지 않았다.

다시 손가락을 튕겼다.

역시 아무 일도 일어나지 않았다.

하데스의 집무실을 통해 지하 세계로 향하는 수밖에 없다.

그녀는 고개를 푹 숙인 채 붐비는 클럽 플로어를 헤치고 나아갔는데 사람들의 말 없는 시선에 얼굴이 붉어지는 게 느껴졌다.

바로 그때, 누군가가 그녀의 어깨를 움켜쥐었다. 오거든 아니면 하데스의 다른 직원이든 그녀의 옷차림이 적절치 않다며 멈춰 세우겠거니 예상하며, 그녀는 고개를 휙 돌렸다. 반박할 말을 혀끝에서 굴리고 있었는데, 고개를 돌렸을 때 마주한 건 친숙한 황금빛 눈동자 한 쌍이었다.

"헤르메스." 그녀는 안도하며 말했다.

글래머를 쓰고 있었음에도 그의 잘생긴 외모는 조금도 가려지지 않았다. 흰색 셔츠와 회색 바지 차림에 황금색 머리를 완벽하게 스타일링한 채 한 손에는 술잔을 들고 있었다. 측면은 바투 깎고 정수리 쪽은 긴 곱슬머리로 놔두었는데, 그 위로 빛이 반짝거렸다.

"세피!" 그가 소리쳤다. "대체 뭘 입고 있는 거예요?"

그녀는 그럴 필요가 딱히 없었음에도 아래를 내려다보았다. 무엇을 입고 있는지는 스스로 완벽히 알고 있었다. "수업 끝나자마자 와서 그래요."

"시크한 대학생 스타일이네요." 그는 황금색 눈썹을 치켜 올렸다. "섹시한데요."

그녀는 계단 쪽으로 향했고, 속임수의 신도 바로 뒤따라왔다.

"여기서 뭐하는 거예요?" 페르세포네가 물었다.

"음, 나는 신들의 전달자거든요." 그가 말했다.

"아니, 여기서 뭐하는 거냐고요? 네버나이트 클럽 플로어에서!"

"신들도 도박을 한답니다, 세피." 그가 답했다.

"그렇게 부르지 마요. 그리고 대체 왜 신들이 하데스랑 도박을 하죠?"

"스릴 있잖아요." 헤르메스가 장난스럽게 미소 짓고는 페르세포네의 뒤를 쫓아 계단을 올랐다. "우리 어디로 가는 거예요, 세피?"

그가 '우리'라고 칭하는 게 어이가 없었다. "나는 하데스의 집무실로 가고 있어요."

"거기 없을 텐데."

헤르메스의 말을 들으니, 그는 아마 자신과 하데스 사이의 거래에 대해서는 모르겠구나 싶었다. 그녀는 고개를 돌려 그를 바라보곤, 하데스를 만나려는 것이 아님에도 소리 내어 묻고 말았다.

"그럼 어디에 있는데요?"

헤르메스가 씩 웃으며 말했다. "진행 중인 계약 요청 건들을 살펴보고 있죠."

페르세포네는 이를 악물었다. 퍽도 그렇겠지.

"하데스 보러 온 거 아니에요."

그녀는 서둘러 집무실로 올라갔다. 들어서자마자 백팩을 소파에 던지고 뻐근한 어깨를 문질렀다. 고개를 들었을 때, 헤르메스는 바 앞에 서서 다양한 술병을 들고 라벨을 읽는 중이었다. 그는 결국 마음에 드는 술을 하나 골라 빈 잔에 따랐다.

"그렇게 해도 되는 거예요?" 그녀가 물었다.

신은 그저 어깨를 으쓱할 뿐이었다. "하데스는 나한테 빚을 졌어요, 안 그래요? 나는 당신의 생명을 구했으니까."

페르세포네는 고개를 돌렸다. "내가 빚을 졌죠. 하데스 말고."

"조심해요, 여신님. 신과의 거래는 하나로 충분하다고요."

"알고 있었어요?" 그녀는 깜짝 놀랐다.

헤르메스는 미소를 지었다. "세피, 나 되게 오래 살았어요."

"내가 엄청 멍청하다고 생각하겠네요."

"아니, 난 당신이 하데스의 매력에 푹 빠졌다고 생각해요."

"그럼 하데스가 나한테 잘못했다는 데 동의하는 거죠?"

"글쎄, 당신도 그에게 끌리는 것 같은데."

페르세포네는 그 말을 무시하고 돌아섰다. 하데스의 집무실을 가로질러 걸어가 책상 뒤에 놓여 있던 투명 문으로 다가가려 해봤지만, 지난번처럼 벽 너머에 손이 푹 들어가지 않았다. 지하 세계로 가는 길이 막혀버렸다니! 네버나이트에 아도니스를 데려왔던 일 때문에 하데스가 호의를 되가져간 걸까? 아니면 며칠 전에 알현실에서 확 떠나버려서 화가 난 걸까? 귀찮은 일을 만들지 않으려고 그녀에게 호의를 선사해주었던 게 아니던가?

그때, 하데스의 집무실 문이 갑자기 확 열렸다. 헤르메스는 페르세포네를 붙잡고 가림천 뒤의 거울로 숨었다. 그녀가 뿌리치려 하자 헤르메스는 그녀의 귓가에 입술을 바짝 대고 속삭였다.

"믿어봐요. 이 광경이 꽤 볼 만할 테니까."

그가 손가락을 한 번 튕기자 페르세포네는 뼛속까지 피부가 꽉 조여오는 것 같은 느낌을 받았다. 난생처음 느껴보는 감각이었다. 거울 안에 숨고 나서도 그 느낌은 가시지 않았다. 마치 폭포 뒤에서 흐릿한 바깥세상을 바라보는 것 같았다.

우리가 보이는 거냐고 물어보려 했지만 헤르메스는 그녀 입술 위에 손가락을 댔다.

"쉿."

거울 너머로 하데스가 나타나자 페르세포네는 숨이 멎을 것 같았다. 그의 미모는 보고 또 봐도 익숙해지지 않았고 앞으로도 그럴 것 같았다. 지금 그는 신경이 날카롭고 심각해 보였다. 무슨 일이 있었던 걸까.

궁금증은 금방 풀렸다. 민테가 곧장 뒤따라 들어왔고, 페르세포네는 그녀를 보자마자 질투심이 불처럼 솟아나는 것을 느꼈다.

그들은 다투고 있었다.

"시간을 낭비하고 계십니다!" 민테가 말했다.

"내가 죽기라도 할 것처럼 말하는군." 하데스가 딱딱하게 말했다. 이래라저래라 하는 님프의 말을 듣고 싶지 않은 게 분명했다.

민테의 얼굴이 굳어졌다. "여기는 **클럽**입니다. 인간들은 욕망을 위해 거래를 한다고요. 지하 세계의 신에게 **요청**을 하는 곳이 아니란 말입니다."

"이 클럽은 내 뜻대로 운영되는 곳이다."

민테는 그를 노려보았다. "이러시면 그 여신이 주인님을 더 좋게 볼 거라고 여기시는 겁니까?"

그 여신? 민테가 말하는 여신이 그녀인 걸까?

그 말에 하데스의 눈동자가 한층 어두워졌다.

"나는 다른 이들이 나를 어떻게 여길지 신경 쓰지 않는다. 널 포함해서, 민테." 그녀의 얼굴에 절망이 드리웠고, 하데스는 말을 이었다. "그분의 제안을 따르겠다."

님프는 여전히 아무 말이 없었고, 얼마 후 몸을 돌려 시야에서 사라졌다. 잠시 후, 한 여자가 집무실로 들어왔다. 베이지색 트렌치코트에 커다란 스웨터와 청바지 차림이었고 머리카락은 포니테일로 묶여 있었다. 꽤 젊은 나이 같은데도 지쳐 보였고, 페르세포네는 하데스의 권능 없이도 저 여자가 짊어진 삶의 무게가 무겁다는 것을 단번에 알 수 있었다.

여자는 신을 발견하곤 얼어붙었다.

"두려워할 것 없다." 하데스는 따스하고 부드러운 바리톤 목소리로 말했다.

그러자 여자는 다시 조금씩 걸어왔다.

여자는 긴장한 웃음소리를 작게 냈고, 이어서 입을 열자 잠긴 목소리가 흘러나왔다. "주저하지 않겠다고 스스로에게 다짐했습니다. 두려움이 저를 집어삼키도록 놔두지 않겠습니다."

하데스는 고개를 모로 기울였다. 페르세포네는 저 행동의 의미를 눈치챘다. 그는 지금 호기심을 보이고 있다.

"하지만 너는 두려워했다. 아주 오랫동안."

여자는 고개를 끄덕였고, 눈물이 얼굴을 타고 흘러내렸다. 떨리는 손으로 눈물을 거칠게 닦아낸 다음, 다시금 좀 전의 긴장한 웃음소리를 냈다. "울지 말자고도 스스로 다짐했습니다."

"왜지?"

페르세포네는 하데스가 이렇게 물어본 게 다행스러웠다. 그녀 역시 호기심이 일고 있었으니까. 여자가 신과 눈을 맞추었을 때, 눈물 범벅이 된 얼굴은 반짝거리는 동시에 비장했다.

"신들께서는 내 고통에 감응하지 않으시니까요."

페르세포네는 움찔했다. 그러나 하데스는 미동도 하지 않았다.

"신들을 탓할 수는 없습니다." 여자는 말을 이었다. "저는 그저 애원하는 수많은 인간 중 한 명이니까요."

다시 한번 하데스가 고개를 모로 기울였다. "그러나 너는 너 자신을 위해 애원하는 게 아니지 않는가?"

그러자 여자의 입술이 떨렸다. 속삭임에 가까운 답이 뒤를 이었다. "그렇습니다."

"말하라."

그는 마치 주문을 걸듯 나직하게 말했고, 여자는 순응했다.

"제 딸이옵니다." 말은 이제 흐느낌에 가까웠다. "딸아이가 아픕니다. 송과체 모세포종이라는 악성 암을 앓고 있습니다. 딸을 위해 제 목숨을 바치겠습니다."

"안 돼!" 페르세포네는 소리치고 말았다.

헤르메스가 재빨리 조용히 하라고 손짓했지만 머릿속에는 오로지 이 생각만이 가득했다. 하데스, 그래선 안 돼! 그러지 마!

하데스는 오랫동안 여자를 가만히 바라보았다. "나의 내기는 너 같은 영혼을 위한 것이 아니다."

페르세포네는 앞으로 나서려 했다. 이 거울 바깥으로 걸어 나가 저 여자를 위해 싸우고 싶었다.

하지만 헤르메스는 그녀의 어깨를 단단히 붙잡았다. "기다려봐요."

페르세포네는 숨을 참았다.

"부탁드립니다." 여자는 가냘픈 목소리로 애원했다. "모든 것을 다 드리겠습니다. 원하시는 모든 것을요."

하데스는 오만하게 웃음을 터뜨렸다. "내가 갖고자 하는 것은 네가 줄 수 없다."

여자는 그를 빤히 바라보았고, 페르세포네는 그 눈빛에 마음이 찢어질 것 같았다. 모든 것을 다 잃은 눈빛. 여자는 고개를 푹 떨구었고, 얼굴을 손으로 가린 채 어깨를 들썩이며 흐느껴 울기 시작했다.

"신께선 저의 마지막 희망이었습니다. 마지막 희망 말입니다."

그러자 하데스가 여자에게 가까이 다가갔다. 여자의 턱 아래에 손가락을 대고 얼굴을 들어올렸다. 눈물을 닦아주고 난 뒤 그는 입을 열었다. "나는 너와 계약을 맺지 않을 것이다. 너에게서 무언가를 빼앗고 싶지 않아서다. 그렇다고 널 돕지 않겠다는 뜻은 아니다."

여자가 입을 떡 벌렸다. 페르세포네도 눈이 휘둥그레졌다. 헤르메스는 숨죽여 큭큭 웃었다.

"네 딸은 내 호의를 받았다. 아이의 병은 나을 것이고 어머니만큼 용감한 인간으로 자랄 것이다."

"오, 감사합니다! 감사합니다!"

여자는 두 팔을 벌려 하데스를 끌어안았다. 그러자 그는 어쩔 줄 모르겠다는 듯 목석처럼 서 있었다. 그러다 결국 그녀를 안아주었다.

잠시 후, 그는 포옹을 풀며 말했다. "가거라. 가서 딸을 만나거라."

여자는 몇 걸음 뒤로 물러났다. "신께선 가장 관대한 신이십니다."

하데스는 씁쓸한 미소를 지었다. "직전 발언을 수정하겠다. 내 호의에 대한 대가로 너는 누구에게도 내가 널 도왔다는 사실을 발설해선 안 된다."

여자는 놀란 것 같았다. "하지만……."

하데스는 반박을 받지 않겠다는 뜻으로 한 손을 들어올렸다. 마침내 여자는 고개를 끄덕였다.

"감사합니다." 여자는 뒤돌아서, 말 그대로 질주하듯 집무실 바깥으로 달려 나갔다. "감사합니다!"

하데스는 여자가 사라진 문가를 잠시 바라보고 서 있다가 손가락을 튕겨 문을 잠갔다. 무슨 일이 벌어지는 건지 미처 눈치채기도 전에 페르세포네와 헤르메스는 거울 바깥으로 내동댕이쳐졌다. 예상치 못한 터라 페르세포네는 바닥에 쿵 소리를 내며 넘어졌고, 헤르메스는 두 발로 착지했다.

"무례하시네." 속임수의 신이 말했다.

"내가 하고 싶은 말이다." 죽은 자들의 신은 페르세포네가 자리에서 일어서는 모습을 매섭게 바라보았다. "당신이 바라던 것들을 다 엿들었습니까?"

"난 단지 지하 세계로 가고 싶었을 뿐인데, 누군가 내 호의를 거둬 간 것 같더라고요."

그는 그녀의 말에 꿈쩍하지도 않았다.

하데스의 시선은 헤르메스에게 옮겨갔다. "자네에게 맡길 일이 있다, 전달자여."

하데스가 손가락을 튕기자, 눈 깜짝할 새에 페르세포네는 등 뒤로 황량한 정원이 펼쳐진 지하 세계에 던져졌다. 짜증스러운 신음을 뱉어내며 일어선 그녀는 옷에 묻은 흙을 털며 하늘에 대고 소리 질렀다.

"이 개자식아!"

11장
욕망의 손길

정원에 물을 주는 동안 페르세포네는 하데스를 향해 계속해서 욕을 뇌까렸다. 그가 모든 욕을 빠짐없이 다 들었으면 싶었다. 그에게 깊은 상처를 내길 바랐다. 움직이는 모든 순간에 그가 느끼고 주춤거렸으면 싶었다.

그는 그녀를 무시했다.

지하 세계에 그녀를 쓰레기처럼 내던져버렸다.

페르세포네는 묻고 싶은 게 있었다. 요구하고 싶은 것도 있었다. 왜 그 여자를 도왔는지, 왜 그가 여자에게 아무것도 말하지 말라고 명령했는지 알고 싶었다. 이 여자의 요청과, 죽은 에우리디케를 다시 살려달라는 오르페우스의 소원에는 무슨 차이가 있는 걸까?

정원에 물을 다 주고 나서 그녀는 하데스의 집무실로 다시 순간이동해보려 했지만, 손가락을 튕겨도 아무 일도 일어나지 않았고, 꼼짝없이 이곳에 갇혔다는 것을 깨달았다. 하데스에게 욕을 퍼부었지만, 그마저도 아무 효과가 없자 정원 벽을 걷어찼다.

그는 왜 그녀를 여기로 보낸 걸까? 헤르메스와 이야기가 끝난 다음 찾으러 올 생각인 건가? 그녀에게 베푼 호의를 다시 돌려줄까? 아니면 지하 세계로 들어설 때 매번 그를 찾아야 하는 걸까?

정말 짜증 나.

그를 몹시 화나게 한 게 분명하다.

그녀는 그가 없는 궁전을 탐방하기로 마음먹었다. 아직까지는 방 몇 개밖에 보지 못했다. 하데스의 집무실, 침실, 그리고 알현실. 다른 방들도 궁금했고, 그녀에겐 궁전을 탐험할 충분한 자격이 있었다. 하데스가 화를 낸다면 정원의 상태를 보건대 6개월 동안은 궁전에서 머물며 돌봐야 한다고 주장할 것이다.

천천히 돌아보며, 그녀는 하데스가 얼마나 디테일에 신경 쓰며 이곳을 꾸몄는지 알아챘다. 황금으로 포인트를 준 곳들, 모피 깔개나 벨벳 의자 등 다양한 질감을 사용한 게 눈에 띄었다. 가히 호화로운 궁전이었다. 그 아름다움에 탄복했다, 하데스의 미모에 탄복했듯이. 아름다운 것에 감탄하는 건 본성이라고 스스로를 변호하고 싶었다. 죽은 자들의 신과 그의 궁전이 대단하다고 여기는 것엔 다른 의미는 없다고. 그는 어쨌든 신이긴 하니까. 궁전 탐험은 도서관을 발견했을 때 끝났다.

굉장했다. 그녀는 단 한 번도 이런 곳을 본 적이 없었다. 근사하고도 두꺼운 책등과 황금색 양각이 돋보이는 책들이 끝도 없이 책장에 꽂혀 있었다. 방 자체도 아름답게 꾸며져 있었다. 커다란 벽난로가 어두운 책장들 옆쪽, 방 저편 벽 앞에 자리해 있었다. 책장에는 책뿐만 아니라 하데스와 지하 세계의 그림이 새겨진 고대 점토 화병들도 놓여 있었다. 그녀는 아늑한 의자에 앉아 부드러운 양탄자 위에서 발가락을 꼼지락거리며 몇 시간이고 책을 읽는 자신을 상상해보았다.

여기는 내가 가장 사랑하는 공간이 될 거야, 페르세포네는 생각했다. 만약 여기서 살게 된다면 말이다. 하지만 지하 세계에서의 삶을 상상하지 말아야 했다. 어쩌면 이 모든 게 끝나고 나면 하데스가 더욱 호의를 베풀어 이 도서관을 사용할 수 있게 해줄지 몰랐다. 그때도 키스를 해줄까, 그녀는 나른하게 생각했다.

그녀는 늘어선 책등을 따라 손가락으로 훑으며 서가를 천천히 둘러보았다. 두꺼운 역사책 몇 권을 간신히 꺼낸 뒤 책을 들춰볼 수 있는 테이블을 찾으려 주위를 둘러보았다. 둥근 테이블처럼 생긴 것을 발견하고는 그 위에 책들을 올려놓기 위해 가까이 다가가서야 그것이 테이블이 아니라 스틱스 강물과 비슷한 검은 물이 가득 찬 대야라는 것을 깨달았다.

대야 안쪽을 더 잘 들여다보려고 책들을 바닥에 내려놓았다. 검은 물속을 찬찬히 들여다보자 눈앞에 지도가 하나 나타났다. 스틱스 강과 레테 강, 하데스의 궁전과 정원이 보였다. 지도는 검은 물속에 놓인 것처럼 보였지만, 하데스의 정원만큼이나 생생한 빛깔이 영토 전체를 물들이고 있었다. 그녀는 검은 옷을 즐겨 입는 죽은 자들의 신이 그토록 다채로운 색을 좋아한다는 게 웃기다고 생각했다. 이 지도는 엘리시움이나 타르타로스 같은 지하 세계의 중요한 곳들을 보여주지 않는 게 확실하다는 생각이 들었다.

"흠, 이상하네."

그녀는 대야를 향해 손을 뻗었다.

"호기심은 위험한 기질입니다, 내 여신이여."

깜짝 놀란 그녀가 고개를 돌렸을 때 하데스는 서가를 뒤로한 채

서 있었다. 가슴속에서 심장이 거세게 쿵쾅거렸다.

"나도 잘 알고 있어요." 손목 위의 표식이 그 사실을 단단히 일러주었다. "그리고 내 여신이라고 부르지 마세요." 하데스는 아무 말 없이 그녀를 바라보고 있을 뿐이었다. 페르세포네는 덧붙여 말했다. "당신 세계를 그린 지도는 미완이네요."

하데스는 물속을 바라보았다. "무엇이 보이십니까?"

"당신의 궁전, 아스포델, 스틱스 강과 레테 강…… 그게 끝이에요." 모두 그녀가 가봤던 곳들이다. "엘리시움은 어디 있죠? 타르타로스는요?"

하데스의 입꼬리가 씰룩였다. "그 지도는 알 만한 자격을 획득한 곳들만 보여줍니다."

"획득한다는 게 무슨 뜻이에요?"

"내가 가장 신뢰하는 이들만이 이 지도 전체를 볼 수 있습니다."

"누가 지도 전체를 볼 수 있죠?" 페르세포네는 고개를 빳빳이 들어 물었지만 그는 그저 픽 웃을 뿐이었다. "민테는 볼 수 있나요?"

그의 눈가가 가늘어졌다. "그게 마음에 걸리십니까, 페르세포네 여신님?"

"아뇨." 그녀는 거짓말을 했다.

그의 눈동자가 단호해지는가 싶더니 입술도 가늘어졌다. 그는 몸을 돌려 서가 사이로 사라졌다. 그녀는 서가에서 빼온 책들을 바닥에서 집어 들고는 그를 따라갔다.

"왜 내게 베푼 호의를 거두어간 거예요?" 그녀가 물었다.

"교훈을 주기 위해서입니다." 그가 답했다.

"인간을 당신 영토로 데려오지 말라는 교훈요?"

"당신이 내게 화났을 때 나를 떠나지 말라는 교훈입니다."

"뭐라고요?"

그녀는 그 자리에 멈춰선 채 근처 서가 위에 책들을 올려놓았다. 예상치 못한 말이었다. 하데스도 멈춰 섰다. 그러곤 그녀를 향해 돌아섰다. 이제 둘은 좁은 서가 사이에 마주 보고 서 있었다. 서가의 먼지 냄새가 공기 중을 떠다녔다.

"당신은 풍부한 감정을 가졌지만, 그 감정을 어떻게 사용해야 하는지는 한 번도 제대로 배운 적이 없는 것 같습니다. 그러나 확실히 말하건대, 도망치는 건 해결책이 아닙니다."

"당신한테 더 말할 게 없었어요."

"말에 대한 게 아닙니다. 당신이 나를 염탐하지 않고 내 행동의 이유를 이해했으면 합니다."

"염탐하려던 게 아니었어요. 헤르메스가……."

"그 거울 속으로 당신을 데려간 게 헤르메스라는 건 알고 있습니다. 하지만 이유가 무엇이든 당신이 나에게 화난 채 떠나는 걸 원치 않습니다."

그 말을 다정하게 받아들였어야 하는데, 그녀의 입에서 튀어나온 말은 퉁명스러웠다. "왜죠?"

못마땅하게 받아들였던 건 아니다. 오히려 혼란스러웠다. 하데스는 신인데, 대체 왜 자신을 어떻게 여기는지 신경 쓰는 걸까?

"왜냐하면." 그가 입을 열었다가 잠시 멈추고 생각에 잠겼다. "당신은 내게 중요한 분이기 때문입니다. 당신의 분노를 탐구하고 싶습니다. 당신의 조언을 듣고 싶습니다. 당신의 관점을 이해하고 싶습니다." 그녀는 입술을 열어 왜요, 라고 되물으려 했지만 그가 다시 말을 이었다. "왜냐하면 당신은 인간들 사이에서 살아왔기 때문입니다. 당신은 나보다 그들을 더 잘 이해합니다. 당신에겐 동정심이 많으니까."

그녀는 침을 삼켰다. "오늘 그 여자를 도와준 이유가 뭐예요?"

"그러고 싶었기 때문입니다."

"그럼 오르페우스는요?"

하데스는 한숨을 내쉬며 검지와 엄지로 눈가를 쓸었다. "그렇게 단순한 문제가 아닙니다. 물론 나는 죽은 자들을 살려낼 능력을 지녔지만, 모두에게 적용할 수는 없습니다. 특히 운명의 여신들이 개입했을 경우는 더더욱. 운명의 여신들이 에우리디케의 목숨을 그토록 짧게 만든 데에는 이유가 있습니다. 그녀를 건드려선 안 됩니다."

"하지만 그 여자애는요?"

"그녀는 죽은 게 아니었습니다. 림보에 놓여 있었을 뿐. 림보에 있는 영혼들을 대상으로는 운명의 여신들과 거래를 할 수 있습니다."

"운명의 여신들과 거래를 한다는 게 무슨 뜻이에요?"

"조심스러운 행위입니다. 하나의 영혼을 삶으로 돌려달라고 운명의 여신들에게 요청한다면, 다른 영혼에 대해선 요청할 수 없게 됩니다."

"하지만…… 지하 세계의 신은 당신이잖아요!"

"그리고 운명의 여신들도 신성한 존재지요. 그들이 나를 존중하는 만큼 나도 그들을 존중해야 합니다."

"그건 불공평한 것 같은데요."

하데스가 눈썹을 들어올렸다. "그렇습니까? 인간들의 입장에서 불공평하다는 겁니까?"

정확히 그 뜻이었다. "그럼 인간들은 당신의 게임을 위해 고통받아야 하는 건가요?"

하데스가 어금니를 꽉 깨물었다. "이건 게임이 아닙니다, 페르세포네. 더더욱 내 게임은 아니지요."

그의 단호한 목소리에 그녀는 잠시 멈칫했다. 페르세포네는 그를 노려보았다.

"그래요, 당신은 당신 행동에 대한 이유는 설명했어요. 하지만 다른 거래들은 뭔가요?"

하데스의 눈이 어두워졌다. 이미 둘 사이의 거리가 몹시 가까운데도 그는 한 발짝 더 가까이 다가섰다. "당신과의 거래를 얘기하는 겁니까? 아니면 당신이 변호한다고 자처하는 다른 인간들과의 거래를 말하는 겁니까?"

"자처한다고요?"

그에게 보여줄 것이다. 그의 속임수들에 꿋꿋하게 맞설 것임을.

"당신은 나와 계약을 맺고 나서야 내 사업에 관심을 갖게 된 것 아닙니까?"

"사업이라고요? 그렇게 고의적으로 나를 호도하는 건가요?"

그의 눈썹이 다시 올라갔다. "그럼, 이건 당신에 대한 게 맞군요."

"당신이 한 짓은 나뿐만 아니라 다른 모든 인간들에게 불공평하다는……."

"나는 인간들에 대해 이야기하고 싶지 않습니다. 당신에 대해 이야기하고 싶을 뿐." 하데스는 더욱 가까이 다가왔고, 그녀가 한 걸음 물러나자 서가의 책들이 등을 짓눌렀다. "왜 나를 당신 테이블에 초대한 겁니까?"

페르세포네는 시선을 피했다. "당신이 나에게 가르쳐주겠다고 했잖아요."

"무엇을 가르칩니까?" 그는 그녀를 빤히 바라보았다. 몹시 유혹적이고 어두운 눈동자. 바로 다음 순간 그가 고개를 기울여 그녀의 목덜미에 입술을 댔다. "그날 그 순간 정말로 배우고 싶었던 것은 뭐였습니까?"

"카드요."

그녀는 간신히 속삭였지만 숨을 제대로 쉴 수가 없었다. 거짓말하고 있다는 것을 스스로 알고 있었다. 그녀는 그를, 그의 느낌을, 그의 향기를, 그의 힘을 배우고 싶었다.

그는 그녀의 살갗에 입술을 대고 속삭였다. "또 다른 것은?"

바로 그때 그녀는 고개를 홱 돌렸고, 이제는 그의 입술이 그녀의 입술을 스쳤다.

숨이 멎는 듯했다. 그녀는 답할 수 없었다. 답하지 않을 것이다. 그의 입술은 그녀의 입술 바로 앞에 있었지만, 그는 키스하지 않고 기다렸다.

"말씀해보십시오."

그의 목소리는 최면을 거는 듯했고, 그의 온기는 사악한 주문처럼 그녀를 휘감았다. 그녀가 갈망하던 모험은 바로 그였다. 그녀가 탐닉하고 싶은 유혹이 바로 그였다. 그녀가 저지르고 싶은 죄악이 바로 그였다.

그녀의 속눈썹이 파르르 떨렸고, 눈을 감는 동시에 입술은 열렸다. 그가 그녀의 입술을 탐하리라 생각했지만 그는 가만히 있었다. 그와 맞댄 가슴을 오르내리며 깊이 심호흡한 뒤 그녀는 말했다.

"카드뿐이에요."

그는 뒤로 물러났다. 페르세포네는 눈을 떴다. 그의 얼굴에 놀라움이 서려 있다고 생각했지만 그 표정은 즉각 읽어낼 수 없는 가면으로 바뀌었다.

"그럼 이제 집에 가고 싶겠군요." 그러고는 서가를 따라 걸음을 내디뎠다. 만약 이 대화의 대상이 죽은 자들의 신이 아니었다면, 그녀는 그가 창피해하고 있다고 생각했으리라. "그 책들은 빌려가도 좋습니다, 당신이 원한다면."

그녀는 책들을 그러안고 재빨리 그를 따라갔다. "어떻게요? 내게서 호의를 거두어갔잖아요."

그는 그녀를 돌아보았다. 시선에는 감정이 없었다. "나를 믿으십시오, 페르세포네 여신님. 내가 당신에게 호의를 베풀었다면, 당신은 알게 될 것입니다."

"이제 다시 페르세포네 여신님으로 부르겠다는 건가요?"

"당신은 언제나 페르세포네 여신님이었습니다. 당신의 출신을 인정하기로 마음먹었든 아니든."

"인정하고 말 게 뭐가 있어요? 나는 기껏해야 알려지지도 않은 신이고, 가진 힘마저도 미미한데."

그 순간 그의 얼굴에 실망감의 표정이 어렸고, 그녀는 그 사실이 끔찍이 싫었다.

"스스로를 그렇게 여긴다면, 당신은 결코 힘을 얻지 못할 겁니다."

그녀는 너무 놀라 입술을 벌렸고, 그의 눈동자가 팽팽해지며 한 손이 올라가자 그녀는 직감했다. 예고도 없이 다시 그녀를 떠나보내려는 것이다.

"하지 말아요." 그녀의 요구에 하데스가 멈칫했다. "나한테 화났을 때 멋대로 떠나지 말아달라고 했죠? 나도 요구하겠어요. 당신이 화났을 때 나를 떠나보내지 말라고."

그는 손을 떨구었다. "화나지 않았습니다."

"그럼 왜 아까 나를 지하 세계에 내동댕이친 거예요? 애초에 왜 나를 멀리 보낸 거예요?"

"헤르메스와 이야기를 나누어야 했습니다." 그가 말했다.

"그 말을 나한테 해줄 순 없었어요?" 그러자 그가 흠칫했다. "당신 스스로도 행할 수 없는 일을 나에게 요청하지 마세요, 하데스."

그는 그녀를 바라보았다. 그에게 바라는 게 무엇인지 스스로도 혼란스러웠다. 그녀의 요구가 그를 화나게 만들기를 바란 걸까? 그 일은 좀 다르다고 그가 맞받아치기를 바란 걸까? 너무도 강력한 신이니 무엇이든 하고 싶은 대로 할 수 있다고 말하기를?

하지만 그는 고개를 끄덕였다. "그것은 존중하겠습니다."

그녀는 안도감에 숨을 들이쉬었다. "고마워요."

그는 다시 손을 뻗었다. "자, 우리 함께 네버나이트로 돌아갑시다. 나는…… 거기서 해야 할 일이 아직 남아 있습니다."

그녀는 그 제안을 받아들였고, 그들은 그의 사무실로 함께 순간 이동했다. 그녀와 헤르메스가 숨어 있던 바로 그 거울 앞으로.

페르세포네는 그와 눈을 맞출 수 있도록 고개를 뒤로 젖혔다. "어떻게 우리가 저 안에 있다는 걸 알았어요? 헤르메스는 우리가 안 보일 거라고 했는데."

"처음부터 거기에 있다는 걸 알았습니다. 나는 당신을 느낄 수 있으니까."

그의 말에 몸이 파르르 떨렸다. 그녀는 그의 온기를 가까스로 밀쳐내곤 소파에 놓아두었던 배낭을 어깨에 둘러맸다. 문을 나서다 말고 그녀는 잠시 멈춰 섰다.

"그 지도는 당신이 가장 신뢰하는 이들에게만 다 보인다고 했죠. 죽은 자들의 신에게 신뢰를 얻으려면 무엇이 필요한가요?"

그는 한 단어로 답했다. "시간."

12장
게임의 신

"페르세포네!"

누군가 그녀의 이름을 부르고 있었다. 그 소리를 듣지 않으려고 그녀는 등을 돌리고 누워 담요를 머리끝까지 뒤집어썼다. 지난밤 늦게 지하 세계에서 돌아온 뒤 마음이 진정되지 않아 새벽까지 기사를 작업하다 간신히 잠든 터였다.

하데스가 그 어머니의 청을 들어주는 모습을 본 뒤로 페르세포네는 어떤 논조로 글을 써야 할지 고민이 많았다. 그러곤 마침내 하데스가 인간들과 맺는 계약들, 그중에서도 결코 실행 불가능한 조건을 내세우는 계약들에 초점을 맞추기로 결심했다. 그러나 기사를 쓰면서도 여전히 스스로 화가 나 있다는 것을 깨달았다. 하데스와 맺은 계약 때문인지 아니면 서가에서의 시간, 그가 무엇을 원하느냐고 물은 다음 그녀에게 키스하지 않은 그 순간 때문이었는지 알 수는 없었지만 말이다. 그 기억이 되살아나자 피부가 따끔거리고 오소소 소름이 돋았다. 지금은 그가 곁에 없는데도.

새벽 4시에 원고를 저장한 뒤 몇 시간 쉬고 나서 다시 읽어보리라

결심했다. 다시 잠에 빠져들려고 할 때, 렉사가 그녀의 방문을 벌컥 열고 들어왔다.

"페르세포네! 일어나봐!"

그녀는 신음했다. "아아, 안 돼."

"아니, 너도 이거 읽어보고 싶을걸. 오늘 뉴스에 뭐가 실렸는지 봐야 해!"

갑자기 정신이 번쩍 들었다. 페르세포네는 담요를 박차고 일어나 앉았다. 머릿속에는 이미 온갖 상상이 들어찼다. 누군가 네버나이트 바깥에서 신의 형상을 드러낸 그녀를 찍기라도 한 걸까? 하데스와 클럽 안에 있을 때 누군가 엿본 건 아닐까? 렉사는 태블릿을 페르세포네의 얼굴 앞에 들이밀었고, 화면 위에는 그보다 더 최악인 무언가가 들어 있었다.

"오늘 SNS가 이 소식으로 완전 도배됐어." 렉사가 말했다.

"안 돼. 안 돼. 안 돼."

페르세포네는 태블릿을 두 손으로 부여잡았다. 화면 상단에는 익숙한 검은색 굵은 글자로 이렇게 쓰여 있었다.

하데스, 게임의 신. 페르세포네 로지 기자.

그녀는 첫 줄을 소리 내어 읽었다. "죽은 자들의 신 하데스가 소유한 엘리트 도박 클럽인 네버나이트는 뉴 아테네의 모든 곳에서 볼 수 있다. 매끈하게 솟은 탑은 신의 위엄 있는 모습을 세련되게 본뜬 형상으로, 인생이 짧다는 것을, 지하 세계의 신과 도박을 벌이겠다고 마음먹을 경우에는 더욱 짧다는 것을 인간들에게 상기시킨다."

그녀의 기사 초안이었다. 진짜 기사는 노트북 안에 안전하게 담겨 있었다.

"어쩌다 이게 발행된 거지?"

렉사는 혼란스러워 보였다. "무슨 뜻이야? 네가 낸 거 아니야?"

"아니야."

페르세포네는 혼란스러운 마음으로 기사를 스크롤했다. 자신이라면 절대로 쓰지 않았을 하데스에 대한 묘사 등 몇몇 부분이 추가되어 있었다. 하데스의 눈동자는 무색의 깊은 골처럼 묘사되었고 얼굴은 냉담하다고, 태도는 차갑고 상스럽다고 서술되어 있었다.

상스럽다고?

그녀였다면 하데스를 그렇게 묘사하는 건 꿈도 꾸지 못했을 것이다. 칠흑 같은 눈동자는 풍부한 감정을 담아냈고, 그와 시선을 맞출 때마다 그가 지나온 억겁의 시간을 볼 수 있을 것만 같았다. 사실 그의 얼굴은 때때로 냉담한 게 맞지만, 그녀를 바라볼 때만큼은 뭔가 다른 감정이 엿보였다. 단호하던 표정이 부드러워졌고, 얼굴에는 재미있어하는 기색이 반짝 비쳤다. 타오르는 호기심을 지닌 하데스의 태도는 차갑고 상스러운 것과는 거리가 너무도 멀었다. 그는 열정적이고 매력적이며 세련된 존재였다.

그녀와 함께 가서 하데스를 실물로 본 사람은 단 한 명뿐이었다. 아도니스. 개인적인 공간에 함부로 들어와 허락 없이 그녀의 기사를 읽은 것도 그였다.

그냥 읽기만 한 게 아니었구나. 페르세포네는 이제 화나는 만큼 두려워지기 시작했다. 그녀는 태블릿을 옆으로 치워두곤 침대에서 벌떡 일어났다. 온갖 복수심에 가득 찬 말들이 머릿속에서 맴돌았다.

그 말들은 그녀의 것이 아니라 어머니의 언어에 더 가깝게 들렸다.

그는 벌을 받아야 한다. 아니면 내가 벌을 받을 테니까.

그녀는 화를 가라앉히려 몇 번 크게 심호흡하면서 의식적으로 꽉 쥔 주먹에 힘을 풀었다. 조심하지 않는다면 글래머가 사라질 것이다. 글래머는 늘 그녀의 감정에 반응하곤 했으니까. 어쩌면 그녀가 마법을 빌려 쓰고 있기 때문인지도 모른다.

사실, 페르세포네는 아도니스가 벌을 받지 않기를 바랐다. 적어도 하데스에 의해서는 아니었다. 죽은 자들의 신은 이미 그를 싫어한다는 점을 충분히 밝혔으며, 네버나이트에 그를 데려간 건 여러모로 실수였다는 게 이제는 확실해졌다. 어쩌면 이런 면모 때문에 하데스가 그를 멀리하라고 했던 것인지도 모른다.

세 번째 감정이 그녀 안에서 불꽃처럼 일었다. 두려움. 그녀는 그 감정을 꾹꾹 누르려 노력했다. 하데스가 이기게 두지 않을 것이다. 게다가 신이 위협했음에도 그에 대해 쓰겠다고 계획하지 않았던가.

"어디 가는 거야?" 렉사가 물었다.

"일하러."

페르세포네는 옷장 문을 열고는 잠옷을 벗은 뒤 가장 아끼는 심플한 초록색 드레스를 꺼내 입었다. 오늘을 무사히 버티려면 모든 무기를 총동원해서 최대한 당당해져야 한다. 어쩌면 하데스가 읽기 전에 그 기사를 내릴 수 있을지도 모른다.

"그런데…… 오늘은 근무하는 날 아니잖아." 렉사가 페르세포네의 침대 맡에 걸터앉은 채 말했다.

"일단은 처리할 수 있을지 확인해봐야겠어." 페르세포네는 샌들의 버클을 잠그려고 한 다리로 버티며 말했다.

"뭘 먼저 처리해?"

"기사 말이야. 하데스가 못 보게."

렉사는 깔깔 웃음을 터뜨리다가 재빨리 손으로 입을 가렸다. "페르세포네, 분위기 깨려는 건 아닌데, 하데스는 이 기사를 이미 봤어. 이런 걸 확인하는 사람들을 고용해두기까지 하는걸."

그 순간 둘은 눈을 마주쳤고, 그러자 렉사가 움찔했다.

"왜?" 페르세포네의 목소리에 신경질이 묻어났다.

"네 눈이…… 무서워."

여전히 몸속에서 솟구치는 감정을 느끼며 렉사의 눈을 피한 페르세포네는 가방을 향해 손을 뻗었다. "걱정 마. 금방 올게."

그녀는 방을 나갔고, 그녀의 이름을 외치는 렉사를 뒤로하고 현관문을 쾅 닫았다.

버스가 15분 뒤에 온다고 해서 걸어가기로 마음먹었다. 가방에서 콤팩트를 꺼내 더 많은 글래머 마법을 바르며 걷기 시작했다.

렉사가 움찔한 데는 이유가 있었다. 눈동자에선 글래머가 완전히 사라졌고 진녹색으로 번뜩였다. 머리카락 색도 밝아졌고 얼굴은 더 날카로워졌다. 공적인 장소인데도 그녀는 그 어느 때보다 신의 형상을 하고 있었다.

아크로폴리스에 도착했을 때쯤, 페르세포네의 인간적인 형상은 대부분 복구되었다. 엘리베이터에서 내리자마자 밸러리가 데스크 뒤에서 벌떡 일어섰다.

"페르세포네." 그녀가 긴장한 목소리로 말했다. "오늘 출근하는 날인 줄 몰랐어요."

"안녕하세요, 밸러리." 그녀는 평소와 다를 것 하나 없다는 듯 최대한 밝은 목소리로 말했다. 아도니스가 그녀의 기사를 훔치지 않았다는 듯, 렉사가 그녀를 깨워 분노에 찬 그 기사를 코앞에 들이밀지 않았다는 듯. "그냥 좀 처리할 게 있어서 왔어요."

"아, 그렇군요. 부재중 전화가 몇 통 오긴 했어요. 제가, 어, 당신 전화기에 음성 메시지를 남겨달라고 전달했어요."

"고마워요."

하지만 페르세포네는 음성 메시지 따위엔 관심 없었다. 여기 온 것은 아도니스 때문이었다. 그녀는 가방을 자신의 책상 위에 던져두곤 사무실을 가로질러 아도니스의 자리 쪽으로 걸어갔다. 그는 이어폰을 낀 채 책상 앞에 앉아서 컴퓨터 화면을 골똘히 바라보고 있었다. 처음에는 그가 자신의 업무를 하고 있는 줄 알았지만 이제는 훔쳐온 다른 기사를 편집하고 있는 것이라는 생각이 분노와 함께 치솟았다. 하지만 그는 일하는 게 아니라 〈해진 뒤의 타이탄족〉이라는 TV쇼를 보고 있었다.

올림포스 신들이 어떻게 타이탄족을 물리쳤는지를 보여주는 유명한 연속극이었다. 그녀는 몇몇 부분만 봤지만 그 연속극에 묘사된 대로 신들을 상상하곤 했었다. 이제 하데스에 관해선 그 묘사가 전부 틀렸다는 것을 알게 되었다. 창백하고 허약한 몸에 움푹 팬 얼굴이라니. 하데스가 누군가에게 복수를 하려고 마음먹는다면 연속극에서 자신이 묘사된 방식에 대한 것이리라.

아도니스의 어깨를 두드리자 그가 화들짝 놀라 이어폰을 빼냈다.

"페르세포네! 축하……."

그녀가 그의 말을 끊었다. "네가 내 기사 훔쳤지."

"내가 해준 일에 대해 훔쳤다고 말하다니 가혹한데." 그가 의자를 뒤로 쭉 뺐다. "온전히 네가 쓴 글이라고 명시해줬잖아."

"지금 그게 중요해?" 그녀가 소리쳤다. "애초에 내 기사였어, 아도니스. 허락 없이 가져간 걸로도 모자라 멋대로 추가한 부분도 있더라. 대체 왜 그런 거야? 내가 다 쓴 다음에 보내겠다고 했잖아!"

정말로 솔직히 말하자면 그가 뭐라고 말하길 바랐는지 스스로도 알 수 없었다. 하지만 그는 엉뚱한 말을 했다.

"네가 마음을 바꿀지도 모른다고 생각했어."

그녀는 잠시 그를 노려보았다. "난 하데스에 대해서 쓰고 싶다고 얘기했어."

"그거 말고. 인간들과 맺는 계약이 정당하다면서 그가 널 설득할지도 모른다고 생각했다고."

"그 점은 분명히 짚고 넘어가자. 내가 스스로 생각을 못 할 거라고 멋대로 판단한 다음 내 글을 도용해서 수정하기까지 하고 발행했다 이거지?"

"그게 아니야. 하데스는 신이잖아, 페르세포네⋯⋯."

나도 여신이야! 이렇게 소리를 지르고 싶었다. 대신 그녀는 이를 갈며 말했다. "네 말이 맞아. 하데스는 신이야. 그리고 바로 그 이유로 너는 그에 대해 쓰고 싶지 않아 했지. 그를 두려워한 건 너야, 아도니스. 내가 아니라."

그가 움츠러들었다. "내 의도는⋯⋯."

"네 의도는 중요하지 않아."

"페르세포네?" 디미트리가 갑자기 불렀고, 그녀와 아도니스는 상사의 사무실 쪽으로 고개를 돌렸다. "잠깐 볼까요?"

그녀의 시선은 다시 아도니스 쪽으로 돌아왔다. 디미트리의 사무실로 향하며 그녀는 다시 한번 그를 날카롭게 노려보았다.

"네, 부르셨나요?" 그녀는 문간에 서서 말했다.

그는 따끈따끈한 최신 발행호를 손에 든 채 책상 뒤에 앉아 있었다. "앉으세요."

그녀는 의자 끄트머리에 앉았다. 디미트리가 그 기사에 대해 뭐라고 할지 알 수 없어서였다. 그 기사를 쓴 게 자신이라는 걸 말하기가 어려웠다. 그의 첫 마디는 어쩌면 '당신 해고야'일지도 모른다. 진실을 추구한다고 말하긴 쉽지만, 그걸 실제로 발행하는 건 다른 문제였다.

인턴십에서 잘리면 어떻게 해야 할지 고민이 되었다. 이제는 졸업까지 6개월도 채 남지 않았다. 다른 언론사에서도 지하 세계의 신을 최악의 신이라고 부른 여자를 고용할 리 없었다. 다른 사람들도 아도니스처럼 타르타로스를 두려워한다는 것을 알고 있었다.

디미트리가 입을 떼자마자 페르세포네는 서둘러 말했다. "제가 다 설명할게요."

"설명할 게 뭐가 있나요? 기사를 통해 당신이 여기서 뭘 하려고 했는지가 명백해졌는데요."

"화가 났을 뿐이에요."

"불의를 폭로하고 싶었던 거지요." 그가 말했다.

"네. 하지만 쓸 게 더 있어요. 제가 쓴 게 다가 아니에요."

실제로 그녀는 하데스의 일면만 다룬 상태였다. 하지만 그 일면엔 명암(明暗)이 아니라, 암(暗)만 있었다.

"저도 이게 다가 아니길 바랍니다." 디미트리가 말했다.

"뭐라고 하셨죠?" 페르세포네가 자세를 가다듬었다.

"더 쓰라고 요청하는 겁니다."

봄의 여신은 할 말을 잃었다.

디미트리는 말을 이었다. "더 보고 싶군요. 다음 기사를 얼마나 빨리 쓸 수 있습니까?"

"하데스에 대해서요?"

"물론이죠. 이 글에선 그 신을 피상적으로만 다루었잖아요."

"하지만…… 당신은, 그가 두렵지 않으신가요?"

디미트리가 종이 뭉치를 내려놓고 그녀와 시선을 맞추었다.

"페르세포네, 제가 첫날에 얘기했죠. 뉴 아테네 뉴스에선 진실을 추구합니다. 지하 세계의 제왕에 대해선 누구도 진실을 몰라요. 당신이 그 세계를 이해하도록 중간자 역할을 해주세요."

디미트리는 순진하게 말을 건넸지만 하데스가 오늘의 기사 한 건만으로도 증오를 퍼부을 것임을 그녀는 알고 있었다.

"사람들은 하데스를 두려워하는 동시에 그를 궁금해해요. 그들이 더 많은 것을 알고 싶어 할 테니 당신이 알려줘야죠."

페르세포네는 직접적인 지시에 허리를 폈다. 디미트리는 자리에서 일어나 뒷짐을 지고 창문이 있는 쪽으로 걸어갔다.

"격주 연재는 어떤가요?"

"너무 잦은데요, 디미트리. 저 아직 학생이에요."

"그럼 월간 연재로 하죠. 음, 기사는 총 다섯 개나…… 여섯 개 어때요?"

"선택의 여지가 있는 건가요?" 그녀는 혼잣말처럼 중얼거렸지만 디미트리의 귀에도 들리고 말았다.

그의 입꼬리가 살짝 움직였다. "스스로를 과소평가하지 말아요,

페르세포네. 생각해보세요. 제 예상만큼 이 기사가 성공적이라면 졸업 후 당신을 채용할 언론사가 줄을 설 거예요."

하지만 그것 따윈 중요하지 않았다. 어차피 그녀는 감옥에 갇힐 테니까. 단순히 지하 세계가 아니라 타르타로스라는 감옥에. 하데스가 어떻게 고문할지 궁금했다.

아마 이제 나와의 키스를 거부하겠지. 이런 생각이 퍼뜩 들자 스스로가 한심해졌다.

"다음 기사는 1일에 마감하도록 하죠. 좀 다양하게 짚어봅시다. 거래에 대해서만 쓰지 말고…… 그가 뭘 하면서 지내는지, 그의 취미는 무엇인지, 지하 세계는 어떤 모습인지에 대해서도 다뤄보세요."

디미트리가 나열하는 것들을 듣자 페르세포네는 마음이 불편해졌다. 혹시 대중이 아니라 디미트리 자신이 궁금한 것 아닌가 싶었다.

그 말을 끝으로, 페르세포네는 디미트리의 사무실을 나와 자신의 책상으로 돌아와 앉았다. 머릿속이 온통 뿌옇고 집중이 안 됐다.

죽은 자들의 신을 추적하는 월간 기획 기사라니? 대체 무슨 짓을 한 거야, 페르세포네? 그녀는 끙, 소리를 냈다. 하데스는 이 모든 일에 결코 동의하지 않을 것이다.

그런데 사실, 동의할 필요도 없었다.

어쩌면 이것을 기회로 삼아 그와 거래를 해볼 수도 있을 것이다. 더 많은 기사를 쓰겠다고 협박해서 계약을 철회하도록 설득할 수 있을까?

계약을 지키지 못하면 벌을 내리겠다던 그의 선언이 진짜가 되는 건 아닐까?

페르세포네는 아크로폴리스를 나와 바로 수업을 들으러 갔다. 오늘따라 마주치는 모든 사람이 《뉴 아테네 뉴스》를 한 부씩 지니고 있는 것 같았다. 검은색 굵은 글자로 쓰인 그 헤드라인이 버스에서도, 캠퍼스로 향하는 길에서도, 심지어는 강의실에서도 눈에 들어왔다.

누군가 그녀의 어깨를 톡톡 쳤다. 고개를 돌리자 등 뒤에 두 소녀가 나란히 서 있었다. 이름이 기억나진 않았지만 둘은 이번 학기 초부터 그녀 뒷자리에 앉았고, 오늘 전까지는 말 한마디 나눠본 적 없었다. 오른쪽 여자애가 신문을 들고 있었다.

"네가 페르세포네지?" 둘 중 하나가 물었다. "네가 쓴 것들, 다 사실이야?"

그 질문에 온몸이 움츠러들었다. 본능적으로 아니, 라고 답하려 했다. 그녀가 그 기사를 온전히 다 쓴 게 아니었으니까. 하지만 그렇게 답할 수가 없었다.

그녀는 타협해서 답했다. "계속 발전시키고 있어."

예상치 못한 반응이 돌아왔다. 소녀들의 눈빛에 설렘이 담겨 있었던 것이다.

"그럼, 더 많이 쓸 거라는 거지?"

페르세포네는 목을 가다듬었다. "응…… 그래."

왼쪽 여자애가 탁자 위로 몸을 기울였다. "그러면, 너 실제로 하데스 만나봤어?"

"멍청한 질문하지 마." 다른 여자애가 나무랐다. "얘가 물어보려던 건 이거야. 하데스 어땠어? 사진 갖고 있어?"

그때, 이상한 감정이 페르세포네의 마음에 차올랐다. 질투가 일면서 동시에 하데스를 보호해야겠다는 생각이 드는, 격렬한 양가감정이었다. 그에 대해 더 많이 쓰겠다고 약속한 터였으니 아이러니한일이었다. 그럼에도 그 질문을 받은 순간, 하데스에 관한 내밀한 정보를 공유하고 싶지 않다는 생각이 일었다. 그녀는 과연 말하고 싶은 걸까? 지하 세계의 숲에서 개들과 공 던지기 놀이를 하는 그의모습을 지켜보았다고? 가위바위보를 하면서 얼마나 즐거웠는지를?

그 장면은…… 하데스의 인간적인 면모였다. 갑작스럽게 그의 그런 면면을 혼자서만 간직하고 싶다는 욕망이 솟았다. 그 모습은 그녀만의 것이라고.

페르세포네는 석연찮은 미소를 희미하게 지었다. "아무래도 기다려봐야 할 것 같아."

디미트리의 말이 옳았다. 세상은 하데스를 두려워하는 만큼 궁금해했다.

그녀를 멈춰 세워 기사에 대해 물어본 건 수업 시간에 만난 그 여자애들뿐만이 아니었다. 캠퍼스를 가로질러 가는 길에 낯선 이들이그녀를 불렀다. 그들은 허공에 그 이름을 불러보는 것 같았다. 그러다 그녀가 페르세포네라는 것을 알게 되면 달려와서는 하나같이 똑같은 질문을 했다. 하데스를 실제로 만난 거야? 어떻게 생겼어? 사진갖고 있니?

그녀는 빨리 빠져나가려고 핑계를 댔다. 그녀가 예상치 못한 점이하나 있다면 바로 이거였다. 그녀에게 향하는 관심. 그게 좋은 건지아닌지는 알 수 없었다.

신들의 정원을 지나고 있을 때, 휴대폰이 울렸다. 낯선 이들을 무시할 수 있는 좋은 핑계가 생겼다고 여기며 그녀는 전화를 받았다.

"여보세요?"

"아도니스가 좋은 소식을 알려줬어! 하데스 시리즈라니! 축하해! 다음번 인터뷰는 언제니? 나도 가도 돼?"

"고…… 고마워, 렉사." 페르세포네는 간신히 입을 뗐다.

기사를 훔친 마당에, 직접 말하기도 전에 그녀의 친구에게 먼저 메시지로 새로운 연재 소식을 전했다는 사실은 놀랍지도 않았다.

"우리 무조건 축하해야 해! 이번 주말에 라 로즈 갈까?" 렉사가 물었다.

페르세포네는 낮게 신음을 흘렸다. 라 로즈는 아프로디테가 소유한 고급 나이트클럽이었다. 안에 들어가보진 않았지만 사진들을 본 적은 있었다. 모든 것이 크림색과 분홍색이었고, 하데스의 네버나이트처럼 대기자 명단은 끝도 없이 길었다.

"라 로즈에 어떻게 들어갈 수 있다는 거야?"

"나만의 방식이 있지." 렉사가 장난스레 답했다.

페르세포네는 그 방식 안에 아도니스도 들어 있는 걸까 생각했고, 그렇게 물어보려던 찰나에 번쩍이는 무언가가 시야에 들어왔다.

렉사가 수화기 너머에서 뭔가 말하고 있었지만, 그녀는 불과 몇 미터 앞에서 정원의 잎사귀 사이로 걸어오는 어머니에게 이미 정신이 팔린 상태였다.

"저기, 렉사. 내가 다시 전화할게." 페르세포네는 황급히 전화를 끊은 뒤 데메테르를 향해 짧막하게 물었다. "엄마, 여기서 뭐하시는 거예요?"

"너의 그 터무니없는 기사를 읽고 네가 안전한지 확인하러 왔다. 대체 무슨 생각이었던 거니?"

페르세포네는 마치 전류가 가슴속을 찌릿 흐른 것처럼 깊은 충격에 휩싸였다. "저는…… 저는 엄마가 자랑스러워할 거라고 생각했어요. 엄마는 하데스를 끔찍이 싫어하시잖아요."

"자랑스럽다고? 내가 널 자랑스러워할 거라고 생각했다고?" 그녀가 비웃었다. "넌 신을 비판하는 기사를 썼어. 다른 신도 아니고 하데스를! 아주 교묘하게 내 규칙을 어겼더구나. 한 번도 아니고 여러 번." 페르세포네의 얼굴에 분명 놀라움이 서렸을 것이다. 어머니가 이렇게 덧붙였으니까. "그래. 네가 몇 번이고 네버나이트에 갔다는 걸 난 알고 있다."

페르세포네는 데메테르를 쏘아보았다. "어떻게 알았어요?"

어머니의 눈길이 페르세포네의 손에 들린 휴대폰으로 향했다. "널 추적했지."

"휴대폰으로요?"

어머니가 자신의 사생활을 침해하고 있다는 건 알고 있었다. 님 프 스파이들을 그녀 뒤에 따라 붙이는 것으로 이미 증명되었으니까. 하지만 데메테르는 그녀에게 휴대폰을 사준 것도 아니었고 요금을 대신 내주는 것도 아니었다. 휴대폰을 GPS로 삼을 자격은 조금도 없었다.

"뭐라도 해야 했다. 네가 나랑 이야기를 나누지 않으니까."

"대체 언제부터요?" 그녀가 따졌다. "월요일에도 만났잖아요!"

"만나서 점심 약속을 취소했지." 수확의 여신은 코웃음을 쳤다. "우리가 더는 시간을 함께 보내지 않잖니."

"나를 스토킹하면 내가 엄마랑 더 많은 시간을 보낼 수 있다고 생각하세요?"

데메테르는 웃음을 터뜨렸다. "오, 나의 꽃, 내가 널 스토킹한다니. 난 네 엄마잖니."

페르세포네는 그녀를 노려보았다. "지금 이럴 시간 없어요."

그녀는 어머니를 지나쳐가려 했지만, 움직일 수가 없었다. 두 발이 마치 땅에 딱 붙은 것처럼 느껴졌다. 광포한 분노가 그녀 안에서 폭발해 목구멍까지 올라왔다. 페르세포네는 어머니의 어두운 눈동자와 눈을 맞췄고, 수년 만에 처음으로 그 눈 속에서 복수심에 불타는 여신을 보았다. 수많은 님프를 후려치고 왕들을 죽이던 바로 그 여신.

"너한테 가도 된다고 하지 않았다. 기억해라, 페르세포네. 네가 여기 있을 수 있는 건 오로지 내가 베푼 마법 덕분이라는 걸."

페르세포네는 어머니에게 소리를 지르고 싶었다. 어디 계속 그렇게 내게 힘이 없다는 걸 상기시켜봐요! 하지만 반항하는 건 잘못된 전략이었다. 그게 바로 데메테르가 원하는 바일 테니까. 반항하는 그녀에게 합당한 처벌을 내리는 것. 그래서 대신 그녀는 떨리는 숨을 들이마시곤 이렇게 읊조렸다.

"죄송해요, 엄마."

그 긴장되는 몇 초 동안, 페르세포네는 데메테르가 자신을 놓아줄지, 아니면 납치해갈지 덜덜 떨면서 기다렸다. 잠시 후 떨리는 다리 사이로 어머니의 마법이 느슨해지는 것이 느껴졌다.

"네버나이트에 한 번만 더 갔다간, 하데스를 한 번만 더 만났다간, 이곳에서 널 데려가겠다."

용기가 어디서 샘솟았는지는 모르겠지만 그녀는 어머니의 눈을 똑바로 바라보며 말했다. "그 감옥으로 다시 보냈다간, 내가 엄마를 용서할 거라는 생각은 추호도 마세요."

"나의 꽃, 난 너의 용서를 필요로 하지 않는단다." 데메테르는 날카롭게 웃더니 사라졌다.

데메테르가 경고를 보낸 것이라는 걸 페르세포네는 알고 있었다. 문제는, 네버나이트에 돌아가지 않을 방법이 없다는 것이었다. 계약을 이행해야 할뿐더러 기사도 써야 했다.

그때 손에 들린 휴대폰에서 진동이 울렸다. 렉사에게서 온 메시지였다. 우리, 라 로즈 가는 거 맞지?

그녀는 답장을 보냈다. 당연하지.

오늘을 잊어버리기 위해선 술이 아주 많이 필요할 것이다.

13장
라 로즈

라 로즈로 가는 길, 페르세포네와 렉사는 택시를 탔다. 택시는 그녀가 선호하는 교통수단이 아니었다. 탈 때마다 우연의 게임을 하는 것처럼 느껴져서였다. 냄새나는 내부, 수다스럽거나, 혹은 소름 끼치는 운전사 등 무엇을 만나게 될지 몰랐으니까.

오늘 밤에는 소름 끼치는 운전사가 걸렸다. 그는 계속해서 룸미러로 그들을 뚫어져라 쳐다봤고, 그러느라 정신이 팔린 나머지 다가오는 차들에 부딪히지 않기 위해 방향을 홱 틀어야 했을 정도였다.

그녀는 라 로즈에 버스로는 갈 수 없다며 고집을 부렸던 렉사를 바라보았다. 이러다 죽느니 버스를 타는 게 낫겠어.

"죽은 자들의 신에 대한 기사 다섯 편이라." 렉사가 꿈꾸듯 말했다. "다음에는 무슨 이야기를 쓸 거야?"

솔직히 전혀 몰랐다. 지금 이 순간만큼은 하데스에 대해 생각하고 싶지 않았지만 렉사는 멈추지 않을 기세였다.

머뭇거리던 페르세포네가 답을 하기도 전에 렉사가 갑자기 헉 소리를 냈다. 아이디어가 떠오르거나, 아니면 끔찍한 일이 벌어졌을 때 내는 소리였다. 페르세포네는 그녀의 입에서 무슨 말이 나올지 알 수 없었지만, 아마도 그 둘 다일 것 같았다.

"그래! 그의 연애에 대해 써봐."

"뭐라고?" 충격을 받은 페르세포네는 더듬거렸다. "아, 안 돼. 절대로 안 쓸 거야."

렉사가 입을 부루퉁하게 내밀었다. "왜?"

"하데스가 나한테 왜 그 정보를 알려줄 거라고 생각하는 건데?"

"페르세포네, 넌 기자잖아. 조사해봐!"

"하데스의 전 애인들에 대해선 관심 없어." 페르세포네는 차창 밖을 내다봤다.

"전 애인들? 그렇게 말하니까 지금은 애인이 있다는 것처럼 들리네…… 마치 네가 지금 애인이라는 것처럼 말이지."

"아냐." 페르세포네가 말했다. "확신컨대, 지하 세계의 제왕이 잠자리를 갖는 상대는 그의 비서일 거야."

"그럼 그것에 대해 써!" 렉사가 보채듯 말했다.

"안 쓰고 싶어, 렉사. 난 뉴 아테네 뉴스에서 일하지, 델피 디바인에서 일하는 게 아니라고. 내가 궁금한 건 진실이야."

게다가 그녀는 바로 직전에 자신이 말한 이야기의 사실 여부를 알고 싶지 않았다. 그걸 떠올리는 것만으로도 속이 울렁거렸다.

"하데스가 비서랑 잔다는 걸 꽤 확신한다면서. 그걸 확인하고 나면 그게 바로 진실이지 뭐!"

그녀는 절망에 차서 한숨을 내쉬었다. "난 사소한 것들에 대해선 쓰고 싶지 않아. 세상을 바꿀 무언가에 대해 쓰고 싶다고."

"하데스가 신으로서 벌이는 괴상한 행각을 맹비난하는 건 세상을 바꾸는 일이라는 거야?"

"그럴지도 모르지." 페르세포네의 대답에 렉사는 고개를 절레절레 흔들었다. "왜?"

"그냥…… 그 기사를 발행하면서 네가 한 일이라곤 사람들이 죽은 자들의 신에 대해 갖고 있는 생각과 두려움을 확인시킨 것밖엔 없어. 그 기사에 담기지 않은, 하데스에 관한 또 다른 진실들이 있을 거라고 생각해."

"말하고 싶은 게 뭐야?"

"네가 쓴 글로 세상을 바꾸고 싶다면, 얼굴 붉히게 하는 하데스의 이면에 대해 쓰라는 말이야."

페르세포네의 얼굴이 달아올랐다. "넌 너무 로맨티스트야, 렉사."

"지금도 네 얼굴 좀 봐. 그냥 하데스가 매력적이라고 왜 인정을 못하는……."

"나는 인정을 했어!"

"네가 그에게 끌린다는 것도!"

페르세포네는 입을 꾹 다물고는 가슴 위로 팔짱을 낀 채 렉사에게서 시선을 돌려 차창 밖을 내다봤다.

"이 얘긴 하고 싶지 않아."

"뭐가 두려운 거야, 페르세포네?"

그 질문에 페르세포네는 눈을 질끈 감았다. 렉사는 이해할 수 없을 것이다. 그녀가 하데스를 좋아하든 아니든, 그가 매력적이라고 여기든 말든, 그를 욕망하든 아니든 중요하지 않았다. 그는 그녀에게 맞지 않았다. 금지된 존재. 어쩌면 그 계약은 축복이었을지도 모른다. 하데스를 삶에서 일시적인 존재로 치부할 수 있는 수단이 되어주었으니까.

"페르세포네?"

"이 얘긴 하고 싶지 않다고 했잖아, 렉사." 그녀는 딱 잘라 말했다.

이 대화가 이렇게 흘러가는 게 너무도 싫었다.

라 로즈에 도착할 때까지 둘은 더 이상 얘기를 나누지 않았다. 택시에서 내린 순간 비 냄새가 코에 닿았고, 위를 올려다보니 하늘에선 번개가 내리치고 있었다. 다른 옷을 입을걸, 페르세포네는 후회하며 몸을 덜덜 떨었다. 매끄럽고 반짝거리는 청록색 드레스는 허벅지 중간까지만 오는 길이로, 가슴과 엉덩이의 곡선을 드러냈다. 가슴 쪽은 브이넥 스타일로 깊이 파여 가슴골이 훤히 드러나 몸매가 부각되었는데, 달리 말하자면 몸이 거의 가려지지 않은 셈이었다.

그 옷을 입은 건 하데스를 자극하기 위해서였다. 어리석은 짓이었다. 그녀는 강렬한 존재로, 유혹하는 존재로, 죄를 저지르도록 이끄는 존재로 보이고 싶었다. 오직 그를 위해서. 그의 앞에서 살랑살랑 몸을 흔들다가, 그가 그녀를 맛볼 마지막 순간에 슬쩍 물러나고 싶었다.

그가 그녀를 욕망하기를 바랐다.

물론 모두 의미 없는 일이었다. 라 로즈는 또 다른 신의 영역이었으니까. 하데스가 오늘 밤 그녀를 보게 될 가능성은 거의 없었다. 이 드레스는 멍청한 선택이었다.

땅에서 솟아난 듯한 크리스털로 반짝이는 라 로즈는 아름다운 건물이었다. 벽면은 모두 거울 유리로 만들어져 밤마다 도시의 불빛을 반사했다. 네버나이트처럼 이곳의 입장 줄도 끝없이 길었다.

갑작스러운 불안감에 문득 서늘함을 느낀 페르세포네는 주위를 두리번거렸다. 아도니스와 눈이 마주칠 때까지.

그는 입이 귀에 걸린 채 그녀와 렉사 쪽으로 성큼성큼 걸어왔다. 검은 셔츠에 청바지 차림이었다. 여느 때처럼 편안하고 자신감 넘치며 우쭐대는 모습. 여기서 뭐하는 거냐고 물으려던 찰나에 렉사가 그를 소리쳐 불렀다.

"아도니스!"

그가 가까이 다가오자 렉사는 아도니스의 허리를 감싸 안았고, 그는 그녀를 마주 안았다.

"안녕, 자기야."

"자기?" 페르세포네는 심드렁하게 되물었다. "렉사, 얘 여기서 뭐하는 거야?"

그녀의 가장 절친한 친구가 아도니스에게서 몸을 뗐다. "아도니스도 너에게 축하를 건네고 싶었대. 나한테 연락했어. 널 놀래키면 즐겁겠다고 생각했지!"

"아, 아주 확실히 놀랐어." 페르세포네는 아도니스를 노려보았다.

"이리 와, 내가 특별실을 잡아놨어."

아도니스는 렉사의 손을 잡아 자신의 팔에 끼웠고, 페르세포네에게도 같은 동작을 하려 했지만 그녀는 단호히 거절했다. 아도니스의 미소 띤 얼굴에 잠시 혼란스러운 빛이 스쳤지만 재빨리 아무렇지도 않은 듯 렉사를 내려다보며 씩 웃었다.

페르세포네는 자리를 뜰까 싶었지만, 렉사와 함께 온 데다 아도니스와 단둘이 놔두고 가는 게 마음이 영 편치 않았다. 오늘 밤 어느 시점에는 렉사에게 자신이 홀랑 빠져든 사람이 무슨 짓을 벌였는지 말해야 할 것이다.

아도니스는 줄 선 사람들을 지나 클럽 안쪽으로 둘을 이끌었다. 레이저 불빛들 아래 핑크빛 안개가 자욱한 클럽을 지나가자 음악 소리에 몸이 쿵쿵 진동했다.

1층에는 춤추는 공간과 더불어 앉을 자리들이 크리스털 커튼 안쪽에 놓여 있었다. 위층에는 무대와 댄스 플로어를 내려다볼 수 있는 특별실들이 가득 늘어서 있었다.

아도니스는 2층으로 올라가 바깥 세계와 분리해주는 크리스털 커튼 안쪽 특별실로 그들을 안내했다. 내부는 고급스러웠다. 온기와 더불어 특유의 분위기를 자아내는 화로 옆으로 부드러운 분홍색 소파들이 놓여 있었고, 페르세포네는 왠지 그 광경에 짜증이 났다.

"여긴 내 개인 특별실이야." 아도니스가 말했다.

"정말 근사하다." 렉사는 댄스 플로어가 내려다보이는 발코니 쪽으로 곧장 걸어갔다.

"맘에 들어?" 아도니스가 입구 언저리를 맴돌며 물었다.

"당연하지! 여길 안 좋아한다면 제정신이 아닌 거야."

"넌 어때, 페르세포네?"

아도니스가 기대에 찬 눈으로 페르세포네를 바라보았다. 왜 내게 칭찬을 듣고 싶어 하는 거지?

"되게 운이 좋은가 보네." 그녀는 퉁명스럽게 말했다. "신들이 운영하는 클럽 두 군데서나 VIP가 되다니 말이야."

아도니스는 순간 눈빛이 탁해졌으나 결코 지지 않았다. "내가 운이 좋다는 걸 너도 알아야 해, 페르세포네. 내가 네 커리어에 시동을 걸어줬잖아."

그녀가 노려보자 그는 히죽대고는 방을 가로질러 렉사 곁에 가서

섰다. 렉사는 쿵쿵대는 음악 소리 때문에 둘의 대화를 전혀 듣지 못한 것 같았다. 렉사가 아도니스에게 기대자 그는 그녀의 잘록한 허리 위에 손을 얹었다.

페르세포네는 한동안 두 사람을 노려보았다. 아도니스를 향한 분노와 친구를 향한 애정이라는 상반된 감정이 가슴속에서 뒤얽혔다. 렉사는 분명 저 남자에게 반했다. 혹시 아도니스도 렉사의 심장이 바깥으로 터져나갈 것 같다고 느끼게 만들었을까? 그가 몸을 만질 때마다 렉사도 온몸에 전율을 느낄까? 그가 방으로 들어설 때마다 렉사도 머릿속이 새하얘질까?

웨이트리스가 주문을 받으러 다가온 바람에 페르세포네의 생각들이 흩어졌다. 웨이트리스는 인간으로, 신적인 마법의 아우라라고는 전혀 없었으며 몸에 꽉 끼는 무지갯빛 드레스를 입고 있었다. 반짝거리는 드레스 재질은 조개껍데기의 안쪽을 떠오르게 했다.

렉사와 아도니스의 주문을 받은 뒤 웨이트리스는 페르세포네를 향해 돌아섰다.

"캡(레드와인의 품종 중 하나인 카베르네 쇼비뇽을 줄여서 부르는 말-옮긴이)으로 주세요." 페르세포네는 친구를 흘끗 쳐다보며 말했다. "두 잔요."

잠시 뒤 웨이트리스가 음료를 가져왔을 때에는 시빌과 아로, 크세르크세스도 도착해 있었다. 시빌은 짧은 검은색 가죽 치마와 레이스 달린 상의를 입었고, 쌍둥이들은 어두운색 청바지에 검은색 셔츠, 가죽 재킷으로 맞춰 입고 왔다. 그들은 페르세포네의 맞은편에 자리를 잡고 각자의 음료를 주문했다. 웨이트리스가 떠난 뒤, 시빌은 특별실을 둘러보았다.

"세상에, 세상에, 아도니스. 호의를 받은 자에겐 정말 특전이 따르는구나."

시빌의 말에 어떤 함의라도 있는 것처럼 특별실 내의 공기가 싸늘해졌다. 페르세포네는 렉사 쪽을 바라보았지만 친구는 그녀를 보고 있지 않았다. 아니, 아무도 보고 있지 않았다. 렉사는 댄스 플로어에 다시 정신이 팔려 있었다.

페르세포네가 두려워했던 게 바로 이것이었다. 아도니스가 정말로 신의 호의를 받은 거라면, 그건 그가 관심을 두는 인간은 누구든 위험에 처할 수 있다는 것을 뜻했다. 렉사도 그것을 알고 있었다. 렉사가 신의 노여움을 살 일은 하지 않겠지…… 설마?

"들리는 모든 걸 다 믿지는 마, 시빌." 아도니스가 말했다.

"뉴 아테네 뉴스에서 일한다는 이유만으로 이런 무한 입장권을 얻는다는 말을 우리가 믿을 것 같아?" 크세르크세스가 물었다.

아도니스는 그 말에 한숨을 쉬었다.

"페르세포네." 아로가 말했다. "너도 그 언론사에서 일하잖아. 너도 이런 유명한 클럽 입장권을 얻니?"

그녀는 머뭇거렸다. "아니……."

"페르세포네는 심지어 하데스가 직접 초대해서 네버나이트에 갔는걸."

그녀는 아도니스를 노려보았다. 그가 뭘 하려는지 알고 있었다. 자신에게 쏟아진 관심을 돌리려는 것이다. 다행히 아무도 그 미끼를 물지 않았다.

"계속 그렇게 부정해봐. 난 호의를 받은 자들은 다 알아보니까." 시빌이 말했다.

"우린 네가 아폴론과 잔다는 걸 알지만 아무 말도 안 하잖아?" 아도니스가 말했다.

"야, 너 선 넘었어."

아로의 말에 시빌은 한 손을 들어 변호하는 친구의 입을 막았다. "최소한 나는 내가 받은 호의를 숨기진 않아."

대화가 진행될수록 친구를 이 특별실에서 빼내야 한다는 생각이 점점 확신으로 변했다. 바람 쐬러 가자고 렉사를 데리고 나가서 아도니스에 대한 실망감을 극복할 시간을 줘야겠다.

페르세포네는 자리에서 일어나 방을 가로질렀다. "렉사, 우리 춤추러 가자."

그녀는 친구의 손을 잡고 특별실에서 빠져나왔다. 계단을 다 내려왔을 때 그녀는 렉사를 향해 돌아섰다.

"나 괜찮아, 페르세포네." 렉사가 황급히 말했다.

"마음이 아프다, 렉사."

렉사는 입술을 깨물며 잠시 생각에 빠졌다. "정말 시빌이 한 말이 사실일까?"

시빌은 오라클이었다. 일행 중 그 누구보다도 진실을 잘 아는 사람이란 뜻이었다. 그럼에도 페르세포네가 할 수 있는 말은 이것뿐이었다.

"어쩌면?"

"그 호의를 누구한테 받은 걸까?"

호의를 베푼 건 누구든 될 수 있었다. 다만 인간 애인들을 두는 것으로 유독 악명이 높은 몇몇 신들이 있었다. 아프로디테, 헤라, 아폴론 등등.

"그건 생각하지 마. 우린 즐거운 시간을 보내려고 여기 온 거니까. 기억하지?"

웨이트리스가 그들에게 다가와 음료 두 잔을 건넸다.

"아, 저희는 주문을 하지 않았는데……." 페르세포네가 말했다.

웨이트리스가 미소를 지으며 말했다. "무료 제공 음료입니다."

페르세포네와 렉사는 한 잔씩 받아 들었다. 안에 든 분홍색 음료는 달콤했고, 둘은 단숨에 다 마셨다. 렉사는 슬픔을 잊기 위해서, 그리고 페르세포네는 춤출 용기를 얻기 위해서. 잔을 내려놓고 난 뒤 그녀는 렉사의 손을 붙잡고 인파 속으로 들어갔다.

둘은 함께 춤을 추었다. 주변을 둘러싼 낯선 이들, 음악의 쿵쿵대는 템포와 번쩍이는 레이저 불빛들, 그리고 몸속을 흐르는 알코올 덕분에 둘은 오늘 있었던 일들을 기쁘게 잊었다. 그저 지금 여기의 감각만 남았다.

군중이 둘을 에워싸고 앞뒤로 몸을 흔들었다. 페르세포네는 숨을 헐떡였다. 입이 바싹 말랐고 이마에서는 땀이 줄줄 흘러내렸다. 얼굴이 달아오르는 것 같았고 어지러웠다. 불현듯 그녀는 댄스 플로어 한가운데서 우뚝 멈춰 섰다. 군중이 사방에서 그녀를 둘러쌌지만 세상은 계속해서 빙글빙글 돌았고, 배 속이 온통 울렁거렸다.

렉사를 놓친 건 바로 그때였다. 군중을 헤치며 나아가는 그녀의 주변으로 얼굴들이 계속 흐려졌다. 머릿속은 점점 어지러워졌고, 온몸에 찌릿찌릿한 충격이 느껴졌다. 순간적으로 친구의 강청색 드레스를 본 것 같아서 그 반짝거리는 빛을 따라갔지만, 댄스 플로어 구석에 이르렀을 때 렉사는 어디에도 없었다.

어쩌면 특별실로 돌아간 건지도 모른다. 페르세포네는 다시 계단을 올라가기 시작했다. 발을 내디딜 때마다 머릿속이 물로 가득 차 있는 것 같은 느낌이 들었다. 어느 순간에는 현기증이 너무 심해 멈춰 서서 눈을 질끈 감아야 했다.

"페르세포네?"

간신히 눈을 떴을 때 시빌이 눈앞에 서 있었다.

"괜찮아?"

"혹시 렉사 봤어?"

페르세포네는 혀가 두꺼워지면서 퉁퉁 부어오르는 것 같았다.

"아니, 너 혹시……."

"난 렉사를 찾아야 해."

그녀는 시빌에게서 고개를 돌려 다시 계단을 내려가기 시작했다. 그제야 뭔가 잘못되었다는 것을 깨달았다. 친구를 찾아서 집으로 가야 한다.

"워, 워, 잠깐만." 시빌이 그녀 앞을 막아섰다. "페르세포네, 얼마나 마신 거야?"

"한 잔." 그녀가 말했다.

시빌은 미간을 찌푸린 채 고개를 저었다. "한 잔만 마신 것 같지 않은데."

페르세포네는 그녀를 밀치고 걸어갔다. 오늘 밤 몇 잔을 마셨는지를 두고 언쟁을 벌이진 않을 것이다. 어쩌면 렉사는 화장실에 있을지도 모른다.

벽에 기대어 움직이면서 친구를 찾으려 했지만 어느 순간 춤추는 인파 속으로 떠밀려 들어와 있었다. 군중에게 완전히 삼켜질 것 같다고 느낀 순간, 누군가 그녀의 손목을 붙잡더니 홱 잡아당겼다. 당

228

황한 그녀가 내뻗은 손목은 단단한 가슴팍에 닿았다. 올려다보았을 때 아도니스의 얼굴이 눈에 들어왔다.

"워, 어디 가, 자기?"

"놔, 아도니스." 그녀는 손을 빼내려고 했지만 그는 오히려 꽉 붙들었다.

"쉿, 괜찮아. 난 네 친구잖아."

"네가 내 친구였으면……."

"자기야, 그 하찮은 기사 일은 넣어둬."

"날 자기라고 부르지 마. 이래라저래라 하지도 말고."

"너 진짜 다루기 힘든 애라고 누가 말해준 적 없니?"

아도니스는 그녀를 더욱 가까이 끌어당겼다. 둘의 몸은 완전히 밀착해 있었다.

토할 것 같다고, 그녀는 생각했다.

"난 그냥 대화가 하고 싶을 뿐이야." 그가 말했다.

"싫어."

그때 아도니스의 표정이 달라졌다. 장난기 어린 미소는 사라졌고, 밝은색 눈동자는 어두워졌다. "좋아. 대화할 필요 없어."

그의 손이 그녀의 뒤통수를 뱀처럼 훑다가 머리카락을 힘껏 거머쥐었고, 그와 동시에 그의 입술을 그녀의 입술에 세게 짓눌렀다. 그녀는 입을 꽉 다물고 몸을 홱 틀려고 했지만 그는 그녀를 단단히 붙잡은 채 꽉 닫힌 그녀의 입술에 혀를 널름거렸다. 그녀의 눈가에 눈물이 차올랐다.

바로 그때, 손 하나가 아도니스의 팔을 거칠게 거머쥐었다. 그러곤 오거 두 마리가 그에게 달려들어 페르세포네에게서 떼어놓았다. 아도니스의 입술이 남긴 감각을 씻어내려 손으로 입가를 닦아내고 있을 때, 저만치서 죽은 자들의 신이 그녀를 향해 걸어오는 게 보였다.

"하데스." 그녀가 중얼거렸다.

그녀는 그에게 다가가 두 팔을 그의 허리에 감고 푹 안겼다. 하데스는 한 손을 그녀의 등 위에 대고 다른 한 손으로 그녀의 머리카락을 감쌌다. 잠시 그렇게 안고 있다가 몸을 떼더니, 그녀의 턱을 잡아 고개를 들어 올리곤 눈을 맞췄다.

"괜찮습니까?" 그가 물었다.

그녀는 고개를 흔들었다. 침을 꿀꺽 삼켰다. 오늘 하루 동안, 그리고 밤까지, 너무 많은 일이 잘못되었다.

"이제 가요."

그는 그녀의 어깨에 조심스레 팔을 두르고 군중 사이로 이끌었다. 사람들은 그에게 쉽게 길을 내주었고, 그녀는 클럽에 등장한 하데스를 보고 조용한 소란이 일고 있다는 것을 어렴풋이 알 수 있었다. 음악은 여전히 쿵쿵 울렸지만 아무도 춤추고 있지 않았다. 그가 그녀를 댄스 플로어에서 내려오게 해 데려가는 모습을 모두가 멈춰서 지켜보고 있었다.

"하데스……."

그녀는 주의를 주려고 했지만 그는 생각을 읽었다는 듯 그녀가 말을 잇기도 전에 답했다.

"저들은 이걸 기억하지 못할 겁니다."

그녀는 안도하곤 그를 따라 출구로 나섰다. 그러다 문득 친구를 찾아야 한다는 사실이 기억났다.

"렉사!" 너무 빨리 돌아선 나머지 시야가 휘청거렸다. 페르세포네가 주춤대자 하데스는 그녀를 붙잡아 두 팔로 안았다.

"그분이 집에 무사히 돌아가실 수 있게 하겠습니다." 하데스가 말했다.

다른 때였다면 그 말에 반기를 들거나 따졌겠지만 그냥 눈을 감았다. 눈을 감았는데도 여전히 세상은 빙빙 돌고 있었다.

"페르세포네?" 그녀를 부르는 하데스의 목소리는 나직했다. 그의 숨결이 입술을 스쳤다.

"으음?" 그녀는 미간을 살짝 찡그린 후 눈을 더욱 질끈 감았다.

"왜 그러십니까?"

"어지러워요." 그녀가 속삭였다.

그는 더 이상 말을 건네지 않았다. 잠시 후 그녀는 밖으로 나왔다는 걸 깨달았다. 서늘한 공기가 맨몸 구석구석을 건드렸고 빗방울이 라 로즈 입구의 차양을 톡톡 두드리고 있었으니까. 그녀는 몸을 떨며 하데스의 온기 속으로 더욱 파고들었다. 그리고 이제는 익숙해진 재와 향신료의 향을 깊이 들이마셨다.

"당신 냄새가 좋아요."

그녀는 그의 재킷을 꽉 붙잡고 그를 최대한 가까이 끌어당겼다. 그의 몸은 돌 같았다. 이 체격을 다듬기까지 수세기가 걸렸을 것이다.

하데스는 그녀를 바라보며 빙긋 웃었다. 왜 웃는지 묻기도 전에 그는 그녀를 안아 들고는 검은 리무진 뒷좌석에 앉혔다. 문이 닫힐 때 안토니의 모습이 잠깐 보였다.

내부는 아늑하고 내밀했다. 하데스는 그의 무릎 위에 올라타 있던 페르세포네를 옆쪽의 가죽 시트에 앉혔다. 페르세포네는 그가 부드러운 손가락으로 환풍구 방향을 조절해 그녀 쪽을 향하게 하고 히터 바람 세기를 조정하는 모습을 지켜보았다.

리무진이 움직이기 시작했을 때, 그녀는 물었다. "여기서 뭐하시는 거예요?"

"당신은 명령을 듣지 않았습니다."

그녀는 웃음을 터뜨렸다. "난 당신의 명령을 따르는 존재가 아니에요, 하데스."

그는 눈썹을 치켜뜨며 말했다. "믿어주십시오, 달링. 나는 다 알고 있습니다."

"난 당신 것도 아니고 당신의 달링도 아니에요."

"이 문제에 대해선 이미 논의가 끝나지 않았습니까? 당신은 내 것입니다. 당신 역시 나만큼이나 잘 알고 있다고 생각하는데요."

그녀는 가슴 위로 팔짱을 꼈다. "어쩌면 당신이 내 것일 거라고는 생각해본 적 없나요?"

그의 입술이 살짝 떨렸다. 눈동자가 그녀의 손목을 향했다. "저건 당신 피부에 새겨진 나의 표식이지 않습니까."

어쩌면 술기운에 용기가 생겼는지도 몰랐다. 그녀는 몸을 틀어 하데스의 무릎 위에 다리를 미끄러지듯 올린 뒤 그 위에 걸터앉았다. 허벅지가 벌어지며 드레스가 말려 올라갔고, 그의 그곳이 단단하게 부풀어 서 있는 게 느껴졌다. 그녀는 미소를 지었고, 그의 시선은 그녀에게 꽂혀 들었다. 지금 이 시선은 그녀의 피부를 다 태워버릴 듯한 불꽃같았다.

"이번엔 내가 표식을 남겨도 되나요?" 그녀가 물었다.

"조심하십시오, 여신님." 그의 목소리는 이제 낮은 신음처럼 으르렁거렸다.

"또 명령이네."

"경고입니다." 하데스는 이를 악문 채 말했다.

바로 다음 순간, 그의 손이 그녀의 맨 허벅지를 꽉 움켜쥐었고, 그녀는 몸에 닿는 그의 손길을 느끼며 숨을 들이마셨다.

"하지만 당신은 내 말을 통 듣지 않는다는 걸 당신도 알고 나도 압니다. 말을 듣는 게 당신에게 더 좋은데도 말입니다."

"나한테 뭐가 좋은 건지 당신이 알고 있다고 생각해요?" 위험하리만치 그의 입술에 가까워진 채 그녀가 물었다. "나한테 뭐가 필요한지 당신이 알고 있다고 생각하냐고요."

그의 손이 위로 올라가며 드레스를 더 끌어올렸다. 허벅지 사이에 손가락이 가까워지자 그녀의 호흡이 거칠어졌다.

하데스가 소리 내어 웃었다. "나는 생각하지 않습니다, 여신님. 그저 알지요. 나는 당신이 나를 숭배하게 만들 수 있습니다."

페르세포네가 입술을 깨물자, 그의 시선이 그리로 향해 머물렀다. 그녀는 더욱 가까이 다가가 그의 입술 위에 자신의 입술을 포갰다. 그는 입술을 열어 그녀를 받아들였다. 그녀의 혀는 깊숙하게 들어가 그를 맛보았다. 요구하던 것을 취하는 사람처럼. 손가락으로 그의 머리카락 안쪽을 파고들며 그의 고개를 뒤로 젖혀 더욱 깊이 키스했다. 이 자세를 취하자 그녀는 스스로 강력해진 것 같은 느낌이 들었다.

얼마간의 시간이 흐른 뒤, 그녀는 입술을 떼고는 그의 귀를 앙 깨물었다.

"당신이 나를 숭배하게 될 거예요." 그 순간 그의 두 손이 그녀의 살갗을 파고들었고, 그녀는 더욱 몸을 밀착했다. 둘의 뺨이 서로 스쳤다. "게다가 난 당신에게 명령을 할 필요도 없게 될 거예요."

이보다 더 강하게 허벅지를 움켜쥘 수 없다는 생각이 들 만큼 그의 손에 힘이 들어갔다. 바로 그때 그는 전혀 힘들이지 않고 그녀를 획 들어 올리더니 자신의 옆에 딱 붙어 앉혔다. 그런 다음 드레스 매무새를 가다듬어주곤 자신의 재킷을 벗어 그녀를 덮어주었다.

"지키지 못할 약속은 하지 마십시오, 여신님."

갑작스러운 행동 변화에 당황한 그녀는 눈을 깜빡였다. 그가 그녀를 거부한 것이다.

"당신은 그냥 두려울 뿐인 거예요."

하데스는 답하지 않았다. 하지만 그녀가 그를 흘끗 보았을 때 그는 차창 밖을 노려보듯 응시하고 있었다. 주먹을 꽉 쥔 채. 그녀는 자신의 말이 맞을 거라고 직감했다.

그러곤 얼마 안 가 그의 품에서 잠들어버렸다.

14장
질투의 손길

잠에서 깨어났을 때, 페르세포네는 두 가지 사실을 깨달았다. 첫째, 그녀는 낯선 침대에 있었다. 둘째, 알몸이었다. 검은색 실크 시트를 가슴까지 끌어당기며 몸을 벌떡 일으켰다. 하데스의 방이었다. 스틱스 강에 빠졌던 날 그가 치료해준 적이 있기에 이곳을 기억하고 있었다. 고개를 돌리자 타오르는 벽난로 앞에 앉아 있는 하데스가 눈에 들어왔다. 그녀가 본 이래로 가장 신적인 형상을 한 채로. 헝클어진 머리카락 한 올도, 재킷의 주름 하나도, 풀리지 않은 단추 하나도 없는, 완벽하게 누구의 손도 닿지 않은 듯한 모습이었다. 그는 한 손에는 위스키 잔을 들고 다른 한 손은 입술 위를 매만지고 있었다. 등 뒤에 놓인 불의 후광도 그와 어울렸다. 불길은 그의 눈동자만큼이나 활활 타오르고 있었다. 뒤로 기대어 있는 것처럼 보였으나 온몸을 꼿꼿이 세운 자세였다.

그는 그녀와 눈길을 맞추면서 아무 말 없이 술을 한 모금 마셨다.

"내가 왜 알몸인 거죠?" 페르세포네가 물었다.

"당신이 그렇게 하고 싶어 했기 때문입니다." 어젯밤 리무진 안에서 보여줬던 바로 그 목소리, 욕망을 간신히 억누르는 태도가 전혀 느껴지지 않는 목소리로 말했다. 지난밤의 기억은 거의 남아 있지 않았지만 하데스의 손가락이 그녀의 허벅지 안쪽을 파고들며 누르던 힘, 그리고 전기 충격처럼 온몸을 훑고 지나가던 짜릿한 압박감은 결코 잊지 않았다. "당신은 작정한 듯 나를 유혹했습니다."

얼굴이 화끈거려 페르세포네는 시선을 피했다.

"우리가 혹시……."

하데스가 씁쓸하다는 듯 웃음을 터뜨렸고, 페르세포네는 이를 너무 세게 악무는 바람에 턱이 아플 지경이었다. 왜 웃는 거야?

"아닙니다, 페르세포네 여신님. 나를 믿으십시오. 우리가 섹스를 하게 되면 당신은 기억할 수밖에 없을 겁니다."

대체 언제인데?

"당신의 오만함이 무섭군요."

그의 눈동자가 번뜩였다. "도전하는 겁니까?"

"그냥 무슨 일이 있었는지 말하라고요, 하데스!" 그녀가 외쳤다.

"당신은 라 로즈에서 약물을 마셨습니다. 당신이 불멸의 존재라 다행이었죠. 몸에서 독을 빠르게 태워버렸으니까."

하지만 수치심을 느끼지 못할 정도로 빠르진 않았지. 댄스 플로어에 이르렀을 때 한 웨이트리스가 다가왔던 것, 그녀와 렉사에게 음료를 건네며 무료라고 말했던 것이 기억났다. 잔을 다 비우고 춤을 추기 시작한 뒤 얼마 지나지 않아 음악은 저만치서 울리는 것처럼 멀어졌고 불빛은 눈을 멀게 할 것처럼 번쩍였으며 어떻게 움직여도 머리가 팽팽 돌았다.

이윽고 그녀의 몸에 얹어졌던 손과 입술에 닿던 싸늘한 입술도 기억났다.

"아도니스." 페르세포네가 중얼거렸다. 그 인간의 이름을 듣자마자 하데스가 이를 악물었다. "그에게 무슨 짓을 했나요?"

하데스는 손에 든 유리잔을 바라보곤 안에 담긴 위스키를 휘저은 뒤 마지막 한 모금을 마셨다. 그러고 난 뒤 유리잔을 옆으로 치워두었다. 시선은 내내 다른 곳을 바라보고 있었다.

"살아 있긴 합니다만, 그건 단지 그놈이 여신의 호의를 받고 있기 때문입니다."

"당신도 알고 있었군요!" 페르세포네는 침대를 박차고 일어섰다. 그 바람에 하데스의 실크 시트가 부스럭거렸다. 그의 날카로운 시선이 그녀의 얼굴에서 미끄러지듯 내려가 전신을 샅샅이 훑었다. 시트를 감싸고 있었지만 그의 눈길 속에 완전히 벌거벗은 것처럼 느껴졌다. "나더러 그를 피하라고 말한 게 그것 때문이었어요?"

"장담컨대, 아프로디테가 베푼 호의를 차치하고서도 그 인간을 멀리해야 할 이유는 아주 많습니다."

"예를 들면 뭔데요? 당신이 아무것도 말해주지 않으면서 나에게 이해하라고 해선 안 돼요."

그녀는 위험하다는 것을 알면서도 그를 향해 한 걸음 내디딘 참이었다. 하데스가 지난밤 무슨 짓을 했든 그것이 그의 내면을 여전히 뒤흔들고 있을 것이다.

"당신은 나를 믿어줄 거라 생각합니다." 그는 일어서면서 말했다. 솔직한 고백에 그녀는 화들짝 놀랐다. "나는 아니더라도, 내가 지닌 힘을."

그의 힘에 관해선, 그러니까 노골적일 만큼 날것의, 짐을 진 영혼을 들여다보는 능력까지는 생각이 미치지 못했다. 그는 아도니스에게서 무엇을 보는 걸까?

도둑놈. 교묘하게 남들을 조종하는 놈.

하데스는 반대편 쪽으로 걸어가더니 방 안에 놓인 작은 바에서 유리잔을 다시 채웠다.

"난 당신이 질투하는 줄 알았어요!"

하데스는 막 한 모금을 마시려던 찰나였으나 술잔을 내리고는 소리 내어 웃었다. 그녀는 자신의 말을 그렇게 일축하는 그의 모습에 화가 났고 또 마음이 상했다.

"질투하지 않는 척하지 말아요, 하데스. 지난밤 아도니스는 나에게 키스했어요."

그러자 하데스가 쾅 소리를 내며 잔을 내려놓았다.

"그 일을 계속 그렇게 언급하십시오, 여신이여. 그를 잿더미로 만들어버릴 테니까."

"질투한 게 맞잖아요!" 그녀는 몰아붙였다.

"질투?" 그가 천천히 다가왔다. "그…… 거머리 새끼가…… 당신을 만졌단 말입니다. 내가 하지 말라고 말했는데도. 나는 그보다 덜한 이유로도 영혼들을 타르타로스로 내던져왔습니다."

문득, 그녀의 몸에 손을 댔다는 이유로 하데스가 오거 던컨에게 표출한 분노가 떠올랐다. 그러자 그가 왜 그토록 날카로운 상태인지 이유를 알 것 같았다. 어쩌면 그는 정말로 아도니스를 찾아내 불태워버리고 싶을지도 모른다.

"미안……해요."

그녀는 무슨 말을 해야 좋을지 알 수 없었다. 하지만 그의 괴로움이 너무나 깊어 보였기에 사과의 말로라도 그 상태를 누그러뜨리고 싶었다. 하지만 상태는 악화되기만 했다.

"감히 사과하지 마십시오. 그에 관해서는 감히. 절대로." 그는 그녀의 얼굴을 감싸 쥐더니 면밀히 들여다보며 속삭였다. "왜 그렇게까지 필사적으로 나를 싫어하는 겁니까?"

그녀는 눈을 찡그리곤, 그의 손 위에 자신의 손을 올렸다.

"당신을 싫어하지 않아요." 그녀는 나직이 말했다.

그러자 하데스가 움찔하며 황급히 물러났다. 그 동작이 너무도 급작스러워 깜짝 놀랐다. 놀라움과 동시에 분노와 긴장감이 다시 스몄다.

"아니라고요? 내가 상기시켜야 합니까? 지하 세계의 군주이자 부유한 자, 그리고 인간들이 가장 싫어하는 신인 하데스, 필멸의 삶을 완전히 무시하다."

그는 그녀의 기사를 한마디 한마디 그대로 곱씹었다. 페르세포네는 움찔했다. 얼마나 여러 번 읽은 거지? 얼마나 화가 난 거야.

하데스가 이를 악물고 말했다. "정말 나를 이렇게 생각하는 게 맞습니까?"

페르세포네는 입을 열었다가 다물곤 잠시 후 다시 입을 열었다. "화가 나서……."

"그건 글에서도 너무나 명백하게 느껴졌습니다." 하데스의 어조는 날카로웠다.

"그게 발행될 줄은 몰랐어요!"

"그럼 그건 내 모든 잘못을 꼬집는 통렬한 편지였습니까? 언론사에서 그걸 발행할 줄 몰랐단 말입니까?"

그녀는 그를 노려보았다. "내가 경고했잖아요."

그건 잘못된 말이었다.

"당신이 내게 경고했습니까?" 그는 캄캄한, 그리고 화난 눈으로 그녀를 바라보았다. "당신이 내게 경고한 게 뭐였습니까, 여신이여?"

"우리가 맺은 계약을 당신이 후회하게 될 거라고 경고했잖아요."

"나 역시 나에 대해 쓰지 말라고 당신에게 경고했습니다."

그는 한 발짝 다가왔고, 그녀는 물러서지 않은 채 고개를 쳐들고 그와 눈을 맞추었다.

"다음 기사로는 당신이 얼마나 오만한지를 쓰게 될 것 같군요."

"다음 기사?"

"몰랐어요? 당신에 대한 기획 기사를 연재해달라는 요청을 받았어요."

"안 됩니다." 그가 말했다.

"안 된다고 해봤자 소용없어요. 당신은 통제권이 없으니까."

"그럼 당신에게는 통제권이 있다고 생각합니까?"

"난 기사를 쓸 거예요, 하데스. 나를 막을 수 있는 유일한 방법은 이 빌어먹을 계약에서 날 풀어주는 것뿐이에요!"

하데스의 몸이 굳어지더니 낮은 목소리로 으르렁댔다. "여신이여, 나와 거래를 하려는 겁니까?"

페르세포네는 그에게서 끼쳐오는 열기에 몸을 가눌 수가 없었다. 그가 조금 더 가까이 다가왔다. 이미 충분히 가까이 다가와 있었음에도. 그녀는 한 손을 뻗고 다른 한 손으로는 시트를 쥐고서 몸을 더욱 바짝 감쌌다.

"중요한 한 가지를 잊은 것 같군요. 페르세포네 여신님. 거래를 하기 위해선 내가 원하는 무언가를 당신이 지니고 있어야 합니다."

"내가 쓴 걸 믿느냐고 당신이 물어봤잖아요!" 그녀가 소리쳤다. "당신도 신경 쓰이잖아요!"

"그런 걸 엄포를 놓는다고 표현합니다, 달링."

"개자식." 그녀가 씩씩거렸다.

그 말에 하데스가 달려들었다. 그녀의 머리카락 속으로 손을 집어넣고 몸을 확 당긴 뒤 그녀의 고개를 홱 젖히자 목이 팽팽하게 당겨졌다. 맹렬하고도 소유욕이 끓어넘치는 움직임이었다. 그녀는 숨이 턱 막혔고, 허벅지 사이가 축축하게 젖어들었다. 그를 갈망했다.

"확실히 해두겠습니다. 당신은 거래를 했고, 졌습니다. 당신이 조건을 이행하지 않는 이상 이 계약에서 벗어날 수 있는 방법은 없습니다. 그러지 않으면 당신은 여기에 남게 될 겁니다. 나와 함께."

"나를 당신의 영토에 가둔다면 남은 평생 당신을 미워하며 살 거예요."

"이미 그러고 있지 않습니까."

그녀는 움찔했다. 그가 그렇게 생각한다는 것, 그리고 그걸 계속 언급하는 게 싫었다.

"정말 내가 당신을 싫어한다고 믿는 거예요?"

그는 답하지 않았다. 그저 비웃는 듯한 웃음소리를 냈을 뿐. 그런 다음 그녀의 입술에 뜨거운 키스를 퍼부었다.

"당신 피부에서 그의 기억을 지우겠습니다."

그녀는 그의 사나운 행동에 놀랐지만 동시에 흥분되었다. 그가 실크 시트를 찢어버리자 그녀는 그의 앞에 알몸으로 서 있게 되었다. 그가 그녀를 홱 들어 올리자 그녀는 더 생각할 것도 없이 바로 그의 허리에 두 다리를 감았다. 그는 그녀의 엉덩이를 꽉 쥐었고, 입술은 그녀의 입술에 거세게 부딪히듯 닿았다. 그의 옷이 그녀의 맨살에 쓸리자 점점 몸이 달아올랐고, 그녀의 안쪽에 뜨거운 액체가 고였다. 페르세포네는 하데스의 머리카락을 손으로 움켜쥐었다가 놓으며 머리를 쓰다듬었고, 그러다 다시 세게 움켜쥐었다. 그런 다음 그의 고개를 뒤로 젖혀 거칠게, 깊이 키스했다. 그 순간 목덜미에서 나오는 듯 으르렁대는 소리가 하데스의 입에서 흘러나왔다. 그와 동시에 그는 그녀를 침대 기둥 쪽으로 밀어 눕히곤 그녀를 진하게 빨아들였다. 그의 치아가 그녀의 안쪽 피부를 훑었고, 또 빨아들였다. 숨이 멎을 것 같았다, 목구멍 깊은 곳에서 헐떡이는 소리만 간간이 터져 나올 뿐.

둘은 정신을 잃을 듯 몰입했다. 침대 위에서 뒹굴고 있는 자신을 발견했을 때, 그녀는 하데스에게 무엇이든 내어줄 수 있다고 생각했다. 그는 요청할 필요도 없을 것이다.

그러나 죽은 자들의 신은 그녀를 바라보며 숨을 몰아쉬고 있을 따름이었다. 그의 머리카락이 어깨 위로 흘러내렸다. 눈동자는 어두웠고, 화가 난 듯 형형했으며 흥분으로 이글거렸다. 그는 다시 거리를 좁혀오는 대신 씩 웃었다.

왠지 불안했다. 페르세포네는 그다음에 벌어질 일이 마음에 들지 않을 것임을 직감했다.

"음, 당신은 아마 나와의 섹스를 좋아하게 될 겁니다. 하지만 분명 나를 좋아하지는 않겠지요."

그러고는 사라졌다.

✲

하데스의 벽난로 앞에 놓인 두 개의 의자 중 하나 위에는 페르세포네의 드레스가 말끔하게 개켜 있었다. 그 옆에는 검은색 망토가 놓여 있었다. 드레스와 망토를 입으면서, 그녀는 잠에서 깨어났을 때 자신을 바라보고 있던 하데스의 눈빛을 떠올렸다. 잠든 모습을 얼마나 오랫동안 지켜본 걸까? 끓어오르는 분노를 얼마나 오랫동안 삼키고 있었던 걸까? 원치 않는 일이 일어났을 때 어디선가 갑자기 나타나 그녀를 구해주고, 그 이유가 질투가 아니라고 주장하며, 그녀의 옷을 개어주는 이 신은 대체 누구인가? 그녀가 그를 싫어한다고 비난하면서, 마치 그토록 달콤한 건 한 번도 맛본 적 없다는 듯 그녀의 입술을 탐하는 이 존재는?

그녀를 들어 올려 침대로 옮기던 그의 모습을 떠올리자 온몸이 화끈거렸다. 그때 그녀가 무슨 생각을 했는지는 기억나지 않았지만, 그더러 그만하라는 말을 하려던 게 아닌 것만은 확실했다. 그럼에도, 그는 그녀를 내버려두고 떠났다.

달아오르던 흥분은 분노로 변했다.

그는 그녀를 비웃었고, 그녀를 떠났다.

그에게 이건 게임이나 마찬가지이기 때문이겠지. 그녀는 스스로에게 상기시켰다. 그를 향한 기묘한 끌림으로 현실을 잊어선 안 되었다. 그녀에겐 이행해야 할 계약이 있었다.

페르세포네는 정원의 상태를 확인하기 위해 발코니를 통해 하데스의 방을 나섰다. 어머니의 온실이 끔찍하리만치 싫었지만 그녀는 여전히 꽃들을 사랑했고, 지하 세계의 신은 그녀가 지금껏 보았던 어떤 곳보다 아름다운 정원을 만들어놓았다. 색과 향에 경탄이 절로 나왔다. 등나무의 달콤한 냄새, 치자꽃과 장미의 자극적이고도 관능적인 향, 마음을 안정시키는 라벤더의 향까지.

그 모든 것은 마법이었다.

감각을 현혹하는 환상을 만들어내기까지 하데스는 억겁의 시간이 흐르는 동안 힘을 길렀을 것이다. 페르세포네는 자신 안에서 그런 힘을 느껴본 적이 없었다. 그런 강력한 감각은 하데스가 그녀의 몸속에 지피는 욕망의 불처럼 뜨거운 것일까? 그녀가 용감하게도 그를 껴안고 맛보면서 귓가에 도발적인 말들을 속삭였던 지난밤과 같은 느낌일까?

그 순간은 힘 그 자체였다.

잠시 동안이나마, 그녀가 그를 지배한 것이다.

그녀는 하데스의 눈가가 욕망으로 흐려지는 것을 보았고, 열정에 겨운 신음을 들었으며, 그의 그곳이 단단하게 발기한 걸 느꼈다. 하지만 자신의 마법으로 그를 계속 휘감을 만큼 강력하지는 못했다. 그것은 결코 강력해질 수 없을 거라는 생각이 들었다. 바로 그렇기에 인간인 척 사는 삶이 그녀에게 어울린다. 또 바로 그렇기 때문에 하데스가 이기도록 내버려둘 수 없는 것이다.

하지만 페르세포네가 일군 정원은 여전히 그을린 흙덩어리처럼 보이기만 하는데 무슨 수로 그를 이길까? 산책길의 끝에 다다랐을 무렵, 무성한 정원은 사라지고 모래에 가까운, 잿더미 같은 검은색 흙만 가득한 공터가 나타났다. 땅에 씨앗을 뿌린 지도 벌써 몇 주가 지났다. 지금쯤이라면 싹을 틔웠어야 한다. 마법 없이도 인간들의 정원은 최소한 그만큼의 생명력을 길러냈다. 만약 어머니가 정원을 가꿨다면 벌써 꽃들이 만개했으리라. 페르세포네는 이 여정을 통해 잠재되어 있던 힘, 생명을 앗아가는 게 아닌 다른 힘을 스스로 발견하지 않을까 하는 희망을 비밀스레 품었다. 하지만 지금 이 황량한 공터 앞에 서 있자니 그 희망이 얼마나 어리석었는지 알 것 같았다.

힘이 드러나길 기다리거나, 인간 세상의 씨앗들이 지하 세계의 턱도 없는 땅에서 싹을 틔우길 기다릴 수는 없었다. 뭔가 다른 조치를 취해야 했다.

그녀는 어깨를 펴고 헤카테를 찾으러 나섰다.

헤카테는 자신의 오두막 근처 작은 숲속에 있었다. 오늘은 보라색 예복 차림에, 긴 머리카락은 어깨 너머로 구불구불하게 땋여 있었다. 그녀는 부드러운 풀밭에 책상다리를 하고 앉아 털이 북슬북슬한 족제비를 쓰다듬고 있었다.

족제비를 보자마자 페르세포네는 비명을 질렀다. "저게 뭐예요?"

헤카테는 부드럽게 미소를 짓고는 동물의 작은 귀 뒤를 긁었다. "이 친구는 게일이에요. 긴털족제비죠."

"족제비가 아닌 것 같은데요."

"긴털족제비." 헤카테가 나직하게 웃었다. "한때는 인간 마녀였지만, 하도 어리석기에 제가 긴털족제비로 만들어버렸어요."

페르세포네는 어안이 벙벙해져 여신을 쳐다보았지만 헤카테는 그 어리둥절한 침묵을 눈치채지 못하는 것 같았다.

"이 모습인 게 더 낫네요." 헤카테는 페르세포네를 향해 고개를 들었다. "게일에 대해선 이쯤 해두도록 하죠. 제가 도와드릴 게 있을까요?"

그 한마디에 둑이 터졌다. 페르세포네는 옆길로 새서는 하데스와의 계약, 결코 이행할 수 없는 내기에 대해서 와르르 토해내듯 흥분조로 토로했다. 오늘 아침의 불행에 대해선 언급하지 않았지만. 심지어 단 하나의 생명조차 창조할 수 없다는 가장 내밀한 비밀까지도 고백해버렸다. 그녀가 말을 마쳤을 때, 헤카테는 생각에 잠긴 듯 입술을 오므리고 있었다. 하지만 놀란 것처럼 보이진 않았다.

"생명을 창조할 수 없다면, 무얼 하실 수 있나요?" 그녀가 물었다.

"파괴요."

헤카테의 아름다운 눈썹이 검은 눈동자 위로 구부러졌다. "무언가를 길러본 경험이 하나도 없어요?"

페르세포네는 고개를 저었다.

"보여주세요."

"헤카테…… 제 생각엔 아무래도……."

"제가 직접 보고 싶어요."

페르세포네는 한숨을 쉬곤 손바닥을 뒤집었다. 잠시 손바닥을 바라본 뒤 손가락을 구부려 풀밭에 가져다 댔다. 방금 전까지 싱그러운 녹색이었던 풀은 그녀의 손길이 닿자 노랗게 변하더니 이내 시들어버렸다. 그녀가 헤카테 쪽으로 고개를 돌리자, 헤카테는 그녀의 손을 응시하고 있었다.

"이래서 하데스가 내게 생명을 창조하라고 요구한 것 같아요. 불가능하다는 걸 그도 알고 있으니까."

헤카테는 그다지 확신이 없어 보였다. "하데스는 그 누구에게든 불가능한 일을 요구하지 않는답니다. 잠재력을 스스로 받아들이게끔 도전하게 만들지요."

"그럼 내 잠재력은 뭘까요?"

"봄의 여신이 되는 것." 헤카테가 일어서며 치마를 털자 긴털족제비가 그녀의 무릎에서 폴짝 뛰어내렸다. 페르세포네는 그녀가 계속해서 자신의 마법에 대해 질문할 거라고 예상했지만 대신 헤카테는 이렇게 물었다. "정원을 가꾸는 일이 생명을 창조하는 유일한 방법은 아니지요."

페르세포네는 그녀를 빤히 바라보며 물었다. "그럼 어떻게 생명을 창조해요?"

헤카테의 얼굴에 떠오른 즐거움 가득한 표정을 본 페르세포네는 그녀의 입에서 나올 답이 마음에 들지 않을 것임을 직감했다. "아이를 가지실 수도 있지요."

"뭐라고요?"

"물론 계약을 이행하려면 하데스가 아버지가 되어야 할 테고요." 그녀는 페르세포네의 반응을 듣지 못한 것처럼 말을 이었다. "그게 다른 누군가가 된다면 그는 몹시 화를 내겠죠."

그녀는 그 의견은 무시하겠다고 마음먹었다. "난 하데스의 아이를 갖지 않을 거예요, 헤카테."

"당신이 제안을 요청하셨잖아요. 저는 그저 좋은 친구가 되고자 노력했을 따름이랍니다."

"좋은 친구예요. 하지만…… 나는 아이를 낳을 준비가 되어 있지 않고, 아이를 낳고 싶다고 하더라도 하데스를 아이의 아버지로 두고 싶진 않아요."

마지막 말에 대해선 약간 죄책감을 느꼈다.

"내가 뭘 어떡해야 할까요? 아아, 이건 불가능해요!"

"생각한 것만큼 불가능하진 않아요. 어쨌든 지금은 지하 세계에 있잖아요."

"지하 세계가 죽은 자들의 영토라는 것은 알고 계시죠, 헤카테?"

"동시에 이곳은 새로운 시작을 위한 공간이기도 하지요. 종종, 어떤 영혼들은 한 번도 살아보지 못한 최고의 삶을 이곳에서 산답니다. 모든 신을 통틀어 당신이 이 점을 가장 잘 아실 거예요."

불현듯 깨달음에 페르세포네의 어깨가 무거워졌다. 그녀도 그 점을 알고 있었다.

"이곳에서의 삶은 저 위의 세계와 결코 다르지 않아요. 당신은 인간들이 더 나은 삶을 살도록 하데스에게 요구하셨지요. 그는 단지 여기, 지하 세계에서 당신께 똑같은 요구를 한 것뿐이에요."

또 다른 한 주가 분주하게 지나갔다. 기사를 읽고 논문을 쓰고 시험 치르는 일로 꽉 찬 일주일이었다. 페르세포네는 지금쯤이면 기사를 향한 과열된 반응이 사그라질 거라고 생각했지만 아니었다. 아크로폴리스나 학교로 가는 길에 사람들은 여전히 그녀를 불러 세웠고, 생판 모르는 사람들이 하데스에 대한 다음 기사는 언제쯤 나오느냐고, 무엇에 대해 쓸 계획이냐고 물었다.

그녀는 그 질문들에 지쳤고, 계속해서 같은 말을 반복해야 하는 스스로에게는 더 지쳤다. 기사는 몇 주 뒤에 나오고요, 내용은 신문을 사서 직접 읽어보세요. 길을 걸을 때는 사람들이 부르는지 몰랐다고 우기려고 헤드폰을 끼기 시작했다.

"페르세포네?"

회사에서는 헤드폰을 낄 수 없으니 애석한 일이다. 디미트리가 자신의 사무실에서 머리를 빼꼼 내밀었다. 데님 셔츠에 물방울무늬 나비넥타이를 맨 그는 어쩐지 젊어 보이기도 하고 동시에 나이 들어 보이기도 했다. 파란색 셔츠가 새치를 도드라지게 만드는 한편

넥타이는 발랄해 보여서인지도 모른다.

"네?" 그녀가 답했다.

"잠깐 시간 돼요?"

"그럼요." 그녀는 작성 중이던 파일을 저장하고 노트북을 닫은 뒤 디미트리를 따라 사무실로 들어가 앉았다.

상사가 책상 위로 몸을 기울였다. "기사는 어떻게 돼가요?"

"기사는…… 잘 준비하고 있습니다."

만약 상사가 기삿거리를 알려달라고 한다면, 답할 수 없을 것이다. 딸의 목숨을 구하려 하데스를 찾아온 어머니에 대해 글을 쓸 생각도 잠깐 해보았는데, 하데스가 왜 그 일을 함구하고 싶어 하는지 이해할 순 없었지만 그 여자에게 건넨 요청을 존중하고 싶었다.

라 로즈에 갔던 다음 날 아침, 하데스가 열정과 분노가 뒤섞인 모습으로 혼란을 심어줬을 때부터 그녀는 줄곧 그를 피해왔다. 그렇게 하는 게 최선이 아니라는 건 알고 있었다. 몇 주 안에 기사를 송고해야 하는 입장이기에 더더욱. 하지만 아직 주말이 남아 있었고, 둘의 관계를 톺아보건대 그는 그녀를 화나게 할 게 분명했고, 바로 그 일은 이상적인 기삿감이 될 것이다.

"게임의 신은 지금까지 역대 급으로 인기 있는 기사가 됐어요. 조회 수가 수백만 건에 이르고 댓글은 수천 개가 달린 데다 종이 신문도 그만큼 많이 팔렸죠."

"편집장님 말이 맞았어요. 사람들은 하데스를 궁금해하네요."

"그래서 지금 당신을 부른 거예요." 그가 말했다.

그 말에 페르세포네는 자세를 바로 했다. 생각이 사방으로 튀었다. 디미트리가 더 많은 것을 요구하길 기다려왔던 터였다. 지금까지 그는 하데스를 다루는 기사의 작성 권한을 그녀에게 몰아주었고, 그것을 잃고 싶지 않았다.

"숙제를 드리겠습니다."

"숙제요?"

"이걸 좀 붙잡고 있었는데요." 그는 책상 위에 놓인 봉투를 건넸다. "취재할 사람으로 누굴 보낼지 아직 결정하지 못했는데, 여기 다녀오면 당신의 기사가 성공적일 거라는 확신이 듭니다."

"이게 뭔데요?"

너무 긴장되어서 봉투를 열어볼 수 없었지만, 그녀의 상사는 그저 미소 짓고 있을 뿐이었다.

"한번 열어보세요."

페르세포네가 봉투를 열자, 그 안에는 고대예술박물관에서 열리는 올림피아 갈라 티켓 두 장이 들어 있었다. 검은색 종이 위에 금박으로 글자가 새겨져 있는 아름다운 초대장이었고, 갈라만큼이나 값비싸 보였다.

페르세포네의 눈이 휘둥그레졌다. 올림피아 갈라는 대규모 패션쇼, 파티, 그리고 자선 행사가 함께 열리는 최대 규모의 연례 행사였다. 매년 신이나 여신에게서 영감을 받은 주제가 채택되었고, 그 신이나 여신은 갈라를 통해 모인 기금으로 어떤 자선 프로젝트에 지원할 것인지 골라야 했다. 물론 입장권 티켓을 모두가 탐냈기 때문에 값은 수백 달러에 이르렀다.

"하지만…… 왜 저를?" 그녀가 물었다. "직접 가실 수 있잖아요. 편집장이신데."

"저는 그날 다른 일정이 있어요."

"올림피아 갈라보다 더 큰 일정요?"

디미트리가 씩 웃으며 말했다. "난 이미 여러 번 다녀왔어요, 페르세포네."

"이해가 안 돼요. 하데스는 갈라에 참석하지도 않잖아요."

그녀는 렉사와 함께 이 행사 생중계를 본 적이 있었는데, 입장하는 다른 신들 틈에 하데스가 있는 건 한 번도 못 봤을뿐더러, 그의 사진을 찍은 사람도 전혀 없었다.

"하데스 경은 사진 촬영을 허용하지 않을 뿐, 매번 참여하십니다."

긴 침묵 끝에 그녀가 말했다. "전 못 가요."

편집장은 그녀와 눈높이를 맞추었다. "페르세포네, 뭐가 그렇게 두려운 건가요?"

"저는…… 두려운 게 아니에요."

어느 정도는 두려운 게 맞았다. 마지막으로 어머니를 만났던 날 그녀는 네버나이트에 가거나 하데스를 다시 만나기라도 하면 온실로 돌려보내겠다고 딸을 협박했다. 돌아가게 될 곳이 어디든 상관없었다. 게다가 신들 주변에 있어서도 안 되었다. 갈라에 간다면 어머니에게 그 사실을 숨길 수도 없을 거였다. 데메테르 역시 그곳에 올 테니까.

하지만 이 모든 상황을 디미트리에게 설명하기엔 너무 복잡했다.

"자료 조사와 관찰의 기회라고 생각하세요. 우린 항상 올림피아 갈라 관련 기사를 씁니다. 그냥 하데스에게 초점을 맞추면 됩니다."

"그러니까 제 말은……." 그녀가 운을 뗐다.

"티켓 가져가요, 페르세포네. 곰곰이 다시 생각해보세요. 너무 오래 생각하지는 말고요. 결정하기까지 시간이 그리 많진 않으니까."

갈라에는 절대 가지 않을 테니 티켓을 받는 게 마음 편치 않았지만, 디미트리는 일단 티켓을 가져가라고 했다. 그녀는 자리에 앉아서 멍하니 봉투를 노려보았다. 잠시 후 티켓을 꺼내서 거기에 쓰인 문구를 읽었다.

지하 세계의 밤에 함께해주십시오.

올해의 주제가 지하 세계라는 건 까마득히 모르고 있었다. 호기심이 샘솟았다. 행사 주최자들이 하데스의 왕국을 어떻게 해석할까? 저 밑의 세계에 그토록 풍요로운 생명이 있다는 사실을 그들은 결코 상상도 못 할 텐데. 하데스가 어떤 자선 단체에 기부할지도 궁금했다.

신들이여, 그런 생각이 들자 그녀는 그곳에 몹시 가고 싶어졌다.

하지만 위험 요소가 너무 많았다. 무엇보다 어머니. 행사가 며칠 남지 않았는데 마땅히 입고 갈 옷도 없었다.

그녀는 다시 티켓을 들여다보며 드레스 코드가 적힌 아랫부분을 살펴보았다. 이번 갈라는 가면무도회 방식으로 진행된다고 쓰여 있었다. 가면을 쓴다고 해서 어머니에게서 숨을 순 없겠지만, 만약 헤카테가 마법으로 도움을 준다면 가능할지도 몰랐다. 오늘 저녁 지하 세계로 가서 물어보겠다고 마음먹고 머릿속에 메모를 적어두었다.

바로 그때 책상 위에 놓인 전화기가 울렸다.

그녀는 수화기를 들었다. "페르세포네입니다."

"하데스의…… 비서가 만남을 요청하는데요?" 밸러리가 말했다.

답을 하기까지 시간이 걸렸다. "……민테?"

대체 민테가 그녀에게 무슨 할 말이 있다는 거지?

"오, 아도니스가 저분을 데려가고 있네요." 밸러리가 덧붙였다.

페르세포네가 고개를 들자 검은 옷을 입은 님프가 사무실을 가로질러 다가오는 게 보였다. 그녀의 붉은 머리카락과 녹색 눈동자는 불길처럼 빛나고 있었다. 아도니스가 호위대처럼 옆에서 나란히 걷고 있었는데, 님프에게 홀딱 반한 표정이라 그가 더욱 싫어졌다.

"저기, 페르세포네." 그녀의 분노를 눈치 못 챈 아도니스가 말했다. "민테 기억나지?"

"어떻게 잊겠어?" 페르세포네가 있는 그대로 답했다.

님프가 미소를 띄웠다. "내 고용주에 대해 쓴 기사를 두고 얘기 좀 나누려고 왔습니다."

"오늘은 아쉽게도 이야기 나눌 시간이 없을 것 같네요. 다른 날 다시 오시죠."

"미안하지만 지금 꼭 이야기를 나눠야 할 것 같습니다."

"기사에 불만이 있으면 제 상사와 이야기하세요."

"우려되는 점을 당신에게 직접 말하고 싶습니다."

민테의 눈동자가 번뜩였고, 페르세포네는 이 빌딩에서 저 여자를 쫓아내려면 하데스처럼 태생적인 힘이 필요하다는 것을 알고 있었다. 한참 동안 둘은 서로를 노려보며 서 있었다.

긴장감 어린 침묵을 깨고 마침내 아도니스가 헛기침을 했다. "음, 그럼 두 분이서 잘 논의하시길."

아도니스가 슬금슬금 걸음을 옮겼지만 두 여자는 그에게 눈길 한 번 주지 않았다.

잠시 후, 페르세포네가 물었다. "당신이 여기 찾아온 걸 하데스도 알고 있나요?"

"하데스 님의 평판을 해칠 수 있는 문제에 관해 하데스 님께 조언을 드리고, 그분이 합리적으로 생각하지 못하실 때는 직접 행동에 나서는 것이 제 일입니다."

"하데스는 평판 따위 신경 쓰지도 않던데요."

"저는 신경 씁니다. 당신이 그걸 깎아내리고 있고요."

"내 기사 때문에요?"

"당신이 존재하기 때문에." 그녀가 말했다.

페르세포네가 민테의 눈을 똑바로 바라보며 말했다. "하데스의 평판은 내가 존재하기도 전부터 있었는데, 날 탓하는 건 좀 터무니없다고 생각하지 않나요?"

"인간들과의 거래에 관해 말하는 게 아닙니다. 그분이 당신과 맺은 거래를 말하는 겁니다." 민테가 언성을 높였고, 페르세포네는 그녀가 무슨 꿍꿍이인지 알고 있었지만 전략이 먹혀들었다. 이 여자는 페르세포네에게 입 닥치라고 하고 싶은 것이다.

"자, 제가 요청한 시간을 허락해주시지요."

"이쪽으로 오세요." 페르세포네는 이를 악물고 말했다.

그녀는 님프를 인터뷰실로 안내하고 필요 이상으로 문을 세게 쾅 닫았다. 민테를 향해 돌아서서 팔짱을 끼고 기다렸다. 둘 다 자리에 앉지 않았다. 이 시간이 짧게 끝날 거라는 표시였다.

"당신이 하데스 님을 속속들이 파악했다고 착각하나 본데." 민테는 눈을 가늘게 뜨며 말했다.

페르세포네의 몸이 굳었다. "그에 동의하지 않는다는 건가요?"

그녀가 미소 지었다. "글쎄요, 저는 수세기 동안 그분을 알고 지냈으니까요."

"그가 인간들의 상태를 이해하지 못한다는 점을 깨닫기 위해 그를 수세기 동안 알고 지낼 필요는 없다고 보는데요. 그가 세상을 도울 방법을 모른다는 사실도요."

그날 인간 여자의 요청을 들어준 하데스의 행동은 너무나도 관대했다. 하지만 그토록 강력하고 또 오랜 세월 존재해온 하데스라는 신마저도 하고 싶은 대로 다 하지 못하도록 막는 규칙들이 있다는 사실을 이제는 그녀도 조금씩 이해해가고 있었다.

"하데스 님께선 당신의 변덕에 무릎을 꿇지 않으실 겁니다."

"나는 그가 무릎 꿇는 걸 바라지 않아요." 페르세포네가 말했다. "보기 좋은 광경이긴 하겠지만."

그 순간 민테는 한 걸음 다가서며 내뱉었다. "오만방자한 여자애 같으니!"

페르세포네는 경직된 채 팔을 내렸다. "나는 여자애가 아닙니다."

"그토록 강력한 신께서 당신을 대체 어떻게 생각하는 건지 도무지 모르겠습니다. 여신이라는 이름표를 달고 있으면서도 마법조차 못 쓰는 당신을 그분은 우리 영토에 들어오게 하시고……."

"님프, 정말이지 그건 내 선택이 아니에요."

"아닌가요? 매번 그분이 당신에게 손을 얹도록, 매번 그분이 당신한테 키스하도록 내버려두는 게 선택이 아니란 겁니까? 나는 하데스 님을 압니다. 당신이 그만하라고 말하기만 하면 그만두실 겁니다. 하지만 당신은 그러지 않죠. 절대로요."

페르세포네는 귀까지 빨개졌지만, 간신히 입을 열었다. "그 문제에 대해선 당신이랑 얘기하고 싶지 않군요."

"그럼 본론으로 들어가죠. 당신은 지금 실수하고 있는 겁니다. 하데스 님께선 사랑 따위에 관심이 없으시고, 사랑을 위해 존재하지도 않으십니다. 계속 이렇게 굴었다간 당신이 상처받을 거예요."

"지금 날 협박하는 거예요?"

"아뇨, 신과 사랑에 빠지는 이들의 미래가 걱정되어 얘기하는 겁니다."

"난 하데스에게 빠지지 않았어요."

님프는 잔인한 미소를 보였다. "애써 부정하시네요. 부정은 마음을 인정하지 않는 사랑의 첫 단계죠. 실수하지 마세요, 페르세포네."

그녀는 님프의 혀에서 자신의 이름이 튀어나오는 게 끔찍하게 싫었다. 이내 글래머가 흐려지는 것을 느끼곤 침을 꿀꺽 삼켰다.

"그래서 여기 온 건가요? 하데스에 대해 경고하려고?"

"네, 더 나아가 한 가지를 제안하고 싶군요."

"난 당신에게 원하는 게 없어요." 페르세포네의 목소리가 떨렸다.

"만약 정말로 그 계약에서 벗어나고 싶다면 내 제안을 받아들이는 게 좋을 겁니다."

페르세포네는 여전히 그 말을 믿지 않았다. 님프를 노려보았지만, 그녀가 뭐라고 말할지 듣고 싶다는 것만큼은 부인할 수 없었다.

민테가 픽 웃었다. "하데스 님께선 당신에게 지하 세계에 생명을 창조하라고 요청하셨죠. 지하 세계의 산속에는 샘이 하나 있는데, 거기에 환생의 우물이 있어요. 그 물은 무엇에든, 심지어는 당신의 황량한 정원에도 생명을 가져다줄 겁니다."

페르세포네는 지하 세계에 관한 어떤 글에서도 그러한 장소가 있다는 건 들어본 적이 없었다. 물론 지하 세계를 다룬 글 자체가 많지 않았지만. 그 책들마저 지하 세계를 모든 게 다 죽어 있는 황량한 곳으로 묘사했다.

"내가 당신의 말을 믿어야 할 이유가 뭐죠?"

"믿음과는 상관이 없습니다. 당신은 하데스 님과의 계약에서 자유로워지고 싶어 하고, 나는 하데스 님이 당신으로부터 자유로워지길 바라는 것뿐이에요."

그녀는 잠시 민테를 노려보았다. 왜 그런 질문을 하게 되었는지 스스로도 알 수 없었지만 혀에서 그 단어들이 굴러 나왔다.

"당신은 그를 사랑하나요?"

"이게 사랑이랑 연관이 있다고 생각하나요?" 민테는 목소리를 높였다. "아주 사랑스럽네요. 나는 단지 그분을 지키려는 겁니다. 하데스 님께선 좋은 거래 이외에는 어떤 것도 사랑하시지 않습니다. 그리고 당신, 어린 여신이여, 당신은 그분이 맺으신 최악의 거래 상대입니다."

이 말을 내뱉고 민테는 사라졌다.

당신은 그분이 맺으신 최악의 거래 상대입니다.

민테의 말이 페르세포네의 머릿속에서 내내 맴돌았다. 때때로 그 목소리가 너무 크게 들려서 네버나이트로 향하는 길에는 마음속에서 분노의 불길이 확 일었다.

하데스와의 계약에 따라 만든 정원에서 생명을 움 틔울 수 없을지도 모른다는 점은 깨달았지만, 그렇다고 정원을 무시해버리는 건 포기하는 것처럼 느껴졌다. 그래서 네버나이트로 돌아갔을 때 그녀는 먼저 정원에 물을 준 후, 새로 사귄 친구들을 만나러 아스포델로 향했다.

어느새 페르세포네는 지하 세계를 방문할 때마다 아스포델에 들르게 되었다. 그 푸르른 골짜기 마을에는 죽은 자들이 살고 있었다. 정원을 가꾸고 과일을 수확했고, 잼과 버터를 만들고 빵을 구웠다. 바느질과 뜨개질을 해서 옷과 목도리, 깔개를 만들기도 했다. 바로 그것이 저 기묘한 흑요석 주택들 사이 구불구불한 골목길을 따라 큰 시장이 열리는 이유였다.

오늘은 길가에 죽은 자들이 평소보다 더 많이 나와 있었고, 시장은 페르세포네가 아직 이곳에서 경험해보지 못한 흥겨운 에너지로 들썩였다. 몇몇 영혼은 집과 집 사이에 등불을 걸어두고 골목길을 장식하고 있었다. 페르세포네는 잠시 그들을 지켜보았다.

그때, 익숙한 목소리가 들려왔다. "좋은 저녁이에요, 여신님!"

고개를 돌리자 유리가 서 있었다. 숱 많은 곱슬머리를 지닌 어여쁜 젊은 여성이 길가에 서 있는 그녀에게 걸어왔다. 분홍색 예복 차림의 유리는 석류가 가득 든 커다란 바구니를 들고 있었다.

"유리!" 페르세포네는 미소 지으며 유리를 껴안았다.

유리가 자신의 시그니처 블랜딩 티를 맛보라고 건네준 그날 이후로 둘은 친해졌다. 페르세포네는 차가 너무나 맛있어서 통째로 사려고 했지만 유리는 거부하고 선물로 주었다.

"지하 세계에 사는 제가 돈으로 뭘 하겠어요?" 그녀는 말했다.

그다음 시장에 왔을 때 페르세포네는 굵은 머리카락을 뒤로 고정할 수 있도록 유리에게 보석 핀을 선물했다. 소녀는 너무나 기뻐하며 두 팔을 뻗어 페르세포네를 꼭 껴안았다가 바로 물러서며 무례를 범해 죄송하다고 조아렸다.

페르세포네는 깔깔 웃으며 말했다. "나는 포옹을 좋아하는걸."

그날 이후로 둘은 친구가 되었다.

"오늘…… 무슨 일이라도 있어?" 페르세포네가 물었다.

유리가 미소를 지었다. "하데스 님을 축하하고 있어요."

"왜?" 그녀는 지나치게 놀란 것처럼 보이지 않으려 했지만, 요즘 그녀는 죽은 자들의 신이 영 거슬렸다. "그의 생일이니?"

유리는 그 질문에 웃음을 터뜨렸고, 페르세포네는 그게 얼마나 멍청한 질문이었는지 깨달았다. 하데스는 아마도 생일을 축하하기는커녕 심지어는 자신이 언제 태어났는지도 모를 터였다.

"그분이 우리의 왕이시고, 우리는 그분을 존경하니까요." 지상의 신들을 기리는 축제는 많았지만, 지하 세계의 왕을 기념하는 축제는 한 번도 들어보지 못했다. "저희는 그분께서 곧 왕비를 맞이하실 거라고 소망하고 있답니다."

페르세포네의 낯빛이 창백해졌다. 처음 든 생각은 이거였다. 누구지? 그다음으론, 왜? 영혼들은 뭐 때문에 자신들이 왕비를 섬기게 될 거라고 생각하는 걸까?

"뭐……라고?"

유리가 웃었다. "에이, 왜 이러세요, 페르세포네. 다 아시잖아요."

"모르겠는데……."

"하데스 님은 본인의 영토에서 다른 신에게 그토록 많은 자유를 허락하신 적이 없답니다."

아, 지금 유리가 말하는 왕비는 나구나.

"헤카테는? 헤르메스는?" 그녀가 따졌다.

그들 역시 지하 세계를 멋대로 자유로이 드나들지 않던가.

"헤카테 님은 이 세계의 존재이시고 헤르메스는 그저 전령일 뿐이시죠. 여…… 여신님은 그 이상의 존재고요."

페르세포네는 고개를 저었다. "난 게임의 대상에 지나지 않아."

유리가 고개를 갸우뚱했고, 페르세포네는 자신의 말에 그녀가 혼란스러워하고 있음을 알 수 있었다. 하지만 더 주장하지는 않을 것이다. 지하 세계의 영혼들은 하데스의 대우를 특별한 것으로 여길지 몰라도, 그녀는 진실을 알고 있었다.

유리는 바구니로 손을 뻗어 페르세포네에게 석류 한 알을 건넸다. "그렇다고 해도, 여기 머무르실 거죠? 이 축제는 하데스 님뿐만 아니라 당신을 위한 것이기도 하거든요."

그 말이 깊은 충격으로 다가왔다. "하지만 나는…… 영혼들은 나를 경배해선 안 돼."

"왜요? 여신이시잖아요. 그리고 우리를 돌봐주시고요. 저희의 왕께도 마음을 써주시는데요."

"나는……."

하데스 경에겐 마음 쓰지 않는다고 따지고 싶었지만 말이 입 밖으로 나오지 않았다. 적당한 답을 찾기도 전에 합창하듯 그녀를 부르는 목소리들이 들려와 정신을 빼앗겼다.

"페르세포네 여신님! 페르세포네 여신님!"

작지만 강한 무언가가 다리에 다가와 쿵 부딪히는 바람에 그녀는 하마터면 유리와 바구니 쪽으로 넘어질 뻔했다.

"아이작! 사과드려! 너의 왕비……." 유리가 잠시 말을 멈췄다. 페르세포네는 아스포델의 영혼들이 이미 그녀가 얻지도 않은 직위로 자신을 칭하기 시작했다는 것을 깨달았다. "사과드려. 페르세포네 여신님께."

문제의 그 아이는 페르세포네의 다리를 끌어안았던 팔을 풀었다. 아이의 뒤를 따라 다양한 연령대의 아이들 무리가 다가왔는데, 전부 페르세포네가 일전에 만나서 함께 여러 놀이를 했던 얼굴들이었다. 아이들과 더불어 하데스의 개들, 케르베로스와 티폰, 오르트로스도 다가왔다. 케르베로스는 입에 커다란 빨간 공을 물고 있었다.

"죄송해요, 페르세포네 여신님. 우리랑 놀아줄 거예요?" 아이작이 애원했다.

"페르세포네 여신님은 놀아주실 옷차림이 아니야, 아이작."

유리의 말에 소년은 얼굴을 찌푸렸다. 페르세포네가 벌판에서 놀 준비가 안 됐다는 건 맞는 말이었다. 여전히 몸에 꼭 맞는 흰색 드레스, 그러니까 공식적인 복장이었으니까.

"난 괜찮아, 유리." 페르세포네는 손을 뻗어 아이작을 품에 안아 들었다.

아이작은 아이들 중 가장 어린 아이로, 네 살쯤 되어 보였다. 왜 이 아이가 아스포델에 있는 걸까 생각하자 마음이 아려왔다. 지상 세계에서 이 아이에게 무슨 일이 닥쳤던 걸까? 얼마나 오랫동안 여기에 있었던 걸까? 다른 영혼들 중 누군가가 아이의 가족일까?

이 생각에 미치자마자 그녀는 재빨리 상념을 떨쳐냈다. 여기 있는 모든 이들이 왜 이곳에 있는지를 생각하느라 한나절을 보낼 수도 있었지만 소용없는 일이었다. 죽은 자들은 죽은 자들이고, 이곳에서 존재하는 그들은 꽤나 잘 지내는 것 같아 보였다.

"당연히 함께 놀 수 있지." 그녀가 말했다.

하데스를 축하하려 준비하는 분주한 영혼들을 떠나 함께 너른 벌판 쪽으로 걸어가는 내내 아이들 무리에서 힘찬 환호성이 일었다.

페르세포네는 개들과 함께 잡기 놀이를 하고, 술래잡기를 비롯해 아이들이 만들어낸 수많은 놀이를 함께 했다. 술래로 잡히지 않으려다가 젖은 풀밭에 미끄러지는 시간이 두 발로 선 시간보다 많을 지경이었다. 벌판에서 마을 쪽으로 돌아왔을 때 그녀의 옷은 진흙 투성이가 되었고 즐거운 피로감이 온몸을 감쌌다.

지하 세계에는 어느새 어둠이 내려앉았다. 음악가들은 거리로 나와 달콤한 선율을 연주하는 중이었다. 골목길마다 가득 늘어선 영혼들은 수다를 떨며 웃었고, 공기 중에는 고기와 과자를 굽는 냄새가 짙게 깔렸다. 군중 속에서 헤카테를 발견하기까지는 오랜 시간이 걸리지 않았다. 그녀는 페르세포네를 보자마자 미소를 지었다.

"나의 아리따운 여신이여, 아주 엉망이군요."

봄의 여신은 미소를 지었다. "정말 격렬한 술래잡기였어요."

"이기셨나요?"

"완전히 졌는걸요. 아이들이 훨씬 더 잘해요."

둘은 함께 웃음을 터뜨렸다. 그때, 또 다른 영혼이 그들에게 다가왔다. 늘 대장간의 용광로를 뜨겁게 달구며 금속을 가공해 아름다운 칼날과 방패를 만드는 대장장이, 이안이었다. 언젠가 그녀는 왜 매번 전투를 대비하는 것처럼 일하느냐고 물었는데, 그는 이렇게 답했다.

"습관이죠."

페르세포네는 그 답에 대해 오래 생각하지 않았다. 아이작의 삶에 관해서 그러하듯.

"여신님." 이안이 말했다. "아스포델에서 여신님께 드릴 선물을 준비했습니다."

페르세포네는 그가 무릎을 꿇고 등 뒤에서 아름다운 금관을 꺼내는 동안 호기심 어린 눈으로 잠자코 기다렸다. 그저 그런 왕관이 아니었다. 꽃들이 원을 그리며 세심하게 조각된 모양이었다. 숱한 꽃들 중에서 그녀의 눈에 들어온 건 장미와 백합, 그리고 수선화였다. 모든 꽃의 중앙에는 다채로운 빛깔의 자그마한 보석들이 반짝이고 있었다.

"저희의 왕관을 써주시겠습니까, 페르세포네 여신님?"

영혼은 시선을 내리깔았는데, 거절당할까 봐 두려워서인지도 몰랐다. 고개를 들어 주위를 둘러보니, 모두가 조용히 그 광경을 지켜보고 있어 그녀는 눈이 휘둥그레졌다. 영혼들은 기대감에 차서 기다리고 있었다.

아까 유리가 해준 말이 떠올랐다. 이들은 그녀를 지하 세계의 여왕으로 여기기 시작했고, 이 왕관을 받는다면 그 생각은 더욱 강해질 것 같았다. 하지만 받지 않는다면 그들은 상처를 받을 것이다. 옳은 판단은 제쳐두고 그녀는 이끌리는 대로 이안의 어깨에 한 손을 올리곤 그 앞에 무릎을 꿇었다.

그녀는 그의 눈동자를 들여다보며 말했다. "당신의 왕관을 기꺼이 쓰겠어요, 이안."

이안이 그녀의 머리 위에 왕관을 씌우자 모두가 기쁨의 환호성을 질렀다. 이안은 활짝 웃으면서 그녀를 향해 손을 내밀었고, 머리 위에 조명들이 달린 흙길 한가운데서 춤추자며 그녀를 이끌었다. 페르세포네는 얼룩덜룩한 드레스에 황금색 왕관을 쓴 자신의 모습이 우스꽝스럽게 느껴졌지만, 죽은 자들은 그것을 눈치채거나 신경 쓰지 않는 것 같았다. 숨이 차고 발이 아파올 때까지 춤을 추었다.

잠시 휴식을 취하러 헤카테 곁으로 왔을 때, 마법의 여신은 말했다. "좀 쉬셔야 할 것 같은데요. 목욕도 하시고요."

페르세포네는 웃었다. "맞는 말씀이에요."

"영혼들은 밤새도록 축하를 벌일 거예요. 하지만 이미 당신은 이들의 밤을 빛내주었어요. 하데스는 한 번도 이들과 함께 축하를 나누러 온 적이 없거든요."

페르세포네는 마음이 무너지는 것 같았다. "왜요?"

헤카테가 어깨를 으쓱했다. "저는 그분 생각을 모르니 대신 답할 수는 없어요. 당신이 물어보셔도 좋겠어요."

둘은 궁전으로 돌아왔다. 목욕탕으로 향하는 길, 페르세포네는 올림피아 갈라 입장권을 두 장 얻었다고 설명한 뒤, 어머니에게 들키지 않을 만한 마법을 알고 있는지 헤카테에게 의견을 구했다.

여신은 골똘히 생각하더니 물었다. "가면이 있나요?"

페르세포네는 미간을 찌푸렸다. "내일 하나 살까 했어요."

"저에게 맡겨주세요."

목욕탕은 성 뒤쪽에 자리했고, 아치형 통로를 통과해야 들어갈 수 있었다. 안으로 들어서자 깨끗한 리넨과 라벤더 향이 기분 좋게 코에 닿았고, 따스한 수증기가 피부를 감싼 뒤 뼛속까지 스몄다. 공기의 온도 때문에 그녀의 얼굴이 발개졌다. 진흙투성이 벌판에서 보낸 저녁 이후에 맞이하는 온기가 반가웠다.

헤카테는 여러 개의 작은 수영장과 샤워 시설을 지나 계단 아래쪽으로 이끌었다.

"여기 대중목욕탕이에요?" 그녀가 물었다.

고대에는 대중목욕탕이 매우 흔했지만 근대로 들어서면서 점차 인기가 떨어졌다. 페르세포네는 궁전에 머무는 이들 중 몇 명이나 이곳을 이용할지 궁금했다. 그중에는 민테와 하데스도 있겠지.

헤카테는 웃음을 터뜨렸다. "네, 하데스 경에게는 전용 욕탕이 있지만요. 여기서 목욕하시면 돼요."

그녀는 그 말을 순순히 따랐다. 대중목욕탕에서 목욕하는 건 석연치 않았다. 헤카테는 비누와 수건, 라벤더 페플로스 등 몇몇 용품을 가져다주었다. 페르세포네는 올림피아와 그놈의 온실을 떠나 뉴 아테네로 이사한 뒤로 근 4년 동안 고대 의복을 한 번도 입지 않았다. 인간의 옷을 입고 지낸 지 4년이 지났기에 페플로스를 입으려니 기분이 묘했다.

둘은 마지막 계단을 내려가 하데스의 욕탕에 이르렀다. 여러 개의 기둥으로 둘러싸인 커다란 타원형 욕탕이었다. 머리 위의 천장은 뚫려 있어 하늘이 보였다.

"필요한 게 있으시면 저를 부르세요. 목욕 끝나고 식당에서 봬요." 헤카테는 페르세포네가 홀로 있을 수 있도록 자리를 떴다.

옷을 모두 벗은 페르세포네는 조심스럽게 욕탕으로 다가가 물 온도를 가늠하기 위해 발을 살짝 담가보았다. 물은 뜨거웠지만 델 정도는 아니었다. 그녀는 욕탕 안으로 들어가 기쁨의 신음을 흘렸다. 주변에서 증기가 올라왔고 피부에서 땀이 흐르기 시작했다. 물은 그녀를 정화하고 있었다. 하루가 다 씻겨 내려가는 것 같았다. 감사하게도 아스포델에서의 축하가 오늘 낮 민테의 방문 때문에 받은 스트레스를 많이 덜어주었는데, 이제 그의 영토로 돌아온 지금, 또 그와 민테가 어디서 목욕하는지를 떠올리자 모든 생각들이 수면 위로 스멀스멀 올라오기 시작했다.

대체 그녀가 무슨 수로 하데스의 평판을 떨어뜨린다는 것인가? 죽은 자들의 신은 이미 스스로 충분히 평판을 깎아 먹고 있는데. 페르세포네가 계약에서 빠져나갈 수 있는 방법을 찾고 있는 건 사실이었지만, 그럼에도 민테의 말이 귀 기울여 들을 만큼 믿음직스럽지는 않았다.

페르세포네는 피부와 두피가 분홍빛을 띨 때까지 문질렀다. 그 이후로 얼마나 오랫동안 욕탕 안에 있었는지 알 수 없었다. 욕탕 주변의 디테일에 마음을 온통 빼앗겨서였다. 탕 가장자리의 물 위로 흰색 타일이 빙 둘러져 있었고 붉은색 수선화가 그려져 있었다. 흰색이라고 생각했던 기둥들은 자세히 살펴보니 금으로 덮여 있었다. 머리 위 하늘은 점점 어두워졌고, 작은 별들이 반짝이며 떠 있었다.

하데스의 마법, 향과 질감을 배합하는 방식은 실로 놀라웠다. 그의 붓질은 매끄럽고도 섬세했고, 그렇게 창조된 세계는 지상 세계의 가장 인기 있는 장소들에 필적할 만큼 몹시 아름다웠다.

그 생각에 깊이 몰두해 있던 그녀는 목욕탕으로 내려오는 발소리를 듣지 못했다. 마침내 욕탕 앞에 나타난 것은 하데스였다. 그들의 눈이 마주쳤다. 이미 뜨거운 물에 피부가 발개져 있었기에 그녀의 얼굴이 얼마나 달아올랐는지 하데스가 알아채지 못한 게 다행이었다.

그는 한참 동안 아무 말 없이 목욕하는 그녀를 바라보기만 했다. 그런 다음 그의 시선은 발치에 놓인, 그녀가 아까 벗어둔 옷들로 향했다. 그중에는 황금색 왕관도 있었다.

하데스가 허리를 굽혀 왕관을 집어 들었다. "아름답군요."

그녀는 목을 가다듬었다. "그렇죠. 이안이 저를 위해 만들어주었어요."

그가 이안을 아는지 여부는 구태여 묻지 않았다. 지하 세계의 모든 영혼을 알고 있다고 하데스가 일전에 말해준 적이 있었다.

"이안은 아주 재능 있는 장인이지요. 하지만 바로 그 때문에 죽음을 맞았습니다."

그 말에 페르세포네는 인상을 찡그렸다. "그게 무슨 뜻이에요?"

"그는 아르테미스의 사랑을 받았습니다. 그녀는 전투에서 결코 패배하지 않는 무적의 무기를 만들 능력을 그에게 부여했습니다. 그는 그것 때문에 죽임을 당한 것입니다."

페르세포네는 침을 꼴깍 삼켰다. 신이 하사한 호의가 고통과 괴로움을 초래한 또 하나의 예시였다.

하데스는 왕관을 좀 더 살펴본 다음 다시 바닥에 내려놓았다. 그가 몸을 일으켰을 때, 페르세포네는 단 한 치도 움직이지 않은 채 그를 뚫어져라 바라보고 있었다.

"아스포델에서 있었던 축하 자리에 왜 가지 않은 거예요? 당신을 위한 자리였잖아요."

"당신을 위한 자리이기도 했지요." 그가 말했다.

그 의미가 무엇인지 이해하기까지 몇 초가 걸렸다.

"그들은 당신에게 축배를 들었습니다. 그들이 해야 마땅한 대로."

"저는 그들의 왕비가 아닌걸요."

"그럼 나는 그들의 축하를 받을 자격이 없습니다."

그녀는 골똘히 쳐다보았다. 이 자신만만하고 강력한 신이 어째서 자기 백성들의 축하를 받을 자격이 없다고 여기는 걸까?

"그들은 당신이 축하받아 마땅하다고 여기는데 그것으론 충분하지 않은 건가요?"

그는 답이 없었다. 대신 그의 눈동자가 점점 어두워지더니 기묘한 공기가 둘을 둘러쌌다. 무겁고 뜨거운, 그리고 향긋한 공기. 그러자 가슴이 꽉 막히는 것처럼 느껴져 숨이 찼다.

"들어가도 되겠습니까?" 그의 목소리는 나직하고 관능적이었다.

페르세포네는 정신이 혼미했다.

욕탕 안쪽을 말한 거였다. 발가벗고서. 몸을 덮어주는 것이라곤 물밖에 없는데.

그녀는 자신도 모르게 고개를 끄덕였다. 너무 오랫동안 물속에 있어서 정신이 이상해진 게 아닐까 잠시 생각했지만, 그녀 안에는 이 신을 향한 타오르는 무언가가 자리했다. 무슨 짓을 해서라도 그 불꽃을 활활 타오르게 해야만 하는 욕망이. 그 욕망이 그녀를 시험에 들게 한다고 하더라도.

그는 미소를 띠지 않은 채, 옷을 하나씩 벗는 내내 그녀에게서 눈을 떼지 않았다. 그녀의 시선은 그의 얼굴로부터 두 팔, 가슴, 몸통을 따라 천천히 내려갔고 단단히 발기된 성기에서 우뚝 멈췄다. 짜릿한 끌림을 느낀 것이 그녀만은 아니었던 것이다. 함께 물속에 들어간다면 둘 다 활활 타버려 재가 되는 것이 아닐까.

그는 아무 말 없이 욕탕으로 발을 들였고, 그녀의 코앞에서 멈춘 뒤 말했다. "당신에게 사과해야 할 것 같습니다."

"구체적으로 뭐에 대해서요?" 그녀가 물었다.

그가 사과할 만한 몇 가지 일들이 머릿속에 떠올랐다. 민테의 예고 없는 방문(그도 알고 있다는 전제하에), 라 로즈에 간 다음 날 아침 그녀를 대했던 방식, 그리고 계약.

하데스는 씩 웃었지만 눈빛에는 웃음기가 없었다. 오히려…… 불타오르고 있었다.

지하 세계의 왕은 손을 뻗어 그녀의 뺨을 손가락으로 쓸었다. "마지막으로 만난 그날, 당신에게 불공평하게 대했습니다."

그는 그날 그녀의 알몸이 드러나게 한 다음 가장 악랄한 방식으로 지분거리곤 홀연히 떠나버렸고, 그녀는 수치심과 분노와 버림받은 느낌을 받았다. 그중 어떤 감정도 눈빛에서 드러나지 않기를 바랐기에 고개를 돌렸다.

"우리는 서로에게 불공평했어요."

그녀가 간신히 그를 다시 바라보았다. 그 또한 그녀를 찬찬히 살피고 있었다.

"인간 세계에서의 삶이 좋습니까?"

"네." 그 질문에 그녀는 그와 거리를 두며 뒤쪽으로 헤엄쳐갔지만 하데스는 천천히, 그리고 계산된 몸짓으로 따라왔다. "지금의 삶이 좋아요. 집도 있고 친구들도 있고 인턴도 하고 있고요. 곧 대학을 졸업할 거예요."

하데스의 존재와 그 계약을 비밀로 한다면 계속 그 삶을 살 수 있을 것이다.

"하지만 당신은 신이지 않습니까."

"나는 신처럼 산 적이 없어요, 당신도 그걸 알고 있을 텐데요."

하데스는 잠시 침묵하며 그녀를 찬찬히 살핀 후 입을 열었다. "여신으로 존재한다는 것에 대해 알고 싶은 마음은 없습니까?"

"없어요." 그녀는 거짓말을 했다.

오래전에 꾸었던 꿈들이 여전히 날카로운 발톱이 되어 그녀를 움켜쥐고 있었고, 지하 세계를 찾을수록 마음은 점점 아파왔다. 유년 시절 그녀는 어머니의 마법에 온통 둘러싸인 채 스스로의 부족함만을 느끼며 보냈다. 뉴 아테네로 왔을 때에야 마침내 잘하는 것들을 찾았는데(공부, 글쓰기, 자료 조사 등), 그럼에도 이전과 똑같은 상황에 처하게 된 것이다. 다른 신, 다른 영토라는 점만 빼면.

"거짓말하고 있는 것 같군요." 그가 말했다.

"당신은 날 모르잖아요."

그녀가 헤엄쳐가다 말고 그를 노려보았다. 마음속을 정확히 꿰뚫어 본 그에게 화가 났다.

하데스는 이제 그녀와 정면으로 마주 보고 있었다. 이글거리는 눈으로 그녀를 내려다보면서.

"나는 당신을 압니다." 그는 손가락을 뻗어 그녀의 쇄골을 따라 훑으며 몸을 움직여 그녀의 뒤로 갔다. "나의 손길에 당신의 숨이 차오른다는 것을 압니다. 당신이 나를 생각하며 온몸이 달아오른다는 것도 압니다. 이 아름다운 모습 저변에 무언가가 있다는 것도 압니다."

하데스의 손가락은 계속해서 깃털처럼 가볍게 그녀의 피부 위를 쓸며 움직였다. 그가 남긴 온기를 타고 실려오는 속삭임은 그녀 뒤쪽, 가까운 데서 들려오는 것 같았다. 그는 그녀의 어깨에 키스했다.

"거기엔 분노가 있습니다. 열정이 있습니다. 어둠도 있습니다."

그는 잠시 멈췄다가 이내 혀로 그녀의 목을 핥았다. 목구멍 안에서 그녀의 숨이 턱 막혔다. 질식할지도 모르겠다고 생각했다.

"나는 그것들을 모두 맛보고 싶습니다."

그의 팔이 뒤에서 그녀의 허리를 감싸자, 그녀의 등이 그의 가슴팍에 닿았다. 그녀의 몸 곡선은 그의 몸에 완벽하게 들어맞았다. 단단히 발기한 성기가 밀착해오자, 그녀는 자신의 몸 안에 그것이 들어온다면 어떤 느낌일지 궁금했다.

"하데스." 그녀가 숨을 내쉬었다.

"손에 힘을 쥐는 게 어떤 건지 보여드리겠습니다. 당신에게서 그 어둠을 어루만지게 해주십시오. 내가 그 모양을 빚도록 도울 테니."

좋아. 그녀는 생각했다. 좋아요.

손으로 그녀의 배를 쓰다듬으며 점점 아래로 내려가는 동안 그는 그녀의 목덜미에 고개를 파묻고 있었다. 그녀의 성기를 그러쥐었을 때 그녀는 헉, 하고 숨을 토해내며 몸을 앞으로 구부렸다.

"하데스, 난 한 번도……."

"내가 처음이 되게 해주십시오."

간청하는 어투였다. 목소리는 그녀의 가슴께에서 둥둥 울렸다.

너무 혼몽해 말이 나오지 않았다. 간신히 몇 번 숨을 들이쉬고는 고개를 끄덕였다.

그는 대답 대신 그녀의 곱슬머리를 손가락으로 빗어낸 뒤, 그녀의 성기 끝에 자리한 민감한 작은 돌기 위를 엄지손가락으로 스치듯 매만졌다. 그녀는 다급하게 숨을 들이마셨다. 그가 그곳을 계속해서 쓰다듬고 원을 그리며 간질이는 동안, 그녀는 숨을 참았다.

"숨을 쉬십시오." 그가 말했다.

그녀는 그의 지시에 따라 최선을 다해 숨을 내쉬고 들이마셨고, 어느새 그의 손가락은 안으로 파고들었다. 페르세포네는 머리를 뒤로 젖히곤 신음을 뱉어냈다. 하데스는 나직한 신음을 내지르며 그녀의 어깨를 가볍게 깨물었다.

"많이 젖었습니다."

그의 입술이 그녀의 피부 위에 따스하게 닿았다. 그가 천천히 안 팎으로 움직이는 동안 그녀는 그의 팔을 너무 꽉 붙잡은 나머지, 손톱이 그의 피부를 파고들었다. 그때, 하데스가 다른 한 손으로 그녀의 손을 잡아 아래로 내렸다.

"스스로 만져보십시오, 여기를."

그는 그녀 안으로 파고들기 전 아주 오랫동안 손가락으로 가지고 놀았던 그 민감한 부위를 그녀도 만지게 했다. 배 속 가득 쾌감이 퍼졌다. 앞뒤로 흔들리던 그녀의 등이 둥글게 구부러졌다. 그동안 하데스는 맹렬하게 그녀의 맨살에 키스를 하며 가슴을 감싸 쥐고는 젖꼭지가 단단하게 일어설 때까지 문질렀다. 그녀는 몸이 터져버릴 것 같았다.

하데스는 더욱 빠르게 움직였고, 페르세포네는 점점 더 세게 그 부분을 문질렀다. 그런데 갑자기, 그가 몸을 뗐다. 너무도 급작스럽게 손길이 사라져 놀란 그녀는 비명을 질렀다.

화가 난 페르세포네는 그를 향해 몸을 홱 비틀었고, 그러자 하데스는 그녀의 손목을 붙잡고 끌어당겨 강렬한 키스를 퍼부었다. 온몸을 사로잡는 키스였다. 둘의 혀가 필사적으로 서로를 찾으며 한데 부딪치고 뒤얽혔다. 어쩌면 그가 내 영혼을 맛보려는 게 아닐까.

그는 천천히 입술을 떼고 그녀에게 이마를 댔다. "여신이여, 나를 믿습니까?"

"네." 그녀는 거센 숨을 몰아쉬었다.

영혼 깊은 곳에서 자신의 말이 진실임을 느꼈다. 너무도 근원적이고 순수한 깨달음이라 문득 눈물이 터질 것 같았다. 이 안에서 그녀는 그를 믿었다. 이 안에서라면, 그녀는 언제까지나 그를 믿을 것이다.

그는 다시 키스를 하고는 욕탕의 끄트머리로 그녀를 들어올렸다.

"남자 앞에서 한 번도 알몸이었던 적 없다고 말하십시오. 내가 유일하다고 말입니다."

그녀는 그의 얼굴을 감싸 쥐고 찬찬히 그의 눈 속을 들여다보며 답했다. "당신이 유일해요."

그는 그녀에게 키스했다. 그러면서 그녀의 무릎 아래로 팔을 움직여 욕탕 끄트머리에 그녀를 앉혔다. 그가 허벅지 안쪽을 따라 키스하기 시작하자 그녀는 숨이 멎을 것 같았다. 그가 잠시 멈춘 곳은 멍든 자국 위에서였는데, 이전까지는 눈치채지 못했지만 지금 이 순간 멍을 살펴보고는 언제 생긴 건지 명료하게 깨달았다. 리무진 안에서 하데스가 그녀의 허벅지를 꽉 움켜쥐었던 바로 그날 밤이었다. 그의 들끓는 욕망과 자제력의 표식이 바로 멍 자국이었다.

그는 고개를 들어 그녀를 바라보았다. "내 흔적입니까?"

"괜찮아요." 그녀는 속삭이며 손가락으로 그의 머리카락을 쓸어 주었다.

하지만 하데스는 미간을 찌푸리곤 멍든 자국 하나하나에 키스했다. 페르세포네는 마음속으로 숫자를 세었다. 총 여덟 개였다.

천천히, 그의 입술은 안쪽을 향했다. 그녀의 중심부에 닿을 때까지. 가장 민감한 그곳을 그의 입술이 탐하자 그녀의 입에서 비명이 터져 나왔다. 그가 만지는 곳마다 녹아내리는 것 같았다. 이제는 그녀의 온몸이 그의 손길로 뒤덮였다. 그가 혀로 클리토리스 위를 원을 그리며 핥았고, 축축하게 젖은 그녀의 살을 열고 그 안으로 파고들어 액체를 빨았다. 그녀가 절정에 이를 때까지.

그는 이제 완전히 몸을 세워 그녀의 입술에 강하게 키스했다. 그의 허리에 다리를 휘감은 채, 그녀는 그의 안으로 녹아들었다. 그녀의 중심부 입구를 누르는 그의 성기를 느낄 수 있었다. 제발, 제발 그가 들어와주길 바랐다. 꽉 채워지는 게, 그리하여 온전해지는 게 어떤 느낌인지 알고 싶었다.

하데스는 입술을 떼고는 말없이 눈빛으로 허락을 구했고, 그녀는 당연히 허락하려 했다. 웬 여자의 나긋한 목소리가 들려오지 않았더라면.

"하데스 님?"

다가오는 여자가 그녀의 등만을 볼 수 있도록 하데스는 페르세포네의 몸을 틀었다. 그들은 서로 가슴을 맞대고 있었고, 페르세포네의 다리는 여전히 하데스의 허리에 감겨 있었다. 그녀는 손을 밑으로 내려 그의 단단한 성기를 손가락으로 감싸 쥐었다. 손이 닿자마자 하데스의 눈빛이 그녀에게 꽂혀들었다.

"하아……."

페르세포네는 이제 저 목소리를 분별할 수 있었다. 민테. 아리따운 님프를 볼 순 없었지만 목소리만으로 그녀가 둘이 함께 있는 광경에 단단히 충격받았다는 것을 알 수 있었다. 아마 님프는 일전에 자신이 건넨 경고를 따라 페르세포네가 그와 거리를 두길 기대했을 것이다.

"무슨 일이지, 민테?" 하데스의 목소리는 딱딱했다.

자신의 시간을 방해받아서 화가 난 건지, 아니면 페르세포네가 방금 그의 성기를 뿌리부터 쓰다듬었기 때문인지는 알 수 없었다. 그곳은 딱딱하고 단단하면서도 부드러웠다.

"저…… 저녁 식사가 다 준비되었는데 오시지 않아서요." 민테가 말했다. "하지만 보아하니 바쁘신 것 같습니다."

또 한 번 쓰다듬었다.

"너무나도." 그가 툭 내뱉듯 말했다.

"요리사에게 음식을 물리라고 전하겠습니다."

또 한 번.

"부탁하네." 그가 내뱉었다.

민테의 구두가 또각또각 소리를 내며 멀어졌다. 더 이상 그 소리가 들리지 않게 되자, 페르세포네는 하데스를 밀어냈다.

이런 일이 일어나도록 내버려뒀다는 걸 믿을 수 없었다. 제정신이 아니었다. 정신을 잃을 정도로 매력적인 신과 그의 간지러운 말들에 매혹되다니. 그녀는 거리를 두었어야 했다. 민테의 경고 때문이 아니라, 민테라는 존재 때문에.

"당신이 목욕할 때 민테가 얼마나 자주 오죠?" 그녀는 욕탕에서 나오며 물었다.

"어딜 갑니까? 페르세포네."

수건을 움켜쥐고 몸을 감싸는 동안 그녀는 그를 보지 않았다. 페플로스, 그리고 이안이 만들어준 왕관 쪽으로 손을 뻗었다.

"날 보십시오, 페르세포네."

그녀는 그 말대로 했다.

그는 아직 욕탕을 나서지 않았고, 발과 종아리까지만 물에 담근 채 계단참에 서 있었다. 실로 거대했다. 그의 몸도, 발기된 성기도.

"민테는 내 비서입니다."

"그러니 당신이 욕구를 풀 때 도와줄 수도 있겠네요."

그러곤 그의 성기를 똑바로 바라보았다. 그녀는 자리를 뜨려고 발을 뗐지만 하데스가 얼른 다가와 그녀를 붙잡아 끌어당겼다.

"내가 원하는 건 민테가 아닙니다." 그가 으르렁거렸다. "내가 원하는 건 당신입니다."

하데스는 고개를 옆으로 기울이고는 눈을 번뜩였다.

"당신은 나를…… 원하지 않습니까?"

"원하지 않아요."

그녀는 이렇게 말했지만 그 답은 오로지 스스로를 설득하기 위해서였다. 특히 하데스의 눈길이 그녀의 입술을 향하고 있는 지금으로서는.

그는 마침내 그녀와 눈을 맞추며 물었다. "페르세포네, 내가 지닌 힘이 무엇인지 다 알고 있습니까?"

이렇게나 가까이 있을 때는 생각이란 것을 하기가 너무도 어려웠다. 그녀는 조심스럽게 그를 바라보며, 그가 무슨 말을 할지 궁금한 마음을 담아 말했다. "어느 정도는요."

"말해보십시오."

그녀는 죽은 자들의 신이 지닌 마법에 관해 읽었던 부분을 떠올렸다. "환각."

그는 몸을 기울여 그녀의 목덜미에 가볍게 키스했다. "맞습니다."

"투명해지는 마법?"

목 뒤의 움푹 들어간 곳에 세게 밀착하는 그의 혀. "아주 귀한 힘이지요."

"매혹?" 숨이 차올라 간신히 속삭였다.

"으음." 콧노래 같은 그의 목소리에 살갗이 떨렸다. 이번에는 더 아래쪽, 가슴과 가까운 부위. "하지만 당신에게는 영 통하지 않는 것 같은데, 맞습니까?"

"안 통해요." 그녀는 침을 꿀꺽 삼켰다.

"당신은 나의 가장 귀한 능력을 들어본 적이 없는 것 같습니다." 그가 수건을 아래로 끌어내리자 그녀의 가슴이 드러났다. 그는 한쪽 유두를 입으로 물고는 그녀의 거친 신음이 흘러나올 때까지 가슴을 빨았다. 그런 다음 뒤로 물러나 그녀와 눈높이를 맞추었다.

"나는 거짓을 맛볼 수 있습니다, 페르세포네. 그리고 당신의 거짓말은 당신 살결만큼이나 달콤하군요."

그녀는 그를 밀쳐냈다. 그는 한 걸음 물러섰다.

"실수였어요."

그녀는 그렇게 믿기로 했다. 여기 온 것은 계약 조건을 이행하기 위해서였다. 어쩌다 죽은 자들의 신과 같은 욕탕에서 알몸으로 있게 된 거지? 페르세포네는 바닥에 놓인 옷을 움켜쥐곤 계단을 오르기 시작했다.

"이게 실수라고 여길지는 몰라도." 그의 외침에 그녀는 우뚝 멈춰섰다. 뒤를 돌아보진 않았다. "그래도 당신은 나를 원합니다. 나는 당신 안쪽을 파고들었습니다. 당신을 맛보았지요. 그건 당신이 절대로 벗어날 수 없는 진실입니다."

그녀는 소스라치게 몸을 떨며 앞으로 달려갔다.

17장
올림피아 갈라

페르세포네는 잠들지 못했다. 미처 해소되지 못한 에너지가 혈관을 타고 흐르면서 이불 속 몸이 달아오르는 것 같았다. 애써 밀쳐냈지만 약간 안도하기도 했다. 얇은 면으로 된 잠옷은 피부 위에 가해지는 무게 같았고, 몸을 움직이면 민감해진 가슴 위로 천이 스쳤다. 그녀는 손가락을 구부려 주먹을 쥐곤, 중심부에 점점 모여드는 힘을 막으려 허벅지를 꽉 조였다.

떠오르는 존재라곤 하데스뿐이었다……. 몸을 짓누르는 그의 몸, 그의 키스에서 뿜어져 나오는 열기, 그녀의 쇄골을 비롯해 구석구석 맛보는 그의 혀, 그 감촉.

그녀는 좌절된 욕망에 한숨을 쉬곤 돌아누웠지만 심장은 계속 쿵쿵 뛰었다.

"웃기지도 않아."

그녀는 소리 내어 말하곤 자리에서 일어나, 방 안을 서성였다. 죽음의 신과 키스하는 상상이 아니라 그와의 계약을 이행할 방법을 궁리해야 했다.

망할 놈의 호의, 짜증 나.

하데스가 그녀에게 키스할 때마다 수위는 점점 더 높아졌다. 이제 그녀는 스스로도 이해할 수 없는 것, 한 번도 탐구해본 적 없고 훌훌 털어낼 수도 없는 무언가에 사로잡히는 데까지 이르렀다.

그녀는 침대 쪽을 바라보았다. 이불이 구겨져 있어 마치 누군가와 함께 누워 있던 것처럼 보였다. 주먹을 몇 번이고 꽉 쥐었다 폈다 했다. 이 감각을 없애야 했다. 그러지 않는다면 잠들 수 없을 테니까. 게다가 할 일도 너무 많았다. 렉사와 함께 쇼핑을 가야 했고 올림피아 갈라에 갈 준비도 해야 했다.

그녀는 불현듯 무언가를 결심하곤 팬티를 내렸다. 서늘한 공기 덕에 그곳에 잔뜩 몰린 긴장이 약간 풀렸다. 동시에 허벅지 사이가 축축하게 젖어들었다는 것도 지나치게 선명히 느껴졌다. 다시 누운 다음 다리를 벌리고 허벅지 위를 손가락 위로 쓸어보았다. 성기에 닿을 때까지. 축축하고 뜨거웠다. 한 번도 만져보지 않았던 곳으로 손가락을 쑥 밀어 넣었다. 그러자 헉, 하고 숨이 터져나왔고 쾌감에 등이 절로 휘어졌다.

엄지손가락으로 더듬던 그녀는 허벅지 제일 안쪽에 자리한 가장 민감한 부분을 발견했다. 하데스가 가르쳐주었던 방식으로 더듬고 만지자 어느새 온몸에 전율이 일었고, 쾌감이 밀려와 어지럽고 혼미해졌다.

그녀는 무릎을 꿇은 자세를 취하고 계속해서 강하게 문질렀다. 그녀의 손이 아닌 하데스의 손이 그곳을 만지고 있다고 상상하면서. 그녀 안에 깊숙이 들어온 그의 단단한 성기를 뿌리 끝까지 느낄 수 있다고 상상하면서. 아까 민테가 욕탕에 불쑥 나타나 방해하지만 않았더라면 하데스가 그녀 안으로 들어오는 걸 허락했을 것이다. 그 생각이 그녀를 흥분시켰다. 점점 숨이 가빠오고 손길이 빨라졌다.

"지금 내 생각을 하고 있다고 말하십시오."

갑자기, 그의 목소리가 어둠 속에서 들려왔다. 섬광처럼 번뜩이는 쾌감의 불꽃 사이로 불어드는 서늘한 바람처럼.

페르세포네는 그대로 얼어붙은 채 고개를 돌렸다. 거기, 침대 끄트머리에 하데스가 서 있었다. 방이 캄캄해서 그가 무엇을 입고 있는지 알 수 없었지만, 오밤중에 빛나는 석탄 같은 눈동자만큼은 선명했다.

그녀가 아무 말도 하지 않자 그는 답을 유도하듯 다시 물었다. "맞습니까?"

생각들이 전부 흩어졌다. 솟아난 광대뼈와 도톰한 입술 위로 희미한 빛이 비쳤다. 달아오를 대로 달아오른 몸 구석구석에 저 입술이 닿기를, 그녀는 갈망했다. 무릎을 꿇고 그와 시선을 계속 맞추면서 잠옷을 완전히 벗었다. 하데스는 목구멍 사이로 낮은 신음을 흘리며 침대 가에 기댔다.

"네." 그녀가 속삭였다. "당신을 생각하고 있었어요."

주변 공기에 긴장감이 더욱 진하게 감돌았다. 하데스의 다음 말이 너무도 낮고 굵은 속삭임이라 그녀의 몸이 부르르 떨렸다.

"내가 명령하기 전까지 멈추지 마십시오."

페르세포네는 좀 전까지 하던 자세를 다시 취하고 그곳을 다시 만지기 시작했다. 그녀가 자위하며 쾌감에 몸을 떠는 동안, 하데스는 그 모습을 지켜보며 꾹 다문 입술 사이로 거칠게 숨을 들이쉬었다. 처음에 그녀는 그와 눈을 맞추었다. 그의 눈동자가 그녀의 온몸, 구석구석을 한껏 훑는 감각을, 이토록 달큼한 죄악을 느끼기 위해. 그러다 곧, 쾌감의 강도가 강해져서 그녀는 고개를 뒤로 홱 젖혔고, 머리카락도 등 뒤로 쏟아져 내리며 가슴이 하데스를 향해 훤하게 드러났다.

"끝까지 가줘." 그가 다급한 듯 애원했다. "느껴줘, 달링."

그러자 그녀의 목 깊숙한 곳으로부터 왈칵 비명이 터져 나왔다. 달큼하게 몸의 힘이 풀리는 게 느껴졌고, 그녀는 침대 위로 털썩 쓰러졌다. 오르가슴의 여파로 몸이 부르르 떨렸다. 깊숙하게 숨을 들이마시자 솔 향과 재 냄새가 가득 끼쳐왔다. 흩어진 생각들이 다시 모여들자, 그토록 대담했던 행위의 결과가 어머니의 분노처럼 내리꽂혔다.

하데스.

하데스가 내 침실에 있다.

그녀는 맨살을 가리기 위해 잠옷으로 손을 뻗어 뒤적거리며 획 일어나 앉았다. 둘 사이에 있었던 일을 생각하면 약간 우스운 모양새였다. 하데스에게 권력 남용이라고, 사생활 침해라고 따지던 그녀는 자신이 혼자임을 깨달았다.

눈을 크게 뜨고 방 안을 둘러보았다.

"하데스?"

그녀는 스스로를 터무니없다고 여기면서 동시에 약간 긴장한 채로 그의 이름을 속삭였다. 잠옷을 걸쳐 입고 침대에서 미끄러져 내려온 다음 방 안을 샅샅이 살펴보았지만 그는 어디에도 없었다.

혹시 내 욕망이 너무 강렬해서 환각을 본 걸까?

그녀는 갸우뚱하며 다시 침대로 올라갔다. 눈꺼풀이 무거워졌고, 환각에선 솔 향과 재 냄새가 나지 않는다는 사실을 계속해서 상기하며 스르르 잠이 들었다.

✲

"너 완전 여신 같다." 렉사가 말했다.

페르세포네는 거울에 비친 자신의 붉은색 실크 가운을 들여다보았다. 심플하지만, 마치 꼭 맞는 장갑처럼 그녀에게 어울리는 옷이었다. 천이 뭉쳐지는 지점에선 엉덩이의 곡선이 도드라졌고, 허벅지 중간 즈음까지 내려와 보드라운 다리 한쪽을 드러냈다. 오른쪽 어깨 아래로는 어여쁜 검은색 꽃무늬 아플리케(천 조각을 덧대거나 꿰맨 장식-옮긴이)가 맨살이 드러나는 오른 등으로 흘러내렸다. 렉사가 머리 스타일링을 도와주었는데, 높게 묶어 곱슬거리는 포니테일로 땋아 내렸다. 그러곤 화장도 해주었다. 스모키한 눈 화장 덕에 눈가가 한층 더 돋보였다. 페르세포네는 금색 귀걸이를 착용하고 하데스의 표식을 가리기 위해 금색 커프스를 찼다. 바로 지금, 그녀는 피부 위에서 그 표식이 뜨겁게 타오르는 것을 느꼈다.

페르세포네의 얼굴이 발개졌다. "고마워."

렉사는 감탄한 듯 입을 열었다. "마치…… 지하 세계의 여신 같아."

페르세포네는 유리의 말을 떠올렸다. 하데스가 곧 왕비를 맞이할 것이라는 희망 말이다. "지하 세계에는 여신이 없어."

"그 자리는 그냥 비어 있을 뿐이잖아." 렉사가 말했다.

페르세포네는 하데스에 대해 이야기하고 싶지 않았다. 어쨌든 그를 곧 보게 될 것이기도 했고, 삶에서 이렇게까지 혼란스러웠던 적이 없었으니까. 그에게 이끌린다면 곤경에 빠진다는 것을 잘 알고 있었다. 민테의 말을 혐오하면서도 그 말을 믿게 되었다. 하데스는 누군가와 관계를 맺는 유형의 신이 아니었고, 그가 사랑을 믿지 않는다는 것은 그녀 역시 이미 알고 있었다.

페르세포네는 사랑을 원했다, 절실하게.

그녀는 너무 오랜 시간 동안 자신의 존재와 감정을 부정당해왔다. 사랑마저 부정당하지는 않을 것이다.

페르세포네는 생각을 떨쳐내기 위해 고개를 절레절레 저었다. "제이슨은 어때?"

제이슨은 렉사가 라 로즈에 갔던 날 만난 사람이었다. 둘은 연락처를 교환했고 그 뒤로 친해졌다. 그는 그들보다 한 살 더 많았고 컴퓨터 엔지니어였다. 렉사가 그에 관한 이야기를 해줄 때마다 두 사람이 상극인 것처럼 들렸지만, 어쨌든 둘의 관계는 진척이 있었다.

렉사가 얼굴을 붉혔다. "그가 정말 좋아."

페르세포네가 환하게 웃으며 말했다. "넌 그런 마음을 받을 자격이 있어, 렉사."

"고마워."

렉사는 준비를 마치러 자기 방으로 폴짝폴짝 뛰어갔고, 페르세포네는 클러치백을 찾기 시작했다. 바로 그때, 초인종이 울렸다.

"내가 나가볼게!" 그녀가 렉사에게 외쳤다.

문을 열었을 때, 바깥에는 아무도 없었다. 문 앞에 택배 상자 하나만 덩그러니 놓여 있었다. 나비 모양으로 묶인 빨간 리본이 달린 흰색 상자였다. 그녀는 상자를 들고 안으로 들어와서는 누군가의 주소가 쓰여 있는지 살펴보았다.

태그가 하나 붙어 있었다. 페르세포네.

상자 안에는 검은색 벨벳 천 위에 놓인 가면 하나와 쪽지가 들어 있었다. 왕관과 함께 이것을 쓰세요.

페르세포네는 쪽지를 옆에 내려놓곤 아름답게 세공된 황금색 가면을 꺼내들었다. 엄청나게 세심한 디테일에도 전체적으로 심플한 모양이었고, 얼굴이 많이 가려지지도 않았다.

"하데스한테서 온 거야?" 렉사가 주방으로 들어서면서 말했다.

페르세포네는 가장 절친한 친구의 모습을 보자마자 입이 떡 벌어졌다. 오늘 밤 행사를 위해 렉사가 고른 옷은 어깨끈 없는 감청색 태피터였다. 가면은 은색으로 장식된 흰색으로, 오른쪽 상단부에는 깃털 여러 개가 솟아 있었다.

페르세포네가 아무 말이 없자 렉사가 물었다. "뭔데?"

"아." 그녀는 가면을 내려다보며 말했다. "아니야, 하데스가 보낸 거 아냐."

페르세포네는 상자를 가지고 방으로 들어왔다. 이안이 준 왕관을 쓰는 게 좀 우스꽝스럽게 느껴졌지만, 가면을 쓰자마자 헤카테가 설명한 게 무엇인지 바로 이해할 수 있었다. 왕관과 가면의 조합은 굉장했다. 스스로가 정말로 왕비처럼 보였다.

페르세포네와 렉사는 고대예술박물관까지 택시를 탔다. 티켓의 입장 시간은 5시 30분이었는데, 신들의 입장 시각보다 한 시간 30분 일렀다. 신과 팔짱을 끼고 들어서지 않는 한, 인간의 사진을 찍고 싶어 하는 사람은 아무도 없으니.

차들이 가득한 도로 위, 답답한 택시 뒷좌석에서 한참을 기다린

다음, 둘은 마침내 레드카펫이 깔린 웅장한 계단참에 섰다. 신선한 공기를 마실 수 있어 다행스러웠다. 곧장 카메라 플래시 세례를 받았다는 점만 빼고. 너무 많은 이에게 둘러싸여 밀실 공포증을 느낄 지경이었고, 가슴이 조여드는 느낌이 다시 찾아왔다.

다른 참석자들에게 등 떠밀리며 불길한 박물관으로 향하는 계단을 올랐다. 콘크리트 기둥들과 유리로 만들어진 현대적인 건물이었다. 안으로 들어선 그들은 천장에 매달린 빛줄기 같은 크리스털이 늘어선 복도 쪽으로 안내받았다. 페르세포네가 상상도 못 한 아름다운 광경이었다.

커튼처럼 늘어선 크리스털을 따라 복도 끝에 가까워졌을 때 한껏 화려하게 장식된 방이 나타났고, 기대감은 더욱 커졌다. 연회장 한쪽에 검은 천으로 덮인 둥근 테이블들이 있었고 그 위에는 고급 도자기가 놓여 있었으며, 중앙은 춤추는 공간으로 비워져 있었다. 최고의 장식품은 중앙에 자리해 있었다. 바로 고대 그리스 신들에게 경의를 표하는 대리석 조각상들이었다.

"페르세포네, 저기 좀 봐." 렉사가 팔꿈치를 툭 쳤다.

고개를 젖히자 방 한가운데에 놓인 아름다운 샹들리에가 눈에 들어왔다. 반짝이는 크리스털 조각들이 천장을 뒤덮었고, 마치 지하 세계의 하늘 위 별들처럼 빛나고 있었다.

둘은 지정된 테이블을 찾아 앉은 다음 와인 한 잔씩을 주문하곤 여러 사람들과 대화하며 시간을 보냈다. 페르세포네는 렉사가 누구와든 금세 친해지는 게 부러웠다. 이미 렉사는 테이블에 함께 앉은 커플과 수다를 떨기 시작했고, 테이블은 점점 사람들로 들어찼다. 어느 순간, 차임벨 소리가 울려 퍼졌다. 모두가 서로의 얼굴을 돌아보았고, 렉사는 깜짝 놀라 숨을 내쉬었다.

"페르세포네, 신들이 온다! 이리 와!"렉사가 페르세포네의 손을 붙잡고 연회장을 가로질러 2층으로 향하는 계단 쪽으로 끌고 갔다.

"렉사, 우리 어디로 가는 거야?"페르세포네는 계단을 올라가며 물었다.

"신들이 오는 걸 지켜봐야지!" 그녀가 당연하다는 듯 말했다.

"하지만…… 안에서 보면 되지 않아?"

"그게 중요한 게 아니야! 수년 동안이나 이 장면을 TV에서만 봤다고. 오늘 밤은 꼭 실물로 보고 싶어."

2층에는 여러 전시장이 있었고, 렉사는 박물관 입구가 내려다보이는 야외 테라스에 자리를 잡았다. 발코니 주변에는 이미 신들을 보기 위해 모여든 사람들로 붐볐지만, 페르세포네와 렉사는 좁은 공간에 끼어들 수 있었다. 비명을 지르는 팬들과 기자들이 인도와 거리 맞은편까지 가득 메우고 있었고, 카메라 플래시가 사방에서 찰칵찰칵 소리를 내며 번뜩였다.

"저기 봐! 아레스다!"

렉사가 반갑게 소리 질렀지만 페르세포네의 마음은 불편했다. 그녀는 아레스를 좋아하지 않았다. 그는 피와 폭력에 목마른 신이었다. 대강림 이전에 가장 목소리가 큰 신이었던 그는 제우스를 설득해 지구로 내려오게 했고 인간들 사이에 전쟁을 일으키곤 했는데, 제우스는 그의 말은 경청하면서 아레스에 반대하는 아테나의 현명한 조언은 무시했다.

전쟁의 신은 한쪽 어깨를 덮은 빨간 망토를 두르고 금색 키톤(그리스식 속옷-옮긴이) 차림으로 계단을 올랐다. 가슴 일부가 드러나

깎아지른 듯한 근육과 황금빛 피부가 드러났다. 그는 마스크 대신 등 뒤로 길게 떨어지는 붉은 깃털이 꽂힌 황금색 투구를 쓰고 있었다. 초승달 모양으로 생긴 뿔은 길고 유연하게 구부러져 있었고, 깃털과 마찬가지로 뒤쪽을 향해 휘어져 있어 치명적으로 보였다. 그를 이루는 모든 것은 장엄하고도 아름답고, 동시에 무시무시한 분위기를 자아냈다.

아레스 다음으로는 포세이돈이 입장했다. 체구가 거대했다. 어깨와 가슴, 두 팔이 옥색 정장 재킷 밑에서도 울룩불룩하게 위용을 자랑했다. 머리칼은 아름다운 금발이었는데, 페르세포네는 잔잔한 파도를 떠올렸다. 조개껍데기의 안쪽처럼 반짝거리는 단순한 가면을 쓰고 있는 걸로 보아 포세이돈은 자신의 존재감에 신비로운 느낌을 덧씌울 생각이 없는 것처럼 여겨졌다.

포세이돈에 이어 헤르메스가 입장했다. 여느 때처럼 잘생긴 얼굴에 반짝이는 화려한 금색 양복 차림이었다. 그간 날개에 덧입혀 있던 글래머를 쓰지 않은 상태였기에 날개의 깃털들이 그의 몸을 두르는 망토처럼 보였다. 페르세포네는 글래머 없는 속임수의 신을 처음 보았다. 그는 금색 잎사귀들을 두른 왕관을 쓰고 있었다. 페르세포네가 보기에 그는 레드카펫 위를 걷는 행위 자체를 즐기는 것 같았다. 시종일관 활짝 웃으며 카메라를 향해 포즈를 취했으니까. 그를 불러볼까 생각했지만 그럴 필요도 없었다. 그가 즉각 그녀를 찾아냈고, 시야에서 사라지기 전 그녀를 향해 윙크를 해보였으므로.

뒤이어 도착한 아폴론은 백마들이 끄는 금수레를 타고 도착했는데, 검은색 곱슬머리와 보랏빛 눈동자 때문에 단번에 알아볼 수 있었다. 피부는 빛나는 갈색이었고, 그가 걸친 흰색 키톤은 불꽃처럼 빛났다. 뿔을 드러내 자랑하는 대신, 그는 태양의 광선을 닮은 금관을 쓰고 있었다. 또한 그는 한 여성과 함께였는데, 페르세포네는 그녀를 단박에 알아보았다.

"시빌!" 그녀와 렉사가 반갑게 외쳤지만, 아름다운 금발의 여성은 군중의 외침 속에서 그들의 인사를 듣지 못했다. 기자들은 시빌에게 이름을 묻고, 어디에서 왔는지, 아폴론과 얼마나 만났는지 등 그녀가 누구인지 추궁하는 질문을 연신 외쳐댔다.

페르세포네는 시빌이 그 모든 상황에 대처하는 방식에 감탄했다. 그녀는 여유롭게 미소를 짓고 손을 흔들며 자신을 향해 쏟아지는 관심을 즐기는 듯 보였고, 실제로 모든 질문에 다 답했다. 아폴론과 함께 박물관으로 들어서는 그녀의 아름다운 붉은색 가운이 반짝였다.

페르세포네는 데메테르의 자동차를 단숨에 알아보았다. 기다란 흰색 리무진. 그녀의 어머니는 현대적인 옷차림을 하고 내렸다. 분홍색 꽃잎이 그려진 라벤더색 야회복이었다. 치마에서 말 그대로 정원이 만개한 것처럼 보였다. 오늘 밤 그녀는 머리카락을 위로 올려 묶었고, 한 쌍의 뿔이 드러나 있었으며 표정은 단호했다.

렉사는 페르세포네 쪽으로 몸을 기울이곤 속삭였다. "뭔가 잘못됐나 봐. 데메테르는 항상 레드카펫을 즐기는데."

렉사의 말이 맞았다. 어머니는 대개의 경우 군중을 향해 미소를 짓고 손을 흔들면서 세련되고 화려한 태도를 보이곤 했다. 그런데 오늘 밤 그녀는 내내 인상을 찌푸리고 있었고, 자신의 이름을 부르는 기자들을 향해 겨우 몇 번 돌아볼 따름이었다. 페르세포네는 어머니가 무엇 때문에 기분이 안 좋든 다 자신 탓이라는 생각밖에는 들지 않았다.

그녀는 고개를 저었다. 그만해.

엄마가 오늘 내 기분을 망치게 놔두지 않을 거야. 적어도 오늘 밤만큼은.

다음 리무진이 도착하자 군중의 환호성이 더욱 커졌다. 차에서 내린 것은 아프로디테였다. 깜짝 놀랄 정도로 좋은 안목을 자랑하는 야회복 차림이었는데, 상체 부분에는 흰색과 분홍색 꽃들이 그려져 있었고, 중간부터는 시스루 형태로 꽃들이 얇은 명주 그물 모양으로 흘러내리듯 이어졌다. 그녀는 분홍빛 모란과 진주로 장식된 투구를 썼고, 우아한 가젤 같은 뿔 한 쌍이 그 뒤로 뻗어 있었다. 입이 다물어지지 않을 만큼 아름다웠다. 하지만 아프로디테의 문제는 (사실 모든 여신의 문제였지만) 그들 역시 전사들이라는 점이었다. 사랑의 여신인 그녀는, 이유가 무엇이든 간에, 특히 사악한 편에 속했다.

여신은 리무진 밖에서 누군가 내리길 기다렸는데, 페르세포네와 렉사는 뒷좌석에서 내리는 남자를 보곤 경악을 금치 못했다. 다른 사람도 아니고 아도니스라니!

렉사가 몸을 기울여 속삭였다. "소문에 따르면 헤파이스토스가 아내를 안 좋아한대."

페르세포네는 콧방귀를 뀌었다. "들리는 모든 소문을 다 그대로 믿지는 마, 렉사."

헤파이스토스는 올림포스 출신은 아니었지만 불의 신이었다. 그가 과묵하다는 점, 그리고 뛰어난 발명가라는 점을 빼면 페르세포네 역시 그에 대해 아는 것이 별로 없었다. 그와 아프로디테의 결혼

생활에 대해선 많은 소문이 돌았지만, 긍정적인 내용은 하나도 없었다. 전부 다 헤파이스토스가 어쩌다 아프로디테와 강제로 결혼하게 되었는지에 대한 이야기였다.

마지막으로 제우스와 헤라가 도착했다. 제우스는 그의 형제들과 마찬가지로 거대했고, 근육질 가슴을 슬쩍 드러내는 키톤을 입고 있었다. 갈색 머리칼은 어깨 너머로 물결치며 흘러내렸는데 몇 가닥은 은백색이었고, 그 조합은 잘 손질된 풍성한 수염과 잘 어울렸다. 그는 얼굴 쪽으로 구부러져 내려오는 한 쌍의 숫양 뿔 사이로 금관을 쓰고 있었는데, 강력하고도 두려운 형상이었다.

그 옆에선 헤라가 특유의 품위 있고 고상한 분위기를 풍기며 걷고 있었다. 긴 갈색 머리가 어깨 뒤로 넘실거렸다. 검은색 드레스는 아름답고도 심플했는데, 상체 부분에는 화려한 공작 깃털이 수놓여 있었다. 머리 위의 금관은 수사슴 뿔의 모양과도 완벽히 어우러졌다.

하데스는 다른 신들과 함께 입장하지 않는다고 디미트리가 말해주었지만, 페르세포네는 어쩌면 이번만큼은 예외이지 않을까 생각했다. 이번 행사는 바로 그의 왕국을 테마로 꾸려졌으니까. 하지만 제우스와 헤라가 도착하자 군중은 흩어지기 시작했으므로 그녀는 그가 오지 않는다는 걸 깨달았다. 적어도 저 입구를 통해서는 아니었다.

다시 실내로 들어서며 렉사가 페르세포네에게 물었다. "다들 정말 근사하지 않아?"

정말 그랬다. 한 명도 빠짐없이 전부가 근사했다. 하지만 각자의 스타일과 글래머에도, 페르세포네는 한 명을 더 볼 수 있길 여전히 열망했다.

계단을 내려가다 말고 그녀는 갑작스레 멈춰 섰다.

그가 여기 있다. 그 감각이 몸을 관통하며, 허리가 곧게 펴졌다. 그를 느낄 수 있었다. 그의 마법을 맛볼 수 있었다. 바로 다음 순간, 그녀는 보고 싶던 대상을 찾아냈고, 그러자 실내가 온통 달아오를 듯 뜨거워졌다.

"페르세포네?" 그녀가 움직이지 않자 렉사가 물었다.

페르세포네의 눈길이 향하는 곳을 렉사도 바라보았고, 곧이어 연회장 전체가 쥐 죽은 듯 조용해졌다.

하데스가 입구에 서 있었다. 검은색 맞춤 정장이 크리스털로 반짝거리는 천장과 아름답고도 절묘한 대조를 이루었다. 벨벳 재킷의 가슴 주머니에는 심플한 붉은 꽃이 달려 있었다. 매끄러운 머리카락은 뒤통수 쪽에서 모여 묶여 있었고, 바싹 깎은 수염은 날카롭게 다듬어져 있었으며, 눈과 콧대만 가리는 평범한 검은색 가면을 쓰고 있었다.

그녀의 눈길은 그의 반짝이는 검은색 구두에서부터 위로 훑어 올라가며 커다랗고 단단한 몸통으로, 떡 벌어진 어깨로, 그다음에는 반짝거리는 검은색 눈동자로 향했다. 그 역시 그녀를 발견한 참이었다. 그의 시선에서 느껴지는 열기가 닿자마자 몸 구석구석을 훑었다. 스스로가 차가운 바람에 노출된 불꽃처럼 느껴졌다.

밤새도록 그를 바라볼 수도 있을 것 같았다. 그 옆에 모습을 드러낸 빨간 머리 님프가 없었다면 말이다. 민테는 아름다웠다. 목 부분이 하트 모양으로 파인 에메랄드빛 드레스를 입었는데, 자연스럽게 엉덩이 곡선이 드러났고 아랫부분은 넓게 퍼져 있어 움직일 때마다 펄럭였다. 목과 귀에는 빛이 닿을 때마다 반짝거리는 고급 보석 장신구들이 달려 있었다. 민테가 하데스의 팔에 팔짱을 끼는 모습을 바라보며, 페르세포네는 혹시 그 장신구들을 선물한 게 하데스인지 궁금했다.

몸속 깊은 곳에서 분노가 솟구치자 글래머가 녹아내리는 게 느껴졌다. 그녀의 눈길이 다시 하데스에게 향했다. 만일 그가 그녀와 민테를 동시에 가질 수 있다고 여긴다면 오산이다.

남은 와인을 마신 뒤, 그녀는 렉사 쪽으로 고개를 돌리며 말했다. "한 잔 더 마시자."

페르세포네와 렉사는 군중을 뚫고 서빙하는 직원을 불러 세운 뒤 빈 잔을 새 잔으로 교체해달라고 부탁했다.

"이것 좀 들어줄래?" 렉사가 물었다. "화장실 다녀와야 해서."

페르세포네는 렉사의 잔을 들고 서서 자신의 술을 마시기 시작했다. 그때, 익숙한 목소리가 등 뒤에서 들려왔다.

"아니, 이게 누구신가?" 그녀가 고개를 돌렸을 때 헤르메스가 군중을 헤치고 걸어오고 있었다. "타르타로스의 여신 아니신가."

페르세포네는 영문을 모르겠다는 뜻으로 눈썹을 치켜떴다.

"고문, 이해하죠?"

그녀가 어리둥절하게 바라보자 그는 미간을 찌푸렸다. "당신이 하데스를 고문하고 있다고요!"

이제는 페르세포네가 인상을 찌푸릴 차례였다.

"아니, 그 드레스를 입은 이유가 그거잖아요?"

"나를 위해서 입은 겁니다." 그녀는 약간 방어적으로 답했다.

하데스를 염두에 두고 드레스를 고른 건 아니었다. 아름답고 섹시하게, 그리고 강력하게 보이고 싶어서였다. 이 드레스는 그 모든 것을 가능케 해주었다.

속임수의 신은 눈썹을 치켜뜨곤 빙긋 웃더니 수긍했다. "알겠습니다. 그래도 이 연회장에 있는 모든 이는 당신이 눈으로 하데스랑 섹스하는 걸 알아차렸답니다."

"그런 게 아니……." 그녀는 말을 멈추곤 입을 다물었다. 뺨이 발그레해졌다.

"걱정 마시죠. 하데스 역시 당신이랑 눈으로 섹스하는 걸 다들 알았으니까."

"민테가 그의 팔짱을 끼고 있다는 것도 알아차렸나요?"

헤르메스의 미소가 사악함을 띠었다. "질투가 나시나 본데."

그녀는 부정하려 했지만 그 시도조차 어리석은 일이라고 생각을 고쳐먹었다. 질투를 하는 게 맞았다.

그래서 그녀는 시원하게 인정했다. "맞아요."

"하데스는 민테에게 관심 없어요."

"전혀 그렇게 보이지 않던데요." 그녀가 중얼거렸다.

"날 믿어봐요. 하데스는 그녀를 신경 쓰긴 하지만, 만약 관심이 있었다면 아주 오래전에 이미 그녀를 왕비로 삼았을 겁니다."

"그게 대체 무슨 뜻이죠?"

헤르메스가 어깨를 으쓱했다. "만약 그가 민테를 사랑했다면 민테랑 결혼했을 거라고요."

페르세포네가 코웃음을 쳤다. "그건 하데스답지 않은데, 그는 사랑을 믿지 않잖아요."

"글쎄, 내가 뭐라고 말할 수 있으려나? 난 하데스를 고작 수천 년 알았을 뿐이고 당신은…… 몇 달이나 알았는데."

페르세포네는 인상을 찌푸렸다.

어머니가 그간 주입해온 인상, 추한 이야기들과 악의에 찬 시선을 치워두고 하데스를 바라보는 건 쉽지 않았다. 하지만 동시에 지하 세계에서, 그리고 그와 함께 보내는 시간이 길어질수록 어머니가 말해온 것들과 인간들이 퍼뜨린 소문이 얼마나 진실과 거리가 먼지 인정할 수밖에 없었다.

헤르메스는 어깨로 그녀를 툭 쳤다. "걱정 마세요. 질투가 나면 하데스한테 말해요. 당신이 뭘 놓치고 있다, 이렇게."

헤르메스는 그녀의 뺨에 키스했다. 그녀가 화들짝 놀라자 헤르메스는 소리 내어 웃었다. 그러고는 흰색 날개를 제왕의 망토처럼 바닥에 끌며 신난 몸짓으로 멀어지면서 외쳤다.

"이따가 나랑도 춤춰줘요!"

바로 그때 렉사가 돌아왔다. 어리둥절한 표정이었다. "음, 방금 헤르메스가 네 뺨에 키스한 거 맞니?"

페르세포네는 목을 가다듬었다. "맞아."

"헤르메스랑 아는 사이야?"

"네버나이트에서 만났었어."

"그리고 나한테는 말 안 해줬다는 거지?"

페르세포네는 이맛살을 찌푸렸다. "미안해. 말할 생각을 못 했네."

렉사의 눈길이 부드러워졌다. "괜찮아. 요즘에 너한테 말도 안 되는 일들이 벌어지고 있다는 거 나도 알고 있어."

렉사가 가장 친한 친구인 이유가 있었다. 페르세포네가 친구에게 가장 고마움을 느끼는 건 바로 이런 순간이었다.

그들은 군중을 헤치고 테이블로 돌아가 식사를 시작했다. 고대 음식과 현대적인 음식들이 함께 나왔다. 애피타이저로는 올리브와 포도, 무화과, 호밀 빵, 그다음으론 치즈, 또 다음으론 생선과 채소, 쌀로 이루어진 주요리가 나왔고 디저트는 꾸덕꾸덕한 초콜릿 케이크였다. 하지만 아름다운 요리와 플레이팅에도 식욕이 돌지 않았다.

테이블에서는 대화가 끊임없이 오갔다. 함께 앉은 이들은 펜타트론, 〈해진 뒤의 타이탄족〉을 비롯해 다양한 주제로 이야기를 나누었다. 민테가 무대를 가로질러 연단에 오르는 동안 박수 소리가 들려오자 비로소 대화가 멈추었다.

"하데스 경께서 올해 선정하신 자선 단체를 발표하겠습니다. 바로 할시온 프로젝트입니다."

연회장의 조명이 어두워졌고, 천장에서 내려온 스크린에서는 할시온에 관한 짧은 영상이 흘러 나왔다. 할시온은 인간들을 위한 무료 치료를 전문으로 하는 새로운 재활센터였다. 영상에선 약물 과다 복용, 자살률을 비롯해 대전쟁 이후 시대에 인간들이 맞닥뜨리는 다양한 어려움들을 구체적인 통계 수치로 제시하면서, 올림포스 신들에게 이들을 도울 의무가 있다고 설파했다.

페르세포네가 했던 말들이 고스란히 담겨 있었다. 청중을 위해 표현만 다소 바뀌었을 뿐.

이게 다 뭐야? 하데스가 그녀를 조롱하는 방식이 이런 건가? 무릎 위에 올린 손으로 주먹을 꽉 쥐었다.

영상이 끝나고 다시 조명이 밝아졌다. 페르세포네는 무대 위에 하데스가 서 있는 것을 보고 깜짝 놀랐다. 그의 등장에 청중은 환호를 보냈다.

"며칠 전,《뉴 아테네 뉴스》에 기사 하나가 실렸습니다. 신으로서

제 행보에 관한 신랄한 비판이었습니다. 하지만 날 선 표현들 중에는 제가 더 나아질 수 있는 방법에 관한 제안들도 있었습니다. 이 기사를 쓴 여성분은 제가 그 아이디어들을 귀담아들을 거라는 기대가 없었던 것 같지만, 그분과 함께 시간을 보내면서 저는 그분의 방식대로 세상을 바라보기 시작했습니다."

그는 말을 잠시 멈추곤 낮게 웃었는데, 둘이 공유하는 무언가를 떠올리는 듯했다. 페르세포네는 몸이 떨렸다.

"제가 틀렸다는 점을 그렇게 열성적으로 일러주는 분은 한 번도 만나본 적이 없습니다. 그래서 저는 그분의 조언을 받들어 할시온 프로젝트에 착수했습니다. 전시장을 둘러보시는 동안, 할시온이 길 잃은 자들의 어둠을 밝히는 불꽃으로 여겨지기를 감히 바랍니다."

군중이 자리에서 일어나 요란하게 박수를 치며 신에게 경의를 표했다. 심지어는 헤르메스를 포함한 몇몇 신들도 그렇게 했다.

페르세포네가 자리에서 일어서기까지는 시간이 좀 걸렸다. 하데스의 자선 프로젝트에 충격을 받기도 했지만 동시에 경계심이 일기도 했다. 그는 단지 그녀가 그의 평판에 끼친 피해를 보상하기 위해 이러는 걸까? 그녀가 틀렸다고 일깨워주려는 걸까?

렉사는 페르세포네에게 의아한 표정을 지어 보였다.

"네가 무슨 생각하는지 알아." 페르세포네가 말했다.

그녀는 미간을 찌푸렸다. "내가 무슨 생각을 하는데?"

"그는 날 위해서 이런 게 아니야. 자신의 평판을 위해서 한 거지."

"계속해서 그렇게 말해봐라." 렉사가 씩 웃으며 말했다. "내 생각에 그는 너한테 완전 푹 빠진 것 같은데."

"빠졌다고? 너 로맨스 소설 너무 많이 읽은 거 아니야?"

렉사는 테이블에 앉아 있던 다른 이들과 함께 전시장 쪽을 향해 걸어갔지만 페르세포네는 망설였다. 그녀에게서 영감을 받은 프로젝트, 창조물을 보기가 두려워서였다. 왜 주저하는 건지 스스로도 이해하기 어려웠다. 어쩌면 어머니가 증오하는 신, 게다가 그녀가 달성할 수 없는 조건으로 계약을 맺게 유혹한 신에게 빠져드는 게 위험하다는 것을 알고 있어서였는지도. 어쩌면 그가 그녀의 말을 경청했기 때문이었는지도. 어쩌면, 그녀의 짧고도 고립된 삶 속에서 그 누구에게도 이렇게까지 매혹된 적이 없었기 때문이었는지도.

그녀는 천천히 전시장 안으로 들어섰다.

공간은 어두웠고, 스포트라이트가 할시온 프로젝트의 계획과 사명을 보여주는 전시물을 환하게 비추고 있었다. 페르세포네는 방 한가운데에 놓인 흰색의 작은 건물 모형으로 천천히 다가가 들여다보았다. 옆에 놓인 카드에는 하데스가 디자인했다고 적혀 있었다. 건물은 그녀가 예상한 현대적인 모습이 아니었다. 오히려 4만 제곱미터의 우거진 땅에 자리 잡은 시골 저택처럼 보였다.

그녀는 모든 설명을 읽고, 시설에 도입될 기술을 익히며 천천히 전시장을 둘러보았다. 그야말로 최첨단 기술이자 프로젝트였다.

그녀가 연회장으로 돌아왔을 때 사람들은 이미 춤을 추고 있었다. 렉사가 헤르메스와, 아프로디테가 아도니스와 함께 춤추는 모습이 보였다. 직장 동료가 그녀에게 말 걸 시도조차 하지 않아서, 직장에서도 거리를 두고 있어 기뻤다.

조금 늦게 알아차렸지만, 그녀는 하데스를 찾고 있는 스스로를 발견했다. 춤추는 이들이나 테이블에 앉은 이들 가운데 그는 없었다. 얼굴을 찌푸린 그녀를 향해 시빌이 다가오는 게 보였다.

"페르세포네." 그녀가 다정하게 미소 지었고 두 팔 벌려 포옹했다. "너 정말 아름답다."

"너도."

"전시 어떻게 생각해? 정말 대단하지 않아?"

"그러게." 그녀는 부인할 수 없었다. 그녀가 상상한 모든 것, 그 이상이었다.

"둘의 조합이 멋진 일들을 탄생시키리라는 걸 난 알았지."

"둘의…… 조합?" 페르세포네가 천천히 되물었다.

"너랑 하데스 말이야."

"아, 우리는 함께가……."

"아직은 아닐지도 몰라. 그래도 둘이 지닌 색깔이 말이야, 한데 뒤얽혀 있거든. 내가 널 만난 날부터 죽 그랬어."

"색깔?"

"둘의 행로." 시빌이 말했다. "너와 하데스는…… 운명의 여신들이 엮은 천생연분이야."

페르세포네는 무슨 말을 해야 좋을지 알 수 없었다. 시빌은 오라클이었기에 그녀의 입에서 나온 말들은 진실일 터였지만, 죽은 자들의 신과 그녀가 함께할 운명이라는 게 정말 사실일까? 어머니가 그토록 싫어하는 남자가?

시빌이 미간을 찡그렸다. "너 괜찮아?"

페르세포네는 뭐라고 말해야 할지 몰랐다.

"미안해. 내가…… 말하지 말걸. 듣고서 기뻐할 줄 알았어."

"난…… 기쁘지 않은 게 아냐. 그냥……." 페르세포네는 문장을 완성할 수가 없었다.

오늘 밤, 그리고 이전의 며칠 동안 겪은 일들의 무게감이 너무도 컸다. 혼란스럽고도 강렬한 감정들이 오락가락했다. 만약 정말 하데스와 함께하게 될 운명이라면, 그녀가 그에게 끝없이 이끌리는 이유를 이해할 수 있을 것이었다. 하지만 그녀의 삶의 다른 면면들은 몹시도 꼬여버렸다.

"잠시만 실례할게."

그녀는 화장실로 향했다. 안전하게 혼자 있을 수 있는 그곳에서 두 손을 세면대 위에 얹고 몇 번 깊이 심호흡을 한 다음 거울 속 자신을 바라보았다. 수도꼭지를 틀어 찬물에 손을 적신 다음, 화장이 번지지 않도록 주의하면서 달아오른 뺨을 물기 어린 손으로 가볍게 톡톡 쳤다. 몇 번 더 두드려 얼굴을 보송하게 한 다음 다시 연회장으로 돌아가려 했는데, 문득 낯선 목소리가 들려왔다.

"이런이런, 당신이 하데스의 작은 뮤즈로군요?"

풍부하고도 매혹적인 음색이었다. 남자들을 유혹하고 인간들을 홀리는 목소리. 뒤를 돌자 아프로디테가 시야에 들어왔다. 페르세포네는 저 여신이 어디서 온 건지 알 수 없었지만, 눈이 마주친 직후부터 몸을 움직이기 어려웠다.

아프로디테는 아름다웠다. 이 여신을 이전에도 만났다는 느낌이 들었다. 그건 불가능한 일이었겠지만. 여신의 눈동자는 바다 거품 빛깔이었고, 두터운 속눈썹이 드리워져 있었다. 크림 같은 피부에, 두 뺨은 약간 홍조를 띠고 있었다. 입술은 완벽하게 도톰하고 볼록했다. 그런 완벽한 미모에도, 그녀의 표정 뒤에는 뭔가 다른 것이 깃들어 있었다. 페르세포네는 바로 그 표정 때문에 그녀가 외롭고 슬퍼 보인다고 생각했다.

어쩌면 렉사가 말한 게 사실일지도 몰랐다. 헤파이스토스가 그녀를 원하지 않는다는 것.

"무슨 말씀이신지 모르겠는데요." 페르세포네가 말했다.

"내숭 떨지 말아요. 그를 향한 당신의 눈길을 보았어요. 하데스는 잘생겼죠. 난 언제나 그에게 이렇게 말하곤 했어요. 얼굴을 보여주기만 한다면 그가 다스리는 영토는 기꺼이 충성하려는 이들로 가득 찰 거라고."

그 말에 페르세포네는 약간 역겨움을 느꼈다. 이 부분에 있어선 누구와도, 특히 아프로디테와는 대화하고 싶지 않았다.

"실례할게요."

그녀는 아프로디테에게서 벗어나려 했지만 여신이 멈춰 세웠다.

"말 다 안 끝났어요."

"오해하셨나 봐요. 저는 당신과 대화하고 싶지 않아요."

봄의 여신은 아프로디테를 지나쳐 화장실을 나선 뒤, 직원에게서 샴페인 한 잔을 낚아채듯 들고서 춤추는 이들을 볼 수 있는 자리를 찾아 앉았다. 자리를 뜰까 싶기도 했다. 제이슨은 이미 렉사를 데리러 왔고, 둘은 그의 집에서 밤을 보낼 계획이라고 했다.

택시를 부르기로 결심하자마자, 그녀는 하데스가 다가오고 있다는 사실을 감지했다. 점점 가까워지는 그가 느껴지자 무심결에 몸이 곧게 펴졌지만 고개를 돌려 바라보지는 않았다.

"비평하실 거라도 있습니까, 페르세포네 여신님?" 그의 목소리는 목구멍 깊은 곳에서 울리는 것처럼 낮았고, 그녀를 흥분시키는 마법 같았다.

"아뇨." 그녀는 낮게 속삭이면서 오른쪽으로 고개를 돌렸다. 아직도 그를 볼 수는 없었다. 곁눈질로 들어오는 시야 안에도 그는 없었다. "할시온 프로젝트를 얼마나 오랫동안 준비한 거예요?"

"길지는 않습니다."

"정말 근사할 거예요."

그녀는 그가 더욱 가까이 다가온 것을 느꼈다. 그의 손가락이 그녀의 어깨를 스치며 검은색 아플리케를 만지작거렸는데, 이따금씩 그의 손이 맨살에 닿을 때마다 그녀는 바르르 떨었다.

"어둠의 손길입니다." 그의 손가락이 그녀의 팔을 따라 내려가더니 팔짱을 꼈다. "나와 춤춰주십시오."

그녀는 몸을 빼내지 않았다. 오히려 그를 마주하려 몸을 돌렸다. 그를 바라볼 때마다 매번 숨이 멎을 것 같았지만, 지금 그의 얼굴에는 가슴을 쿵쾅대게 만드는 부드러움이 서려 있었다.

"좋아요."

하데스가 그녀를 무대로 인도하자 호기심 어리거나 놀라운 표정의 눈동자들이 둘을 따라왔다. 페르세포네는 그 시선들을 무시하려 최선을 다하면서 곁에 있는 신에게 집중했다. 그는 그녀보다 한참 키가 컸고 체구도 장대했다. 그가 그녀를 향해 돌아섰을 때, 문득 욕탕에서 그녀를 만지던 손길이 떠올랐다.

그는 한 손으로는 그녀와 깍지를 끼고, 다른 한 손은 그녀의 엉덩이 위에 올렸다. 그가 그녀를 가까이 끌어당기고, 함께 몸을 움직이며 낮게 으르렁대는 소리를 낼 때도 그녀는 그와 눈을 맞추었다. 몸이 서로 닿을 때마다 몸속에서 불꽃이 튀었다. 한참 동안 둘은 아무 말 없이 춤을 추었고, 페르세포네는 혹시 하데스도 그녀와 마찬가지의 이유로 말이 없는 것일지 궁금했다.

그래서 침묵을 깨기로 결심했다. "민테랑 춤추셔야 하지 않나요?"

하데스의 입술이 얇아졌다. "내가 그녀와 춤추길 바랍니까?"

"민테가 당신의 데이트 상대잖아요."

"그녀는 내 데이트 상대가 아닙니다. 이미 말했듯 비서일 뿐이죠."

"갈라에 비서랑 팔짱을 끼고 등장하지는 않아요."

그러자 그가 그녀를 붙잡는 힘이 더 강해졌다. 혹시 화난 걸까.

"질투하는군요."

"질투하는 거 아니에요." 정말 질투하는 게 아니었다. 이제는 화가 났다. 그가 그녀의 말에 씩 웃음을 흘리자 한 대 쳐주고 싶었다. "난 당신에게 이용당하지 않을 거예요, 하데스."

그러자 그의 입가에서 웃음기가 싹 가셨다. "내가 언제 당신을 이용했습니까?"

페르세포네는 답하지 않았다.

"답하십시오, 여신님."

"그녀랑 잤어요?"

중요한 질문은 이것뿐이었다.

그는 멈춰 섰다. 그러자 무대 위에서 춤추던 다른 이들도 함께 멈추었다. 호기심 가득한 얼굴을 노골적으로 내비치며.

"게임을 요청하시는 것 같군요, 여신님."

"게임하고 싶어요?" 페르세포네가 코웃음을 치며 그에게서 몸을 뗐다. "지금?"

그는 대답 대신 손을 내밀었다. 몇 주 전이라면 주저했을 테지만, 오늘 밤은 와인을 몇 잔 걸친 데다 피부가 온통 뜨거웠고, 드레스는 불편했다.

무엇보다 그녀는 질문에 대한 답을 원했다.

그녀는 그의 손을 꼭 잡았고, 그가 그녀의 손을 쥐자마자 하데스는 사악한 미소를 지었다. 눈 깜짝할 사이에 둘은 지하 세계로 순간 이동했다.

18장
열망의 손길

하데스는 둘이 가위바위보 게임을 했던 집무실로 그녀를 데려갔다. 난로에는 장작이 타고 있었지만 더 많은 온기가 필요하진 않았다. 페르세포네는 이미 춤출 때부터 한껏 몸이 달아 있었으니까. 순간 이동하기 직전 그가 보였던 그 미소는 그 열기에 아무런 도움이 되지 않았다. 어딘지 죄악을 약속하는 미소.

신들이여. 그를 향한 몸의 반응을 통제하는 게 가능하기나 한 걸까? 그녀는 그를 뿌리치는 것엔 전혀 능하지 않았고, 어쩌면 그건 그녀 안의 어둠이 그의 어둠에 반응하기 때문인지도 몰랐다.

하데스는 와인을 권했고, 그녀가 한 잔 받아드는 사이 그는 자신이 가장 좋아하는 위스키를 한 잔 따랐다.

그는 술잔에서 눈을 뗀 후 물었다. "배고픕니까? 아까 갈라에서 거의 먹지 않던데."

페르세포네는 눈을 가늘게 떴다. "나를 지켜보고 있었어요?"

"달링, 나를 지켜보지 않은 척하지 마십시오. 나를 향한 당신의 시선은 내 뿔의 무게를 아는 것만큼이나 당연히 알고 있습니다."

그녀의 뺨이 붉어졌다. "아뇨, 배고프지 않아요."

적어도 음식이 고픈 건 아니었다. 하지만 그 말은 입 밖으로 꺼내지 않았다.

그는 수긍하곤 벽난로 앞 테이블로 걸어갔다. 네버나이트에 있는 것과 똑같은 테이블이었는데, 이번에는 서로 나란히 앉지 않고 둘이 각각 서로의 반대편에 마주 보고 앉았다.

카드 한 벌이 놓여 있었다. 그녀는 저 플라스틱 조각들 몇 개가 그토록 강력한 힘을 지닐 거라곤 꿈에도 생각지 못했다. 부를 빼앗거나 가져다주고, 자유를 선사하거나 빼앗는 것은 바로 저 카드들이었다. 카드들은 질문에 답을 요구하게 했고, 존엄성을 앗아갈 수도 있었다.

하데스는 술을 한 모금 마시곤 탁 하는 소리와 함께 잔을 내려놓은 뒤 카드를 향해 손을 뻗었다.

"무슨 게임이죠?" 페르세포네가 물었다.

"포커." 하데스가 답했다.

그는 상자 안에서 카드를 꺼내 섞기 시작했다. 그 소리에 페르세포네는 고개를 들어 그 모습을, 그의 우아한 손가락을 지켜보았다. 방 안 공기는 한층 무거워지고 뜨끈해졌다.

그녀는 한 번 심호흡한 후 물었다. "뭘 걸고 할 거예요?"

하데스가 미소를 지었다. "내가 가장 좋아하는 부분이죠. 당신이 원하는 것을 말해보십시오."

수천 개의 생각이 머릿속에 날아들었다. 전부 다 어떻게든 그날 그 욕탕으로 되돌아가 둘이서 끝마치려 했던 그 행위를 다시 시작하는 것과 관련이 있었다.

마침내 그녀는 입을 열었다. "내가 이기면 당신이 내 질문에 답해야 해요."

"좋습니다." 카드를 다 섞은 뒤, 그는 넛붙였다. "내가 이기면 당신의 옷을 주십시오."

"내 옷을 벗기고 싶은 거예요?" 그녀가 물었다.

그는 낮게 웃었다. "달링, 그건 내가 당신에게 해주고 싶은 것의 시작일 뿐입니다."

그녀는 목을 가다듬었다. "당신이 한 번 이길 때마다 내 옷을 한 벌씩 벗는 건가요?"

"그렇습니다." 그는 드레스를 바라보았다.

너무 불공평했다. 장신구를 빼면 드레스가 유일하게 걸친 옷이었으니까. 그녀가 가슴골까지 내려오는 목걸이를 만지작거리자 하데스의 눈길이 따라왔다. 장신구를 찬찬히 뜯어보는 듯했다.

"그럼…… 장신구는요?" 페르세포네가 물었다. "그것도 옷으로 쳐주나요?"

그는 술을 한 모금 마신 뒤 답했다. "그때그때 다릅니다."

"뭐에 따라서요?"

"당신이 그 왕관을 쓴 채로 나와 섹스하게 만들 수도 있을 테니 말입니다."

그녀는 웃었다. "섹스하는 것에 대해선 얘기가 없었는데요, 하데스 님."

"안 했습니까? 아쉽군요."

그녀는 테이블 위로 몸을 기울였다. 속에선 바르르 떨고 있었지만 최대한 침착한 목소리를 내려 애썼다. "거래를 수락하겠어요."

그가 눈썹을 치켜떴고, 눈이 번뜩였다. "이길 자신 있는 겁니까?"

"난 당신이 두렵지 않아요, 하데스."

사실, 그녀는 그가 두려웠다. 그가 덮칠 때 대항할 힘이 없을까봐 두려웠다. 배 아래쪽에서 바들바들 떨리는 진동이 느껴질 것만 같았다. 하데스의 부드러운 손가락들이 그녀 안에 깊숙이 들어왔던 순간이 다시금 떠올랐다. 그는 그녀의 온 열정을 빨아들이고, 몸에서 모든 욕구를 가져갔으면서 끝까지 가지도 않았다. 그녀는 그가 끝마치기를 원했다.

페르세포네는 바르르 떨었다.

"춥습니까?" 그가 카드를 뒤집으려 손을 뻗으며 물었다.

"뜨거워요." 그녀는 목을 다시 가다듬었다.

중심부에 열이 몰리는 게 느껴졌고, 그러자 갑자기 느낌이 이상했다. 그녀는 자세를 고쳐 다리를 더욱 강하게 꼬며 하데스를 향해 간신히 미소를 지었다. 얼마나 긴장했는지 그에게 들키고 싶지 않았다.

하데스가 카드를 뒤집었다. 킹 두 쌍. 그녀는 입술을 깨물며 카드를 노려보았다. 뒤집기도 전에 이미 그녀가 졌음을 알고 있었다. 그의 입가에 미소가 번졌고, 두 눈은 욕망으로 번득였다. 그는 뒤로 기댄 채 그녀를 찬찬히 뜯어보았다.

잠시 후, 그가 말했다. "목걸이를 벗으시지요."

그녀는 목 뒤로 손을 뻗었지만 그가 막아섰다.

"아뇨. 내가 하겠습니다."

그녀는 멈칫했지만 천천히 두 손을 무릎 위로 내렸다. 하데스는 자리에서 일어나 그녀 쪽으로 걸어왔다. 그가 신은 구두가 또각또각 소리를 내자 심장이 마구 뛰었다. 그는 그녀의 머리카락을 한 손으로 부드럽게 모아 잡고 어깨 너머로 넘겼다. 그의 손가락이 맨살에 닿자 그녀는 숨을 깊게 들이켜곤 그가 목걸이를 끄를 때가지 숨을 꾹 참았다. 그가 한쪽을 떨구자 차가운 금속이 그녀의 가슴 사이로 떨어졌다. 그가 다시 잡아당기자 체인이 그녀의 쇄골을 훑고 지나갔고, 그 자리에 그의 입술이 닿았다.

"여전히 뜨겁습니까?" 그는 그녀의 피부 위에 대고 숨결을 뿜었다.

"지옥 불만큼 걷잡을 수 없이." 그녀는 숨을 토해내듯 말했다.

"나는 이 지옥에서 당신을 자유롭게 해줄 수 있습니다." 그의 입술이 목덜미를 훑자 그녀는 사력을 다해 침을 꿀꺽 삼켰다.

"이제 시작일 뿐이에요." 그녀가 답했다.

그가 웃으며 내쉬는 숨이 피부에 뜨겁게 닿았다. 그가 몸을 떼고 자신의 자리로 돌아가 앉아 다시 카드를 섞기 시작하자 추위가 느껴질 지경이었다.

다시 카드들이 뒤집어지자 페르세포네는 미소를 지었다. "내가 이 겼네요."

하데스는 눈을 가늘게 떴다. "질문하시지요, 여신님. 얼른 다음 게임을 하고 싶군요."

그렇고말고. "그 여자랑 잤어요?"

하데스가 이를 악물었다. 영원과도 같은 몇 초가 지나고, 그는 답했다. "한 번."

배 속에 돌덩이가 쿵 떨어지는 기분이었다. "얼마나 오래전이죠?"

"아주 오래전입니다, 페르세포네."

그녀는 더 물을 게 있었지만, 그가 그녀의 이름을 부르자 더는 아무 말도 나오지 않았다. 부드럽고도 조심스러운 어조였다. 민테와 잔 걸 정말로 후회하는 것처럼. 어쨌든 더 물을 수도 없었다. 한 번이겼으니 질문을 하나만 할 수 있었는데 이미 그는 두 질문에나 답했으니까.

그녀는 침을 삼키곤 고개를 돌렸다. 그때 그의 말이 들려와 화들짝 놀랐다.

"혹시…… 화났습니까?"

그녀는 그와 눈을 맞췄다.

"네. 하지만…… 정확히 왜인지는 모르겠어요."

혹시 그녀가 그의 첫 상대가 아니라는 사실 때문일까, 잠시 생각했지만 그건 어리석고도 비합리적인 생각이었다. 하데스는 그녀보다 훨씬 오랫동안 이 세계에 존재해왔는데, 그가 쾌락을 삼갔으리라고 기대하는 건 얼토당토않은 일이었다.

그는 그녀를 잠시 바라보곤 다시 카드를 펼쳤다. 탈칵, 하는 소리가 날 때마다 그녀의 몸은 점점 더 긴장했다. 그들이 맺은 거래로 인해 방 안의 공기는 점점 더 무거워졌다. 그가 이겼고, 이번에는 그녀의 귀걸이를 요구했다. 그야말로 천천히 진행되는 고문이었다. 그가 귀걸이를 뺀 다음 귓불을 탐닉하듯 깨물어서였다. 그의 치아가 피부에 쓸리자 그녀는 숨을 깊게 들이마시곤, 손가락을 그의 머리카락 속에 당장이라도 파묻고 그의 입술 위에 자신의 입술을 갖다 대지 않기 위해 필사적으로 테이블 가장자리를 꽉 쥐고 있었다.

그가 맞은편에 다시 앉았을 때까지도 그녀는 계속 숨을 몰아쉬고 있었다. 하데스가 다음번에도 이긴다면 그는 그녀의 몸에 남은 유일한 것, 드레스를 요구할 것이다. 그녀는 그의 앞에서 알몸이 될 테고, 그가 옷을 직접 벗기는 동안 정신을 붙잡을 수 있을지 확신할 수 없었다.

정신이 너무 혼미해 그녀는 자신이 이긴 줄도 몰랐다. 다시 뜨거운 질문을 던졌다.

"투명해지는 힘 있잖아요. 나를…… 염탐하는 데 쓴 적 있어요?"

하데스는 그 질문에 흥미를 느끼면서도 의심스러운 듯 보였다. 하지만 그녀로서는 아주 중요한 질문이었다. 그날 밤 침실에 그가 왔던 게 맞는지, 아니면 그저 그를 향한 욕망이 환상을 느끼게 한 것인지 알아내야 했다.

"없습니다." 그가 답했다.

그녀는 한시름 놓았다. 스스로의 쾌락에 한껏 취한 나머지 침대 끄트머리에 나타난 하데스에 대해서도 의심하지 않았던 것이다, 그 이후까지도……

"그럼 앞으로도 투명해지는 마법을 사용해 날 염탐하지 않을 거라고 약속할 수 있어요?"

하데스는 그녀를 찬찬히 들여다보았다. 마치 왜 그녀가 이 질문을 하고 있는지 알아내려는 것처럼.

마침내 그는 답했다. "약속하겠습니다."

그가 다시 카드를 섞기 시작했을 때 그녀는 질문을 하나 더 했다. "왜 사람들이 당신에 대해 그렇게나 끔찍한 소리를 지껄이는 걸 그냥 놔두는 거죠?"

그는 말없이 카드를 계속 섞었다. 잠시, 그가 답하지 않겠구나 싶었지만 그때 그가 입을 열었다.

"사람들이 나에 대해 뭐라고 생각하든 통제하지 않습니다."

"하지만 당신은 그 말들에 반하는 행동을 취하지 않잖아요."

그는 눈썹을 치켜떴다. "당신은 말에 힘이 있다고 생각합니까?"

혼란스러워진 그녀는 그를 쳐다보았다.

그는 다시 카드를 늘어놓았다. "말들은 그저…… 말일 뿐입니다. 말은 이야기를 짓고 거짓말을 만들어내는 데 쓰이지요. 때로는 진실을 말하기 위해서도 쓰이지만 말입니다."

"당신에게 말이 의미 없다면, 뭐가 의미 있죠?"

눈이 정면으로 마주쳤다. 둘을 둘러싼 공기의 흐름이 뭔가 바뀌었다. 격앙되고 강력한 무언가가 느껴졌다. 그는 손에 카드를 쥔 채 다가왔고, 테이블 위에 카드를 늘어놓았다. 로열 플러시.

페르세포네는 카드를 바라보았다. 그녀는 아직 패를 펼치지도 않았지만 그럴 필요도 없었다. 이번 라운드에서 그가 이겼다는 데는 의심의 여지가 없었다.

"행동입니다, 페르세포네 여신님. 내게 의미 있는 것은 행동입니다."

그녀는 일어서서 그에게 응했다. 두 입술이 맞부딪쳤다. 하데스의 혀가 그녀의 혀와 순식간에 뒤얽혔고, 그의 손은 그녀의 엉덩이를 꽉 움켜쥐었다. 그는 몸을 비틀어 그녀를 자신의 무릎 위에 끌어 앉히곤 드레스 끈을 아래로 끌어당겼고, 그녀의 가슴을 움켜쥐었다. 그런 다음 손가락 사이로 팽팽해질 때까지 그녀의 젖꼭지를 애무했다.

페르세포네는 숨을 헐떡이며 그의 입술을 세게 깨물었다. 그러자 그의 입에서 신음이 새어나왔고, 그녀는 몸을 떨었다. 불현듯 그가 입술을 떼곤 아래로 내려가, 젖꼭지를 끝없이 핥고 빨았다. 페르세포네는 그에게 몸을 밀착한 채 손가락으로 그의 머리칼을 힘껏 움켜쥐었다. 묶여 있던 머리카락은 풀린 지 오래였고, 그가 그녀를 맛보는 동안 그녀의 손아귀 힘도 점점 더 세졌다.

이윽고 그가 그녀의 드레스를 위로 홱 잡아당긴 뒤 그녀를 테이블 위로 들어올렸다.

"당신이 욕탕에 날 두고 떠난 그날 이후로 나는 매일 밤 당신을 생각했습니다." 그가 그녀의 다리를 활짝 벌리곤 그의 것을 비비며 말했다. "나를 절박하게 만들어놓고, 당신을 향한 내 욕망을 한껏 팽창하게 만들어놓고 떠나지 않았습니까." 그는 나지막이 으르렁댔다. 그 역시 나를 절박하게 만든 뒤 똑같이 복수하지 않을까, 그녀는 잠시 생각했지만, 그는 바로 이렇게 말했다. "하지만 나는 너그러운 연인이 되겠습니다."

그는 고개를 숙여 그녀의 허벅지 안쪽에 키스했다. 혀로 그녀의 은밀한 부위를 휘감듯 키스하며 그녀의 중심부까지 도달했다. 그다음, 그의 손이 그녀의 몸 구석구석 닿았다. 그녀의 그곳에 그의 손길이, 시험하는 혀가, 그런 다음 더 깊숙이 들어서는 탐구욕이. 그녀는 울음을 터뜨릴 듯 울부짖으며 테이블 위에서 몸을 둥글게 젖혔다.

검은 머리카락을 다시 헝클어뜨리려 그를 향해 손을 내밀었지만, 그는 손목을 붙잡아 그녀의 몸 양옆에 고정시켰다.

"너그러운 연인이라고 했지, 다정한 연인이라곤 하지 않았습니다."

정신을 가다듬을 틈이 없었다. 하데스가 그녀를 덮치며 입술을 빼앗았기 때문이었다. 그녀는 그 입술을 맛보면서 그의 셔츠 단추를 향해 손을 뻗으려 했지만 하데스는 다시 손목을 붙잡았다. 그리고 그녀의 드레스 끈을 다시 어깨 위로 올려주었다. 그녀는 더욱 혼란스러웠다.

"뭐하는 거예요?" 그녀가 헐떡이며 말했다.

그는 소리 내어 웃었다. "인내심을 가지시지요, 달링."

그녀는 인내심을 가질 수 없었다. 다리 사이에 뜨거운 열이 점점 더 모여들 뿐이었다. 지금 당장 원하는 것은 안쪽을 가득 채우는 것뿐이었다. 그는 그녀를 품에 안고 서재를 나서서 궁전 복도로 걸어가기 시작했다.

"어디로 가는 거죠?" 그녀가 그의 셔츠 자락을 꼭 붙들고 물었다.

그녀는 그 셔츠를 찢어버릴 준비가 되어 있었다. 눈앞에 벌거벗은 그를 보고 싶었다. 그와 마찬가지로 그를 내밀하게 알고 싶었다.

"내 방으로." 그가 말했다.

"순간 이동하지 않는 거예요?"

"우리를 방해해선 안 된다는 사실을 온 궁전이 다 알았으면 해서입니다."

페르세포네는 얼굴을 붉혔다. 그녀 역시 방해받고 싶지 않았다. 순간 이동은 하고 싶었지만.

걷는 내내 그는 그녀를 꼭 안고 있었는데, 그들이 침실로 가는 이유에 현실감이 느껴지기 시작했다. 이제는 돌이킬 수 없다. 시작부터 알고 있었다. 욕탕에서 보냈던 그날 저녁은 그녀의 삶에서 가장 짜릿한 경험 중 하나였지만, 오늘 밤은 가장 파괴적인 무언가를 겪게 되리라는 걸.

그들의 어둠이 한데 포개지고 뒤섞일 것이다. 오늘 밤이 지나면, 이 신은 항상 그녀의 일부로 자리 잡게 될 것이다.

하데스의 방에 들어설 때쯤, 그 역시 그녀의 생각이 변화했음을 감지한 것 같았다. 그는 페르세포네를 바닥에 앉게 하고 가까이 끌어안았다. 그녀는 그의 몸에 완벽하게 들어맞았는데, 문득 이런 생각이 들었다. 어쩌면 그와 그녀는 이렇게 하나가 되도록 애초부터 운명 지어져 있던 것일지도 모른다고.

"하지 않아도 됩니다."

그녀는 옷깃에 손을 뻗어 재킷을 벗겼다. "당신을 원해요. 내 처음이 되어주세요. 내 모든 것이 되어주세요."

그 격려의 말에 그는 바로 움직이기 시작했다. 하데스의 입술이 그녀의 입술에 닿았다. 처음에는 부드럽게, 그런 다음 점점 더 격렬하게. 그는 옷을 찢어발기듯 벗어던지고는 그녀를 뒤돌게 한 다음 드레스 지퍼를 풀었다. 붉은 실크가 스르르 발치로 떨어졌다. 이제 그녀의 몸에 걸쳐진 건 힐뿐이었다.

하데스는 신음을 흘리며 앞으로 걸어와 그녀를 정면으로 마주 보았다. 어깨는 단단하게 벌어졌고 주먹을 쥔 채 이를 악물고 있었다. 그는 지금 날뛰는 욕망을 온 힘을 다해 통제하고 있었다.

"너무도 아름답군요, 달링."

그는 다시 그녀에게 키스했고, 페르세포네는 단추를 풀기 위해 셔츠를 더듬거리다시피 했다. 하데스는 자신의 손으로 셔츠 단추를 빠르게 풀고 몸을 다시 밀착하려 했지만, 그녀가 한발 뒤로 물러섰다. 하데스의 눈가가 잠시 흔들리며 어두워졌다.

페르세포네는 말했다. "글래머를 벗으세요."

그는 호기심 어린 눈으로 그녀를 바라보았다.

페르세포네는 어깨를 으쓱했다. "이 왕관을 쓴 채로 섹스하고 싶다면서요. 나는 신과 섹스하고 싶어요."

그가 악마만큼이나 매혹적인 미소를 흘리고는 답했다. "원하시는 대로."

하데스의 글래머가 한순간에 연기가 피어오르듯 공중으로 사라졌다. 검은색 눈동자는 짜릿한 푸른색으로 바뀌었고, 두 개의 가젤 뿔이 머리 위에서 나선형으로 솟아올랐다. 어둠 같은 존재감을 뿜어내며 공간을 꽉 채운 그는 그 어느 때보다 거대해 보였다.

그의 모습을 감상할 시간은 없었다. 글래머가 사라지자마자 그가 바로 달려들어 그녀를 바닥에서 번쩍 들어 올린 뒤 침대에 눕혔기 때문이었다. 그는 다시 그녀의 입술에, 그다음으론 목덜미에 키스했다. 혀로 핥으며 천천히 내려가 한 젖꼭지에서 다른 젖꼭지로 움직였다. 거기서 그는 잠시 머물렀다. 두 젖꼭지가 단단하게 솟아오를 때까지. 페르세포네는 그의 바지 단추에 손을 뻗으려 했지만 그는 웃으며 손을 치웠다.

"날 원합니까, 여신이여?"

그는 그녀의 배 위에, 다음으로는 허벅지에 키스했다. 그가 무릎을 세우고 앉자, 페르세포네는 그가 아까처럼 그녀의 은밀한 그곳을 입술로 애무할 거라 생각했지만 대신 그는 그녀의 힐을 벗기고 그의 나머지 옷도 모두 벗었다.

그녀는 알몸인 그에게 결코 평생 질리지 않을 것이다. 그는 죄악과 섹스의 현현 그 자체였다. 그의 향이 머리카락과 온몸을 온통 휘감았다. 눈을 아래로 떨구자 두껍게, 단단히 부풀어 오른 그의 성기가 보였다. 그녀는 그것을 향해, 두려워하지 않고 아무 생각도 하지 않은 채 손을 뻗었고, 뜨거운 성기를 손으로 감싸 쥐자마자 그는 식식대는 탄식을 내뱉었다.

그 소리가 마음에 들었다. 그녀는 위에서 아래로, 다시 위로, 뿌리부터 끝까지 손을 움직였다. 그의 입에서 신음이 흘러나올 때마다 페르세포네는 점점 더 자신감이 생겼다. 그녀는 몸을 앞으로 기울여 귀두에 키스했다.

"제길." 하데스가 뇌까렸다.

그런 다음 그녀는 입안에 그의 성기를 깊이 머금었고, 하데스는 그녀 어깨에 몸을 기댔다. 어떻게 해야 좋을지 알 수 없었다. 이 행위는 이전까지 한 번도 해본 적이 없었다. 하지만 그의 피부에서 나는 소금 맛이 좋았다. 귀두 끝을 치아로 간질이다가 입안으로 천천히 성기를 넣었다 빼며 움직였다. 그러자 곧 그의 엉덩이도 함께 움직였다. 점점 더 거세게, 점점 더 빠르게. 그러다 불현듯 그가 몸을 빼냈다.

혼란스러워진 그녀는 물었다. "내가 뭘 잘못한 건가요?"

그의 웃음소리에 어둠이 묻어 있었다. 목소리는 잠겨 있었고 눈동자는 맹수 같았다. "아닙니다."

그가 손으로 그녀의 목덜미를 휘감더니 키스를 퍼부었다. 그의 혀가 그녀의 목 깊은 곳까지 빨아들일 듯 들어왔다. 그러다 다시 입술을 떼곤 말했다. "날 원한다고 말하십시오."

"당신을 원해요." 그녀는 숨이 차서 헐떡였고, 절박했다.

그는 그녀를 밀어 눕히곤 위에 올라탔다. 그녀의 몸이 완전히 그의 몸 밑에 덮일 듯 자리했다. 그가 몸을 슥 밀자 배 위에 그의 발기한 성기가 온전히 느껴졌다.

"거짓말했다고 말하십시오." 그가 말했다.

"그 말들이 별 의미 없다고 생각했어요."

그는 그녀의 입술을 뭉갤 듯 진하게 키스했다. 그러자 그녀의 온몸에서 열기가 돋아나, 그의 손길이 닿은 구석구석을 그을리듯 타올랐다.

"당신의 말은 의미 있습니다. 오직 당신의 말만이."

그녀는 그의 허리를 두 다리로 감고는 뜨거워진 자신의 몸을 더욱 밀착시켰다.

"내가 당신에게 들어가길 바랍니까?" 그가 물었다.

그녀가 고개를 끄덕였다.

"말하십시오. 당신은 나를 원하지 않는다고 말한 적이 있습니다. 이제 나를 원한다고 말하는 겁니다."

"당신이 나에게 들어오길 원해요." 그녀가 말했다.

그는 신음을 내뱉곤 거칠게 키스한 다음, 자신의 성기를 그녀의 축축하게 젖은 곳 입구에서 오르락내리락 움직이며 괴롭혔다. 그녀가 안으로 들어와달라는 뜻으로 그를 더욱 끌어당기자, 하데스는 웃음을 터뜨렸다. 그녀는 조급해져 끙끙댔다.

"인내심을 가지십시오, 달링. 나 역시 당신을 오래 기다렸으니까."

"못 참겠어요." 그녀가 말했다, 고요하고도 진실한 목소리로.

그 말이 끝나자 그가 완전히 그녀 안으로 들어왔다.

그녀는 머리를 베개 위로 떨구며 비명을 질렀다. 조용히 하려고 손으로 입을 막자, 하데스가 그 손을 들어 그녀 머리 위에 놓았다.

"아니, 내가 이 소리를 듣게 해주십시오." 그가 낮게 으르렁댔다.

그는 그녀 안에 한 번, 또 한 번, 계속해서 밀어 넣었다. 그의 움직임에는 느리거나 부드러운 구석이라곤 없었고, 들어올 때마다 그녀는 황홀감에 젖어 비명을 터뜨렸다.

"당신은 나를 절박하게 만들어놓고는 떠났습니다." 그가 말하며 성기를 거의 빼냈다. 그런 다음 다시 깊숙하게 밀어 넣었다. "나는 그날부터 매일 밤 당신을 생각했습니다."

쿵.

"그리고 매번 당신이 나를 원하지 않는다고 말할 때마다, 나는 거짓의 맛을 느꼈습니다."

쿵.

"당신은 내 것입니다."

쿵.

"내 것."

그는 더욱 깊이, 더욱 빠르게 움직이며 들어왔다. 그녀는 정신을 잃을 것 같았다. 배 속에 어떤 힘이 점점 가해지다 결국 폭발했다. 하데스도 곧 절정에 이르렀다. 페르세포네 안에서 그의 심장 소리가 쿵쿵 들려오는 것 같았고, 그가 성기를 빼내자 허벅지 위로 따뜻한 열기가 가득 퍼졌다. 그는 한껏 땀에 젖은 채 거친 숨을 몰아쉬며 그녀 위로 엎어졌다.

잠시 후, 그는 뒤로 물러나 그녀의 얼굴에, 그녀의 두 눈, 두 뺨, 그리고 입술에 키스했다.

"당신은 나를 시험에 들게 하는 존재입니다, 운명의 여신들이 내게 요구한 시험."

그녀는 정신이 혼미해 어떤 답을 해야 할지 떠오르지 않았다. 다리가 덜덜 떨리는 게 느껴졌다. 황홀한 피로감이 찾아왔다.

하데스가 움직이자 그녀는 손을 뻗었다. "안 돼, 떠나지 말아요."

그가 낮게 웃고는 다시 한번 그녀에게 키스했다. "곧 돌아오겠습니다, 달링."

그는 잠시 사라졌다가 촉촉한 천을 가지고 돌아왔다. 그것으로 그녀를 닦아주곤 돌아눕게 해 그녀의 등과 그의 가슴이 닿도록 하고는 꼭 끌어안았다. 그의 온기 안에서 그녀는 곧 잠에 빠져들었다.

얼마 후, 페르세포네가 깨어났을 때 하데스의 단단한 성기가 한껏 발기한 채 그녀의 엉덩이를 문지르고 있었다. 그는 엉덩이를 움켜쥔 채, 등에서 목덜미로 키스해가며 움직였다. 그를 향해 들끓는 욕망이 피로를 압도했다. 그녀는 고개를 돌려 그의 부드러운 입술에 키스했다. 너무도 절실하게, 다시 한번 그를 맛보고 싶었다.

하데스는 그녀의 등을 돌려 눕게 하곤 위에 올라탔다. 계속해서 퍼붓는 키스에 그녀는 숨이 가빠왔다. 그에게 손을 뻗어 부드러운 머리칼을 손가락으로 붙잡고 싶었지만, 그는 제지했다. 다시 그녀의 손목은 머리 위로 놓였다. 그에게 유리한 자세였다. 그는 그녀의 귓불을 깨물고, 조금 내려와 목덜미에 키스하고, 치아로 젖꼭지를 간질였다. 모든 동작이 불러일으키는 짜릿한 감각에 절로 끙끙대는 신음이 숨소리에 섞여 흘러나왔는데, 그 소리가 하데스의 욕망을 부추기는 것 같았다. 그는 그녀의 허벅지에 이르러 다리를 양옆으로 벌리곤 축축한 열기에 손을 대고 찰싹거렸다. 몇 개의 손가락을 그녀 안에 쑤셔 넣고는 강하고 빠르게 움직였고, 그녀의 신음은 연속적으로, 점점 더 빠르게 흘러나왔다. 마침내 더는 숨을 쉴 수 없을 것 같은 지경에 이르렀을 때, 오르가슴에 이르렀을 때, 그녀의 입에선 그의 이름이 터져 나왔다. 이번 섹스가 시작된 뒤로 그녀가 처음 내뱉은 단어였다.

하데스는 아무 말도 하지 않고, 욕구로 혼몽한 채 그 모습을 바라보았다. 그런 다음 다시 몸을 일으켜 성기를 그녀의 질 입구에 댄 후 깊숙하게 밀고 들어왔다. 쿵, 쿵, 돌진하듯 움직이는 행위는 거칠고 야생적이었다.

그는 전혀 무게가 없는 것처럼 그녀를 번쩍 들어 올렸다. 발뒤꿈치를 바닥에 댄 채 무릎을 세우고 앉아 엉덩이를 움켜쥐곤 그녀의 몸을 위아래로 들썩들썩 움직였다. 그녀 안을 가득 채운 그의 성기가 완벽하게 느껴졌다. 더욱 깊고 빠르게, 점점 더 그녀는 그를 원했다. 그녀는 그의 목에 팔을 두르곤 격렬하게 움직였다. 두 입술이 맞부딪쳤고, 치아와 혀가 서로를 애타게 찾았다. 무분별한 감각이 몸에서 폭발할 듯 차올랐고, 둘은 동시에 절정에 이르렀다. 그런 다음 거친 호흡과 땀으로 뒤범벅된 몸을 무너지듯 뉘였다.

다시 잠들기 전, 그녀는 잠시 생각했다. 만약 이것이 내 운명이라면, 기꺼이 받아들이겠다고.

잠에서 깨어났을 때, 페르세포네는 옆에서 곤히 잠든 하데스를 발견했다. 그는 등을 대고 누운 채 하반신을 검은색 시트로 덮고 있었는데, 그 위로 배의 윤곽이 어렴풋이 드러나 있었다. 머리카락은 베개 위로 흘러내렸고, 턱은 까칠하게 자란 수염으로 덮여 있었다. 손을 뻗어 저 완벽한 눈썹과 코, 입술을 만지고 싶다는 충동에 사로잡혔다. 하지만 그를 깨우고 싶지 않았고, 그 행동은 지나치게 친밀해 보일 것 같았다.

하지만 지난밤 둘 사이에 있었던 일을 떠올리자 그것은 좀 우스운 생각이다 싶었다. 그럼에도 허락 없이, 예고 없이 그를 만지는 것은 연인의 행위처럼 여겨졌다. 페르세포네는 스스로가 하데스의 연인이라고 느끼지는 않았다.

심지어 스스로도 그의 연인이고 싶은지 확실하지 않았다. 여태껏 그녀는 사랑에 빠지는 일은 무모하게, 또 수줍어하면서 이뤄지는 일이라고 상상해왔다. 하지만 죽은 자들의 신과 벌어진 일들은 수줍음과는 거리가 무척 멀었다. 성욕이 폭발하는, 탐욕스럽고도 활활 타오르는 종류의 이끌림이었다. 숨을 멎게 하고, 내면을 가득 채우며, 몸에 난입해 들어오는.

배 속에 뜨끈한 열기가 차오르기 시작했다. 어제와 마찬가지로 뜨겁게 불붙었던 바로 그 욕망이었다. 숨 쉬어. 그녀는 열기를 가라앉히려 스스로에게 말했다.

잠시 후, 페르세포네는 침대에서 빠져나와 지하 세계에 처음 온 날 하데스가 빌려주었던 검은색 로브를 발견하곤 몸에 걸쳤다. 발코니 쪽으로 걸어가 깊은숨을 들이마셨다. 새로이 시작된 하루의 고요 속에서, 하데스와 그녀가 벌인 일의 무게가 무겁게 짓눌렀다. 이렇게까지 혼란스럽고 두려웠던 적은 평생 없었다.

신을 향한 온갖 감정이 뒤엉켜 있었기에 혼란스러웠다. 그에게 화가 났는데, 가장 큰 이유는 계약 때문이었다. 하지만 다른 한편으로는 그에게 끌렸다. 어젯밤 그가 불러일으킨 감각은…… 음, 무엇과도 비교할 수 없었다. 그는 그녀를 숭배했다. 그녀를 향한 욕망을 내보이면서 자신의 알몸을 드러냈다. 둘은 함께 유약하고도 무분별하며 야생적인 상태로 나아갔다. 하데스가 물고 빨고 움켜쥔 모든 부위의 피부색이 달라져 있다는 것을 굳이 눈으로 확인할 필요도 없었다. 그는 누구도 하지 않았던 방식으로 그녀를 속속들이 탐구했다.

바로 그 지점에서 두려움이 찾아왔다.

그녀는 이 신에게 온통 마음을 빼앗기고 있었다. 그리고 이 세계, 지금껏 살아온 세계 밑에 자리한 세계에도. 어젯밤 전까지, 그러니까 욕탕에서 유약함을 서로 드러내 보였던 순간이 전부였던 때까지는 그를 멀리하기로 진심으로 맹세했었다. 하지만 지금 돌이켜보면, 그건 단지 거짓말이었다.

둘 사이에 무슨 일이 벌어졌든 간에, 그 경험은 너무도 강력했다. 그를 바라보는 순간마다 그것을 느낄 수 있었고, 영혼 깊은 곳에서 알고 있었다. 그 순간 이후에 오갔던 모든 언행은 전부 그들 관계의 진실, 그러니까 그들은 함께할 수밖에 없다는 운명을 애써 외면하려는 시도들이었다. 시빌은 어젯밤 그것을 명확히 일러주었다.

운명의 여신들이 엮어낸 숙명적 관계.

하지만 페르세포네는 그런 관계들이 여럿이라는 것을, 또 서로에게 운명적인 존재가 된다고 해서 그것이 완벽하거나 심지어는 행복한 관계를 뜻하지 않는다는 것도 알고 있었다. 그런 관계는 때로는 혼돈과 갈등에 가까웠다. 하데스를 만난 이후로 삶이 얼마나 혼란스러웠는지를 돌이켜보면, 그들의 사랑에서 좋은 것은 아무것도 없을 것이다.

그런데 왜 사랑에 대해 생각하고 있는 거지?

그녀는 생각들을 떨쳐냈다. 이건 사랑이 아니었다. 네버나이트에서 처음 만났던 날부터 축적된 짜릿한 이끌림을 충족시키는 행위였을 뿐이었다. 이제 그 행위가 이루어졌다. 그녀는 후회하지 않을 것이다. 그리고 그 사실을 끌어안을 것이다. 하데스는 그녀가 스스로 강력하다고 느끼게 만들어주었다. 그는 그녀의 실체, 여신이라고 스스로를 느끼게 해주었다. 그리고 그녀는 그 모든 순간을 즐겼다.

다시금 배 아래쪽이 뜨끈해지자 그녀는 다시 한번 숨을 들이쉬었다. 상쾌한 지하 세계의 공기를 들이마시며, 뭔가…… 다른 느낌을 받았다.

공기가 따스했다. 맥박처럼 뛰고 있었다. 생명이었다.

존재하는 줄은 알고 있으나 좀처럼 떠오르지 않는 기억처럼 아스라했다. 그 느낌이 다시 멀어지려 할 때, 그녀는 그것을 붙잡았다.

페르세포네는 정원으로 향하는 계단을 내려가다가 검은 돌 앞에 멈춰 섰다. 심장이 쿵쾅댔다. 가슴이 조여올 때까지 숨을 참으면서 스스로를 진정시키려 노력했다. 그 감각을 잃어버렸다고 생각하자마자, 그녀는 손끝 가장자리에서 깃털처럼 가벼운 맥박을 느꼈다.

마법.

마법이었다. 그녀의 마법!

그녀는 길가를 벗어나 정원으로 찬찬히 걸어갔다. 장미들과 모란 꽃에 둘러싸인 채, 눈을 감고 심호흡을 했다. 조금씩 더 침착해질수록 주변의 더욱 많은 생명감이 느껴졌다. 그 감각은 피부를 따뜻하게 데우고, 혈관 깊숙이 스며들었다. 하데스에게 느꼈던 욕망만큼이나 자극적인 흥분이었다.

"괜찮습니까?"

페르세포네의 눈이 번쩍 떠졌다. 뒤를 돌자 몇 발자국 뒤에 죽은 자들의 신이 서 있었다. 그녀는 자주 그의 옆에 서곤 했지만 오늘 아침, 이렇게 꽃들이 만발한 정원에서 허리춤에 얇은 천 하나만 두른 채 신의 형상을 하고 선 그는 시야를 다 삼켜버릴 만큼 완벽했다. 그녀는 그의 얼굴에서 가슴으로, 더 아래로 시선을 떨구었다. 바로 지난밤 한껏 만지고 맛보았던 그의 몸 구석구석을 훑으면서.

"페르세포네?" 그의 목소리에 욕망이 들끓는 듯했다. 그녀가 다시 시선을 맞추었을 때, 그가 그 욕망을 자제하고 있다는 것을 알아차릴 수 있었다.

그녀는 간신히 미소 지었다. "괜찮아요."

하데스는 숨을 한 번 고르고는 다가와 손가락으로 그녀의 턱을 감싸 쥐었다. 어쩌면 키스할지도 모른다고 생각했지만, 대신 그는 물었다. "어젯밤을 후회하는 건 아닙니까?"

"후회하지 않아요!" 그녀가 시선을 떨구었다. 조용하게 다시 한번 말했다. "아니에요."

하데스의 엄지손가락이 그녀의 아랫입술을 슥 매만졌다. "만약 당신이 후회한다면 난 견딜 수 없을 것 같습니다."

키스가 뒤따랐다. 그의 손가락이 그녀의 머리카락을 파고들었고, 그녀의 뒤통수를 감싸 쥐며 그에게로 끌어당겼다. 얼마 지나지 않아 그녀의 로브가 풀어 헤쳐지며 가장 민감한 부위가 아침 햇살 속에 환히 드러났다. 하데스의 손이 그녀의 몸을 따라 내려가 허벅지를 움켜쥐었다. 바로 다음 순간 그는 그녀를 공중에 들어올리곤 그녀 안으로 들어왔다. 그녀는 숨을 헐떡이며 그를 꼭 껴안은 채, 위아래로 그와 함께 움직였다. 점점 더 강하게, 점점 더 빠르게. 쾌감의 물결이 온몸을 휩쓸었고, 주변에서 온갖 생명력이 부르르 떨며 만개하고 있었다.

정말이지 취하는 감각이었다.

그의 품 안에서 온몸에 가해지는 충격을 느끼며, 페르세포네는 하데스의 목덜미에 얼굴을 파묻고 그를 세게 깨물었다. 그러자 그가 목구멍 깊숙한 곳에서부터 으윽, 하는 신음을 내뱉으면서 그녀를 더욱 거세게 쿵, 쿵, 파고들었다. 그녀의 안에서 그의 성기가 고동칠 때까지. 둘은 거친 숨을 몰아쉬었다. 그는 그녀를 좀 더 안고 있다가 땅으로 내려주었다. 다리가 후들거려서 넘어질 것 같았기에 그녀는 그에게 기댔다. 하데스는 그걸 알아차리곤 그녀를 일으켜 세운 다음 품에 꼭 안았다.

페르세포네는 눈을 감았다. 두 눈 속에 무엇이 담겨 있는지 그가 보지 않기를 바랐다. 어젯밤도, 오늘 아침도 후회하는 건 아니었다. 하지만 질문들이 생겨났다. 그에게뿐 아니라 그녀 스스로에게도. 둘은 무슨 짓을 한 걸까? 둘에게 어젯밤은 어떤 의미인 걸까? 그들의 미래는? 그녀의 계약은 또 어떻고? 이미 이렇게 멀리 와버린 상황에서 앞으로 어떻게 해야 할까?

둘은 하데스의 방으로 돌아와 샤워를 했다. 하지만 어젯밤 벗어둔 드레스를 가지러 돌아왔을 때, 페르세포네는 인상을 찌푸렸다. 지하 세계에서 입기엔 지나치게 화려하잖아. 그녀는 좀 더 머물 계획이었다.

"혹시…… 내가 입을 만한 옷이 있나요?"

하데스는 그녀를 찬찬히 뜯어보는 듯한 시선을 던졌다. "당신이 입은 것으로 충분할 겁니다."

그녀는 그를 날카롭게 노려보았다. "내가 당신 궁전을 알몸으로 돌아다니는 게 낫겠어요? 헤르메스와 카론 앞에서……."

"다시 생각해보니……." 하데스는 슥 사라졌다가 바로 다음 순간 다시 나타났다. 그의 손에는 아름다운 녹색 빛깔의 천이 들려 있었다. "이걸 입혀줘도 괜찮겠습니까?"

그녀는 침을 꿀꺽 삼켰다. 그의 입술에서 흘러나오는 말에 조금씩 익숙해져가고 있었지만 여전히 낯설었다. 그는 고대부터 존재해온 강력하고 화려한 신이지 않은가. 영혼들에 대한 무자비한 평가와 실현 불가능한 거래들로 유명한 신, 그런 신이 이젯밤 열정적인 섹스를 나눈 뒤 그녀에게 옷을 입혀주고 싶다고 말한다니.

언제쯤 이런 순간이 경이롭지 않게 될까?

328

그녀가 고개를 끄덕이자, 하데스는 그녀의 몸에 천을 둘러주었다. 그 행동은 천천히 이루어졌다. 옷을 입혀주는 와중에 그는 그녀를 만지고, 여기저기 키스하고, 그녀를 애타게 했으므로. 옷을 다 입었을 때 그녀의 온몸은 달아올라 있었다. 페르세포네는 온 힘을 다해 간신히 그를 떼어놓았다. 시작했으니 끝까지 가라고 요구하고 싶었지만, 그렇게 되면 이 방을 평생 떠나지 못할 것이다.

방에서 나서기 전에도 그는 그녀에게 키스했다. 그런 다음 둘은 식당으로 향했다. 비현실적으로 아름다운 방이었다. 샹들리에 여럿이 천장 한가운데에서 반짝거렸고, 의자들이 늘어선 흑단 테이블의 양 끝으로는 왕좌처럼 생긴 의자 등받이에 황금색 문장(紋章)이 새겨져 있었다. 단지 그와 그녀만을 위한 연회장이 아니었다.

"정말 여기서 식사를 한다고요?" 페르세포네가 물었다.

하데스의 입꼬리가 꿈틀거렸다. "네, 그런데 자주는 아닙니다. 보통 아침 식사를 방으로 가져다달라고 하지요."

하데스는 페르세포네가 앉을 수 있도록 의자를 뒤로 빼주었다. 그가 자신의 자리에 앉자 님프 몇 명이 과일, 고기, 치즈, 빵이 담긴 쟁반들을 들고 연회장으로 들어섰다. 민테도 그들 뒤를 따라 들어왔다. 님프들이 테이블 위에 음식을 늘어놓을 때쯤 민테는 페르세포네와 하데스 사이에 서 있었다.

"주인님." 민테가 말했다. "오늘 일정이 꽉 차 있으십니다."

"오전 일정은 다 취소해." 그가 그녀를 바라보지도 않고 말했다.

"벌써 11시입니다. 주인님." 민테는 단호하게 말했다.

하데스는 말없이 자신의 접시에 음식을 담았다. 음식을 다 덜고는 페르세포네를 바라보았다. "배는 고프지 않습니까, 달링?"

그는 그녀를 처음 만났을 때부터 줄곧 달링이라고 불러왔지만, 다른 누군가가 있을 때는 아니었다. 페르세포네는 님프 쪽을 흘긋 보곤 그녀가 그 호칭을 싫어한다는 것을 바로 알 수 있었다.

"아니에요. 저는…… 주로 아침 식사로 커피만 마시곤 해서요."

그는 잠시 그녀를 바라보더니 허공에서 손목을 휙 튕겼다. 그러자 그녀 앞에 김이 모락모락 나는 커피 한 잔이 나타났다.

"크림? 설탕?"

"크림요." 그녀가 빙긋 웃었다. 크림이 나타나자 그녀는 머그잔을 손으로 감싸 안았다. "고마워요."

"오늘은 무얼 할 계획입니까?" 하데스가 물었다.

그녀에게 건넨 질문이라는 것을 잠시 뒤에 깨달았다. "아, 저는 써야 할 게……."

"기사 말입니까?" 하데스가 물었다.

그가 무슨 생각을 할지 알 수 없었지만, 좋은 쪽은 아니라는 게 확실했다.

"곧 가겠다, 민테." 한참 있다가 하데스가 입을 열었고, 페르세포네의 마음은 무너져 내렸다. "자릴 비켜주게."

"원하시는 대로요, 주인님." 민테의 목소리엔 즐거움이 묻어났고, 페르세포네는 그게 끔찍하게 싫었다.

둘만 남자 하데스가 물었다. "내 결점에 대해 계속 쓸 겁니까?"

"이번엔 뭘 쓸지 모르겠어요. 난…… 당신의 영혼들 몇몇을 인터뷰하면 어떨까 생각했어요."

"그 목록에 있는 이들 말입니까?"

"올림피아 갈라나 할시온 프로젝트에 대해선 쓰고 싶지 않아요.

그에 대해선 다른 언론사들도 다 덤벼들어 쓸 테니까요."

하데스는 오랫동안 그녀를 바라보다가 냅킨으로 입을 닦고는 테이블에서 일어나 출구 쪽으로 성큼성큼 걸어갔다. 페르세포네는 뒤따랐다.

"화났을 때 상대를 두고 떠나지 않기로 합의한 줄 알았는데요? 그렇게 해달라고 당신이 요청하지 않았나요?"

하데스는 그녀를 향해 획 돌아섰다. "내 연인이 나의 삶을 소재로 계속해서 글을 쓸 거라는 게 유쾌하지 않을 뿐입니다."

연인, 이라는 단어에 그녀는 얼굴을 붉혔다. 정정해야 하나 잠시 생각했지만 그냥 두기로 했다.

"이건 제 임무예요. 그냥 관둘 수가 없다고요."

"애초에 내 요청을 받아들였다면 당신 임무가 되지 않았겠지요."

페르세포네는 가슴 위로 팔짱을 꼈다. "당신은 아무것도 요청하지 않아요, 하데스. 모든 게 명령일 뿐이죠. 당신은 나에게 당신에 대해 쓰지 말라고 명령했어요. 결과가 뒤따를 거라고 하면서요."

그 순간 그의 표정이 변화했다. 이제는 분노 대신 그녀를 사랑스러워하는 얼굴로 보였다. 그러자 마음이 두근거렸다.

"그럼에도 불구하고 당신은 썼고요."

그녀는 아니라고 말하려고 입술을 뗐다. 현실이 그랬으니까. 아도니스가 그 기사를 그대로 공개해버렸고, 그 인간의 소름 끼치는 면면을 끔찍하게 싫어하긴 하지만 하데스에게 그의 책임이라고 말하고 싶지는 않았다. 솔직하게 말하자면, 그녀는 아도니스를 직접 처리하고 싶었다.

"내가 예상했어야 했는데." 그가 그녀의 턱 위로 손가락을 움직이다 그녀의 고개를 뒤로 젖힌 후 말했다. "당신은 나에게 반항하고, 나에게 화를 냈으니까."

"그게 아니라……." 그녀는 더 말하려 했지만 하데스의 손이 그녀의 얼굴을 감쌌다.

"내가 거짓을 맛볼 수 있다고 다시 한번 말할 필요는 없겠지요, 달링?" 그가 엄지손가락으로 그녀의 아랫입술을 쓸었다. "난 하루 종일 당신과 키스하면서 보낼 수도 있습니다."

"그렇게 해도 좋아요." 그녀가 말했다.

입에서 나온 말에 스스로도 놀랐다. 이런 대담함이 어디서 나오는 거지?

하지만 하데스는 그저 낮은 소리로 웃고는 그녀의 입술에 자신의 입술을 포갰다.

20장
엘리시움

하데스가 페르세포네를 데리고 밖으로 나선 것은 한 시간쯤 지나서였다. 그는 그녀의 손을 잡고는 "타나토스!"라고 허공에 대고 소리쳐 불렀다.

검은 옷을 입은 신이 눈앞에 나타나자 페르세포네는 깜짝 놀랐다. 은발의 청년이었는데 그 덕에 다른 부분들, 사파이어색 눈동자와 새빨간 입술의 선명한 색이 더욱 도드라져 보였다. 살짝 구부러진 두 개의 짧은 가얄(동남아시아와 말레이반도에 서식하는 커다란 소-옮긴이) 뿔이 머리 양쪽에서 튀어나와 있었고, 등에는 무겁고 불길해 보이는 거대한 검은색 날개가 돋아나 있었다.

"주인님, 여신님." 타나토스가 그들을 향해 절했다.

"타나토스, 페르세포네 여신님께서 만나고자 하는 영혼들이 있다고 하니, 호위를 부탁해도 되겠나?"

"영광스럽게 모시겠습니다, 주인님."

그때서야 하데스는 그녀를 바라보았다. "타나토스가 보살펴드릴 겁니다."

"우리 이따 볼 수 있어요?" 그녀가 물었다.

"당신이 원한다면."

그가 그녀의 손을 들어 자신의 입술에 가져다 댔다. 하데스가 손등에 키스하자 그녀는 얼굴을 붉혔는데, 그의 입술이 닿았던 모든 곳을 떠올리면 어리석은 일이었다. 하데스도 같은 생각을 한 듯했다. 사라지기 전 나직하게 웃었으니까.

페르세포네는 고개를 돌려 타나토스의 근사한 푸른색 눈을 마주 보았다. "당신이 타나토스군요."

신이 미소를 지었다. "그렇습니다."

그 목소리가 다정하고 차분해서 그녀는 감동했다. 곧 편안함을 느꼈는데, 머릿속 한구석에서는 그것이 어쩌면 그의 재능인지도 모른다는 생각이 들었다. 자신이 수확하려는 영혼들을 위로하고 편안하게 만들어주는 일.

"고백하건대, 저는 여신님을 꼭 만나고 싶었습니다." 타나토스가 덧붙였다. "영혼들이 여신님을 칭송하더군요."

그녀가 싱긋 웃었다. "영혼들과 함께 있는 게 좋아요. 아스포델을 방문하기 전까지는 지하 세계가 이렇게 평화로운지 몰랐어요."

이해한다는 듯, 그의 미소는 따스했다. "그러셨을 것 같습니다. 지상 세계는 죽음을 악으로 만들었으니까요. 그들을 비난할 순 없을 것 같습니다."

"이해심이 무척 깊으시네요." 그녀가 말했다.

"글쎄요, 항상 최악의 혹은 가장 힘겨운 순간을 통과하는 인간들과 많은 시간을 보내기는 합니다."

그녀는 눈살을 찌푸렸다. 타나토스의 존재 이유가 그러하다는 것이 슬펐지만, 죽음의 신은 재빨리 위로의 말을 건넸다.

"저를 위해 슬퍼하지 않으셔도 됩니다, 여신님. 죽음의 그림자는 죽어가는 이들에게 이따금은 위안이 되거든요."

그녀는 타나토스가 정말로 마음에 들었다.

"여신님께서 말씀을 나누고 싶으신 영혼들을 만나러 가볼까요?" 그가 화제를 바꾸며 물었다.

"네, 부탁해요." 그녀는 하데스에 대해 처음 조사하기 시작한 날 만들었던 목록을 그에게 건넸다. "이분들 중에 누구에게든 데려가 주실 수 있나요?"

목록을 살펴보는 타나토스의 미간이 점점 좁아졌다. 그러곤 찡그린 표정을 지었다. 좋은 신호 같지 않았다.

"혹시, 왜 하필 이들인지 여쭤도 될까요?"

"제 생각에 이들은 죽기 전 하데스와의 계약이라는 공통점을 가지고 있어요."

"맞습니다." 페르세포네는 그가 많은 것을 알고 있다는 데 놀랐다. "그럼 여신님께선 이들을…… 인터뷰하고 싶으신 건가요? 기사를 위해서?"

"네." 페르세포네는 갑자기 확신을 잃고 머뭇거리며 답했다. 타나토스도 그녀에 대해 민테와 비슷한 관점을 갖고 있는 걸까?

죽음의 신은 종이를 접더니 말했다. "그들에게 모셔다드리겠습니다. 다만, 여신님께서 실망하실지도 모르겠습니다."

이유를 물어볼 시간은 없었다. 타나토스가 곧장 날개를 펴서 그녀를 감싼 뒤 순간 이동했기 때문이었다.

깃털 같은 품에서 빠져나왔을 때, 둘은 벌판 한가운데에 도착해 있었다. 페르세포네가 가장 처음 느낀 것은 고요였다. 뭔가 달랐다. 무게감을 지닌, 실재하는 무언가가 공기 중을 맴돌며 귓가를 먹먹하게 눌렀다. 발밑의 풀은 금빛이었고 키 큰 나무들에는 열매가 주렁주렁 열려 있었다. 아름답고 평화로운 풍경 그 자체였다.

"여긴 어딘가요?"

"이곳은 엘리시움 들판입니다. 여신님께서 요청하신 목록 속 영혼들은 이곳에 살고 있습니다."

"이해가…… 안 돼요. 엘리시움은 천국이잖아요."

엘리시움 들판의 다른 이름은 축복받은 섬으로, 영웅들을 비롯해 순수하고도 의로운 삶을 신들에게 바쳤던 이들이 잠든 곳이었다. 그녀가 타나토스에게 건넨 목록에 쓰인 영혼들의 실제와는 거리가 멀었다. 일생을 분투했던, 그리고 좋지 않은 결정(그중 하나는 하데스와의 계약일 테다)을 함으로써 삶을 끝마친 이들 아니던가.

타나토스는 그녀의 혼란스러움을 이해한다는 듯 희미하게 웃었다. "여기가 낙원입니다. 안식처이기도 하고요. 고통받았던 이들이 와서 평화와 고독 속에 치유하는 곳이지요. 여신님께서 쓰신 목록에 있는 영혼들은 죽은 직후 하데스 님에 의해 이곳으로 보내졌답니다."

그녀는 여러 영혼들이 머물고 있는 들판을 바라보았다. 하얗고 빛나는 옷을 입은 아름다운 유령들이었다. 하지만 그보다 명확히 알수 있는 건, 이곳에서 그들이 치유받고 있다는 사실이었다. 지난 몇 달간 느꼈던 좌절감과 분노로 인한 부담이 사라지면서 마음이 일순 가벼워졌다.

"왜요? 죄책감을 느껴서인가요?"

타나토스가 혼란스럽다는 듯 페르세포네를 바라보았다.

"그들이 죽은 이유는 하데스 때문이잖아요." 그녀가 설명했다. "그가 그들과 거래를 맺었고, 그들이 이행할 수 없어지자 영혼을 앗아갔죠."

"아, 잘못 알고 계시는군요. 영혼이 지하 세계로 오는 걸 결정하는 것은 하데스 님이 아닙니다. 운명의 여신들이지요."

"하지만 지하 세계 왕은 하데스잖아요. 그와 거래하는 거고요!"

"하데스 님은 지하 세계의 왕이시지만, 그분이 죽음 자체거나, 운명인 것은 아닙니다. 인간들과 거래를 하는 건 맞지만, 하데스 님께선 사실상 운명의 여신들과 거래를 하는 것에 가깝습니다. 그분은 모든 인간의 삶과 운명의 실을 보실 수 있고, 어느 때에 그들의 영혼에 짐이 지워지는지도 아시며, 그 궤적을 변화시키기를 바라시는 분입니다. 운명의 여신들은 때로는 새로운 미래를 엮기도 하고, 때로는 실을 자르기도 하지요."

"그에게 영향력이 있다는 건 확실하네요."

타나토스가 어깨를 으쓱했다. "그로써 균형을 이루시는 거지요. 우리는 모두 그걸 이해하고 있답니다. 하데스 님께서 모든 영혼을 구하실 수 있는 건 아니고, 모든 영혼이 구원받기를 원하는 것도 아닙니다."

그녀는 한참 동안 침묵했다. 그리고 그간 하데스의 말에 전혀 귀 기울이지 않았음을 깨달았다. 그는 운명의 여신들이 의사 결정에 관여한다고, 그것이 균형을, 즉 주고받음을 이룩한다고 일전에 말했다. 그럼에도 그녀는 그 말에 대해 깊이 생각해보지 않았던 것이다. 깊이 생각해보지 않은 것들이 꽤 많았다.

그가 고군분투하는 인간들에게 더 나은 극복의 길을 제시할 수 있다는 사실은 바뀌지 않았다. 그럼에도 페르세포네가 지금껏 인정한 것보다 그의 의도는 훨씬 더 고귀했다.

"나한테는 왜 말하지 않은 걸까요?" 그녀가 따지듯 물었다.

왜 그는 그녀가 그에 대해 그토록 끔찍한 말들을 하도록 내버려 두었을까? 그녀가 그를 미워하길 바란 건가?

타나토스는 그저 미소를 지을 뿐이었다. "하데스 경은 선한 신임을 세상에 스스로 설파하시는 분이 아닙니다."

당신은 최악의 신이야! 그녀는 이렇게까지 말했는데.

그 기억에 가슴이 조여왔다. 감정을 가라앉히기가 힘들었다. 그녀가 처음에 간주한 대로 하데스가 무시무시하다거나 무정한 신이 아니라는 것에는 안도했지만, 그렇다면 그는 왜 그녀를 계약에 끌어들인 걸까? 그는 그녀에게서 무엇을 보는 걸까?

타나토스는 페르세포네에게 팔을 내밀었고, 그녀는 팔짱을 꼈다. 둘은 되도록 눈에 띄지 않게 들판을 거닐었다. 아스포델과 달리 이곳의 영혼들은 고요했고, 혼자 있는 것을 좋아했다. 그들 사이에 두 신이 걷고 있다는 걸 알아차리지도 못하는 것 같았다.

"말도 하나요?" 그녀가 물었다.

"네, 하지만 엘리시움에 사는 영혼들은 레테 강의 물을 마셔야 합니다. 영혼으로 환생하고 싶다면 지상 세계에서의 기억을 지닐 수 없습니다."

"기억이 없다면 어떻게 치유할 수 있는 거예요?"

"과거에 천착함으로써 치유되는 영혼은 한 명도 없습니다." 타나토스가 답했다.

"환생은 언제 하는 거죠?"

"치유되고 나서입니다."

"그럼 치유되는 데까진 얼마나 걸리는데요?"

"영혼마다 다릅니다. 몇 달, 몇 년, 몇 십 년이 걸리기도 합니다. 하지만 급할 건 없지요. 여기서 우리가 가진 건 시간뿐이니까요."

그 점은 살아 있든, 죽었든 모든 영혼에게 다 해당될 것이다.

"간혹 일주일 안에 환생하는 영혼도 있습니다." 타나토스가 말했다. "아스포델의 영혼들이 축하를 할 계획이라고 들었는데요. 여신님께서도 가보시면 어떨까 합니다."

"당신은요?" 페르세포네가 물었다.

그가 작은 소리로 웃었다. "죽음의 신이 축하 자리에 오는 걸 영혼들이 달가워할 것 같지는 않습니다."

"그걸 어떻게 알아요?"

타나토스는 잠시 머뭇거리다가 말했다. "그건 모르겠습니다."

"당신도 와야 해요. 우리 모두가 가야 해요. 하데스까지도요."

타나토스가 눈썹을 치켜떴다. 커다란 미소가 그의 얼굴에 내걸렸다. "저도 꼭 참여하겠습니다, 여신님. 하지만 하데스 님에 대해선 확신할 수 없을 것 같습니다."

둘은 다시 침묵 속에 좀 더 걸었다.

그러다 페르세포네가 말했다. "하데스는 영혼들에게 이렇게 많은 걸 해주면서…… 곁에 살지는 않네요."

타나토스는 잠시 답이 없었다. 페르세포네는 죽음의 신을 마주하고 섰다.

"아스포델에서 그를 위한 축하 자리를 마련했을 때도 그는 가지 않는다고 내게 말했어요. 그들의 축하를 받을 자격이 없다면서요. 어째서죠?"

"하데스 경께선, 우리 모두가 그러하듯 많은 짐을 짊어지고 계십니다. 그중 가장 무거운 것이 바로 후회이지요."

"무엇에 대한 후회인가요?"

"항상 그렇게 관대하지는 못하셨다는 후회입니다."

페르세포네의 마음에 그 말이 스며들었다. 그러니까 하데스는 자신의 과거를 후회하기 때문에 현재를 축하하길 거부한다는 말인가? 그건 말도 안 되는, 스스로를 상처 입히는 생각이다. 그에 대한 세상의 시선을 바꾸려 시도하지 않은 이유 또한 그가 사람들의 말을 다 믿기 때문인지도 몰랐다.

그녀의 말도 믿었을 것이다. 그녀가 하는 말이 그에게 그토록 중요한 이유가 바로 그것이었다.

"이리 오세요, 여신님." 타나토스가 말했다. "궁전으로 다시 모셔다드리겠습니다."

걸어가면서 그녀는 다시 물었다. "궁전에서 파티가 벌어진 게 얼마나 오래전인가요?"

타나토스가 휘둥그레 놀란 표정을 지었다. "파티요? 한 번도 없는 것 같습니다."

그건 바뀔 것이다. 하데스가 스스로에 대해 지닌 생각 역시도.

지하 세계를 떠나기 전, 페르세포네는 헤카테에게 들러 자신의 계획을 말했다. 생명을 느끼는 새로운 능력을 얻게 되었다는 점도.

헤카테의 눈이 커졌다. "확실해요?"

그녀가 고개를 끄덕였다. "날 도와줄 수 있나요, 헤카테?"

마법을 느낄 수 있게 되어 기뻤지만 어떻게 활용해야 할지는 몰랐다. 시작하고 멈추는 방법을 배울 수 있다면, 페르세포네는 하데스와의 계약 조건을 달성할 수 있을지도 몰랐다.

"소중한 이여." 헤카테가 말했다. "당연히 당신을 돕지요."

21장
광기의 손길

일요일, 집으로 돌아온 페르세포네는 밤을 새워 새벽 5시까지 기사를 썼다. 갈라와 할시온 프로젝트에 대해 쓰겠다고 마음먹고는, 사과의 말로 서두를 시작했다.

나는 지하 세계의 신을 잘못 봤다. 그가 경솔하게 인간들을 거래로 끌어들여 죽음에 이르게 한다고 비난했다. 그러나 내가 알게 된 사실은, 그 계약들이 훨씬 더 복잡하다는 점, 그리고 그 동기는 훨씬 더 순수하다는 점이다.

하데스가 지금과는 다른 방식으로 인간들을 지원해야 한다는 기존의 주장은 고수했지만, 사실은 할시온 프로젝트가 그들의 대화에서 나온 직접적인 결과임을 인정하고 이렇게 추가했다.

다른 신들이라면 나의 솔직한 평가에 분노했을지도 모르지만, 하데스는 질문하고 경청했으며 변화했다. 우리의 신들에게 그 이상 무엇을 더 바랄 수 있을까?

페르세포네는 속으로 웃었다. 일평생 하데스가 다른 신들에게 귀감이 될 만한 신이라고 말할 날이 올 줄은 전혀 몰랐다. 하지만 그에 대해 알아갈수록, 그 생각이 맞는다는 느낌이 강해졌다. 물론 하데스는 완벽하지 않았다. 오히려 완벽하지 않기 때문에, 그리고 그 점을 인정하려는 의지 때문에 그는 다른 모든 신들과 달랐다.

넌 아직도 그에게 계약으로 묶여 있잖아. 지하 세계의 왕을 너무 띄워주는 것 같다고 느꼈을 때 그녀는 스스로를 상기시켰다.

어제 엘리시움에 방문해 타나토스와 대화를 나눈 뒤, 하데스에게 묻고 싶은 게 많았다. 왜 나예요? 당신은 나에게서 무엇을 본 건가요? 내가 뛰어넘기를 바라는 약점은 뭐예요? 내게서 어떤 면을 구원해주고 싶은 건가요? 운명의 여신들이 내게 부여한 운명이 무엇이기에 당신이 도전하려고 하는 건가요?

하지만 물어볼 기회가 없었다. 하데스가 지하 세계로 돌아오자마자 그녀를 품에 안고 침대로 데려가 모든 이성적인 생각들을 산산이 부숴놓았기 때문이었다.

집으로 돌아오는 건 그녀에게 꼭 필요한 일이었다. 거리를 두고서, 자신과 하데스 사이의 관계가 무엇이든 간에 그와의 관계를 진전시키려면 계약을 끝내야 한다는 사실을 상기하는 시간이 필요했다.

몇 시간 눈을 붙이고 일어나 페르세포네는 새로운 하루의 시작을 준비했다. 몇 시간 동안 인턴십을 한 후 강의를 들으러 가야 했다. 주방에서 커피를 내리고 있을 때, 현관문이 벌컥 열리는 소리가 들렸다.

"나 왔어!" 렉사가 외쳤다.

페르세포네는 미소를 짓고는 주방으로 들어서는 친구를 위한 커피를 한 잔 따라서 조리대 건너편으로 슥 밀어두었다.

"주말 어땠어?"

렉사가 환하게 웃었다. "마법 같았지."

페르세포네는 쿡쿡 웃었다. 하지만 그럴 법도 했다. 어쩌면 그녀와 친구는 비슷한 경험을 했는지도 몰랐다.

"그랬다니 정말 기뻐, 렉사."

이 말은 이전에도 했었고, 앞으로도 여러 번 말하게 될 터였다.

"커피 고마워." 렉사가 자신의 방으로 향하려다 문득 멈춰 섰다. "아, 맞다. 물어보려고 한 게 있는데…… 지하 세계 어땠어?"

페르세포네의 몸이 얼어붙었다. "그게 무슨 뜻이야?"

"토요일 밤에 너 하데스랑 함께 떠났잖아. 모두가 그 얘길 하고 있어. 빨간 드레스 입은 여자가 지하 세계로 납치되었다고."

그녀의 얼굴이 새하얗게 질렸다. "아, 아무도 그게 나였는 줄은 모르는 거지? 그렇지?"

렉사가 연민이 담긴 표정을 지었다. "내 말은, 하데스가 너한테 영감을 받았다면서 할시온 프로젝트를 발표했잖아. 그러니 사람들이 알아서 결론을 내려버렸지 뭐."

페르세포네는 한숨을 내뱉었다. 그녀에게 필요한 건 바로 그것, 하데스와 자신 사이의 관계를 추측하는 기사가 난무하는 일을 뺀 전부였는데. 문득 마음속 심란하고 어두운 부분에서 이런 질문이 삐져나왔다. 갈라에서 하데스의 행동이 의도적인 건 아니었을까? 둘의 관계에 스포트라이트를 비추며 자신의 터무니없는 행동들을 덮으려 한 게 아니었을까? 만약 그게 맞다면, 그녀는 그저 그의 노리개일 뿐인 걸까?

"너랑 하데스 사이에서 무슨 일이 벌어지고 있는지 말하는 게 꺼려질 거라는 거 알아." 렉사가 덧붙였다. "하지만 난 너의 제일 친한 친구잖아. 나한테는 뭐든 다 말해도 돼. 알지?"

"당연하지. 그런데 그날 그와 함께 떠나려던 건 아니었어. 택시를 부르려고 나갔는데……." 그녀의 목소리가 점점 작아졌다.

"그가 와서 정신을 쏙 빼놨어?" 렉사가 눈썹을 위아래로 움직이자 페르세포네는 웃음을 터뜨릴 수밖에 없었다. "그럼 하나만 말해 줘. 그가 키스했니?"

페르세포네는 얼굴을 붉히며 인정했다. "응."

렉사가 비명을 질렀다. "신들이여! 페르세포네, 나한테 빨리 다 말해봐!"

페르세포네는 시계를 쳐다보았다. "나 가야 해. 시빌이랑 점심 먹는 거 맞지?"

"당연하지. 무슨 일이 있어도 안 놓칠 거야."

늦게 나서긴 했지만 페르세포네는 회사까지 걸어가기로 했다. 삶에서 벌어지고 있는 일들과 그 감각에 계속 마음이 쓰였다. 여전히 믿을 수 없었다. 그녀만의 마법이 드디어 드러났는데 그 일깨움의 장소가 하필 지하 세계였다. 어떻게 이해해야 좋을지 알 수 없었다. 자신이 느낀 것을 어떻게 그러쥐어야 할지, 환상을 만들어내는 데 어떻게 사용해야 할지도. 오늘 저녁 헤카테를 만나 배우기로 다짐했다.

아크로폴리스에 도착하자 디미트리가 잠깐 보자며 불렀다. 그는 그녀의 기사를 몇 군데 편집해서 건네주었다. 다시 살펴보며 일을 시작하기 전, 그녀는 휴게실로 가서 커피를 내렸다.

"안녕, 페르세포네." 아도니스가 들어서며 말했다. 과거를 싹 지우고 완전히 새로운 미래를 꾸려보려는 사람처럼 세상 매력적인 미소를 띄운 채였다.

페르세포네는 그를 노려보았다. "너랑 얘기할 기분 아니야."

그녀는 이미 눈을 피했지만, 아도니스의 입가에서 미소가 싹 가셨다는 건 보지 않고도 알 수 있었다. 평소처럼 자신의 매력적인 미소가 마법을 부리지 못한 데 충격받은 것이리라.

"정말 나랑 대화 안 할 거야? 그건 불가능하다는 걸 너도 알잖아. 우린 동료야."

"공적인 얘기만 하도록 할게. 프로니까." 그녀가 말했다.

"지금 프로답게 행동하고 있지 않은데."

"내가 프로답게 행동하는 것에는 너랑 잡담하는 것 따위 들어 있지 않아. 내 일은 내가 끝마칠 거야."

"아니면 날 용서해주던가." 아도니스가 말했다. "그날 나 취했잖아. 너한테 거의 손도 대지 않았고."

거의 손도 대지 않았다고? 그는 그녀의 머리카락을 잡아당기고 억지로 그녀의 입을 열려고 했다. 게다가 그의 손길은, 그게 얼마나 가벼웠든 간에 그녀가 전혀 원치 않는 행동이었다.

페르세포네는 무시하고 휴게실을 나서려 했지만 아도니스는 계속 따라오며 따졌다.

"너 이러는 거 하데스 때문이야? 너 하데스랑 자니?"

"그건 적절한 질문이 아니야, 아도니스. 네가 상관할 바도 아니고."

"그가 날 멀리하라고 했지? 그렇지?"

페르세포네는 휙 돌아서서 그를 마주했다. 자신의 잘못을 이렇게까지 자각하지 못하는 인간은 처음이었다.

"내 결정은 내가 알아서 해. 네가 내 기사를 훔친 이후에 너도 그걸 기억할 거라고 생각했는데." 그녀가 딱 부러지게 말했다. "하지만 분명히 말할게. 너랑 얘기하고 싶지 않은 이유는 네가 교묘하게 남을 조종하는 사람이기 때문이야. 또 네 실수에 대해 결코 책임을 지지도 않지. 그리고 내가 원하지 않는다고 명확하게 말했는데도 넌 억지로 키스했지. 이 범죄자 새끼야."

페르세포네의 말이 끝나자 길고 무거운 침묵이 이어졌다. 아도니스가 그녀의 말을 알아듣기까진 시간이 걸렸다. 마침내 말뜻을 이해했을 때 그의 콧구멍이 벌렁거렸고, 주먹을 너무 꽉 쥔 나머지 손가락 마디가 새하얘졌다.

"미친년!"

"아도니스." 디미트리의 목소리가 채찍처럼 두 사람을 갈라놓았다. 깜짝 놀라 고개를 돌리자 자신의 사무실 바깥에 나와 있는 상사가 보였다. 지금 그의 얼굴에 가득한 분노는 한 번도 본 적이 없는 것이었다. "잠깐 봅시다."

아도니스는 충격을 받은 것 같았다. 그녀 탓이라는 듯 페르세포네를 노려보았다.

그가 사무실 안쪽으로 사라지자, 디미트리는 그녀에게 미안하다는 표정을 지었다. 그러곤 따라 들어가 문을 닫았다. 10분 뒤, 보안요원이 오더니 디미트리의 사무실로 들어갔다. 잠시 후, 요원과 디미트리, 그리고 아도니스가 나타났다. 아도니스는 두 사람 옆에서 걸어갔는데, 페르세포네의 책상 옆을 지나갈 때 살펴보니 그의 몸은 딱딱하게 굳어 있었고 손은 주먹을 꽉 쥐고 있었다.

그는 나직하게 뇌까렸다. "말도 안 돼. 저년이 고자질한 건데."

"스스로에게나 그렇게 말하세요." 디미트리가 말했다.

그들은 그의 책상이 있는 방향으로 사라졌다가, 잠시 후 짐이 가득 담긴 박스를 든 아도니스를 앞세워 엘리베이터 쪽으로 향했다.

디미트리가 돌아와서 페르세포네의 책상 앞으로 다가왔다. "잠깐 시간 괜찮은가요?"

"네." 그녀는 조용히 말하곤 그의 사무실 쪽으로 따라갔다.

들어서자마자 그녀는 자리에 앉았고, 디미트리도 자리에 앉았다. "무슨 일이 있었던 건지 말해줄 수 있나요?"

그녀는 아도니스가 한마디 말도 없이 기사를 훔쳐 발행했다는 일만 설명했다. 직장에선 그 부분만이 의미 있을 테니까.

"왜 내게 말하지 않았나요?"

페르세포네는 어깨를 으쓱했다. "어쨌든 발행하고 싶긴 했었거든요. 그저 제가 예상한 것보다 빨리 나가게 된 거였어요."

디미트리가 인상을 찌푸렸다. "앞으로는 기분 나쁜 일이 있을 때 저를 찾아와 얘기하도록 하세요, 페르세포네. 당신이 이 일을 통해 만족감을 얻는 게 저에겐 중요합니다."

"감……사합니다."

"그리고 하데스 관련 기사를 그만 쓰고 싶다고 해도 저는 이해하겠습니다."

그녀는 그를 빤히 쳐다보았다. "정말요? 하지만 왜요?"

"그 기사로 인해 당신이 받은 스트레스와 불만을 모르는 척하지 않겠습니다." 그가 알고 있었다는 사실에 그녀는 적잖이 놀랐다. "하룻밤 새에 유명해졌잖아요. 아직 대학을 졸업하지도 않았는데."

그녀는 고개를 떨구고는 불안감에 무릎 위에 올려놓은 손가락을 배배 꼬았다. "하지만 독자들은 어쩌고요?"

디미트리는 어깨를 으쓱했다. "그게 뉴스의 생리죠. 항상 새로운 일은 일어나잖아요."

페르세포네는 작게 웃음을 터뜨리며 생각했다. 지금 기사 쓰는 걸 멈추면 하데스의 이야기는 불공정하게 끝나는 셈이었다. 그를 향한 가혹한 비판으로 기사를 쓰기 시작했지만, 개인적인 욕심으로 그의 다른 면들도 탐구하고 싶었다. 그러기 위해 기사를 쓸 필요는 없다는 사실을 깨달았지만, 마음 한구석에선 세상에 하데스를 더 제대로 알리고 싶은 마음이 자리했다. 다른 사람들도 그의 친절하고 사려 깊은 면을 알길 바랐다.

"아뇨, 괜찮아요. 연재를 계속하고 싶어요. 지금으로서는요."

디미트리가 미소를 지었다. "알겠습니다. 하지만 끝내고 싶다면 언제든 말하세요."

그녀는 그러겠다고 답한 뒤 책상으로 돌아갔다. 할 일들이 있었지만 눈에 들어오지 않았다. 아도니스를 상대한 일로 인한 충격이 아직 가시지 않았다. 이 일이 더 커지지 않기를 바랐지만 오늘 소동이 있고 보니 차라리 잘된 일이라는 생각이 들었다. 디미트리의 얼굴에 비치던 표정을 평생 잊을 수 없을 것이다. 그 분노를.

일을 마친 뒤 그녀는 캠퍼스로 향했다. 수업에도 집중하기가 어려웠다. 간밤에 잠을 거의 못 잤기에 너무 피곤했고, 필기를 하긴 했지만 수업 말미에 다시 읽어보려 살펴보니 그저 낙서에 불과했다.

정말이지 좀 쉬어야 했다.

그 순간, 누군가 어깨를 두드리자 그녀는 놀라 자빠질 뻔했다. 고개를 돌리자 작은 요정 같은 이목구비에 예쁜 주근깨를 가진 소녀의 얼굴이 나타났다. 소녀의 눈은 크고 둥글었다.

"페르세포네 로지 맞지?"

그녀는 그 질문에 익숙해지고 있었고, 동시에 그 질문을 두려워하게 되었다.

"맞아." 그녀는 머뭇거리며 답했다. "뭐…… 필요한 거 있니?"

소녀는 품에 끌어안고 있던 책더미 사이에서 잡지 하나를 꺼냈다. 《델피 디바인》이었다. 이번 호 표지는 하데스의 사진이었다. 페르세포네는 큰 충격을 받았다. 하데스가 기꺼이 사진을 찍혔다니? 헤드라인엔 이렇게 쓰여 있었다. 지하 세계의 신, 할시온 프로젝트의 공을 어느 기자에게 돌리다.

페르세포네는 그 잡지를 가져가 페이지를 획획 넘겨 메인 기사를 맹렬하게 읽어 내려가기 시작했다.

기사에선 프로젝트가 시작된 이유 중 하나로 하데스가 '아름다운 금발의 인간'에게 마음을 빼앗겼다는 점을 꼽았지만, 최악은 다른 데 있었다. 그녀의 사진이 실려 있었던 것이다! 뉴 아테네 뉴스의 인턴십을 위해 찍은 사진이었다.

"페르세포네, 이거 진짜야?" 소녀가 물었다. "정말 하데스 경이랑 사귀는 게 맞아?"

페르세포네는 그녀를 바라보곤 배낭을 메고 자리에서 일어났다. 그녀와 죽은 자들의 신 사이의 관계를 뭐라 설명할 단어를 찾을 수 없었다. 하데스는 그녀를 연인이라고 불렀지만, 페르세포네는 여전히 스스로를 하데스의 죄수라고 여겼다. 계약이 사라질 때까지는 그게 사실일 것이다.

답하는 대신, 그녀는 질문을 던졌다. "《델피 디바인》이 가십 전문 잡지라는 건 알고 있어?"

"응, 하지만…… 그분이 칼시온 프로젝트를 만든 건 단지 널 위해 서잖아."

"날 위해서가 아니야." 그녀는 소녀를 밀치고 나아갔다. "도움이 필요한 인간들을 위해서지."

"그래도 로맨틱하다고 생각하지 않아?"

페르세포네는 걸음을 멈추고 소녀를 돌아보았다. "경청한 거지. 로 맨틱한 일은 아니야."

혼란스러워진 소녀는 눈을 끔뻑거렸다.

페르세포네는 말을 이었다. "남자라면 다 해야 하는 일을 두고 잘 했다고 하데스를 치켜세워주고 싶지 않아."

"그분이 널 좋아한다고 생각하지 않는 거야?" 소녀가 물었다.

"나를 존중한다고 여기고 싶어." 그녀가 답했다.

존중하는 마음으로는 왕국을 건설할 수도 있다. 신뢰는 그 왕국 이 깨지지 않게 붙들어줄 수 있다. 그리고 하데스가 그녀의 손목에 만든 그 멍청한 표식을 지워준다면 비로소 그의 존중을 느낄 수 있 을 것이다.

"좀 비켜줄래?" 그러고는 곧장 자리를 떴다.

점심시간이 다가오고 있었다. 렉사와 시빌을 만나 식사를 할 계 획이었다.

헤스티아 홀을 나선 페르세포네는 캠퍼스를 가로질렀다. 신들의 정원을 지나 나오는 익숙한 돌길에는 아폴론의 대리석 조각상이 놓 여 있었다. 바로 그때, 하데스의 마법이 풍기는 향이 훅 끼쳐왔다. 순 간 이동하기 직전에만 느껴지는, 일종의 경고와도 같은 향이었다. 수 선화가 가득 피어 있는 정원의 양쪽, 그녀는 하데스와 마주 보고 서 있었다.

그는 성큼성큼 걸어와 손을 뻗어 그녀의 뒷목을 붙잡고는 입술을 훔쳤다. 그녀는 그 키스에 열렬히 응답했지만, 기사와 계약에 관한 잡생각이 계속 주의를 흩뜨렸다.

그는 한 발짝 물러나 그녀를 잠시 바라보곤 물었다. "괜찮습니까?"

그러자 속이 일렁였다. 그 질문에도, 그가 그 질문을 건네는 어조에도 익숙하지 않았다. 진심과 걱정이 묻어나는 목소리.

"네." 그녀는 숨을 몰아쉬며 답했다. 그에게 계약에 대해 물어봐. 그녀 안의 목소리가 말했다. 너와 함께하고 싶으면 자유롭게 풀어달라고 요구해. 대신, 그녀는 이렇게 물었다. "여긴 무슨 일이에요?"

그러자 그의 입꼬리가 슬쩍 올라갔다. 그는 엄지손가락으로 그녀의 아랫입술을 쓰다듬었다. "작별 인사하러 왔습니다."

"뭐라고요?" 그녀의 생각보다 빠르게 말이 튀어나왔다. 작별 인사라니, 무슨 뜻이지?

그는 나직하게 웃었다. "평의회를 위해 올림포스에 가야 합니다."

신들의 평의회는 전쟁이 없는 한 분기마다 열렸다. 하데스가 간다면 데메테르도 참석한다는 뜻이었다.

"아." 그녀는 의기소침해져 고개를 떨궜다. "얼마나 오래요?"

그는 어깨를 으쓱했다. "발언권이 주어진다면, 아마도 하루 정도 머물 겁니다."

"발언권이 없을 수도 있어요?"

"제우스와 포세이돈이 얼마나 논쟁하느냐에 달려 있습니다."

그 말에 그녀는 웃음을 터뜨릴 뻔했지만, 갈라에서 그들을 직접 본 후 둘의 언쟁이 귀여움과는 거리가 멀 거라는 짐작이 들었다. 꽤나 잔인할 것이다. 제우스와 포세이돈보다 더 나쁜 건, 어떻게 어머니가 죽은 자들의 신을 대할 것인가였다.

그녀는 부르르 몸을 떨곤 하데스와 눈을 맞추려 했지만 그의 눈길은 잡지에 가 있었다. 그는 그녀가 든 것들 틈에서 잡지를 빼내 들고는 인상을 찌푸렸다. 그녀가 이렇게 물었을 때는 더욱더.

"이래서 할시온 프로젝트를 갈라에서 발표했던 거예요? 당신에 대한 내 평가에서 다른 쪽으로 사람들의 눈길을 돌리려고?"

"정말 내가 내 평판을 위해 할시온 프로젝트를 만들었다고 생각합니까?"

그녀는 어깨를 으쓱했다. "당신에 대해 더는 쓰지 않기를 바랐잖아요. 어제도 그렇게 말했고요."

그는 잠시 그녀를 바라보았다. 분명히 화가 난 표정이었다. "내가 할시온 프로젝트를 시작한 건 세계가 나를 우러러보도록 하기 위함이 아니었습니다. 당신을 위해서였습니다."

"왜요?"

"당신의 말에서 진실을 느꼈기 때문입니다. 그걸 믿기가 그렇게 어렵습니까?"

그녀는 답할 수 없었다. 하데스의 눈썹이 미간 쪽으로 팽팽하게 당겨졌다.

"내가 없다고 해도 당신은 지하 세계를 자유로이 드나들 수 있습니다. 원하는 대로 오고 가도 됩니다."

그가 아직 사라진 것도 아닌데 갑자기 그가 멀게 느껴져서 마음이 좋지 않았다. 그녀는 그에게 한 발짝 가까이 다가가 고개를 젖혀 그와 눈을 맞추었다.

"가기 전에, 있잖아요." 그녀는 그의 재킷 옷깃을 그러쥐었다. "지하 세계에서…… 영혼들을 위한 파티를 열고 싶어요."

하데스의 손이 그녀의 손목을 감쌌다. 그의 눈길은 뭔가를 찾는 듯 보였는데 그녀를 밀어낼지, 아니면 더욱 끌어당길지 확신이 서지 않는 듯했다. "어떤 파티 말씀입니까?"

"타나토스가 말해줬어요. 영혼들이 이번 주말에 환생한다고요. 아스포델에선 이미 축하 행사를 준비하고 있더라고요. 그 자리를 우리가 궁전으로 옮겨와서 진행하면 어떨까 싶어요."

"우리?"

페르세포네는 입술을 깨물었다. 얼굴이 발그레해졌다. "내가 지하 세계에서 파티를 계획해봐도 좋을지 물어보는 거예요." 그는 그저 그녀를 바라볼 뿐이어서 다시 입을 열었다. "헤카테는 이미 나를 도와주겠다고 했어요."

그가 눈썹을 치켜떴다. "그렇습니까?"

"네." 그녀의 눈길은 이제 그녀의 손바닥이 닿은 그의 판판한 가슴으로 향했다. "그분도 우리가 무도회를 하면 좋겠대요."

그는 한참을 침묵했다. 그 시간이 너무 길어서 그가 화났을 거라고 여겨질 정도였다. 그래서 그녀는 고개를 들어 다시 그와 눈을 맞추었다.

"당신의 무도회에 내가 동의하게 만들려고 날 유혹하는 겁니까?"

"통하고 있는 것 같아요?"

그는 기분 좋게 웃고는 그녀를 가까이 끌어당겼다. 배에 닿는 그의 성기가 잔뜩 부풀어 있어 그녀는 깜짝 놀랐다. 그 느낌만으로도 충분히 답을 들었다고 생각했지만, 그는 그녀의 귓가에 대고 속삭였다.

"통하고 있습니다." 그는 지그시, 강렬하게 키스하곤 그녀를 놓아주었다. "무도회를 계획하시지요, 페르세포네 여신님."

"집에 빨리 돌아오셔야 해요, 하데스 경."

그는 특유의 사악한 미소를 짓고는 사라졌다.

그때, 그녀는 깨달았다. 실망을 의미할 수도, 이 관계가 이루어질 수 없다는 사실을 의미할 수도 있기 때문에 계약에 대해 말하기가 두렵다는 것을.

그렇게 되면, 그녀의 마음은 산산이 부서질 것이다.

페르세포네는 '황금 사과'에서 렉사와 시빌을 만났다. 다행히 시빌이 함께 있을 때 렉사는 키스에 대해선 일언반구도 하지 않았다. 어차피 시빌은 구체적인 일을 다 알고 있을 가능성이 높았음에도 말이다. 대신에 셋은 함께 기말고사와 졸업, 갈라, 그리고 아폴론에 대해 이야기를 나눴다. 이야기가 시작된 건 렉사가 시빌에게 이렇게 물어보면서부터였다.

"그러니까, 너랑 아폴론은……."

"데이트하냐고? 아니." 시빌이 말했다. "하지만 내 생각에 그는 내가 연인이 되어주길 바라는 것 같아."

페르세포네와 렉사는 둘만의 시선을 주고받았다.

"잠깐만." 렉사가 말했다. "그가 물어봤어? 그러니까…… 허락을 구했어?"

시빌은 빙긋 웃었고, 페르세포네는 이 오라클이 이 주제에 대해 여유롭게 이야기하는 태도에 감탄했다.

"물어봤지. 난 싫다고 답했고."

"태양의 신 아폴론, 그 완벽한 신에게 싫다고 했다고?" 렉사는 약간 놀란 듯했다. "왜?"

"렉사, 그런 건 좀 묻지 마!" 페르세포네가 꼬집었다.

시빌은 그저 미소를 띠며 말했다. "아폴론은 한 명만 사랑할 수 없고, 나는 내 연인을 공유하고 싶지 않거든."

페르세포네는 시빌이 왜 그 신과 엮이고 싶지 않아 했는지 이해했다. 아폴론은 신들, 절반만 신인 자들, 그리고 인간에 이르기까지, 엄청나게 많은 연인을 두었다. 그 명단이 증명하듯, 그는 한 명과 오래 관계를 맺은 적이 없었다.

대화는 주말 계획으로 옮겨갔다. 만나서 술 마시고 춤추자는 약속을 한 뒤, 페르세포네는 바로 지하 세계로 떠났다.

정원에 물을 준 다음, 헤카테가 머무는 오두막으로 갔다. 어둑한 초원 위에 자리한 작은 집이었다. 매력적인 외관을 지녔으면서도, 어딘가…… 불길한 낌새를 자아냈다. 어쩌면 색깔 때문인지도 몰랐다. 측벽은 짙은 회색, 문은 짙은 자주색이었고 담쟁이덩굴이 창문과 지붕까지 뒤덮고 있었다.

집 안으로 발을 들이자, 마치 밤에 피는 꽃들로 가득한 정원에 들어선 것 같았다. 보라색의 두꺼운 등나무 덩굴이 밤의 별무리처럼 천장에서 너울거렸고 하얀색의 니코티아나(가짓과 담배속 식물의 총칭-옮긴이)는 바닥을 뒤덮고 있었다. 테이블과 의자들, 그리고 침대는 같은 나무를 제각각 조각낸 듯한 부드러운 검은색 목재였다. 둥근 물체들이 공중에 둥둥 떠 있었는데, 페르세포네는 그것들이 무엇인지 깨달을 때까지 시간이 걸렸다. 램패드. 밤을 닮은 검은색 머리칼 위에 흰색 꽃을 꽂고 은빛 피부를 지닌 작고 아름다운 요정 같은 생물체.

헤카테는 침대 위나 탁자가 아니라 풀밭에 가까운 바닥에 누워 있었다. 다리는 접혀 있고, 눈은 감은 채였다. 그녀 앞에 놓인 검은색 촛불의 빛이 일렁였다.

"헤카테?" 페르세포네가 문틀을 두드리며 이름을 불렀지만 여신은 꿈쩍도 하지 않았다. 페르세포네는 조금씩 더 안으로 들어갔다. "헤카테?"

여전히 답이 없었다. 그녀는 잠들어 있는 것 같았다.

페르세포네는 무릎을 구부리고 촛불을 훅 불어 껐다. 그러자 헤카테의 눈이 번쩍 뜨였다. 잠깐 동안 그녀는 몹시 사악해 보였다. 한없이 빨려 들어갈 것 같은 검은색 눈동자. 페르세포네는 문득, 헤카테가 압박을 받으면 어떤 여신으로 탈바꿈할 수 있는지 알게 되었다. 게일이라는 마녀를 긴털족제비로 바꿔버릴 수 있는 바로 그런 여신.

페르세포네를 알아본 그녀는 부드럽게 미소를 지었다. "어서 오세요, 여신님."

"페르세포네라니까요."

그녀가 정정하자 헤카테가 더욱 환하게 웃으며 답했다. "그냥 연습해보는 거예요. 그러니까, 당신이 지하 세계의 여주인이 될 때를 위해서 말이죠."

페르세포네의 얼굴이 완전히 달아올랐다. "너무 앞서가시네요, 헤카테."

마법의 여신은 짓궂게 눈썹을 치켜떴고, 페르세포네는 눈동자를 굴렸다.

"뭐하고 계셨던 거예요?" 페르세포네가 물었다.

"아, 그냥 인간을 저주하고 있었어요." 헤카테는 촛불을 들고 자리에서 일어나며 유쾌한 어조로 말했다. 촛불을 치워둔 다음 그녀는 페르세포네를 마주했다. "벌써 정원에 물을 다 주신 건가요?"

"네."

"그럼 시작해볼까요?"

헤카테의 일 처리는 빨랐다. 그녀는 페르세포네에게 바닥에 앉으라고 했다. 페르세포네는 주저했지만, 자신의 손길에 여전히 생명력이 있는지 알아보자는 헤카테의 말에 힘을 얻어 바닥에 무릎을 꿇고 앉았다. 너른 풀에 손을 댔지만, 아무 일도 일어나지 않았다.

"세상에." 페르세포네가 중얼거렸다.

그 이후로 30분 동안, 헤카테는 그녀가 힘을 시각화하고 사용할 수 있도록 돕는 명상을 유도했다.

"마법을 부르는 연습을 해야 해요." 헤카테가 말했다.

"그걸 어떻게 해야 하나요?"

"마법은 유동적이에요. 마법이 필요한 순간에, 그걸 점토라고 상상해보세요. 당신이 원하는 대로 빚고, 그런 다음…… 생명을 불어넣는 거지요."

페르세포네는 고개를 저었다. "간단하다는 듯이 말씀하시네요."

"정말로 간단해요." 헤카테가 말했다. "필요한 건 믿음이에요."

페르세포네는 그에 대해 확신이 없었지만, 헤카테가 말한 대로 해보려고 노력했다. 등나무 아래서 느꼈던 감각 속 생명력을 떠올리곤 빚어낼 수 있다고 상상했다. 더욱 크게 자라나고 생기 넘치는 식물을 염원했다. 하지만 눈을 떴을 때, 아무것도 바뀌지 않았다.

헤카테는 실망감을 눈치챘는지, 페르세포네의 어깨에 손을 올렸다.

"시간이 필요해요. 하지만 결국 능숙해질 거예요."

페르세포네는 여신을 향해 미소 지었지만, 마음속은 시들어 있었다. 하지만 하데스와의 계약을 이행하려면 마법에 능숙해지는 수밖에 없었다. 지하 세계의 왕을 좋아하는 만큼, 그의 영토에서 포로로 남고 싶지는 않았으니까.

"페르세포네?"

"네?"

자신을 향해 빙긋 웃는 헤카테를 바라보며 페르세포네는 눈을 깜빡거렸다.

"우리의 왕을 떠올리고 계신가요?"

그녀는 눈을 피했다. "다들 아는 거죠?"

"음, 그분이 실제로 당신을 안고 궁전을 가로질러 침실로 데려가시긴 했죠."

그녀는 바닥의 풀만 바라보았다. 이런 대화를 나눌 의도는 없었고, 말을 뱉으면서도 마음이 아팠지만 그래도 입을 열었다. "그렇게 되었어야 하는지 아직도 잘 모르겠어요."

"어째서요?"

"너무 많은 이유가 있어요, 헤카테."

마법의 여신은 차분히 기다렸다.

"우선, 계약이 있죠." 페르세포네가 설명했다. "그리고 엄마가 그

일을 알게 된다면 다시는 나를 엄마의 시야 밖으로 못 벗어나게 할 거예요." 페르세포네는 잠시 말을 멈추었다가 다시 이어 말했다. "엄마가 알아차리면 어쩌죠? 엄마가 늘 원했던, 성 경험 없는 여신이 아니게 되었다는 걸 알게 되요?"

헤카테가 킬킬 웃었다. "당신이 성 경험이 있는지 없는지를 결정할 수 있는 신은 아무도 없답니다."

"신으로서가 아니라 엄마로서요."

헤카테는 인상을 찌푸렸다. "하데스 님과 잔 것을 후회하나요? 어머니도, 그 계약도 다 차치하고서 말이에요. 후회하나요?"

"아뇨. 절대로 후회 안 해요."

"당신은 스스로와의 전쟁을 벌이고 있군요. 그 일이 당신에게서 어둠을 창조했어요."

"어둠이라고요?"

"분노, 두려움, 원망. 먼저 스스로를 해방시키지 않는다면 다른 누구도 할 수 없을 거예요."

페르세포네는 스스로의 내면에 항상 어둠이 존재한다는 것을 알고 있었다. 그것이 지난 몇 달간 더욱 깊어졌고, 누군가 싸움을 걸거나 그녀가 화가 날 때면 수면 위로 올라올 만큼 찰랑댔다. 그날 커피하우스에서 그녀가 님프를 어떻게 위협했던가. 어머니에게 어떻게 쏘아붙였던가. 그리고 민테에 대해 얼마나 질투가 났던가.

어머니라면 인간 세상이 그녀에게 그런 짓, 내면의 어둠을 키워 손으로 만질 수 있게 한 짓을 했다고 주장할지 모르지만, 페르세포네의 생각은 달랐다. 어둠의 씨앗은 항상 그녀의 깊은 내면에 있었다. 바로 그것이 그녀의 꿈과 열정을 추동했으며, 하데스가 그것을 일깨우고, 매혹시키고, 자라나게 한 것이다.

당신에게서 그 어둠을 어루만지게 해주십시오. 내가 그 모양을 빚도록 도울 테니.

그녀는 그렇게 하도록 그를 허락했다.

"처음으로 생명력을 느꼈을 때는 언제였나요?" 헤카테가 궁금한 듯 물었다.

"하데스와 제가……." 그녀는 문장을 미처 완성하지 못했다.

"흐음." 마법의 여신은 턱을 톡톡 두드렸다. "제 생각엔, 어쩌면, 죽은 자들의 신이 당신 안에 생명을 창조했을지도 모르겠네요."

22장
승천 무도회

금요일이 되어도 하데스는 올림포스에서 돌아오지 않았다. 페르세포네는 그 사실에 몹시 불안해하는 스스로에게 놀랐다. 그가 오늘 저녁에 열릴 승천 무도회에 참석할 예정이라는 건 알고 있었다. 행사를 거들기 위해 지하 세계에 도착했을 때, 헤카테가 궁전의 다른 곳으로 서둘러 데리고 가선 이렇게 말했기 때문이었다.

"하데스 님께서 드레스를 보내셨어요. 정말 아름답답니다."

페르세포네는 하데스가 드레스를 보낼 거라는 생각은 하지 못했다. "봐도 될까요?"

"소중한 이여, 좀 더 이따가요."

헤카테는 어느 특별실의 금박 입힌 문을 열어젖혔다. 검은색 바닥과 벽을 지닌 궁전의 다른 방들과는 달리, 이 방은 흰색 대리석으로 이루어져 있었고 황금으로 상감 장식이 되어 있었다. 화려한 침대는 푹신한 담요로 덮여 있었고 바닥에는 부드러운 모피가 깔려 있었다. 머리 위로는 커다란 샹들리에가 돔 모양 천장에 걸려 있었다.

"이 방은 누굴 위한 건가요?" 페르세포네는 방으로 들어서서 화장대 위를 손가락으로 쓸어보며 물었다.

"지하 세계의 여주인이지요." 헤카테가 답했다.

페르세포네는 그 말을 잠시 음미했다. 그녀 또한 하데스가 이 세계의 모든 걸 창조했다는 사실을 알고 있었기에, 아내를 위한 특별실을 추가했다면 아내를 얻고자 하는 마음에서였을 것이다. 얼마 전 갈라에서 바로 그 주제를 헤르메스가 넌지시 언급했던 것도 기억났다. 하데스가 결혼할 생각이 있다는 걸 이 방들이 증명해주는 걸까?

"하지만…… 하데스에겐 아내가 있었던 적이 없잖아요." 페르세포네가 중얼거렸다.

"그렇지요."

"그럼…… 이 방들은 한 번도 사용되지 않았던 건가요?"

"저희가 아는 한에선 그래요. 자, 이리 오셔요. 준비합시다."

헤카테는 램패드들을 불렀고 그들은 곧장 일에 착수했다.

페르세포네는 목욕을 하러 갔다. 욕조에 몸을 기대고 있는 동안, 헤카테의 님프들은 그녀의 발가락과 손톱을 닦아주었다. 몸을 닦고 난 후에는 피부에 오일까지 발라주었다. 오일에서 라벤더와 바닐라 향이 났다. 그녀가 가장 좋아하는 향이라고 말하자 헤카테는 빙그레 미소 지었다.

"아, 하데스 님께서 당신이 좋아하신다는 말씀을 해주셨답니다."

"하데스에게 좋아하는 향을 말한 적은 없는 것 같은데요."

"말씀하실 필요 없었을 거예요." 그녀는 담담하게 말했다. "말하지 않아도 냄새를 맡으시니까요."

헤카테는 그녀를 화장대 앞으로 데리고 갔다. 화장대 위의 거울은 반대편 벽 전체를 비출 정도로 굉장히 컸다. 님프들은 공들여 그녀의 머리카락을 손질해 정수리 위쪽으로 말아 올렸다. 다 마치고 나자 어여쁜 곱슬머리가 탄생했고, 금발 머리칼 속엔 금색 핀들이 반짝거렸다.

"아름답네요." 페르세포네가 램패드들에게 말했다. "정말 마음에 들어요."

"드레스가 정말 근사하답니다." 헤카테가 말했다.

마법의 여신은 옷장 속으로 사라졌다가 일렁이는 황금색 옷을 안아 들고 돌아왔다. 입어보기 전까지는 옷이 어떻게 생겼는지 알 수 없었다. 피부에 닿는 천은 시원했고, 거울을 들여다보았을 때 그녀는 스스로를 몰라볼 뻔했다. 하데스가 그녀를 위해 고른 드레스는 황금 물결처럼 몸을 타고 찰랑거렸다. 깊이 파인 네크라인과 등이 파인 디자인, 그리고 허벅지 중간에 갈라지는 드레스는 몹시 아름답고 과감하며 동시에 우아했다.

"정말 아름다우십니다." 헤카테가 말했다.

페르세포네는 빙긋 웃었다. "고마워요, 헤카테."

마법의 여신이 오늘 밤 축제를 준비하기 위해 떠나자 페르세포네는 혼자 남았다.

"오늘은 내 인생을 통틀어 가장 여신처럼 보이는 날이네." 그녀는 드레스를 손으로 쓰다듬으며 소리 내어 혼잣말했다.

그러자 따스하고 안전하며 친숙한 하데스의 마법이 갑자기 몸을 감쌌고, 그녀는 숨을 참았다. 순간 이동을 하겠구나 싶어 자세를 취했다. 마지막으로 이 기운을 느꼈을 때는 순간 이동을 했었으니까. 그런데 이번에는 달랐다. 뒤쪽에서 하데스가 나타났다. 거울에 비친 그의 검은색 눈동자를 본 그녀는 몸을 돌리려고 했지만, 하데스의 목소리가 크게 울렸다.

"움직이지 마십시오. 당신을 바라보겠습니다."

그의 말은 명령보다는 요청에 가까웠다. 그녀는 침을 꼴깍 삼켰다. 그의 존재감만으로도 몸에 불씨가 당겨져 감당할 수 없을 정도로 뜨거워지고 있었다. 그는 힘과 어둠을 발산했고, 그녀는 그 모든 것을 받아들였다. 힘을 갈망하고, 열기에 굶주리고, 어둠을 원하는 그녀였다. 그를 만지고 싶다는 욕구가 활활 타올랐지만 간신히 눈을 맞추었다. 그는 그녀 곁을 천천히 원을 그리며 돌기 시작했다. 한 바퀴 돌고 나서, 그는 그녀의 허리에 팔을 두르고는 뒤로 끌어당겼다. 그의 가슴과 그녀의 등이, 둘의 몸이 밀착했다.

"글래머를 벗으십시오."

하지만 그녀는 머뭇거렸다. 그녀에게 글래머란 보호막과도 같았기 때문이었다. 하데스가 명령하자 오히려 글래머를 유지하고 싶다는 생각이 커졌다.

"왜죠?"

"당신을 보고 싶으니까." 그가 말했다.

그녀는 더욱 강하게 글래머를 붙잡았지만, 하데스가 유혹하며 속삭이자 금방이라도 녹아내릴 것 같았다.

"당신을 보게 해주십시오."

그녀는 눈을 감고 글래머를 붙잡고 있던 힘을 뺐다. 그러자 글래머가 피부 위로 흘러 내리는 물처럼 사라졌다. 글래머가 완전히 사라졌을 때 그녀는 바로 알 수 있었다. 짐을 내려놨다는 느낌과 동시에 벌거벗었다는 느낌이 확 끼쳐왔으니까.

"눈을 뜨십시오." 하데스가 용기를 북돋듯 말했다.

눈을 뜨자, 여신이 된 그녀의 모습이 비쳤다.

그녀의 모든 부분이 다 강화된 것만 같았다. 하데스의 어둠에 대비되듯 그녀는 찬란하게 빛났다.

"달링, 당신은 여신입니다."

하데스는 그녀의 어깨 위에 입술을 댔다. 페르세포네는 그의 목에 손을 둘러 그를 홱 끌어당겼다. 둘의 입술이 부딪치듯 만났다. 하데스가 낮게 으르렁대자 페르세포네는 그의 팔에 폭 안겼다.

"보고 싶었습니다."

그는 그녀의 얼굴을 감싸곤 뭔가를 살피듯 페르세포네를 바라보았다. 그가 무엇을 찾고 있는지 궁금해졌다.

"나도 보고 싶었어요."

인정하고 나자 얼굴이 발개졌다. 하데스는 씩 웃으며 다시 그녀에게 입을 맞추었다. 그의 입술이 그녀의 입술 위를 부드럽게 쓸었다. 한 번, 두 번, 간질였다. 다음 순간, 페르세포네의 입술이 그의 입술을 포갰다. 그녀 안의 욕망이 솟구쳐서 탐닉하듯 그의 입술을 맛보았다. 그가 마시던 위스키처럼 풍부하고 스모키한 맛을. 그녀의 손이 그의 가슴 아래로 미끄러졌다. 그를 만지고 싶었다. 그의 살을 자신과 맞대고 싶었다. 하지만…… 하데스가 그녀의 손목을 붙들고 막아섰다. 키스가 멎었다.

"나도 몹시 원합니다, 달링. 하지만 지금 나가지 않으면 당신이 주최한 파티에 참석하지 못할 겁니다."

그녀는 따지고 싶었지만 그의 말이 맞다는 것을 알고 있었다.

"가실까요?" 그가 손을 내밀며 물었다.

그녀가 그 손을 잡자, 하데스는 글래머를 떨궜었다. 그 모습은 하루 종일 바라보고 있어도 좋을 것 같았다. 그의 마법이 그림자처럼 움직이는 모습, 연기처럼 글래머를 벗어던지고 그의 황홀한 형상을 드러내는 모습을. 머리카락은 어깨 위로 늘어졌고, 가장자리가 삐죽삐죽한 은색 왕관이 거대한 뿔이 솟은 부분에 올려졌다. 방금 전까지 그가 입고 있던 정장은 일순간 곳곳이 은색으로 수놓인 검은색 로브로 바뀌었다.

"조심하십시오, 여신님." 하데스가 낮게 으르렁거렸다. "그러지 않으면 우린 이 방을 빠져나가지 못할 테니까."

그녀는 바르르 몸을 떨곤 재빨리 시선을 피했다.

서로의 손을 깍지 낀 채 그는 특별실에서 그녀를 데리고 나와 복도로, 금장 문 앞으로 이끌었다. 앞쪽에서는 수많은 군중이 낮게 웅성거리는 소리가 들려왔다. 그러자 불안감이 치솟았다. 아마도 그녀를 보호해줄 글래머가 없기 때문이리라. 하지만 곧이어 그게 터무니없는 걱정이라는 생각이 들었다. 그녀는 이들을 알았고, 이들도 그녀를 알고 있으니까.

그럼에도 왠지 스스로가 사기꾼처럼 느껴졌다. 여신을 사칭하는 존재, 연인을 사칭하는 존재. 그런 생각 하나하나가 찌르듯 아팠지만 마음 깊은 구석에 밀어두기로 하고, 하데스와 나란히 연회장으로 들어섰다.

사방이 조용해졌다.

둘은 붐비는 연회장으로 이어지는 계단참 끝에 서 있었다. 연회장은 영혼들과 신들, 생물체들로 꽉 차 있었다. 많은 이를 알아볼 수 있었다. 유리, 일리아스, 그리고 메코넌이 눈에 들어왔다. 그들에게 미소 짓고 인사하면서 마음속 불안이 녹아내렸다. 모두가 허리를 굽히자 하데스는 그녀를 계단 아래로 이끌었다.

연신 미소를 지으며 군중 속을 헤치고 나아가던 페르세포네는 헤카테를 발견하고는 하데스의 손을 빠져나가 그녀의 손을 잡았다.

"헤카테! 정말 아름답네요!"

마법의 여신은 정말로 눈부셨다. 몸에 꼭 들어맞는 팔랑거리는 재질의 은색 드레스가 반짝거렸다. 굵은 검은색 머리카락이 어깨 밑으로 흘러내렸고, 숱 많은 머리카락 사이로는 별 모양 장식이 반짝거렸다.

"과찬이에요." 그녀를 끌어안으며 헤카테가 말했다.

바로 다음 순간, 그녀는 영혼들에게 둘러싸여 있었다. 영혼들은 그녀를 껴안으며 감사하다는 말과 함께 이 궁전이 얼마나 근사한지, 그녀가 얼마나 아름다운지 연신 감탄했다. 포옹을 받아들이고 지하 세계의 존재들과 이야기하느라 얼마나 오래 그곳에 서 있었는지 알 수 없었지만, 어느 순간 군중 사이로 음악이 흘러나오기 시작했다.

페르세포네의 첫 춤은 지하 세계의 아이들과 함께였다. 아이들은 원을 그리며 돌았고, 들어 올려달라고 떼를 썼다. 페르세포네는 그들이 기뻐하는 모습에 감탄하며 그 요구에 응했다.

춤이 끝나자, 카론이 다가왔다. 그는 평소대로 흰옷을 입고 있었는데, 다만 오늘은 로브의 가장자리가 하늘색 실로 수놓여 있었다. 그는 한 손을 심장 쪽에 올리며 허리를 숙였다.

"여신님, 다음 춤을 저와 함께 추시겠습니까?"

그녀는 미소를 지으며 그의 손을 잡았다. "그럼요!"

둘은 영혼들이 줄 지어 추는 라인 댄스 대열에 합류했다. 음악 템

포가 빨라서 그녀는 곧 숨이 가빠지고 얼굴이 발그레해졌다. 박수치며 웃느라 얼굴 근육이 아플 지경이었다. 두 번의 춤을 더 춘 다음 고개를 돌리자 헤르메스가 허리를 굽혀 인사하고 있었다.

"여신님." 그가 말했다.

"헤르메스, 페르세포네라고 부르라니까요." 그의 손을 잡으며 그녀가 말했다.

이제 음악이 바뀌어 있었다. 좀 전보다 부드럽고 느릿하며 매력적인 멜로디가 흘러나왔다.

"당신, 오늘 나만큼 멋있네요." 그가 춤을 추며 우쭐한 듯 말했다.

"정말 사려 깊은 칭찬이군요." 그녀가 비꼬며 말했다.

헤르메스는 씩 웃더니 몸을 기울였다. "드레스 때문에 멋진 건지, 아니면 이 세계에서 그 신과 나눈 온갖 섹스 때문에 멋진 건지는 모르겠고요."

페르세포네는 얼굴을 붉혔다. "재미없거든요, 헤르메스!"

그는 눈썹을 치켜떴다. "그런가요?"

"그나저나 어떻게 알죠?"

"글쎄, 그가 당신을 안고 궁전을 가로질러 자기 침대로 갔다는 소문이 있더라고요."

그녀의 얼굴은 이제 완전히 새빨개졌다. 그렇게 한 하데스를 절대 용서하지 않겠다고 생각했다.

"사실인가 보군요?"

페르세포네는 눈을 동그랗게 떴지만 부정하진 않았다.

"그럼 얘기해보시죠. 어땠죠?"

"얘기 안 할 거예요, 헤르메스."

"엄청 거칠었겠죠." 헤르메스가 혼잣말하듯 말했다.

페르세포네는 붉어진 얼굴과 자신의 웃음을 감추려 시선을 피했다. "정말 못 말리겠네요."

헤르메스는 빙긋 웃었다. "그런데 진짜로, 사랑에 빠지니 좋아 보이네요."

"사랑?" 그녀는 목이 턱 막힐 뻔했다.

"오, 세상에. 아직 깨닫지 못했군요."

"뭘 깨달아요?"

"당신이 하데스랑 사랑에 빠졌다는 사실 말이에요."

"아니거든요!"

"맞아요. 그리고 그도 당신을 사랑하고."

"내 성생활에 대한 질문이 더 나았다는 생각이 들 지경이네요."

헤르메스가 웃음을 터뜨렸다. "당신은 그의 왕비인 것처럼 이 방에 들어섰어요. 그가 아무나 그러도록 내버려둘 것 같아요?"

솔직히, 그녀로서는 알 수 없었다.

"지하 세계의 신이 신부를 찾은 것 같군요."

페르세포네는 하데스가 자신을 찾은 게 아니라, 그저 포로로 잡았을 뿐이라고 주장하고 싶었지만, 그 말 대신 속임수의 신을 향해 눈썹을 들어올렸다.

"헤르메스, 혹시 취했어요?"

"약간." 그는 수줍어하며 인정했다.

페르세포네는 웃음이 났다. 하지만 그의 말은 내면에 단단히 자리 잡았다. 그녀가 정말 하데스를 사랑하는 걸까? 첫날밤을 함께한 뒤 잠시 그것에 대해 생각했지만 이내 그 고민들을 구겨버렸다.

헤르메스가 그녀의 손을 잡고 한 바퀴 빙그르 돌렸고, 그녀는 하데스가 어디 있을까 싶어 주위를 둘러보았다. 계단을 함께 내려온 뒤로 그는 시야에서 사라졌고, 그녀는 바로 영혼들에게 둘러싸였다. 그 순간 검은색 왕좌에 앉아 있는 그가 눈에 들어왔다. 그는 등을 대고 기대서 한 손을 입술에 댄 채 그녀를 바라보고 있었다. 검은 옷을 입은 타나토스가 망토처럼 날개를 가지런히 접은 채 그 옆에 앉아 있었다. 반짝이는 검은색 옷을 입은 민테가 다른 한쪽에 모습을 드러냈다. 그 둘은 죽은 자들의 신의 어깨 위에 올라탄 천사와 악마처럼 보였다.

페르세포네는 재빨리 고개를 돌렸지만, 헤르메스는 그녀가 주의를 빼앗겼다는 것을 눈치채고 춤을 멈추었다.

"괜찮아요, 세피." 그가 그녀를 놓아주며 말했다. "가봐요."

페르세포네는 주저했다. "괜찮은데……."

"그에게 요구해요, 페르세포네."

그녀는 헤르메스에게 미소를 짓고 하데스 쪽으로 향했다. 군중은 하데스를 향해 걸어가는 그녀에게 길을 터주었다. 그는 그녀를 바라보고 있었는데, 표정을 가늠하기 어려웠다. 하지만 그녀 안의 무언가가 그에게 이끌리고 있었다. 가까이 다가가자 그가 손을 떨구어 왕좌의 팔걸이 위에 걸쳤다. 그녀는 고개를 숙여 인사한 다음 일어섰다.

"신이시여, 춤을 추시겠어요?"

하데스의 눈동자가 불붙은 듯 빛났고, 입술은 꿈틀거렸다. 그가 자리에서 일어나 우뚝 서자 위풍당당한 체격이 드러났다. 그는 그녀의 손을 잡고 무대로 이끌었다. 영혼들은 그들을 위해 물러나 길을 비켜주었고, 그들을 바라보기 위해 벽 쪽으로 비켜섰다. 하데스는 그녀를 가까이 끌어당겨 한 손을 그녀의 등 위에 단단히 올리고, 다른 한 손은 그녀의 손가락에 깍지를 꼈다.

이보다 더 그와 가까웠던 순간이 있었지만, 지금 그가 자신의 백성들이 보는 앞에서 그녀를 안고 있는 방식은 뭔가 달랐고, 그녀의 피부는 불에 데인 듯 뜨거워졌다. 무거워진 주변 공기가 둘을 에워쌌다. 둘은 한참 동안 아무 말 없이 서로를 바라보며 춤을 추었다.

"기분이 안 좋으신가요?" 침묵을 깨고 그녀가 물었다.

"당신이 카론, 그리고 헤르메스와 춤을 추었기 때문에 내 기분이 좋지 않느냐고 묻는 겁니까?" 그가 되물었다.

질문이 그렇게 들린 걸까? 그녀는 그를 쳐다보았다. 그가 몸을 기울여 귓가에 입술을 가져다 댔다.

"내가 기분이 안 좋은 건 지금 당신 안에 깊숙이 들어갈 수 없어서입니다."

그녀는 미소 짓지 않으려 노력했다. "신이시여, 진작에 말씀하지 그러셨어요."

그의 눈가가 다시 어두워졌다. "조심하십시오, 여신님. 난 왕국 전체가 바라보는 앞에서 아무렇지도 않게 당신을 데려갈 수 있습니다."

"못 그러실 걸요."

그가 눈빛으로 대답을 대신했다. 어디 한번 덤벼보십시오.

물론 그녀는 하지 않았다.

둘은 조금 더 말없이 무대 위를 미끄러지듯 춤추었다. 그런 다음 하데스는 그녀를 데리고 무대를 벗어나 계단을 올랐다. 그들 뒤에서 군중이 박수를 치고 휘파람을 불었다.

"어디로 가는 거예요?" 그녀가 물었다.

"내 불만을 달래러 갑니다." 그가 답했다.

연회장을 벗어나서 그는 복도 끝에 자리한 발코니로 그녀를 안내했다. 넓은 공간이었다. 페르세포네는 발코니 너머로 펼쳐진 아찔한 풍경에 경탄을 금치 못했다. 지하 세계가 어둠 속에 잠겨 있었고, 하늘에선 별빛이 반짝거렸다. 아주 작은 부분까지 신경 쓴 신의 장인 정신에 그녀는 감탄했다.

전부 하데스의 마법이었다.

하지만 그녀가 앞으로 걸어가려 발을 떼자마자 그는 그녀를 다시 자신 쪽으로 끌어당겼다. 칠흑같이 어두운 그의 눈동자는 욕망을 투명하게 드러내고 있었다.

"글래머를 왜 벗으라고 한 거예요?" 그녀가 물었다.

하데스는 바람에 흩날리는 그녀의 머리카락을 귀 뒤로 넘겨주었다. "말했지 않습니까. 이곳에선 숨지 않아도 됩니다. 당신은 신으로 존재한다는 것에 대해 알 필요가 있습니다."

"난 당신과 같지 않아요." 그녀가 말했다.

그가 손으로 그녀의 팔을 훑으며 미소를 지었다. "아뇨, 우리에겐 공통점이 두 개 있습니다."

그녀는 눈썹을 치켜떴다. "뭔데요?"

"우리는 둘 다 신입니다." 그가 한 발짝 다가서며 말했다. "그리고 같은 공간을 공유하지요."

그가 두 팔로 그녀를 번쩍 들어 올렸고, 그녀의 등이 벽에 닿았다. 그녀의 드레스를 밀어올리고 다리를 벌리는 하데스의 손길은 절박했다. 그가 예고도 없이 그녀의 안으로 깊숙이 들어오자 둘은 동시에 신음을 흘렸다. 그의 이마가 그녀의 이마에 닿았다. 그녀는 가쁜 숨을 들이쉬었다.

"신이 되는 기분이 이런 건가요?"

하데스는 이마를 떼고 그녀와 시선을 맞추며 말했다. "이건, 내 호의를 받는 의미입니다."

그가 허리를 움직였다. 깊숙이 들어왔다 나갔다 하면서 그녀를 가장 애타는 방식으로 맛보았다. 둘은 서로를 마주 보았고, 나란히 쉬는 숨은 점점 더 거칠어지고 가빠졌다.

페르세포네의 고개가 뒤로 젖혀졌다. 돌로 된 벽이 머리와 등에 쓸렸지만 아무렇지도 않았다. 그가 움직일 때마다 그녀의 내밀한 안쪽 무언가가 건드려지는 것 같았다. 점점 더 쾌감이 커졌다.

"당신은 완벽합니다." 그는 손가락으로 그녀의 머리채를 잡아 비틀며 말했다.

그는 그녀의 뒤통수를 감싸 쥐곤, 그녀가 쾌락을 모든 부위에서 느낄 수 있을 만큼 천천히 움직였다.

"당신은 아름답습니다. 나는 누군가를 이렇게 원했던 적이 한 번도 없었습니다."

그의 고백이 키스와 함께 다가왔다. 바로 다음 순간, 하데스는 그녀의 안팎으로 그 어느 때보다 세게 움직였다. 그녀는 온몸으로 그를 삼켰다. 둘은 동시에 절정에 이르렀고, 서로 맞댄 입술 사이로 비명이 새어나왔다.

하데스는 조심스럽게 몸을 뗐다. 그녀의 다리가 몹시 떨리고 있어 붙잡아주었다. 그때, 그들 뒤에 펼쳐진 하늘에서 뭔가 불타올랐다. 하데스는 그녀를 발코니 가장자리로 이끌었다.

"보십시오."

어두운 지평선 위로 하늘에 불길이 치솟더니 희미한 불꽃의 흔적으로 사라졌다.

"영혼들이 인간 세계로 돌아가고 있습니다. 환생의 순간입니다."

페르세포네는 점점 더 많은 영혼이 하늘 위로 떠올라 불길의 자취를 남기는 모습을 경외심에 가득 차 바라보았다.

"아름다워요." 그녀가 말했다.

마법 같았다.

밑에서는 지하 세계의 거주자들이 돌로 된 뜰 앞에 모여 있었다. 마지막 영혼들이 공중으로 떠올랐을 때 그들 사이에서 박수가 터져 나왔다. 음악이 다시 시작되었고, 떠들썩한 소리들이 다시 들려왔다. 어느새 페르세포네는 함박웃음을 짓고 있었다. 하데스를 돌아보았을 때, 그는 그녀를 가만히 바라보고 있었다.

"왜요?" 그녀가 물었다.

"내가 당신을 숭배하게 해주십시오." 그가 말했다.

그녀는 그 말을 그에게 건넸던 밤을 떠올렸다. 라 로즈에서 나와서 올라탄 리무진에서였다. 당신이 나를 숭배하게 될 거예요. 게다가 난 당신에게 명령을 할 필요도 없게 될 거예요. 그의 부탁에는 달콤한 죄악과 기만이 묻어 있었다.

그녀는 그것을 즐겼다. "좋아요."

23장
평범함의 손길

　페르세포네는 하데스와의 데이트를 고대했다.

　승천 무도회가 끝난 지는 몇 주가 되었고, 이제는 그와 많은 시간을 보내고 있었다. 그는 그녀가 지하 세계에 있을 때 산책을 가자고 하거나 그녀가 원하는 놀이를 하자며 불러내곤 했다. 그녀 역시 그에게 몇 가지를 부탁했다. 이제 그는 지하 세계의 아이들과 놀아주기도 하고, 그들을 위한 새로운 놀이 장소를 만들어주기도 하고, 영혼들과 신하들을 초대해 저녁 식사를 대접하기도 했다.

　이런 시간을 보내며 둘은 점점 더 친밀해졌고, 그 어느 때보다 그녀는 그에게 가장 큰 열정을 느끼게 되었다. 늦은 밤, 그들이 다시는 못 볼 것처럼 사랑을 나누고 절정에 이를 때마다 그 열정이 드러났다. 모든 것이 너무나 절실하게 느껴졌는데, 페르세포네는 각자가 서로에게 느끼는 것을 말로 표현하지 않기 때문이라고 생각했다.

　점점 더 그에게 빠져들고 있음을 그녀는 느꼈다.

　어느 날 저녁, 유난히 격렬했던 스트립 포커(질 때마다 진 사람이 옷을 하나씩 벗는 포커 게임-옮긴이)를 마치고 둘 다 침대에 누워 있었다. 페르세포네는 하데스의 가슴에 머리를 대고 있었고 그는 그녀의 머리카락을 멍하니 쓸어주고 있었는데, 불쑥 그가 입을 열었다.

"당신에게 저녁 식사를 대접하고 싶군요."

그녀가 깜짝 놀라 그를 바라보며 물었다. "저녁 식사요? 그러니까…… 공공장소에서요?"

언론의 이목이 집중될 게 두려워 속이 울렁거렸다. 하데스가 할시온 프로젝트를 발표한 날부터 그녀에 관한 기사가 《코린토스 크로니클》, 《이타카 인콰이어러》 등 점점 더 많이 뉴 그리스의 잡지며 신문에 등장하고 있었다. 그중에서도 가장 불안하게 하는 건 그녀의 배경을 조사하려는 기사들이었다. 지금까지 언론에서는 사람들을 만족시킬 만한 정보를 찾아냈다. 그녀가 18세 때까지 올림피아에서 홈스쿨링을 했고, 그 이후에 뉴아테네대학교에 진학해 신문방송학을 전공했으며, 뉴 아테네 뉴스에서 인턴십을 하고 있고 인터뷰를 한 뒤부터 하데스와 만나기 시작했다는 것 등.

언론에서 더 많은 것을 원하게 되는 건 시간문제였다. 그녀 역시 언론사에서 일하기에 당연히 알고 있었다.

"정확히 공공장소는 아니지만, 어쨌든 공개된 식당이기는 합니다. 당신을 데려가고 싶습니다."

그녀가 머뭇거리자 하데스가 뭔가 뜻이 담긴 듯한 눈빛을 그녀에게 보냈다. "내가 안전하게 지켜드리겠습니다."

그녀는 그 말이 사실이라는 것을 알고 있었다. 이 신은 매우 오랫동안 언론을 피해온 당사자가 아니던가. 물론 그럴 수 있었던 이유에는 그가 투명해지는 능력을 지녔기 때문이며, 그리고 그를 향한 인간들의 두려움도 한몫했을 거라는 점은 이미 알고 있었다.

"알겠어요." 그녀는 미소 지었다.

의구심이 들긴 해도 하데스가 그녀를 저녁 식사에 데려가는 것처럼 그렇게나…… 단순한 뭔가를 하고 싶어 한다는 건 정말이지 로맨틱한 일이었다.

그날 밤 이후로는 모든 게 바쁘게 흘러갔다. 학교 수업과 과제도 많았고, 직장에선 스트레스를 받았으며, 낯선 사람들이 찾아오거나 메일을 보내는 경우도 잦았다. 버스에서, 길을 걸으며 산책할 때, 커피하우스에서 글을 쓸 때 등등 사람들이 다가와 하데스와의 관계에 대해 물어보곤 했다. 일부 기자들은 메일을 보내 인터뷰를 요청했고, 일자리를 제안하는 곳도 있었다. 하루에 한 번씩 메일함을 확인하고 수많은 메일을 읽지도 않고 삭제하는 습관이 생겼다. 하지만 방금 전 로그인했을 때는 메일 사이에서 불쾌한 제목 하나를 발견했다. 네가 그놈이랑 잔다는 거 알아.

기자라면 이것보다는 고상한 표현을 쓸 것이다.

메일을 클릭한 그녀는 사진 여러 장을 발견했다. 머릿속이 공포로 가득 차는 것 같았다. 그녀와 하데스가 함께 있는 사진들이었다. 모두 지하 세계에서 찍힌, 승천 무도회 날 발코니에 나갔을 때의 사진들. 메일은 이렇게 끝났다. 내 일자리 돌려놔. 안 그러면 이 사진들을 언론에 풀 테니까.

아도니스가 보낸 메일이었다. 그녀는 휴대폰을 꺼내 그에게 전화를 걸었다. 번호를 아직 지우지 않고 있었고, 전화가 가장 수월한 연락 방법이라고 여겼다.

몇 초 뒤, 그는 전화를 받았지만 인사를 하는 대신 그녀가 말을 꺼내길 잠자코 기다렸다.

"뭐하는 짓이야, 아도니스? 이 사진들 어디서 났어?"

"네가 알고 싶어 할 거라고 생각했지."

"하데스가 널 가만 둘 것 같아?"

"어디 해보라지. 그렇게 되면 아프로디테의 노여움을 직면해야 할 테니."

"개자식."

"3주 줄게." 그가 말했다.

"무슨 수로 네 일자리를 돌려놓으라는 거야?" 그녀가 외쳤다.

"방법을 찾아. 네가 날 잘리게 만든 거니까."

"네 스스로 자초한 일이야, 아도니스." 그녀가 앙다문 입술 사이로 중얼거리듯 말했다. "내 기사를 훔치지 말았어야지."

"내 덕에 네가 유명해진 거잖아." 그가 주장했다.

"아니, 나는 피해자 그 이상도 이하도 아니야."

수화기 너머에선 한참 동안 침묵이 이어지다가, 이윽고 아도니스가 입을 열었다. "시간이 별로 없어, 페르세포네."

그 말을 끝으로 전화가 끊겼다. 머릿속에는 요동치는 생각들로 가득했다. 가장 쉬운 방법은 디미트리에게 아도니스의 복직을 고려해달라고 요청하는 것이리라. 그래서 그녀는 자리에서 일어나 그의 사무실 문을 두드렸다.

"잠깐 시간 괜찮으세요?"

푸른색 셔츠에 노란색 넥타이와 잘 어울리는 안경을 쓴 상사가 컴퓨터 화면에서 눈을 돌렸다. 색상이 현란해 눈을 어디에 둬야 할지 알 수 없었다.

"네, 들어와요."

페르세포네는 안으로 겨우 몇 걸음만 들어갔다. "아도니스가······
돌아올 가능성이 얼마나 되나요?"

"그는 부정직했어요, 페르세포네. 난 그를 다시 채용할 생각이 없
습니다. 왜요?"

"그냥 좀······ 마음이 안 좋아서요." 그녀는 간신히 입을 뗐다. 그
말을 꺼낼 때 입속에 피 맛이 도는 것 같았다.

디미트리가 안경을 벗었다. 이제 그의 두 눈이 똑바로 보였다. 눈
동자 속에 근심이 가득했고 약간의 의심도 엿보였다.

"다 괜찮은 거 맞나요?"

그녀는 고개를 끄덕였다. "네, 그럼요. 이만 가보겠습니다."

디미트리의 사무실을 나와 자리에 돌아온 그녀는 짐을 챙겼다.

메일에 첨부된 사진들은 끔찍했다. 만약 그게 공개된다면, 가십
잡지들에서 떠들어댄 모든 것이 사실로 밝혀지는 셈이었다.

음, 모든 건 아니지만.

페르세포네는 정말로 하데스와 데이트 중이라고는 말할 수 없었
다. 이전과 마찬가지로 둘 간의 계약 때문에 현재 상태에 뭐라고 이
름을 붙이기가 망설여졌다. 사진들이 공개된다면 말할 필요도 없이
어머니도 보게 될 테고, 그건 뉴 아테네에서의 생활이 끝장난다는
것을 뜻했다. 사진 공개의 여파로 밀려올 언론의 공세는 걱정할 필
요조차 없을 것이다. 그녀는 이미 여기 없을 테니까. 데메테르가 평
생 가둬버릴 거야.

심지어 데이트를 준비하는 와중에도, 분명히 즐겁고 설레야 할
시간에도 페르세포네는 아도니스의 위협에 대해 끊임없이 생각하고
있었다. 이 상황을 어떻게 타개해야 할지 고민이 들었다. 하데스에게

말할 수도 있을 것이다. 그러면 눈 깜짝할 새에 모든 게 처리될 것이다. 하지만 죽은 자들의 신이 그녀가 치러야 할 몫의 싸움을 대신하는 건 원치 않았다. 이 문제는 스스로 해결하고 싶었다. 그녀는 하데스에게 얘기하는 건 최후의 수단으로 삼자고 결심했다. 해결책을 도무지 찾을 수 없게 되면 뽑을 비장의 카드로.

그녀의 불편한 마음이 그에게도 전해진 것 같았다. 하데스가 리무진을 타고 데리러 왔을 때, 얼굴을 보자마자 이렇게 물었으니까.

"괜찮습니까?"

"네." 그녀는 최대한 쾌활한 목소리로 답했다. 그는 부쩍 이렇게 묻는 적이 많았다, 그에게 강박이 있는 건 아닐까 궁금할 정도로. "그냥 오늘 좀 바빴어요."

그는 미소를 지었다. "그럼 이제 쉬러 갑시다."

그는 그녀가 리무진에 타는 것을 도와주곤 옆자리에 탔다.

"여신님." 운전석에 앉아 있던 안토니가 고개를 숙이며 인사했다.

"다시 만나니 좋네요, 안토니."

"필요한 게 있으시면 언제든 버튼을 눌러주세요." 키클로페스가 미소를 짓더니 운전석과 뒷좌석을 분리하는 유색 창을 올렸다.

그녀와 하데스는 서로의 팔과 다리가 닿을 정도로 가까이서 나란히 앉아 있었다. 그 마찰에 피부 아래에서 열이 오르는 것 같았다. 그래서인지 갑자기 가만히 앉아 있을 수 없어, 다리를 꼬았다가 풀었다가 하며 움직였다. 그것이 하데스의 눈길을 끌었다. 바로 다음 순간, 그는 그녀의 허벅지 위에 손을 올렸다. 하루 동안의 스트레스 때문인지, 리무진 안에 감도는 긴장감 때문이었는지, 이유는 알 수 없었지만 바로 지금, 그녀는 그의 품 안에서 정신을 놓아버리고 싶었다.

페르세포네는 불쑥 말했다. "당신을 숭배하고 싶어요."

그녀의 목소리는 나직하면서도 산뜻했다. 마치 그의 하루가 어땠는지 묻는 질문처럼, 혹은 날씨에 대한 이야기처럼. 그녀는 자신을 바라보는 그의 시선을 느끼며 천천히 올려다보았다. 그의 눈동자는 어느새 어두워져 있었다.

"어떻게 나를 숭배하시겠습니까, 여신님?" 그의 목소리는 낮고도 신중했다.

그녀는 미소를 참으려 애쓰면서 바닥으로 내려가 그의 다리 사이에 무릎을 꿇고 앉았다. "보여드릴까요?"

그가 낮은 신음을 내더니 간신히 입을 뗐다. "시연해주시면 감사하겠습니다."

그녀는 손으로 그의 바지 단추를 풀었다. 속옷을 벗기자 그의 성기가 드러났고, 그녀는 손으로 그것을 꼭 쥐었다. 성기는 부드러우면서도 단단했다. 한 번 쓰다듬으며 그녀는 그와 눈을 맞추었다. 허벅지에 올려둔 그의 손은 점점 주먹을 꽉 쥐었다. 그녀가 성기를 입으로 가져가자, 그는 신음을 터뜨리며 고개를 뒤로 젖혔다.

그때, 차가 멈춰 섰다.

"제길." 그가 낮게 뇌까리곤 인터폰 버튼을 눌렀다. 페르세포네는 계속해서 그의 것을 목 깊숙이 집어넣고는 핥고 빨았다. 하데스는 숨을 헐떡이며 입을 뗐다. "안토니, 멈추라고 할 때까지 계속 운전해."

"네, 알겠습니다."

그는 끄응, 하며 치아 사이로 숨을 몰아쉬었다. 그의 손가락이 그녀의 머리카락을 파고들며 땋은 머리를 느슨하게 풀었다. 그녀는 계속해서 손으로 그의 성기를 매만지며 혀와 치아로 귀두를 맛보았다. 소금과 어둠의 맛이 났다. 그녀가 입안에 머금은 성기는 점점 단단해지고 커졌다.

그가 어느 시점에 이성의 끈을 놓아버렸는지는 알 수 있었다. 일순간 그가 페르세포네의 이름을 소리쳐 부르며 그녀의 입속으로 성기를 밀어 넣기 시작했기 때문이었다. 그녀는 리무진 좌석에 등을 기댄 채 무릎 꿇은 자세로 숨을 간신히 몰아쉬었다. 입안 깊숙이 그를 머금을 수밖에 없었다. 그는 그녀의 목구멍 깊숙한 곳에 계속해서 성기를 밀어넣더니 결국 그녀의 이름을 내뱉으며 사정했다.

페르세포네는 정액을 모두 핥아 마셨다. 다 삼키고 났을 때 하데스가 손을 뻗어 좌석에 그녀를 앉히곤 거칠게 키스한 다음, 홱 몸을 뗀 뒤 으르렁거렸다.

"당신을 원합니다."

그녀는 고개를 갸우뚱하며 물었다. "어떻게 원한다는 거예요?"

그는 조금도 지체하지 않고 답했다. "우선, 나는 뒤에서 당신을 가질 겁니다. 당신은 무릎 꿇고 손을 바닥에 댄 채로."

"그런 다음엔요?"

"당신을 내 위로 끌어올려 당신이 내 위에서 타고 놀게 할 겁니다. 당신이 절정에 이를 때까지."

"음, 그거 좋네요."

그녀는 몸을 일으켰고, 하데스는 그녀가 그의 다리 사이에 앉도록 거들었다. 그가 성기를 밀어 넣자 그녀는 신음을 흘렸다. 하데스가 그녀의 허리에 손을 두른 뒤 천천히 앞뒤로 움직이기 시작했고, 어느새 그녀는 자신만의 리듬을 타게 되었다. 이제 쾌락을 위해 그의 위에서 자유자재로 움직일 수 있었다. 그녀는 팔로 그의 목을 휘감고는 자신 쪽으로 더욱 끌어당겼다. 그녀는 계속 움직이며 그의 귀를 깨물었고, 그가 신음을 내자 속삭였다.

"내가 어떻게 느껴지는지 말해봐요."

"삶, 생명 같다고 느낍니다." 그가 답했다.

그의 손이 둘 사이로 들어가 그녀의 내밀한 안쪽을 애무했다. 점점 긴장감이 높아지다가 어느 순간 더 이상 견딜 수 없었다. 거칠게 몰아쉬던 숨은 결국 황홀한 비명으로 바뀌었다. 그녀는 그의 위로 풀썩 쓰러지며 얼굴을 그의 목덜미에 파묻었다.

얼마나 오랫동안 그에게 안겨 있었을까. 어느 순간, 페르세포네는 그의 무릎에서 미끄러지듯 내려왔고, 하데스는 매무새를 정돈한 뒤 안토니에게 목적지에 도착할 준비가 되었다고 말했다. 안토니는 주차장으로 들어서서 엘리베이터 앞에 주차했고, 하데스는 페르세포네가 내리는 것을 도와주었다. 엘리베이터 안으로 들어가서 그는 키카드를 꺼내 스캔하곤 14층 버튼을 눌렀다.

"여기가 어디죠?" 그녀가 물었다.

"그로브." 하데스가 답했다. "내 식당입니다."

"그로브가 당신 거예요?" 그곳은 독특한 장식과 아늑한 분위기, 그리고 정원에서 영감을 받은 듯한 식사 메뉴로 뉴 아테네에 사는 인간들이 가장 사랑하는 식당 중 하나였다. "그 사실을 어째서 아무도 모르는 거죠?"

"일리아스에게 운영권을 주었습니다. 그가 소유한 곳이라고 여기도록 하는 편이 나에겐 더 낫습니다."

엘리베이터가 열리자, 페르세포네는 눈앞에 펼쳐진 광경에 감탄했다. 그로브의 루프탑은 지하 세계의 숲을 닮아 있었다. 꽃이 가득 심어진 화단 사이로 구불구불하게 돌길이 나 있었고, 나무들은 주렁주렁 전구를 달고 있었다.

하데스는 테이블과 고급 의자 두 개가 놓인 탁 트인 곳으로 그녀를 안내했다. 나무에 달린 조명들이 머리 위에서 교차했다.

"정말 아름다워요, 하데스."

그는 미소를 지은 뒤 다양한 빵과 와인 한 병이 놓인 테이블 앞으로 그녀를 이끌었다. 그런 다음 두 잔에 와인을 따른 뒤 저녁 식사를 위해 건배했다.

그렇게 많이 웃은 게 얼마 만일까. 그녀가 기억하기론 그렇게 많이 웃은 적이 없었다. 하데스가 고대 그리스에 대해 이야기해주는 동안 하루어치 마음의 짐이 모두 씻은 듯 가셨다. 식사를 마친 뒤 둘은 옥상 숲길을 걸었다.

페르세포네가 물었다. "당신은 재미를 위해 무엇을 하나요?"

우스운 질문처럼 보였지만 그녀는 정말로 호기심이 일었다. 지난 몇 달 동안 하데스가 카드 게임과 산책을, 그리고 키우는 개들과 놀아주는 걸 좋아한다는 건 알게 되었지만, 뭐가 더 있을지 궁금했다.

"무슨 뜻입니까?"

그녀가 웃음을 터뜨렸다. "방금 당신의 질문이 모든 걸 말해주네요. 취미가 뭐예요?"

"카드. 승마." 그는 손을 허공에 휘두르며 고민했다. "술."

"죽은 자들의 신과는 관련 없는 건요?"

"술 마시는 건 죽은 자들의 신으로 존재하는 것과 관련 없지요."

"그건 취미는 아니잖아요. 당신이 알코올 중독자가 아닌 이상."

하데스의 눈이 휘둥그레졌다. "그럼 당신의 취미는 무엇입니까?"

페르세포네는 미소 지었다. 그가 자기 자신에 대한 이야기를 피한다는 걸 알고 있었지만 일단 질문에 답했다. "베이킹이에요."

"베이킹? 내가 더 빨리 알았어야 하는 것 같군요."

"음, 안 물어봤잖아요."

둘은 침묵 속에 좀 더 걸었다. 문득 하데스가 멈춰 섰고, 페르세포네는 고개를 돌려 그를 바라보았다.

잠시 후 그가 말했다. "가르쳐주십시오."

그녀는 놀라서 그를 빤히 바라보았다. "뭐라고요?"

"가르쳐주십시오. 베이킹 말입니다."

그녀는 웃음을 터뜨릴 수밖에 없었다. 그는 재미로 말한 게 아니라는 듯 눈썹을 치켜떴다.

"미안해요. 내 집 주방에 있는 당신을 상상했더니 웃겨서요."

"어려운 일입니까?"

"음…… 네. 당신은 지하 세계의 신이니까요."

"그리고 당신은 봄의 여신이지요. 당신은 주방에서 쿠키를 굽잖습니까, 나는 왜 그러면 안 됩니까?"

그에게서 눈을 뗄 수가 없었다. 바로 그 순간, 그들 사이에 무언가가 변화했다는 것을 깨달을 수 있었다. 무언가가 점진적으로 발생하고 있었지만, 오늘은 그 감각이 강하게 전해졌다. 그녀는 그를 사랑하고 있었다.

그가 그녀의 얼굴을 어루만지며 손가락으로 뺨을 쓸어주었을 때에야 그녀가 줄곧 인상을 쓰고 있었다는 것을 깨달았다.

"괜찮습니까?"

"네, 완전 괜찮아요." 그녀는 미소를 짓고는 까치발을 하고 그의 입술에 부드럽게 키스한 다음 물러섰다. "가르쳐줄게요."

그도 미소를 지었다. "좋습니다. 그럼 지금 시작해봅시다."

"잠시만요, 지금 배우고 싶다고요?"

"지금이 가장 적절한 순간 같습니다." 그가 말했다.

지하 세계에는 베이킹을 위한 적절한 조리 도구가 없다고 말하려 입을 뗀 순간.

하데스가 말했다. "어쩌면…… 당신 집에서 시간을 보낼 수도 있을 거라고 생각했습니다."

그녀가 쳐다보자, 그는 어깨를 으쓱했다.

"당신이 항상 지하 세계에 와주었으니까요."

"당신이…… 지상 세계에서 시간을 보내고 싶단 말이에요? 내 집에서요?"

그 역시 그녀를 빤히 바라보았다. 이미 무엇을 하고 싶은지 정확하게 말한 터였으니까.

"……렉사에게 당신이 갈 거라고 미리 말해둘게요."

그가 고개를 끄덕였다. "좋습니다. 안토니에게 당신을 먼저 내려달라고 말해두겠습니다." 그는 자신이 입고 있는 정장을 내려다보았다. "나는 옷을 갈아입어야겠군요."

✻

하데스가 음식과 베이킹, 영화를 보러 저녁에 집에 와도 되는지 렉사에게 물어보고 설득하는 일은 싱겁게 끝났다. 사실, 렉사는 페르세포네가 말을 꺼내자마자 소리를 질렀다. 그러자 방에 있던 제이 슨이 놀라서 램프를 들고 달려 나왔다. 청회색 눈동자를 휘둥그레 뜨고, 짙은 갈색 곱슬머리가 헝클어진 채로. 그는 싸울 채비를 한 자세였는데, 그 모습을 본 두 여자는 웃음을 터뜨렸다.

제이슨은 손에 든 램프를 내렸다. "누가 비명을 지른 것 같았는데."

"그래서 날 구해주려고 램프를 들고 나온 거야?" 렉사가 물었다.

"방에서 제일 무거운 물건이었거든." 그가 변호하듯 대꾸했다.

그들은 다시 한번 웃음을 터뜨렸다. 그런 다음 페르세포네는 렉 사가 소리 지른 이유를 제이슨에게도 말해주었다.

제이슨은 뒷덜미를 문질렀다. "와, 하데스?"

"응, 하데스!" 렉사가 제이슨의 손을 부여잡았다. "이리 와! 거실을 치워야 해. 하데스가 우릴 농부라고 생각하겠어."

여전히 제이슨의 손에 램프가 들린 채로 두 사람이 옆방으로 사 라지자 페르세포네는 미소를 지었다.

그들은 열심히 청소했다. 그녀가 막 파자마로 갈아입었을 때 초인 종이 울렸다. 하데스와 함께 보낸 시간이 이제는 꽤나 쌓였음에도 문을 열어주러 갈 때 그녀의 심장은 여전히 쿵쾅거렸다.

하데스는 근육질 몸에 꼭 맞는 꿈결 같은 검은색 셔츠에 헐렁한 운동복 바지를 입고 현관에 서 있었다. 그 모습에 페르세포네는 충 격을 받았다. 늘 각 잡힌 모습의 신이 이렇게 캐주얼한 옷차림을 할 수도 있다는 사실이, 동시에 몹시 근사하다는 사실이 놀라웠다.

"쫌 전에 사 입은 거 아니에요?" 그녀는 바지를 가리키며 물었다.

하데스는 빙긋 웃으며 바지를 내려다보았다. "아닙니다."

그녀는 약간 부끄러운 기분으로 그를 맞아들였다. 이 집은 그에겐 너무 작았다. 그는 문간을 거의 가득 채울 만큼 덩치가 컸을뿐더러 키가 너무 커서 고개를 숙인 채 들어서야 했다. 페르세포네는 얼굴을 찌푸렸다.

"왜 그러십니까?" 그가 물었다.

"아무것도 아니에요."

페르세포네는 재빨리 그를 거실로 데려갔다. 렉사와 제이슨은 막 청소를 마치고 소파에 앉아 있었다.

"음, 하데스. 여기는 나와 제일 친한 친구 렉사예요. 그리고 이쪽은 렉사의 남자친구인 제이슨이고요."

제이슨은 소파에서 손을 흔들었지만, 렉사는 바로 일어서서 하데스에게 다가와 허리춤을 껴안았다.

페르세포네의 눈이 휘둥그레졌다. 렉사의 대담함에 감명을 받기도 했지만 하데스의 반응, 그러니까 조금도 놀라지 않은 듯 렉사를 안아주는 모습도 놀라웠다.

"만나서 반가워요." 그녀가 말했다.

"저에게 그렇게 말하는 사람은 거의 못 봤습니다." 그가 말했다.

렉사는 몸을 떼곤 싱긋 웃었다. "내 친구한테 잘하세요. 그럼 앞으로도 계속 만나서 반가울 테니까요."

"잘 알겠습니다, 렉사 시더리스 씨." 하데스는 입꼬리를 올리더니 가볍게 고개를 숙였다. "이렇게 말해도 좋다면, 저 역시 당신을 만나 기쁩니다."

렉사의 얼굴이 달아올랐다.

젠장, 지하 세계의 신은 몹시 매력적이었다. 페르세포네는 하데스를 주방으로 데리고 갔다. 그녀와 하데스, 그리고 하데스 옆에서는 더욱 작아 보이는 렉사까지 함께 있으니 주방이 좁게 느껴졌다. 하데스는 천장에 머리가 닿았지만 그 키는 쓸모가 있었다. 페르세포네가 필요로 하는 도구들 대부분이 주방 상단 선반에 놓여 있어서였다.

"어째서 모든 것을 이렇게 위에 두는 겁니까?" 그는 도구들을 꺼내주며 물었다.

"달리 둘 데가 없어서요. 혹시 모르실까 봐 다시 말씀드리는데 나는 궁전에 살지 않는답니다."

그는 그녀를 바라보았고, 그 눈길은 이렇게 말하고 있는 듯했다. 내가 바꿔드릴 수 있습니다.

모든 도구를 조리대 위에 놓아준 후 하데스는 그녀를 향해 고개를 돌렸다. "나 없이 어쩌려고 그러십니까?"

"혼자 꺼내죠, 뭐." 그녀가 담담히 말했다.

하데스가 코웃음을 쳤다. 뒤를 돌아보았을 때 그는 팔짱을 낀 채 카운터에 기대어 서 있었다. 숨이 멎을 듯 근사했다. 그런 그가 그녀의 구질구질한 주방에서 고작 쿠키를 만들겠다고 서 있는 게 웃겨서 웃음이 터질 뻔했다.

"자, 이리 와요. 멀찍이 서 있으면 배울 수 없어요."

하데스는 능글맞은 미소를 띠곤 눈썹을 치켜뜬 채 다가왔다. 이렇게까지 가까이 올 줄은 몰랐는데 그는 그녀의 등 뒤에 몸을 바짝 대고선 허리를 부드럽게 껴안았다.

그의 입술이 귓가에 닿았다. "부디, 가르쳐주십시오."

그녀는 숨을 고르고 목을 가다듬었다. "베이킹할 때 꼭 기억해야 할 가장 중요한 사실은 재료들을 올바르게 계량하고 섞어줘야 한다는 거예요. 그렇지 않으면 완전 망해요."

그의 입술이 그녀의 목과 어깨를 쓸며 내려갔다. 그녀의 숨이 가빠졌고, 재빨리 덧붙였다. "그만둬요. 집중하라고요."

그녀는 어깨 너머로 고개를 돌려 그에게 눈을 흘겼고, 그는 순진한 표정을 지었다. 페르세포네는 계량컵을 건넸다.

"먼저, 밀가루." 그녀가 말했다.

하데스는 컵을 들어 필요한 밀가루 양을 쟀다. 그러는 동안에도 팔은 그녀의 허리에 두르고 있었는데, 마치 그녀가 없는 것처럼 움직였다. 하지만 그가 그녀의 존재를 톡톡히 느끼고 있다는 건 알 수 있었다. 밀착된 그의 성기가 단단히 부풀고 있었으니까.

"다음은?"

집중해. 그녀는 스스로에게 명령했다.

"베이킹 소다요."

그는 모든 재료가 그릇에 담겨 섞일 때까지 계량을 계속했다. 페르세포네는 잽싸게 그의 팔 아래로 손을 뻗어 쿠키 시트와 스푼을 붙잡았다. 그런 다음 하데스에게 반죽을 지름 3센티미터 정도의 동그란 모양으로 만들어서 시트 위에 올려놓으라고 지시했다.

쿠키들이 오븐에 들어가자 하데스는 기대에 찬 눈으로 돌아보았지만, 다음 단계가 남아 있었다.

"이제 아이싱을 만들 거예요." 그녀는 두 손을 비볐다. 제일 좋아하는 순서였다.

하데스는 눈썹을 치켜떴는데, 확실히 즐거워 보였다. 페르세포네는 거품기를 건네면서 다시 가르쳐주기 시작했다.

"이걸 가지고 뭘 해야 합니까?"

"재료들을 휘저어주세요."

그녀는 가루 설탕과 바닐라 시럽, 옥수수 시럽을 그릇 안에 부은 후 그에게 건넸다.

"저어요."

그가 실실 웃었다. "물론이지요."

아이싱이 다 만들어지자 둘은 두 개의 그릇에 나누어 담고 식용 색소를 섞었다. 페르세포네는 요리할 때 깔끔한 축에 들지는 않았는데, 그도 그럴 것이 모든 색소를 다 섞었을 때 손가락이 죄다 아이싱으로 범벅이 되어 있었다.

하데스가 그녀의 손을 붙잡았다.

"어떤 맛입니까?" 그러고는 그녀의 손가락을 자신의 입속 깊숙이 넣어 깨끗하게 쪽쪽 빨아낸 후 신음했다. "맛있군요."

얼굴이 붉어진 그녀는 재빨리 손을 빼냈다.

긴 침묵이 흐른 후 하데스가 물었다. "이제 뭘 하지요?"

둘의 눈동자가 마주쳤다.

하데스는 그녀의 허리에 손을 얹고 두 걸음 가더니 조리대 위로 그녀를 들어올렸다. 그녀는 짧은 비명을 내지른 다음 웃음을 터뜨렸다. 그런 다음 두 다리를 그의 허리에 감은 채 그를 가까이 끌어당겼다. 그는 굶주린 듯 키스를 퍼부으며 그녀의 고개를 뒤로 젖혀 더욱 깊숙이 입술을 파고들었다. 하지만 주방으로 들어와 헛기침하는 렉사 때문에 키스는 오래가지 못했다.

입술을 먼저 뗀 것은 페르세포네였다. 그러자 하데스의 고개가 그녀의 목덜미에 털썩 놓였다.

"렉사." 페르세포네가 목을 가다듬었다. "무슨 일이야?"

"여러분이 영화 보고 싶나 해서 왔는데?"

"싫다고 하십시오." 하데스가 그녀의 귓가에 속삭였다.

페르세포네는 웃음을 터뜨리곤 물었다. "무슨 영화?"

"타이탄의 격돌?"

하데스는 코웃음을 터뜨리며 그녀에게서 몸을 떼고 렉사를 바라보았다. "예전 겁니까? 요즘 겁니까?"

"예전 거요."

그는 고개를 기울이고 잠시 생각에 잠겼다,

"좋습니다." 그런 다음 페르세포네의 뺨에 키스했다. "잠시만."

그는 주방을 나갔다. 페르세포네는 조리대 위에 앉아 다리를 앞뒤로 흔들었다. 하데스가 시야에서 사라지자마자 렉사가 외쳤다.

"우선은 말이지. 주방에선 섹스 금지야! 그리고, 하데스가 너 완전 사랑하나 보다."

페르세포네의 뺨이 달아올랐다. "그만해, 렉사."

"이보세요, 그가 널 숭배하고 있잖아."

페르세포네는 렉사의 말을 무시하곤 청소를 시작했다.

다 구워진 쿠키를 잠시 식히는 동안 네 명은 거실에서 영화를 보기 위해 자리를 잡았다. 페르세포네는 하데스 옆에서 그에게 안겨 있었는데, 바로 그때 지하 세계의 신을 만난 뒤로 삶이 얼마나 기묘하게 변했는지 깨달았다. 하지만 동시에 그와 함께 평생을 통틀어 가장 행복한 시간을 보내고 있었다. 이 순간도 마찬가지였다. 기꺼이 그녀와 함께 인간적인 활동을 하고자 했다. 그녀를 기쁘게 하는 것들을 하고자 했고, 배우고 싶어 했다.

장갑을 낀 채 오븐에서 뜨거운 쿠키 틀을 꺼내려고 낑낑대는 그의 모습을 떠올리자 키득키득 웃음이 났다.

그 순간, 그녀를 감싼 하데스의 팔에 힘이 들어갔다. 그러곤 그녀의 귓가에 속삭였다. "지금 무슨 생각하는지 압니다."

"절대 모를걸요."

"이 저녁 시간을 다 보내고 나면 웃을 일이 더 많아질 겁니다."

얼마 지나지 않아 그녀는 잠이 들었고, 하데스는 그녀를 안아 들고 침실로 데려갔다.

그가 침대에 눕혀주자, 비몽사몽한 채로 그녀는 말했다. "떠나지 말아요."

"안 떠납니다." 그는 그녀의 이마에 키스했다. "푹 자요."

얼마나 지났을까, 피부에 닿는 하데스의 뜨거운 숨결에 잠이 깬 그녀는 낮은 신음 소리를 내며 그에게 손을 뻗었다. 그는 그녀를 몇 주 동안이나 맛보지 못한 것처럼 격하게 키스를 퍼부었다. 입술에서부터 턱, 목, 가슴까지. 그런 다음 그의 손가락이 그녀의 옷단을 붙잡았다. 그녀가 등을 아치형으로 젖히자 그는 셔츠를 머리 위로 벗긴 뒤 옆으로 던져두었다. 그는 더욱 아래로 내려와 두 손과 혀로 그녀의 가슴을 애무했다. 얼마 지나지 않아 그녀는 바지까지 벗어던졌고, 그는 그녀의 다리를 벌린 뒤 입으로 그녀를 한껏 맛보았다. 그가 엄지손가락으로 가장 민감한 부분을 문지르자 신경을 타고 그녀에게 짜릿한 행복감이 밀려들었다.

애무를 마친 그는 그녀의 몸 위로 올라와 키스를 한 번 더 건네고는 자신의 옷을 벗은 다음 그녀의 허벅지 사이에 자리를 잡았다. 그녀는 다리를 더욱 넓게 벌렸고, 그는 성기를 그녀의 안에 꽉 차게 밀어 넣었다. 이미 젖어 있었기에 성기는 부드럽게 쑥 밀려 들어왔고,

그녀는 가득 채워진 기쁨에 몸을 한껏 젖혔다. 이보다 더 완전하다고 느낀 적이 없었다.

그는 상체를 숙여 그녀의 이마에 자신의 이마를 댄 채 가쁜 숨을 몰아쉬었다.

"아름답습니다." 그가 말했다.

"당신 느낌이 좋아요." 그녀는 머리끝까지 몰려드는 압박감에 숨을 헐떡이며 이를 악문 채 간신히 속삭였다. 행복감이 오래 지속될수록 통제력은 더욱 옅어졌다. "당신에게선…… 힘이 느껴져요."

처음에는 그가 천천히 움직였기에 그녀로서는 모든 감각을 또렷이 맛볼 수 있었지만, 신은 욕정에 굶주렸기에 그 사려 깊은 태도는 이내 스러졌고 곧 훨씬 더 무분별하고 격렬한 몸짓으로 바뀌었다.

그의 목구멍 깊은 곳에서 맹렬하게 으르렁대는 신음이 흘러나왔다. 그는 몸을 기울여 그녀의 입술을 깨물고 목에 이르기까지 키스를 퍼부었다. 그리고 점점 더 강하게, 세게 밀어 넣었다. 그녀의 몸 전체가 흔들렸다.

페르세포네는 발뒤꿈치를 모아 다리로 그를 껴안았다. 그녀의 손톱이 그의 살갗을 파고들었고, 손가락은 그의 머리카락을 쥐어뜯었다. 이 순간에 영영 머물 수 있는 무엇이든 붙잡고 싶었다.

하데스는 침대 머리 판에 부딪히지 않도록 그녀 머리 위에 조심스레 손을 얹고는 계속해서 그녀 안으로 파고들었다. 이제는 침대 전체가 흔들렸다. 들리는 소리라곤 둘의 거친 숨소리와 부드러운 신음, 서로를 더 깊이 느끼려는 필사적인 노력에서 비롯된 소리뿐이었다. 그녀의 몸에 전기가 흐르는 듯했고, 상대를 도취시키는 그의 열기로 인해 더욱 달아올랐다. 그는 그녀가 더 이상 참을 수 없을 때까지 밀어 넣고, 또 밀어 넣었다. 절정에 달한 그녀의 마지막 외침에 이어 그도 황홀경을 맞이했다. 그녀는 그가 자신 안에서 울컥울컥 고동치는 감각을 즐겼다. 그의 모든 것을 들이마시고 싶었다. 마지막 한 모금까지도.

그런 다음, 둘은 고요해졌다. 하데스의 매끈한 몸은 그녀의 몸 위에 가만히 기대어 있었다. 그는 천천히 그녀의 위에서 내려왔는데, 이제 점차 의식이 돌아오는 것 같았다. 그제야 정신을 놓았다는 것을, 너무 세게 그녀 안에 들어가느라 둘이 침대 머리 판에 끼이다시피 웅크려 있다는 것을 깨달은 듯했다.

그는 그녀를 찬찬히 들여다보았다. 그 눈빛을 보고서야 그녀는 자신이 울고 있다는 것을 깨달았다.

"페르세포네." 그의 목소리는 겁에 질려 어쩔 줄 모르는 듯 불안했다. "내가 다치게 했습니까?"

"아니에요." 그녀는 손으로 눈을 가리며 속삭였다. 그는 결코 그녀를 다치게 하지 않았다. 스스로도 왜 눈물이 나는지 알 수 없었다. "당신은 나를 다치게 하지 않았어요."

잠시 후, 하데스는 그녀의 눈에서 손을 조심스레 떼고는 얼굴에 흐르는 눈물을 닦아냈다. 그녀는 그와 눈을 맞추었다. 그가 더 이상 묻지 않자 안도하면서.

그는 옆에 나란히 누워 그녀를 꼭 안고 이불을 가져와 덮었다. 그러곤 그녀의 머리카락에 키스하면서 속삭였다. "당신은 내겐 너무나 완벽합니다."

깜빡 잠이 들었는지, 옆에 누웠던 하데스가 불현듯 몸을 일으키자 페르세포네도 정신이 들었다. 곧장 추위를 느낀 그녀는 비몽사몽한 채 그를 찾아 더듬으며 몸을 돌렸다.

"침대로 돌아와요." 그녀가 말했다.

"내 딸에게서 당장 떨어져." 데메테르의 목소리가 방에 쩌렁쩌렁 울려 퍼졌다.

그러자 정신이 퍼뜩 들었다. 그녀는 가슴께까지 이불을 끌어올린 다음 몸을 일으켰다.

"엄마, 당장 나가요!"

데메테르의 차디찬 시선이 페르세포네를 향했다. 그 눈길에서 그녀는 고통이, 파괴가 예정되어 있음을 즉각 알아차렸다. 신문 헤드라인이 눈에 선했다. 올림포스 신들의 싸움, 뉴 아테네를 파괴하다.

"네가 어떻게 감히." 데메테르의 목소리가 부들부들 떨렸다.

페르세포네는 그 말이 자신을 향한 건지, 하데스를 향한 건지 알 수 없었다. 어쩌면 둘 다일 것이다.

페르세포네는 이불을 벗어던지고 잠옷을 입었다. 하데스는 침대 위에 앉아 있었다.

"얼마나 오래됐니?" 데메테르가 물었다.

"엄마가 상관할 바 아니에요." 페르세포네가 딱 잘라 말했다.

어머니의 눈동자가 어두워졌다. "네 분수를 잊었구나, 딸아."

"엄마는 내 나이를 잊었잖아요. 난 아이가 아니라고요!"

"넌 내 아이야. 그리고 넌 내 믿음을 배신했어."

페르세포네는 무슨 일이 닥쳐올지 알고 있었다. 공중에 어머니의 마법이 만들어지는 것을 느낄 수 있었다.

"안 돼요, 엄마!"

페르세포네는 필사적으로 하데스를 바라보았다. 그는 그녀와 눈을 맞추었다. 긴장한 눈빛이지만 차분했다. 그녀의 두려움은 전혀 덜어지지 않았다.

"넌 다시는 이 불명예스러운 인간의 삶을 살지 못하게 될 거다!"

데메테르가 손가락을 튕기자 페르세포네는 눈을 질끈 감고 몸을 움츠렸다. 하지만 그녀가 예상한 대로 유리 온실로 순간 이동하지 않았다. 아무 일도 일어나지 않았다.

그녀는 천천히 눈을 뜨고 허리를 곧게 폈다. 충격을 받은 어머니의 눈이 휘둥그레져 있었고, 이내 그녀의 눈길은 페르세포네의 금팔찌를 향했다.

어머니는 달음질쳐 그녀의 팔뚝을 낚아채고는 손목에 걸린 팔찌를 거칠게 끌렀다. 그러자 그녀의 매끈한 피부에 새겨진 어둠이 드러냈다.

"무슨 짓을 한 거냐?" 이번에는 데메테르의 눈길이 하데스를 향했다.

"만지지 마세요!"

페르세포네는 손목을 빼내려 했지만 데메테르의 손힘은 더욱 강해질 뿐이었고 페르세포네는 비명을 질렀다.

"그녀를 풀어줘. 데메테르."

하데스의 목소리는 차분했지만 그의 눈동자 안에는 치명적인 무언가가 깃들어 있었다. 페르세포네는 전에도 저 눈동자를 본 적이 있었다. 그의 안에서 분노가 자라나고 있었다.

"감히 나에게 지시하지 마라!"

하데스가 손가락을 튕기자 갑자기 그는 어젯밤과 같은 옷차림이 되었다. 그가 몸을 일으켜 다가오자 데메테르는 페르세포네를 놓아주었다. 그녀는 재빨리 어머니에게서 멀찍이 떨어졌다.

"당신 딸과 나는 계약을 맺었다." 하데스가 설명했다. "계약을 이행할 때까지 내 곁에 머물 것이다."

"안 돼." 데메테르의 눈길은 여전히 페르세포네의 손목에 가 있었다. 지금부터는 어머니가 무슨 짓이든 할 수 있다는 직감이 들었다. 그녀의 손을 자르는 것부터. "이 표식을 없애. 없애라고, 하데스!"

하지만 하데스는 데메테르의 커져가는 분노에 미동도 하지 않았다. "계약은 반드시 이행되어야 한다, 데메테르. 운명의 여신들이 정한 것이다."

수확의 여신은 페르세포네를 돌아보았다. 안색이 창백했다. "어떻게 네가 감히?"

"어떻게 내가 감히라고요?" 페르세포네는 날카롭게 되물었다. "내가 이런 일이 일어나길 바란 줄 아세요, 엄마?"

하데스가 몸을 움찔하는 게 곁눈질로 보였다.

"네가 바라지 않았다고? 내가 분명히 경고했잖아!" 데메테르는 하데스를 손가락질했다. "신들에게서 거리를 두라고 경고했어!"

"그렇기 때문에 이 운명에 걸려들게 만드신 거예요."

데메테르는 턱을 쳐들었다. "그럼, 나를 비난하는 거니? 내가 지금껏 해온 모든 게 널 보호하는 것뿐이었는데도? 그래, 넌 곧 진실을 알게 될 거다, 딸아."

여신은 손을 뻗어 자신이 가한 마법을 페르세포네에게서 걷어냈다. 신적인 모습을 가리기 위해 써야 했던 글래머가 벗겨지면서 마치 수천 개의 작은 바늘이 피부를 일제히 꿰뚫는 것 같은 고통이 찾아왔다. 그 통증에 그녀는 숨을 몰아쉬며 바닥에 쓰러졌다.

"계약이 끝나면 넌 나랑 집으로 돌아가야 한다." 데메테르가 말했다. "넌 이 인간적인 삶으로 다시는 돌아오지 못할 거고, 다시는 하데스를 보지 못할 것이야."

그런 다음 데메테르는 사라졌다.

하데스는 페르세포네를 일으켜 세우곤 꼭 끌어안았다.

그녀는 눈물을 터뜨렸다. 간신히 내뱉을 수 있었던 말은 이것뿐이었다. "난 당신을 후회하지 않아요. 당신을 만난 걸 바라지 않는다는 뜻이 아니었어요."

"압니다." 하데스는 눈물로 범벅된 그녀에게 부드럽게 키스했다.

그때 문을 두드리는 소리가 났다. 둘의 시선은 문간에 서 있는 렉사에게 향했다.

렉사의 눈이 휘둥그레져 있었다. "대체 무슨 일이야?"

페르세포네는 하데스에게서 몸을 뗐다. "렉사, 너에게 말해줄 게 있어."

렉사는 지난 4년 동안 함께 산 친구가 여신이라는 사실을 담담히 받아들였다. 그녀의 감정은 배신감부터 불신까지 널을 뛰었고, 페르세포네는 다 받아들였다. 렉사는 진실을 중시하는 사람이었는데, 가장 친한 친구라고 말해왔던 이가 사실은 자신의 커다란 정체성에 대해 거짓말을 해왔다는 사실을 막 알게 된 참이니까.

"나한테 왜 숨긴 거야?" 렉사가 물었다.

"아무에게도 이야기하지 않겠다고 엄마랑 약속했거든. 그리고 평범한 삶을 산다는 게 뭔지 알고 싶은 마음도 있었어."

"이해해. 그나저나 세상에, 네 어머니 완전 미쳤어." 렉사는 갑자기 번개가 내리꽂히기라도 할 것처럼 몸을 웅크렸다. "방금 내 말에 그 신이 날 죽일까?"

"지금 나한테 너무 화가 나 있고 하데스를 향한 증오로 가득 차 있어서 네 생각 따윈 하지도 않을걸."

렉사는 고개를 절레절레 저으며 절친을 바라보았다. 둘은 거실에 함께 앉아 있었다. 어머니가 글래머 마법을 앗아가지 않았더라면,

그래서 여신의 모습을 그대로 노출할 일이 없었더라면 오늘은 여느 날과 다를 바 없는 평범한 날이었을 것이다. 다행히도 하데스가 그녀에게 글래머 마법을 다시 씌워주었다.

"네가 봄의 여신이라는 게 믿어지지 않아. 뭘 할 수 있어?"

페르세포네는 얼굴이 붉어졌다. "음, 그게 문제야. 난 이제야 내 힘을 배우고 있거든. 최근까지 난 내 마법을 느끼지도 못했어. ……이제까지 난 다른 신들처럼 되고 싶었어. 그런데 내 힘이 나타날 기미가 보이지 않아서, 내가 잘하는 뭔가를 할 수 있는 곳을 찾고 싶어진 거야."

렉사는 페르세포네의 손 위에 자신의 손을 포갰다. "넌 잘하는게 너무나 많아, 페르세포네. 특히 여신으로 존재하는 거."

그녀가 쿡 웃음을 터뜨렸다. "네가 어떻게 알아? 이제야 내가 누군지 알게 됐잖아."

"넌 친절하고 동정심이 많고 또 네 신념을 위해 싸우잖아. 게다가 다른 사람들을 위해 싸워주기도 하고. 그 모든 건 신들이 해야 하는 일들인데, 많이들 그걸 잊은 것 같아서 누가 말 좀 해줬으면 했어." 그녀는 잠시 말을 멈추었다가 다시 입을 열었다. "어쩌면 네가 태어난 이유가 그건지도 몰라."

페르세포네는 눈가에 흐르는 눈물을 닦았다. "사랑해, 렉사."

"나도 사랑해, 페르세포네."

데메테르의 위협 이후 몇 주가 지나도록 페르세포네는 잠을 잘 잘 수 없었다. 불안감이 머리끝까지 치솟았고, 그 어느 때보다 더욱 더 갇힌 듯한 느낌이 들었다. 만약 하데스와의 계약 조건을 이행하지 못한다면, 평생 지하 세계에 갇히게 될 것이다. 하지만 생명을 창조하게 된다면, 그때는 어머니의 온실에 포로로 붙잡힐 것이다.

그녀가 하데스를 사랑하는 건 사실이었다. 하지만 원하는 대로 자유롭게 지상과 지하 세계를 오가며 살고 싶었다. 지금껏 살아온 인간의 삶을 계속 살면서 졸업도 하고 언론사에서 경력을 쌓아가고 싶었다. 여기까지 이야기했을 때 렉사는 말했다.

"그냥 그에게 한번 얘기해봐. 죽은 자들의 신이잖아. 뭔가 도와줄 수 있지 않겠어?"

하지만 페르세포네는 그에게 이야기하는 게 아무 소용없다는 것을 알고 있었다. 하데스는 계약의 조건은 타협할 수 없다고 거듭 말했다, 심지어는 데메테르를 마주하고서도. 계약을 이행하느냐 마느냐, 그것을 선택할 수 있을 뿐이었다. 자유냐 아니냐, 그 현실에 마음이 찢어질 것 같았다.

설상가상으로, 그녀는 하데스의 마법을 사용하고 있었다. 몇 가지 이점은 있었지만 매 순간 그를 곁에 두는 것과 다름없었다. 그의 존재감이 계속 몸을 휘감으면서 그녀가 처한 곤경을 상기시켰다. 어떻게 이토록 통제 불능의 상태가 되어 그를 사랑하게 되었는지를.

이제 졸업식까지는 2주가 남았다. 하데스와의 계약이 끝나는 시점도 꼭 같았다.

아크로폴리스에 출근했을 때 페르세포네는 뭔가 이상함을 감지했다. 엘리베이터에서 내렸을 때 안내데스크 뒤에 서 있던 밸러리가 책상으로 향하는 그녀를 멈춰 세우곤 속삭였다.

"페르세포네, 당신을 보러 온 여자분이 계세요. 하데스에 대해 할 이야기가 있으시대요."

그녀는 끙, 하고 소리 내어 한숨을 내쉴 뻔했다. "누군지 확인하셨어요?"

페르세포네는 하데스에 대해 할 얘기가 있다는 사람들이 사무실로 전화를 걸어올 때마다 물어볼 질문 목록을 밸러리에게 건네준 적이 있었다. 전화를 걸거나 인터뷰하겠다고 직접 찾아온 사람들 중 대다수는 그저 호기심 많은 인간이거나, 아니면 기자들을 캐내 사연 하나 얻어가려는 다른 기자였다.

"이상한 사람 같지는 않았어요. 가짜 이름을 대는 것 같긴 했지만요."

페르세포네는 고개를 갸우뚱했다. "왜요?"

밸러리는 어깨를 으쓱했다. "모르겠어요. 이름을 말할 때의 뉘앙스 같은 게, 마치 막 생각해낸 것 같더라고요."

그 말에도 페르세포네는 찜찜했다. "무슨 이름이었는데요?"

"캐럴이라고 하더라고요."

이상하다.

밸러리는 덧붙여 말했다. "만약 인터뷰에 동행할 사람이 필요하면 제가 갈게요."

"아뇨." 페르세포네가 말했다. "괜찮아요. 그래도 고마워요."

그녀는 자리에 짐을 놔두고 커피를 내린 뒤 휴대폰으로 메일함을 빠르게 훑으며 방으로 들어섰다.

"저에게 해주실 이야기가 있다고요?" 그녀가 고개를 들며 말했다.

"이야기요? 오, 아니에요, 페르세포네 여신님. 저는 계약을 제안하러 왔답니다."

페르세포네는 얼어붙었다. 저 밝은 금발 머리를 어디서 봤더라?

"아프로디테." 페르세포네는 탄식처럼 그 이름을 내뱉었다.

사랑의 여신이 대체 왜 여기에 온 거지?

"여기서 뭐하시는 거예요?"

"하데스와의 계약이 얼마 남지 않았으니 당신을 한번 만나야겠다고 생각했지요."

페르세포네는 무심결에 손목을 가렸다. 팔찌로 표식을 가려두었음에도.

"그걸 어떻게 아세요?"

아프로디테는 미소를 지었지만, 눈길에는 연민이 담겨 있었다. "하데스가 우리 둘 사이의 내기에 당신을 끌어들인 것 같더군요."

페르세포네는 배가 뒤틀리는 것처럼 고통스러웠다. 무겁게 침을 삼켰다.

"내기요?" 그녀가 되물었다.

아프로디테가 입술을 깨물었다. "그가 말하지 않았나 보군요."

"염려하는 척하지 마세요, 아프로디테. 그냥 본론을 말씀하세요."

그러자 여신의 표정이 바뀌었다. 심각한 얼굴의 그녀는 이전보다 더욱 아름다워 보였다. 갈라에서 만났을 때 페르세포네는 그녀에게서 외로움과 슬픔을 감지했는데, 이제 그 감정이 그녀의 얼굴에 선명히 드러났다. 사랑의 여신인 아프로디테, 인간과 신 모두와 사랑을 나누는 그녀가 외롭다는 사실에 페르세포네는 충격을 받았다.

"세상에, 세상에." 아프로디테가 말했다. "당신 무척 맹랑하군요. 어쩌면 하데스가 당신을 그렇게 좋아하는 이유가 그거겠네요."

페르세포네가 주먹을 꽉 쥐었고, 여신은 잠깐 동안 희미한 미소를 띠었다.

"하데스와 카드 게임을 했던 적이 있어요. 다 재미로 한 거였는데, 그가 졌거든요. 나는 그에게 6개월 안에 누군가와 사랑에 빠져야 한다는 요구를 내걸었지요."

거기까지 들었을 때, 페르세포네는 잠시 멍해졌다. 하데스가 아프로디테와 계약을 맺었다. 누군가 그와 사랑에 빠지도록 만들라.

페르세포네는 무겁게 침을 삼켰다.

"정말이지, 그가 얼마나 빨리 당신에게 관심을 쏟던지, 정말 인상적이었어요. 내가 조건을 내건 지 한 시간도 지나지 않아 그는 당신을 꾀어 계약을 맺게 했고, 나는 그때부터 진행 상황을 지켜보았지요."

페르세포네는 거짓말하지 말라고 비난하고 싶었지만, 아프로디테가 꺼내는 한마디 한마디가 다 사실임을 알고 있었다.

지금까지 그녀는 이용당하고 있었던 것이다. 진실의 무게가 그녀를 짓눌렀고, 산산이 부숴버렸다. 다 망가뜨렸다. 하데스가 변화할 수 있을 거라는 희망을 품어서는 안 되는 거였다. 그에게는 게임이 곧 삶이었다. 그게 전부였고, 그는 이기기 위해 무슨 짓이든 할 것이었다. 그 짓이 그녀의 마음에 상처를 입힐지라도.

"마음 아프게 해서 미안해요." 아프로디테가 말했다. "하지만 이제는 내가 정말로 졌다는 걸 알겠어요. 그를 정말 사랑하는군요."

"그게 왜 당신이 미안해할 일이죠?" 페르세포네는 눈물이 차오른 눈으로 사랑의 여신을 쏘아보았다. "이게 당신이 원했던 거잖아요."

여신은 고개를 저었다. "아니에요…… 나는 오늘이 되도록, 사랑을 믿지 않았거든요."

✲

페르세포네는 결코 데메테르와 하데스의 감옥 중 하나를 고르는 상황에 처하고 싶지 않았다. 그저 자유로워질 방법을 찾고 싶었다. 하지만 자신이 이용당했다는 사실을 깨닫게 된 지금, 그녀는 선택을 감행하기로 했다.

아프로디테가 인터뷰실에서 사라진 뒤, 그녀는 갈팡질팡하다가 결정을 내렸다. 하데스와의 거래는 이번으로 끝낼 것이고, 그 결과는 이후에 감수할 것이다. 그녀는 짐을 싸서 디미트리에게 지금 바로 떠나야 한다고 말한 후 네버나이트로 가는 버스를 탔다.

지하 세계에 모습을 드러낸 그녀는 벌판을 가로질러 어두운 산등성이 쪽으로 향했다. 그곳에 있는 환생의 우물로 갈 것이다.

민테의 말을 들었어야 했어.

신들이여, 그렇게 생각하게 될 줄 꿈에도 몰랐는데.

화가 머리 끝까지 난 상태라 똑바로 생각하기가 어려웠다. 이런 기분이 드는 게 차라리 기뻤다. 마음이 진정되고 나면 참담한 슬픔만이 몰려들 테니까. 하데스에게 모든 것을 다 주었는데. 몸, 마음, 그녀의 꿈마저도.

얼마나 바보 같았는지.

매력. 그녀는 이렇게 합리화했다. 분명히 그는 그녀에게 매력의 주문을 걸었으리라.

지난 반년간의 기억들을 회상할수록 생각들은 통제를 벗어났다. 모든 기억 하나하나가 괴로움을, 점점 더 큰 고통을 자아냈다. 하데스가 이 계획을 시행하기 위해 왜 그토록 많은 어려움을 감내했는지 이해할 수 없었다. 그는 그녀를 속였다. 그 외에 많은 이들도.

그런데 시빌의 말은?

오라클인 시빌은 둘의 운명의 실이 서로 얽혀 있다고 말해주었다. 그녀와 하데스가 함께할 운명이라고.

어쩌면 무능한 오라클인지도 모르지.

눈물이 왈칵 차올랐다. 상념에 깊이 잠겨 있느라 주변 풀밭에서 부스럭거리는 소리를 듣지 못했다. 고개를 돌렸을 때, 멀지 않은 곳에서 뭔가가 움직였다. 심장이 거세게 뛰었다. 그녀는 넘어질 듯 뒷걸음질 치다가 풀밭에 가려진 무언가에 걸려 넘어졌다. 그 순간 풀밭에 있던 물체가 넘어지는 그녀를 향해 돌진했다.

페르세포네는 눈을 질끈 감고 손으로 얼굴을 가렸지만, 손에 닿은 것은 차갑고 축축한 코였다. 눈을 뜨자 하데스의 세 마리 개 중 하나가 말똥말똥 바라보고 있었다.

그녀는 웃음을 터뜨리고 자리에서 일어나 혀를 내밀고 있는 케르베로스의 머리를 쓰다듬었다. 자신이 걸려 넘어진 게 빨간 공이라는 것을 흘끗 보고도 알 수 있었다.

"형제들은 어딨어?" 귀 뒤를 긁어주며 그녀는 물었다. 개는 대답 대신 그녀의 얼굴을 핥았다. 페르세포네는 개에게서 얼굴을 떼곤 자리에서 일어나 공을 집어 들었다. "이거 하고 싶지?"

케르베로스는 뒷다리와 엉덩이를 땅에 댄 자세를 취했지만 들떠서 가만히 앉아 있지 못했다.

"잡아와!"

페르세포네는 공을 멀리 던졌다. 개는 냅다 달렸고, 그녀는 그 뒷모습을 잠시 바라보다가 산기슭을 향해 계속 걷기 시작했다.

산속 깊이 자리한 우물에 가까워질수록 발아래 땅은 점점 더 거칠어졌고, 바위투성이에 온통 황량했다. 잠시 후 케르베로스가 공을 입에 물고 그녀를 다시 찾아왔다. 그런데 발치에 공을 떨어뜨리는 대신 산 쪽을 바라보았다.

"환생의 우물에 데려가줄 수 있어?" 페르세포네가 물었다.

개는 잠시 그녀를 바라보더니 달음질쳤다.

그녀는 개를 따라 가파른 경사를 올랐고, 산속 깊은 중심부로 들어섰다. 멀리서 이 지대를 지켜보는 것과 그 안쪽, 그러니까 머리 위 검은색 구름이 소용돌이치는 산속을 직접 걷는 건 천지 차이였다. 저만치서 번개가 번쩍하더니 천둥이 땅을 뒤흔들었다. 그녀는 계속해서 케르베로스를 따라갔다. 저 개를 시야에서 잃어버릴까 봐, 혹은 더 최악은, 개가 다칠까 봐 두려웠다.

"케르베로스!" 미로 같은 숲길에서 개가 사라지자 페르세포네는 개의 이름을 소리쳐 불렀다.

땀에 흠뻑 젖은 이마를 손등으로 훔쳤다. 산속은 따뜻했고 점점 더 뜨거워지고 있었다.

모퉁이를 돌았을 때, 그녀는 발밑에 흐르는 작은 개울을 보고 잠시 멈칫했다. 하지만 그것은 개울이 아니었다. 불길이었다. 등골이 서늘해졌다. 케르베로스가 짖는 소리를 따라 힘껏 불길을 뛰어넘은 그녀의 앞에는 더한 광경이 펼쳐졌다. 개가 있는 곳은 절벽 끄트머리였고, 그 아래로는 맹렬한 화염의 강이 휘몰아치고 있었다. 혼절할 것 같은 열기가 그녀를 휘감았다. 페르세포네는 좀 전까지 방황하던 곳의 정체를 문득 깨달았다.

타르타로스.

여기는 플레게톤 강(지하 세계 속 불의 강으로, 이 강을 지나는 동안 불에 의해 영혼이 정화되는데, 그 영혼은 스틱스 강을 거쳐 하데스의 영토로 들어간다고 알려져 있다-옮긴이)이다.

"케르베로스! 빠져나갈 수 있는 곳을 찾아봐!" 그녀가 외쳤다.

개는 마치 말을 알아들은 것처럼 짖더니 산 안쪽으로 향하도록 깎여 있는 계단을 향해 달려갔다. 계단은 미끄럽고도 가팔랐고, 움푹한 언덕 위로 자취를 감추었다. 하지만 산 위쪽으로 가기 위해선 올라야 할 것이다.

"케르베로스!"

이름을 불러도 개가 멈추지 않아서 바로 뒤쫓아 달렸다.

계단은 위쪽의 뻥 뚫린 굴로 이어졌다. 통로를 따라 등이 늘어서 있었지만 빛이 너무 약해 간신히 발치를 비출 뿐이었다. 통로는 플레게톤의 열기로부터는 안전했다. 어쩌면 케르베로스는 지금 그녀가 요청한 대로 환생의 우물로 안내하는 중인지도 몰랐다.

그런 생각을 하던 차에 굴 끝에 이르렀다. 동굴을 빠져나오니 무성한 초목과 황금빛 열매가 탐스럽게 열린 나무들로 가득한 작고 아름다운 동굴이 나타났다. 발밑의 웅덩이에는 잉크색 하늘에 떠 있는 반짝이는 별들 같은 물이 담겨 있었다.

여기가 환생의 우물이구나.

웅덩이의 중앙에는 돌기둥이 서 있었는데, 그 위에는 황금색 술잔이 놓여 있었다.

페르세포네는 그 잔을 거머쥐기 위해 곧장 물속을 헤치고 나아갔다. 그런데 물의 일렁임 사이로 웬 목소리가 들려왔다.

"도와주세요." 쉰 듯한 목소리가 말했다. "물."

그녀는 자리에 얼어붙은 채 주위를 둘러보았지만 아무것도 보이지 않았다.

"저…… 저기요?" 그녀는 어둠 속을 향해 외쳤다.

"기둥." 목소리가 말했다.

페르세포네의 심장이 쿵쾅거렸다. 기둥 반대편에는 쇠사슬로 온몸이 묶인 남자가 있었다. 말 그대로 뼈 위로 살점이 간신히 붙어 있을 정도로 깡말랐고, 흰색의 머리카락과 수염은 길고 헝클어져 있었다. 손목에 채워진 수갑은 그가 기둥 꼭대기에 놓인 잔에, 혹은 그보다 낮은 높이의 나무에 매달린 과일에 결코 닿지 못할 만큼 짧았다. 그 몰골에 그녀는 너무나 깜짝 놀랐다. 남자가 그녀를 바라보았을 때, 그 눈동자는 핏속을 굴러다니는 것처럼 보였다.

"도와주세요." 그가 다시 말했다. "물."

"오, 신들이여."

페르세포네는 기둥을 타고 올라가 잔을 가지고 내려와 웅덩이의 물을 가득 채운 후 남자가 마실 수 있도록 했다.

"조심하세요." 그가 꿀꺽꿀꺽 물을 삼키는 모습을 보며 그녀가 일러주었다. "갑자기 속이 놀랄 수도 있으니까."

그녀가 잔을 치우자 남자는 가슴을 들썩이며 숨을 들이켰다.

"고맙습니다." 그가 말했다.

"누구신가요?" 그녀는 그의 얼굴을 살피며 물었다.

"내 이름은." 그가 숨을 들이쉬었다. "탄탈로스입니다."

"여기 온 지 얼마나 된 거예요?"

"기억나지 않습니다." 그의 입에서 흘러나오는 단어 하나하나가 몹시 느리게 발음되었는데, 모든 에너지를 앗아가는 것처럼 보였다.

"나는 영원히 굶주리고 목말라야 하는 저주를 받았습니다."

그녀는 그가 어쩌다 그런 벌을 받게 되었는지 궁금했다.

"나는 아스포델에서 평화롭게 지내게 해달라고 이 세계를 관장하는 제왕께 매일같이 빌었습니다. 하지만 그분은 내 청원은 듣지 않으십니다. 여기서 이만큼 오래 시간을 보냈으니 나는 예전의 나와 달라졌습니다. 맹세합니다."

그녀는 곰곰이 생각했다. 하데스에 대해 오늘 새로운 사실을 알게 되긴 했지만 여전히 그의 힘은 믿고 있었다. 하데스는 영혼을 들여다볼 줄 알았다. 이 남자가 변화했다고 하데스도 느낀다면 그를 아스포델에서 살 수 있게 해줄 것이다.

페르세포네는 탄탈로스에게서 한 발짝 떨어졌다. 그러자 그의 눈에서 불이 활활 타오르는 것 같았다. 그가 이를 악물었다.

저것이구나. 하데스가 그에게서 본 어둠이.

"당신은 나를 믿지 못하는군요." 갑자기 그의 말이 빨라졌다.

"어느 쪽이든 나는 잘 몰라요." 페르세포네가 최대한 중립을 유지하려고 노력하며 말했다.

이 남자가 내뿜는 분노는 두려워할 만한 것이겠구나 하는 불안한 예감이 들었다. 그녀의 말에 그의 눈동자를 흐리게 만들던 기묘한 분노의 빛이 사라졌다.

그는 고개를 끄덕였다. "당신은 현명합니다."

"가봐야 할 것 같아요." 페르세포네가 말했다.

"잠시만요." 그녀가 발을 뗐을 때 그가 소리쳤다. "과일 한 입만…… 주세요. 부탁입니다."

페르세포네는 침을 삼켰다. 마음속으로 그래선 안 된다는 목소리가 들려왔지만, 그녀는 어느새 나무에서 튼실한 황금빛 과일을 따고 있었다. 그녀는 남자에게 다가가 적당한 거리를 유지하려 팔을 뻗었다. 탄탈로스는 부드러운 과일을 베어 물기 위해 목을 뻗었다.

그 순간, 물속에서 단단한 뭔가가 솟아나 페르세포네의 다리를 휘감았다. 그녀는 중심을 잃고 물에 빠졌다. 수면 위로 올라가려 했지만 남자의 발이 그녀의 가슴에 닿는 것이 느껴졌다. 그는 형벌의 고통을 겪고 있었음에도 힘이 셌다. 그녀는 그의 손아귀에서 빠져나오려 몸부림쳤지만 결국 힘이 빠지고 말았다. 그러자 글래머를 붙들고 있던 힘이 풀려 그녀의 신적인 형상이 점차 드러났다.

그녀가 저항을 멈추자 탄탈로스는 발을 뗐다.

기회였다. 페르세포네는 있는 힘껏 물속을 헤엄쳤는데, 마치 끈적한 타르 안에서 수영하는 것 같았다. 물을 사방으로 튀기며 마침내 물속을 빠져나왔다.

"여신이잖아!" 탄탈로스가 중얼거리는 소리가 들렸다. "돌아와요, 작은 여신이여! 난 너무 오래 굶주렸어. 뭔가를 맛봐야겠다고!"

동굴의 비탈은 미끄러워서 오르는 게 힘겨웠고, 그녀는 삐죽삐죽 솟은 바위에 무릎이 긁혔다. 이곳을 빠져나가야 한다는 절박감에 통증을 느낄 새도 없었다. 마침내 어둑한 출구에 도달했을 때 그녀는 누군가와 세게 부딪쳤다. 두 손이 그녀 어깨 위로 엄중히 내려앉았다.

"안 돼요! 제발……."

"페르세포네." 하데스가 말했다. 그녀를 한 발자국 뒤로 밀면서.

그녀는 온몸이 굳었다. 하지만 그와 눈을 맞추자, 그가 나타났다는 사실에 안도감을 감출 수 없었다.

"하데스!" 그녀는 그에게 두 팔을 두르고는 울음을 터뜨렸다.

그는 단단하고 강인하며 따스했다. 그는 한 손을 그녀의 머리에 얹고, 다른 한 손으로는 그녀의 등을 감쌌다.

"이제 다 괜찮습니다." 그의 입술이 그녀의 머리카락에 닿았다. "여기서 뭐하는 겁니까?"

그때 남자의 끔찍한 목소리가 허공을 찢었다. "어디 있지, 꼬마 아가씨?"

하데스의 몸이 굳었다. 그는 그녀를 등 뒤에 세우고는 동굴 입구에 다가갔다. 그가 손가락을 튕기자 기둥이 회전했고, 이제 탄탈로스는 그들 쪽을 향했다. 하데스가 나타났는데도 그는 두렵지 않은 듯했다. 신이 손을 내뻗자 탄탈로스의 무릎이 앞으로 꺾이며 저절로 꿇렸다. 두 팔은 여전히 사슬에 단단히 묶인 채로.

"나의 여신님께선 네놈에게 친절을 베푸셨다." 하데스의 목소리는 차갑게 울려 퍼졌다. "그 친절을 이렇게 갚는 것이냐?"

탄탈로스가 움직이려 하자 페르세포네가 건네주었던 물이 그의 입에서 쏟아져 나왔다. 하데스는 물을 가르고 물기 없는 길을 만들어내면서 죄수를 향해 신중하게 발걸음을 내디뎠다. 탄탈로스는 팔에 가해지는 통증을 줄이려고 애써 무릎을 세우면서 가슴속 깊은 곳에서부터 쉭쉭대는 숨소리를 냈다.

"당신도 내가 느낀 걸 똑같이 느껴야 해…… 절박하고 굶주리고 외롭게!" 탄탈로스가 으르렁댔다.

하데스는 잠시 탄탈로스를 바라보았다. 그리고 순식간에 그 남자를 들어 올려 목을 잡았다. 탄탈로스의 다리가 허공에서 앞뒤로 거세게 움직이며 버둥거렸다. 하데스는 그 모습에 차갑게 웃었다.

"내가 수세기 동안 그 감정을 느끼지 못했다고 어떻게 단언하지?"

그 말을 뱉을 때 그의 글래머는 녹아 사라진 상태였다. 이제 하데스는 신의 형상이 되어 어둠 속에 서 있었다.

"넌 오만한 인간이었다. 이때까지는 내가 네 간수일 뿐이었지만 이제 나는 네 처벌자가 되겠다. 나의 재판관들이 도가 지나친 자비를 베푼 것 같구나. 넌 끝없는 굶주림과 목마름을 겪는 저주를 받게 될 것이다. 심지어 네 손이 닿을 만한 자리에 음식과 물도 놓아둘 것이다. 그러나 네가 먹고 마시는 순간, 네 목구멍 안에서 그것들은 불타오를 것이다."

그 말과 함께 하데스는 탄탈로스를 떨어뜨렸다. 쇠사슬이 그의 팔다리를 단단히 휘감았고, 그는 돌바닥에 내동댕이쳐졌다. 간신히 몸을 가눌 수 있게 되었을 때 그는 고개를 들어 하데스를 노려보며 짐승처럼 으르렁거렸다. 그가 신을 향해 달려들기 직전, 하데스가 손가락을 튕겼고 탄탈로스는 사라졌다.

침묵 속에서 하데스는 조용히 페르세포네를 향해 고개를 돌렸다. 방금 전 목격한 광경의 충격에서 헤어 나올 수 없었다. 그녀는 뒷걸음질을 치다가 끈적끈적한 돌 위에 미끄러질 뻔했다. 하데스가 바로 달려와 그녀를 붙잡고 품에 안았다.

"페르세포네." 그의 목소리는 낮고 따스했다. 간청하는 목소리. "제발 나를 두려워하지 마십시오. 제발 당신만은."

그녀는 시선을 피할 길 없어 그를 올려다보았다. 그는 아름답고, 험악하며, 강력했다. 그리고 그는 그녀를 속였다.

페르세포네는 눈물을 참을 수 없었다. 왈칵 눈물이 터지자 그는 그녀를 꼭 안았고, 그녀는 그의 목덜미에 얼굴을 묻었다. 언제 순간 이동했는지 알 수 없었지만, 그가 어디로 데리고 왔는지 알아보기 위해 고개를 들지도 않았다. 벽난로가 가까이 있다는 것만 알 수 있었다. 몸에 스며드는 추위를 물리치기엔 벽난로의 온기가 그다지 도움이 되지 않았다. 그녀가 계속 몸을 떨자 하데스는 그녀를 욕탕으로 데려갔다.

그녀는 그가 옷을 벗기고, 욕탕 안으로 들어가 껴안을 동안에도 순순히 몸을 내맡겼지만 그를 쳐다보지는 않았다. 침묵이 흐르는 동안 그는 가만히 있다가, 그녀가 더 이상 견딜 수 없다고 느낀 순간 입을 열었다.

"몸이 좋지 않습니다. 그놈이…… 혹시 다치게 했습니까?"

그녀는 아무 말도 하지 않은 채 눈을 계속 감고 있었다. 눈물이 그치길 바라면서.

"말해주십시오." 그는 애원했다. "제발."

제발, 이라는 단어에 그녀는 눈물이 그렁그렁한 눈을 떴다. "아프로디테에 대해 알게 됐어요, 하데스." 그 말에 그의 표정이 바뀌었다. 그렇게까지 충격을 받은, 혹은 괴로워 보이는 얼굴은 처음이었다. "내가 당신에겐 게임에 지나지 않았다는 거죠."

그는 매섭게 그녀를 노려보았다. "난 당신을 단 한 번도 게임이라 여긴 적 없습니다, 페르세포네."

"그 계약은……."

"당신과 그 계약은 아무 상관이 없습니다." 그는 몸을 떼며 낮게 으르렁거렸다.

페르세포네는 욕탕 안에서 발을 디디려 노력하며 그를 쏘아보았다. "이게 계약과 아무 상관이 없다고요? 신들이여, 난 정말 멍청했어요! 당신에게 영영 붙잡힐 포로가 될 수 있는 상황에서도 당신을 좋은 존재라고 여겼다니."

"포로? 이곳에서 당신이 포로라고 생각했습니까? 내가 당신을 그렇게 대했습니까?"

"아무리 다정해도 간수는 간수니까요."

그의 얼굴이 어두워졌다. "그렇게 생각했다면 나랑 잔 이유는 뭡니까?"

"그걸 예언하듯 말한 건 당신이었어요." 그녀의 목소리가 떨렸다. "그리고 당신 말이 맞았죠. 난 그걸 즐겼어요. 그리고 이렇게 된 마당에, 우린 각자 갈 길 가면 돼요."

"갈 길 간다?" 그의 목소리에서 치명적인 죽음의 맛이 느껴졌다. "당신이 원하는 게 그겁니까?"

"그게 최선이라는 걸 우리 둘 다 알고 있잖아요."

"오히려 나는 당신이 아무것도 모른다는 생각이 듭니다. 심지어 당신 스스로를 위해서조차도 생각하지 않는다는 느낌이 들기 시작했습니다."

그 말이 칼날처럼 그녀의 속을 후벼 팠다. "어떻게 감히……."

"어떻게 감히 뭐요, 페르세포네? 또 헛소리할 겁니까? 당신은 아무 힘도 없다는 듯 행동하지만 당신 스스로를 위해선 단 한 번도 결정을 내린 적이 없습니다. 당신이 누구랑 자는지 어머니가 결정하도록 놔둘 겁니까?"

"닥쳐요!"

"당신이 원하는 게 뭔지 말하십시오." 그가 그녀를 욕탕 구석으로 몰아세웠다.

그녀는 시선을 피했고, 이를 너무 세게 악문 나머지 턱이 아플 지경이었다.

"말하란 말입니다!"

"꺼져요!"

그녀는 이렇게 내뱉고 몸을 던져 그의 허리에 두 다리를 감았다. 그런 다음 그에게 키스를 퍼부었다. 치아와 혀가 부딪쳐 아플 정도로 강렬한 키스였지만 둘은 멈추지 않았다. 그녀의 손가락이 그의 머리카락을 헝클어뜨리며 파고들었고, 그녀는 그의 고개를 홱 젖혀 목을 타고 내려가며 키스했다. 단 몇 초 만에 그들은 욕탕 밖 대리석 바닥에서 몸을 겹쳤고, 페르세포네는 하데스의 등이 바닥에 닿게 눕히고는 그의 것을 그녀 안에 찌르듯 깊이 넣었다.

둘의 거친 몸놀림과 숨결이 욕탕을 가득 채웠다. 그녀가 한 모든 행동 중 가장 에로틱한 행위였다. 그의 위에 올라탄 채 움직이면서 그녀는 뭔가가 몸속에서 솟구치는 것을 느꼈다. 하데스의 몸이 끌어당기는 강력한 힘과는 또 다른 성질의 것이었다. 뭐라 이름 붙이기 어려웠지만, 그것은 그녀의 혈관 속을 뜨겁게 흐르며 떨리고 있었다.

그때 하데스가 손을 뻗어 그녀의 가슴과 허벅지를 움켜쥐었고, 허리를 세워 앉은 자세를 취한 다음 그녀의 젖꼭지를 입에 물고 빨았다. 그 감촉에 페르세포네는 목 깊은 곳에서 신음 소리를 냈고, 안을 더욱 조이며 점점 더 세게, 빠르게 움직였다.

"좋아." 하데스가 이를 악문 채 으르렁댔다. 그리고 명령했다. "날 이용하십시오. 더 세게. 더 빠르게."

그것은 그녀가 복종한 유일한 명령이었다.

둘은 동시에 절정에 이르렀다. 정신이 들자마자 페르세포네는 몸을 일으켜 옷을 움켜쥐고 욕탕을 떠났다. 하데스는 알몸으로 그녀를 뒤따라왔다.

"페르세포네." 그가 외쳤다.

그녀는 걸음을 멈추지 않으면서 옷을 주섬주섬 입었다. 하데스는 나직이 푸념하며 마침내 따라잡았고 그녀를 붙잡아 옆방으로 이끌었다. 왕좌가 놓인 알현실이었다.

그녀는 화가 나서 그를 밀쳤다. 그는 미동도 하지 않았고, 오히려 팔로 그녀를 가두듯 감쌌다.

"이유를 알고 싶어요." 페르세포네는 핏속에 무언가 뜨거운 것이 흐르고 있음을 느꼈다. 배 속 깊은 곳에서 뭔가 타올랐고 마치 뱀의 독처럼 몸속을 타고 격렬하게 흘렀다. 그는 답이 없었다. "내가 쉬운 표적으로 보였어요? 내 영혼을 들여다봤을 때 사랑에 고픈, 숭배당하고픈 존재가 보였나요? 당신과의 거래에서 이길 수 없을 게 뻔해서 날 고른 거예요?"

"그런 게 아닙니다." 그는 지나치게 차분했다.

"그럼 뭐였는지 얘기해요!" 그녀가 분노에 가득 차 말했다.

"아프로디테와 나는 계약을 맺은 게 맞습니다. 하지만 당신과의 거래는 그것과는 아무런 상관이 없습니다." 그녀는 팔짱을 끼곤 그 말에 반박하려 했지만 그는 덧붙여 말했다. "당신의 영혼을 들여다본 다음 거래 조건을 제안했습니다. 자기 자신의 마음속에 갇혀 있는 여자를 보았기 때문입니다."

페르세포네는 그를 노려보았다.

"조건을 이행할 수 없을 거라고 여긴 건 당신이었습니다. 하지만 당신은 강력합니다, 페르세포네."

"나를 조롱하지 말아요." 그녀의 목소리가 떨렸다.

"절대 조롱하지 않았습니다."

그 목소리가 너무도 진실해서 그녀는 마음이 아팠다.

"거짓말쟁이."

그의 눈동자가 어두워졌다. "내겐 많은 면이 있지만 결코 거짓말쟁이는 아닙니다."

"거짓말쟁이가 아니라면 스스로 인정한 사기꾼이겠군요."

"난 당신에게 답을 했을 뿐입니다. 당신이 힘을 되찾도록 도왔지만 당신은 그걸 이제껏 사용하지 않았습니다. 어머니 그늘에서 벗어날 방법을 알려주었지만 당신은 그러지 않을 테고요."

"어떻게요?" 그녀가 따졌다. "날 돕는다고 하면서 뭘 했는데요?"

"당신을 숭배했습니다!" 그가 외쳤다. "당신 어머니가 금지시킨 것, 숭배자. 나는 그 존재가 되었습니다."

페르세포네는 어안이 벙벙해져 잠시 말을 잃었다. "그럼 당신은 내가 힘을 되찾기 위해 숭배자들이 필요하다는 걸 말해주면 됐는데, 그러지 않고 강제로 계약으로 끌어들였다는 거예요?"

"힘이 문제가 아닙니다, 페르세포네! 마법도, 환상도, 글래머도 다 제쳐두십시오. 문제는 자신감입니다. 스스로를 믿는 것 말입니다!"

"뭔가 잘못됐어요, 하데스……."

"뭐가 말입니까?" 하데스가 잠시 말을 끊었다. "말해보십시오, 당신이 그걸 알았다면 뭘 했겠습니까? 당신의 신적인 속성을 온 세상에 알려 추종자들을 얻고 그럼으로써 힘을 얻게 되었을 것 같습니까?" 그녀는 답을 알고 있었고, 그 역시 마찬가지였다. "아니, 당신은 어머니의 행복을 당신의 행복보다 소중히 여기기에 스스로 원하는 것을 결코 결정할 수 없었을 겁니다!"

"당신을 만나기 전까지 난 자유로웠어요, 하데스."

"날 만나기 전까지 당신이 정말 자유롭다고 생각했습니까? 뉴 아테네로 왔을 때 당신은 그저 유리 온실을 다른 종류의 감옥으로 바꾸었을 뿐입니다."

"내가 얼마나 한심한지 어디 한번 계속 말해봐요."

"그건 내가 말하려는 게……."

"……아니라고요?" 그녀가 말을 자르며 끼어들었다. "내가 한심한 이유를 또 하나 말해볼까요? 난 당신한테 반했어요." 그러자 눈물이 왈칵 치솟았다. 하데스가 뺨을 닦아주려 움직였지만 그녀는 거부했다. "하지 말아요!"

그는 몸짓을 멈췄다. 그녀가 상상도 하지 못할 만큼 상처받은 표정으로.

그녀는 목소리가 최대한 담담해질 때까지 잠시 멈췄다가 말을 이었다. "당신이 실패했다면 아프로디테는 뭘 얻게 되는 거였나요?"

하데스는 침을 꿀걱 삼키곤 잠긴 목소리로 말했다. "그녀를 위해 목숨을 바친 영웅 중 한 명을 다시 살려내라고 했습니다."

페르세포네는 입술을 꾹 다물고 고개를 끄덕였다. 그 사실도 알았어야 했는데.

"음, 어쨌든 당신이 이겼네요. 난 당신을 사랑해요. 이제 됐나요?"

"그런 게 아닙니다, 페르세포네!" 그녀가 등을 돌리자 그가 외쳤다. "내 행동보다 아프로디테의 말을 더 믿는 겁니까?"

그녀는 멈칫하고 그를 향해 돌아섰다. 화가 끓어올라 온몸이 떨렸다. 그녀를 사랑한다고 말하려는 거라면, 그는 지금 말해야 했다. 그녀는 그 말을 들어야 했다.

하지만 그는 고개를 젓고 이렇게 말했다. "당신은 당신 스스로의 죄수입니다."

그 말에 마음속 무언가가 부서졌다. 매서운 통증이 일었고, 무언가가 그녀의 핏속을 불길처럼 훑고 퍼져갔다. 그들 발아래 놓인 대리석이 덜그럭거리기 시작했다. 바닥에서 거대한 검은 덩굴이 일순간 솟아올라 죽은 자들의 신을 휘감고, 마침내 그의 손목과 발목을 묶어버렸다.

잠시 동안 둘은 충격 속에 얼어붙은 채 아무 말도 하지 못했다.

그녀는 생명을 창조했다. 바닥에서 솟아난 저것은 찬란한 생명과는 거리가 멀었지만. 시들어 있는 검은색 덩굴은 탐스럽지도, 아름답지도 않았다. 페르세포네는 거세게 숨을 몰아쉬었다. 이전과 달리, 지금 그녀가 느끼는 마법은 강력했다. 둔한 통증에 몸이 욱신거릴 정도로.

하데스는 붙잡힌 손목을 살펴보며 자신이 묶여 있는 게 맞는지 확인했다. 그가 페르세포네를 바라보았을 때, 그의 얼굴에는 웃음기 없는 미소가 서려 있었다. 그의 눈동자는 칙칙하고 생명력 없는, 공허한 검은색이었다.

"페르세포네 여신님, 당신이 이긴 것 같습니다."

페르세포네는 샤워실에 들어갈 때까지도 황금색 팔찌를 풀지 않았다. 그녀는 물 온도가 얼음장처럼 차가워질 때까지 오래도록 뜨거운 물줄기 아래 서 있다가 욕조 안으로 미끄러지듯 들어가 앉았다. 팔찌를 끌렀을 때, 표식은 사라져 있었다.

이 순간을 상상할 때마다 그녀가 그렸던 장면은 이런 게 아니었다. 사실, 그녀는 스스로의 힘을 얻게 되는 동시에 하데스를 가지고 싶었다. 두 세계의 장점을 다 거머쥐는 것을 상상했었다.

하지만 지금 그녀에겐 둘 다 없었다.

어머니가 잡으러 오는 건 시간문제라는 걸 알고 있었다. 목구멍까지 울음이 차올랐지만 가까스로 억누른 채 샤워실에서 나왔다.

그녀는 그녀 스스로의 포로였다.

하데스의 말이 맞았다. 그의 말이 이 밤, 그녀 마음속에 무겁게 내려앉았다. 다시금 눈물이 흘러내렸다. 언제였는지는 모르지만 어느 순간, 렉사가 들어와 침대에 누워 있는 그녀 곁에 와서 두 팔로 꼭 안아주었다. 페르세포네는 그렇게 잠이 들었다.

다음 날 아침 눈을 떴을 때, 렉사는 먼저 일어나서 그녀를 바라보고 있었다. 가장 친한 친구가 그녀의 머리칼을 쓸어 넘겨주며 물었다. "괜찮아?"

"응." 그녀는 조용히 말했다.

"끝난…… 거야?"

페르세포네는 고개를 끄덕이곤 애써 눈물을 참았다. 그녀는 우는 것에 지쳤다. 눈이 퉁퉁 부었고 코로 숨을 쉬기도 어려웠다.

"마음이 아프다, 페르세포네." 렉사는 몸을 굽혀 그녀를 꼭 끌어안았다.

그녀는 몸을 움츠렸다. 어떤 말을 꺼내기도 두려웠다. 다시 눈물이 터질 것 같았다.

감정이 계속 북받쳤지만, 그래도 그녀는 스스로 변화했다는 것을 느꼈다. 이제부터는 삶의 통제권을 쥐기로 결심했다.

그 신호를 읽은 듯 휴대폰 진동이 울렸다. 화면을 내려다보았을 때 아도니스에게서 온 메시지가 떠 있었다. 똑딱똑딱.

그가 요구한 기일을 잊고 있었다. 요구대로라면 그녀는 내일까지 그의 일자리를 되돌려놓아야 했다. 그건 불가능한 일임을 알고 있었기에, 페르세포네에겐 다른 선택지가 없었다.

그 사진들만 손에 넣을 수 있다면, 그에겐 협박할 거리가 사라질 것이다.

"렉사." 페르세포네가 말했다. "제이슨이 프로그래머라고 했지?"

"응…… 왜?"

"그에게 부탁할 게 있어."

❄

페르세포네는 캠퍼스 내 신들의 정원에서 기다렸다. 그녀는 하데스의 정원을 골랐는데, 가장 큰 이유는 그곳이 가장 한산해서 엿보는 이들의 눈을 피할 수 있는 곳이기 때문이었다.

오전 내내 그녀는 아도니스와 있었던 일 모두를 렉사에게 말해주었고, 제이슨에게는 그 인간의 컴퓨터를 해킹해서 협박에 쓴 사진들을 삭제할 수 있느냐고 물어보았다. 그 요청에 제이슨이 어찌나 뛸 듯이 기뻐했는지 웃음이 날 지경이었다. 해킹 과정에서 그는 많은 것을 알아냈다. 아도니스에게 사진을 전한 정보원을 포함해서.

페르세포네의 휴대폰 진동이 다시 울렸고, 화면을 확인했을 때는 아도니스에게서 문자 메시지가 와 있었다.

여기야.

고개를 들자 민테와 아도니스가 각각 반대 방향에서 그녀를 향해 걸어오고 있었다. 민테는 눈을 부릅뜨고 그녀를 노려보았다. 그러곤 몇 미터 떨어진 곳에 멈춰 섰다.

"재, 여기서 뭐하는 거야?" 민테가 따졌다.

"저 여자가 여기서 뭐하는 거지?" 아도니스도 물었다.

"두 번 말하고 싶지 않아서." 페르세포네가 답했다.

"네가 날 협박한 사진들, 민테가 찍은 거 알아." 그녀의 휴대폰 진동이 다시 울렸고 페르세포네는 화면을 확인한 다음 말을 이었다. "아니면 이렇게 말할 수도 있겠지. 네가 날 협박했던 사진들이라고. 네 모든 기기는 해킹됐고 지금 이 순간부터 그 사진들은 없어."

아도니스가 창백해졌고, 그녀를 노려보는 민테의 눈동자는 점점 더 매서워졌다.

"그럴 순 없어…… 그건, 그건 불법이라고!" 아도니스가 외쳤다.

"협박만큼 불법이라고?"

그 말에 그는 입을 다물었다. 페르세포네는 민테 쪽으로 고개를 돌렸다.

"이제 그분께 달려가서 내가 한 짓을 고자질하겠지?" 님프가 물었다.

"내가 왜 그런 짓을 하겠어?" 그녀는 정말 궁금해서 물었다.

하지만 민테는 신경질이 났는지 입술을 앙다물고 씩씩댔다.

"역할 놀이 그만하시지, 여신님. 물론 복수였어. 당신을 타르타로스로 보낸 게 나라는 사실을 하데스 님께 말하지 않은 게 놀랍던데."

"지금 저 여자가 널 여신님이라고 부른 거야?" 아도니스가 화들짝 놀라 끼어들었다. 하지만 민테와 페르세포네가 사납게 노려보는 바람에 다시 입을 다물었다.

"난 내 몫의 싸움을 스스로 하겠어." 페르세포네가 말했다.

"뭘 가지고? 네 잘난 글발?" 민테가 비꼬며 웃었다.

"나를 질투한다는 거 알아." 페르세포네가 말했다. "하지만 네 분노는 방향이 잘못됐어."

님프는 오히려 하데스에게 화를 냈어야 한다. 아니면 자신을 사랑해주지 않는 남자를 탐내느라 시간을 허비한 스스로에게.

"넌 아무것도 이해 못 해!" 민테가 씩씩거렸다. "나는 굉장히 오랫동안 하데스 님을 모시며 곁에 있었어. 그런데 이미 그의 왕비라도 된 것처럼 왕국 전체에 보란 듯이 으스대고 다닌 너 때문에 내가 잊힌 거지!"

민테의 말이 맞았다. 그녀는 이해하지 못했다. 자신의 삶, 자신의 사랑을 결코 돌려주지 않을 이에게 쏟는다는 게 어떤 의미일지 상상할 수 없었다.

민테가 떨리는 목소리로 덧붙였다. "네가 사랑에 빠졌어야 해. 그분이 너에게 빠진 게 아니라."

페르세포네는 움찔했다. 민테 역시 그 거래의 조건을 처음부터 알고 있었던 것이다. 하데스가 말해주었는지, 아니면 아프로디테가 그 조건을 내걸었을 때 그 자리에 있었는지 궁금했다. 하데스의 속임수를 알면서도 그녀가 사랑에 빠지는 모습을 지켜보았을 생각을 하니 수치스러웠다.

"하데스는 날 사랑하지 않아." 페르세포네가 말했다.

"어리석긴." 민테가 고개를 저었다. "네가 그걸 느낄 수 없다면, 글쎄, 넌 그분께 걸맞지 않은 걸 테지."

그 말에 피가 거꾸로 솟는 것 같았다. 페르세포네는 주먹을 꽉 쥐었다.

"하데스는 날 배신했어." 페르세포네의 목소리가 덜덜 떨렸다.

민테는 코웃음 쳤다. "어떻게? 아프로디테와의 거래를 말하지 않았다는 것 때문에? 만난 지 겨우 며칠 만에 그분을 조롱하는 기사를 써댄 너를 그분이 쉽사리 믿을 수 없었다는 사실은 전혀 놀랍지 않은데. 네가 그 사실을 알게 된다면 애처럼 굴 게 뻔하니 두려우셨을 테지."

민테는 선을 넘고 있었다.

"우리 지하 세계에서 보낸 시간을 과분하게 여겼어야지. 넌 그곳에서 그나마 가장 강력한 존재였으니."

바로 그 순간, 페르세포네는 진정으로 사악한 게 무엇인지 온몸으로 느꼈다. 그녀의 입꼬리가 말려 올라갔고, 기류가 변화한 것을 느꼈는지 민테가 갑자기 진지해졌다.

"아니." 바로 다음 순간 페르세포네가 손목을 튕기자, 땅에서 덩굴이 솟아나 민테의 발 주위를 휘감았다. 님프가 비명을 지르기 시작하자 또 다른 덩굴이 그녀의 입을 틀어막았다. "이것이 나의 가장 강력한 모습이다."

그녀가 손가락을 다시 한번 튕기자 민테의 몸은 점점 줄어들더니 한 떨기 민트로 변했다.

아도니스가 믿을 수 없다는 표정으로 눈을 휘둥그레 떴다. "오, 신들이여! 너…… 너……."

페르세포네는 다가가 땅에서 그 식물을 뽑아 들었다. 그런 다음 아도니스에게 다가가 그의 사타구니를 무릎으로 세게 쳤다. 인간은 쓰러져 땅을 구르고 몸부림치더니 다리를 부여잡고 끙끙거렸다. 페르세포네는 그가 고통받는 모습을 만족스럽게 바라보았다.

"한 번만 더 나를 위협하려 했다간, 너에게 저주를 내릴 것이다." 그녀는 치명적일 정도로 차분한 목소리로 말했다.

그는 끙끙대는 와중에 입을 열었다. "너는, 아프로디테의…… 호의를…… 가져갈 수 없어!"

페르세포네는 피식 웃고는 고개를 삐딱하게 기울였다. 가느다란 덩굴이 또 하나 솟아나 그의 얼굴을 어루만지자 아도니스는 비명을 질러댔다.

페르세포네는 그의 팔을 나뭇가지로 만들었다. 곧바로 나뭇잎들이 빠르게 돋아났다.

방금 전의 고통을 잊은 채 그는 소리를 질렀다. "그만, 그만! 날 되돌려주세요!"

그녀가 꿈쩍도 하지 않자, 그는 애원하기 시작했다.

"제발요." 그의 눈에서 눈물이 줄줄 흘렀다. "제발. 무엇이든 할게요, 무엇이든."

"무엇이든?" 페르세포네가 되물었다.

"네! 제발!"

"호의다." 페르세포네는 협상을 제시했다. "미래에 거두어가겠다."

"원하시는 대로요, 지금 하셔도 돼요!"

하지만 페르세포네는 아무것도 하지 않았다. 그녀가 자신의 팔을 원래대로 돌려놓을 생각이 없음을 깨닫자 아도니스는 조용해졌다.

"캐리언 플라워(사체가 썩는 듯한 악취를 풍기는 꽃-옮긴이)가 뭔지 아는가, 아도니스?"

그는 그녀를 쳐다볼 뿐 아무 말도 하지 않았다.

"두 번 말하게 하지 마라, 인간이여." 그녀는 글래머를 벗어던지곤 위협적으로 한 걸음 더 다가갔다. "아는가, 모르는가?"

아도니스의 눈이 커졌고, 몸부림치며 흐느끼듯 중얼거렸다. "모릅니다."

"아쉽군. 캐리언 플라워는 썩어가는 살냄새를 풍기는 기생 꽃이다. 그게 너와 무슨 상관이 있는지 궁금하겠지. 음, 이건 내기다. 동의 없이 여성을 건드리면 내가 널 캐리언 플라워로 만들어버릴 것이다."

아도니스는 새하얗게 질렸으면서도 그녀를 계속 노려보았다. "일반적으로 내기는 제가 그 대가로 무언가를 얻는 겁니다."

그녀는 그의 멍청함에 고개를 절레절레 저었다.

"대가가 있지. 네 목숨." 그녀가 가까이 몸을 기울였다. 강조의 뜻에서 민테를, 방금 민트가 된 님프를 높이 들어 녹색 이파리들을 찬찬히 살펴보며 말했다. "내 정원에 심어놓으면 어울리겠군."

그녀가 손가락을 다시 한번 튕기자 아도니스의 팔이 원래대로 돌아왔다. 몸이 변화하는 동안 그는 겁에 질려 버둥거렸고, 그가 다시 땅에 발을 디딜 수 있게 되자 그녀는 뒤돌아 걸어가기 시작했다.

"당신 대체 누구야!" 그가 등 뒤에 대고 소리쳤다.

페르세포네는 멈춰 서더니 아도니스를 향해 뒤돌아보았다.

"나는 페르세포네, 봄의 여신이다."

그러곤 그 자리에서 사라졌다.

❋

어머니의 온실은 그녀가 기억하는 그대로였다. 올림피아의 무성한 숲속에 안온히 자리 잡은, 유리로 덮인 화려한 철제 건물. 온실은 2층짜리였고 천장은 둥글었다. 이 시간대에는 태양빛에 온실 속 모든 것이 전부 황금색으로 빛났다.

여기에 있다는 게 끔찍하게 싫다는 사실이 안타까울 지경이었다. 황홀하리만치 근사한 곳이었으니까.

안에서는 어머니의 냄새가 났다. 야생화로 엮은 꽃다발처럼 달곰쌉쌀한 냄새. 그 냄새에 마음이 미어질 것 같았다. 마음 한구석에서는 어머니를 그리워했고, 그들의 관계가 변화되는 것이 아팠다. 한 번도 실망스러운 딸이 되고 싶지 않았지만, 그보다 되기 싫었던 것은 포로였다.

페르세포네는 형형색색의 백합과 제비꽃, 장미와 난초, 통통한 열매를 맺은 다채로운 나무들 사이로 난 오솔길을 잠시 걸었다. 생생하게 떨리는 생명력이 그녀를 에워싸고 있었다. 그 감각은 점점 더 강해지고 더 친숙해졌다.

이 벽 안에 갇혔을 때 꾸었던 모든 꿈이 떠올라 걸음을 멈췄다. 반짝거리는 도시들, 짜릿한 모험들, 그리고 열정적인 사랑을 하는 꿈. 그녀는 그 모든 것을 겪었다. 아름답고 사악하고도 가슴 아픈 것들. 그리고 다시금 맛보고, 느끼고, 살아 있기 위해 그 모든 것을 다시 할 의지가 있었다.

"코레."

어린 시절의 이름을 부르는 어머니의 목소리가 들려오자 늘 그랬듯 몸이 움찔했다. 고개를 돌렸을 때는 몇 미터 떨어진 곳에 데메테르가 서 있었다. 알 수 없는 표정의 차가운 얼굴로.

"엄마." 페르세포네가 고개를 한 번 숙였다.

"널 찾고 있었다." 데메테르의 눈길이 페르세포네의 손목을 향했다. "그런데 이제 보니 네가 드디어 정신을 차리고 자발적으로 내게 돌아온 것 같구나."

"사실은요, 엄마. 엄마가 무슨 짓을 했는지 말하려고 왔어요."

어머니의 표정은 여전히 아리송했다. "무슨 말을 하는 건지 모르겠구나."

"내 힘이 드러나는 걸 막으려고 날 여기에 가둬두었다는 걸 알고 있어요."

데메테르는 살짝 고개를 쳐들었다. "그건 단지 너를 위한 거였어.

난 그저 내가 최선이라고 여긴 일을 행한 것뿐이다."

"최선이라고 여긴 일을 행한 것뿐이라고요?" 페르세포네가 그 말을 똑같이 따라하며 되물었다. "내가 어떤 기분일지는 생각해보신 적 없어요?"

"네가 그저 내 말을 듣기만 했다면 이 모든 일은 일어나지 않았을 거다! 넌 여길 떠날 때까지 아무것도 아는 게 없었어. 넌 여길 떠나서 변한 거야." 그녀는 마치 변화가 끔찍한 것이기라도 하다는 듯, 페르세포네의 변화를 원망하는 것처럼 말했다. 그건 어쩌면 사실일지도 몰랐다.

"엄마가 틀렸어요." 페르세포네가 단호히 말했다. "난 모험을 원했어요. 이 벽 너머에서 숨 쉬고 싶었다고요. 엄마도 알고 있었잖아요. 내가 애원했잖아요."

데메테르는 시선을 피했다.

"엄마는 한 번도 내게 선택권을 준 적이 없어요……."

"난 그럴 수 없었다!" 데메테르는 소리친 후 깊이 숨을 들이쉬었다. "결국에는 상관없는 거였겠지. 운명의 여신들이 예측한 대로 모든 일이 일어났으니."

"뭐라고요?"

어머니가 그녀를 노려보았다. "네가 태어났을 때, 난 운명의 여신들에게 가서 네 미래를 물어보았다. 수세기 동안 여신이란 존재가 태어나지 않았고, 난 네가 걱정됐지. 그들이 이렇게 말하더구나. 넌 어둠의 여신, 죽음의 신부가 될 운명이라고. 하데스의 아내 말이다. 난 그런 일이 일어나도록 내버려둘 수 없었다. 그래서 내가 할 수 있는 유일한 일을 했던 거야. 널 숨겨두고 안전하게 지키는 일."

"아뇨, 안전하지 않았어요." 페르세포네가 말했다. "엄마가 그렇게 한 건 내가 늘 엄마를 필요로 하길 바랐기 때문이에요. 그래서 엄마가 혼자이지 않도록."

둘은 얼마간 서로를 바라보며 서 있었다.

잠시 뒤 페르세포네가 입을 열었다. "엄마가 사랑을 믿지 않는다는 건 알지만, 내 사랑마저 막을 권리는 없어요."

충격받은 데메테르는 눈을 끔뻑였다. "사랑? 넌…… 하데스를 사랑해선 안 돼."

페르세포네도 그러지 않기를 바랐다. 그를 사랑하지 않는다면 지금 가슴이 이렇게 아프지 않을 텐데.

"봐요, 이게 바로 내 삶을 통제하려는 엄마의 문제예요. 엄마는 틀렸어요, 지금껏 늘 틀렸다고요. 내가 엄마가 바라는 딸이 아니라는 건 나도 알지만, 결국 난 엄마의 딸이잖아요. 만약 엄마가 내 삶 안에 자리하고 싶다면, 내 삶을 내가 살도록 해줘야 해요."

데메테르의 눈이 번쩍 빛났다. "그래, 그렇다 이거지? 나 대신 하데스를 택했다고 말하려고 온 거구나?"

"아뇨, 엄마를…… 용서한다는 말을 하려고 왔어요. 모든 것을."

데메테르의 표정에는 경멸이 담겨 있었다. "네가 날 용서한다고? 용서를 빌어야 할 건 바로 너야. 난 널 위해 모든 것을 했다!"

"근심 없는 삶을 위해 엄마의 용서가 필요한 건 아니에요. 용서를 구하려 애원하지 않겠어요."

어머니가 뭐라고 말할지는 알 수 없었다. 혹시 그녀를 사랑한다고 말할까? 그녀와의 관계를 이어가고 싶다고, 그러니 새로운 규칙을 정립해보자고?

하지만 아무 말도 하지 않았다. 페르세포네는 감정적으로 지쳐 있었다. 지금 이 순간 그 무엇보다 가장 원하는 건 자신을 있는 그대로 사랑해주는 이들에게 둘러싸이는 일이었다.

그녀는 싸우는 데 지쳤다.

"화해할 준비가 되면 언제든 얘기하세요."

페르세포네는 순간 이동하기 위해 손가락을 튕겼다. 하지만 몸이 꿈쩍도 하지 않았다. 온실에 갇혔다.

데메테르의 얼굴에는 사악한 미소가 피어 있었다. "미안하구나, 나의 꽃. 하지만 네가 떠나게 놔둘 순 없어. 내가 널 겨우 되찾은 이런 순간에는 말이지."

"내가 살 수 있게 해달라고 말했잖아요." 페르세포네의 목소리가 떨렸다.

"그럴 거야. 여기, 네가 속한 곳에서."

"안 돼요." 페르세포네가 주먹을 꽉 쥐었다.

"시간이 지나면 이해할 거다. 네 광막한 삶 속에서 이 순간은 잊힐 거야."

광막한 삶. 그 단어에 페르세포네는 숨이 막힐 것 같았다. 이곳에 평생을 갇혀 살아야 한다는 게 상상도 되지 않았다. 모험 없는 삶, 사랑 없는 삶, 열정 없는 삶을.

그렇게 살 수는 없다.

"모든 게 예전으로 돌아갈 거다." 데메테르가 덧붙였다.

하지만 모든 건 결코 예전과 같을 수 없었고, 페르세포네는 그것을 잘 알고 있었다. 어둠의 손길을 맛본 그녀는 일평생 그것을 갈망하게 될 테니까.

페르세포네의 몸이 떨리기 시작하자 땅바닥이 덩달아 흔들렸다.

데메테르는 인상을 찌푸렸다. "뭐하는 짓이니, 코레?"

이제는 페르세포네가 미소를 지을 차례였다. "엄마, 이해 안 되시겠지만 이제 모든 게 달라졌어요."

바로 다음 순간 땅에서 두꺼운 검은색 줄기 하나가 솟아올랐다. 공중을 향해 치솟은 줄기는 데메테르가 마법을 걸어둔 온실 천장 유리를 꿰뚫으며 산산조각 냈다. 그 줄기에서 은빛 덩굴이 뒤틀리며 뻗어나갔고, 사방을 꽉 채우며 꽃들을 납작하게 짓누르고 나무들을 부러뜨렸다.

"페르세포네, 대체 뭐하는 짓이냐!" 금속이 휘고 유리가 깨지는 소리 너머로 데메테르가 비명을 질렀다.

"나 자신을 자유롭게 하고 있어요." 페르세포네는 이렇게 답하고, 사라졌다.

26장
집의 손길

졸업식이 다가왔다. 검은 로브, 파란색과 흰색 술, 그리고 파티가 정신없이 뒤얽혀 지나갔다. 달고도 쓴 대학 생활의 끝이었고, 페르세포네는 식장 무대 위를 걸을 때만큼 스스로가 자랑스러웠던 적이, 그리고 꼭 그만큼 외로웠던 적이 없었다.

렉사는 제이슨과 점점 더 많은 시간을 보냈다. 온실을 파괴한 뒤로 어머니의 소식을 듣지는 못했고, 자신이 만들어낸 덩굴에 하데스를 얽어둔 채 떠나온 뒤로 네버나이트나 지하 세계로 간 적도 없었다.

유일하게 몰두할 수 있는 것은 일이었다. 페르세포네는 졸업식 일주일 뒤부터 뉴 아테네 뉴스에서 정규직 탐사보도 기자로 일하게 되었다. 일찍 출근해서 밤늦게까지 일했고, 아무것도 할 게 없을 때는 저녁나절을 신들의 정원 깊숙한 곳에서 마법을 연습하며 보냈다.

점점 더 실력이 좋아지고 있었다. 마법에 가닿는 감각은 더욱 강해졌지만, 민테를 민트로 만들어버렸을 때만큼이나, 아도니스의 팔다리를 덩굴로 변형시켰을 때만큼, 혹은 어머니의 집을 파괴했을 때

만큼이나 강한 능력은 좀처럼 돌아오지 않았다. 지금껏 그녀가 키운 것들은 죽은 덩굴에 가까웠다. 헤카테와 함께 연습할 수 있으면 좋겠다고 자신도 모르는 새에 바라고 있었다.

헤카테가 보고 싶었다. 영혼들도, 지하 세계도.

하데스가 그리웠다.

그녀는 때때로 지하 세계를 다시 찾아갈까 고민이 되었다. 하데스는 지하 세계로 들어설 수 있도록 베풀어준 호의를 철회하지 않았지만, 너무 두려웠다. 돌아가기가 부끄러웠고 수치스럽기도 했다. 그간 그렇게 자리를 비웠다는 걸 어떻게 설명할 수 있을까? 다들 그녀를 용서해줄까?

점점 더 많은 날이 흘러갔다. 페르세포네는 돌아갈 수 있으리라는 마음을 점점 더 내려놓게 되었다. 매일의 일상을 지속해갔다. 출근해서 일하기, 렉사와 시빌과 함께 점심 식사하기, 저녁에는 공원 산책하기.

오늘, 그 루틴이 깨졌다.

그녀는 커피하우스에서 평소 앉는 테이블에 앉아 시계를 확인하고 있었다. 렉사의 메시지를 기다리고 있던 참이었다. 다가오는 주말은 렉사의 생일이었기에 오늘 밤 제이슨, 시빌, 아로, 크세르크세스와 함께 축하를 해주기로 했다. 페르세포네는 머리를 식힐 수 있어 다행스러웠지만 그전에 죽은 자들의 신에 관한 기사를 마무리해야 했다.

기사를 쓰는 일은 예상한 것보다 고통스러웠다. 계속 눈물이 났고 이를 악물어야 했다. 결국 발행 일자는 미뤄지게 되었다. 이렇게까지 감정이 북받칠 거라곤 생각하지 못했는데, 생각해보면 지난 6개월 동안 너무나 많은 일이 있었다. 하데스와의 거래 조건을 이행해야 한다는 걱정과 스트레스는 여러모로 큰 타격을 주었다. 그러지 않는 편이 더 낫다는 것을 알고 있었음에도 그녀는 신을 사랑하게 되었고, 이제는 부서진 마음을 어떻게 다시 이어 붙여야 할지 천천히 알아내고, 또 노력하는 중이었다.

문제는, 이전처럼 마음의 조각들이 붙여지지 않는다는 거였다. 그녀가 변화했기 때문에.

그 변화는 황홀하고도 끔찍했다. 그녀는 이제 자신의 삶의 통제권을 쥐게 되었고, 이전의 관계들을 끊어낼 수 있었다. 불과 반년 전까지 믿었던 이들은 지금 그녀가 믿는 이들이 아니었다.

그 모든 것 중에서 가장 고통스러운 것은 어머니의 배신, 그리고 뒤이은 침묵이었다. 온실을 파괴한 뒤, 데메테르는 계속 거리를 두었다. 페르세포네는 어머니가 어디에 있는지조차 알 수 없었다. 올림피아에 있을 거라는 추측을 할 수 있었을 뿐.

그럼에도 어떤 말이든 들을 수 있을 거라 예상했었다. 화내는 문자 메시지라도.

아무 말도 없었다. 그 사실이 심장을 찌르는 듯 아팠다.

휴대폰 진동이 울렸다. 렉사에게서 온 메시지였다. 오늘 밤에 놀러 갈 수 있지?

그녀는 답장을 보냈다. 당연하지! 어디 갈지 정했어?

렉사는 아직 축하 파티를 열 장소를 결정하지 못했다. 하지만 네버나이트와 라 로즈는 절대 가지 말자는 데에는 둘 다 동의했다.

바케이아나 더 레이븐 정도 생각해봤어. 바케이아는 디오니소스가 소유한 바였고, 더 레이븐은 아폴론이 운영하는 곳이었다. 어때?

흠, 의심의 여지없이 더 레이븐이야.

하지만 넌 아폴론 음악 완전 싫어하잖아.

사실이었다. 페르세포네는 태양의 신이 낸 모든 앨범에 질겁했다. 이유는 알 수 없었다. 가사를 발음하는 그의 방식이 거슬렸는지도 모른다. 하지만 더 레이븐에선 아폴론의 음악만 틀었다.

하지만 네 생일이잖아. 페르세포네는 친구에게 상기시켰다. 더 레이븐이 더 네 스타일인걸.

알겠어. 더 레이븐이다! 고마워, 페르세포네!

예전보다 렉사의 얼굴을 보는 게 더 힘들어지긴 했지만, 페르세포네는 그녀를 떠올리면 기뻤다. 렉사는 제이슨과 정말 잘 지내고 있었고, 두 사람이 그녀를 도와준 은혜는 평생 잊지 않을 거였다. 하데스와의 이별을 거치며 마음이 요동쳤던 첫 일주일 동안 곁을 지켜주고, 그녀는 바로 잊어버린 민트, 그 민트를 주방 창가에 놔두고 죽지 않게 해준 렉사에게 특히 고마웠다. 애초에는 저 님프를 지하 세계로 가져가서 하데스에게 건넬 계획이었지만 그를 마주할 용기가 나지 않았다.

그녀는 렉사에게 일 보러 간다고 메시지를 보낸 뒤 짐을 싸기 시작했다. 그런데 등 뒤에서 웬 그림자가 드리워졌다. 고개를 들었을 때는 익숙한 두 눈동자, 어둡고도 부드러운 눈동자를 마주했다.

"헤카테!" 페르세포네는 곧장 달려가 여신의 목에 두 팔을 둘렀다. "보고 싶었어요."

헤카테도 그녀를 안아주며 안도의 한숨을 폭 내쉬었다. "나도 보고 싶었어요." 그녀는 몸을 떼더니 페르세포네의 얼굴을 살펴보았다. 걱정스러운 눈빛과 함께 눈썹이 살짝 찡그려졌다. "우리 모두 당신을 보고 싶어 해요."

죄책감이 파도처럼 덮쳐왔다. 페르세포네는 침을 꿀꺽 삼켰다. 정말이지 그녀는 모두를 피해왔던 것이다.

"잠깐 앉으실래요?"

"물론이죠." 마법의 여신은 페르세포네 옆자리에 앉았다.

헤카테를 바라보는 것을 멈출 수가 없었다. 인간의 글래머를 쓰고 있으니 달라 보였다. 머리카락은 땋아 내렸고, 장엄한 로브 대신 기다란 검은색 맥시 드레스 차림이었다.

"제가 방해한 게 아니라면 좋겠네요." 헤카테가 덧붙였다.

"아니에요. 그냥······ 일하고 있었어요." 페르세포네가 말했다.

여신은 고개를 끄덕였다. 둘은 잠시 침묵에 잠겼다. 페르세포네는 그들 사이에 흐르는 어색함의 공기가 싫었다.

"다들 어떻게 지내요?" 그녀가 얼버무리듯 물었다.

"슬퍼하고 있어요." 헤카테가 말했다.

페르세포네의 가슴이 쿵 내려앉았다. "당신은 정말로 에둘러 말하는 성격이 아니죠, 헤카테?"

"돌아와주세요." 그녀가 말했다.

페르세포네는 헤카테를 바라볼 수 없었다. 눈시울이 뜨거워졌다. "제가 그럴 수 없다는 거 아시잖아요."

"당신과 그분이 계약을 통해 서로 알게 되었다는 게 무슨 상관인가요?" 헤카테가 물었다.

페르세포네는 눈을 휘둥그레 뜨고 마법의 여신을 바라보았다.

"그가 말했나요?"

"내가 물어봤죠."

"그럼 그가 날 속였다는 것도 아시겠네요."

"그런가요? 제가 기억하기론 그분은 계약이 아프로디테의 내기와는 아무 관련이 없다고 당신에게 말했던데요."

"그 내기에서 이기는 데 내가 도움이 될 거라고 생각하지 않았다고는 말할 수 없으시겠죠."

"그렇게 생각하긴 했을 테지만, 유일한 이유는 그가 당신과 이미 사랑에 빠졌기 때문이었을 겁니다. 그런 소망을 갖는 게 그렇게 잘못된 일인가요?"

페르세포네는 가만히 앉아 있었다. 마음속에서 뭔가 들끓고 있었다. 헤카테는 그녀를 하데스에게 보내기 위해 여기에 온 걸까?

그녀는 답을 알고 있었다. 하지만 그 답은 '그렇다'보다 훨씬 복잡했다.

헤카테는 그녀를 지하 세계로 돌아가게 하려고 여기에 왔다. 그녀를 왕비로 대하는 이들, 그녀의 친구들이 있는 왕국으로.

헤카테의 말이 맞았다. 둘이 사랑에 빠지게 된 계기가 계약이라는 것이 그렇게 중요한가? 사람들은 온갖 방법으로 사랑을 찾지 않던가.

하지만 가장 힘든 것은 하데스에게 사랑한다고 고백했을 때, 그가 응답하지 않았다는 점이었다. 그는 아무 말도 하지 않았다.

그 순간 헤카테의 눈길이 느껴졌다. "당신은 계약 조건을 어떻게 이행할 수 있었다고 생각하나요?"

페르세포네는 당황한 표정으로 바라보았다. "제가…… 뭔가를 키워냈어요."

그건 아름답지 않았다. 그것이 식물이라고 부를 수 있을지조차 확신할 수 없었지만 그것은 분명히 살아 있었고, 그 점이 중요했다.

마법의 여신은 고개를 저었다. "아뇨, 당신이 계약을 이행한 이유는 하데스 안에서 생명을 탄생시켰기 때문이에요. 지하 세계에 생명을 가져왔기 때문이라고요."

페르세포네는 눈을 질끈 감고 고개를 돌렸다. 이런 말은 듣고 싶지 않았다.

"당신이 없으면 그곳은 황량하답니다." 그녀가 페르세포네의 손을 붙잡으며 속삭였다. "그를 사랑하나요?"

그 질문에 왈칵 눈물이 솟았다. 그녀는 흐르는 눈물을 서둘러 훔쳐내며 가쁜 숨으로 속삭였다.

"네." 그녀는 훌쩍였다. "맞아요. 처음부터 그를 사랑했던 것 같아요. 그래서 이렇게 마음이 아픈가 봐요."

하데스는 그녀가 모든 것을 한눈에 바라볼 수 있도록, 끓어오르는 열정 때문에 뭔가를 놓치지 않도록 시험대에 올려놓았다. 하지만 그를 향한 열정에 관해서라면 이야기가 달랐다.

"그럼, 그에게 가세요. 당신이 마음 아픈 이유를 말하고, 고치라고 해보세요. 당신은 그걸 잘하잖아요. 그렇죠?"

페르세포네는 마지막 문장을 듣고는 웃음을 터뜨릴 수밖에 없었다. 그녀는 끙, 하고 신음하며 눈을 비볐다.

"헤카테, 그는 날 보고 싶어 하지 않아요."

"그걸 어떻게 알아요?"

"날 원한다면 이미 찾아왔어야 한다고 생각하지 않나요?"

"어쩌면 그저 당신에게 시간을 주고 있는 것인지 모르죠."

헤카테가 길가를 향해 고개를 돌렸다. 페르세포네는 그 눈길이 닿는 곳을 바라보았다. 그 순간 숨이 멎었다. 가슴속에서 심장이 쿵쾅쿵쾅 뛰었다.

하데스가 몇 미터 떨어진 곳에 서 있었다. 머리부터 발끝까지 검은색으로 갖춰 입은 그는 그 어느 때보다 잘생겨 보였다. 어두운, 꿰뚫어 보는 듯한 시선이 그녀에게 내리꽂혔다. 지금껏 본 이래로 가장 유약해 보이는 모습이었다. 소망을 지녔지만 두려워하는 모습.

페르세포네는 의자에서 일어났지만, 발을 떼기까지 잠시 시간이 걸렸다. 비틀거리며, 그녀는 발을 내디뎠고 이내 달리기 시작했다. 그녀가 그의 품 안으로 뛰어들며 다리를 그의 허리에 두르자 그는 그녀를 꽉 붙들었다. 그런 다음 그녀의 목덜미에 얼굴을 파묻고 꼭 끌어안았다.

"보고 싶었습니다." 그가 속삭였다.

"나도 보고 싶었어요." 그러곤 얼굴을 살짝 뗐다. 뺨의 윤곽과 입술의 곡선을 따라 손가락을 쓸어보며 그의 얼굴을 찬찬히 살펴보았다. "미안해요."

"나도 미안합니다." 그가 말했다.

그때 그녀는 깨달았다. 그가 마치 그녀의 모든 면면을 외워두려는 것처럼 여념 없이 자신을 바라보고 있음을.

"당신을 사랑합니다. 더 일찍 말했어야 했는데. 그날 욕탕에서 나는 말했어야 합니다. 그때도 나는 알고 있었습니다."

그녀는 미소를 지으며 그의 머리카락을 손가락으로 휘감았다. "나도 당신을 사랑해요."

입술이 맞부딪쳤다. 온 세상이 녹아내린 것 같았다. 둘의 사진을 찍고 영상을 촬영하는 수많은 사람에게 둘러싸여 있었음에도. 하데스가 먼저 입술을 열고 키스를 해왔고, 페르세포네는 속상하면서도 약간 나른한 표정으로 그를 올려다보았다.

"여신님, 호의를 요구하고자 합니다." 그의 눈동자가 어두워졌다.

페르세포네의 심장이 쿵쿵 울렸다.

"나와 함께 지하 세계로 가주십시오."

그녀는 입을 열어 항의하려 했지만 그는 키스로 침묵시켰다.

"두 세계를 오가며 살아주십시오. 그리고 영영 우리를 떠나진 말아주십시오. 내 사람들, 당신의 사람들, 그리고…… 나를."

그녀는 눈물이 차오른 눈을 깜빡거렸다. 그도 이해하는 것이다. 그녀는 두 세계의 좋은 점을 모두 누릴 것이다. 그를 가질 것이다.

그녀의 미소가 장난스럽게 변했다. 그의 셔츠를 부드럽게 매만지며 말했다. "카드 게임을 좀 하고 싶은데요."

그의 입꼬리가 올라갔고, 눈동자는 더욱 어두워졌다.

"포커?" 그가 물었다.

"네."

"뭘 걸고?"

"당신 옷." 그녀가 답했다.

다음 순간, 둘은 사라졌다.

27장
민트가 된 민테

흑요석 책상 뒤 의자에 기댄 채, 도톰한 입술을 유연한 손가락으로 가린 자세로 하데스는 페르세포네와 눈을 맞추고 있었다. 그의 사무실에 들어설 때, 페르세포네는 그가 책상 뒤에 앉아 있는 것을 보고 놀랐다. 6개월 전 죽은 자들의 신을 처음 만난 이래로 그녀는 그가 그 책상을 쓰는 모습을 본 적이 없었다.

"책상이 그냥 전시용은 아니었나 보군요." 그녀의 입가에 미소가 걸렸다.

순간적으로 그녀가 이곳에 온 이유를 잊고 마음이 편안해졌다.

하데스는 눈썹을 치켜뜨고는 그녀를 위아래로 훑어보았다. 그 눈동자가 반짝이고 있었다. 그녀는 전략적으로 오늘의 의상을 선택했는데, 몸에 딱 붙어 곡선을 드러내는 새빨간 드레스였다. 가느다란 스트랩에 V자의 네크라인 덕에 가슴골이 강조되었다. 어쩌면 불공평했는지도 모르지만, 오늘 그녀가 취할 행동의 타격감을 그나마 완화해줄 거라고 생각했다.

"마음만 내키면 나는 굉장히 생산적일 수 있습니다."

"그런가요?"

"당신도 알다시피, 달링, 나는 멀티태스킹을 몹시 잘합니다."

그의 말에 둘을 감싼 공기의 밀도가 묵직해졌고, 그녀 안에서 짜릿하게 흐르는 전기 같은 맥박이 느껴졌다.

"흠, 당신이 그 기술을 가졌다는 걸 내가 잊어버린 것 같아요. 혹시 다시 상기시켜줄 수 있나요?"

하데스가 주먹을 꽉 쥐었지만 그는 움직이지 않았다. 그녀의 품에 놓인 식물에게로 그의 시선이 향했다.

"내게 주려고 가져온 겁니까?"

달아오르던 긴장감이 순식간에 식었다. 그리 놀라운 일은 아니었다. 민테는 님프였을 때에도 많은 것을 망쳐놓지 않았던가. 식물이 되었는데도 이렇게 상황을 어그러뜨리다니.

페르세포네는 하데스의 책상 가장자리에 민트를 내려놓았다.

"사실, 원래 당신 것이었던 뭔가를 돌려드리려고 왔어요."

하데스가 새까만 눈동자 위로 미간을 찌푸렸다. "당신 집에 갔을 때 식물을 두고 왔다면 내가 기억했을 텐데요, 페르세포네."

"음, 사실, 이건…… 원래 식물이었던 게 아니에요."

하데스는 차분히 기다렸다.

"님프였어요. ……민테."

페르세포네는 그가 무슨 생각을 하는 건지 알 수 없었다. 하지만 심장이 두근거렸고, 불안감이 가슴 끝까지 차올랐다. 네버나이트로 순간 이동하기 전까지 거울을 보면서, 그리고 하데스의 사무실로 향하는 계단을 오르면서도 그녀는 어떻게 저 이야기를 전할지 계속 연습했다. 걸음을 빨리하지 않으면 바로 돌아서서 집으로 향하고 말았을 테니까.

하지만 이제는 그도 진실을 알아야 했다.

그녀가 그 말을 뱉자, 그는 아무 말 없이 가만히 앉아 있었다. 예상한 것보다 더 반응이 없었다.

잠시 후, 그는 입을 열어 민트를 가리켰다. "그러니까 당신 말은, 저게 내 비서라는 겁니까?"

"네."

그는 식물 대신 그녀를 바라보았다. "내 비서가 어째서 식물이 된 겁니까, 페르세포네?"

"왜냐하면……." 그녀는 눈길을 피하곤 조용히 고개를 끄덕였다. "날 화나게 했으니까요."

하데스는 뭔가를 더 묻고 싶어 했지만 침묵을 지켰다가 잠시 후 물었다. "민테가 왜 당신을 화나게 했습니까?"

이유는 많았다. 하데스와 가깝다는 점, 페르세포네가 그에겐 전혀 맞지 않는 짝이라는 주장, 타르타로스로 그녀를 꾀어냈다는 사실 등등. 하지만 그녀를 가장 화나게 한 것은 민테가 그녀에게 아무 힘도 없다고 말했을 때였다. 하지만 여기에 고자질하러 온 건 아니었다. 그래서 이렇게 답했다.

"그건 더 이상 중요하지 않아요. 내가 처리했으니까요." 하데스는 눈썹을 치켜떴고, 그가 더 말을 잇기 전에 덧붙여 말했다. "그녀를 본래 모습으로 되돌릴 수 있는 선택권을 당신에게 주고 싶었어요."

그의 입꼬리가 살짝 올라갔고, 눈동자는 다시 반짝였다. 이 상황을 재미있어한다는 명백한 신호였다. 그러자 마음속 불안이 줄어들었다.

"그 결정을 내가 내리길 바랍니까?"

그녀는 눈을 깜빡이다 말했다. "그 여자는 당신의 비서잖아요."

하데스는 고개를 옆으로 기울이곤 그녀의 얼굴을 살폈다. 어떻게 할지 고민하는 모습에 그녀는 긴장했다. 그가 자리에서 일어나 책상을 둘러 다가오자 페르세포네는 그를 향해 몸을 돌렸고, 하데스는 손가락으로 그녀의 뺨을 그러쥐어 목이 팽팽해질 때까지 그녀의 고개를 뒤로 젖혔다.

"당신이 내게 진실을 말하도록 하려면 어떻게 설득해야겠습니까?" 그의 목소리는 낮고 허스키했다. 그 안에 열정이 도사리고 있었다.

"게임을 하겠다는 건가요?"

그는 그녀를 잠시 응시했다. 이 모든 상황에 대해 그가 어떻게 생각하고 있는지를 파악하는 건 여전히 어려웠다. 바로 다음 순간 그는 그녀의 목에 입술을 대고는 턱 끝에서 목덜미 아래로 타고 내려갔다. 페르세포네가 그의 재킷을 손으로 붙들며 숨을 토해내자 하데스가 더할 나위 없이 깨끗한 흑요석 책상 위에 그녀를 앉혔다.

"지금 나는 멀티태스킹을 하고 있습니다." 그의 손이 그녀의 허벅지 위로 훑어 올라왔고 드레스 안쪽으로 미끄러졌다. 그의 입술이 그녀의 입술을 덮쳤다. 치아와 혀와 숨소리가 한데 얽혔다. 그는 마치 그녀를 삼킬 듯 입술을 탐하면서 손으로는 그녀의 팬티를 내리고 다리를 넓게 벌렸다. 그 바람에 드레스가 쫙 벌어지며 팽팽해졌고, 뜨겁게 달아오른 사타구니 안쪽이 찬 공기에 드러났다.

하데스의 사악한 시선이 그녀를 향하자 아랫배 밑에서 뭉근하게 기대감이 차올랐다. 그의 손가락이 그녀의 뜨거운 피부를 벌리고 안쪽으로 파고들었다. 그러자 고개가 절로 젖혀졌다. 그녀를 흥분시 킴으로써 질문에 답을 얻으려는 것일까?

그의 손가락들은 그녀의 예민한 부분을 깊숙하게, 강하게 찔러 넣 었다. 그러면서 그는 뒤로 물러나 그녀를 내려다보았다. 그녀의 숨소 리가 점점 가빠졌고, 신음하듯 그의 이름을 흘렸다.

"좋습니까?" 그는 손가락을 깊숙이 넣었다 빼내는 동작을 반복하 며 물었다.

살을 쓸고 지나가는 손가락 마찰에 그녀는 마치 벼랑 끄트머리에 서 곧 떨어질 것 같은 쾌감을 느꼈다.

"네." 그녀는 가쁜 숨을 내쉬었다.

"뭐가 좋은지 말해보십시오."

"더 해주세요. 더 세게." 그녀는 숨을 헐떡이며 말했다. "더 빠르게."

바로 그때, 그는 손가락을 완전히 빼냈다.

삽시간에 안쪽이 텅 비어버리자 그녀는 충격에 휩싸였다. 그녀의 목 안쪽에서 흐느끼는 소리가 새어 나왔다. 페르세포네는 서둘러 그에게 다가갔지만 하데스는 가슴팍을 오르락내리락하며 숨을 가 쁘게 몰아쉬면서도 뒤로 물러났다. 누군가 사무실로 오고 있는 걸 까, 잠시 생각했지만 하데스가 그녀의 벗은 몸을 가려주려고 하지 않자 뭔가 잘못되었다는 생각이 들었다.

"지금 뭐하는 거예요?"

"손가락을 튕긴 이유를 말해주십시오. 그녀가 왜 당신을 화나게 했습니까?"

페르세포네는 그를 노려보았다. "또 게임하는 거예요?"

"이게 게임이라고 생각합니까?"

그녀 안에서 분노가 너무도 맹렬하고 극심하게 솟구치는 바람에 그마저도 식물로 만들어버릴 수 있겠다는 생각이 들 정도였다. 혈관에서 마법의 감각이 살아나는 게 느껴졌다. 그 감각은 화가 났을 때 가장 강력했다.

그녀는 책상에서 내려서려 했지만 하데스가 막아 세우며 입술을 다시 포갰다. 그의 손가락이 그녀의 머리카락을 파고들었고, 고개를 뒤로 홱 젖힌 뒤 그녀의 입을 삼킬 듯 더욱 깊이 들어왔다. 잠시 동안, 그녀는 그의 품 안에서 몸이 뻣뻣하게 굳은 채 오직 손가락을 그의 가슴팍에 세게 누르고만 있었다. 그를 밀쳐내야 할 것 같았지만…… 그럴 수 없었다. 그러지 않을 거였다.

하지만 그에게 똑같이 돌려주리라.

이렇게 행동해도 된다고 생각했다면 그의 오산이다. 다른 누구도 아닌 자신에게 저항할 수 있다고 여겼다면 더욱더 오산이리라.

페르세포네는 그의 셔츠 단추를 풀었다. 그녀의 손은 그의 탄탄한 가슴에서 바위처럼 단단한 복근, 그리고 바지에 묶인 허리띠까지 내려갔다. 단단히 불거진 성기로 옷이 터질 듯했다. 바지를 끌러 그것을 꺼내자, 그는 그녀의 입안에 신음을 불어넣었다.

그녀의 손가락이 단단한 페니스를 붙잡았고, 그녀는 책상 위로 미끄러지며 그의 위로 올라탔다. 그 바람에 그는 뒤로 밀려 벽에 등을 부딪혔다.

그때, 그녀는 손가락을 튕겼다. 순식간에 둘은 지하 세계에 당도했다. 계약 초기에 그녀에게 마련해주었던 그 정원 한복판에 둘은 놓이게 되었다. 하데스의 등은 돌담에 눌린 채 기대어 있었다. 여전히 그녀는 그의 페니스를 손에 쥐고 있었다. 그녀는 미소 지었다. 하데스를 사로잡는 느낌이 몹시 좋았다.

"페르세포네……."

그 말이 나오기 무섭게 그녀가 손가락을 다시 튕기자 덩굴들이 솟아나 하데스의 손목과 발목을 휘감기 시작했다. 그의 눈동자가 어두워졌고, 턱은 단단히 악물렸으며, 입에선 경고하듯 이름이 흘러나왔다.

"페르세포네."

"네, 나의 신이여?" 그녀는 순진하게 물었다.

"뭐하는 겁니까?"

그녀는 그의 성기를 쓰다듬었고, 그러자 그의 가슴팍이 부풀어 올랐다.

"내가 뭐하는 것 같아요?" 그녀가 물었다.

그녀는 손을 위아래로 움직였고, 엄지손가락으로는 귀두를 쓰다듬었다. 발뒤꿈치를 세워 그의 입술에, 그다음에는 목에 키스했다. 하데스는 그녀가 만들어낸 덩굴에 결박된 채 숨을 몰아쉬었고, 그 얼굴에는 얼른 그녀 안으로 밀어 넣고 싶다는 욕망이 가득했다.

"원하는 걸 말하세요." 그녀는 그의 귓가를 간질이며 속삭였다.

하데스가 으르렁거렸다. "바로 당신입니다, 여신이여."

그녀는 몸을 떼고 사악한 미소를 지으며 무릎을 꿇은 뒤 그의 성기를 입에 물었다. 소금 맛이 났다. 점점 더 깊숙하게 그를 받아들였고, 이윽고 페니스의 끄트머리가 그녀의 목구멍 안쪽에 닿았다. 하데스는 깊이 신음했다. 그녀는 손으로 그의 다리를 붙든 채, 근육에 몰리는 힘을 하나하나 느꼈다. 입안에서 왕복 운동이 계속되었다. 마침내 그는 그녀의 입안에 폭발하듯 사정했다. 그녀는 마지막 한 모금까지 삼킨 뒤, 그의 어두운 눈동자와 내내 눈을 맞춘 채 발을 딛고 일어나서 한 발짝 물러났다.

"고통스러웠어요?" 그녀가 물었다.

도발이었다.

그는 답하지 않았지만 눈동자는 활활 불타오르고 있었다. 손목에 감긴 덩굴은 여전히 팽팽했다.

"내게서 즐거움을 누리고, 돌려주지는 않는 것 말이에요." 그녀는 드레스를 쭉 들어 올려 머리 위로 벗어던지곤 옆으로 던졌다. 그의 앞에서 알몸이 된 채 그에게 물었다. "무엇을 원하나요, 하데스?"

그녀를 탐하려는 그의 의지와 힘을 그녀는 과소평가한 셈이었다. 그를 붙잡아둔 덩굴들이 일순간 부러졌고, 그는 그녀를 확 덮친 다음 한 치의 망설임도 없이 곧장 그녀 안으로 밀고 들어왔다. 그녀의 몸을 쭉 늘이며 그가 깊이 집어넣자 페르세포네의 거친 신음이 공기를 가르며 터져 나왔다. 그가 허벅지를 너무 세게 움켜쥔 나머지 그녀의 뼈를 쥐고 있는 것처럼 느껴졌다. 죽음의 신은 자세를 틀어 그녀를 돌담 위에 눕히곤 세게 밀어붙였다. 울퉁불퉁한 돌에 등이 쓸렸지만 그 통증이 느껴지지도 않았다. 손가락으로 하데스의 머리카락을 붙잡아 파고드는 데 정신이 팔려 있어서였다. 그가 안을 가득 채우자 그녀는 온몸이 터질 듯했다.

하데스는 분명 그녀 안의 어둠을 일깨웠다. 오랫동안 관심이 필요했던 아픔을. 그녀는 앞으로도 내내 그를 갈망할 것이다.

그녀는 난폭하게 울부짖으며 절정에 이르렀다. 하데스도 마찬가지였다. 하데스는 흙바닥 위에 무릎을 꿇은 채 페르세포네를 꼭 끌어안았다. 아주 오랫동안 그녀는 그에게 안겨 있었다. 다리가 계속 떨려 움직일 수 없었다.

가쁜 숨이 잦아들고 난 뒤, 페르세포네는 몸을 떼고 하데스와 눈을 맞추었다. "원하는 걸 얻기 위해 섹스를 수단으로 삼아선 안 돼요, 아시겠어요?"

"네, 나의 여왕님."

페르세포네의 눈이 휘둥그레졌다.

"원하는 것을 얘기하겠습니다." 그가 재빨리 말했다. "내가 요청하면 답해야 합니다."

페르세포네는 얼굴을 붉혔다. "왜요? 날 믿지 못하나요?"

"나 역시 당신에게 같은 질문을 하고 싶습니다."

페르세포네는 시선을 피했다. "당신 질문에 답하긴 쉽지 않단 말이에요."

"왜입니까?" 그 질문에 그녀는 말이 없었다. 하데스는 손으로 그녀의 턱을 움직여 다시 자신과 눈을 맞추게 했다. "부끄럽습니까?"

다시 침묵이 이어졌다.

잠시 후 그녀는 입을 열었다. "화도 났고 경솔한 선택이었던 건 맞아요. 하지만 그 여자가 내 힘을 조롱했을 때, 내가 얼마나 강력한지 한 수 가르쳐줘야겠다고 생각했어요."

하데스는 잠시 가만히 있다가 그녀에게 키스했다.

"당신이 벌을 내리지 않았더라면 내가 내렸을 겁니다. 당신을 타르타로스로 꾀어냈다는 이유로."

페르세포네는 깜짝 놀라 그를 바라보았다. "알고 있었어요?"

"의심했습니다. 당신이 확인시켜주었지요."

그녀는 그를 노려보곤 그의 팔을 찰싹 때렸다. "사기꾼."

그는 소리 내어 웃었지만 이내 더욱 심각한 표정을 지었다. "그런데, 그녀가 당신을 위험에 처하게 만들었는데도 보호한 이유는 뭔가요?"

"보호한 게 아니었어요…… 내가 직접 처리하고 싶었어요. 내 싸움을 당신이 대신 해주길 바라지 않아요, 하데스."

그녀를 바라보는 그의 눈빛에는 경탄과 놀라움이 함께 담겨 있었다. "나의 여신님, 당신의 싸움에 내 도움이 필요 없다는 것은 분명히 알겠습니다."

하데스는 페르세포네가 옷 입는 것을 도와주었고, 둘 모두 매무새를 정돈하고 나서 하데스는 손가락을 튕겼다. 그러자 민트로 변한 민테가 그의 손에 들려 있었다.

"이제 어떻게 하면 좋겠습니까?"

"난 아직 그녀를 완전히 용서하지 않았어요." 페르세포네가 인정했다. "하지만 최소한의 편안함은 주고 싶어요. 그건 바로 지하 세계에 놓는 일이에요."

하데스는 민트의 시든 이파리를 살펴보고 있었다. "지상 세계에선 그녀를 방치했기 때문에 그렇게 생각한 겁니까?"

"아니에요!" 페르세포네는 방어적으로 쏘아붙였고, 하데스는 웃음을 터뜨렸다. "진짜 이유를 굳이 알고 싶다면, 난 여기서 더 많은 시간을 보내잖아요. 내가 보는 데서, 그녀가 적어도 죽지는 않기를 바라요."

하데스는 계속 미소를 띤 채 그녀의 이마에 입을 맞추었다. "원하는 대로 하시지요, 달링."

페르세포네는 검은 흙에 민테를 심었고 하데스도 도왔다. 다 심고 나서 둘은 지하 세계의 들판을 거닐기 시작했다.

지하 세계 특유의 기묘하고 인위적인 햇빛이 내리쬐는 밝은 날이었다. 그들 주위로는 길게 웃자란 풀들과 검붉은 오렌지빛 꽃들이 지천이었다. 검은색 산등성이와 어두운 숲들이 드넓게 펼쳐져 있었다. 참으로 아름답고 초현실적이며 마법 같은 세계였다. 죽은 자들의 안식처이자 몇몇에게는 감옥, 그리고 지난 몇 달 동안 그녀가 가장 사랑하는 곳이 된 세계.

그녀는 하데스나 풍경을 보기 위해서뿐만 아니라 헤카테와 아스포델의 영혼들을 만나기 위해서라도 지하 세계로의 방문을 기대했다. 그들은 그녀를 기다렸고, 또 축하해주었다. 그녀를 왕비라고 부른 것도 그들이었다.

그런 생각이 들자 그녀는 잠시 당황했다. 하데스 역시 그녀를 그렇게 불렀다. 그 칭호를 사용하지 말아달라고 부탁도 해보았지만, 그들의 왕이 그녀를 그렇게 호명하는데 영혼들에게 다른 선택권이 있겠는가?

"하데스…… 나를 부를 때 그 호칭을 쓰지 말아달라고 하고 싶었어요……."

"여신님이라는?"

"왕비 말이에요." 그녀가 말했다.

그러자 신이 우뚝 멈춰 섰다. 읽어낼 수 없는 표정이었다.

그녀는 재빨리 덧붙였다. "열정이 차오른 순간에 당신이 그 단어를 뱉는다는 건 알고 있지만……."

"진심으로 한 말입니다. 당신은 내 여왕이자 왕비입니다. 당신만이 나를 마음대로 할 수 있으니까요."

"하데스……."

"무엇이 두렵죠? 그 칭호가 두렵습니까?"

"두려운 게 아니에요. 그러니까……." 표현이 떠오르지 않았다. "당신의 백성들은 이미 나를 왕비라고 부르고 있어요. 약간…… 이르다는 생각이 들지 않나요?"

"그럼, 두려운 게 맞군요. 당신과 내가 내내 함께하지 못할지도 모른다는 두려움."

페르세포네는 아무 말도 할 수 없었다. 그건 두려움이 맞았다.

"내 백성들은 당신이 나를 사랑하기로 마음먹었든 아니든 늘 당신을 왕비라 부를 겁니다." 그 말에 마음이 아렸다. 그를 사랑하는 게 맞다고 말하고 싶었다. 하지만 그는 계속 말을 이었다. "나로서는, 글쎄…… 당신은 항상 내 마음의 통치자일 겁니다."

"그건 알 수 없는 일이에요." 그녀가 말했다.

그 말이 사실이기를 너무나 바라고 있었음에도 말이 그렇게 튀어나왔다.

"나는 일평생 당신만을 기다려왔습니다." 마치 하늘의 모든 별, 바다의 모든 물방울, 온 우주의 모든 영혼에게 맹세하듯이. "나는 그것을 압니다."

그는 걷기 시작했고 그녀도 따라 걸었다. 어깨에 무언가가 무겁게 내려앉는 듯했다. 그들의 사랑을 의심해선 안 되었던 건지도 몰랐다. 하지만 그녀는 두려웠다. 둘의 미래에 구름처럼 드리우는 공포가 느껴졌다.

어머니는 그 이유 중 하나일 뿐이다. 다른 이유들은 좀 더 복잡했다.

페르세포네는 여신이었지만, 여전히 그 사실을 다른 이들에게는 비밀로 하고 싶었다. 가장 큰 문제는, 그녀가 하데스의 연인이라고 밝혀진 뒤로 온 세상이 그녀의 모든 걸 알고 싶어 한다는 점이었다.

둘은 낭떠러지 앞에 다다랐다. 그 너머로는 은빛 나무들이 물거품 이는 바다처럼 반짝거렸다. 머리 위 회색빛 하늘에는 밤이 내려 앉고 있었다. 페르세포네는 이쪽 풍경을 처음 보았다. 이곳을 사랑하는 이유 중 하나가 바로 이것이었다. 하루하루가 모험 같다는 것.

"정말 아름다워요." 그녀가 말했다.

그녀에게 와닿는 하데스의 눈길을 느낄 수 있었지만, 저 아래 펼쳐진 숲에서 시선을 떼지 않았다. 경이로운 풍경 때문도 있지만, 그를 바라보기가 부끄럽기 때문이기도 했다.

"그렇게 생각한다니 다행입니다. 이곳은 당신의 것이니까요. 페르세포네의 숲에 오신 것을 환영합니다."

너무나 놀라 이제는 그를 바라볼 수밖에 없었다.

"하지만……."

"당신만의 장소를 가지고 싶어 할 거라는 생각이 들었습니다. 마법을 연습할 수 있는 장소, 우리의…… 첫 시작을 떠올리게 하는 곳이 아닌 장소."

둘의 거래와 지하 세계의 정원을 에둘러 말하고 있었다.

그녀는 가까이 다가가 손을 뻗어 그의 뺨에 갖다 댔다.

"하데스, 난 우리의 첫 시작을 좋아해요."

그는 희미하게 미소를 지어 보였지만 그녀의 말을 믿지 않는다는 것을 알 수 있었다. 그 사실 또한 마음이 아팠다.

그래서 그녀는 말을 이었다. "물론 항상 좋아한 건 아니에요. 하지만 나를 당신에게 이끌어준 것들은 결코 미워할 수 없을 거예요."

그는 그녀의 손을 붙잡아 손바닥 위에 키스했다. 그런 다음 다시 그녀를 끌어당겼다. 엉덩이가 나란해지고, 가슴과 가슴이 마주 보았다. 그는 그녀에게 입을 맞추었다. 마치 그녀가 사라지기라도 할 것처럼 꼭 끌어안은 채. 얼마나 지났을까, 그가 입술을 떼었을 때 그녀는 손으로 그의 재킷을 꼭 붙든 채 숨이 가빠져 있었다.

그는 그녀를 똑바로 응시했다. 눈동자가 타오를 듯 강렬했다.

그런 다음 격렬한 어조로 말했다. "당신은 나의 왕비이자, 여왕이 될 겁니다. 운명의 여신들이 말해주지 않아도 압니다."

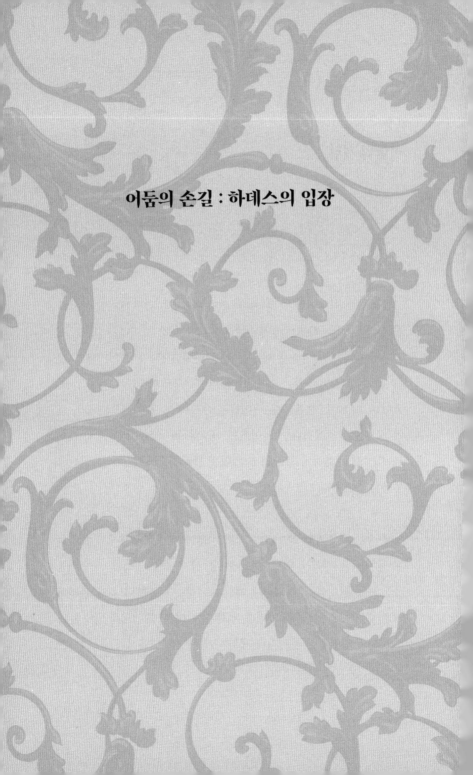

어둠의 손길 : 하데스의 입장

1장
신들의 게임

　하데스는 넥타이를 고쳐 매며 네버나이트 내 집무실로 들어섰다. 좀 전까지, 다소 특별한 임무라고 할 수 있는 것, 그러니까 내세에서 어머니와 아들이 만나게 해주는 일을 마치고 온 참이었다. 자주 하는 일도, 그다지 내키는 일도 아니었지만 두 영혼은 뭐랄까…… 좀 달랐다. 아들이 죽었을 때, 어머니는 아들의 부활을 애원하지도, 그의 영혼을 탈취해갔다며 하데스를 저주하지도 않았다. 그저 죽음으로써 그와 재회하게 해달라고 빌었을 뿐이다. 하데스는 그 기도에 부응하기로 했다.

　수세기 전만 해도 그는 그러한 간청에 귀를 기울이지 않았다. 당시에 죽음은 죽음일 뿐이었다. 자격이 없다면 지하 세계에서 웅대하게 살 이유도 명목도 없었다. 고대에는 삶과 죽음이 다른 의미였다. 가장 고결한 이들, 그리고 영웅이라 여겨지는 이들만이 지하 세계에서 아름다움을 누릴 수 있었다. 하데스는 더 이상 그렇게 생각하지 않았지만, 전반적인 분위기를 변화시키는 일은 지금까지 살아온 것보다 두 배는 더 걸릴 것이었다.

"늦으셨군요."

민테의 목소리가 채찍처럼 그를 휘감으며 생각들을 흩뜨려놓았다. 방에 들어서는 순간 그녀의 존재감을 알아차린 터였다. 불과 얼음이 공존하는 감각. 그녀가 저렇게 굴 때면 무시하는 게 나았다.

넥타이를 똑바로 매고 커프스단추를 제대로 잠근 뒤에야 그는 불타는 머리카락을 지닌 님프를 바라보았다. 머리카락보다 조금 더 짙은 색의 입술은 뾰로통하게 튀어나와 있었다. 그녀는 무시당하는 것을 좋아하지 않았다.

"내가 어찌 늦을 수가 있겠나, 민테? 난 다른 누구의 것이 아닌 나의 일정대로만 움직이는데."

민테는 처음부터 그의 비서였다. 숱한 세월 동안 그녀는 자신의 권리를 주장하려 했던 시절을 건너왔다. 그의 시간에 대한, 그의 영토에 대한, 그리고 그의 몸에 대한 권리를 말이다. 그를 통제하겠다는 열망이 이해되지 않는 것은 아니었다. 그 속성을 읽어낸 까닭은 그에게도 같은 열망이 자리하기 때문이었다.

"지각은 미덕이 아닙니다, 하데스 님. 신이라 하더라도요." 그녀가 쏘아붙였다. 입가에 씁쓸한 미소가 맺힐 뻔했지만 그는 침착함을 유지했다. 그가 즐거워하니 그녀는 더욱 분노가 일었다. "당신께서 미적거리시는 동안 저는 손님들을 응대하고 있었습니다."

그가 미간을 찌푸렸다. "날 기다리는 이가 있는가?"

민테의 눈길에서 뭔가가 읽혔고, 그녀의 대답을 좋아하지 않게 되리라고 직감했다.

"아프로디테 여신님입니다."

빌어먹을.

민테가 눈썹을 치켜떴다. 방금 그 말을 소리 내서 뱉었던가?

"서두르시는 게 좋을 겁니다. 그분께 여기서 기다리시라고 말씀드렸는데도 아래층에서 재미를 보겠다며 한사코 거절하셨습니다."

거참 잘됐군. 아프로디테가 재미를 보는 일은 전쟁뿐이었다.

그는 한숨을 내쉬었다. "고맙다, 민테."

감사의 표현에 기쁨이 차올랐는지 민테는 팔짱 낀 손을 풀어 양옆으로 떨구었다.

"일리아스에게 음료 좀 가져다드리라고 할까요, 주인님?"

"그래. 이렇게 전해라. 오늘 밤엔 내 잔이 비는 일 없도록 하라고."

하데스는 순간 이동해 클럽 플로어에 나타났다. 투명해진 채 고요하게 인간들 사이를 걸으며 그들을 관찰했다. 그의 밤은 이렇게 시작되곤 했다. 군중 사이를 배회하면서, 그에게 뭔가를 요청하러 온 인간들을 관찰하는 일. 그들 영혼이 진 짐의 무게를 가늠하는 일. 신하들에게 오늘 밤 위층 라운지 입장용 암호를 일러주는 일.

암호를 안다고 해서 죽은 자들의 신과 게임을 벌일 수 있는 건 아니었다. 그저 과정의 일부였을 뿐. 라운지의 문을 통과할 때 인간들의 내면에는 두려움이 똬리를 틀게 되고, 바로 그 두려움 때문에 도망치게 되거나 더욱 절박해졌다. 하데스는 절박해지는 자들이 가장 흥미로웠다. 그들이야말로 기회가 주어진다면 변화할 수 있는 자들이니까.

게임은 섬세하게 짜여 있었고 참여자도 많았다. 하데스는 꽤 많은 거래에서 졌지만, 단 한 명의 삶이라도 파괴의 여정에서 구해낼 수 있다면 그만한 가치가 있다고 여겼다.

문득, 아프로디테의 마법 내음이 코를 파고들었다. 바다의 소금과 장미 냄새. 그녀는 인간 남자의 무릎 위에 앉아 그의 목에 팔을 두른 채 손가락으로 그의 갈색 머리칼을 쓰다듬고 있었다. 남자는 짙은 회색 양복 차림에, 왼손 약지에는 금반지를 차고 있었다. 남자의 영혼을 깊이 들여다보지 않고도 바람둥이 사기꾼이라는 사실을 감지할 수 있었다.

"내가 지내는 곳으로 갈까, 자기?" 인간 남자는 물었다.

아프로디테는 입을 삐죽 내밀었다. 하데스는 그녀의 미모를 인정할 수밖에 없었다. 저 인간은 그녀가 역겨워한다는 사실을 꿈에도 모를 것이다.

"나도 당신이랑 조금이라도 더 함께 있고 싶지. 하데스와 거래하고 싶지 않아?"

남자는 그녀를 더욱 꽉 붙들었다. 그의 손가락이 그녀의 다리 안쪽을 파고들었다. "더는 아니야. 오직 당신만을 원해."

"정말로?" 그녀의 얼굴에서 기쁨이라곤 찾을 수 없었지만 어쨌든 그에게 몸을 기울였다. "그전까진 뭘 원했는데?"

아프로디테의 손이 남자의 가슴팍 위로 향했다. 하데스는 그녀가 뭘 하려는 건지 알고 있었다. 남자를 자극해 진실을 털어놓게 만들려는 것이다.

"난 불안해. 다른 여자들이 여전히 날 욕망하는지 알아야겠어."

"당신 아내가 당신을 원하는 것으론 만족 못 하겠어?" 아프로디테의 어여쁜 입술이 일그러졌다.

남자의 눈이 커졌다. 스스로의 입에서 내뱉는 것과 머릿속으로 생각하는 것 사이에 괴리가 일어났음이 분명했다.

"난 아내를 사랑해. 그냥 섹스하고 싶은 것뿐이야."

"아, 그게 다야?" 그녀는 빠르게 눈을 깜빡이더니 어둠에 휩싸인 듯한, 동시에 강렬한 확신을 담은 목소리로 말했다. "그렇다면, 네가 오늘 저녁 아내에게 돌아갔을 때 그녀는 더 이상 널 원하지 않을 것이다. 너의 손길에 움찔할 것이고, 네 입술이 그녀의 입술에 닿으면 입을 막을 것이다. 그녀는 널 거부할 것이며, 결국 널 떠날 것이다."

남자의 눈이 더욱 커졌다. 하데스는 그가 뭘 보고 있는지 알아차렸다. 글래머를 벗은 아프로디테의 진짜 모습. 여신은 자신이 원할 때면 얼마든지 사악해질 수 있었다. 인간들은 태초부터 신들에 대해 상상하고 추측해왔으며, 그 틀에서 벗어난 모습을 목격하면 충격을 받곤 했다. 아프로디테도 예외는 아니었다. 인간들은 그녀를 그저 성적인 존재에 불과하다고, 그저 신들과 인간들 모두에게서 유희와 쾌락을 쫓는다고만 믿어왔으니. 그러나 진실은 달랐다. 그녀는 복수심에 불타는 신이 될 수 있었다. 특히 사랑을 배신한 자들에게.

이제 그가 모습을 드러낼 차례였다.

"아프로디테." 하데스가 말했다.

여신은 고개를 돌려 그와 시선을 마주하곤 미소를 지었다.

"하데스." 그녀가 간드러지는 목소리로 속삭였다.

관능적인 목소리였다. 그녀의 안락의자처럼 사용하고 있는 저 인간에게 막 저주를 퍼부은 참이었지만, 그 목소리에 그의 눈동자는 욕망으로 흐려질 지경이었다.

"저 인간이 오늘 밤을 위한 유흥은 충분히 만끽했다고 보는데. 자리를 뜨게 하면 어떻겠습니까?"

인간을 언급하자 아프로디테의 표정이 달라졌다. 그녀는 몸을 돌려 그를 한껏 노려본 뒤 그의 무릎에서 내려왔다.

"꺼져라, 뱀 같은 놈아."

인간은 그 명을 따랐다.

그녀가 하데스를 다시 바라보며 퉁명스럽게 말했다. "왜요?"

그가 눈썹을 치켜떴다. "아무것도 아닙니다. 그 남자가 아는 평생의 유일한 사랑을 빼앗는 게 그의 알량한 자아엔 도움이 되지 않을 테지만."

그녀는 손을 탁탁 털었다. "사랑을 배신했으니 다시는 사랑을 가질 수 없어요."

"당신의 처벌이 불공평하다고 생각하진 않지만, 자칫하면 괴물이 탄생할 수 있습니다."

"그가 당신에게 거래하러 왔더라면 뭘 했겠어요?"

하데스는 확신할 수 없었다. 남자의 영혼이 많은 짐을 짊어진 것을 보았던 터였다. 섹스를 통해 확인받고 싶어 하는 마음은 수많은 욕망 중 하나일 뿐이었다.

"그가 나에게 무엇을 요구하느냐에 따라 달라질 것 같군요."

그때 일리아스가 나타나 아프로디테에게는 로제 와인 한 잔을, 하데스에게는 위스키 한 잔을 건네주었다. 사티로스가 떠나자, 하데스는 기대에 찬 눈빛을 사랑의 여신에게 보냈다.

"이곳에는 좀처럼 들르시지 않던데, 아프로디테. 내가 도와드릴 일이 있습니까?"

그녀는 바다 거품 같은 눈을 그에게 고정한 채 와인을 한 모금 마셨다.

"작은 내기에 당신이 관심이 있을까 해서 와봤어요."

"신들과는 게임을 하지 않습니다."

"한 번만요, 하데스." 그녀는 순진한 어조로 그를 자극했다. "두려운 건가요?"

"이 공간에서 이뤄지는 게임은 결코 단순한 게임이 아닙니다." 방금 전보다 그녀의 눈동자가 더욱 푸른색으로 빛났다. "원하는 게 무엇입니까, 여신이여? 어째서 게임을 제안하는 겁니까?"

"그냥 약간의 오락거리일 뿐이에요, 하데스." 그녀는 최대한 덤덤하게 말했다. "게다가, 승자가 정해지기 전까진 조건을 정하지도 않잖아요. 평소에 그렇게 하지 않나요?"

하데스는 저 여신이 오락거리 이상의 무언가를 생각하고 있음을 알고 있었다. 그녀의 언행에서 느낄 수 있었다. 경직되고 긴장한 태도. 뭔가가 그녀를 여기로 데려왔고, 감히 추측해도 된다면 아마 남편 때문일 것이다. 그리고 그에 관한 거라면, 그녀가 요청할 것은 결코 좋은 게 못 되었다.

"안 됩니다, 아프로디테."

"알겠어요. 하지만 당신이 나에게 빚졌다는 건 기억해두세요."

그는 그녀를 노려보았다. 그녀의 다음 말을 이미 알고 있었다.

"당신에게서 거두어가지 않은 호의가 있어요, 하데스. 그걸 사용하고 싶어요."

그 요청이라면 거절할 도리가 없었다. 신들 사이에서 호의를 빚지는 일은 피의 서약과도 같았다. 한번 호명되면 절대로 되돌릴 수 없다. 그는 위스키를 한 모금 마셨고, 술의 기운에 힘입어 이후에 후회할지도 모르는 말을 내뱉었다.

"딱 한 번입니다, 아프로디테. 더는 안 됩니다."

그녀는 마치 그가 하늘의 별이라도 따준 것처럼 환하게 웃었다.

"고마워요, 하데스."

하데스는 손가락을 튕겼고, 그러자 둘은 라운지의 작은 응접실로 순간 이동했다. 그가 거래를 수락하고 인간들과 게임을 벌이는 장소였다. 응접실은 작고 어두웠다. 보통 때였다면 이곳에서 편안함을 느꼈겠지만, 아프로디테를 자신의 영역에 들인 지금 신경이 곤두섰다. 그녀가 왜 여기 왔는지 알고 싶었지만, 사랑의 여신은 그저 카드를 가슴 가까이 댈 뿐이었다. 보통 때의 그녀와는 달랐다. 하데스는 한때 그녀가 진실로 사랑을 믿었던 시절, 모든 감정을 환하게 드러내던 모습을 떠올렸다. 하지만 헤파이스토스와 결혼한 뒤로 모든 게 바뀌었다. 자세한 내용은 몰랐지만, 결혼식을 올린 이후 몇 시간 동안 둘에게 일어난 일들은 그녀의 내면을 딱딱하게 굳혔고 영혼을 상하게 했다. 그 뒤로 남은 건 악의적이고도 냉소적인 껍데기뿐이었다.

하데스 역시 그랬던 시절이 있었지만, 신들을 비롯해 인간들과도 유흥을 즐기며 분노와 외로움을 달래는 아프로디테와 달리 그는 점점 더 모두에게서 멀어져 고립되었다. 사람들이 베일에 싸인 지하 세계의 신에 대해 이러쿵저러쿵 떠들어대며 이야기를 꾸며내는 일밖에 할 수 없어질 때까지.

테이블 중앙에 카드 뭉치가 놓였다. 하데스는 아프로디테에게 건넸다.

"딜하시겠습니까?"

"아뇨." 그녀의 입꼬리가 살짝 올라갔다. "약간의 힘을 갖도록 해드리지요, 아이도네우스."

그는 그녀를 노려보았다. 그 별칭이 싫었다. 인간들은 두려움 때문에 그를 그렇게 불렀지만, 아프로디테는 지금 그를 조롱하려는 것이다.

"그럼, 블랙잭으로 하겠습니다."

"다섯 판 중 더 많이 이긴 사람이 승리하는 것으로 해요."

그는 동의하고 첫 번째 카드를 뒤집었다. 그리고 졌다.

그는 지는 게 싫었다.

"내 영혼을 들여다보면 뭐가 보이죠, 하데스?"

그다지 놀랍지 않았다. 그는 그 질문을 자주 받아왔으니까. 하지만 아프로디테에게선 처음이었다. 그녀는 탄생할 때부터 그를 알고 있었고 지금껏 그렇게 물어본 적이 없었다. 하지만 그 말이 입에서 새어나온 지금 이 순간, 그녀는 지쳐 보였다.

"왜 묻는 겁니까?"

그녀는 그와 눈을 맞추었다. "당신도 내 상황을…… 알잖아요."

그 말대로다. 헤파이스토스와의 결혼.

여신은 결혼이라 칭하는 것을 좋아하지 않았다. 통념과 달리, 아프로디테가 헤파이스토스와 결혼하고 싶어 하지 않았던 게 아니었다. 결혼하고 싶지 않았던 쪽은 헤파이스토스였다.

"그냥…… 헤파이스토스가 정말 나를 싫어하는 건지 궁금해요. 왜냐하면 마음속 깊은 곳에선 그가 생각하는 것처럼 난 정말 끔찍하거든요."

"헤파이스토스는 당신을 끔찍하다고 생각하지 않습니다, 아프로디테. 그저 당신을 사랑하는 걸 두려워할 뿐입니다."

그녀는 비웃음을 내뱉었다.

"그에게 사랑한다고 말한 적이 있습니까?" 하데스가 물었다.

여신은 턱을 쳐들었고, 그는 그녀가 남편을 사랑하지 않는다고 주장하려 한다는 것을 알았다. 그녀는 자신에게 사랑을 되돌려주지 않는 남자와 사랑에 빠진 사랑의 여신이 되고 싶지 않았던 것이다.

"당신은 여러 연인들을 과시하던 시절, 헤파이스토스에게는 선물 같은 존재였습니다. 그가 보기에 당신은 결혼하고 싶지 않은 신부였지요."

불의 신이 아프로디테에게 매혹의 마법을 걸었다는 것을 그는 알고 있었지만 개의치 않았다. 헤파이스토스는 그녀가 계속해서 자신을 바라본다는 것을 알아챘는데, 대부분의 경우 그가 시간을 내주지 않아 뾰로통한 표정이었다.

하지만 하데스는 헤파이스토스를 잘 알았다. 그는 다른 신들과는 달랐다. 그는 관심을 받고자 하지 않았고, 말수도 거의 없었다. 스스로의 고독과 창조성을 즐겼다. 아프로디테와는 상극이었다. 하데스가 보기에 둘은 반대 성향이라 천생연분이었지만, 그가 둘을 엮어준 것은 아니었다.

"헤파이스토스가 당신에게 일부일처제를 강요하지 않는다는 건 전혀 놀랍지 않습니다."

그 말에 아프로디테는 잠시 침묵에 잠긴 채 게임에만 집중했다. 두 번째 게임에선 하데스가 이겼고, 이번에는 그녀가 이겼다. 스코어는 2 대 1이었다.

마침내 그녀는 인정했다. "제우스에게 이혼시켜달라고 요청했어요. 그런데 허락하지 않더라고요."

하데스가 눈썹을 치켜떴다. "헤파이스토스도 그 사실을 압니까?"

"아마 이제는 알 거예요."

"그에게 모순된 신호를 보내고 있지 않습니까, 아프로디테. 헤파이스토스의 사랑을 원하면서도 그와 이혼하고 싶다니요. 그와 대화를 나눌 시도는 해봤습니까?"

"당신은 해봤어요?" 그녀가 하데스를 노려보며 소리쳤다. "그는 거의 말도 제대로 하지 않는다고요!"

하데스는 얼굴을 찡그렸다. 헤파이스토스가 침묵을 고수하는 이유가 그녀의 다혈질적인 면모 때문일지도 모른다는 느낌이 들었다.

"내 질문에 답을 안 했잖아요, 하데스."

그는 잠시 그녀를 바라보았다. 영혼에 대한 질문에는 답하는 게 특히 싫었다. 꽤나 자주, 신이든 인간이든 그의 말을 막상 듣고 나서는 좋아하지 않았으니까. 하지만 그는 어쨌든 답했다.

"당신은 아름다운 영혼을 지녔습니다, 아프로디테. 열정적이고 결단력 있는 데다 로맨틱하지요. 하지만 당신은 사랑을 갈구하면서, 사랑받을 수 없다고 믿고 있군요." 그는 마지막 게임을 플레이하며 말했다.

아프로디테가 카드를 뒤집자마자 얼굴에 미소가 번졌다. 그녀가 이긴 것이다.

"조건을 설정해볼까요, 하데스."

그는 의자에 등을 기댄 뒤 그녀를 노려보았다.

여신은 고개를 뒤로 젖히며 웃음을 터뜨렸다. "패배를 좋아하지 않는 모양이네요."

정말이지 그는 패배가 싫었다. 다른 많은 이들처럼.

"흠." 그녀는 턱에 손가락을 대곤 고민했다. "뭘 요구해볼까?"

그녀는 꽤 오랫동안 고민하며 그의 얼굴을 면밀히 살폈다. 마치

답례처럼 그의 영혼을 들여다보고 싶은 것처럼. 마침내 그녀는 그가 겁에 질릴 만한 말을 꺼냈다.

"사랑에 빠지세요, 하데스. 당신과 사랑에 빠질 여자를 찾아내면 더욱 좋겠네요." 아프로디테는 박수를 치더니 외쳤다. "그거예요, 누군가 당신과 사랑에 빠지도록 만드세요!"

하데스는 이를 악물었다. 그게 그렇게 쉬운 일이었다면 그는 이미 오래전 결혼했을 것이다. 그를 사랑한다고 믿는 인간들이 많다는 것은 알고 있었다. 문제는, 그가 짝사랑을 원치 않는다는 거였다. 그는 아프로디테와 비슷했다. 의미 있고 열정적인 마음이 오가길 바랐다. 그 외에 다른 것을 바라기에 그는 너무 오래 살았다.

"만약 내가 그 조건을 충족할 수 없다면?"

그녀의 미소는 사악했다. "그렇게 되면 지하 세계에서 바질을 풀어주세요."

"당신 연인 말입니까?" 하데스의 목소리에선 역겨움이 배어났다.

불과 몇 분 전까지만 하더라도 헤파이스토스를 향한 그녀의 사랑에 대해 이야기를 나누고 있었는데, 이제 와선 그녀의 남자, 정확하게는 그녀의 영웅을 되살려내라고 요구한다니. 바질은 대전쟁에서 그녀를 위해 싸웠고 목숨을 잃었다.

"이유가 뭡니까? 헤파이스토스가 당신을 사랑하길 바라는 게 아닙니까?"

그녀는 그를 노려보았다. "헤파이스토스는 이미 가망 없어요."

"제대로 시도도 안 해보지 않았습니까!"

"바질이에요, 하데스. 내가 원하는 건 그예요."

"그와 사랑에 빠진 당신이 상상되기 때문입니까?"

"그러는 당신은 사랑에 대해 대체 뭘 안다고 그래요? 일평생 사랑해본 적도 없으면서."

그는 그 말을 무시하기로 했다. "바질이 당신을 사랑하는 건 사실이지만, 당신이 그에게 마음을 돌려주지 못한다면 무의미합니다."

"사랑받는 게 사랑받지도 못하는 것보단 낫죠."

어리석군. 하데스는 이렇게 말하고 싶었지만, 대신 다르게 답했다. "당신이 원하는 게 이게 맞습니까? 이미 제우스에게 이혼을 청했으면서 내게는 계약 조건을 충족하지 못하면 당신의 연인을 부활시켜 달라고 청한 겁니다. 헤파이스토스도 알게 될 겁니다."

아프로디테는 잠시 침묵한 후 입을 뗐다. "네, 이게 내가 원하는 거예요." 그런 다음 깊이 심호흡한 뒤 간신히 미소를 지어 보였다. "6개월 주겠어요, 하데스. 그 정도면 충분한 시간이라고 봐요. 재밋거리를 줘서 고마워요. 참…… 기운 나는 시간이었네요."

그 말과 동시에 사랑의 여신은 사라졌다.

2장
운명의 게임

하데스는 클럽에 내리깔린 어둠 속을 배회했다. 여전히 귓가에는 아프로디테의 사악한 웃음소리가 울리고 있었다.

누군가 당신과 사랑에 빠지도록 만드세요!

쓰라린 말이자, 그의 끈질긴 외로움을 그 자신보다 더욱 걱정하는 다른 올림포스 신들이 영원히 멈추지 않는 잔혹한 조롱이었다. 어쩌면 아프로디테가 제우스에게 청했던 이혼 요구를 비판한 게 지나친 일이었던 걸까. 하지만 하데스는 여신이 헤파이스토스를 사랑한다는 것을 알고 있었다. 그저 먼저 인정하고 싶지 않을 뿐. 그녀는 불의 신을 들들 볶아 그의 감정을 인정하게 하려고 했다.

아프로디테가 이해하지 못한 게 있었다. 모든 이들이 그녀처럼 행동하는 건 아니라는 것, 더구나 헤파이스토스라면 더더욱. 그의 사랑을 얻고자 한다면 인내와 친절, 그리고 관심이 필요했다. 그건 여신이자 전사인 그녀가 늘 경멸해온 유약한 존재가 되어야 한다는 뜻이었다.

하데스 역시 한때 유약함을 경멸했다. 그것이 나약함의 징표라고 여겼던 것이다. 하지만 이제는 그것이 힘의 일종이라 여긴다. 자신이 진정으로 원하는 걸 얻을 수 있는 방법들 중 하나라고. 오래 살수록 그가 느끼는 것은 진정 원하는 걸 얻기에 삶이 너무나 짧고도 길다는 것이었다.

바로 그 때문에 그는 아프로디테의 도발을 경멸했다. 그가 자연스럽게 행동했을 일에 대해 역할을 강요한 것이므로. 갑작스럽게 연인을 찾을 6개월의 기간이 주어졌고, 찾지 못할 시 아프로디테의 영웅 한 명을 산 자들의 땅으로 돌려보내야 하게 된 것이다.

그는 그 생각에 얼굴을 찡그렸다. 만약 실패한다면 운명의 여신들이 개입할 수밖에 없었고, 한 명의 영혼을 산 자들의 땅으로 돌려보내는 데 여신들이 무엇을 요구할지 그는 알고 있었다.

한 영혼을 돌려보내면 한 영혼은 데려간다.

누군가 죽을 수밖에 없을 것이다. 운명의 여신들이 그 피해자로 점찍은 자에 대해 그로서는 발언권이 없다. 그러나 그것이 세상의 균형을 유지하는 대가였다.

문득 실려온 냄새에 생각들이 어둠 속으로 흩어졌다. 낯익은 냄새였다. 달콤하면서도 쌉싸름한 야생화 냄새.

데메테르다.

수확의 여신의 이름을 혀에 올리자 씁쓸했다.

하지만 그녀가 여기 있다니, 말도 안 된다. 데메테르는 삶에 열의랄 게 없는데, 죽은 자들의 신인 그를 증오하는 것에만큼은 유난히 열성적이었으니까.

그는 냄새를 더욱 깊이 들이마셨다. 뭔가 빠져 있었다. 친숙한 냄새에는 달달한 바닐라향과 옅은 라벤더향이 섞여 있었다. 어쩌면,

인간인가? 여신의 호의를 얻은 자?

그는 한 손에 술잔을 들고 발코니 가장자리로 걸어가 군중을 면밀히 살펴보았다. 그녀가 곧장 눈에 들어왔다. 클럽에서 이전까지 한 번도 본 적 없는 아름다운 여성이었다.

금빛이 도는 피부를 지닌 그녀는 등을 곧게 펴고 소파 중 하나의 끄트머리에 앉아 있었다. 금발의 긴 머리카락이 등 뒤로 물결치며 늘어뜨려져 있었다. 드레스는 상상의 여지를 거의 남겨두지 않았다. 부푼 가슴과 엉덩이의 곡선, 긴 다리가 강조되는 옷이었다. 그녀가 고개를 뒤로 젖히자 작은 코와 도톰한 입술, 톡 튀어나온 광대뼈가 보였다. 그녀는 사람들에게 관심이 별로 없어 보였다. 그녀의 눈길이 테이블 위에 놓인 수선화로 골똘히 향했다가 머리 위 조명들로, 발코니의 연철 난간으로, 그다음…… 그의 눈동자에서 뚝 멎었다.

불현듯 그의 가슴속 무언가가 폭발할 듯 사나워졌다.

그녀를 네 것으로 만들어. 그 욕구가 그에게 명령하며 으르렁댔다.

그 욕구에 굴복하지 않기 위해 그는 이를 악물어야 했다. 그녀를 지하 세계로 데려가고 싶다는 충동은 주술처럼 강력했다. 스스로가 이렇게 유약하게 느껴진 적이 없었다. 하지만 그의 통제력은 가느다란, 올이 점점 풀리는 실처럼 여겨졌다.

방금 맞닥뜨린 누군가를 이렇게 강하게 원할 수 있는 것인가?

여신이구나. 처음부터 그는 느꼈다. 눈동자를 들여다보면 알 수 있었다. 비현실적인 광채를 내뿜는 진녹색 눈동자였다. 뭔가가 그녀의 글래머를 녹아내리게 했고, 하데스의 생각에는 자신의 힘 때문인 것 같았다. 한 신이 다른 신의 영역에 들어서면 그가 매우 강력하지 않은 한, 그러니까 그와 대등하지 않은 한, 글래머를 유지하기 어려웠다. 그와 대등한 존재는 둘뿐이었다. 그의 형제들, 제우스와 포세이돈.

저 여성은 누구인가? 어디서 온 존재인가? 하데스는 올림포스 신이든 다른 신이든 모두를 알고 있었다. 그럼에도 저 여성은 알지 못했다. 그녀와 눈을 맞춘 채 몇 초가 흘렀을까, 그는 기묘한 연결성을 느끼는 게 자신만이 아님을 깨닫게 되었다. 그녀는 그의 시선을 끌어당기며 안절부절못하고 숨을 가쁘게 몰아쉬었고, 그러자 그녀의 가슴이 오르락내리락했다. 그의 시선이 닿는 곳마다 그녀 안의 뭔가를 상기시켜 어여쁜 피부를 분홍빛으로 물들이는 것 같았다. 그는 눈이 아닌 입술로 그 홍조를 따라가고 싶었다.

그 생각에 그는 미소를 지었다.

그러자 그녀가 다리를 꼬았고, 그의 눈길은 그리로 향했다. 그녀가 무슨 생각을 하는지 알기 위해서라면 무엇이든 내어주고 싶었다. 그녀가 음탕한 생각을 하고 있기를 바랐다. 그의 눈은 천천히 다시 그녀의 몸을 훑어 얼굴에 이르렀다.

바로 그때, 웬 팔이 등 뒤에서 그를 감싸 안았다. 그는 정신을 몰두한 나머지 누군가 다가오는 것을 느끼지 못했다. 그는 고개를 돌려 민테를 마주하곤 그녀의 손목을 붙잡았다.

"방심하셨습니까, 주인님?" 그녀는 즐거운 듯 가르랑대는 소리를 냈다.

물론, 그가 저 여성에게 홀딱 빠져버렸다는 것을 님프도 알아차렸고, 그녀는 그 욕망이 끝나길 바라고 있다.

"민테." 그는 님프의 팔을 풀며 퉁명스럽게 내뱉었다. "무슨 일 있는가?"

그는 방해받아 신경질이 났지만, 동시에 고맙기도 했다. 저 여성을 조금이라도 더 오래 바라보게 된다면 발코니를 떠나 그녀에게 바로 달려갔을지도 모른다.

"벌써 먹잇감을 노리시는 건가요?" 그녀가 물었다.

잠시 동안 하데스는 그 말이 무슨 뜻인지 이해가 안 되었고, 몇 초 뒤에야 비로소 알아차렸다. 민테는 그가 아프로디테와의 거래를 성사시키기 위해 잠재적인 연인 상대를 찾고 있다고 여겼으리라.

"또 어둠 속에서 엿들었나, 민테?"

님프는 그저 어깨를 으쓱했다. "그게 제 일입니다."

"넌 날 위한 정보를 얻어오는 일을 하지. 나에게서 정보를 얻는 게 아니라."

"안 그러면 제가 어떻게 당신께서 위험에 처했는지 알 수 있겠습니까?"

그는 코웃음을 쳤다. "난 수백만 년을 살았다. 그 정도는 알아서 할 수 있어."

"그러다가 아프로디테와의 거래에 이르신 건가요?"

그는 눈을 가늘게 뜨고는 술잔을 집어 들었다. "오늘 밤에는 잔을 비우지 말라고 일리아스에게 언질하라고 하지 않았던가?"

그녀는 최대한 엿 먹으라는 눈빛을 담아 미소를 띄운 뒤 고개를 숙였다. "그가 알고 있는지 확인하겠습니다, 주인님."

하데스의 시선이 다시 플로어로 향했을 때, 그 여성은 친구들과 다시 대화를 나누고 있었다. 바로 그때, 일행 중 그가 경멸하는 인간이 보였다. 아도니스라는 이름의 사내. 아프로디테가 가장 아끼며 호의를 베푼 인간 중 한 명으로, 과거의 한때 하데스에게 재물을 대가로 거래를 요청하기도 했었다. 물론 하데스는 거절했다. 저 인간 남자의 마음이 순수해서가 아니었다. 오히려 그의 영혼은 너무나 망가져 있어서 무엇이 가장 큰 짐을 지우는지 알아내기도 어려웠다. 그러나 한 가지는 확실했다. 아도니스는 약탈자였다. 거짓말쟁이였고, 쓰레기 같은 인간이었다. 인간 세계의 범위를 넘어서는 짓거리로 그에 상응하는 결과를 받들 날이 얼마 남지 않았을 것이다.

하데스는 저 아름다운 금발 여성이 아도니스와 함께 있는 것이 싫었다. 그녀를 저기서 빼오고 싶다는 충동에 굴복하고 싶었다. 아도니스가 행할지도 모를 그 어떤 것보다 그의 행동이 훨씬 다정할 텐데.

그는 메코넌에게 감시하라고 명할 생각이었다. 만약 무슨 일이 생기면 오거가 개입하면 될 것이다. 그러자 마음이 편안해졌다…… 아주 약간은.

하데스는 한숨을 내쉬었다. 술이 필요했다.

새로운 위스키 한 잔을 들고서 하데스는 라운지로 향했다. 플로어보다 조용하고 편안한 분위기였다. 인간들과 고대의 존재들이 한데 모여 대화를 나누고, 술을 마시고, 비밀을 공유하고, 카드 게임을 하는 곳. 그들은 하데스에게 도전할 준비는 되어 있지 않았지만, 그들이 여기 온 이유는 뭔가를 원해서였다. 뭔가가 필요해서였다. 돈, 사랑, 건강. 그들은 죽은 자들의 신이라면 그것들을 줄 수 있을 거라고 믿었다.

때때로 그의 거래는 효과적이었다. 중독자들은 회복되었다. 외롭고 아픈 자들은 스스로를 사랑할 수 있게 되었다. 때로는 그렇지 않았다. 때때로 운명의 여신들은 그들을 데려갔다. 이따금, 변화를 시도하는 것보다 죽음을 더 선호하는 이들도 있었다.

어느 쪽이든, 하데스는 매번 거래를 수락할 때 인간들이 조건 이행에 성공할 수 있길 바랐다. 실패 하나하나가 그의 마음속에 무겁게 내려앉았다.

마음이 아래층 여성에게로 다시 향했다. 그녀의 영혼은 어떤 짐을 지고 있는가? 그는 아직 보지 못했다. 그녀를 바라보느라 정신이 없었던 데다, 다른 이들의 악덕과 그들이 마주한 도전을 유심히 살펴보는 습관이 있지도 않았다. 그럼에도 궁금했다. 무엇이 그녀를 오늘 네버나이트로 오게 만들었는가?

마치 운명의 여신들이 대답하기라도 한 듯, 게임 테이블 중 하나를 돌던 그는 걸음을 멈추었다. 아래층의 그 여성이 어쩌다 라운지로 향하는 길을 찾았는지 포커 테이블 앞에 앉아 있었다.

그녀가 왜 여기에 있는 것인가? 그저 호기심이 일었던 것뿐인가, 아니면 제안할 거래가 있는 것인가? 그녀는 무엇을 요청할 것인가? 그녀가 졌을 때 그는 무슨 조건을 내걸어야 할 것인가?

그는 욕구를 자제하지 못하고, 바로 그녀에게 걸어갔다.

"게임을 할 겁니까?" 그가 물었다.

여신이 고개를 돌려 그를 바라보았다. 이렇게 가까이서 보니 더욱 아름다웠다. 녹색 눈동자는 커다랗고 그 위로는 두터운 검은색 속눈썹이 드리워져 있었으며, 코끝과 뺨의 광대뼈 주변에는 주근깨가 어여쁘게 나 있었다. 그녀가 얼굴을 붉히고 주먹을 꼭 쥐는 모습을 그는 분명히 보았다.

하데스는 잔을 홀짝이곤 입술을 깨끗이 핥았다. 그 움직임에 그녀의 눈길이 그의 입술 쪽으로 향했고, 그는 신음이 흘러나오려는 것을 간신히 억눌렀다. 그녀는 그제야 그가 질문했다는 것을 기억해낸 것 같았고, 미소를 지으며 답했다.

"저를 가르쳐주실 수 있다면요."

입꼬리가 움찔거렸다. 그는 짙은 눈썹을 치켜떴다. 뭔가를 바랄 때는 조심하셔야지요, 여신님. 이렇게 말하고 싶었다. 대신 그는 술을 한 모금 더 마신 뒤, 스스로 자제하게 해달라는 기도를 뇌까리곤 테이블 가까이 걸어가 옆자리에 앉았다. 그가 알아챘던 향기가 맞았다. 데메테르의 마법에서 느껴지던 라벤더와 바닐라의 향취. 그녀의 향기가 그를 집어삼킬 듯 강렬하고도 매혹적으로 휘감았다.

"게임 규칙도 모르면서 테이블 앞에 앉다니 용감하군요."

그녀는 그것이 경고임을 알아채지 못했다.

그녀는 그와 눈을 맞춘 후 물었다. "안 그럼 어떻게 배우겠어요?"

"흠." 그녀의 말이 맞았다. 하데스였다면 걷기도 전에 뛰는 법을 배우지 말라고 권했겠지만 말이다. 특히나 그와 하는 거래에 있어서는 더더욱. 그럼에도 그녀가 보인 반응에서 어떤 앙큼함, 그리고 새로운 것을 시도하려는 의지가 엿보였고, 그에겐 그것이 미칠 듯이 매력적으로 느껴졌다. "똑똑하군."

둘 다 잠시 아무 말도 하지 않은 채 서로를 뜯어보았다. 자신이 그녀를 몹시도 알고 싶어 한다는 것을 깨닫고 하데스는 충격을 받았다. 왜인지는 설명할 수 없었다. 이 모든 게 약간은 우스웠고 또 조금은 취하는 것 같은 느낌이 들었지만, 그녀의 말이 맞았다.

"당신을 한 번도 본 적이 없는 것 같습니다." 그가 마침내 입을 열었다.

"오늘 처음 왔거든요." 그녀가 답했다. 그런 뒤 그로서는 비판적

으로 느껴지는 눈길로 그를 찬찬히 바라보았다. "여기 자주 오시나
봐요."

그는 웃음이 났다. 약간은 비난조로 들렸고, 비난이 맞았는지도
모른다. 어쩌면 그녀는 이 방에서 이루어지는 거래들에 무지할지도
모른다는 의구심이 들었고, 더구나 그가 누군지 아직 모른다는 사
실도 알게 되었다. "그렇습니다."

"왜요?" 그녀는 약간 역겨움을 담아 물었고, 말을 뱉은 직후 얼굴
을 붉히며 만회하려는 듯 덧붙였다. "그러니까…… 대답 안 하셔도
돼요."

"대답하겠습니다." 그는 그녀와 눈을 맞추었다. 도전하듯이. "당신
도 제 질문에 대답한다면."

그러겠다고 말해주십시오. 그는 속으로 간청했다. 절대 강요하지는
않겠지만.

그녀는 잠시 고민하는 듯했고, 그를 찬찬히 들여다보는 미간이
약간 찡그려졌다. 그가 그녀에 대해 왜 궁금해하는지 이유를 알고
싶어 한다는 느낌을 받았다. 영원 같았던 순간이 지나고 난 뒤, 그녀
가 수긍했다.

"좋아요."

미소 짓지 않는 것이 몹시 어려웠다. 그는 그녀의 직전 질문에 답
하기로 했다. "제가 여기 오는 이유는…… 즐겁기 때문입니다."

자신의 단어 선택을 스스로 비웃고 싶었다. 실제로 어떤 밤에는
이 활동이 즐겁게 여겨졌지만, 그것만이 전부는 아니었다. 어떤 밤
에는 깊은 비탄에 빠졌다. 어떤 밤에는 슬픔과 닮은 무거운 무언가
가 내면 깊이 가라앉았다. 하지만 그런 것들에 대해서는 지금 생각

하지 않기로 마음먹었다. 지금, 이 아름다운 여성이 그의 옆자리에 앉아 그에게 가르쳐달라고 요청한 이 순간만큼은 안 된다.

"그러면 당신은…… 오늘 밤 왜 여기 왔습니까?"

"제 친구 렉사가 예약 대기 명단에 이름을 올렸어요."

"그건 다른 질문에 대한 답입니다. 오늘 밤 왜 여기에 왔습니까?"

그녀는 잠시 조용해졌고, 자신의 대답을 곰곰이 생각할 때 그녀의 눈가가 장난스럽게 반짝이는 것이 마음에 들었다.

마침내 그녀가 입을 뗐다. "아까는 반항이라고 생각했어요."

"그럼 지금은 확신이 없습니까?"

"반항인 건 확실해요." 그녀는 테이블 위를 따라 손가락을 쓸었고, 하데스는 당장 저 테이블이 되고 싶었다. "그냥 제가 내일 어떤 마음이 될지 모르겠어요."

그러자 그에게 호기심이 일었다. "무엇에 반항하고 있습니까?"

그녀의 미소가 그의 가슴에 화살처럼 꽂혀 들었다. 파괴적이고도 비밀스럽고 유혹적인 미소. "질문 하나라고 했잖아요."

"그랬습니다." 그는 미소를 띠고 있었고, 아주 오랫동안 전혀 생각해오지 않던 것들을 떠올리고 있었다.

잘했습니다, 여신님.

그녀가 다시 몸을 떨었다.

"춥습니까?"

"네?" 그녀는 그의 질문에 놀란 것 같았다.

"자리에 앉은 이후부터 계속 떨고 있습니다."

그녀는 다시 얼굴을 붉히며 그의 시선을 피해 안절부절못하다가 불쑥 내뱉었다. "당신이랑 함께 있던 그 여자는 누구죠?"

그는 대체 어떤 여자를 말하는 건가 싶어 얼굴을 찌푸렸지만 이내 지칭 대상은 한 명뿐임을 깨달았다. "아, 민테 말인가요. 항상 손을 엉뚱한 데 올려놓곤 하지요."

그러자 그녀의 얼굴이 창백해졌다. 그는 자신이 잘못 말했다는 것을 깨달았다. "저…… 저 이제 가봐야 할 것 같아요."

안 돼. 그녀는 떠나선 안 됐다. 이유는 너무도 많았다. 대화를 나누기 시작한 지 얼마 되지도 않았고 그는 그녀의 이름도 몰랐으며, 그녀에게 가르쳐주고 싶었다. 카드뿐만 아니라, 모든 것을. 자신도 모르게 그의 손을 그녀의 손 위에 올렸다. 뭔가 짜릿한 전기 자극 같은 것이 그들 사이에 발생했고, 여신은 숨을 헉, 하고 들이마셨다. 그녀는 재빨리 손을 거두었다.

"아니."

그는 거의 명령하듯 말했고, 페르세포네는 그를 노려보았다.

"뭐라고요?"

"제 말은, 아직 당신에게 게임을 가르쳐주지 않았다는 겁니다." 그는 그녀를 향해 손을 뻗었던 신경증적인 충동을 애써 몰아내려 목소리를 나직이 깔았다. "하게 해주십시오."

그녀는 아직 완전히 설득되진 않았다. 얼굴에 떠오른 조심스러운 표정을 보면 알 수 있다. 그는 다시금 기도를 뇌까리는 자신을 발견했다. 날 믿어주십시오. 날 믿어주십시오. 날 믿어주십시오.

마침내, 그녀는 뭔가를 결심한 듯했고, 그가 들어본 것 중 가장 에로틱한 목소리로 말했다. "그럼, 가르쳐주세요."

그러겠습니다. 모든 것을.

그는 카드를 섞고 게임 규칙을 설명했다. "이건 포커입니다. 파이브 카드 드로를 한 뒤 내기를 시작하겠습니다."

페르세포네는 자신의 손을 내려다보았다. 클러치를 가지고 오지 않았군.

그는 싱긋 웃었다. 그녀의 돈에는 추호도 관심이 없었다. "그럼 내기 말고 질문에 답하기로 하지요. 제가 이기면 제 질문에 당신이 답해야 합니다. 당신이 이기면 제가 당신 질문에 답하겠습니다."

여신이 인상을 찌푸렸다. 아마도 회피하는 전략이 그의 심문을 끝낼 거라고 추측하는 듯했다. 그럴 일은 없을 것이다.

"좋아요."

그녀를 다시 앉힌 데 대한 기쁨에 취한 채 하데스는 덧붙였다. "포커에는 열 개의 순위가 있습니다. 제일 낮은 것이 하이 카드, 제일 높은 것은 로열 플러시입니다. 목표는 상대보다 높은 순위에 오르는 겁니다……." 이어서 다른 것들도 설명해주었다. 체킹, 폴딩, 블러핑 등등.

"블러핑요?" 그 개념이 그녀의 관심을 끈 것 같았다.

"때때로, 포커는 그저 속이는 게임일 뿐입니다…… 특히나 당신이 지고 있을 때는."

하데스는 각각 다섯 장의 카드를 나눠주었다. 시간을 들여 각자의 카드를 살펴본 다음 서로를 바라보았다. 마침내 여신은 앞면이 보이도록 카드를 내려놓았다. 하데스도 똑같이 했다.

"퀸이 두 개군요. 나는 풀하우스입니다."

"그럼…… 당신이 이겼네요." 그녀가 말했다.

"네." 그가 답하곤 재빨리 승자의 요구를 했다. "당신이 반항하는 대상은 누구입니까?"

그녀는 쓴웃음을 지었다. "엄마예요."

그는 눈썹을 치켜떴다. "어째서입니까?"

"한 판 더 이기시면 답해드리죠."

그는 의욕으로 넘쳐흐르고 있었다. 그가 두 번째 판에서도 이기자, 그는 질문 대신 기대에 찬 눈으로 그녀를 바라보았다.

페르세포네는 한숨을 내쉬었다. "왜냐하면…… 엄마 때문에 미쳐버릴 것 같아서예요."

그 순간 그녀는 서글퍼 보였고, 그는 어머니와 그녀의 관계가 궁금해졌다. 신들은 결코 좋은 부모가 되지 못했다. 시간이 아무리 흘러도 마찬가지였다.

그는 그녀를 빤히 바라보며 더 많은 설명을 기다렸지만, 여신은 그저 싱긋 웃었다. "답이 상세해야 한다고 말한 적은 없잖아요."

그는 그녀를 마주 보며 함께 미소를 띠었다. "확신컨대, 미래를 위해 남겨놓겠습니다."

"미래요?"

"이번이 우리가 포커를 치는 마지막 날이 아니길 바랍니다."

그는 그녀의 표정이 어떠한지 확신이 서지 않았지만, 오늘 밤이 지나고도 그를 다시 만날 생각이 없다는 것만은 확실해 보였다. 그러자 어떤 감정이 덜컥 그를 뒤흔들었다. 두려움을 닮은 감정이었다.

그는 그녀를 다시 만나야 했다. 그러지 않으면 미쳐버릴 것이다.

그는 다시 게임을 했고 또 이겼다.

"왜 어머니에게 그렇게 화가 났습니까?" 그는 물었다.

그녀는 잠시 생각에 잠겼다가 말했다. "……엄마는 나에게 내가 아닌 무언가가 되라고 강요해요."

바로 그 순간, 하데스는 그녀의 영혼을 찬찬히 들여다보지 않고도 무언가를 감지했다. 이 여신은 자신을 찾으려 애쓰고 있다.

그녀의 눈길이 카드로 향했다. "사람들이 왜 이걸 하는지 이해가 안 가네요."

그는 고개를 기울였다. "게임이 재미없습니까?"

"재미는 있어요. 하지만…… 사람들이 왜 하데스랑 내기를 하는지 이해가 안 돼요. 왜 자신들의 영혼을 그에게 팔려는 걸까요?"

당신은 뭔가를 간절히 원해본 적이 없습니까? 그는 묻고 싶었다.

"영혼을 팔기 위해 게임을 하는 건 아닙니다. 자신들이 이길 수 있다고 생각해서 하는 거지요."

"그런가요? 그들이 이기기도 하나요?"

"가끔은."

"그게 그를 화나게 할까요? 당신 생각엔 어떤가요?"

그녀는 그 질문을 던진 뒤 입술을 오므렸고, 그러자 그의 가슴이 조여왔다. 이 여신은 데메테르와 모종의 관계가 있었고, 그것은 그에 대해 최악의 이야기만 들었다는 뜻이다. 그를 둘러싼 갖은 미신과 루머를 사라지게 하기 위해서는 그녀와 함께 시간을 보내야 할 것이었고, 그건 그녀 역시 그가 누구인지를 알아야 가능했다. 그래서 그는 진실을 담아 그녀에게 답했다.

"달링, 나는 어떻게든 이깁니다."

그녀의 눈이 휘둥그레졌다. 황급히 자리에서 일어난 나머지 그녀는 의자를 넘어뜨릴 뻔했다. 이렇게까지 그의 곁을 떠나고 싶어 하는 누군가를 본 적이 없었다. 그의 이름이 그녀의 입술에서 저주처럼 흘러나왔다.

"하데스."

그는 몸이 떨렸다. 다시 말해주십시오. 그는 이렇게 요구하고 싶었지만 잠자코 있었다. 그의 눈동자는 어두워졌고, 입술은 굳게 맞물렸다. 지금 그녀의 얼굴에 피어오른 표정은 영원히 그를 괴롭힐 것이다. 그녀는 충격받았고, 두려움에 휩싸였으며, 당황했다. 그녀는 실수했다. 그 생각이 그녀의 얼굴에서 읽혔다.

"가야겠어요."

그녀는 그가 마치 자신의 영혼을 훔치러 온 죽음 그 자체인 것처럼 몸을 휙 돌려 달아났다.

뒤쫓아갈까 싶었지만 쫓아가든 아니든 별 차이가 없을 것임을 알고 있었다. 그녀는 돌아올 것이다. 그녀는 그에게 졌고, 그녀의 피부 위에는 그의 표식이 생겨났으니. 조건을 이행할 때까지 그녀가 그의 것이라는 표식.

그는 위스키를 한 모금 삼키며 미소 지었다.

어쩌면 아프로디테가 건넨 거래 조건이 그렇게까지 불가능하지는 않을지도 모른다.

로맨스 소설을 쓰게 되리라고는 한 번도 생각해본 적이 없었다. 그런데 작년 어느 즈음엔가 용기를 내서 쓰게 되었고, 하데스와 페르세포네 신화를 개작한 것은 적절한 선택이었다. 나는 언제나 그리스 신화를 사랑해왔다. 신화 속 이야기들은 기이하고 폭력적이며 잔인했는데, 하데스와 페르세포네 이야기에서 나는 항상 봄의 여신이자 동시에 지하 세계의 여왕인 페르세포네에게 마음이 갔다. 다른 많은 이들처럼, 그녀 역시 명암을 지닌 존재였기에.

페르세포네와 하데스 이야기를 쓰기 시작했을 때, 나는 짧은 토막들을 먼저 썼다. 머릿속에 계속 떠오르는 둘 사이에 오간 대화의 조각들을 텀블러 웹사이트에 올리기 시작했다. 이것이 처음에 썼던 것들이다.

정원은 내게 위안을 준다.

이 진저리 나는 곳에서, 이 어두운 사막에서 그것이 유일한 생명이다.

장미들은 달콤한 향을 낸다. 야생화들은 씁쓸한 냄새를 풍긴다. 별들은 밝게 빛난다.

깊은 마음 한구석에서, 나는 이러한 환상을 빚어낸 그에게 경탄한다. 어떻게 그리도 냄새들과 질감들을 혼합해내는지, 그의 붓질은 정교하고도 세밀하며 부드럽다.

경탄이 잦아들자마자, 나는 비웃는다.

그가 공기를 휘저어 저 위의 어둠에 구멍을 내어 빛이 스밀 수 있게 하는 건 당연하다. 그는 신이니까.

나의 간수이기도 하고.

난 더 잘할 수 있어, 나는 쓸쓸히 생각한다. 나도 이 황량한 죽음의 땅을 오아시스로 변화시킬 수 있다. 공기에선 봄 내음이 날 테고, 이 검은 캔버스는 다채롭고도 생생한 색들로 칠해질 것이다. 하지만 그건 선물이 될 테다. 나는 선물을 주고 싶은 기분이 아니다.

공기가 바뀐다. 그가 가까이 있다. 나는 그를 느끼는 법을 배웠다. 죽은 자들의 지배자는 결코 냉랭하지 않다. 그는 죽음과도 같은 겨울의 난로처럼 타오르는 존재다. 그가 내게로 그림자를 드리우고 그의 향을 실어 보내자 내 몸이 떨린다. 그에게선 솔 냄새가 난다. 고향의 냄새가.

나는 가운 안에 손가락을 넣어 구부린다.

그는 내가 미워하는 모든 것이자, 내가 원하는 모든 것이다.

글의 어조는 이후에 많이 변화했지만, 구조는 내내 같았다. 자신의 세계를 빚어내는 것을 즐기는 고대의 신, 그리고 그의 작품을 경탄하면서도 경멸하는 질투심 많은 여신.

첫 장면부터 질문을 던지기 시작했고 나의 세계와 인물들을 만들어냈다. 결국 세상의 그 무엇보다 모험과 열정을 원하는 페르세포네가 탄생했다. 그녀는 절실하게 뭔가를 잘해내고 싶어 하고, 하데스를 빠르게 판단해버린다. 그녀에게 그는 인간과의 거래를 수락함으로써 신으로서의 힘을 남용한다. 또한 내가 만든 하데스는 그녀만큼이나 열정을 절박하게 원하고, 혼자가 되는 일에 몹시 지친 존재다. 페르세포네가 다가와 그를 도발하자, 하데스는 예상과는 반대로 그녀의 말을 경청하게 된다.

『어둠의 손길』은 페르세포네와 하데스의 첫 번째 이야기지만, 나는 둘의 이야기를 더 많이 탐색하려고 한다. 페르세포네는 봄의 여신이자 궁극적으로는 지하 세계의 여왕으로서 자신의 힘을 받아들여야 할 것이다. 또 하데스는 페르세포네와 함께 살고자 하는 새로운 삶을 훼방 놓는 비밀들을 가지고 있다. 내가 다시 쓴 페르세포네와 하데스 이야기를 여러분께 들려드릴 수 있어 몹시 기쁘다. 내가 이 글을 쓰는 동안 즐거웠던 만큼 여러분도 즐겁게 읽으시기를 바란다.

사랑을 담아, 스칼릿

페르세포네 x 하데스 1
어둠의 손길

초판 1쇄 2022년 9월 28일

지은이 | 스칼릿 세인트클레어
옮긴이 | 최현지
펴낸이 | 송영석

주간 | 이혜진
기획편집 | 박신애 · 최미혜 · 최예은 · 조아혜
외서기획편집 | 정혜경 · 송하린
디자인 | 박윤정 · 유보람
마케팅 | 이종우 · 김유종 · 한승민
관리 | 송우석 · 전지연 · 채경민

펴낸곳 | (株)해냄출판사
등록번호 | 제10-229호
등록일자 | 1988년 5월 11일(설립일자 | 1983년 6월 24일)

04042 서울시 마포구 잔다리로 30 해냄빌딩 5 · 6층
대표전화 | 326-1600 팩스 | 326-1624
홈페이지 | www.hainaim.com

ISBN 979-11-6714-042-5
       979-11-6714-045-6(세트)

a Touch of Darkness